Mahmud Doulatabadi
Der leere Platz von Ssolutsch

Mahmud Doulatabadi

Der leere Platz von Ssolutsch

Roman

Aus dem Persischen von
Sigrid Lotfi

Unionsverlag
Zürich

Das persische Original erschien erstmals 1979 in Teheran
unter dem Titel
DJA-JE CHALI-YE SSOLUTSCH

Die Übersetzung aus dem Farsi wurde unterstützt durch die Gesellschaft zur Förderung der Literatur aus Afrika, Asien und Lateinamerika e. V. in Zusammenarbeit mit dem Institut für Auslandsbeziehungen.

Umschlaggestaltung: Heinz Unternährer, Zürich
Satz: LibroSatz Kriftel
Druck und Bindung: Ebner Ulm
ISBN 3 - 293 - 00174 - 2

Zu Ehren unserer Mütter

»... da wird man dich vermissen,
wenn dein Platz leer bleibt.«

1. Samuel 20, 18

1.
Teil

I

Als Mergan den Kopf vom Kissen hob, war Ssolutsch nicht da. Die Kinder, Abbass, Abrou und Hadjer, schliefen noch. Mergan strich die Haarsträhnen unters Kopftuch, stand auf, trat über die tiefliegende Schwelle in den kleinen Hof und ging gradenwegs zum freistehenden Backofen. Auch da war Ssolutsch nicht. In den letzten Nächten hatte er neben dem Backofen geschlafen. Warum, das wußte Mergan nicht. Sie sah nur, daß er neben dem Backofen schlief. Abends kam er spät, sehr spät heim, ging stracks zum Backofen und rollte sich unter dessen schadhaftem Schutzdach zusammen. Von Gestalt war er klein und schmächtig. Er rollte sich zusammen, zog die Knie bis zum Bauch an, steckte die Hände zwischen die Oberschenkel, zwei Stück Knochen, lehnte den Kopf an die Mauer, wickelte sich in die alte Satteldecke seines Esels – des Esels, der im vergangenen Frühjahr Hungers gestorben war – und schlief ein. Vielleicht schlief er auch nicht. Was weiß man denn? Vielleicht kauerte er bis zum Morgen da und führte Selbstgespräche? Denn in diesen letzten Tagen hatte er das Reden aufgegeben. Schweigend kam er, schweigend ging er fort. Morgens war Mergan zu ihm getreten. Ssolutsch war schweigend aufgewacht und war, ohne seiner Frau einen Blick zu schenken, bevor die Kinder aufstanden, durch den Mauerspalt hinausgegangen. Mergan hörte nur von der Gasse her das ewige Husten ihres Mannes, danach war er verschwunden. Ssolutsch und sein Husten waren verschwunden. Er trug auch keine Schuhe, daß Mergan seine Schritte hätte hören können. Wohin ging er? Auch das hatte sie nicht herausfinden können. Wohin wohl mochte er gehen? Wohin verschwand er? Das war nicht festzustellen.

Keiner wußte es. Keiner gab auf den anderen acht. Alle hatten mit sich selbst zu tun. Jeder war mit seinen eigenen Sorgen beschäftigt und hielt den Kopf eingezogen. Die Einwohner von Semindj ließen sich nicht blicken. Keiner ließ sich blicken. Als wären alle in einer Schicht aus trockenem Eis eingeschlossen. Nur die unerbittliche, nicht enden wollende Kälte füllte die gewundenen Gassen von Semindj.

Ssolutsch, in Lumpen, ohne Schuhe, ohne Mütze, legte sich die Satteldecke seines toten Esels um die Schultern und verschwand in diese trockene Kälte, die selbst für einen Panther unerträglich war. Und Mergan wußte nicht, wohin ihr Mann ging. Anfangs war sie begierig, es zu erfahren, aber allmählich verlor sie das Verlangen danach. Er war eben gegangen. Soll er doch gehen! Mergan fühlte sich nicht mehr hingezogen zu Ssolutsch. Seine Anziehungskraft hatte er längst für sie verloren, nur die Gewöhnung war geblieben. Und in der letzten Zeit begann auch diese Gewöhnung blasser und blasser zu werden ... um sich, wer weiß, wann, gänzlich zu verlieren. Nichts Verborgenes, nichts Offensichtliches, das Frau und Mann aneinanderkettet, bestand mehr zwischen ihnen. Es gab keine Arbeit, keinen gedeckten Tisch, keins von beiden. Ohne Arbeit gibt es keinen gedeckten Tisch, ohne gedeckten Tisch keine Liebe. Ohne Liebe gibt es kein Gespräch. Und wenn es kein Gespräch gibt, gibt es nicht Zank und Streit, nicht Lachen und Scherzen; Zunge und Herz nutzen sich ab, eine Schicht aus Staub und Schweiß verschließt die Lippen, im Antlitz verdorrt die Seele, in den Augen der Blick, die Hände erlahmen aus Mangel an Betätigung, und Spaten, Hacke und Sichel verbergen ihre Gesichter in der leeren Abstellkammer unter einer dicken Schicht von Staub. Was noch? Wenn der Esel gestorben ist, wenn der kalte, trockene Winter den Leib mit seinem schwarzen, kalten Leib erdrückt, und wenn der Gram das Gefäß der Seele zum Überlaufen bringt ... wo bleibt dann noch Platz für die Zuneigung? Wo Platz für Herz und Zunge?

Ssolutsch war in diesen Tagen verwirrt, verstört gewesen. Weder sprach er, noch schien er zu hören. Aber hatte Mergan denn Ssolutsch etwas zu sagen, um zu erfahren, ob er es hörte oder nicht? Gab es denn etwas, ein geringstes Etwas, so daß Mergan einen Vorwand zum Sprechen gefunden hätte? Wenn alles unter einem unbegreiflichen, kranken Staub begraben liegt – zu welchem Zweck können sich dann die Lippen öffnen? Mergans Lippen waren von unsichtbaren Händen verschlossen worden. Nur ihre Augen waren offen, und ihre offenen Augen waren voll Verwunderung. Als versetzten selbst die Wände sie in Erstaunen. Auch die Luft, auch Tag und Nacht. Als wunderte sie sich, daß sie da war, daß sie ging, daß sie atmete, daß sie die Kälte bis ins Mark ihrer Knochen spürte. Als staunte sie darüber, daß eine Mutter sie geboren, sie genährt und großgezogen hatte. Ist es denn wahr? Ist es denn möglich? Ist so etwas überhaupt möglich? Wie viele merkwürdige, unglaubliche Dinge gibt es doch in dieser Welt!

Mergan kam alles merkwürdig vor, und am merkwürdigsten war der leere Platz von Ssolutsch. Aber an keinem anderen Tag hatte der leere Platz von Ssolutsch sie in diesen Zustand versetzt. Das war kein Erstaunen mehr, Entsetzen war es. Eine neue Angst, jäh und fremd. Ohne daß sie es merkte, waren ihre Augen weit aufgerissen, stand ihr Mund offen. Der leere Platz von Ssolutsch schien diesmal leerer als sonst. Für Mergan war er wie ein geheimes Zeichen. Etwas Sichtbares und doch nicht Sichtbares. Eine Vermutung. So etwas, was eine Bäuerin als Offenbarung bezeichnet. Eine Ahnung – vielleicht! Ssolutsch war fortgegangen. Das wurde Mergan nun klar. Erst jetzt begann sie zu begreifen, daß Ssolutschs Verzicht auf alles, sein Sich-Fernhalten von ihr und dem Haus, kein Vorwand gewesen war; es war eine Vorbereitung. Ssolutsch hatte sich abgetrennt, sich losgerissen. Wie ein mit einem Schlag abgeschnittener Fingernagel. Was für lange Nächte muß Ssolutsch mit sich gekämpft haben! Was für schwere Tage muß er überdrüssig und abgestorbenen

Herzens in den Trümmern verfallener Häuser, in den Feldern voll Disteln zugebracht haben! Was für Gedanken, Ahnungen, Träume! Die Kinder hatte er sich – gewiß – eins nach dem anderen unter Qualen aus dem Herzen gerissen und von sich geworfen. Und Mergan hatte er – gewiß – aus seinem Gedächtnis getilgt. Was blieb denn, das er bei seinem Fortgehen dagelassen hätte? Seine Sorgen? Nein, bestimmt hat er seinen Anteil davon mit sich genommen. Ganz gewiß hat er ihn mit sich genommen. So etwas kann man nicht aus sich herausreißen und von sich werfen. So etwas kann man nicht auf einen anderen übertragen. Nein, mit einer schwereren Last auf dem Herzen muß er fortgegangen sein. Fortgegangen ist er, fortgegangen. Soll er gehen!

›Soll er doch gehen!‹

Sich dies in Gedanken zu sagen schien leicht. Nur in Gedanken. Denn nie im Leben hatte Mergan sich so wie in diesem Augenblick mit ihrem Mann eins gefühlt. Sie hatte plötzlich etwas verloren, wovon sie nicht genau wissen konnte, was es war. Dem Namen nach war es ihr Mann, Ssolutsch, doch dem Gefühl nach etwas anderes. Vielleicht kann man sagen, daß eine Hälfte von Mergan selbst verlorengegangen war. Das aber erklärte nicht den Schmerz. Der Schmerz war Mergan unverständlich. Was war ihr verlorengegangen? Sie wußte es nicht. Es war nicht die Hand, nicht das Auge, nicht das Herz. Ihre Seele, ihr Gefühl, sie selbst war verlorengegangen. Die Decke über ihr, die Wände neben ihr waren niedergerissen worden. Ein Gefühl wie von Nacktsein, innerlichem Nacktsein. Nackt auf dem Eis. Unbekannte Hände hatten sie ausgehöhlt. Als wäre sie nackt und ausgehöhlt auf dem zugefrorenen Teich neben dem Badehaus ratlos zurückgeblieben. Nackt und ohne Schatten. Läßt sich denn eine Gestalt finden, die keinen Schatten hätte? Was Mergan von sich empfand, war dies: nackt, ausgehöhlt, schattenlos. Schutzlosigkeit und Kälte. Ihr Herz klopfte: ein glühendes Stück Kohle in den Kälteschauern der Mitternacht. Mit einem Mal brannte sie. Etwas hatte sie in Brand gesetzt. Die erkaltete Asche, die alles in ihrem Leben zugedeckt hatte, wurde urplötzlich von ihrem Herzen gefegt. Etwas Dumpfes, etwas Vergessenes tauchte in ihrer Brust wieder auf: Ssolutsch. Eine alte, verrostete Liebe. Eine Liebe, vermischt mit Leid. Ein jähes Gefühl. Sie entdeckte, wie sehr sie nach Ssolutsch verlangt hatte, auch jetzt nach ihm verlangte!

Solange du Augen hast, scheinen sie eine Selbstverständlichkeit; aber sowie diese Augen erblinden, durch ein glühendes Eisen oder durch kalte Krallen, siehst du nicht einmal mehr den Herd, in dem du ein Leben lang Feuer gemacht hast. Jetzt erst verstehst du, was du verloren hast. Was für ein geliebtes Wesen dir abhanden gekommen ist: Ssolutsch!

›Ist Ssolutsch denn wirklich fortgegangen? Wohin ist er gegangen? Und was wird aus mir? Und was aus Hadjer? Was aus den Jungen, Abbass und Abrou? Ist Ssolutsch fortgegangen? Wohin ist er gegangen? Wessen Obhut hat er uns anvertraut, als er fortging? He?‹

Mergan kam allmählich zu sich. Die Augen gingen ihr langsam auf für das, was geschehen war. Ein Druck, eine elementare Kraft stieg erneut aus ihrem Inneren auf. Ihre Augen sahen wieder sie selbst. Deutlich sah sie alles um sich her. Alles hatte sich wieder belebt. Aus dem trockenen Herzen der Winterkälte sprudelte wieder Leben. Der Panzer aus Eis, der Mergan monatelang in sich gefangengehalten hatte, begann aufzubrechen. Sie hatte einen Stoß erhalten. Aus der Kälte war sie in Feuer geraten. Sie brannte und war im Begriff, andere in Brand zu setzen. Sie fühlte, wie alles Eis der Welt in ihr schmolz. Sie glühte so, daß sie das Gefühl hatte, sie könne die Kälte des Winters zu Grabe tragen. Das Herz in Mergans Brust war kein Herz, eine Feuerstätte war es, eine Feuerstätte aus Haß.

Sie wandte sich ab. Aber noch etwas, eine magnetische Kraft, zwang sie, auf den leeren Platz von Ssolutsch zu blikken. Ihr schien, sein leerer Platz schrumpfe von Augenblick zu Augenblick mehr und mehr zusammen. Klein wie eine

Gebärmutter. Der Platz des Kopfes. Der Platz der angezogenen Beine. Der Platz des gekrümmten Rückens. War denn Ssolutsch so klein geworden? Mergan drehte sich um. Ssolutschs großes irdenes Getreidefaß stand noch im Hof, neben der Grube. Das halbfertige Getreidefaß. Der Fuß und die erste Schicht waren trocken geworden und hatten in der strengen Kälte Sprünge bekommen. Ssolutsch hatte das Faß halbfertig stehenlassen, aus Hoffnungslosigkeit hatte er es halbfertig stehenlassen. Seit etwa einem Monat war auch der Backofen dort drüben so geblieben, war aufgegeben worden. Niemand hatte bei Ssolutsch ein Faß bestellt. Von sich aus hatte er aus Mangel an anderer Beschäftigung mit der Herstellung begonnen und einige Tage später die Arbeit wieder eingestellt. Warum auch sollte er diese Arbeit nicht einstellen? Wenn es keine Ernte gibt, kein Getreide gibt – wozu dann ein Gefäß für Getreide? Wozu dient es dann? Und wozu ein Backofen? Für wen? Für welche Teigschüssel? Schade um diese Tonerde, die er auf den Schultern herangetragen hatte, der Ssolutsch! Schade um diesen Ton, den er zur Reife brachte! Schade um diesen Schweiß auf der Stirn; schade um Ssolutsch! Den Ton knetete er, knetete und bearbeitete ihn, bis er bereit war und aufging wie Hefeteig. Kein gelernter Bäcker brachte seinen Teig so gut zum Gehen, bereitete ihn so vor. Wie ein Alchimist arbeitete er, der Ssolutsch. Alle Tongefäße für Mehl und Getreide, alle neuen Backöfen in Semindj waren von den mageren Händen, von den schlanken Fingern Ssolutschs gemacht worden. Solange sie ihn brauchten, hatten alle ihn als Meister geschätzt. Als einen, dem von jeder Fingerspitze eine Kunstfertigkeit tropft: Ssolutsch der Ofensetzer, Ssolutsch der Brunnengräber, Ssolutsch der Kanalreiniger, Ssolutsch der Schnitter, Ssolutsch der Kuppelmaurer, Ssolutsch der Lehmträger, Ssolutsch der Schreiner, Ssolutsch der Hufschmied. Sogar aus den umliegenden Dörfern kamen die Leute und nahmen ihn mit sich, damit er für sie Backöfen baue. Ton war wie Wachs in den Fingern von Ssolutsch:

›Ach, was für Finger!‹

Ein Andenken an Ssolutsch war jetzt ebendieses halbfertige, gesprungene, stehengelassene Getreidefaß. Da, wohin Ssolutsch gegangen war, gab es da wohl Bedarf an Faßbauern?

Abrou, der zweitälteste Sohn, mit großen, abstehenden Ohren, mit großen, schlaftrunkenen Augen, trat durch die tiefliegende Tür in den Hof und ging geradewegs zur Grube an der Mauer. Seine Mutter ging an ihm vorbei und verschwand im Stall. Abrou kam das Hin und Her der Mutter anders vor als sonst. Sie schien unruhig, war aufgeregt. Nirgendwo hielt es sie. Sie kam aus der Tür und ging unter das Schutzdach des Backofens. Keine Ruhe hatte sie. Sinnlos drehte sie sich um sich selbst, kehrte sich von diesem Winkel zu jenem Winkel und sprach vor sich hin: »Weg ist er! Weg ist er, weg! He! Auf und davon! Soll er doch über alle Berge gehen! Soll er doch! Was passiert denn? Werd' ich denn vom Wolf gefressen? He! Weg ist er!«

Mergan mit den Blicken folgend, fragte Abrou: »Wer ist weg? Mit wem sprichst du da?«

»Zum Teufel mit ihm! In die Grube ist er gefahren zu seinem Vater, diesem buckligen Kerl. In die Grube ist er gefahren zu seiner Mutter. Was weiß ich? Fortgegangen ist er. Es gibt ihn nicht mehr. Siehst du's nicht? Er ist nicht da, nicht da. Jeden Tag, wenn er rausging, blieb irgendwas von ihm hier. Hier herum . . . Aber heute hat er keine Spur hinterlassen. Nichts!«

»Was hatte er denn hier zurückgelassen? Was hatte er? Nur die Satteldecke seines Esels hatte er, und die nahm er jeden Tag mit sich.«

Mergan war verstört. Allmählich regte sich Furcht in ihr. Sinnlos fuchtelte sie mit den Händen in der Luft herum. Sie schlug mit den Flügeln. Wie ein Huhn, dem man den Kopf abgeschlagen hat. Zu sich selbst – und zu Abrou – sagte sie: »Ich weiß auch nicht. Ich weiß nicht. Aber ich meine, er hätte immer etwas, etwas von sich selbst, zurückgelassen. Oder nicht?«

»Was denn?«

»Was weiß ich?« schrie Mergan den Sohn an. »Was weiß ich denn? Ich weiß nicht. Vielleicht sein Totenhemd, sein Totenhemd!«

Abrou wusch sich die Hände und stand vom Rand der Grube auf. Das kalte Wasser tropfte ihm von den Fingerspitzen; er steckte die Hände unter die Achseln und wollte weiter mit der Mutter reden. Aber es hielt Mergan nicht mehr. Sie stürzte durch den Mauerspalt hinaus und trat, das Gesicht dem trockenen Wind zugekehrt, in die Gasse. Wohin sollte sie gehen? Wohin geht sie? Die Gasse war leer, alle Gassen waren leer. Die trockene Kälte der Wüste rieb ihren harten Leib an Mauern und Türen von Semindj. Hunde, nur Hunde, streunten in den Gassen herum. Magere, hungrige, kranke Hunde. Aufgeregt, mit bloßen Füßen, nichts auf dem Körper als ein Kleid, schlug Mergan den Weg zum Haus des Dorfvorstehers ein. Als sie beim Teich ankam, erblickte sie Karbalai Ssafi, den alten Vater des Dorfvorstehers Nourus, der aus dem Badehaus kam und breitbeinig die steile Gasse hinaufstieg. Karbalai Ssafi gehörte zu den Respektspersonen von Semindj. Sein Auftauchen veranlaßte Mergan stehenzubleiben. Sie stellte sich dicht an die Mauer und grüßte. Karbalai Ssafi kam näher heran, stemmte die Hände in die Seiten, holte Atem und sagte: »Ah, Mergan! . . . wohin so früh am Morgen? Ist was passiert?«

Mergan, die erst jetzt merkte, daß sie am ganzen Leib zitterte, verbarg ihre langen, schmalen Hände unter den Achselhöhlen, trat von einem Fuß auf den anderen und sagte: »Ssolutsch ist nicht da, lieber Karbalai. Ssolutsch ist nicht da. Fortgegangen ist er. Ssolutsch ist auf und davon. Ist nicht da!«

Ohne Mergan anzublicken, ging Karbalai Ssafi an ihr vorbei und sagte: »Wohin er auch gegangen ist, der kommt zurück. Wo kann er denn hingehen, dieser armselige Kerl? Wo kann er hingehen?«

Mergan zog es hinter Karbalai Ssafi her: »Er ist nicht da! Er ist nicht da, lieber Karbalai! Ich fürchte, er ist ganz fortgegangen. Immer ist er frühmorgens von zu Hause fortgegangen, aber heute war sein Fortgehen irgendwie anders. Irgendwie ist er fortgegangen wie sonst nie.«

Karbalai kratzte sich am Bart, schwieg einen Moment und drückte dann, ohne ein Wort zu sagen, seinen plumpen, krummen Finger gegen das von Termiten zerfressene Hoftor. Das Tor ging mit einem kalten, trockenen Laut auf, Karbalai Ssafi trat in den gepflasterten Torweg und ging ruhigen Schritts in den Hof. Mergan blieb nichts übrig, als stehenzubleiben und hinter Karbalai Ssafi herzublicken. Der setzte den Fuß auf die Treppe aus Ziegelsteinen, zog seinen ziemlich schweren Körper behutsam nach und entschwand in der Veranda ihren Blicken. Mergan blieb noch einen Augenblick stehen, schlich sich dann in den Torweg und setzte sich in einem Winkel neben der Schwelle nieder. Beim Gedanken daran, daß der Dorfvorsteher wohl noch schlafe und daß sie geduldig warten müsse, bis er aufwachte, krampfte sich ihr Herz zusammen. Aber sie sah keine andere Möglichkeit, als zu warten, bis sie etwas hörte. Am Ende würde doch jemand herauskommen.

»Allah ist groß«, ertönte Karbalai Ssafis Gebetsruf.

Danach hörte sie Mosslemeh, die Frau des Dorfvorstehers, hin- und hergehen. Sie hantierte mit Tiegeln und Töpfen. Das Klirren des Kupfergeschirrs, vermischt mit dem Gebrumm von Mosslemeh, übertönte Karbalai Ssafis Worte.

Von morgens an, wenn sie aufstand, brummte Mosslemeh vor sich hin; ihre finster gerunzelte Stirn glättete sich keinen Augenblick. Sie sprach mit niemandem und schien mit allen böse zu sein. Wie man zu sagen pflegt: ›Zu ihrem Hintern sagt sie: Komm nicht hinter mir her, du stinkst!‹ oder: ›Vor lauter Aufgeblasenheit paßt sie nicht in ihre Haut!‹

Frauen und Männer von Semindj kannten Mosslemehs Charakter und betrachteten sie mit der Zeit als eine, die anders war als andere. Eine Art Halbverrückte. Und den überzeugendsten Grund für diese Veranlagung von Mosslemeh sahen sie in ihrem Vater und ihrem Bruder. Mosslem, der Bruder von Mosslemeh, war tatsächlich verrückt. Aber Mosslemehs Vater, Hadj Ssalem, hielten sie nur für verrückt.

»Hach! Weshalb sitzt du da, Mädchen?«

Das war Mosslemeh. Einen Melkeimer in der Hand, stand sie unten an der Treppe, Mergan gegenüber. Mergan stand von ihrem Platz in der Ecke des Torwegs auf und grüßte. Mosslemeh ging zum Stall und sagte: »Komm, hilf mir, komm! Bring das Kalb her, daß es ein paarmal mit dem Kopf ans Euter seiner Mutter stößt, komm! Bis diese Verfluchte nicht den Schwanz ihres Kälbchens abgeleckt hat, gibt sie keine Milch. Dies knauserige Tier!«

Mergan ging hinter Mosslemeh in den Stall, in dessen finsterem Hintergrund die Umrisse der Kuh kaum erkennbar waren. Ihre grünen Augen glänzten, ihr großer Kopf war zur Seite geneigt. Sie stand ruhig da, aber als die Tür sich öffnete, trat sie einen Schritt vor.

Bevor sich die Augen an die Dunkelheit gewöhnt hatten, hatte Mosslemeh schon ihren Eimer auf dem alten, weichen Dung des Stallbodens zurechtgestellt. Sie sagte zu Mergan: »Faß sie am Hals und bring sie her!«

Mergan brachte die Kuh, drehte sie hin und her, bis ihr volles Euter über dem Eimer hing. Mosslemeh zog einen alten Packsattel, der neben der Krippe lag, zu sich heran; die Schulter an den Bauch der Kuh gelehnt, setzte sie sich auf den Sattel, spielte mit den Fingerspitzen an den geschwollenen Zitzen, schnalzte mit der Zunge und begann zu melken: »Sei nicht knauserig, mein Tier! Sei doch nicht knauserig! Oh mein Liebchen. Immer freundlich! Haou . . . haou . . . haou . . . Gib her, Knauserige! Gib her! Gib, Mütterchen! Gib, mein Lämmchen! Haou . . . schön . . . haou . . . schön . . . Gib, mein Schätzchen! Gib, meine Gute! Gib, mein Mütterchen!«

Die Kuh gab keine Milch. Ein Euter von solcher Größe müßte wie Frühlingswolken Milch regnen, aus jeder Zitze müßte sie wie aus einer Dachrinne in den Eimer fließen; aber die Kuh gab keine Milch. Ihren großen Kopf hielt sie gegen die Schranke gesenkt, ihre grünen Augen waren auf die Augen ihres hennafarbenen Kälbchens geheftet, das auf der anderen Seite der Schranke hinter zwei Balken eingesperrt stand. Das hennafarbene Kälbchen streckte seinen schönen, zierlichen Kopf über die Balken vor, muhte sanft, und die Mutter antwortete ihm mit einem gedämpften Klageruf. Mosslemeh wurde langsam wütend: »Zum Henker mit ihr! Die bringt einen ja um, bis sie einen Becher Milch von sich gibt. Gib dem Kälbchen den Weg frei, laß es herkommen und sich satt saufen.«

Mergan nahm das Halfter vom Pfosten, das Kälbchen drängte den Kopf unter den Bauch der Kuh, stieß mit der Stirn von unten gegen das strotzende Euter der Mutter, und ohne zu säumen, machten sich Mosslemehs Finger ans Melken.

Die Kuh gab nun Milch, der Eimer wurde schnell voll und voller. Mosslemeh, den Kopf an den Bauch der Kuh gedrückt und kraftvoll und geübt an den Zitzen ziehend, schrie: »Halt es fest, das Hurenkind! Es säuft ja die Milch wie aus einer Röhre. Halt's doch fest! Bist du denn lahm?«

Den Arm um den Nacken des Kälbchens geschlungen, gab Mergan sich alle Mühe, es vom Euter der Mutter fortzuziehen, aber es ließ nicht davon ab.

»Meine Kräfte reichen nicht«, sagte Mergan hilflos und beschämt. »Es hat das Euter so fest ins Maul genommen, daß . . .«

»Deine Kräfte reichen nicht? Kriegst du etwa nicht genug zu essen? Nimm den Maulkorb da vom Nagel und leg ihm den an. Da ist er. In der Ecke. Neben der Tranlampe.«

Mergan nahm den Maulkorb vom Nagel und brachte ihn her. Mosslemeh unterbrach ihre Arbeit, und gemeinsam zogen sie den Kopf des Kälbchens unter dem Bauch der Kuh vor. Mosslemeh legte ihm den Maulkorb an und sagte: »Jetzt laß es los!«

Mergan ließ den Hals des Kälbchens los, das den Kopf unter den Bauch der Mutter schob. Mosslemeh setzte sich wieder auf den alten Packsattel und machte sich ans Melken.

Mergan hatte jetzt nichts zu tun. Sie setzte sich auf den Rand der Krippe und sah zu, wie das Kalb vergeblich das Maul am Euter der Mutter rieb und wie die Kuh ihm den Schwanzansatz leckte. Die Arbeit war in Gang gekommen. Mosslemeh, die Sorge um das Kalb losgeworden, fragte: »Nun? Was wolltest du so früh am Morgen?«

Wie aus dem Schlaf aufschreckend, sagte Mergan: »Er ist fort! Hadjers Vater ist fort!«

»Fort?« fragte Mosslemeh. »Laß ihn! Sowie er merkt, daß er keinen besseren Platz findet, wird er zurückkommen. Wo soll der schon hingehen?«

Mergan sagte nichts mehr. Reden war nutzlos. Auch Mosslemeh sprach nichts mehr. Sie war in ihre Arbeit vertieft und verwandte ihr ganzes Geschick darauf, die Milch aus dem Euter zu pressen. Als der Eimer bis auf einen Fingerbreit voll war, hörte sie müde, aber zufrieden mit dem Melken auf, stieß den alten Packsattel zur Seite und hob vorsichtig und geschickt den Melkeimer in die Höhe. Zur Stalltür hinausgehend, sagte sie zu Mergan: »Nimm dem Kalb den Maulkorb ab!«

Mergan nahm den Maulkorb ab, hängte ihn an seine alte Stelle an den Nagel und ging hinaus. Draußen hatte Mosslemeh den Melkeimer abgestellt und wartete auf sie. Mergan trat hinzu, nahm den Eimer auf, hob ihn sich behutsam auf den Kopf, rückte ihn zurecht und ging gemessenen Schritts zur Kammer, deren Tür unter der Treppe lag. Diese Kammer war der Vorratsraum, wo Mosslemeh aus der Milch Joghurt und Sahne bereitete. Mergan, die Mosslemeh häufig bei ihren Arbeiten geholfen hatte, wußte den Weg und kannte alle Ecken und Winkel im Haus. Neben der Kellertür nahm sie den Eimer vom Kopf, stellte ihn an die Wand und richtete sich auf. Mosslemeh deckte den Eimer mit einem Tablett zu und sagte im Fortgehen zu Mergan: »Bis du den zweihenkligen Krug da in der Zisterne gefüllt und hergebracht hast, wacht der Dorfvorsteher auf. In der Verandaecke steht er. Hier. Aus Angst, daß die Krüge in der Kälte springen könnten, hab' ich eine alte Steppdecke draufgetan.«

Mergan nahm den Krug auf die Schulter und ging zum Hoftor hinaus. Die Gassen waren immer noch leer. Als dächte niemand daran, einen Fuß vor die Tür zu setzen. Der kalte Wind züngelte herum und verfing sich in Mergans durchlöchertem Kleidersaum. Ihre steif gewordenen Finger umklammerten die Henkel des Krugs und drückten ihn fest auf die Schulter, damit der Wind ihn nicht umblies. Die Kälte, die der Wind mit sich brachte, trieb Mergan das Wasser in die Augen. Aber sie war noch nicht richtig zu sich gekommen; unwillkürlich wandte sie ihren Blick hierhin und dahin, um vielleicht doch Ssolutsch oder eine Spur von ihm – was das sein könnte, wußte sie nicht – zu entdecken. Doch Mauern, Gassen und Tore und die Trümmer verfallener Häuser waren so leer und verlassen, daß sie in Mergans Herzen keinen Hoffnungsschimmer am Leben erhielten. Trotzdem versäumte sie es nicht, in dieser Ruine nachzusehen, den Kopf hinter jenes Mäuerchen zu stecken. Auch als sie zur Zisterne gelangte, umrundete sie, bevor sie den Fuß auf die Stufen setzte, deren Kuppel und überflog mit den Augen alle Löcher und Vertiefungen ringsum. Aber es war ihr klar, daß Ssolutsch hier nicht sein konnte. Sie stieg die Stufen hinab, füllte den Krug mit Wasser, brachte ihn nach oben und trat, den Rücken dem Wind, das Gesicht dem Haus des Dorfvorstehers Nourus zugekehrt, den Rückweg an. Der Wind trieb sie voran, sie konnte leichter ausschreiten. Trotzdem mühte sie sich, den Krug auf der Schulter festzuhalten. Denn mit jedem seiner Stöße versuchte der Wind, ihn umzustürzen. Die schwierigste Strecke war diese freiliegende Stelle – von der Zisterne bis zur Gasse. Als sie die Gasse erreichte, zog sie sich in den Schutz einer Mauer zurück, nahm den Krug von der Schulter, lehnte ihn mit seinem Bauch an ihre Waden und fühlte erst jetzt, daß ihre Finger vor Kälte wimmerten. Sie schob die Hände unter die Arme und drückte die Arme an, dann zog sie die Hände wieder hervor und rieb sie aneinander. Aber die steif gewordenen, erstarrten Hände wurden davon nicht warm. Es genügte, daß sie sich öffnen und schließen ließen.

Mergan packte die Henkel, hob sich den Krug auf die Schulter und löste die Füße vom kalten, harten Boden.

Unterwegs sah sie Hadj Ssalem mit seinem Sohn Mosslem auf sich zukommen. Hadj Ssalem hatte seine fünf Sinne noch so weit beisammen, daß er erwartete, von einer Frauensperson zuerst gegrüßt zu werden. Mergan grüßte mit gesenktem Kopf, und Hadj Ssalem erwiderte ihren Gruß mit kehliger Stimme. Mosslem starrte Mergan mit seinen großen, weißlichen Augen an und sagte zum Vater: »Wasser! Wasser! Papa, ich will Wasser.«

Mergan verlangsamte nicht ihren Schritt. Sie hatte keine Lust, sich mit diesen beiden abzugeben. Sie bog um die Ecke und hörte im Weitergehen die alte, tiefe Stimme von Hadj Ssalem hinter der Mauer sagen: »Manieren! Zeig doch, daß du Manieren hast, mein Junge! Du hast ja noch nicht einmal gefrühstückt, wie kannst du da Durst haben? Du willst aber auch alles, worauf dein Blick fällt, du Dummkopf! Vielleicht trug das Weib Gott weiß was für'n Dreck auf der Schulter – hättest du den auch gewollt? Manieren! Benimm dich doch, du Dummkopf!«

Mosslem sagte: »Jetzt, wo du davon sprichst – ich hab' auch Hunger. Brot! Ich will Brot! Ich hab' Hunger!«

»Manieren!« sagte Hadj Ssalem. »Du Viech, benimm dich doch!«

Mergan hörte nicht mehr, was Vater und Sohn noch zueinander sagten. Sie war am Ziel und trug den Krug auf die Veranda. Der Dorfvorsteher hatte sich die Hände gewaschen und kam gerade die Stufen herauf. Mergan stellte den Krug zurecht, drehte sich um und grüßte. Der Dorfvorsteher hob den Saum seines Mantels hoch, erwiderte murmelnd ihren Gruß, trat ins Zimmer und sagte: »Laß hören, was du willst, Mergan!«

Mergan ging hinter ihm her und blieb an der Tür stehen. Der Dorfvorsteher trocknete die behaarten Hände am Vorhangsaum, setzte sich oben an den Korssi, zog die Steppdecke über die Knie und brüllte den einen seiner Söhne, der noch an der anderen Seite des Korssi schlief, an: »Steh auf, reg dich und mach Platz! . . . Mergan, komm, setz dich, wärme dir die Hände. Komm! Du zitterst ja!«

Mergan trat näher, kniete neben dem Sohn von Nourus nieder, steckte die Hände unter den Korssi und rieb das Gesicht an der warmen Steppdecke. Ihr Rücken war jetzt gebeugt, die Knochen der Wirbelsäule zeichneten sich unter dem Kleid aus Nesselstoff ab. Blanke Knochen. Man konnte ihre Rippen zählen. Es gelang ihr nicht, das Beben ihrer Schultern, das Kribbeln in ihrem Rücken zu unterdrücken. Die sanfte, wohltuende Wärme des Korssi war in ihren Körper gedrungen und hatte die erstarrten Nerven gelöst. Daher kam es, daß Mergan mal zitterte, mal still dasaß, ihr Körper in Bewegung war und zur Ruhe kam.

Der mittlere Sohn des Dorfvorstehers brachte den Samowar. Mergan wußte, was sie zu tun hatte. Sie stand auf, nahm das an der Wand lehnende große Metalltablett, legte es auf den Korssi, trug das kleine Tablett mit Gläsern und Untersetzern nach draußen, wusch alles ab und brachte es zurück. Sie wußte, daß Mosslemeh, die Frau des Dorfvorstehers, selten mit Mann und Kindern Abendessen und Frühstück einnahm. Sie machte ihnen das Essen und ging selbst in ein anderes Zimmer, wo sie allein für sich aß. Heißt es denn nicht, daß sie verrückt ist? Jetzt gab sie Mergan Brot und abgetropften Joghurt, damit diese es vor Nourus auf das große Tablett stellte, und sagte zu Ssafi-ollah, dem ältesten Sohn, der dabei war, dem weißen Esel der Familie den Packsattel aufzulegen: »Wo gehst du hin? Die gefrorene Erde kannst du doch nicht pflügen! Laß wenigstens die Sonne ihre Augen auftun!«

Die Söhne von Nourus gaben selten Antwort auf die Reden ihrer Mutter. Ssafi-ollah zog dem Esel den Bauchgurt fest. Mergan trug Brot und Joghurt ins Zimmer und stellte beides vor Nourus hin. Nourus setzte seinen Fuß auf das Handgelenk des Sohns, der immer noch schlief, und drückte zu. Schlaftrunken schrie Nassr-ollah auf, und der Dorfvorsteher sagte zu ihm: »Steh auf, reg dich doch endlich! Steh auf und geh dir Hände und Fratze waschen!«

Nassr-ollah, das Handgelenk mit der anderen Hand haltend, kroch unter der Steppdecke hervor und ging schwankend und taumelnd aus dem Zimmer. Nourus griff nach dem Brot und brach ein Stück ab. Mergan hielt den Kopf gesenkt. Sie wollte das Brot und die behaarten Hände des Dorfvorstehers nicht ansehen. Sie schluckte. Sie wollte nicht in Versuchung geraten. So beschäftigte sie sich mit dem Samowar, goß dem Dorfvorsteher Tee ein, wusch die Gläser, spülte sie aus, goß wieder Tee ein.

»Gieß dir auch ein Glas ein, damit dir warm wird. Du scheinst tüchtig durchgefroren zu sein.«

»Ich hab' schon gefrühstückt . . . Wohl bekomm's dir!«

Der Dorfvorsteher Nourus wußte, daß Mergan log. Und Mergan wußte das, wußte, daß der Dorfvorsteher wußte, daß sie log. Trotzdem sagte er nichts mehr. Mergan hoffte auf ein Wort von ihm. Ein Wort, das – vielleicht – einen Knoten in ihrem Herzen lösen werde. Das ein Fensterchen öffne, vielleicht. Obwohl Mergan im gleichen Augenblick, als sie ihre Hoffnung auf ein Wort von Nourus setzte, alle Hoffnung auf diese Art Suche nach einem Ausweg schwinden fühlte. Die Hoffnungslosigkeit trat heran wie die Nacht, um sie und ihre trügerische Suche nach einem Ausweg einzuhüllen. Und dies hatte bei ihr mit einer Frage seinen Anfang genommen: Weshalb war sie überhaupt hergekommen? Was konnten andere schon für sie tun? Wozu dies nutzlose Suchen? Der Mann, der viele Nächte lang allein und stumm neben dem Backofen zugebracht hatte, würde doch niemanden von seinem Fortgehen unterrichtet haben. Auch hatten die anderen nicht die Gabe des Hellsehens, daß sie Mergan etwas, was sie nicht wußte und gern wissen wollte, sagen könnten. Angenommen, sie trösten sie in mitleidigem Ton! Wozu das – Trost, nutzloses Mitleid? Angenommen sogar, daß es aus tiefstem Herzen kommt, dies Mitleid! Nun, was ändert es denn? Wann haben solche Worte und Reden eine

Last vom Herzen nehmen können? Aber warum dann war Mergan so plötzlich zur Tür hinausgelaufen und hatte sich geradewegs zum Haus des Dorfvorstehers Nourus aufgemacht? Warum hatte sie sich nicht in ihrer Ungeduld mit Geduld gewappnet? Warum hatte sie nicht das Gesicht gewahrt? Was für einen Nutzen hatte das? Gewohnheit! Das geschieht aus reiner Gewohnheit, daß du ein Problem mit Klügeren besprichst. Und danach Reue! Die folgt auf eine solche Gewohnheit.

Sie stand auf und ging hinaus. Aber bevor sie den Fuß auf die Stufen setzte, blickte sie in Mosslemehs Zimmer und fragte, ob sie nicht noch etwas für sie zu tun habe. Gewohnheit! Die immer wortkarge Mosslemeh gab Mergan mit einer knappen Kopfbewegung zu verstehen: Nein. Als sie am Torweg war, hörte sie Nourus Mosslemeh fragen: »Die Frau von Ssolutsch – was wollte sie eigentlich?«

Mergan blieb nicht stehen. Sie beschleunigte ihre Schritte und bog in die Gasse.

Der Schwiegersohn von Agha Malek, Sabih-ollah und Karbalai Doschanbeh, der Vater von Ssalar Abdollah, kamen auf das Haus des Dorfvorstehers zu. Mergan wich an die Mauer zurück, senkte den Kopf und grüßte. Der Schwiegersohn von Agha Malek erwiderte ihren Gruß und fuhr in seinen Worten fort: »Einige Dinge gehen einem wie ein Dorn ins Auge. Ob man's will oder nicht, sie tun's nun mal. Sagen Sie, was Sie wollen, aber ich sehe, daß dieser Ghanat in den letzten Zügen liegt. Ich hab' schon mit Ssalar Abdollah und dem Dorfvorsteher Nourus darüber gesprochen. Ehe wir vom Wassermangel überrascht werden, müssen wir auf Abhilfe sinnen. Ich setze mein ganzes Vertrauen in die ›Gotteserde‹.«

Als Mergan zu Hause ankam, war Abbass eben aufgestanden und suchte nach einem Strick. Abbass war bereits ein Jüngling. Ein junger Falke. Über fünfzehn Jahre alt. Mit großen, abstehenden Ohren, länglichem, magerem Gesicht, großen, schwarzen Augen, einer Gesichtsfarbe, die vom

Gelblichen ins Bläuliche hinüberspielte. Solange sein Vater da war, hatte der ihn genötigt, sich den Kopf zu rasieren. Aber Abbass hatte es mit viel List und Tücke und mit Fußaufstampfen verstanden, Ssolutsch die Erlaubnis abzutrotzen, vorn am Kopf eine Tolle stehenzulassen. Daher hing ihm jetzt ein Büschel harter, krauser Haare unter der zerrissenen Mütze hervor. Er trug eine Jacke, die ihm zu eng geworden und an Schultern und Ellbogen verschlissen war. Als Gürtel hatte er einen Strick umgebunden, seine Hosenbeine unten mit Schnur umwickelt, die Kappen der Stoffschuhe hochgezogen und die Schuhe selbst fest mit einer Schnur zusammengebunden. Stoffschuhe sollte man nicht umschnüren, aber wenn Abbass Sohle und Oberteil seiner verschlissenen Schuhe nicht zusammengebunden hätte, wären sie ihm von den Füßen gefallen.

Mergan zog ihrer kleinen Tochter Hadjer den als Decke dienenden Tschador fort, stieß Abrou mit dem Fuß an der Schulter und sagte: »Willst du dich immer noch nicht regen? Du warst doch schon mal im Halbdunkel aufgestanden! Steh du auch auf, Mädchen! Ihr habt schon viel zu lange geschlafen!«

Mergan hörte sich das Jammergeschrei der Kinder nicht an. Sie lief hinaus und wollte in die Gasse treten, als Abbass aus dem Stall kam. Er wischte Oberlippe und Nase am Jackenärmel ab und sagte: »Mutter, Brot!«

Mergan hörte das nicht gerne. Sie lief durch den Mauerspalt hinaus. Aber Abbass wollte Brot. Er reckte den Hals über die niedrige Mauer und sagte: »Hörst du nicht? Brot! Ich will gehen, Baumwollstauden ausreißen.«

Mergan wandte den Kopf zurück: »Unten im Brotkasten war doch noch Brot!«

»Das hab' ich gegessen.«

Mergan blieb stehen: »Gegessen? Alles? Und deine Schwester und dein Bruder? Sollen die am Daumen lutschen?!«

»Wieviel war denn das schon?« brüllte Abbass. »Weniger als das Futter für ein Zicklein.«

با امضای نویسنده —
هدیه به [illegible]

Auf sein Gebrüll antwortete Mergan: »Kannst du mir sagen, was ich tun soll? Soll ich mich selbst zu Brot machen? Es ist nichts da! Siehst du das nicht?«

»Dann leih dir zwei von den Nachbarn. Geh zu Ali Genou. Hast du keine Beine?«

Mergan, der Lippen und Augenlider vor Zorn zitterten, trat näher, schluckte ihren Ärger hinunter und sagte Abbass ins Gesicht: »Beine hab' ich, die nötige Unverfrorenheit nicht. Hast du das verstanden?«

Sie ging weiter. Abbass rief hinter ihr her: »Dann verkauf' ich heute meine Last Baumwollholz. Ich bring' sie ins Dorf und verkauf' sie!«

Im Weiterlaufen sagte Mergan: »Weck den da, den Abrou. Nimm ihn mit dir. Stoß ihn mit dem Fuß und zieh ihn aus dem Bett!«

Abbass rief: »Keinen Schahi von meinem Geld für das Baumwollholz geb' ich ab. Alles geb' ich für Brot aus und ess' es selber!«

Mergan hörte nicht. Sie ging dem Wind entgegen auf dem Weg, der aus Semindj hinausführte.

Noch waren alle in ihren Häusern. Einzig Hadj Ssalem und Mosslem waren draußen. Beide hatten sich mit den Rücken an die Mauer gelehnt und warteten darauf, daß die Sonne sich zeige. Mosslem hatte die Hände unter die Kniekehlen geschoben, hob ab und zu seine großen, nackten Füße vom Boden und senkte sie wieder; leise sagte er vor sich hin: »Oh . . . oh . . . die Sonne hat sich verspätet, verspätet. Sie kommt nicht, kommt nicht, kommt nicht. He, Papa? Zeigt sich heute die Sonne nicht?!«

»Sei still, du Viech«, sagte Hadj Sssalem. »Red nicht so sündhaftes Zeug. Gott nimmt das übel. Sei ruhig!«

Mergan ging an dem zerlumpten Gespann vorbei auf die Landstraße, die vom Rand des Bezirks heraufführte, sich in Semindj mit der Straße von Dehbid vereinigte und zur Stadt hinzog. Semindj lag jetzt hinter Mergan. Die Sonne verbarg sich immer noch hinter einer Schicht trockener, lebloser

Wolken, Wolken, die im Herzen keines Bauern Freude erwecken. Solche Wolken versperren lediglich der Sonne den Weg. Sie dienen allein dazu, die Kälte zu steigern, den Wind schneidender zu machen, den Verdruß maßlos. Die Wüste lag ausgetrocknet unter der kalten Brust der Wolken, ihre Haut war hart, wie erfroren. Die Wolken sahen mit finsteren Gesichtern drein und schienen mit allem und jedem verzankt: wie gramvoll dreinblickende Väter, die ihre Kinder, die Regentropfen, verloren haben. Warum wurden die Kinder nicht wiedergeboren? Warum kamen sie nicht zurück: als ein Platzregen!

Der Weg zerkratzte die Brust der Salzwüste, lag in der trockenen Kälte da wie eine Schlangenhaut. Die Wüste war leer, von den vorjährigen Sträuchern waren nur noch hier und dort trockene Zweige geblieben. Trockene Zweige. Fasern hier und dort, um das Wehen des Windes noch geheimnisvoller zu machen. Wind und Wüste. Wüste und Wind. Weg und Wind und Wüste. Einsamkeit und Hoffnungslosigkeit. Mergans bloße Füße hatten vor Kälte zu wimmern begonnen. Ganz deutlich wimmerten ihre Zehen. Etwas Größeres als Schmerz, Tieferes als Schmerz, hatte die Zehen zum Wimmern gebracht.

Mergan kam zum Rand des Salzwasserbachs. Der Bach mit seinen sieben Armen – jeder Arm ein alter Drache – schlich langsam und schweigend dahin. Das Wasser war spärlich, träge, nicht der Rede wert. Auf dem Wasser eine feste Eisschicht. Man könnte mit nackten Füßen über das Eis gehen, es würde nicht brechen. Aber was nutzte das? Auf der anderen Seite des Salzbachs gab es, so weit Mergan blicken konnte, nichts, was sich bewegte, damit sie ihre Gedanken von Ssolutsch abwenden und darauf hätte richten können. Gar nichts. Als sei die Erde von allen lebenden Seelen verlassen worden. Nicht einmal weidendes Vieh, nicht einmal ein Kriechtier. Wohin kann Ssolutsch gegangen sein? Wohin soll Mergan gehen? Warum war sie überhaupt hergekommen? Warum? Wozu? Selbst wenn sie Ssolutsch sähe?

. . . sähe? Ihn sah?! Er war es! War er es, der da kam? Ssolutsch? Er war aus der Deckung der verfallenen, verlassenen Mühle herausgetreten und kam, in seine Satteldecke gewikkelt, heran! Er war's! War es Ssolutsch? Ein Traum? Nein, es ist Tag, heller Tag. Er ist es. Klein und schmächtig. Sie rieb sich die Augen mit den Handrücken. Nein, er ist es: die eingesunkenen Augen, das magere, längliche Gesicht, die finster gerunzelte Stirn, die zusammengepreßten Lippen. Die bläuliche Farbe seines Gesichts, seine alte Stoffmütze. Er kommt, er kommt!

Er kam näher. Seine bloßen Füße schleppten den in die Decke gehüllten Körper näher und näher heran. Langsam ging er, wie ein Schatten. Den Blick auf den trockenen Boden zu seinen Füßen gerichtet, kam er näher, bis dahin, wo Mergan stand. Stumm. Als stände seine Frau nicht da. Als wäre Mergan nicht auf der Suche nach ihm hierhergekommen! Als hätte er nie jemanden gehabt, der ihm angehörte. Ein Schatten! Vor Mergans trockenen Augen ging er vorüber auf den Bach zu. Schweigend, geräuschlos, wie er immer war. Ohne die Hosenbeine hochzukrempeln, setzte der Schatten den Fuß auf das Eis des Bachs. Leicht ging er, als träten seine Füße nicht auf. Nicht vorsichtig und behutsam ging er, eher als flöge er. Der flüchtige Schatten entfernte sich. Der Wind zerrte an seiner Decke. Er entfernte sich, entschwand den Blicken jenseits des Bachs, jenseits des Eises. Eine Fläche aus Eis lag jetzt zwischen Mergan und Ssolutsch. Vielleicht, daß er den Kopf wendet und einen halben Blick . . . Doch nein. Ein Schatten hat keinen Kopf. Er geht weiter. Ein trauervoller, kurzer Flug. Der letzte Hauch des fliegenden Schattens kroch über den Staub des Weges. Entfernte sich. Immer weiter, ganz langsam. Ohne Gehalt, ohne Form. Entfernte sich, immer weiter. Ein kleiner Schatten. Noch weiter. Ein Punkt. Löste sich auf. Rauch. Nichts.

Wüste und Wind. Wind und Wüste. Ein Trugbild. Ein Trugbild und der Bach.

›War er es?‹

Mergan öffnete die Lippen. Dann fühlte sie, daß ihre trokkenen Augenhöhlen ein wenig feucht geworden waren. Vielleicht von der Kälte des Windes? Was sollte sie jetzt tun? Bleiben? Noch länger bleiben? Gehen? Wieder gehen? Gehen und bleiben?! Sollte sie die Augen gehen lassen und selbst bleiben? Die Augen schließen? Ja, das wäre besser! Sollte sie ihre Hände, ihre Schultern ein wenig bewegen? He? Sich aus der Schicht Eis, die sie in sich gefangenhielt, losmachen? Ja. Die Kälte schüttelte sie. Sie zitterte. Sie glaubte, einen Alptraum hinter sich zu haben, einen Alptraum, der sie eher in Erstaunen als in Entsetzen versetzt hatte. Es war, als hätte ihr Leben einen Augenblick ausgesetzt. Nur ihre Fähigkeit zu sehen war noch wach in ihr. Erstaunen: Kann man denn mit diesen zwei kleinen Augen all diese wunderlichen Dinge sehen? Kann man das? Aber Mergan hatte sie ja gesehen! Wie Wasser, das unter einer Eisdecke rinnt, ist Ssolutsch gegangen, ist verschwunden.

›Ich hab' ihn gesehen! Ich hab' Ssolutsch fortgehen sehen!‹

Mergan konnte sich jetzt wieder rühren. Sie kam zu sich. Ihr Körper hatte sich in ein Kleid aus Kälte gehüllt. Sie durfte nicht länger bleiben, mußte gehen. Ganz gewiß nicht hinter Ssolutsch her. Den Rücken Ssolutsch, das Gesicht Semindj zugekehrt. Sie machte sich auf den Weg und gab sich Mühe, ihre Schritte zu beschleunigen. Der Kälte darf man keine Gelegenheit bieten. Wenn du stehenbleibst, greift sie an. Du darfst nirgends stehenbleiben. Du mußt den Körper bewegen. Du mußt die Seele rege halten. Die Kälte der Wüste greift unbarmherzig an.

Mergan floß Wasser aus den Augen; sie selbst hätte gern angenommen, daß es vom Wind kam. Sie wollte sich nicht eingestehen, daß sie weinte. Ihr Herz wollte das nicht. Was soll denn das Weinen? Jahre waren es her, daß das Wasser in Mergans Augen versiegt war, und jetzt . . . war sie nicht mehr dazu aufgelegt. Was war ihr denn abhanden gekommen?

›Soll er doch gehen! Zum Henker mit ihm! Gar nichts

geschieht. Gibt es denn wenig Frauen, die ohne Männer sind? Gibt es denn wenig Männer, die fortgegangen und nicht wiedergekommen sind? Nein, da braucht man nicht zu weinen. Soll doch jeder seinen eigenen Weg gehen. Soll sich jeder Wasserlauf sein eigenes Bett suchen. Zum Henker mit ihm!‹

Was Mergan da vor sich hin brummte, war nach außen hin nur dies. Grobe Bauern graben mit Pflügen das Herz der Frauen um. Mergan fühlte die Kälte der scharfen Pflugschar bis ins Mark, und das, was aus diesem vergessenen Boden zutage trat, bewirkte, daß ihre Augen sich weiteten: Mergan liebte ihren Mann! Das fühlte sie jetzt. Sie liebte Ssolutsch! Sie erinnerte sich, daß sie ihren Mann geliebt hatte. Eine Liebe, die vergessen worden war. Erst jetzt fiel ihr ein, daß sie die Liebe zu ihrem Mann aus ihrem Gedächtnis gestrichen hatte, zu einem Mann, dessen Nichtvorhandensein an ihrer Seite sie, auch wenn er tausend Nächte neben dem Backofen geschlafen hätte, in der letzten Zeit nicht bemerkt hatte.

Die Person, deren Dasein oder Nichtdasein in letzter Zeit völlig belanglos gewesen war, erstand jetzt in Mergans Herzen wieder auf. Mergan fing an zu begreifen, daß sie Ssolutsch liebte. Daß sie Ssolutsch geliebt hatte. Was war denn das? Woher war denn das gekommen? Wieso war das in ihr wach geworden? Schön, er ist auf und davon. Zum Teufel mit ihm! Aber was ist das, was er in Mergan von sich zurückgelassen, das Zurückgelassene zum Wachsen gebracht hat? An die siebzehn Male war der Frühling gekommen und gegangen, seit sie Mann und Frau geworden waren. Siebzehn Frühlinge. Abbass, ihr ältester Sohn, reifte langsam zum Manne heran. Schon wuchs ihm Flaum auf der Oberlippe. Der mit seinen beiden großen Schneidezähnen und dem breiten Mund stieß bereits Flüche aus!

Siebzehn Jahre! Ist es möglich, daß etwas jahrelang in dir verborgen ist und du nichts davon gewußt hast? Deinen Mann geliebt und es vergessen hast?! Wem kann man das sagen?

Mergan fühlte mit jedem Schritt, den sie tat, mit jedem

Atemzug, der sie weiter von Ssolutsch entfernte, daß sie ihm tausend Meilen näher kam. Wie weit, wie weit voneinander hatten sie die Tage und Nächte verbracht! Ach ... wie das Leben vertan wird!

Allmählich kamen nun Leute aus Semindj heraus. Es war Pflügenszeit. Aber noch nicht für die unbewässerten Felder. Deren Pflüger warteten auf Regen; sie saßen noch in ihren Häusern, die Herzen aufs Beten, die Augen zum Himmel gerichtet. Einzeln kamen Männer und Kühe von Semindj und gingen auf die hochgelegenen Felder zu, die bewässerten Felder. Hadj Ssalem und sein Sohn Mosslem standen genau wie vorher an der Mauer. Mosslem trat nicht mehr von einem Bein aufs andere, aber die Hände hielt er noch unter die Arme gesteckt.

»Papa ... Papa ...«

Hadj Ssalem gab keine Antwort; sein Blick war unter den grauen Augenbrauen starr auf eine Stelle gerichtet, als wäre er an etwas hängengeblieben.

»Papa ... Papa ...«

Der Alte schreckte auf: »Verflucht noch mal! Was willst du jetzt schon wieder?!«

Zufrieden zeigte Mosslem seine großen gelben Zähne und sagte: »Die Sonne! Die Sonne ist rausgekommen!«

»Schön, und was soll ich mit ihr?«

»Wärm dich, wärm dich!«

Hadj Ssalem blickte den Sohn an, schwieg eine Weile und sagte dann: »Dummkopf!«

Wie der Wind lief Mergan an Vater und Sohn vorbei, kam blau vor Kälte zu Hause an und stürzte ins Zimmer. Auf der Bank am Webstuhl saß Ssalar. Den Turban hatte er sich fest um den Kopf gewickelt, die Schöße des gestreiften Kaftans über die Knie gebreitet. Grußlos, sogar ohne einen Blick, ging Mergan an ihm vorbei nach hinten, setzte sich in das ungewisse Dunkel der hintersten Ecke und hob die vor Kälte schmerzenden Hände, von denen die krumm gewordenen Finger abstanden. Schmerz durchzuckte die Finger, und nur die Scham hinderte Mergan zu weinen. Aber ein Wimmern konnte sie nicht unterdrücken. Der Schmerz – er selbst wie ein in der Kehle steckengebliebenes Wimmern – wand sich in ihren Fingern. Warmes Wasser!

Ssalar schrie Hadjer an: »Warum sitzt du da so mürrisch rum, Mädchen? Steh auf, mach eine Schüssel warmes Wasser zurecht und bring es her. Steh auf!«

Hadjer stand auf und machte Feuer. Abrou kam mit einer kaputten Zange herein. Sein pockennarbiges Gesicht war finster, mit den Zähnen nagte er an der dicken Unterlippe. Ohne jemanden anzusehen, sagte er: »Mit dieser Zange kann man doch kein Baumwollholz ausreißen!«

Mergan, deren Lippen und Zunge vor Kälte gefühllos waren, fragte: »Wo ist dein verflixter Bruder? Wo steckt er?«

»Der ist dabei, seine Schuhe zusammenzunähen«, sagte Abrou. »Seine Zange ist nicht kaputt. Erwartest du etwa, daß ich mit dieser kaputten Zange eine gleich große Last Holz wie er heimbringe?«

»Geh und leih dir von jemand eine aus. Jetzt sind ja keine Zigeuner hier, denen ich sie zum Ausbessern geben könnte.«

Abrou schickte sich brummend an hinauszugehen: »Leih dir eine! Leih dir eine! Wer leiht mir denn eine? Jeder hat seine Zange selbst nötig.«

»Willst du mir dann sagen, was ich tun soll? Soll ich mir eine Zange aus den Rippen schneiden? He . . . Abbass!«

Mit einem Schuh in der Hand erschien Abbass in der Tür. Mergan fragte: »Warum sorgst du nicht dafür, daß dein Bruder seine Arbeit tun kann?«

Am Faden kauend, erwiderte Abbass: »Bin ich denn ein Schmied?«

»Dann besorg ihm eine Zange! Stumm bist du ja wohl nicht! Geh und leih dir eine für ihn!«

»Was soll ich leihen? Gibt's denn hier einen Schmiede-Basar? Sag ihm, er soll einen Spaten nehmen. Alle reißen ja nicht das Baumwollholz mit der Zange aus!«

Ssalar mischte sich ins Gespräch; er sagte zu Abrou: »Geh

zu mir nach Haus und sag Ali Resas Mutter, sie soll dir aus der Rumpelkammer die Zange mit dem kurzen Stiel geben. Geh! Zum Zeichen, daß ich dich schicke, erinnere sie daran, daß wir gestern abend Melonenkerne geröstet haben. Geh!«

Abrou trat von einem Fuß auf den anderen. Abbass packte ihn am Kragen und schob ihn durch den Mauerspalt auf die Gasse. Unter Stöhnen und Jammern machte Abrou sich auf den Weg. Abbass setzte sich neben der Zimmertür auf den Boden und zog den Schuh an. Das Haus war jetzt voll Rauch. Ssalar ging zur Feuerstelle, tauchte die Hand in die Schüssel und sagte: »So ist's gut. Zu kochen braucht es ja nicht.«

Er nahm die Schüssel vom Feuer, trug sie zu Mergan und stellte sie vor sie hin: »Steck deine Hände ins Wasser. Steck sie rein! Sieh mal einer an, wo die gewesen ist in aller Herrgottsfrühe!«

Mergan tauchte die Hände ins warme Wasser: »Gott segne dich, Ssalar! Ah ... warum bin ich nicht selbst auf den Gedanken gekommen?! Auch meinen Verstand hab' ich verloren!«

Ssalar setzte sich an die Wand und sagte: »Jedes Geschöpf, Mergan, bringt es auf irgendeinem Gebiet zur Meisterschaft. Ein Mann auf diesem, eine Frau auf jenem Gebiet. Auf unseren Wanderungen nach Maschhad zog sich eines Nachts ein Reisegefährte, einer aus Anarak, Erfrierungen zu. Du mußt schon entschuldigen ... eine peinliche Sache – er hatte sich die Männlichkeit erfroren. Ratlos, wie wir waren, brachten wir ihn zu einem Teehaus. Ein alter Mann, ebenfalls unterwegs, war da, der dem Gottesknecht aus Anarak zu Hilfe kam. Sowie er ihn erblickte, stand er auf, leerte alles heiße Wasser aus Kesseln und Kannen des Teehauses in einen Bottich, goß einen halben Krug kaltes Wasser zu und sagte uns, wir sollten den Mann nackt ausziehen. Wir zogen ihn aus und setzten ihn bis zur Taille ins Wasser. Es war noch keine halbe Stunde vergangen, da war er wieder obenauf. Gott sei Dank trug er auch keinen Schaden davon ... Nach dieser Reise war es, daß ich meine Kamele verkaufte und mir von dem

Erlös einige Stunden Ghanat-Wasser pro Tag kaufte. Das erlöste mich von diesem unsicheren Zigeunerleben, und seitdem befasse ich mich mit meiner Handbreit Boden und diesem spärlichen Rinnsal von Wasser . . . Nun, und wo ist Meister Ssolutsch? Wo steckt er?«

Mergan sagte: »Daß ihn die Pest hole!«

»Was? Seid ihr wieder mal wie Hund und Katze aufeinander losgegangen? He? Was ist passiert? Du bist schlechter Laune. Wo ist er so früh am Morgen hingegangen?«

»Fortgegangen ist er.«

»Wohin?«

»Gott weiß. Ich weiß von nichts. Als ich heute morgen aufstand, sah ich, daß er nicht da war. Das heißt, auch gestern abend . . . Ich weiß nicht, bin ganz durcheinander. Jeden Abend kam er heim und legte seinen verwünschten Kopf neben den Backofen, aber gestern abend verschwand er. Mehr weiß ich nicht.«

In seiner Verblüffung sagte Ssalar unwillkürlich: »Teufel auch! Gestern morgen hat er doch vor der Moschee mit mir abgemacht, daß ich heute herkommen und mir die fünf Man Kupfersachen abholen soll.«

»Welche fünf Man Kupfersachen?!«

»Na die doch, für die er von mir die fünfzehn Man Weizen bekommen hatte!«

Mergan sagte: »Er ist ja jetzt nicht da.«

»Das macht nichts, daß er nicht da ist. Ich hab' schließlich sein Wort. Wir hatten auch einen Zeugen. Der Dorfvorsteher Nourus ist Bürge.«

»Dann geh, und laß dir die Sachen vom Dorfvorsteher geben.«

»Vom Dorfvorsteher?! Den Weizen hab' ich Ssolutsch gegeben und soll mir die Kupfersachen vom Dorfvorsteher geben lassen?!«

»Das Kupfer gehört ja gar nicht Ssolutsch. Hat denn etwa dieser Bastard von seinem nicht vorhandenen Vater Kupferzeug geerbt und mir ins Haus gebracht?! Diese paar Stücke hat mir mein Bruder in die Aussteuer gegeben. Soll ich die jetzt hergeben zur Begleichung der Schuld eines Ehemanns, von dem ich nicht weiß, in welchen Höllenschlund er sich aufgemacht hat?«

Ssalar, der sich etwas beruhigt hatte, fragte erstaunt: »So? Und ... was wird am Ende mit meinem Eigentum? Ssolutsch hat meinen Weizen hierhergebracht, ihr habt ihn gegessen – und ich? War das eine Sünde, daß ich mitten im Winter seiner Frau und den Kindern zu Hilfe kam?«

»Ich hab' kein aus deinem Weizen gebackenes Brot gegessen, seine Kinder haben's gegessen. Wenn du willst, reiß den Kindern die Bäuche auf und hol dir deinen Weizen aus ihren Mägen raus!«

Ssalar, gereizt über Mergans Widerspenstigkeit, wurde grob: »Was sagst du da, Weibsbild? Glaubst du, du hast es mit einem Einfaltspinsel zu tun? Treiben wir denn Spaß miteinander, daß du mir mit diesen Ausflüchten kommst? Ich habe Weizen hergegeben und will jetzt Geld oder Entsprechendes dafür haben. Ssolutsch hat es mir gestern zugesichert.«

»Dann geh und such ihn. Er hat ja keine Flügel bekommen, in den Himmel zu fliegen! Wahrscheinlich hat er sich in irgendeinen Schutthaufen gelegt und ist gestorben!«

»Das heißt also, du willst mir das Kupfer nicht geben??«

»Ich hab' kein Kupfer herzugeben.«

Ssalar brachte seinen Kopf dicht an Mergans Gesicht heran: »Sieh mich an! Warum starrst du auf deine Handrücken? Hör gut zu: Ich will das Kupfer haben!«

Mergan nahm die Hände aus dem Wasser, trocknete sie ab und sagte: »Und wenn du die Köpfe meiner Kinder haben willst, muß ich sie dir dann geben?«

»Hier handelt's sich schließlich nicht um die Köpfe deiner Kinder. Ich hab' eine Forderung.«

»Zieh deine Forderung von dem ein, mit dem du's abgemacht hast! Ich hab' nichts mit dir zu schaffen. Halt dich gefälligst an den, der dir wirklich was schuldet. Hab' denn ich mir den Weizen von dir geben lassen?«

»Dein Mann hat ihn sich geben lassen. Und war es nicht dein Sohn, der den Sack mit dem Weizen auf die Schulter nahm und in dies Haus hier brachte? Warst du das nicht, Abbass? Warst du's nicht?«

Abbass sah die Mutter an. Mergan sagte: »Der ist noch nicht volljährig. Wenn er volljährig wird, verkauft er die Winde der Wüste, die er von seinem Vater zum Erbe bekommt, und begleicht damit deine Forderung.«

Ssalar verlor jetzt völlig seine Beherrschung; er brüllte Mergan an:

»Willst du mich mit Ausflüchten abspeisen?! Hast dir eine glatte Zunge zugelegt, du unverschämte Person, du! Glaubst du, du hast deinesgleichen vor dir, der sich mit dir in Erörterungen einläßt? Was bildest du dir eigentlich ein? Daß ich zulasse, daß du mein unbestreitbares Hab und Gut schluckst? Ich hol' mir mein Recht sogar aus dem Rachen des Wolfs, geschweige denn aus dem deinen!«

»Wenn du's kannst, hol's dir. Ich bin ohnehin dies Leben satt.«

»Den Teufel schert's mich, ob du's satt bist. Ich nehm' mir meine Sachen mit.«

Mergan, der wieder das Blut in Händen und Füßen zirkulierte, stand auf und kreischte: »Steh auf und mach dich fort, du habgieriger Kerl! Scher dich fort aus meinem Haus! Sieh mal einer an, was der für Drohungen gegen mich ausstößt! Du Hyäne! Ich kann meinen Kindern kein Brot zu essen geben, und da kommt der und will mir die paar Stück Kupfergeschirr, die mir geblieben sind, aus den Zähnen reißen! Hoho! Hat er doch endlich ein wehrloses Opfer gefunden!«

Ssalar, der mit Mergan zugleich aufgesprungen war, sagte: »Fortgehen soll ich? Ich geh'. Ich geh', aber die fünf Man Kupfer, die mir zustehen, nehm' ich von hier mit.«

Ssalar stürzte in die Vorratskammer und kam mit Tablett, Schüssel, Napf und Tiegel wieder heraus. Ohne sich lange zu besinnen, warf Mergan sich auf Ssalar und schrie: »Stell sie wieder hin! Stell sie wieder hin, du ehrloser Kerl!«

Ssalar streckte die Hand aus und nahm auch den an der Schwelle stehenden Topf an sich. Mergan hing sich an seinen Arm und sagte: »Stell sie wieder hin! Stell sie wieder hin, du Hurensohn! Sonst pack' ich dich an deinen Hoden und bring' dich um. Stell sie wieder hin!«

Ssalar stieß Mergan mit einem Ruck zur Seite. Mergan raffte sich vom Boden auf und rief: »Kinder! Abbass, Abrou, oh Mädchen, versperrt ihm den Weg! Laßt ihn nicht euer Hab und Gut wegtragen. Versperrt ihm den Weg!«

Abrou, der gerade mit Ssalars kurzer Zange zurückgekehrt war, stellte sich Schulter an Schulter mit Abbass vor die Tür. Mit Töpfen und Schüsseln in den Händen stürzte Ssalar zur Tür. Mergan sprang ihn von hinten an, riß ihm den Turban vom Kopf und warf ihn auf den Boden. Ssalar drehte sich um. Mergan packte den Saum seines Kaftans. Das zwang Ssalar, Töpfe und Schüsseln hinzuwerfen und mit Mergan zu ringen. Flink hob Hadjer die Sachen auf und stellte sie ins Wandschränkchen. Mergan rang mit Ssalar, der nicht wußte, was er tun sollte. Sie hatte sich zwischen seine Beine gesetzt und seine Hoden gepackt. Einen Schrei unterdrückend, bot Ssalar alle Kräfte auf, sich loszumachen. Aber Mergan ließ nicht los. Sie zog; sie drehte und zog. Ssalars Wehgeschrei stieg zum Himmel. Mit der Kniescheibe versetzte er Mergan an der Schulter einen heftigen Stoß. Mergan rollte auf den Boden. Ssalar hielt sich nicht zurück und gab alles von sich, was ihm an Flüchen auf die Zunge kam. Die Jungen kamen hereingelaufen, Abrou mit der Zange, Abbass mit einem Strick. Vom Schmerz in der Schulter nach Luft ringend, kroch Mergan zwischen die beiden Parteien, packte Ssalars Wade und grub ihre Zähne hinein. Ssalar schrie auf und stieß Mergan mit einem Tritt zurück. Jetzt hatte Ssalar es mit dreien zu tun; er schlug um sich, steckte Schläge ein und fluchte. Abbass und Abrou hielten sich auch nicht zurück. In ihrem unflätigen Geschimpfe ließen sie nicht Frau und Kinder, nicht Vater und Mutter von Ssalar ungeschoren. Hadjer stand in einer Ecke und kreischte. Ssalar riß sich nochmals von

Mergan und ihren Söhnen los und stürmte zum Wandschrank, riß das Türchen auf und warf die Kupfersachen raus. Abbass und Abrou stürzten sich drauf. Um sie zu vertreiben, bearbeitete Ssalar die Jungen mit den Fäusten. Mergan lief zur Tür hinaus und schrie laut: »Ein Dieb ... ho, ein Dieb ... Leute! Zu Hilfe! Der Kerl räumt mir am hellichten Tag das Haus aus!«

Gleich darauf lief sie zum Stall, griff sich Ssolutschs kleine Schaufel und rannte zurück ins Zimmer. Soll kommen, was will! Sie hob die Schaufel und sagte mit weit aufgerissenen Augen, Schaum vor dem Mund: »Ssalar Abdollah, du bist selbst schuld, wenn ich dich umbringe. Sowohl dich bring' ich um als eins dieser Kinder. Bei Gott, ich bring' dich um! Ich bin dies Leben satt, satt. Ich bin's satt, Mensch!«

Von der Schaufel bedroht, drückte Ssalar sich an die Wand und starrte Mergan mit aus den Höhlen quellenden Augen an. In Mergans Blick lag etwas Schreckliches. Sie würde töten! Würde sie wirklich töten? Ssalar löste die Füße vom Boden und stürzte mit bloßem Kopf aus der Tür in den Hof. Angesichts der schreckensvollen Blicke der Nachbarn dämpfte er die Stimme: »Das Weibsstück ... das Weibsstück ist verrückt! Sie trachtet mir nach dem Leben! Och ... och ... bei Gott, sie wollte mich umbringen! Bei Gott ... bei Gott ... bei der Seele des Propheten, sie wollte mich umbringen! Dorfvorsteher, mein lieber Nourus ... dies Weibsstück wollte mich umbringen! Sie hat mich mit der Schaufel bedroht!«

Einer nach dem anderen waren die Nachbarn in der Gasse aufgetaucht und mischten sich ins Getümmel. Ali Genou spielte den Vermittler. Der Sohn von Ssanam versuchte, Tante Mergan zu besänftigen. Inzwischen langte der Dorfvorsteher Nourus an. Auch seine Begleiter: der Schwiegersohn von Agha Malek, Sabih-ollah und Karbalai Doschanbeh kamen von der Gasse herein. Karbalai Doschanbeh, der Vater von Ssalar, verhielt sich schweigend. Aber Sabih-ollah konnte es nicht mit ansehen, daß eine alleinstehende Frau seinem

Vetter die Stirn bot. Doch bevor Sabih-ollah einschreiten konnte, trat der Dorfvorsteher herzu und ging an Ssalar Abdollah vorbei ins Zimmer. Die Schaufel in der Hand, stand Mergan mit aufgerissenen Augen da. Die Jungen – Abbass und Abrou – lehnten jeder für sich in einer Ecke an der Wand. Hadjer zitterte. Der Dorfvorsteher wand Mergan die Schaufel aus der Hand und verabreichte ihr mit dem Handrücken einen gehörigen Schlag auf die linke Wange: »Schamloses Weib! Bist du denn ganz von Sinnen?«

Er ging hinaus. Die Schaufel warf er zur Seite, gab Ssalar seinen Turban und scheuchte die Nachbarn fort: »Weshalb steht ihr hier rum? Gibt's was zu sehen?«

Ssalar Abdollah band sich den Turban um. Der Schwiegersohn von Agha Malek faßte ihn unter, und zusammen – Sabih-ollah, Karbalai Doschanbeh und der Dorfvorsteher Nourus – gingen sie zum Hoftor hinaus. Mergan kniete auf der Schwelle nieder, vergrub das Gesicht in beide Hände und ließ laut klagend den Tränen, die sich in ihrer Brust angestaut hatten, freien Lauf.

2

Der Boden unter den Füßen von Mergans Söhnen war fest gefroren und brannte an den Fußsohlen. Als ob man auf Glassplittern ginge. Das war's, was die Arbeit verlangsamte. Viel Mühe und wenig Lohn. Mergans Söhne setzten alles ein, was sie an Kraft in Rücken und Armen hatten. Alles, was sie an Saft und Kraft in sich angesammelt hatten, steckten sie in die Arbeit. Trotzdem ging sie mühsam voran. Die Sonne war mehr als eine Speerlänge gestiegen, aber Abbass und Abrou hatten jeder weniger als einen Armvoll Baumwollholz zusammengebündelt. Die Wurzeln hatten sich im gefrorenen Boden festgekrallt. Als hätten sie sich in Fels angesiedelt. Das Herausreißen jeder einzelnen Wurzel drückte heftig auf Hüften und Schultern. Die Last der Arbeit verursachte Schmerzen. Zuweilen schien es Abrou, daß ihm der Rücken rauchte.

Sein Gesicht zog sich zusammen, in den Augenwinkeln bildeten sich Fältchen, die Augen verengten sich, die Wimpern schlossen sich, und all das drückte tausendfältig seine Leiden aus. Aber Abrou wagte nicht, ein Stöhnen über die Lippen zu bringen. Abbass war niederträchtig. Bei der Arbeit hielt er streng auf getrennte Rechnung, beobachtete aber dennoch Abrou ununterbrochen mit kritischen Blicken. Teils, damit Abrou schneller arbeitete, teils, damit Abrou die Wurzeln, die er, Abbass, ausgerissen hatte, nicht stehlen konnte.

Bei der Arbeit trieb Abbass es immer so weit, Abrou zur Widerspenstigkeit zu reizen. Wenn Abrous Traglast kleiner als seine war – was sie immer war –, verspottete er den Kleinen, goß sein Gift über ihn aus. Oft genug führte das zu Gezänk, zu Raufereien. Sie stürzten sich aufeinander, und schließlich war es Abrou, der die Schrammen davontrug und mit seinen Tränen dem Spiel ein Ende bereitete. Doch am heutigen Ungemach trug der harte Boden die Schuld, und als Entschuldigung diente Ssalars kleine Zange, die Abrous Hand ungewohnt war. Obendrein waren die Backen der Zange von jahrelangem Gebrauch abgenutzt und rutschten an den Stämmen der Baumwollstauden ab. Das vor allem war der Grund für Abrous Qual und Wut. Wenn die Backen der Zange erst einmal abgerutscht sind, wird es hundertmal schwieriger, das Holz auszureißen. Denn die rauhe Rinde löst sich vom Stamm, und es bleibt ein glattes, feuchtes Stückchen Holz übrig, in dem die Zange nicht greifen kann. Und wie kann ein arbeitsamer Mensch es übers Herz bringen, Stämme, immer einen überspringend, auszulassen? Es sind also eine gut zupackende Zange und kräftige Arme nötig, damit man die Wurzel aus dem zusammengepreßten Maul des Bodens herausreißen kann. Eben das, was Abrou nicht hatte. Weder hatte er eine taugliche Zange noch starke Hände und Arme. Seine Knochen waren noch nicht fest, seine Muskeln noch schlaff. Wenn auch seine Finger schon kräftig und geschickt waren, so war Abrou doch noch keineswegs erwachsen. Was seine Körpergröße anlangte, war er für sein

Alter zu klein. Aber in seinem Eifer war er wie eine Zecke. Wenn er sich an eine Arbeit machte, wurde er eins mit ihr. Wenn er sich über den Stamm eines Baumwollstrauchs beugte, glich er einer Biene, die auf einer Blüte die Flügel ausbreitet und ihren Stachel hineinsenkt. Er sog und sog. Den Nektar der Blüte sog er, den Nektar der Arbeit. Die Zange waren seine Fingernägel, das Baumwollholz war ein Stachel, der sich in seinen Fuß gebohrt hatte. Abrou zog nicht die Wurzel aus dem Boden, sondern den Stachel aus seinem Fuß. Er wurde zu einer Kugel, einer Faust. Er richtete sich nicht auf, um nur ja nicht hinter dem Bruder zurückzubleiben. Damit, wenn sie mit der Arbeit aufhörten, sein Bündel ja nicht geringer, kleiner erschien.

Die strenge Kälte verlangsamte die Bewegungen seiner sonst so flinken Hände. Seine Finger waren steif wie Ziegenhufe geworden. Wasser lief ihm aus Nase und Augenwinkeln. Seine großen Ohren waren fast zu Eis erstarrt. Der kalte Griff der Zange brannte seine Handflächen. Trotzdem ging er tief gebückt, wie ein Gazellenjunges, von einem Stamm zum anderen, von einer Wurzel zur anderen.

Das Bedürfnis, seine Hände anzuhauchen, ließ Abrou in der Arbeit innehalten. Er richtete sich auf, hob die Hände zum Mund, hauchte sie an und rieb sie wütend aneinander. Als trügen die Hände die Schuld, daß sie so eiskalt geworden waren. Er nahm die Zange wieder in die Hand, doch bevor er sich über einen Stamm beugte, warf er einen Blick in die Ebene. Seine Altersgenossen, etwas jünger und etwas älter als er, hatten sich über die Ebene verteilt und rissen hier und dort Baumwollholz aus. Weiter weg, noch in Rufweite, hatten vier oder fünf Jungen Feuer gemacht. Abrou sah, wie sie, um sich zu wärmen, Hände und Füße nahe an die Flamme hielten.

»Ein Feuer!« entfuhr es ihm.

Über einen Stamm gebeugt, wandte Abbass den Kopf und starrte ihn mit seinen großen, weißlichen Augen an. Abrou hielt dem Blick des Bruders nur kurz stand.

Abbass sagte: »Gleich kommt die Sonne hinter den Wolken vor. Halt dich dran!« und machte sich selbst wieder an die Arbeit. Abrou hielt es für überflüssig, noch etwas zu sagen. Er beugte sich über einen Stamm, bezwang ihn, bezwang sich selbst. Er wußte, daß Abbass wußte, was in ihm vorging. Und er selbst wußte auch, was in Abbass vorging. Aber zwischen den beiden Brüdern bestand die unausgesprochene Abmachung, während der Arbeit keine Klage laut werden zu lassen. Es war, als hätte die Erfahrung sie gelehrt, daß man den einmal eingeschlagenen Weg zurücklegen muß, mit Jammern und ›Ich will nicht‹ oder schweigend und beharrlich. Trotz alledem wurde diese stillschweigende Vereinbarung der Brüder immer wieder gebrochen. Denn es war unmöglich, daß der Druck, die Schmerzen, die Müdigkeit nicht irgendwie nach Entladung drängten. Es lag nicht in ihrer Hand, das zu verhindern. Wenn einem Kalb das Brandzeichen eingebrannt wird, brüllt es unwillkürlich auf. Es zappelt und scharrt mit den Hörnern den Boden. Die einzige Anstrengung von Mergans Söhnen bestand darin, einen Teil des Drucks zu ertragen. So klagten sie mit Worten oder Taten nur dann, wenn zu den Schmerzen die Müdigkeit hinzukam und ihren Willen lähmte. Und dies Klagen war jetzt zügellos zum Ausbruch gekommen.

Abbass steckte die Zange in den Gürtel und ging zurück, um das Baumwollholz, das er ausgerissen hatte, einzusammeln und zu bündeln. Danach fing er an, die Wurzeln aufzuheben, die er hinter sich auf die Erde gelegt hatte. Stück für Stück oder zwei und zwei.

»Warum hebst du mein Holz auf?«

»Welches Holz von dir?«

»Das mit der knorrigen Wurzel. Hundertmal mußte ich ansetzen, bis ich es ausreißen konnte.«

»Hast du in deinen dürren Gliedern überhaupt so viel Kraft, eine so große Wurzel aus diesem harten Boden zu reißen?!«

»Bist du blind, daß du nicht siehst, daß ich's kann? Wirf sie hier rüber! Meine Fußspuren sind ja noch da. Siehst du sie nicht? Wirf die Wurzel hier rüber!«

Abbass behielt die dicke, knotige Wurzel in der Hand. Abrou faßte vorsichtig das Handgelenk des Bruders, und der wollte sich irgendwie aus der Klemme ziehen. Er fand keinen anderen Ausweg, als sich aufs Schimpfen zu verlegen. Wütend sagte er: »Komm mir nicht mit solchen Lügen, Abrou! Sonst stech' ich dir mit diesem Holz hier die Augen aus!«

Abrou kannte Abbass' Charakter. Zu einer Schlägerei wollte er es nicht kommen lassen. Denn ihm war ganz klar, daß er dann Prügel beziehen würde. Deshalb sagte er: »Schwörst du, daß du die Wurzel da ausgerissen hast?«

»Und du, warum schwörst du nicht?«

»Ich schwöre!«

»Nein, ist nicht nötig. Ich tu's selbst. Wobei soll ich schwören?«

»Sag: Bei der Kibla – die Wurzel hab' ich ausgerissen.«

Die knotige Wurzel in sein Bündel Holz steckend, das er unter dem Arm hielt, sagte Abbass: »Bei dieser Gebetsrichtung – das Holz hab' ich ausgerissen.«

»Bei welcher Gebetsrichtung? Du zeigst auf das Wasserbecken da und sagst: Bei dieser Gebetsrichtung?! Die Gebetsrichtung ist hier, auf den Sandboden zu!«

Abbass drehte sich in die Gebetsrichtung und sagte: »Bei dieser Gebetsrichtung. Ist's nun richtig?«

Abrou sagte: »Bei dieser Gebetsrichtung – was?!«

»Bei dieser Gebetsrichtung – ich selbst hab' dies Holz ausgerissen.«

»Dein Schwur soll dir im Hals steckenbleiben, du Lügner!«

»Dir soll er im Hals steckenbleiben, du Zecke!«

Abrou sagte: »Schön. Von jetzt ab ziehen wir eine Linie. Du auf der Seite, ich auf dieser Seite der Linie.«

Emsig seine Wurzeln einsammelnd, sagte Abbass: »Geh du überhaupt zu dem Beet da drüben! Die ganze ›Gotteserde‹ besteht ja schließlich nicht aus diesem einen kleinen Stück.«

»Warum soll ich gehen? Geh du doch hin!«

»Ich soll gehen?! Du Zwerg, hast du mir etwa zu befehlen?«

»Dann hast du mir wohl zu befehlen?«

»Wer sonst?«

»Ich kann tun, was mir beliebt. Auf diesem Beet hier will ich Baumwollholz sammeln. Wen geht das was an? Gehört etwa dir dieser Boden?«

»Laß deine ewigen Widerworte, Abrou! Sonst schlag' ich dich krumm und lahm!«

Abrou sagte nichts mehr. Er setzte seine Zange an den vor ihm stehenden Stamm und brummte vor sich hin. Abbass drehte sich nach ihm um und sagte: »Schimpfen tust du auch noch? Nimm dich in acht, gleich schlag' ich dir die Zähne aus!«

Abrou nörgelte: »Du führst dich auf wie heute früh, als du das ganze Brot allein gegessen hast!«

»Alles Brot hab' ich gegessen? Klar, hab' ich! Deins war es ja nicht.«

»Wessen Brot war's denn sonst? Sind wir etwa keine Menschen, die essen wollen? Hast nur du Zähne? Das war ja auch nicht das erste Mal. Immer bist du so, frißt alles allein. Das vorige Mal hast du alle Datteln aus dem Wandschränkchen genommen und alleine aufgegessen. Und außerdem waren das geschenkte Datteln!«

»Klar, hab' ich! Hätt' ich sie dir zu essen geben sollen?«

»Iß so viel, wie dir zusteht!«

»Damals hast du mir das aber nicht gesagt!«

»Aber jetzt sag' ich's.«

Abbass legte das Bündel Holz neben den Strick und brüllte, halb gebückt, auf ein Bein und einen Arm gestützt, den Bruder an: »Paß auf, was du sagst, Abrou! Ich schlag' dich sonst zu Brei!«

»Schön, tu's nur!«

Wütend schrie Abbass: »Brumm nicht so vor dich hin! Hier, an dieser Stelle, bring' ich dich unter die Erde, du Naseweis!«

Abrou fuhr ihn an: »Ja schön, ich bin ja schon stumm. Ist's gut so?«

»Wenn du doch ein für allemal stumm bliebst!«

Der dunkle Schatten von Ssalar Abdollah schob sich zwischen die beiden Brüder, die sein Kommen nicht bemerkt hatten. Sie starrten ihn verblüfft an. Abrou trat zurück, näher an Abbass heran. Und Abbass tat einen Schritt auf Abrou zu. Auf Armeslänge standen sie jetzt nebeneinander, Ssalar Abdollah ihnen gegenüber. Von Wut war ihm nichts anzumerken, aber eine Art rauhe Trockenheit hatte sein ganzes Gesicht überzogen. Der Boden war von ihm in Pacht genommen, doch ist es Brauch, daß jedermann aus jedem beliebigen Boden Baumwollholz ausreißen kann. Das ist für den Boden auch gut. Denn schließlich kann ein Pflug die Baumwollstauden nicht samt Wurzeln umpflügen. Es sei denn, daß der Boden mit einem Traktor umgewühlt wird. Für den Neuanbau ist es auch nicht gut, wenn die vorjährigen Wurzeln im Boden bleiben. Deshalb bringt das Herausreißen der Sträucher dem Boden und seinem Besitzer nicht nur keinen Schaden, es ist sogar von Nutzen. Was konnte Ssalar Abdollah daher sagen?

»Packt euer Zeug zusammen, Hundebrut! Nehmt eure Stricke und Zangen und verschwindet von hier!«

Abrou sah Abbass an. Noch schwieg Abbass, aber seine Lippen zuckten leicht.

Ssalar sagte: »Und du, gib mir die Zange, die du dir heute morgen bei mir zu Haus ausgeliehen hast. Ich brauche sie.«

Wieder sah Abrou Abbass an. Der streckte die Hand aus, nahm Ssalar Abdollahs Zange an sich und steckte sie in den Gürtel, wandte sich von Ssalar ab und ging zu seinem zusammengebündelten Holz.

Abrou starr ansehend, sagte Ssalar: »Hab' ich dir nicht gesagt, du sollst mir die Zange geben? Bist du taub?«

»Er hat sie genommen!«

Ssalar wandte sich Abbass zu: »He . . . du störrischer Esel! Bring mir die Zange her!«

Abbass, der dabei war, sein Holz auf dem Strick zurechtzulegen, sagte: »Ich hab' mir von dir keine Zange geben lassen!«

»Hast du sie nicht eben Abrou weggenommen?«

»Dem ja – dir nicht! Halte dich an den, dem du sie gegeben hast! Nimm sie ihm weg!«

»Die Zange steckt in deinem Gürtel – da soll ich sie ihm wegnehmen?«

»Was weiß ich!«

»Du sehnst dich wohl nach ein paar saftigen Fußtritten?!«

»Wenn du kannst – tritt mich nur!«

»Glaubst du, ich trau' mich nicht? Ist denn deine unverschämte Mutter auch hier, ihr unflätiges Geschrei anzustimmen? Du unreiner Bastard, ich sag' dir, wirf die Zange hierher! Bist du taub?!«

Abbass hatte sein Holz – soviel er hatte sammeln können – mit dem Strick zusammengebunden. Ohne Ssalar zu beachten, nahm er die noch unvollständige Last auf den Rücken und sagte zu Abrou: »Willst du nicht dein mit tausend Mühen ausgerissenes Holz einsammeln? Nun mach schon!«

Abrou machte sich ans Einsammeln der Wurzeln. Ssalar ging zu Abbass hin und sagte: »Mit dir red' ich, du Affe! Gib die Zange her! Sie gehört mir.«

Abbass kehrte Ssalar den Rücken und machte sich auf den Weg: »Laß sie dir von ihm geben. Was geht's mich an? Ich hab' mir von dir keine Zange geliehen!«

Er sprach langsam, ging jedoch schnell.

Ssalar folgte ihm: »Reize mich heute nicht noch mehr, Sohn eines Habenichts! Wirf die Zange hin und geh zum Teufel!«

Abbass ging schneller und warf im Gehen heimlich einen flüchtigen Blick hinter sich. Ssalar machte längere Schritte. Auch Abbass machte längere Schritte. Er suchte nach einem Grund, die Flucht zu ergreifen. Ssalar bückte sich und hob einen Stein auf. Abbass ergriff die Flucht. Ssalar lief hinter ihm her und warf. Der Stein traf Abbass an der Hüfte. Er schluckte den Schmerz hinunter, ließ sich nichts anmerken. Er lief. Schnell und schneller. Abbass war flink, Ssalar schwerfällig. Er holte ihn nicht ein. Er blieb stehen und begann zu schimpfen. Auch Abbass blieb stehen. Der Abstand zwischen ihnen war beträchtlich. Ssalar bedachte Abbass mit allem, was ihm auf die Zunge kam. Auch Abbass hielt sich nicht zurück und belegte Ssalars Frau und Kinder mit ehrenrührigen Ausdrücken. Zu hören, wie seine Frau beschimpft wurde, und das aus dem Mund eines unreifen Jungen, der noch nicht mit der Würde des Ehestands bekannt war, das war für Ssalar Abdollah ganz besonders verletzend. Auch in harmlosen Scherzen darf einer, der nicht verheiratet ist, einem Familienvater nicht mit frechen Anspielungen kommen. Im Ernst und so hemmungslos ist das noch viel schlimmer.

Ssalar rannte wieder los. Nur mit Prügel war das wettzumachen. Doch Abbass war leichter und flinker. Er nahm Reißaus. Die Angst vor Ssalar beflügelte ihn. Von diesem Beet zu jenem Beet, von diesem Graben zu jenem. Wohl oder übel blieb Ssalar wieder stehen. Gerade hob Abrou die letzte Wurzel auf. Ssalar öffnete die Schnalle seines Gürtels und ging zu ihm hin. Irgendwie mußte er seine Wut loswerden. Abrou strengte sich an, seine Traglast zusammenzuschnüren und sich davonzumachen, bevor Ssalar Abdollah herankam, aber es glückte ihm nicht. Ehe er sich die Last auf den Rücken laden konnte, war Ssalar Abdollah da und warf ihn zu Boden: »Du bist von der gleichen Sorte wie dieser Hundesohn!«

Abrou nutzte sein Jammergeschrei nicht, noch seine Verwünschungen. Mit wehenden Rockschößen kreiste Ssalar Abdollah wie ein Habicht um ihn herum und gab es ihm von rechts und von links. Ssalars Gürtel war wuchtig und schwer und Abrous kleiner, magerer Körper nur mit einer Hose, einem Hemd und einer weiten Jacke bekleidet. Ssalar Abdollah war völlig außer sich; er vergaß, daß Abrou noch nicht einmal siebzehn Jahre alt war. Er prügelte den Jungen mit dem Gürtel, trat ihn mit den Füßen, ohrfeigte ihn, schlug ihn grün und blau. Und dann sagte er, während er sich den Gürtel wieder umschnallte: »Jetzt steh auf! Steh auf, bring die frohe Botschaft deinem Mütterchen und sag ihr, mit wem sie es zu tun hat! Und deinem Schandkerl von Bruder sag, er soll sich drauf gefaßt machen, daß ich's ihm auch noch geben werde – es sei denn, er verschwindet von hier und ich seh' ihn nicht mehr. Geh jetzt!«

Abrou, dessen fadenscheinige Kleider unter Ssalars Schlägen an einigen Stellen zerrissen waren, lud sich unter Schluchzen, das wie das Muhen eines Kälbchens klang, seine Last auf die Schulter und machte sich stolpernd und hinkend auf den Weg.

Erschöpft, mit dreckverschmiertem Gesicht kam er im Dorf an. Abbass hatte sich hinter den Schutt eines verfallenen Hauses geduckt. Abrous stolpernde Schritte, seine letzten Schluchzer, sein Schniefen lockten ihn von dort hervor. Ohne ihn zu beachten, ging Abrou heimwärts. Er sehnte sich danach, sich in eine Ecke zu verkriechen und den Kopf unter die Decke zu stecken. Unverdient hatte er Prügel bezogen. Auch war er wütend auf Abbass und mochte ihm nicht in sein abstoßendes Gesicht sehen. Immer führte der sich so auf. Wenn es an die Begleichung einer Rechnung gehen sollte, riß er aus. Das Feuer entfachte er, machte sich selbst aber aus dem Staub. Doch Abbass war hartnäckiger, als Abrou erwartete. Er trat dicht an ihn heran und fragte mehrmals hintereinander: »Ist er weg? Ist Ssalar weg? He? In welche Richtung ist er gegangen? Bist du taub, Kleiner? Mit dir red' ich, du Furz!«

Wütend umklammerte er mit trockenem Griff Abrous Schulter und hielt ihn fest. Mit Schaum in den Mundwinkeln starrte er den Bruder an und sagte: »In welches Loch hat sich dieser Halunke verkrochen? Hast du's nicht gesehen?«

»Nein.«

»Hat er dich schlimm geprügelt? . . . Womit hat er dich traktiert?«

»Mit dem Gürtel. Mit Fußtritten. Mit Ohrfeigen. Geschlagen hat er eben.«

»Schlimm?«

Abrou sagte nichts. Abbass nahm ihm die Last Holz von der Schulter und stellte sie neben seine eigene. Dann setzte er sich und sagte zu Abrou, er solle sich auch hinsetzen. Abrou schleppte sich an die Mauer, setzte sich aber nicht. Er lehnte sich mit der Schulter an und grub die Fingernägel in die Handflächen.

Wie er da hockte, kratzte Abbass mit seinem kaputten Wurzelschneider auf dem Boden herum und schimpfte – ob ehrlich gemeint oder nicht – auf Ssalar Abdollah: »Diese lange Latte von einem Zuhälter! Dem werd' ich's eines Tages noch geben! Mit seinem halben Tag Ghanat-Wasser und seinen dreißig, vierzig Schafen glaubt er, was zu sein, paßt vor lauter Aufgeblasenheit nicht mehr in seine Kleider. Und wenn mir auch nur noch ein Tag zu leben bleibt, schlag' ich ihn krumm und lahm. Die Fußsehnen schneid' ich ihm durch!«

Abrou hörte Abbass zu, schenkte seinen Worten jedoch keinen Glauben. Abbass' Zunge war immer länger als seine Arme. Hinter dem Rücken des Gegners riß er den Mund auf, gab an, geriet dabei sogar regelrecht in Wut. Aber nicht so heftig, daß er sich den Schädel eingerannt hätte. Immer war er äußerst auf sein Wohl bedacht. Auch jetzt war es Abrou nicht recht klar, warum er so redete. Wollte er ihn trösten? Wollte er sich bei ihm einschmeicheln? Wollte er sein Ausreißen mit diesem Gerede wiedergutmachen? Was war es?

Abbass begann wieder: »Du . . . du schämst dich wohl nicht, dich mit dieser kleinen Traglast bei den Leuten sehen zu lassen?«

Abrou schwieg. Unter den warmen Sonnenstrahlen hielt er die Lider gesenkt und die dicken, trichterförmigen Lippen geschlossen.

Abbass fuhr fort: »Ich jedenfalls schäme mich. Sogar die Mädchen bringen mehr Holz als das da nach Haus. Was werden die Leute von uns denken, wenn sie unsere Bündel sehen!«

»Wenn ich eine vernünftige Zange gehabt hätte, wär' ich auf ein anderes Feld gegangen und hätte ein größeres Bündel zusammengebracht!«

»Dieser elende Hundesohn! Dieser Geizhals – in seiner Todesstunde wird der nicht mal seine Seele rausrücken wollen! Zum Teufel mit diesem Halunken! Was sollen wir nun tun? Ich für mein Teil trau' mich nicht, mit diesem einen Armvoll Baumwollholz durch die Gassen zu gehen!«

»Du hast ja eine gute Zange. Geh doch auf ein andres Feld und fülle dein Bündel auf!«

»Ssalar ist noch dort. Ich hab' Angst, hab' Angst, daß ich ihn krumm und lahm schlage. Außerdem knurrt mir der Magen. Meine Därme sind dabei, sich gegenseitig aufzufressen.«

»Du hast doch heute morgen alles, was da war, verschlungen.«

»Was war das schon? Hier hast du auch was!«

Abbass langte tief in seine Tasche, holte mit Erde und Staub vermischte Brotkrumen hervor und hielt sie dem Bruder hin: »Hier, iß. Das bringt den Magen zum Schweigen.«

Abrou blieb nichts andres übrig; angewidert streckte er die Hand hin, nahm die Krumen, schüttete sie sich auf die Zunge, machte seinen großen Mund zu und setzte die Kinnladen in Tätigkeit. Ein halber Bissen. Er schluckte ihn runter.

Abbass sagte: »Wenn wir unsere Bündel zusammentun, können wir sie bis nachmittags verkaufen. Ich verkaufe sie dem Bäcker und kaufe Brot dafür und bring' das nach Haus.«

Abrou durchschaute seine Absicht. Abbass wollte die Sache ganz allein übernehmen. Natürlich auch das Brot. Er willigte nicht ein, sondern sagte: »Ich verkauf's selbst.«

Abbass bellte ihn an: »Welcher Esel wird denn kommen, dir dies eine Bündel Holz abzunehmen? Eine Last Holz muß wenigstens einen Backofen heizen – oder nicht? Dein Bündel hier macht ja nicht mal 'ne Feuerstelle warm. Oder?«

Abrou sagte: »Und was ist mit deinem? Was ist mit deinem Armvoll Holz? Ist dein Bündel etwa größer als meins?«

»Nein.«

»Warum machst du mich dann so herunter?«

»Ich mach' dich nicht herunter. Wenn du mir zuhörst,

wirst du begreifen, daß ich nicht aus Unverstand so rede. Ich sage: Laß uns diese beiden Armvoll Holz zusammenlegen, damit eine richtige Traglast draus wird. Die bringen wir dann ins Dorf und suchen einen Käufer dafür.«

»Dagegen hab' ich nichts. Wir machen eine Traglast draus, aber die nehm' ich selbst auf den Rücken und bring' sie fort.«

»Du?! Du nimmst sie auf den Rücken? Bin denn ich nicht da? Ich bin dein älterer Bruder, und da soll ich zulassen, daß du dir die Last aufladst? Was werden die Leute dazu sagen? Werden sie mir nicht ins Gesicht spucken? Werden sie nicht sagen: Guckt euch den Schlappschwanz an, der seinem kleinen Bruder die Last aufgebürdet hat? Was du so daherredest!«

Abrou sagte: »Ich . . . ich lad' sie mir auf. Was macht das schon?«

»Das macht schon was. Das macht sogar sehr viel! Was werden die Leute denken? Die denken, daß ich dich ausbeute. Deine Knochen sind noch nicht fest geworden, und da soll ich es zulassen, daß du dir das Bündel nasses Holz aufladst? Bin ich denn nicht da? Was wird, wenn du dir einen Bruch hebst? Wer soll das verantworten? Siehst du nicht, daß der Karbalai Doschanbeh, der Vater von Ssalar Abdollah, seit er einen Bruch hat, sich aufs Altenteil zurückgezogen hat? Dein Rückenmark hat sich noch nicht gefestigt. Ich lass nicht zu, daß mein Bruder zum Krüppel wird!«

Trotz alledem beharrte Abrou: »Die Traglast nehme ich.«

Mit angeschwollenen Halsadern brüllte Abbass: »Sei nicht so bockbeinig, du Hurensohn! Die Last muß ich nehmen.«

Unnachgiebig, aber ruhig sagte Abrou: »Ich trag' sie auf den Platz vor der Moschee; geh du durch die Seitengassen nach Haus. Ich verkauf' sie, kaufe Brot von dem Geld und bring' das nach Hause.«

»Du verkaufst sie?! Bei deiner Begabung für so was? Wie kannst du überhaupt etwas kaufen und verkaufen? Ich bin dreimal mit Onkel Moulana auf Wanderschaft gegangen und hab' Handel getrieben, und du willst jetzt das Holz verkaufen?! Wer wird denn schon kommen und einem Knirps wie dir eine Traglast abkaufen und sie dazu noch bar bezahlen? Willst du, daß unsre ganze Plackerei heute für die Katz war? Ist dir das völlig egal? Dieses Holz hab' ich Stück für Stück mit meinen Nägeln aus dem Boden gerissen, und da willst du es gratis und franko hergeben?!«

Abrou war von seinem Entschluß nicht abzubringen. Er sagte: »Das Holz nehm' ich und verkauf' es. Und du hast ja, wenn du mit Onkel Moulana zum Handeltreiben unterwegs warst, bloß den Esel getrieben. Als ob ich das nicht wüßte! Wenn du zu was getaugt hättest, hätte er dich wieder mitgenommen. Die Traglast nehm' ich und verkauf' sie. Wenn's dir paßt, – schön; wenn nicht, nehm' ich mein Bündel, du nimmst deins. Wenn's dir nicht paßt, geh und füll dein Bündel auf! Du hast ja eine Zange.«

»Die Zange geb' ich dir.«

»Für immer?«

»Nein. Nur für heute. Geh und sammle dir eine ordentliche Last zusammen und komm zurück! Was willst du mehr?«

»In Ordnung! Gib mir die Zange! Eine halbe Last hab' ich ja schon. Ich reiß' noch mal soviel aus und füll' sie damit auf.«

»Das heißt, du willst diesen Armvoll Holz aufs Feld zurücktragen? Schämst du dich nicht? Hast du schon mal jemanden gesehen, der Reisig aus dem Dorf aufs Feld getragen hat? Willst du, daß sich die Leute über dich lustig machen?«

»Sollen sie doch! Schenken mir etwa die Leute Brot, daß sie sich über mich lustig machen können?!«

Abbass knirschte mit den Zähnen und sagte: »Sei nicht so dickköpfig, du Scheißkerl! Ich schlag' dich noch zum Krüppel! Ein hungriger Bauch kennt keine Rücksicht. Mit geschlossenen Augen erwürg' ich dich. Denk ja nicht, daß ich, weil du mein Bruder bist, mit deiner Jugend Erbarmen hab'. Nein! Meine Därme sind dabei, sich gegenseitig aufzufressen. Mit diesen meinen Zähnen reiß' ich dir das Fleisch vom Leib. Nimm Vernunft an und sei nicht so bockbeinig! Ich will ja das Brot, das ich von dieser Last Holz kaufe, nicht alleine essen.

Ich geb' dir deinen Teil ab. So wahr wir Brüder sind – ich schwöre, daß ich dir deinen Teil gebe! Warum quälst du mich so? Ich hab' es satt, mit dir zu reden. Du Ketzer, glaubst du denn nicht an Gott? Ich bin dein Bruder, dein älterer Bruder! Schämst du dich nicht vor mir? Du widerwärtiger Zwerg! Soll ich mir die Kehle ausschreien, damit du hörst, was ich sage? Warum hast du kein Mitleid mit mir? Ich bin dein Bruder. Zusammen haben wir an einer Brust gesogen. Warum kapierst du nicht, wenn man vernünftig mit dir redet? Willst du, daß ich mich heiser schreie? Tag und Nacht zittre ich am ganzen Leib wegen deiner Niedertracht. Warum lebst du in Feindschaft mit mir? Willst du mich zu Tode quälen? He? Willst du, daß ich deinetwegen den Verstand verliere und in die Wüste gehe?«

Abrou sagte: »Die Traglast nehme ich.«

»Du nimmst sie?! Den Teufel wirst du tun, du unverschämter Hurensohn! Du nimmst sie?! Ich werd' dir's zeigen!«

Bei diesen Worten schnellte Abbass wie ein Hase auf Abrous Bündel und zog an dem Strick. Abrou warf sich mit einem Satz über sein Holz und schirmte es mit Brust, Armen und Beinen ab. Jetzt geriet Abbass völlig außer sich. Seine blutunterlaufenen Augen nahmen nichts mehr wahr. Er hatte nur noch das Verlangen, Abrou, der wie eine Zecke an seinem Holz klebte, loszureißen und die zwei Bündel zu einem zu machen. Er streckte die Hände aus und riß das Bündel und Abrou, die eins geworden waren, von ihrem Platz, hob sie sich in Brusthöhe und schleuderte sie zu Boden. Doch Abrou klebte weiter fest an seinem kleinen Bündel, war nicht davon zu lösen. Abbass hob den Fuß und trat Abrou in den Rücken, so daß dessen Gejammer zum Himmel stieg. Trotzdem ließ er sein Holz nicht los. Er schrie, ließ aber nicht los. Abbass war nicht mehr bei Sinnen vor Wut. Mit äußerster Anstrengung und auf die Gefahr hin, sich die Handrücken zu zerkratzen, gelang es ihm, seine Hände unter Abrous Bauch zu verschränken. Dann stemmte er ein Knie auf den Boden und zog Abrou dicht an sich heran. Aber Abrou ließ sich nicht losreißen. Abbass legte sich ihm auf den Rücken, stemmte das Knie in seine Taille, näherte den spitzen Mund seinem Ohr, nahm das staubbedeckte Ohr zwischen die großen, festen Zähne und biß zu.

Der Druck von Abbass' Knie, die Fäuste unter seinem Nabel, sein schmerzendes Ohr setzten Abrou außer Gefecht. Wie eine reife Frucht vom Strauch fiel er vom Bündel ab und sank erschöpft, von einem Tritt Abbass' beiseite gestoßen, auf die Erdbrocken am Fuß der verfallenen Mauer.

Abbass' Mund war voll salzig schmeckendem Blut. Er spuckte aus. Ohne erst zu überlegen, drehte er Abrous Kopf auf die andere Seite und sah sich das verletzte Ohr an. Abrous linke Gesichtshälfte war blutüberströmt. Blasse Sonnenstrahlen glänzten auf dem roten Blut. Abbass setzte sich auf einen Erdbrocken und stützte den Kopf in die Hände. Tränen kamen ihm nicht. Aus diesen Augen konnte wohl nur Blut tropfen. Er stand auf und nahm Abrous Bündel an sich. Den Strick warf er neben den wie tot Daliegenden. Er setzte sich mit dem Rücken an das Bündel: ›Jetzt kann man das eine Traglast nennen!‹

Er lehnte sich zurück, stemmte die Knie auf den Boden und hob die Last mit einem Ruck hoch. Halb aufgerichtet, rückte er sie auf dem Rücken zurecht. Abrou lag vor ihm auf der Erde. Er ging an ihm vorbei und trat in die Gasse. Sein Schatten ging ihm voraus, und Abbass blickte auf den Schatten der Last. Wenn sie doch größer aussähe! Aber so war sie nicht in ihrer ganzen Größe sichtbar. Die Sonne stand ihm im Rücken. Er drehte sich seitwärts. Der Schatten der Last nahm an Umfang zu. Zufrieden setzte Abbass seinen Weg fort. Eine andere Gasse. Abrous Keuchen hemmte seinen Schritt. Er wandte sich um. Abrou war dicht hinter ihm. Abbass blieb stehen. Abrous Augen waren wie zwei Schmelzöfen. Zwei Schmelzöfen aus Feuer und Rauch, die Abbass das Herz versengten. Dennoch brüllte er ihn an: »He?! Was willst du noch? Deinen Lohn hast du doch schon bekommen!«

»Die Zange! Deine Zange möchte ich!«

3

Abrou kam, als die Sonne ging. Er trug ein Bündel auf dem Rücken, Schweiß tropfte ihm von der Nasenspitze. Sein Gesicht war blaß. Wie Mondschein. Vor Erschöpfung und Schwäche zitterten ihm Lippen und Wangen. Sein Inneres war ausgehöhlt. Der Schweiß an Stirn und Ohren war kein Schweiß der Erschöpfung, war mehr: Schweiß totaler Entkräftung. Er hatte ein Gefühl, als wollten ihm alle Gliedmaßen abfallen. Er hatte sagen hören: »Wenn das Knie des Mannes zittert, dann fällt er.« Trotzdem gab er nicht auf. Er raffte seine letzten Kraftreserven zusammen und machte noch einen Schritt auf den Backofen zu. Taumelnd erreichte er sein Ziel und lehnte sich mit seiner Last an die Mauer. Seine Knie knickten ein, das Holz scharrte an der Mauer hinab, bis es an ihrem Fuß zum Stehen kam. Und Abrou, das Bündel noch auf dem Rücken, wurde mit ihm zusammen zu Boden gezogen. Er lehnte den Hinterkopf an das Bündel und streckte die Beine aus – die Beine streckten sich von selbst aus. Seine Wimpern, schweißnaß, schlossen sich. Seine Arme sanken jeder auf eine Seite. Aber der Strick war noch fest am Haken verknotet. Er hatte nicht die Kraft, den Knoten auf der Mitte seiner Brust zu lösen. Ihm war, als zerfalle sein Körper zu Staub. In seinem Kopf drehte sich alles, er sah sich wie einen verlorenen Papierdrachen in der Luft schwimmen. Ein Gefühl, als befände sein Körper sich in schwerelosem Zustand. Ein unsicheres Schwanken zwischen Sein und Nichtsein. Sinnlosigkeit. Dem Zufall überlassen sein. Im Winde sich drehend. Auf einer Schaukel sich wiegend. Im Winde sich drehend und auf einer Schaukel sich wiegend. Nichts war fest an seinem Platz. Mit Staub bedeckt, drehte sich alles. Von Rauch verhangen, drehte sich alles.

Ssolutsch hatte einmal im Frühling mit der Familie einen Ausflug gemacht. An dem Tag hängte er für die Kinder eine Schaukel auf. Ein Seil zwischen zwei Jujube-Bäumen. Abrou war schwindlig geworden.

Und jetzt Erbrechen! Die Krämpfe, die auf die Därme drückten, rissen ihn von seinem Platz, gleichzeitig mit ihm das Bündel: Abrou auf die Knie gestützt, das Bündel auf Abrou gestützt. Krämpfe. Mit dem Mund die Erde berührend, spie Abrou Galle aus. Das Bündel verrutschte auf seinem Rücken. Der Druck auf den Därmen ließ ihm keine Ruhe, er schlug ihn förmlich. Blähungen wanden sich in den leeren Därmen. Kraft, sich zu bewegen, hatte er nicht, war ihm nicht geblieben. Aber dieser Druck der Krämpfe zwang ihn, sich anzustrengen. Um sich von dem lästigen Bündel zu befreien, faßte er mit der Hand an die Brust, an die Stelle, wo der Strick am Haken verknotet war. Mit einem Griff zog er den Knoten auf, das Bündel löste sich von seinem Rücken und fiel zur Seite. Abrou wurde es leichter. Nochmals Erbrechen! Nicht nur einfach Galle. Jetzt Tropfen von Blut. Abrou faßte sogleich an sein Ohr. Nein, das Blut am Ohr war getrocknet. Aber er wollte nicht glauben, daß er Blut erbrochen hatte. Schweißgebadet kroch er auf Händen und Füßen ins Zimmer und schleppte sich zur Feuerstelle, zur erloschenen Feuerstelle.

Es dauerte nicht lange, bis die Kälte – die Kälte, die Abrou in der Fieberglut seines Körpers vergessen hatte – ihn schüttelte, Schüttelfrost ihn übermannte. Er zitterte an allen Gliedern. Niemand war da. Niemand war im Haus: »Ist niemand da? Niemand?!« Seine brüchige Stimme hallte ihm in den Ohren wider. Er müßte aufstehen. Stand auf. Sich mit der Hand an die Wand stützend, stand er da. Stand da, zitterte, wurde geschüttelt. Ein junger Weidenbaum im Wind. Als ob ein Erdbeben ihn schüttelte. Seine Knie, seine Schultern, seine Hüften bebten. Mühsam hielt er sich an der Wand fest. Im Haus war es schwarz, oder . . . wurde ihm schwarz vor Augen?! Er blickte zur Tür hin. Nacht hatte das Maul der Tür ausgefüllt. Nein, dann war es also auch im Haus schwarz. Aber er mußte etwas tun. Die Steppdecken waren dort in der Ecke. Er tastete sich zu ihnen hin, hob schlotternd eine auf und legte sie sich um. Nein, eine war nicht genug. Noch eine.

Und noch eine. Alles, was da war. Alles, was an Decken da war. Das Zähneklappern jedoch hörte nicht auf. Die Zähne gaben ein Geräusch von sich, als ob die Zweige einer vertrockneten Tamariske aneinanderschlügen. Etwas, wovon er nicht wußte, was es war, brachte Abrou zum Wimmern, zum Klagen. Etwas, ein Zustand, um dem Schmerz den Weg frei zu machen, einen engen Durchgang, den der kranke Mensch öffnet, um die Schmerzen durchzulassen. Denn wenn die Schmerzen an ihrer Stelle verharren, zerreißen sie ihn. Klage, eine langgezogene Klage. Von der Art, die das Herz eines Menschen aufwühlt. Eine solche Klage, daß man glaubt, sie währe seit tausend Jahren. Aus den Adern steigt sie, aus dem Knochenmark steigt sie auf. Nein, die Adern und Knochen selbst sind es, die in Stimme, in Klage verwandelt sind und aus der Kehle strömen. Die Seele selbst ist es; sie kreist um die Zunge, zersplittert unter dem Klappern der Zähne, sucht nach einer Form, damit sie einen Wunsch äußern, damit sie vielleicht um Hilfe bitten kann: ›Ach ... Mutter ... Mutter ...‹

Dies – ebendies, was unter Abrous Zähnen zersplitterte, muß das erste Wort gewesen sein, das dem Menschen vom Schmerz auf die Zunge gelegt wurde.

Abbass kam, Fladenbrote in der Hand, einen Bissen im Mund. Seine Augen waren beim Kauen vor Gier weit aufgerissen. Er nahm den zusammengerollten Strick von der Schulter, warf ihn in die Ecke und fragte laut, mit der Autorität eines Mannes, der das tägliche Brot nach Hause bringt: »Ist niemand da in diesem Loch?«

Nur Abrous klägliches Wimmern brachte die Dunkelheit im Zimmer ins Wanken. »Warum hat niemand diese verdammte Blechlaterne angesteckt?!«

Abrou konnte nichts sagen. Die Worte zerflossen unter seinen Zähnen. Abbass zündete den Docht der Laterne an. Ein trübes Licht zerbrach die Schwärze des Zimmers. Abbass hatte noch nicht das Brot aus der Hand gelegt. Als er sich umdrehte, fiel sein Blick auf das kleine Gesicht des Bruders, das aus den Steppdecken hervorschaute; seine Augen flatterten beunruhigt, verängstigt. Alles, was an Steppdecken da war, lag auf ihm; mit seinem winzigen, ängstlichen Gesicht glich er einem erschöpften Tier. Ohne über das, was er vor Augen hatte, nachzudenken, trat Abbass zu Abrou und sagte in einem Ton, in dem Wut mitschwang: »Was ist passiert? Warum hast du dich zum Denkmal gemacht?«

Abrou sagte nichts. Er konnte nicht, versuchte es auch nicht. Abbass war ja nicht blind, mußte es auch so sehen. Abbass trat näher und fragte: »Warum sind deine Lippen blutig? Bist du noch mal dem Ssalar in die Hände gefallen?«

Abrou zitterte, immer noch schlugen ihm die Zähne aufeinander. Abbass kniete sich dicht vor dem Bruder hin und sagte ärgerlich: »Bist du stumm geworden?! Taub geworden? Warum verschlägt's dir die Sprache?«

Abrou sagte abgehackt: »Schüttelfrost! Meine Knochen brechen auseinander. Meine Adern reißen. Hilf mir!«

»Was kann ich denn tun? Alles, was an alten Fetzen da ist, hast du dir schon übergeworfen.«

»Du selbst! Du selbst! Es reißt mich weg!«

Abbass richtete sich auf, legte sich dann bäuchlings auf die Decken. Das Schütteln von Abrous Körper übertrug sich auf ihn. »Was hast du bloß angestellt?«

»Mein Bauch! Mein Bauch! Die Därme . . .«

»Was für'n Dreck hast du gefressen?«

Abrou sagte nichts. Er beschränkte sich aufs Wimmern. Abbass sprang von den Decken runter und brachte das Brot: »Vielleicht kommt's davon, daß deine Därme leer sind, was? Hier, nimm!«

Er brach eine Ecke Brot ab und steckte sie Abrou in den Mund: »Kau aber gut, kau gut! Ich geb' dir noch mehr, geb' dir noch mehr. Kau gut! Kau gut!«

»Die Kälte! Die Kälte! Irgendwie mußt du mich wärmen. Die Knochen brechen mir auseinander. Die Kälte!«

Abbass besann sich nicht lange. Er riß die Schuhe von den Füßen, kroch unter die Decken und drückte den Bruder fest an sich. Wieder übertrug sich das Schütteln von Abrous Körper auf ihn, doch als müsse er einen jungen störrischen Esel besänftigen, hielt er Abrou fest in den Armen: »Iß das Brot! Iß das Brot! Iß, soviel du willst! Iß! Dein Bauch ist leer, deshalb hört dies Zittern nicht auf. Iß! Iß!«

Abrou schluckte Bissen auf Bissen. Eins der Brote wurde schnell weniger, wurde alle. Genau wie eine Schlange, deren Schwanz zwischen die Zähne eines Igels geraten ist, wurde es immer kürzer. Wenn Abbass seine Nächstenliebe so weitertrieb, würde vom Brot bald nichts mehr übrig sein. Plötzlich kam er zu sich; er zog Abrou das noch vorhandene Stückchen Brot zwischen den Zähnen hervor: »Unverschämter Vielfraß! Ich hab' nicht gesagt, du sollst es bis auf den letzten Rest essen. Du hast schon mehr als die Hälfte verschlungen.«

Weinerlich sagte Abrou: »Die knusprigen Stücke hattest du schon selbst gegessen!«

»Ist auch jetzt noch deine Zunge ellenlang?! Ist es überhaupt meine Schuld, daß . . . Na, du scheinst ruhiger geworden zu sein, wie?«

»Ein bißchen.«

Abbass, dessen Hemd von Abrous Schweiß naß geworden war, rückte von ihm ab, kroch unter den Decken hervor und sagte: »Paß auf, daß du keinen Zug abkriegst! Du bist verschwitzt.«

Fieber! Einen Augenblick später war Abrous Körper in einem Schmelzofen. Er brannte in Schweiß, in klebrigem, glitschigem Schweiß. Ein trockener Strauch in einem lodernden Kessel. Die Kehle wurde ihm eng, er hatte mehr und mehr das Gefühl zu ersticken. Als wäre er unter einem Berg verschüttet: »Nimm diese Lumpen fort, ich ersticke!«

Abbass war nicht einverstanden: »Du bist verschwitzt, du darfst keinen Zug abkriegen.«

»Nimm dies schwere Zeug weg! Ich krieg' kaum noch Luft.«

»Nein! Das mußt du nun aushalten.«

Abrou beschwor den Bruder: »Bei Gott, beim Imam, bei

der Seele aller, die du liebst, fleh' ich dich an – tu was! Ich sterbe hier drunter!«

Abbass gab seinen Widerstand auf. Er steckte den Brotrest in den Hemdkragen, schluckte den Rest seines letzten Bissens runter und sagte: »Schön, schön. Wenn du so darauf bestehst, nehm' ich eine weg.«

Er zog eine Decke beiseite.

Abrou bettelte: »Noch eine, nimm noch eine weg! Ich fleh' dich an bei der Seele unsres Vaters!«

Abbass stutzte: ›Ja wirklich! Warum läßt der sich seit einigen Nächten nicht blicken?!‹ und fragte: »Was denkst du, Abrou? Ist er wirklich und wahrhaftig fortgegangen, oder hat Mama diesen Kerl, den Ssalar Abdollah, nur hinters Licht führen wollen?«

Abrou bettelte: »Bei Gott, ich brenne wie in einem Backofen. Nimm noch eine weg!«

Abbass sagte: »Wo ist sie? Mama meine ich. Daß sie sich nur nicht woandershin davongemacht hat!«

Abrou schrie: »Abbass . . . Abbass . . ., ich krieg' keine Luft, du Heide! Nimm die Decken weg! Hab doch Erbarmen mit mir!«

Abbass zog noch eine Decke beiseite, steckte sich das letzte Stück Brot in den Mund und sagte: »Ist's nun gut? Das war noch eine Decke.«

Abrou sagte nichts mehr. Als fühle er nichts mehr. Er schmiegte seine Wange an den Boden, schloß die schwergewordenen Lider und flüsterte: »Mein Bündel . . . bring mein Bündel her . . . stell es neben mich.«

Fieberphantasien setzten ein. Abbass hatte sagen hören, daß man, wenn man im Fieber brennt, phantasiert. Dann also war kein Grund zur Besorgnis. Er selbst brannte darauf, sich Abrous Bündel anzusehen. Er ging hinaus und richtete das Bündel auf. Es kam ihm schwer vor, ließ ihm aber keine Ruhe, und die Neugier trieb ihn, sich dicht daran hinzusetzen. Er lehnte den Rücken dagegen, steckte das Ende des Stricks auf der Schulter in den Haken und zog. Der Haken bewegte sich nach unten und legte sich auf Abbass' Brust. Abbass verknotete das Ende des Stricks am Haken. Er spannte alle Kräfte an. Das Bündel bewegte sich nicht von der Stelle. Es war zu schwer, aber Abbass wollte das nicht wahrhaben, er redete sich ein, daß die Nässe des Holzes schuld sei. Nochmals spannte er seine Kräfte an. Das Bündel bewegte sich, aber bevor es richtig auf Abbass' Rücken saß, rutschte es zurück auf den Boden.

›Wie hat denn dieser Knirps es hergebracht?‹

Er wollte sich weismachen, daß Abrous Beine kürzer seien, er sich deshalb leichter unter das Bündel hocken konnte und, um es sich aufzuladen, es nur ein wenig anzuheben brauchte. Trotzdem wäre es eine Schande, wenn er Abrous Bündel nicht aufheben könnte. Er setzte all seine Geschicklichkeit und Kraft ein und richtete durch zweimaliges Anrucken den Körper zusammen mit dem Bündel auf. Das Gewicht des Bündels brachte seine Knie zum Zittern. Er verlor das Gleichgewicht und beschrieb ungewollt einen Halbkreis. Doch bevor ihm schwindlig wurde, fing er sich ab und stand still. Kerzengerade. Ein wohltuendes Gefühl von Stolz machte Abbass die Last leichter. Wäre es nicht so gewesen, wäre er mit der Last nicht fertig geworden, dann wäre er in seinen eigenen Augen blamiert gewesen. Er wollte das Bündel wieder hinstellen, aber etwas hinderte ihn daran. Er rückte es sich nochmals auf dem Rücken zurecht, trat in die Gasse und verschwand in die Nacht.

Er nahm das leise Geräusch von Mergans Schritten wahr. Darauf konnte er den Umriß ihrer hochgewachsenen Gestalt ausmachen. An der Seite der Mutter kam auch seine Schwester Hadjer heran. Er stützte das Bündel gegen die Mauer und blieb, gebeugt unter dem Gewicht, stehen: »Wo zum Teufel habt ihr zwei bis jetzt gesteckt?«

Mergan, der die Wut in der Kehle saß, antwortete, ohne zu zögern: »In der Hölle!«

Sie wollte schon dicht an dem Sohn vorbeigehen, als sie ihren Schritt verlangsamte und fragte: »Kommst du, oder gehst du?«

Abbass löste sich mit dem Bündel von der Mauer und setzte, der Mutter den Rücken kehrend, seinen Weg fort: »Ich geh' zur Backstube.«

Mergan verbiß ihren Ärger und ging weiter.

Abbass verlor sich in der Dunkelheit, Mergan und Hadjer traten ins Haus. Immer noch flüsterte Abrou vor sich hin: »Mein Bündel. Mein Bündel. Mein Baumwollholz. Bringt es her. Hierher. Dicht zu mir. Es wird gestohlen, gestohlen.«

Mergan zog es zu dem Sohn. Reden war nicht nötig. Ohne ein Wort war es klar, daß er krank war. Fieber. Mergan befreite ihn von der letzten Decke. Abrous Wimpern und Augenbrauen waren naß von Schweiß. Mergan trocknete ihm Stirn und Lider mit einem Zipfel ihres Kopftuchs, setzte sich zu ihm und befühlte seine Haare. Die Haare waren naß, klatschnaß.

Hadjer stand verwirrt da. Sie galt noch als zu unbedeutend, um ihre Meinung äußern zu dürfen. Nicht einmal ihren Kummer über die Krankheit des Bruders. Sie mußte abwarten, bis ein Befehl kam, bis jemand etwas brauchte, verlangte. Sie hatte es sogar bisher nicht soweit gebracht, auf eigene Faust einen Krug zur Zisterne zu tragen und zurückzubringen. Den Krug konnte sie auf die Schulter nehmen. Das tat sie auch, aber nur dann, wenn die Mutter es von ihr wünschte. Ein Mädchen, und dazu noch das Nesthäkchen der Familie – das war's, was Hadjer doppelt unbedeutend machte. Daher zeichneten sich ständig in ihrem Gesichtchen Unsicherheit und Zögern ab, etwas Zweifelndes und Unbeständiges. In diesem kleinen Gesicht hatte sich noch nichts Selbständiges entfaltet. Wie ein kleiner Teich war es, der mal, wenn die Sonne darauf scheint, aufglänzt, mal sich trübt, wenn der Sturm Sand darüber bläst. Mal zufriert, wenn die Kälte angreift, mal sich verdunkelt, wenn die Wolken einander die Köpfe auf die Schultern legen. Wenn es heute abend umwölkt und trübe war, so lag das daran, daß das Haus umwölkt und trübe war. Hadjers Gemütsverfassung wurde immer von ihrer Umgebung bestimmt.

»Setz den Teekessel auf, Mädchen!«

Auf die Worte der Mutter hin ging Hadjer Feuer machen.

Bekümmert, gequält vom Jammern des Jungen, gleichzeitig hart und unbeugsam angesichts dessen, was geschehen war, wütete Mergan vor sich hin, mühte sich aber, kaltes Blut zu bewahren. Sie mußte etwas tun. Die Rettung lag im nächsten Schritt. So nahm sie die Laterne aus der Nische, ging in die Vorratskammer, holte aus Ritzen und Löchern, die nur Mütter kennen, zwei, drei Sorten getrocknete Kräuter hervor, zerrieb sie zwischen den Händen, schüttete sie in den Teekessel, um sie aufzubrühen und Abrou zu trinken zu geben. Die Laterne stellte sie an ihren Platz zurück, drehte sich unschlüssig um sich selbst und kniete sich schließlich neben Abrou nieder.

Krankheit war für Mergan nichts Neues und konnte sie nicht aus der Fassung bringen. Sie war damit groß geworden und erwartete, damit alt zu werden und Hand in Hand mit ihr ins Grab zu sinken. Sie hatte viele alte und junge Menschen gesehen, die, zur rechten Zeit oder zur Unzeit, dem Tod die Hand gereicht hatten. Auch hatte sie oft vom Rand des Grabes Rückkehrende gesehen, die nochmals, die Augen fest auf das Leben gerichtet, ausschritten und Schulter an Schulter mit der Zeit ihres Weges gingen. Was Mergan nicht alles gesehen und gehört hatte! Ihr Gedächtnis war voll von diesem Gesehenen und Gehörten. Doch wer kann von einer Mutter Gelassenheit erwarten, wenn ihr Kind im Fieber – in einem einfachen Fieber – brennt?

Äußerlich schien Mergan gelassen, in ihrem Innern aber war sie aufgewühlt. Bei Abrous wirren Fieberreden durchliefen sie solche Wellen von Kummer, daß Schmerz wie Rauch aus ihrem Herzen aufstieg und die Schleimhaut in ihrer Nase reizte. Zu diesem Zeitpunkt war das Äußerste, was sie tun konnte, daß sie Abrou den Kräutertee zu trinken gab, und das tat sie jetzt. Was noch? Sie tröstete sich mit dem Gedanken, daß der Junge geschwitzt hatte und dies ja gut sei. Jetzt mußte sie aufpassen, daß die Kälte nicht ihr Werk tat. Sie mußte aufpassen, daß er nach der Genesung keinen Rückfall bekam. Das ist das einzige, was man tun kann.

»Kocht es noch nicht, Mädchen?«

Hadjer sagte nicht ›nein‹, sie sagte: »Es ist nahe daran.«

Mergan sagte zu sich und auch zu Hadjer: »Wer hat heute seinen Backofen angeheizt?«

Den ganzen Tag war Hadjer mit der Mutter zusammengewesen, das wußte Mergan doch; unbedacht hatte sie gefragt. Aber schon das Aussprechen dieser Worte linderte ihren Schmerz. Die Frage ›Wo kann man Glut aus einem Backofen auftreiben?‹ wärmte ihr das Herz. Irgendwie wollte sie sich und den Kindern einreden, daß sie nach Abhilfe suchte, sich um Wärme für die Nacht kümmerte. Mit diesen Worten gab sie den Kindern zu verstehen, daß sie ihre allabendliche Aufgabe – glühende Asche aus dem Backofen dieses oder jenes Nachbarn zu beschaffen – nicht vergessen hatte. Irgendwie flößte sie dem phantasierenden Hirn von Abrou, den besorgten Augen von Hadjer, ihrem eigenen bekümmerten Herzen damit Hoffnung ein.

Hadjer brachte Teekessel und Napf, ging zurück zur Feuerstelle und setzte sich an der Wand nieder. Mergan füllte den Napf mit Kräutertee und sagte zu Abrou, er solle den Kopf heben. Mühsam richtete Abrou sich halb auf, stützte sich auf die Hände und blieb so wie eine Katze sitzen. Die Mutter hatte gehört: Wenn der Magen schwer ist, bekommt man Fieber. Und auch das hatte sie gehört und erprobt, daß Kräutertee den Magen leicht macht. Deshalb ließ sie den Tee im Napf abkühlen und gab ihn erst dann Abrou zu trinken. Sie tat das, worin sie sich auskannte. Nicht weniger, nicht mehr. Fürsorglich und voll Vertrauen auf seine Heilkraft goß sie den Tee aus Malvenblüten, Veilchen und Kassia dem Jungen in den Mund, als der mit seinem wunden Ohr an ihren Unterarm stieß und aufstöhnte. Erst jetzt bemerkte Mergan, daß jemand ihren Sohn ins Ohr gebissen hatte: »Wer? Welcher Hundesohn? Wer? Ha? Jetzt versteh' ich, warum mein Kind Fieber hat! Sag mir, wer war der Schuft? Ha? Sag's mir!

Wer's auch gewesen ist, ich bring' ihn um. Sag's mir, damit ich hingehe und ihn in den Hintern trete. Die Hundesöhne haben sich ein schwaches Waisenkind ausgesucht. Gott hat schon diese Kinder geschlagen – warum schlagt ihr sie dann auch noch, ihr Verfluchten?«

Mergan fragte den Sohn nicht weiter, wer ihn verletzt hatte. Sie sprach auch nicht direkt zu ihm, zu allen sprach sie. Zur Luft. Zu Tür und Wand. Zu Ohren, die hörten und nicht hörten. Sie hatte sich von Abrou abgewandt und war aufgestanden. Die Enden des Tschador um die Taille geknotet, drehte sie sich im Zimmer umher, drehte sich im Kreis. Hadjer drückte sich in ihrer Ecke an die Wand, Abrou ließ matt den Kopf zurücksinken. Mergan wanderte umher und blieb stehen, blieb stehen und wanderte umher und redete die ganze Zeit. Laut redete sie, mit sich selbst, mit ihrem Haus, mit der Nacht, mit Sein und Nichtsein. Das war kein einfaches Gerede, eher schon Prahlerei. Sie sprach und verstummte, verstummte und brauste plötzlich auf. Ihr Sprechen wurde zum Schreien: »Um welches von ihnen soll ich mich kümmern? Über welches soll ich meine Flügel breiten? In wessen Schnabel soll ich einen Bissen stecken? Jeder, dem es einfällt, quält eines von ihnen. Jeder, der kann, schlägt einem von ihnen auf den Kopf. Kommt doch alle auf einmal und freßt uns! Werft uns alle zusammen in einen Kessel mit kochendem Wasser! Kommt her! Kommt doch her!«

»Verhüllt eure Köpfe!«

Die schweren Schritte des Dorfvorstehers Nourus, begleitet von einem kurzen Hüsteln, brachten Mergan zu sich. Kurz darauf füllten die Schultern zweier Männer die Türöffnung. Der Dorfvorsteher hatte sich den Mantel über die Schultern geworfen, Ssalar Abdollah trug einen Kaftan. Beide hatten einen Turban um den Kopf gewunden. Der Turban des Dorfvorstehers war sorgfältig gewickelt, während bei Ssalar Abdollah ein Zipfel auf die Brust herabhing. Die Männer brachten die Kälte ins Haus, die bis zu diesem Augenblick in Vergessenheit geraten war. Lediglich Hadjer hatte sie gefühlt, sogar sehr deutlich, und sich dicht an die Feuerstelle gedrängt. Mergan und Abrou brannten, jeder für sich, in Fieberglut. Abrou im Fieber des Schüttelfrosts, Mergan im Fieber der Wut. Beim Auftauchen der Männer verstummte Mergan und setzte sich in eine Ecke. Sie sagte nichts, vergaß sogar zu grüßen. Es war nicht so, daß sie nicht erwartet hatte, Ssalar und den Dorfvorsteher zu sehen. Das hatte sie erwartet, hatte damit gerechnet. Trotzdem schrak sie zusammen. Der Anblick der beiden war ihr so unangenehm, daß sie auf ihrem Platz erstarrte.

Die Männer setzten sich, Ssalar an die Tür, der Dorfvorsteher vor die Feuerstelle. Hadjer entfernte sich kriechend aus seiner Nähe. Er hockte sich, dem schwachen Feuer zugekehrt, auf die Fersen. Um Mergan ansehen und Auge in Auge mit ihr sprechen zu können, war er gezwungen, seinen großen Kopf über die Schulter zu wenden, als er ihr befahl: »Bring die paar Kupfersachen her!«

Mergan blieb, wie sie war: den Rücken an die Wand gelehnt, die Knie mit den Armen umschlungen und stumm. Der Dorfvorsteher wiederholte: »Steh auf . . ., steh auf, bring die Kupfersachen her!«

Mergan gab immer noch keine Antwort, rührte sich auch nicht. Ssalar sah sie aufmerksam an. Im dämmrigen Schein des Talglichts konnte er ihre welken Wangen und das langgezogene Profil sehen. In hartnäckigem Schweigen erstarrt, saß sie wie leblos da. Das in Stein geschnittene Relief einer Frau. Ssalar dagegen war nicht so ruhig. Viele Worte hatte er in sich angesammelt, um sie Mergan und ihren Söhnen an den Kopf zu werfen. Aber da der Dorfvorsteher als Vermittler mitgekommen war, würde es unschicklich sein, wenn er aus der Haut führe.

Der Dorfvorsteher wandte den Kopf zurück und brüllte Mergan an: »Bist du taub geworden?! Ich hab' dir gesagt, du sollst aufstehen und diese alten Kupfersachen herbringen. Freundliche Worte gehen dir wohl nicht ein?«

Unverändert vor sich auf den Boden starrend, sagte Mergan: »Geht selbst hin und holt sie euch! Ihr wißt ja, wo sie sind.«

Der Dorfvorsteher sagte: »Wenn du sie nicht eigenhändig bringst, werd' ich genau das tun. Schließlich bin ich nicht hergekommen, nur um dich anzuschauen!«

Mergan sagte: »Gott vergelte dir deine Großmut!!«

In ruhigerem Ton fuhr der Dorfvorsteher fort: »Eine Rechnung ist eine Rechnung – Freundschaft steht auf einem anderen Blatt. Alles zu seiner Zeit . . . Ssalar, steh du auf! Steh auf und hol die Kupfersachen aus der Vorratskammer, steh auf! Solange ich hier bin, verstößt das nicht gegen Recht und Gesetz.«

Ssalar Abdollah, der hierauf gewartet hatte, stand auf und ging in die Vorratskammer. Auf dieser Seite herrschte Schweigen. Mergan, der Dorfvorsteher, Hadjer und Abrou schwiegen jeder auf seine Weise. Von der anderen Seite des Vorhangs ertönte das Klirren von Kupfersachen. Ssalar Abdollah schob den Vorhang zur Seite, stellte die Kupfersachen Stück für Stück hin, kam schließlich mit einem Napf in der Hand heraus und sagte zum Dorfvorsteher: »Das ist weniger als die Hälfte, Dorfvorsteher! Jetzt, wo es noch nicht zu spät ist, komm und sieh dir das an!«

Der Dorfvorsteher erhob sich, trat an die Schwelle der Vorratskammer und fing an, das Kupfergeschirr zu taxieren: »Zehn Ssier, ein halbes Man, fünfzehn Ssier. Dieser Topf – nehmen wir an: sieben Ssier; das macht zusammen . . . zehn, dreißig, fünfzehn und sieben – also ein Man und zwei Ssier. Bleiben vier Man und zwei Ssier, die fehlen. Was sonst . . . nun?«

Bevor er sich in Erörterungen einließ, nahm Ssalar Abdollah das Talglicht vom Rand der Nische, ging nochmals in die Vorratskammer, suchte alle Ecken und Winkel ab, kam heraus, stellte das Licht an seinen Platz zurück und sagte: »Sie sind nicht da. Die Kupfersachen sind nicht da. Sie haben sich aufgelöst und sind im Boden versickert!«

Mergan starrte schweigend vor sich hin, aber sie spürte die scharfen Blicke von Ssalar und dem Dorfvorsteher auf Stirn und Wangen. Auf das Geschimpfe der Männer war sie vorbereitet. Auf alles hatte sie sich gefaßt gemacht. Vielleicht deshalb blieb sie so fest auf dem Boden sitzen wie eine Schlange auf einem Schatz. Anders konnte sie auch nicht. Der Boden war ihr einziger Halt. Sie hatte keine Kraft, sich zu erheben und zu stehen, wollte nicht, daß ihr vom Geschimpf des Dorfvorstehers und Ssalars die Knie zu zittern begännen. Sie mußte durchhalten. Deshalb blieb sie wie ein Amboß am Boden sitzen.

Ssalar sagte: »Geklaut sind sie! Jemand hat sich dran vergriffen! Ich hab' sie doch selbst gesehen. Den kleinen Kochtopf, den großen Topf, Napf, Schüssel, Becken, die ziselierten Milchschüsseln und ein großes Tablett von dreißig Ssier. Das waren doch nicht nur diese paar verbeulten Stücke! Jemand hat sich an meinem Eigentum vergriffen!«

›An deinem Eigentum?!‹

Es wäre nur natürlich, daß Mergan so etwas sagte, aber sie sagte es nicht. Sie dachte es nur. Der Dorfvorsteher trat mit langen Schritten heran, stellte sich dicht vor Mergan und fragte: »Was ist mit den anderen Stücken geschehen? Wo hast du sie hingetan?«

Mergan machte den Mund nicht auf. Der Dorfvorsteher wiederholte: »Mit dir red' ich! Wo hast du sie hingetan?«

Seine Stimme zitterte. Mergan konnte nicht länger eine Antwort schuldig bleiben. So sagte sie: »Dahin, wo sie waren!«

Ssalar mischte sich ein: »Sie sind aber nicht da, sind nicht da! Hier sind nur ein paar völlig verbeulte Stücke. Wo sind die heilen hingekommen?«

Mergan sagte: »In die Hölle sind sie gekommen. Wo sie hingekommen sind? Was weiß ich, wo sie hingekommen sind! Dieser Satansbraten nahm jeden Abend ein Stück mit und verkaufte es. Was weiß ich! Er hatte oft in den Bergdörfern zu tun. Wahrscheinlich hat er die Kupfersachen seinen

Bekannten verpfändet, dieser Elende – zugrunde soll er gehen!«

Ungestüm schrie Ssalar: »Eine Lüge ist das, eine Lüge! Bei allen Heiligen – du lügst! Du schamloses Weibsstück hast sie verscharrt, die Kupfersachen!«

Mergan sah Ssalar fest an: »Ich?! Diese meine Hände sollen verdorren, wenn ich das Kupfergeschirr überhaupt nur angerührt habe! Vor meinen Augen sollen meine Kinder sterben, wenn meine Seele etwas weiß von dem Kupferzeug! Ihr Hund von einem Vater, der Ssolutsch, hat jedes nur erdenkliche Unheil mit meinen Näpfen, Schüsseln und Schalen angerichtet. Alles gehörte zu meiner Aussteuer, und er hat es genommen, fortgetragen und verkauft.«

»Du lügst, wie schon all deine Vorfahren auch, du Hexe! Der hat seine Hand nicht nach fremdem Gut ausgestreckt. Ssolutsch war nicht der Mensch, von seinem eigenen Hab und Gut etwas beiseite zu schaffen.«

»Sein eigenes Hab und Gut?! Wo hatte er's denn her, daß es sein eigenes wäre? Er hat es wohl von seinem Vater, dem Ofensetzer, geerbt?! Ihr alle wißt ja wohl noch, was sein Vater ihm vererbte, als er starb? Einen Ofensetzer-Spachtel! Einzig und allein das. Sonst nichts. Sein Hab und Gut, sein Hab und Gut! Du tust gerade so, als wär' ich mit dem Sohn des Vorstehers der Kaufmannsgilde verheiratet gewesen und hätte selbst nichts davon gewußt!«

Ssalar sagte: »Schwöre beim Koran! Tust du das?«

»Was soll ich beim Koran schwören?«

»Daß du die Kupfersachen nicht gestohlen hast.«

Mergan sprang auf, lief zu Hadjer, umklammerte sie mit beiden Armen, schlug ihr heftig auf den Kopf und sagte: »Ich will diesem Mädchen das Totenhemd anziehen, mit diesen meinen eigenen Händen will ich ihr das Totenhemd anziehen, wenn . . . wenn ich von etwas weiß. Dorfvorsteher! Sprich du doch ein Machtwort mit diesem Menschen!«

Der Dorfvorsteher kannte Mergan. Nicht nur Mergan, auch die meisten anderen Einwohner von Semindj kannte er besser, als Leute vom Schlage Ssalar Abdollahs es taten. Deshalb war er ja auch der Dorfvorsteher, nicht Ssalar Abdollah. Er wußte, wenn dies so weiterginge, würde Mergan nicht davor zurückschrecken, Hadjer hochzuheben und Ssalar auf den Kopf zu schlagen. Und das wollte der Dorfvorsteher nicht, wollte nicht, daß in seinem Beisein so etwas geschähe. Daß Mergan sich auf Hadjer gestürzt hatte, war seiner Meinung nach mit ebendieser Absicht erfolgt. Deshalb erfaßte er in seiner klugen Art, daß er sich ins Mittel legen müsse. Mergan durfte nicht noch mehr in die Enge getrieben werden. Sie war von der Sorte, die Leute wie Ssalar und er ›ohne Kopf und Fuß‹, hergelaufene Habenichtse, nannten. Von verschiedenen Gesichtspunkten aus traf das auch zu. Mergan hatte in ihrem ganzen Leben keine Gelegenheit gehabt, an sich selbst zu denken. Ihren Kopf hatte kein Kamm je berührt, ihre Füße keine Schuhe. Aber wenn ›ohne Kopf und Fuß‹ etwas anderes bedeutete, war es am Dorfvorsteher, diese Bedeutung zu kennen. Denn Mergan war eine von den sprichwörtlich fleißigen Frauen von Semindj, vielleicht die fleißigste Frau in Semindj. Wie ein Schwert mit zwei Schneiden. Keinen Augenblick war sie müßig. Wenn es sich so fügte, leistete sie allein soviel wie zwei Männer. Flink und geübt. Auch jetzt war der Dorfvorsteher sicher, daß Mergan nicht in der Klemme sitzen bleiben werde. Er sagte zu Ssalar gewandt: »Nimm sie, nimm diese paar Stücke! Später befassen wir uns dann mit dem Rest.«

Mergan stand wieder auf und sagte: »Einen Rest gibt es nicht, Dorfvorsteher! Ich kann nicht unentwegt meinen Kopf gesenkt halten vor jedem, der sich, wenn es sich gerade so ergibt, für meinen Gläubiger hält. Entweder wird mit diesen Stücken, die er mitnimmt, unsere Rechnung beglichen, oder ich lass' es nicht zu, daß jemand auch nur einen Becher aus meinem Haus fortträgt. Dann wird Blut fließen!«

»Laß du es nun auch gut sein! Du brauchst dir nicht die Kehle auszuschreien!«

»Wenn es gut ist – dann also gut! Nur laß nicht zu, daß

jeder, der Lust dazu hat, sich an mich hält! Alles übrige ist deine Sache.«

Der Dorfvorsteher sah Ssalar Abdollah an und fragte: »Nun? Was willst du tun?«

Wohl oder übel bückte Ssalar sich, hob die verbeulten Stücke auf, warf Mergan einen haßerfüllten, gleichzeitig ratlosen Blick zu und sagte: »Den Rest hol' ich mir noch, du wirst's sehen!«

Mergan stürzte sich auf ihn: »Einen Rest gibt es nicht. Hast du das kapiert? Abmachung ist Abmachung. Wenn du diese willst, nimm sie mit, wenn nicht, stell sie an ihren Platz zurück!«

Der Dorfvorsteher zog Mergan von Ssalar weg und sagte: »Geh fort, Ssalar! Nun geh schon fort! Noch ist Ssolutsch ja nicht tot. Vielleicht siehst du ihn noch wiederkommen.«

Ssalar klemmte sich die Kupfersachen unter den Arm und ging hinaus. Der Dorfvorsteher ließ Mergan stehen, wo sie stand, hob seinen zu Boden gefallenen Mantel auf und ging hinter Ssalar her aus dem Zimmer; und Mergan setzte sich auf den Boden.

Durch einen Spalt in der Stalltür beobachtete Abbass, wie Ssalar Abdollah und der Dorfvorsteher sich entfernten. Auch ihren Worten lauschte er, als sie jenseits der Mauer vorbeigingen, und dann glitt er leise durch den Türspalt hinaus. Aber er hatte Angst, daß Ssalar womöglich zurückkehrte. Deshalb blickte er prüfend durch den Mauerspalt hindurch auf die Gasse, überzeugte sich, daß die beiden sich entfernten, und schlich sich dann ins Zimmer. Mergan war voll Wut, Hadjer hatte sich ängstlich in eine Ecke gehockt und schwieg, und Abrou lag unter der Steppdecke vergraben und phantasierte mehr oder weniger.

Abbass kniete sich neben die Feuerstelle und fragte: »Wo hast du die Kupfersachen versteckt, Mama?«

Mergan, die bis jetzt ihren Kummer in ihrer Brust verschlossen hatte, schrie: »In der Hölle! Was redest du da?! Laß mich mit meinem Unglück allein!«

Ohne sich aus der Fassung bringen zu lassen, sagte Abbass: »Ich hab' alles gehört. Du hast die Kupfersachen irgendwo versteckt!«

Mergan wollte die Rede auf anderes bringen. Sie putzte sich die Nase mit einem Zipfel des Kopftuchs und sagte: »Wann bist du gekommen, daß ich's nicht gemerkt habe? Wo ist das Brot? Hast du denn dein Bündel nicht zur Bäckerei gebracht?«

Abbass sagte: »Er hat's nicht nehmen wollen, der Bastard! Sagte, heut abend braucht er's nicht. Seinen Bedarf für morgen kauft er erst morgen. Beim Zurückschleppen des Bündels hab' ich mir fast einen Bruch geholt.«

Bestürzt fragte Mergan: »Sein Backofen hatte aber doch sicher noch glühende Asche?«

»Weiß ich nicht! Seine Haustür war schon zu.«

Mergan stürzte zur Feuerstelle und hob das dort liegende Blech auf. Abbass ergriff sie am Handgelenk: »Du hast mir nicht gesagt, wohin du die Kupfersachen gebracht hast. Wozu diese Winkelzüge? Was glaubst du denn?! Daß ich mich anschmieren lasse? Die Kupfersachen gehören auch mir. Die sind ja nicht in deiner Heiratsurkunde verzeichnet!«

Mergan riß sich von ihm los: »Halt deinen Mund! Was bist du nur für ein Scheusal geworden! Werd erst mal trocken hinter den Ohren, dann kannst du dich aufblasen, du Grünschnabel!«

Ganz gleich, wie und aus welchem Backofen – Mergan mußte Glut herbeischaffen. Deshalb hielt sie sich nicht damit auf, mit dem Sohn zu streiten. Sie nahm das Blech und rannte wie der Wind zur Tür hinaus. Das Verhalten der Mutter machte Abbass deutlich, daß er noch sehr jung und unbedeutend war, daß man ihn nicht für wert hielt, mit ihm zu reden. Und genau das ist etwas, was ein junger Mensch nicht ertragen kann. Einen Jungen, dem der Bart noch nicht gewachsen ist, kann man zu allen möglichen Arbeiten anhalten unter der Bedingung, daß man ihn ernst nimmt, ihn wie einen vollwertigen Menschen, wie einen Mann behandelt.

Mergan hatte in ihrer Verblendung keine Zeit, solche Feinheiten zu beachten. So kam es, daß Abbass von Haß auf seine Mutter erfüllt wurde, wenn auch nur von vorübergehendem Haß. Und den Tag herbeisehnte, an dem er die Oberhand über die Mutter gewänne, ihr Befehle erteilen könnte. Aber das war nicht genug. Eines Tages . . .? Welcher Tag? Wo ist die Geduld, auf diesen Tag zu warten? Gleich jetzt müßte er seine Niederlage wettmachen. Wenn nicht an einem Menschen, dann an einer Sache. Doch Abbass war vor den Augen seiner Schwester gedemütigt worden. Deshalb richtete er seine Blicke auf Hadjer, die ihn immer noch ansah, und sagte: »Was ist?! Weshalb glotzt du mich so an? Hast du noch keinen Menschen gesehen?«

Hadjer senkte den Kopf. Abbass sagte: »Also gut, wenn du nicht willst, daß ich dir einen Denkzettel verpasse, sag auf der Stelle, wohin du heute mit Mama gegangen bist!«

Ruhig sagte Hadjer: »Wir sind gegangen, um Kameldung zum Trocknen in die Sonne zu legen.«

»Was noch? Danach?«

»Danach? Danach . . .«

»Stotter nicht herum! Los, rede: Wo habt ihr die Kupfersachen hingebracht und versteckt?«

Hadjer brach, halb aus Angst, halb absichtlich, in Tränen aus: »Bei Gott . . . ich weiß nichts. Ich war nicht dabei, bei Gott! Ich schwör's beim Grab von Papa!«

»Halt den Mund, liederliche Heulsuse! Ist Papa denn tot, daß du bei seinem Grab schwörst?«

Schluchzend antwortete sie: »Mama hat's gesagt, hat heute gesagt, daß er tot ist!«

»Die macht sich noch übers Grab ihres eigenen Vaters lustig! Tot? He? Laß diese . . . Mama mal herkommen, der werd' ich's zeigen, solche Reden zu führen! Das soll sie zu spüren kriegen!«

Hadjer weinte jetzt laut. Doch Abbass war nicht so zartfühlend, als daß er deshalb von ihr abgelassen hätte. Er bedrängte sie erneut mit Fragen: »Schön, das lassen wir jetzt beiseite. Nehmen wir an, Papa ist gestorben. Sag mir, wo habt ihr die Kupfersachen versteckt?«

Wieder drückte Hadjer sich vor einer Antwort. Abbass legte die Hand an seinen Gürtel und stand auf: »Du gerissenes Luder! Redest du nun, oder soll ich dir nachhelfen?«

Hadjer kroch in eine Ecke. Wie der Leibhaftige ging Abbass zu ihr hin, pflanzte sich vor ihr auf und schlug mit dem Gürtel auf den Boden: »Los! Tu den Mund auf, du Hure! Oder willst du, daß ich dich mit diesem Gürtel grün und blau schlage?«

Hadjer schloß die Augen, hielt die kleinen Hände vors Gesicht und weinte nur. Abbass brüllte: »Bei allen Heiligen, ich schlag' dich krumm und lahm! Hab Mitleid mit deinen paar Knochen und tu den Mund auf!«

Hadjer weinte nur, weinte aus Herzensgrund. Nicht nur vor Angst; wegen allem möglichen. Alles, was sie gesehen und gehört, hatte sich in ihrem Herzen angesammelt, und da sie keine andere Möglichkeit hatte, ihr Herz zu erleichtern, konnte sie nur weinen. Vielleicht hätte sie auch dann einen Anlaß zum Weinen gefunden, wenn Abbass sie nicht gequält hätte. Aber jetzt, wo Abbass sie in die Enge trieb, weinte sie aus Herzensgrund. Unstillbar, so wie Blut aus einem aufgeschnittenen reifen Geschwür rinnt, flossen ihr die Tränen. Bis sich der Knoten in ihrem Herzen löste, mußte sie weinen, konnte es einfach nicht verhindern. Diese Tränen waren da, um zu fließen. Und Abbass machten sie noch wütender. Daß Hadjer weinte, daß ihr Mund wie versiegelt war; das Gefühl, daß Hadjer hinter ihren Tränen eine Lüge verbarg, all das brachte Abbass außer sich. Vielleicht suchte auch er nach einem Anlaß. Er wirbelte den Gürtel über seinem Kopf und ließ ihn niedersausen. Hadjer sackte zusammen. Abbass kannte kein Mitleid. Noch einmal. Und wieder.

Das Klatschen des Gürtels auf Hadjers Körper brachte Abrou zu sich. Mühsam öffnete er die Augen und sah die Schwester in einer Zimmerecke Abbass' erbarmungslosen Hieben ausgesetzt. Abrupt richtete er sich auf. Er warf die

Steppdecke beiseite und sprang hoch. Was er tat, war ihm nicht bewußt; das Fieber hatte ihn reizbar gemacht. Es gelang ihm, seine Hände von hinten Abbass um den Hals zu legen und ihn zurückzuzerren. Alle beide – Abbass und Abrou – fielen auf den Rücken. Hadjer konnte die Flucht ergreifen. Kreischend stürzte sie zur Tür hinaus. Aber weit lief sie nicht. Gleich kehrte sie wieder um und stellte sich in den Türrahmen, um den Brüdern zuzusehen, die sich ineinander verbissen hatten. Verknäuelt wälzten sie sich im Staub. Hadjer wagte nicht, näher zu treten. Mit einer Drehung konnte Abbass seinen Nacken aus Abrous Fäusten befreien und sich rittlings auf dessen Brust setzen. Jetzt umklammerten seine Hände Abrous Nacken: »Soll ich dich erwürgen, du Maus?! Du hast keine Kraft, auf den Beinen zu stehen – und da stürzt du dich in den Kampf, du halbe Leiche?! Verschwinde unter deine Decke!«

Abbass stand auf, warf Abrou die Decke über und wandte sich Hadjer zu. Hadjer riß aus, rettete sich auf die Gasse und rannte kreischend zum Haus von Ali Genous Mutter. Abbass paßte es nicht, daß sie jetzt, bei Nacht, solch ein Geschrei erhob. Er kehrte um und setzte sich auf die Türschwelle.

Er blickte zu Abrou hinüber, der unter der Decke verborgen lag. Nichts war von ihm zu sehen. Hatte er sich aus Scham vor sich selbst verkrochen? Abbass schien es so. Er wollte ihn trösten, ihm auch erklären, daß er Hadjer nicht zu Unrecht geschlagen hatte. So sagte er: »Mutter und Tochter stecken unter einer Decke! Sie haben gemerkt, daß wir unsere Augen woanders hatten, und sind gegangen, die Kupfersachen irgendwo zu verstecken. Verstehst du? Hörst du zu? Die paar noch brauchbaren Stücke haben sie weggebracht und verscharrt! An einem Ort, den nur sie kennen. Die beiden miteinander! Was ich auch mit ihr anstelle – dies Luder, das Mama in allem gefügig ist, macht den Mund nicht auf. Und du . . .«

Abrou gab keine Antwort, er hatte keine Lust dazu. Er wollte nicht wissen, was vorging, und hatte sich unter der

Decke vergraben. Aber Abbass fand keine Ruhe, konnte keine Ruhe finden. Er stand auf, streckte den Kopf aus der Tür und rief: »Ahai . . ., du Hure! Wenn du nicht willst, daß ich dich in Stücke reiße, komm auf deinen eigenen Füßen nach Haus! Steh auf, komm her, ich tu' dir nichts . . . In welchem Loch steckst du? Ahai . . ., dich mein' ich. Steh auf, komm her! Wo steckst du?!«

Nichts war zu hören von Hadjer. Abbass lief hinaus. Er suchte am Backofen und im Stall. Hadjer war nicht da. Er lief auf die Gasse. In der Gasse war es dunkel. So ein Winzling ließ sich im Dunkel der Nacht nicht einfangen, der konnte sich in jedem Loch verkriechen. Abbass mußte freundlichere Töne anschlagen: »Oh du Schlaukopf . . ., glaubst du, ich weiß nicht, wo du dich versteckt hast? Ich kann dich finden, aber ich möchte, daß du von selbst herauskommst. Nun komm schon! Ich hab' ja nur Spaß gemacht, Mädchen! Verstehst du denn keinen Spaß? Komm schon . . ., Hadjer . . ., Hadjer . . . Wo bist du? Ha? Dich mein' ich, Kind!«

Wieder packte Abbass die Wut auf Hadjer. Ihr plötzliches Verstummen in der finsteren Nacht versetzte ihn in Angst. Es gab nicht viel Anlaß zur Sorge, deshalb war es nicht verständlich, warum Abbass unruhig wurde. Etwas Unbestimmtes machte ihm angst, etwas wie die Sorge, daß das Mädchen in einen Brunnenschacht gefallen sein könnte. Daher ging er mit bloßen Füßen auf dem kalten, harten Boden der Gasse auf und ab, wickelte sich den Gürtel ums Handgelenk und nahm ihn wieder ab: »Wo bist du, du widerliche Kröte? Willst du dich über mich lustig machen heute nacht?! In welchem Loch du auch steckst – komm raus, du Luder! Komm raus! Warum quält ihr mich alle so? Komm endlich raus, du Satansbraten! Hadjer! Hadjer!«

Von Hadjer keine Spur, als hätte sie sich aufgelöst und wäre im Boden versickert. Müde, wütend, wie ein verwundeter Hund ging Abbass ins Zimmer und setzte sich an die Feuerstelle. Abrou lag noch mit dem Kopf unter der Decke da. Gereizt schrie Abbass: »Du tust, als wärst du eine sterbende

Maus, und gibst keinen Ton von dir! Steh auf und sieh nach, in welchem Höllenpfuhl das Mädchen verschwunden ist! So steh schon auf!«

Abrou blieb stumm. Er hatte keine Lust zu einer Entgegnung. Abbass sprang wütend auf, warf sich eine Decke über die Schulter und sagte im Hinausgehen: »Geht alle zum Teufel! Zur Hölle mit euch allen! Zur Hölle!«

Geradenwegs ging er zum Backofen, zog sich hinauf in eine Ecke des Schutzdachs und stützte, mit dem Rücken an die Mauer gelehnt, die Arme auf die Knie, das Kinn in die Hände und blieb so sitzen. Er war den Tränen nahe. Doch aus diesen starren Augen konnte wohl nichts als Blut fließen. So saß er, in die Decke gehüllt, stumm, verärgert, voll Erbitterung wie ein Stück Holz da.

Schwarze Nacht. Die Kälte der schwarzen Nacht schnitt wie ein zweischneidiges Schwert. Abbass zog die Decke über die Füße und wischte mit der Handfläche die Tropfen von der Nase. Nutzlose Wut! Warum nur war er so bissig? Er fühlte, daß etwas Wichtigeres als dieses Gezänk ihn quälte. Etwas Unbekanntes war wie ein Stachel in sein Herz gedrungen und bohrte sich tiefer und tiefer hinein. Schmerzhaft war das nicht, quälend war es. Er wußte, daß es nicht tödlich war, aber er fühlte, daß es ihn aufrieb. Er sah, mit eigenen Augen sah er, daß es ihm die Ruhe geraubt hatte. Sah, daß er wie ein Hund geworden war, ein tollwütiger Hund. Der Vater hatte immer gesagt, Abbass sei vom Scheitel bis zur Sohle ein Feuerbrand; wenn er in einen Wald gerate, werde er den Wald in Brand setzen. Der Vater hatte sich große Mühe gegeben, aus Abbass einen Ofensetzer zu machen, aber Abbass hatte sich nicht gefügt. Immer war er ausgerissen. War ausgerissen und hatte am Abend Prügel bezogen. Abbass' Großvater war ein angesehener Ofensetzer gewesen; in seinen letzten Jahren war er ganz krumm geworden und mußte beim Gehen eine Hand aufs Knie stützen. Er ging so, daß Abbass das Gefühl hatte, gleich müsse seine Nasenspitze den Boden berühren. Wie ein gebrochenes Wagenrad holperte er seines Weges.

Abbass wollte nicht das väterliche Handwerk ausüben. Der krumm gewordene Rücken des Großvaters – Ssamad, des Ofensetzers – stand ihm immer vor Augen. Statt dessen hatte er sich wohl oder übel mit dem Brunnengraben abgefunden. Wenn Ssolutsch Schaufel und Hacke nahm und sich aufmachte, in einem Anwesen einen Brunnen zu graben oder eine verstopfte Stelle im Ghanat zu öffnen, folgte Abbass dem Vater. Diese Arbeit zog ihn mehr an. Ssolutsch ließ Abbass am Rand des Schachts stehen, er selbst stieg bis zum Grund hinunter. Wenn Ssolutsch unten war, tat Abbass das Handwerkszeug in einen Eimer und ließ es hinab. Auch das Talglicht, den Wasserkrug und das Brotbündel schickte er nach unten. Bis Ssolutsch einen Eimer voll Erde vom Boden des Schachts abräumte, konnte Abbass sich auf dem schrägen erdigen Schachtrand auf den Rükken legen und den Flug der Vögel und den Himmel anschauen. Er konnte ein Lied vor sich hin singen oder mit Steinen nach den Lerchen werfen. Die ganze Weite der Landschaft und den Weg auf der Brust des Hügels konnte er sich anschauen.

»Huuuuiiii . . .«

Das war Ssolutschs Stimme, die vom Grund des Schachts heraufkam. Abbass muß das Seil fassen, den Eimer mit Erde, Steinen und Schlamm vorsichtig aus dem Schlund des Schachts heraufziehen, leeren und wieder hinunterschicken: »Huuuuiiii . . ., faß ihn!«

Das war etwas anderes als einen Ofen setzen. Zum Ofensetzen braucht man einen, der seine Arbeit mit Gelassenheit verrichtet, jemanden mit Freude an stetiger Arbeit. Vom Morgen bis zum Sonnenuntergang. Sorgfältige und genaue Arbeit, Aufmerksamkeit und Geduld braucht es. Genau das, was Ssolutsch besaß. Genau so, wie Ssolutsch sich der Arbeit hingab. Abbass schauderte es beim bloßen Gedanken an ein solches Arbeiten. Während der ganzen Zeit, die er bei der Arbeit war, machte Ssolutsch den Mund nicht auf. Seine Augen und Hände bewegten sich, als spänne er Seide. Zu einer solchen Arbeit hatte Abbass, der nicht einen Augenblick stillhalten konnte, keine Lust.

Besser als das Ofensetzen gefiel ihm das Brunnengraben, und besser als das Brunnengraben gefiel ihm das Hausieren, das Gewerbe seines Onkels. Mit einem Esel, einer Satteltasche, einer Handvoll Waren auf Wanderschaft gehen. Moula Eman kaufte in der Stadt vier Zuckerhüte, vier Päckchen Tee, zehn Schachteln Sicherheitsnadeln, zehn Schachteln Nähnadeln, zwei Man Zuckerzeug, vierzig bis fünfzig Ellen Kattun und ein, zwei Dutzend Armreife aus Messing, lud alles seinem Esel auf und schlug den Weg in die Dörfer am Fuß des Roten Berges ein. Abbass hatte sich auf ein, zwei Wanderungen dem Onkel angeschlossen, länger hatte Moula Eman ihn nicht bei sich geduldet. Zu seiner Schwester Mergan hatte er gesagt, daß Abbass lange Finger mache. Doch Abbass wußte, daß der Grund woanders lag. Nämlich darin, daß Moula Eman ihn nicht als lästigen Esser bei sich haben wollte. Abbass gab sogar dem Onkel recht, daß er ihn unter diesem Vorwand abschüttelte. Moula Eman hatte zu seiner Schwester gesagt: »Ich brauche nur den Kopf zu wenden, und schon verkauft dein Sohn zwei Ssier Zuckerzeug und steckt das Geld in seinen Beutel! Er ist auch sehr versessen darauf, nur gegen bar zu verkaufen. Andererseits gibt er den Mädchen Nadeln und Armreife gratis und franko her. Sowie sie ihm ein Lächeln schenken, ist ihm schon der Kopf verdreht. Die Waren haben in seinen Augen keinen Wert, als wären sie rein gar nichts, als hätte ich nicht das Geld dafür mit meinem Herzblut zusammengebracht. Ich hab' nur Angst, daß er eines Tages mit einem dieser Mädchen anbändelt, Streit anfängt und in den Dörfern Dutzende Männer mit Stöcken und Knüppeln gegen mich aufbringt. Das wär' eine schöne Bescherung! Da würde ich's dann doppelt und dreifach kriegen!«

Was Onkel Eman sagte, war gar nicht so abwegig. Die Mädchen in den Bergdörfern waren durchaus nicht prüde. Den Tschador trugen sie nie. Und lachten gerne. In Grüppchen kamen sie zum Einkaufen, umringten die Satteltasche und bestrickten Abbass mit ihrem Lachen und ihren Scherzen. Er geriet in Verwirrung, und die Mädchen grapschten sich Nadeln und Armreife und entschädigten ihn mit ihren Koketterien.

Einmal auch war es zwischen Onkel Eman und Abbass zu einem Wortwechsel gekommen, mitten in der Wüste. Onkel Eman war fuchsteufelswild geworden, hatte Abbass auf den Sandboden geworfen und gesagt: »Ich werd' dich von oben bis unten durchsuchen. Einschließlich deiner Nasenlöcher!« Und hatte hinzugefügt: »Du bringst noch meine letzten paar Schahi durch, bringst mich noch an den Bettelstab, du nichtswürdiger Kerl! Was soll ich mir eigentlich alles von dir bieten lassen?«

Dann hatte er Abbass nackt ausgezogen, splitternackt. Alle Nähte und Säume seiner Kleider hatte er untersucht, bis er schließlich aus dem Gurtband seiner Hose, zwischen all den Läusen, einen Zwei-Toman-Schein herausgezogen hatte. Nackt von Kopf bis Fuß, hatte Abbass seine Kleider unter den Arm genommen, war hinter dem Onkel hergerannt und hatte beteuert: »Bei Gott, bei allen Heiligen, diese zwei Toman gehören mir. Ich hab' sie im Spiel gewonnen.«

Doch der Onkel hatte ihm nicht geglaubt und noch gedroht: »Wenn du das weiter behauptest, bind' ich dir Hände und Füße zusammen und werf' dich hier auf den Sand, daß die Geier dir die Augen aushacken!«

So war Abbass, stumm vor sich hin weinend, hinter dem Onkel und seinem Esel hergetrottet. Ssolutsch, der sich nie gut mit Onkel Eman gestanden hatte, sagte später, während er in seine Arbeit an einem Ofen vertieft war: »Hast du nun genug davon? Hat dir der Onkel sein Gewerbe beigebracht? Jetzt, wo du deine Erfahrungen gemacht hast, komm her, halt dich an die Arbeit deiner Vorväter und verdien dir einen ehrlichen Bissen Brot!«

Abbass hatte ihm nicht gefolgt und bereute es auch nicht. In der Erinnerung sah er noch die hübschen, lebenslustigen Mädchen der Bergdörfer vor sich: ›Die Verflixten, wie von Milch trunkene Lämmer hüpften die herum!‹

In einer Hand das Blech mit glühender Asche, mit der anderen die Hand der Tochter haltend, trat Mergan in den Hof. Abbass konnte gerade ihre Umrisse erkennen. Hadjer hatte wieder zu weinen begonnen; nicht laut – still weinte sie vor sich hin. Die Mutter hielt sie am Handgelenk und zog sie mit sich. Hadjer bewegte sich nur zaghaft weiter. Aus Angst vor dem größeren Bruder zitterten ihre Knie. Obwohl sie sich unter Mergans Schutz begeben hatte, hatte sie sich nicht beruhigt. Zögernd ging sie und furchtsam. Das verdoppelte Mergans Zorn. Noch ehe sie zu Haus anlangte, hatte sie auf Abbass geflucht und geschimpft und widmete ihm auch jetzt alles, was ihr auf die Zunge kam: »Wo steckt dieser gemeine Lump? Ha? In welchen Höllenpfuhl ist er verschwunden? Der hat sich selbst zum Leithammel ernannt. Dem werd' ich's zeigen! Er hat gesehen, daß niemand da war, und da hat er sich rangemacht, wie? . . . Wo steckt dein Bruder, der mit seinen Wildschweinhauern?!«

Abrou hob den Kopf aus der Decke und sagte: »Ich weiß nicht. Aber der war's auch, der mich heut morgen ins Ohr gebissen hat!«

Das fachte den Brand in Mergan noch mehr an, brachte sie zur Weißglut, so daß sie noch hemmungsloser auf den Sohn schimpfte. Abbass war dabei, in ihrem eng begrenzten Leben zu einer unerträglichen Bürde zu werden. Sie durfte nicht zulassen, daß er noch dreister wurde. Solange noch Zeit dazu war, mußte sie ihn in seine Schranken weisen. Vorbeugen ist besser als heilen. In diesem Haus durfte nur einer bestimmen: sie oder Abbass. Sie durfte nicht zulassen, daß vor ihren Augen Willkür um sich griff. Dies kleine Jüngelchen war frech geworden und prügelte die jüngeren Geschwister.

Mergan legte das Blech mit der Glut neben die Feuerstelle, ging in die Vorratskammer und kam mit dem Schürhaken zurück. Sie lief in den Stall, suchte in Krippe und Kohlenkasten, trat wieder heraus und schrie: »Wo hast du dich versteckt, Hasenfuß?! Wenn du ein Mann bist, komm zum Vorschein, du Flegel!«

Abbass hatte sich von seinem Platz fortgestohlen und stand an die Mauer gedrückt, als Mergan seinen Schatten gewahrte. Sie ging hin, doch bevor sie ihn erreichte, war Abbass schon oben auf der Mauer und suchte einen Halt für seine Füße. Mergan trat dicht an die Mauer und sagte wütend: »Du Ausgeburt der Hölle! Wenn du dich noch einmal an den Kindern vergreifst, werd' ich's dir geben! Schreib dir das hinter die Ohren!«

Ohne ein Wort zu erwidern, sprang Abbass von einem Dach zum anderen. Da oben biß die Kälte heftiger; doch Abbass genügte es, daß Mergan nicht an ihn herankam. Mergan streckte die Hand nach der Decke aus, zog sie vom Backofen und ging zum Zimmer: »Zur Strafe bleibst du eben heute nacht wie ein herrenloser Hund im Freien!«

Sie trat ins Zimmer, machte die schwere Tür fest hinter sich zu und schob den Riegel vor. Hadjer zitterte immer noch. Mergan warf ihr die Decke über die mageren Schultern und schürte mit dem Haken, den sie noch in der Hand hielt, die Aschenglut auf dem Blech. Danach warf sie den Haken neben die Wand und machte sich daran, das Bettzeug auszubreiten. Es mußte rund um das Blech gebreitet werden, wie jede Nacht. Sie stellte den angekohlten Korssi über das Blech mit der Glut und legte eine Decke darüber. Sie bettete Hadjer auf den gewohnten Platz und deckte sie von Kopf bis Fuß, soweit wie möglich, zu. Dann faßte sie Abrou an den Beinen und zog ihn zum Korssi, blies das Talglicht aus und streckte sich auf ihren Platz hin.

Unter der gewölbten Zimmerdecke war die Nacht doppelt schwarz. Weil sie im Winter die Abzugslöcher in der Decke zustopften, gab es keinen Spalt, keine Ritze, durch die das Auge jenseits der dichten Masse Dunkelheit den offenen Nachthimmel, an dem ganz gewiß ein Stern stand, erblicken konnte. Unter der auf ihr lastenden Nacht zitterte Mergan. Ihre Beine, ihre Arme, ihr Herz zitterten. Sie fand keine Ruhe. Sie vergrub ihre Finger in die weichen Haare der Tochter und flüsterte: »Hat er dich schlimm geschlagen?«

Hadjer sagte: »Ich hab's nicht gesagt! Nichts hab' ich gesagt!«

Mergan drückte Hadjers Kopf an sich; sie hatte das Gefühl, daß etwas wie Rauch aus ihrem Herzen aufstieg, ihr ganzes Sein erfüllte und gleich aus ihren Augen, ihrer Kehle herausströmen werde. Lippen und Lider begannen ihr zu zittern; doch sie unterdrückte die Gefühlswallung. Mit ihrem Schluchzen wollte sie die Kleine nicht erschrecken. Ein mit Klagen erfülltes Haus mochte sie nicht. Deshalb ließ sie Hadjer los, stand auf, ging in die Vorratskammer und holte eine Handvoll Weizen. Sie kroch unter die Decke, schüttete die Hälfte der Körner Hadjer in die Hand und sagte: »Morgen beschaffe ich Mehl. Wir heizen selbst den Backofen an.«

Sie suchte Ruhe, doch die Ruhe floh sie. Ihr Herz klopfte, ihre Gedanken liefen auf tausend Wegen. Vor allem anderen war es Abbass, der ihr Sorgen machte. Draußen herrschte Kälte, die trockene Kälte der Wüste. Ein Panther konnte sie nicht ertragen. Was machte jetzt der kleine Kerl? Kein Ton war von ihm zu hören. Mergan erwartete, daß er winseln werde, klagen, schimpfen und sich gegen die Tür werfen werde. Doch Abbass tat nichts dergleichen. Was tat er dann? Wohin war er gegangen? Warum war nichts von ihm zu hören? Mergan wäre am liebsten aufgestanden und hinausgegangen, um ihn am Handgelenk zu fassen und ins Haus zu bringen; doch etwas, wovon sie nicht wußte, was es war, hinderte sie daran: vielleicht dies, daß sie sich nichts vergeben wollte? Oder daß sie ihr eigenes Wort nicht entwerten wollte? Es durfte nicht so aussehen, als entbehre ihre Großtuerei jeder Grundlage. In eine Sackgasse war sie geraten, hatte sich verrannt. Das Herz preßte sich ihr zusammen. Sie wollte den Sohn nicht quälen – und tat es doch! Sie konnte diese Qual nicht ertragen – und ertrug sie doch! Schon das allein war schmerzlich genug: daß sie etwas duldete, was ihr Inneres nicht wollte, daß sie sich selbst zwei Wunden schlug. Die eine: die Qual um den Sohn; die andere: die Qual, diese Qualen ertragen zu müssen. Sie wußte nicht, was sie tun sollte. Wenn sie ihn ins Haus rief, würde Abbass nie mehr ihre Worte und Beschimpfungen, ihren Zorn und ihre Drohungen ernst nehmen. Wenn sie nichts unternahm, würde sie bis zum Morgen in der Sorge um den Sohn brennen und mit den Zähnen knirschen. Und wenn sie Hadjer nach ihm schickte, war Abbass klug genug, zu verstehen, daß sie, Mergan, sie vorschickte. Diese Überlegungen verwirrten Mergan. Ihr Herz war in Aufruhr. Sie konnte nicht still liegen; unaufhörlich wälzte sie sich von einer Seite auf die andere und biß in den Saum des Lakens, ins Kopfkissen.

Aber wie lange konnte sie das ertragen?

Sie stand auf, ging auf Zehenspitzen an die Tür, zog leise, ohne ein Geräusch zu machen, den Riegel zurück und stand eine Weile lauschend da. Von Abbass kein Zeichen. Nicht einmal ein Schritt. Nicht einmal ein Atemzug. Sie wünschte sich, sie könne ein einziges Mal seinen Namen rufen, aber sie konnte es nicht. Sie wollte es nicht können. Der Ruf blieb ihr in der Brust stecken. So ging sie wohl oder übel zu ihrem Lager zurück, streckte sich aus und starrte mit Augen, die noch weiter geöffnet waren als vorher, auf die Tür. Jetzt hatte sie keinen anderen Wunsch als den, daß die Tür sich öffne und Abbass hereinkäme. Er soll kommen! Einen Fluch auf den Lippen, soll er kommen! Er soll kommen und alles kurz und klein schlagen. Er soll kommen und das Haus anzünden. Er soll kommen und die Mutter verprügeln. Er soll kommen, nur kommen soll er!

Hadjer fragte: »Woher hast du die Glut gebracht, Mama?«

»Aus der Hölle!«

4

Die trockene Kälte oben auf den gewölbten Dächern von Semindj schüttelte Abbass. Seine Hosenbeine flatterten im Wind; er stand aufrecht wie ein Spieß und hatte die Hände unter die Achseln geschoben. Von dem Zittern, das seinen Körper befallen hatte, klapperten ihm die Zähne. Nun begann auch noch aus seinen Augenwinkeln Wasser zu fließen. Mit dem Rücken zum Wind setzte er sich in die Mulde zwischen zwei Dächern und krümmte sich zusammen. Aber die Mulde bot keine solche Deckung vor dem Wind, daß er die Nacht dort bis zum Morgen zubringen könnte. Er mußte etwas unternehmen. Einen Platz, einen warmen Platz müßte er finden. Aber an wessen Tür konnte so einer wie er zu dieser späten Stunde klopfen? Wer würde ihm seine Tür öffnen? . . . Er mußte jemanden suchen, der wie er selbst war. Das Haus von Tante Ssanam! Doch nein. Das war kein Ort zum Schlafen. Davon abgesehen waren die, die in Tante Ssanams Haus ein- und ausgingen, entweder durchtriebene Spieler oder Opiumraucher. Für einen jungen Burschen wie Abbass war in einer solchen Nacht dort kein Platz. Wenn er es bis zum Morgengrauen aushalten könnte, wäre es vielleicht möglich, in den Heizkeller von Ali Genou zu gehen und ein Auge voll Schlaf zu nehmen. Aber bis zum morgendlichen Gebetsruf, wenn Ali Genou zum Heizkeller ging, könnte er es, auch wenn er ein Panther wäre, nicht aushalten. Abbass kam der Gedanke, sich in einen Stall zu schleichen und sich am Atem der Kühe oder zwischen den Schultern der Schafe zu wärmen. In dieser Jahreszeit aber und in einem solchen Jahr war es immer möglich, daß ein Mensch wie er des Diebstahls verdächtigt wurde. Wie konnte dies Problem gelöst werden? Es blieb nur ein Platz: die Höhle von Hadj Ssalem hinter Ali Genous Haus, die unmittelbar an den Stall des Dorfvorstehers Nourus stieß.

Abbass richtete sich halb auf und machte sich auf allen vieren wie eine schwarze Katze über die Dächer auf den Weg. Er gab sich alle Mühe, lautlos über die Dächer zu kriechen, daß nur ja kein scharfes Ohr das Gleiten seiner Füße hörte und Münder sich zum Geschrei öffneten: ›Was machst du zu dieser nächtlichen Stunde auf dem Dach meines Hauses, du Esel, du Hundesohn?! Hast du denn kein Ehrgefühl?‹

Jeden Augenblick konnte irgendwer ihn in dieser Art beschimpfen. Deshalb mußte er sich wie eine Katze fortbewegen, und das tat er auch. Auf dem Dach von Ali Genous Haus stand er auf und blickte sich um. Hadj Ssalems Talglicht brannte noch. Abbass wußte, daß der alte Mann sich nachts spät schlafen legte. Übrigens war es noch gar nicht so spät.

Während Abbass so schaute, knarrte an der guten Stube des Dorfvorstehers Nourus ein Türflügel, und kurz darauf kam der Dorfvorsteher, eine Laterne in der Hand, einen Filzumhang über den Schultern, die Verandastufen herunter. Abbass hörte Mosslemeh vorwurfsvoll und mißbilligend aus der Vorratskammer fragen: »Wohin zu dieser späten Stunde?! Hast du dich wieder angezogen und gehst fort! Wohin?!«

Lässig sagte der Dorfvorsteher: »Ich geh' zu Mirsa Hassan, dem Schwiegersohn von Agha Malek.«

Nicht zu Mosslemeh, zu sich selbst sagte er, als er in den Torweg trat: »Den Mund haben wir uns fusselig geredet, so viel haben wir über diese Pumpe geschwatzt ... Ich fürchte, am Ende auch ...«

Das geräuschvolle Zuschlagen des schweren Haustors verschluckte das Gemurmel des Dorfvorstehers. Abbass wandte die Augen zur Höhle von Hadj Ssalem, Mosslemehs Vater. Der schwache Schein von Hadj Ssalems Talglicht blinkte durch die Türritzen. Abbass blickte nach unten. Am Fuß der Mauer, auf der er stand, lag Erde und Asche angehäuft. Abbass ließ sich auf den Aschenhaufen fallen, rollte sich herum, stand auf, schüttelte Asche von sich und versteckte sich an der Mauer.

Aus dem Innern der Höhle ließ sich Hadj Ssalem vernehmen, der zu seinem Sohn sagte: »Du Viech! Bind dein Hosenband zu! Es ist ungehörig, sich die Genitalien anzusehen, du Kalb! Bind nun dies verfluchte Band zu! Wir haben heut abend zu tun. Hast du nicht das Haustor deines Schwagers zuschlagen hören? Der Dorfvorsteher ist fortgegangen, fortgegangen! Ich hab' so 'ne Ahnung, daß er zu einem seiner Partner geht. Bind dein Hosenband zu, du Bastard! Wieviel tausend Läuse haben sich eigentlich im Gurtband deiner Hose eingenistet?!«

Unwillig stieß Mosslem ein »De . . . de . . . de . . .!« aus.

Abbass schlich von der Mauer in den Schatten der Höhle und drückte sich mit dem Rücken an die Wand. Wenn Vater und Sohn ihren Bau verlassen wollten, wie konnte er sich dann bei ihnen zu Gast laden?

Hadj Ssalems Stimme war wieder zu hören: »Bind es zu! Bind's zu, dein Band, du Viech! Nun ist's genug! Genug! Morgen ist auch noch ein Tag Gottes. Wir brechen jetzt auf, brechen auf, hin zum täglichen Brot. Heut abend kommen die Reichen an einem Fleck zusammen, da mußt du es fertigbringen, ihnen dein Brot für eine Woche abzuluchsen. Bind's zu, sag' ich, du Viech!«

»Jawohl . . . jawohl . . . schlag mich nicht, Väterchen, jawohl!«

In einem zerrissenen Filzmantel und mit einem krummen Stock in der Hand trat Hadj Ssalem gebückt aus der Tür seiner Höhle und blickte zum Himmel auf: »Oh Herr, meine Hoffnung liegt bei dir! Wo du mich schon arm erschaffen hast, verleihe den Herzen der anderen Großzügigkeit! Wo du mir schon die Hände gebunden hast, verleihe den anderen eine offene Hand! . . . So komm doch raus, Viech Gottes!«

Mosslem, die Hand am Hosenbund, kam heraus und sagte: »Es geht nicht, Papa! Es geht nicht! Ich kann's nicht, Väterchen!«

Schimpfend kniete sich Hadj Ssalem vor den großen nackten Füßen seines Sohnes hin, nahm ihm das Hosenband aus der Hand und fluchte, während er es zuknotete: »Möge Gott dir für all die Qualen, die du mir bereitest, heimzahlen! Möge deine Hand lahm werden, du mein Tierchen! Schließlich hast du Esel schon dreißig Frühlinge hinter dich gebracht und kannst immer noch nicht das Hosenband . . . Oh mein Gott, mein Gott! Mach dich auf! Mach dich endlich auf! Vorwärts!«

Mosslem machte sich jammernd hinter dem Vater auf den Weg: »Zu . . . Papa! Papa! Zu . . .«

Hadj Ssalem drehte sich um: »Daß dich die Pest hole! Was ist zu?!«

Mosslem sagte: »Zu . . . zu . . . fest . . . viel zu fest . . . der Knoten . . . der Knoten . . .«

Im Weitergehen sagte Hadj Ssalem: »Komm! Der wird von selbst allmählich locker. Eine Schnur aus Haar lockert sich, du Viech! Komm!«

»Schön! Schön! Ich komme. Ich komme.«

Vater und Sohn traten aus den Trümmern heraus, Abbass löste seinen Rücken von der Mauer und ging wohl oder übel hinter ihnen her. Vielleicht konnte er heimlich in ihre Höhle schleichen und sich bis zur Rückkehr von Vater und Sohn in ihren alten Lumpen aufwärmen. Aber unwillkürlich zog es ihn hinter ihnen her. Ihm schien, Hadj Ssalem müsse von etwas Wind bekommen haben, daß er Mosslem in dieser Art wie einen Gefangenen mit sich führte.

Hadj Ssalem und Mosslem – Vater und Bruder von Mosslemeh – fristeten ihr Leben hinter dem Haus des Dorfvorstehers Nourus in einem verfallenen Schafstall und bettelten sich von diesem und jenem ihr tägliches Brot zusammen. Eine Tätigkeit, der Hadj Ssalem in ebendiesem Augenblick nachging. Niemand hatte es gesehen, aber man erzählte sich, daß Hadj Ssalem eine Truhe voll alter Bücher besitze. Es war noch nicht lange her seit den Tagen, wo er ein großes, handgeschriebenes Schahnameh unter den Arm nahm, an die Moscheemauer ging, seinen Knotenstock daran lehnte und den Einwohnern von Semindj aus seinem Buch vorlas. Doch in letzter Zeit schien sein Augenlicht nicht mehr auszureichen, das Schahnameh oder ein anderes Buch zu lesen. In seiner Höhle verstaubten deshalb wohl die Bücher in der Truhe.

»Faß meinen Stock, Mosslem!«

»Ich fass' ihn, Papa. Ich fass' ihn. Jawohl. Gib ihn mir . . . gib . . .«

»Schön! Jetzt führ mich an der Mauer entlang! Die Nacht ist sehr dunkel. Paß auf, daß du mich nicht in den Graben wirfst!«

»Jawohl, Väterchen! Jawohl!«

»Eine Nacht, schwarz wie Onyx, ihr Gesicht mit Pech gewaschen!«

»Jawohl, Väterchen! Jawohl. Ich führe dich. Wohin soll ich dich führen?«

»Zum Haus von Sabih-ollah, zum Haus von Sabih-ollah. Die neuen Grundbesitzer müssen sich da versammelt haben.«

»Jawohl, Väterchen. Zum Haus von Sabih-ollah, von Herrn Sabih-ollah.«

Mosslem, der starkknochige, früh gealterte Sohn von Hadj Ssalem, war immer bei seinem Vater. Und Hadj Ssalem war an den geisteskranken Sohn wie an das zerrissene Hemd auf seinem Leib gewöhnt. Jeden Morgen, wenn Hadj Ssalem sich seinen alten Überrock anzog, seinen langen, krummen Stock zur Hand nahm und aus dem höhlenähnlichen Stall herauskam, war Mosslem wie sein Schatten bei ihm. Vater und Sohn traten dann, ein Stück trockenes Brot – falls sie es hatten – zwischen die Zähne schiebend, unter häufigem Gezanke ihren täglichen Gang durch die Gassen von Semindj an. Die Ohren waren gewöhnt an dies ständige Gezanke von Hadj Ssalem und seinem Sohn. Diese Zwistigkeiten bildeten die Grundlage ihres Lebens. Zwistigkeiten, die am Ende immer zu Versöhnung führten. Wenn zwei Menschen genötigt sind zusammenzuleben, werden sie mit der Zeit durch bestimmte Sympathien und Antipathien miteinander verknüpft. Des Zanks und Streits – des offenen wie des versteckten – können sie sich jedenfalls nicht enthalten. Es ist, als sei um ihre Hände, Schultern, Füße und Nacken ein Strick geschlungen und als hielte jeder ein Ende dieses Stricks in der Hand: einer der Gefangene des anderen. Wenn sie in einem solchen Streit einander nahekommen, stockt ihnen der Atem, und wenn sie sich voneinander entfernen, werden sie von Angst ergriffen. Solange die Enden des Stricks den Händen nicht entgleiten, dauern Zank und Streit unter allen Umständen an.

Auch wenn Hadj Ssalem und Mosslem miteinander unterwegs waren, war das ein Kampf. Im Grunde waren die Fäden, die sie verknüpften, verwoben, eben dieser Zank und

Streit. Beim Essen und Ruhen, im Gehen und Sitzen stritten sie miteinander. Mosslem wollte immer vor den Augen der Leute Schulter an Schulter mit dem Vater gehen, dicht neben ihm. Doch Hadj Ssalem mochte das nicht. Mosslem drängte sich an die Schulter des Vaters, und Hadj Ssalem versetzte ihm mit seinem Stock einen Schlag auf die Wade und trieb ihn zurück. Mosslem umfaßte die Wade mit seinen großen Händen, zog die Stirn kraus, preßte die Lippen aufeinander, und Hadj Ssalem gebot dem Sohn in wohlgesetzten Worten, in der ihm zur Gewohnheit gewordenen Ausdrucksweise: »Zwei Schritt zurück, Dummkopf!«

Zum tausendsten Mal wiederholte dann Mosslem zum Zeichen seines Protests: »De . . . de . . . de . . .!«

Und zum tausendsten Mal trat er zwei Schritte zurück und ging unter Wahrung dieses Abstands hinter dem Vater her.

»Endlich hast du's geschafft, du Bastard! Endlich ist es dir gelungen! Dein Gift hast du verspritzt, du Viech! Ach . . . mein Rücken!«

Kurz vor Sabih-ollahs Haus war Hadj Ssalem an der Mauer ausgerutscht und in den Graben gefallen. Sein Stock war in Mosslems Hand geblieben, und der alte Mann selbst zappelte unten im Graben mit Armen und Beinen. Mosslem hielt ihm den Stock hin und sagte: »Väterchen . . . Väterchen . . . pack es! Pack das Ende! Pack das Ende des Stocks! Pack es!«

»Ich seh' nicht, du Viech! Ich seh' nicht! Bist du denn blind, daß du nicht siehst, daß ich nicht sehe?!«

»Pack ihn! Hier ist er. Der Stock . . . der Stock . . . Hier . . . hier . . . ist er.«

»Ach . . . ach . . . du Bastard . . . Warum bohrst du mir den Stock in die Schläfe? Schlag nicht! Schlag mich nicht, mein Sohn!«

Jetzt lachte Mosslem, lachte dröhnend. Im Graben fuchtelte der alte Mann mit den Händen, drehte sich um sich selbst und schimpfte, und Mosslem ließ den Stock über dem Kopf des Vaters kreisen, berührte manchmal mit dessen Spitze seinen Bart oder Nacken und lachte schallend.

Hadj Ssalem war am Ende seiner Kräfte und flehte: »Quäl mich nicht, mein Sohn! Quäl mich nicht! Gott vergibt dir deine Sünden nicht! Ich werd' auch für dich beten. Quäl mich nicht! Hier im Graben komm' ich heut nacht vor Kälte um, quäl mich nicht! Du wirst keinen Vater mehr haben, Mosslem, keinen Vater! Ah . . . du hast schon keinen Vater mehr, Mosslem, keinen Vater mehr!«

Hadj Ssalem setzte sich an die Grabenwand, legte den Kopf in die Hände und begann laut zu schluchzen. Und Mosslem setzte sich an den Rand des Grabens, stimmte in das Schluchzen des Vaters ein und schlug sich mit den Händen auf den Kopf. Als der Stock Mosslem aus den Händen glitt und in den Graben fiel, faßte sich Abbass ein Herz und sprang hinunter. Er gab dem Alten den Stock in die Hand, brachte ihn auf dem Pfad nach oben und schüttelte ihm den Staub vom Mantel.

Hadj Ssalem fand seine Stimme wieder: »Gott verläßt mich nicht. Ein Engel! Mein Gott hat mir einen Erzengel geschickt, den Gabriel! Wer bist du, Junge? Wer bist du – zu dieser nächtlichen Stunde? In dieser finsteren Nacht – wer bist du?! Und wohin ist dieser entartete Sohn einer sündigen Mutter, dieser grausame Sohn gegangen?«

»Dort ist er, Hadj Agha. Da drüben.«

»Ich seh' ihn aber nicht! Ich seh' ihn nicht! Ich bin nachtblind, ich Unglücklicher, bin nachtblind. Bist du nicht der Sohn von Mergan?«

»Gewiß, Hadj Agha.«

»Ich erkenn' dich an deiner Stimme, an deiner Stimme. Möge dir ein langes Leben beschieden sein, Kind. Gott hat dich mir zur Rettung geschickt, das weiß ich. Du . . . du . . . bist der Erzengel Gabriel. Aber wo ist dieser . . . dieser Bastard? Mosslem!«

Vor ihm herlaufend, beschwor ihn Mosslem: »Tu mir nichts, Papa! Tu mir nichts! Bei deiner Seele – tu mir nichts!«

»Ich tu' dir nichts, bleib stehen. Ich will nicht, daß du mir dort Schande machst. Bleib stehen!«

»Schön. Schön. Ich bleib' stehen, jawohl!«

Abbass nahm das andere Ende des Stocks und gab es Mosslem in die Hand, und Mosslem schlug den Weg zum Haus von Sabih-ollah ein.

Aus dem Stall bei Sabih-ollahs Haus ertönte das Brüllen der Kuh. Mosslem ließ den Vater an der Mauer stehen. Hadj Ssalem befahl ihm: »Klopf an!«

Mosslem schlug mit dem Klopfer an die Tür, und kurz darauf öffnete sie Sahra, Sabih-ollahs Schwester. Hadj Ssalem sagte: »Meine Tochter, ich bin gekommen, Sabih-ollah Chan aufzusuchen.«

»Er ist nicht da.«

»Wo ist er, meine Tochter?«

»Bei Mirsa Hassan, dem Schwiegersohn von Agha Malek.«

Hadj Ssalem sagte zu Mosslem: »Rühr dich, du Viech! Hast du nicht gehört?«

Mosslem zog Hadj Ssalem am Stock hinter sich her, um ihn zum Haus von Agha Maleks Schwiegersohn zu führen. Abbass blieb neben Sabih-ollahs Haustür stehen. Sahra wollte die Tür schließen, als Abbass vortrat: »Ich hab' eure Kuh brüllen hören!«

»Sie ist am Kalben.«

»Soll ich ihr beistehen?«

»Nein, das macht sie allein.«

»Soll ich gehen und Sabih-ollah Bescheid geben?«

Die Tür schloß sich, Abbass blieb draußen auf der Gasse. Es gab keinen Ausweg, als zum Haus des Schwiegersohns von Agha Malek zu gehen. Also ging er dorthin.

Mosslem und Hadj Ssalem hatten sie nicht ins Zimmer gelassen. Vater und Sohn saßen schweigend an der Mauer. Abbass setzte sich neben Hadj Ssalem. Im Hof war es dunkel; zwei Lichtstreifen, die durch die Türen von Stube und Küche fielen, durchdrangen mit Mühe die Schwärze. Offenbar waren Frau und Schwiegermutter von Mirsa Hassan in der Küche beschäftigt. Abbass sah, daß Hadj Ssalem Mosslem am Handgelenk hielt und in der Luft herumschnupperte.

Die Männer, deren Stimmen man hören konnte, saßen in der Stube um den Korssi und sprachen miteinander. Für Abbass war es nicht schwierig, ihre Stimmen zu unterscheiden: »Ich weiß es. Ich weiß es. Für mich ist's sonnenklar, daß das Weibsstück die Kupfersachen versteckt hat! Irgendwo hat sie sie verscharrt. Ich kenne diese Hexe!«

»Jagd macht man auf einen *Löwen*, Ssalar Abdollah! Warum erbost du dich so wegen ein paar verbeulten Kupfersachen?!«

»Es fuchst mich, Mirsa Chan, es fuchst mich. Wenn man bei einem Geschäft tausend Toman einbüßt, kommt einem das nicht so schlimm vor, wie wenn man einen Toman verliert. Mir ist nun mal so, als hätte ich diese Kupfersachen verloren. Wenn ich damals an Ort und Stelle den Ssolutsch am Kragen gepackt und ihm keinen Aufschub gewährt hätte . . . Ach . . . In meinen Handrücken muß ich mir ein Zeichen einbrennen, damit ich dran denke, solchem Gesindel keine Wohltaten mehr zu erweisen.«

Der Dorfvorsteher Nourus ergriff das Wort: »Lassen wir das jetzt, Ssalar! Kommen wir auf unsere eigene Angelegenheit, auf das eigentliche Thema. Sie, Karbalai, lassen Sie mich bitte hören, was Ihre Ansicht ist!«

Von Karbalai Doschanbeh kam keine Antwort. Statt dessen ließ sich Mirsa Chan, der Schwiegersohn von Agha Malek, hören: »Kennst du immer noch nicht Karbalais Charakter, Dorfvorsteher?! Der dreht ein Wort hundertmal im Mund rum und spricht dann nur die Hälfte aus. Und das auch noch später als alle anderen!«

Ssalar Abdollah sagte: »Mein Vater findet keinen Geschmack an dieser Sache. Das sag' ich ihm sogar ins Gesicht. So was gefällt ihm nicht.«

Der Schwiegersohn von Agha Malek sagte: »Das heißt, ihm paßt es nicht, sein Geld in derartige Unternehmen zu stecken, nicht wahr?«

Ssalar Abdollah antwortete: »So ungefähr. Es ist ihm nicht klar, was daraus wird. Schon damals, als er die Kamele verkauft hatte, hat er dafür auch nicht ein Stück Boden und keine Stunde Wasser gekauft. Das wissen wir ja alle!«

Der Schwiegersohn von Agha Malek fragte: »Und du selbst, Ssalar?«

In der Stille, die jetzt eintrat, schlich sich Abbass dicht an die Zimmertür heran.

Ssalar Abdollah sagte auf Mirsa Chans Frage: »Ich? Ich bin Bauer. Eine andere Beschäftigung hab' ich nicht.«

»Mit wieviel kannst du dich beteiligen? Für wie viele Stunden Wasser?«

»Vierzig von meinen Schafen verkauf' ich. Das Geld, wieviel es auch sein mag, geb' ich für diese Sache her.«

»Und du, Sabih-ollah Chan?«

Sabih-ollah rieb seine aufgesprungenen Lippen aneinander und sagte: »Wenn ich alles zusammenkratze, kann ich vielleicht zwanzig zusammenbringen. Zwanzigtausend Toman. Um die Wahrheit zu sagen – ich hatte die Hälfte davon für meine Hochzeit beiseite gelegt, und die andere Hälfte wollte ich in Handelsgeschäfte stecken. Aber es wird schon gutgehen. Ich tu's.«

Im Schein der Karbidlampe konnte Abbass jetzt eine Gesichtshälfte und das linke Ende des dünnen schwarzen Schnurrbarts von Agha Maleks Schwiegersohn sehen. Die Asche seiner Zigarette am Tablett auf dem Korssi abstreifend, sagte er: »Dorfvorsteher ... du wirst wohl auch ... dreißig-, vierzigtausend zusammenbringen?«

Der Dorfvorsteher zog den Becher Tee zu sich heran, legte sich ein Stück Kandiszucker auf die Zunge und sagte: »So viel glaub' ich nicht. Aber ... ich hab' mir schon Gedanken darüber gemacht.«

»Schließlich müssen wir klären, wieviel Geld jeder von uns einsetzen kann. Anhand dieser Gelder können wir vorgehen und beim Landwirtschaftsamt ein Darlehen beantragen.«

Bevor er Mirsa Chan eine klare Antwort gab, fragte der Dorfvorsteher: »Hast du auch an Grund und Boden gedacht? Zuerst kommen die vom Katasteramt und sehen sich den an.

Die müssen feststellen, ob die Erde gut ist und zum Anpflanzen von Pistazienbäumen taugt. Der Pistazienanbau ist in dieser Gegend ja was Neues. Die Behörden werfen ihr Geld nicht einfach so raus. Das weißt du ja wohl?«

Der Schwiegersohn von Agha Malek zögerte einen Augenblick. Dann sagte er: »Es ist, wie du sagst. Guten Boden muß man den Beauftragten des Katasteramts zeigen. Wir sind ja in Wirklichkeit hier zusammengekommen, weil unsere Felder dicht beieinanderliegen. Aber vielleicht fehlt etwas an unseren Feldern für diesen Zweck.«

»Der Fehler liegt darin, daß wir auch unsere üblichen Produkte auf diesen gleichen Feldern anbauen und von diesen gleichen Feldern ernten wollen. Wir können doch nicht den Anbau von Weizen und Gerste, von Baumwolle, Kümmel und Melonen aufgeben und allen Boden, den wir besitzen, für den Pistazienanbau verwenden und dann sieben Jahre lang die Hände in den Schoß legen und uns unter die jungen Pistazienbäumchen setzen! Davon abgesehen brauchen Pistazienbäume weichen Boden. Auf hartem Boden kann man keine Pistazien anpflanzen!«

Der Schwiegersohn von Agha Malek sagte: »Das ist auch meine Meinung, Dorfvorsteher. Deshalb auch kreisen meine Gedanken um die Gotteserde.«

»Die Gotteserde?!«

Karbalai Doschanbeh grinste nach diesen Worten den Schwiegersohn von Agha Malek hämisch an. Der sagte: »Du lachst, Karbalai? Allerdings, die Gotteserde. Der untere Teil meines Bodens und des Bodens von Sabih-ollah und der untere Rand der Äcker deines Sohns grenzen an die Gotteserde. Wir können bequem unsere Beine darauf ausstrecken.«

Karbalai Doschanbeh sagte: »Die Gotteserde haben doch die Armen an sich gebracht!«

Der Schwiegersohn von Agha Malek sagte: »An sich gebracht haben sie sie, aber sie gehört ihnen drum nicht!«

»Wem gehört sie dann?!«

»Gott gehört sie! Das sagt ja der Name.«

»Schön! Und jetzt bebauen sie die Gottesknechte und ernten hier und da ein paar Melonen!«

»Was nutzen sie ihnen, diese paar Melonen? Wir kaufen ihnen die Gotteserde ab!«

»Und wenn sie sie nicht verkaufen?!«

»Wir kaufen sie und lassen sie ins Grundbuch eintragen. Denn je mehr Urkunden wir haben, desto mehr Geld können wir von den Behörden verlangen. Ich hab' schon alles dafür eingeleitet.«

»Glaub das nicht!«

»Was soll ich nicht glauben, Karbalai? Immer siehst du nur schwarz! Immer malst du den Teufel an die Wand. Willst du klüger sein als die Henne?!«

»Warten wir's ab!«

Karbalai Doschanbeh stand vom Korssi auf und ging sich die Schuhe anziehen. Der Schwiegersohn von Agha Malek fragte ironisch: »Hast du mir etwas übelgenommen, Karbalai Doschanbeh?«

Mit dem Anziehen seiner Schuhe beschäftigt, sagte Karbalai: »Nein! Nein . . . Behüt' euch Gott . . . Behüt' euch Gott . . .«

Karbalai Doschanbeh wollte aus der Tür treten, doch der Schwiegersohn von Agha Malek hielt ihn mit den Worten zurück: »Karbalai! Komm, steck doch nur ein einziges Mal dein Geld in eine gute Sache!«

Im Hinausgehen sagte Karbalai Doschanbeh: »Ich hab' mein Geld nicht auf der Straße gefunden, daß ich es so einfach auf die Gotteserde streuen könnte!«

Abbass zog den Kopf ein und drückte sich ins Dunkel. Karbalai Doschanbeh stieg die Verandastufen hinab. Hadj Ssalem stand vor ihm auf. Karbalai Doschanbeh blieb stehen und musterte Vater und Sohn: »Was gibt's hier? Eine Trauerfeier?«

Ohne eine Antwort abzuwarten, ging er weiter. Mosslem schickte sich an, hinter ihm herzugehen, doch Hadj Ssalem hielt ihn fest: »Bleib, Dummkopf! Kennst du den nicht? Der gibt nicht mal dem Todesengel seine Seele!«

Abbass schlich an die Tür zurück. Der Schwiegersohn von Agha Malek steckte sich gerade wieder eine Zigarette an. Karbalai Doschanbeh hatte ihn gekränkt. Er mußte sich nun mit einem Wort aus der Affäre ziehen: »Ängstlich ist er!«

Sabih-ollah sagte: »Von vornherein hab' ich keine Hoffnung auf meinen Onkel gesetzt. Wenn der sein Geld nicht bei sich hat, kann er nachts keinen Schlaf finden! Ein Mensch, der seit zwanzig Jahren seinen hungerleidenden Schuldnern auf die Finger guckt, um von ihnen die Zinsen kleckerweise zu kassieren – wie kann der es übers Herz bringen, hinzugehen und sein Geld auf diese Art und Weise anzulegen?!«

Ssalar Abdollah sagte: »Ein alter Mensch, lieber Vetter, auch mal von dem da abgesehen, wird ängstlich und vorsichtig. Er allein ist nicht so.«

Der Dorfvorsteher sagte: »Schön! Kommen wir zur Hauptsache! Du, Mirsa Chan, glaubst also, du kannst die Gotteserde ins Grundbuch eintragen lassen? Du hast gesagt, du hast alles dafür vorbereitet?«

Der Schwiegersohn von Agha Malek antwortete: »Ich lass' sie eintragen!«

»Auf deinen eigenen Namen?!«

»Nein, auf unser aller Namen. Den Antrag hab' ich schon gestellt. Was uns in Semindj aber fehlt, ist eine Pumpe und ein Traktor. Das ist alles. Wenn wir uns geeinigt haben, mach' ich mich auf nach Gorgan. Da kann ich einen guten gebrauchten Traktor auftreiben. Ich kenne da jemanden.«

Ssalar Abdollah fragte: »Mit wieviel beteiligst du dich selbst, Mirsa Chan?«

»Ich und Bibi mit fünfzigtausend. Wenn nötig, auch mit mehr.«

Die Stimme von Bibi, der Witwe von Agha Malek, ließ sich aus der Küche vernehmen: »Das Abendessen ist bereit, Mirsa Chan.«

Der stand auf und sagte: »Bring auch das Holzkohlenfeuer mit für den Korssi, Schwiegermutter!« Sabih-ollah und Ssalar standen ebenfalls auf und zogen sich die Schuhe an.

»Was ist mit dem Abendessen? Eßt ihr nicht?«

Sabih-ollah sagte: »Ich muß jetzt gehen. Meine Kuh muß in einer dieser Nächte kalben. Nach meiner Berechnung ist sie ohnehin spät dran.«

»Ssalar, wie steht's mit dir?«

»Ich muß auch gehen; vielleicht kann ich meinen Vater überreden. Schließlich – wozu läßt er sein Geld einfach so nutzlos rumliegen?«

Der Schwiegersohn von Agha Malek sagte: »Dräng ihn nicht übermäßig. Er hat sich schon ablehnend geäußert. Die Teilhaber an einer solchen Sache müssen eines Sinnes sein.«

»Na mal sehen!«

Ssalar und Sabih-ollah gingen hinaus. Abbass zog sich zurück, als sie sich näherten. Mit erhobener Stimme sagte der Dorfvorsteher spöttisch: »Daß der alte Mann nicht *dich* überredet, Ssalar!«

»Keine Sorge, Dorfvorsteher, ich steh' zu meinem Wort!«

Hadj Ssalem und Mosslem waren vor den Männern aufgestanden. Hadj Ssalem betete: »Mit Allahs Hilfe – möge es Glück und Segen bringen! Mit Allahs Hilfe – möge es Glück und Gedeihen bringen!«

Der Schwiegersohn von Agha Malek begleitete Sabih und Ssalar bis in den Torweg. Mosslem zog seine Hand aus der Hand des Vaters, um Ssalar und Sabih-ollah zu folgen. Doch Hadj Ssalem hielt ihn zurück und sagte mit gedämpfter Stimme: »Du Viech! Riechst du nicht den Polou? Die da gehen uns doch nicht durch die Lappen!«

Im Torweg streckte der Schwiegersohn von Agha Malek den Kopf in die Gasse vor und fragte: »Bis Donnerstag abend geben wir also einander Bescheid?«

Sabih-ollah wandte den Kopf zurück und sagte: »Mein Geld liegt bereit.«

»Und ich geh' feststellen, wieviel augenblicklich Schafe einbringen.«

Der Schwiegersohn von Agha Malek sagte: »Jedenfalls – Donnerstag abend hier!«

»Donnerstag abend.«

Der Schwiegersohn von Agha Malek ging zurück und stieg die Stufen zur Veranda hinauf. Bibi, die Witwe von Agha Malek, brachte etwas Brot und eine Schüssel Polou für Hadj Ssalem und seinen Sohn und sagte: »Nehmt das, nehmt es mit raus und eßt es da. Nun los doch! Ich will das Tor abschließen.«

»Jawohl . . . jawohl, liebe Bibi.«

Bibi ging zurück in die Küche, und Abbass huschte wie eine Katze zum Torweg und lief zum Tor hinaus.

Sabih-ollah und Ssalar Abdollah waren noch in der Gasse.

Sabih-ollah fuhr fort: »Dieser Mirsa Chan spricht sehr bestimmt. Er tut irgendwie so, als ob er über Beziehungen verfügt. Der mit seinen schönen Locken führt doch wohl nicht was im Schilde?!«

»Wir haben ja nicht mit ihm zu tun. Mit den Behörden haben wir zu tun. Wir nehmen eine Hypothek auf unseren Landbesitz und leihen uns Geld. An jedem Monatsanfang zahlen wir einen Teil davon zurück. Und auf der anderen Seite haben wir's mit ein paar armen Schluckern auf der Gotteserde zu tun, denen wir jedem einen Bissen in den Rachen werfen.«

»Mit einem Wort: daß der uns nur nicht um unsre paar Kröten bringt!«

Eine Laterne in der Hand, kam vom Ende der Gasse Sahra, die Schwester von Sabih, angelaufen und rief aufgebracht mit zitternder Stimme: »Wo steckst du nur?! Die Kuh ist dabei einzugehen . . . aber du . . . du . . .«

»Was? Sie geht ein?«

»Sie kann nun mal nicht kalben! Das arme Tier hat keine Kraft mehr!«

»Wieso kann sie nicht kalben?«

»Das Kalb kommt mit den Beinen zuerst raus. Ist steckengeblieben!«

»Was?«

»Mit den Beinen voran!«

Sabih nahm seiner Schwester die Laterne ab und rannte los. Sahra lief hinter ihm her. Abbass machte sich an Ssalar Abdollah heran und sagte: »Ich war auch gekommen, Bescheid zu geben, Ssalar.«

Ssalar drehte sich um und blickte ihn an: »Erstaunlich, daß du dich traust, mit mir zu reden! Teufel noch mal!«

Abbass ließ sich nicht beirren. Zusammen mit Ssalar betrat er Sabih-ollahs Stall. Dort war es warm. Die Kuh war auf die Seite gerollt, ihre Augen starrten unbeweglich auf einen Fleck. Sabih blickte seinen Vetter an: »Was machen wir mit dem Kalb, Vetter?«

Ssalar Abdollah zog sich die Jacke aus, krempelte die Hemdsärmel hoch und sagte: »Nichts! Wir ziehen es raus. Geh, mach einen Topf Wasser warm, Mädchen! Und du, halt die Laterne näher ran!«

Abbass ging hinter Sahra aus dem Stall; das Brüllen der Kuh wurde lauter.

Bis das warme Wasser bereit war, hatte Ssalar Abdollah das tote Kalb schon aus dem Leib der Mutter gezogen und beiseite geworfen. Sahra brachte einen kleinen Topf mit lauwarmem Wasser, und Ssalar machte sich daran, sich die Hände zu waschen. Sabih-ollah saß bei dem toten Kalb und stützte die Stirn in beide Hände. Sahra lehnte an der Wand. Abbass zog sich in eine Ecke des Stalls zurück und blieb im Dunkel stehen. Die Kuh lag wie tot da und röchelte nur.

Ssalar Abdollah stand auf, packte das tote Kalb an den Beinen, zog es aus dem Stall und trug es in die Gasse. Das Bellen einiger herumstreunender Hunde war zu hören. Ssalar Abdollah kam zurück, faßte seinen Vetter unter dem Arm und zog ihn hoch: »Steh auf! Mach dir nichts draus, der Kuh geht's ja zum Glück gut.«

Sabih-ollah sagte im Aufstehen: »Das ist kein gutes Omen, Vetter! Für diese Sache, die wir vorhaben, ist das kein gutes Omen!«

Ssalar sagte: »Unke nicht, Mann! So was kommt häufig vor. Laß uns jetzt gehen.«

»Nein! Nein! Ich muß bei meiner Kuh bleiben. Heute nacht bleib' ich hier.«

Abbass trat einen Schritt vor und sagte: »Wenn du willst ... ich bleibe hier. Hier ... beim Trog ...«

»Nein! Nein! Ich bleibe selbst.«

Nachdem er das gesagt hatte, setzte Sabih-ollah sich auf den Rand des Trogs. Ssalar Abdollah setzte sich neben ihn. Sahra ging Sabih-ollahs Steppdecke holen. Hier war länger kein Platz für Abbass. Ruhig ging er zur Stalltür hinaus.

Die Gasse. Immer noch war es kalt und finster in der Gasse. Hadj Ssalem und Mosslem stritten sich. Mosslem zog energisch den Vater am Stock hinter sich her, und Hadj Ssalem sagte pausenlos: »Du Viech! Du Viech!«

Und Mosslem gab ihm pausenlos zur Antwort: »De ... de ... de ...!«

Abbass gesellte sich zu Hadj Ssalem und Mosslem.

2. Teil

I

Der Winter schritt voran, der träge, stille Winter. Wie ein im Sumpf steckengebliebenes Maultier schleppte er sich mühsam weiter. Das Rückgrat war ihm schon gebrochen. Aber die Kälte! Solange es ihn gab, gab es Kälte, trockene, anhaltende Kälte. Und jetzt plötzlich Schnee. Über Nacht war Schnee gefallen, viel Schnee. Übertreibend sagte man: bis zur Hüfte. Aber wenn nicht bis zur Hüfte, dann bis zum Knie. Die gewölbten Lehmdächer konnten unter seiner Bürde nicht mehr atmen. Schweigend, erschöpft lagen sie da. Wie Kamele unter ihrer Last. Immer noch fiel Schnee, aber nicht stark. Bei Tagesanbruch hatten seine Kräfte nachgelassen. Leicht fielen die Flocken, wie Taubenfedern, wirbelten herum und legten sich hin. Für Mergan brachte der Schnee nichts als Elend. Doch für die Felder und für die meisten Einwohner von Semindj, für die, die wenigstens ein Stückchen Boden besaßen und ein paar Kühe an der Krippe stehen hatten, war der Schnee wie herabrieselndes Gold. Jede Flocke bedeutete tausend Körner Weizen, bedeutete eine Melone, eine Handvoll Kümmel, ein paar Baumwollblüten. Nicht nur für die Menschen von Semindj, für alle Bewohner der Wüste bedeutete der Schnee Brot. Es war Brot, was da herabschneite, und wie schön es schneite! Die strenge Kälte, das Schwinden der Vorräte konnte man aushalten. Das ging vorbei. Die Hoffnung auf den Frühling, auf Gras für das Vieh ließ das leichter ertragen. Mergan hatte lange genug gelebt, um dies alles zu kennen. Vom reich gedeckten Tisch fällt etwas ab, was sie und ihre Kinder in den Mund stecken können. Aber vom leeren Tisch? Was steigt von da auf außer Staub? Im Verlauf der Jahre hatte sie das gelernt. Auch wenn

Mergans Herz nach etwas hungerte – was der Fall war –, ihre Augen hungerten nach nichts.

Mergan war nicht mehr jung, hatte viel gesehen und erfahren. Langsam bewegte sie sich auf die Vierzig zu. Obwohl ihr längliches Gesicht welk und zusammengefallen war, was sie älter aussehen ließ, mischten sich erst seit kurzem hier und da weiße Fäden in ihr schwarzes Haar. In die lederne Haut ihrer Stirn waren unter den Haarfransen zwei, drei tiefe Furchen eingegraben. Um die Augen herum zeigten sich feine, dünne Fältchen, die Wangen waren eingefallen. Die schmalen, rauh gewordenen Lippen legten in dem ausgezehrten Gesicht die festen weißen Zähne bloß. Am Kinn hatten sich zu beiden Seiten des Mundes abwärts geschwungene Linien gebildet. Die Halsadern traten hervor, und unterhalb der Kehle, da, wo sie die Zipfel des Kopftuchs mit einer Sicherheitsnadel zusammensteckte, war der Hals eingesunken. Die Kiefer sprangen vor, und wenn sie die Zähne aufeinanderpreßte, zeichneten sie sich unter der Haut ab. In Mergans Gesicht war das Fleisch ausgedörrt, unter dieser Haut schien es keine Feuchtigkeit mehr zu geben. Eine lederne Haut, über feste Knochen gespannt, mit deutlich sichtbaren Vertiefungen und Erhebungen. Ihre Augen aber waren schön. Traurig und schön. Zwar waren sie eingesunken, doch war ihr Blick nicht ohne Glanz. Und Mergans Gestalt, obwohl aus mit Haut überzogenen Knochen bestehend, war nicht gebeugt. Aufrecht stand sie da. In diesem hochgewachsenen Körper wand sich eine verwundete Seele. Aber ermattet war diese Seele nicht. Wohl barg sie einen heimlichen Kummer, doch kein schmerzliches Wimmern. Eben daran lag es, daß Mergans Augen so schön geblieben waren. Ein unvergänglicher Glanz, aus der Tiefe der Hoffnungslosigkeit. Gleich der zitternden Flamme einer Laterne im abendlichen Zwielicht. Starkknochig war sie, die Mergan. Nicht so wie ihr Bruder, der einen Schädel wie ein Pferd hatte. Aber wenn sie mit anderen Frauen zusammen war, sah es aus, als hätte sie starke Knochen, obwohl sie mager war. Die immer unzureichende

Ernährung hatte sie noch nicht so entkräftet, wie eigentlich zu erwarten war.

Mergan blickte um sich. Das Morgengrauen wirkte dank der Schneedecke weißer. Eine schönfarbene Helligkeit. Farbe von einer Art, die keiner anderen gleicht. Mit dem Auge allein kann man sie nicht erfassen. Mit der Seele müßte man sie sehen. Wie sieht der Leidende das Heilmittel, wie der Dürstende das Wasser? Mergan empfand den Schnee auf diese Weise. Wenn man ihr aufmerksam ins Gesicht sähe, könnte man darin den Abglanz der schneehellen Morgendämmerung erblicken: eine Bewegung, einen neuen Zustand, das Gefühl, daß etwas, vieles in Änderung begriffen ist. Der Gedanke daran, daß die Samen der Gräser, der bunten Gräser, dank der Feuchtigkeit, die der Schnee dem Boden schenkt, aufwachen werden. Der Gedanke an die Bewegung dieser Samenkörner in einem Boden, der sich den ganzen Winter über kalt, trocken, mürrisch zusammengekrümmt hat; der Gedanke daran, daß der Boden sich die Lippen netzt; der Gedanke an die Sonne, die nach dem Schneefall wieder glänzen wird; der Gedanke an Egge und Pflug und Pflüger; der Gedanke daran, daß die Ebene wieder ihre langen Arme öffnet; der Gedanke an das Brüllen des Viehs und die anfeuernden Zurufe der Hirten und an den Rauch, der aus den Backöfen der Häuser steigt; der Gedanke daran, daß die finster zusammengezogenen Brauen der Menschen durch das Heranstürmen des Lachens besiegt würden – all diese Gedanken hatten Mergan verwandelt. Ein neues Gefühl, von der Art, von der heranwachsende Mädchen überschäumen. Wie damals, als Mergan selbst die Zeit des Heranreifens trunken durchschritt. Wie vor zwanzig Jahren. Wie in den Tagen, als sie das Gefühl hatte, sie könne alle Männer der Welt in die Arme schließen. In jenen Tagen war Mergan frühlingstrunken. Ihr Lachen, ihr Scherzen, ihr Tanzen und Tamburinschlagen, wie sie ihrer Arbeit nachging: Brot backen und jäten und hinter den Schnittern die Ähren einsammeln; Baumwolle spinnen, an den langen Winterabenden im Kreis der anderen Mädchen das Spinnrad drehen und die Arbeit husch, husch beenden; Lieder und Märchen, im Wechsel Verse aufsagen, Geflüster und Gerede über Männer, über junge Burschen; Zittern der Brüste und Herzklopfen; Pulsieren des Bluts in den Adern und beständiges Flackern der Liebe, die verborgen ist, noch nicht da ist. Sich einbilden zu lieben, verliebt zu sein. Leben. Leben in der Arbeit, im Haus, im Bett, im Freien. Leben in der Liebe. Ein Knoten im Grashalm. Ein Kind bekommen, es stillen. Die Wiege an der Zimmerdecke aufhängen. Ein Wiegenlied. Das Kind in Windeln wickeln, in lauwarmem Wasser unter der milden Mittagssonne baden. Wonnegefühl. Das Bübchen ist kitzlig. Lachen. Lachen. Wasser. Sonne. Lachen, das reine Lachen des Kindes. Aufblühen der Knospe. Ein Zustand zwischen Weinen und Lachen. In alles verliebt sein: den Staub auf dem Rücken des Mannes, den anziehenden Geruch von Schweiß unter der Achsel. Das Hemd von Ssolutsch staubbedeckt, von Schweiß durchtränkt. Wie das Bübchen mit der Hand im Wasser der Schüssel planscht! Ein Kuß. Küsse auf Kopf und Füße des Kindes, das noch nicht gezahnt hat, aber kitzlig ist. Wie es lacht, das Knöspchen! Es blüht auf. Oh . . .

Die Ebene steht voller Weizen. Golden. Als hätte es Gold geregnet in der Ebene. Die Mittsommersonne. Gejohle der Männer. Schwatzen der Ährenleserinnen: Frauen, Mädchen, Kinder. Wasserkrüge im Schatten der Getreidegarben, Schlafen im ausgetrockneten Wassergraben, mit dem Packsattel von Ssalars Esel als Sonnenschutz. Brot und Tee und Datteln. Jungsein! Männer. Seidene Tücher. Die seidenen Tücher haben sich die jungen Burschen – mit ihren von keinen Mützen bedeckten Schmachtlocken – um den Hals geschlungen. Schweiß stiehlt sich unter den Tüchern hervor, läuft zwischen den Schulterblättern hinab, staut sich am Gürtel und breitet sich nach beiden Seiten hin aus. Auf den schweißdurchtränkten Hemden zuckerfarbener Weizenstaub. Schweißnasse Hemden. Schweiß und Staub haben die Hemden wie mit Schlamm überzogen. Schweiß und Staub. Staub und Schweiß. Arme und Schultern sind in Bewegung. Arbeit der Hände, der Arme. Sicheln und Sensen glänzen in der Sonne. Die Schnitter setzen alles Geschick ihrer Arme ein und machen aus Bündeln Garben und aus Garben Haufen. Hinter den Schnittern – wenn viele Armvoll Weizenhalme zu Garben werden und auf dem Rücken des Trägers zum Haufen wandern – strömen Frauen und Mädchen auf das abgeerntete Feld, um die Ähren aufzusammeln, die unter den Sicheln und Sensen der Männer geknickt und zu Boden gefallen sind.

Mergan gehörte zu den Ährenleserinnen. Sie saß am Feldrain und sah Ssolutsch bei der Arbeit zu. Ein geschätzter Schnitter war er, der Ssolutsch. Eine rühmliche Statur hatte er nicht, war nicht schön von Gestalt, aber er arbeitete gewissenhaft und fleißig.

Schmächtig und flink drehte Ssolutsch sich in der Hocke sitzend und schnitt die hohen, gebeugten Weizenbüschel dicht über dem Boden ab. Obwohl ein gewissenhafter Schnitter, machte es Ssolutsch Spaß, es beim Mähen nicht sehr genau zu nehmen, damit mehr Ähren als üblich zu Boden fielen. Daran fand auch der Bauer nichts auszusetzen. Denn er wußte, daß Ssolutsch die Ähren für Mergan auf den Boden fallen ließ. Das war übrigens gewissermaßen der Brauch, war zum Brauch geworden. Eine Art stillschweigende Übereinkunft zwischen dem Schnitter, dem Bauern und der Ährenleserin. Wenn ein junger Schnitter es auf ein Mädchen abgesehen hatte, hielt er es für sein gutes Recht, die trockenen Weizenhalme mit der Sense so anzustoßen, daß die verdorrten, schlaffen Ähren zu Boden fielen. Die um die Taille gebundene Schürze des Mädchens muß voll werden: ein Liebesdienst. Mergan muß mit vollen Händen heimkehren. Und Mergan kehrte mit vollen Händen heim. Hohn und Spott von diesem und jenem?! Soll jeder sagen, was er will! Mergan nahm das nicht ernst. Die Zunge anderer Leute ist das Herz dieser Leute. Sollen doch einige Herzen nicht auf Mergans Seite sein, sollen sie doch! Immer gibt es einige, die ihrem Haß in spöttischen Bemerkungen Luft machen müssen. Ihrer eigenen Überzeugung nach sind sie schlau; in Wirklichkeit sind sie nicht schlau, sondern doppelzüngig. Es fehlt ihnen der Mut zur Offenheit. Was konnte schließlich geredet werden?! Daß Mergan, aus einer Familie von Kameltreibern, und Ssolutsch, aus einer Familie von Ofensetzern, einander begehren? Sollen sie's sagen! Sollen sich doch alle Einwohner von Semindj an dieser Nachricht laben! Was ist schlecht daran? Was ist das für eine Sünde? Sollen sie doch alle auf die Dächer steigen und laut verkünden, daß Mergan und Ssolutsch sich gern haben! Wen gab es denn, der Mergan von ihrem Vorsatz abhalten konnte? Niemanden! Ihr Vater war tot, die Mutter rührte sich nicht mehr aus dem Haus. Und sie hatte ja nur den einen Bruder. Was konnte Eman schon sagen? Der hatte dank seiner Leidenschaft für Gissu den Beinamen Moula Eman verliehen bekommen. Moula Eman war bis über beide Ohren in Gissu verliebt. So sehr, daß es schon an Verrücktheit grenzte. Wo er ging und stand, verfaßte er Gedichte auf sie. Ein halber Troubadour. Aus Leidenschaft zu Gissu irrte er in den Gassen herum und sang Lieder. Nachts fand er bis zum Morgen keinen Schlaf. Die Geschichte von Moula Eman und Gissu kannten alle Gottesgeschöpfe. Was konnte ein solcher Bruder zu Mergan sagen? Sie war für Ssolutsch entflammt. Was konnte Moula Eman, der seinerseits verrückt nach Gissu war, ihr sagen? Angenommen, er sagt etwas! Beschimpfungen, Schläge, Tritte – was macht das schon? Das, was Mergan umbringen würde, waren nicht Tritte und Peitschenhiebe. Das Getrenntsein von Ssolutsch würde sie umbringen. Das Getrenntsein vom Sohn des Ofensetzers.

›Wohin hast du dich verirrt, Mergan?‹

Sie kam zu sich. Die Kälte schüttelte sie. Wie weit hatte sie sich von sich selbst entfernt! Wohin war sie gegangen? Erinnerungen! Sie kehrte in die Wirklichkeit zurück. Die Kinder schliefen noch. Die Glut unterm Korssi war erkaltet. Asche. Die Kinder hatten sich unter der Flickendecke zusammengerollt. Mergan zündete in der Feuerstelle ein Bündel Baumwollholz an und setzte den Teekessel auf. Hadjer hob den Kopf. Mädchen müssen vor den Jungen aufstehen. Abbass und Abrou würden danach aufstehen. Und sie standen auf.

»Was für ein Schnee!«

Abbass lief zur Tür. Abrou stellte sich neben ihn, und beide starrten sie auf den Schnee, der sich auf der niedrigen Umfassungsmauer und weiter drüben auf den Hausdächern von Semindj niedergelassen hatte. Unwillkürlich strahlten ihre Gesichter. Sie blickten einander an. Ein leichtes Lachen. Selten kam es vor, daß die beiden Brüder miteinander lachten. Jetzt lachten sie. Von weit her waren Krähen aufgetaucht: krah, krah. Die Brüder würden heute zu Hause bleiben können. Das war ein Grund zur Freude. Alle wußten, daß an einem solchen Tag niemand den Fuß aus Semindj setzen wird. Ein plötzlicher Gedanke leuchtete in Abbass' Augen auf: Ein Spielchen! Heute könnte man ein Spielchen in die Wege leiten. Die unbeschäftigten Burschen würden sich heute alle im Laden versammeln und Halwa kaufen, Walnuß-Halwa. Dann würden die Größeren, die, deren Taschen schwer waren, ins Hinterzimmer schleichen und sich zu einem Spiel zusammensetzen. Vor kurzem hatte A Ssadegh ein gebrauchtes Spiel Karten aus der Stadt mitgebracht. Die Größeren spielten Karten, die Kleinen mit Knöcheln. Seit A Ssadegh das Kartenspiel gebracht hatte, mochte er es nicht mehr, daß im Hinterzimmer seines Ladens mit Knöcheln gespielt wurde. Der damit verbundene Lärm war nicht gut fürs Geschäft. Er ließ auch nicht jeden beliebigen ins Hinterzimmer: »Was hast du hier zu suchen, mein Junge?! Geh! Geh und spiel mit Murmeln! Für dich ist's noch zu früh!«

Also hatten die Kinder keinen Ort zum Spielen. Es lag Schnee, in den Trümmern konnte man nicht die Knöchel werfen. Man brauchte einen warmen, ungestörten Platz, den ihnen jemand zur Verfügung stellte. Der Stall! Welcher Platz ist besser als der leere Stall von Ssolutsch? Abbass dachte, vielleicht könne er drei, vier von den Kindern der Kleinbauern ködern und zu einem Spiel verleiten. Möglicherweise würde auch Ali Genou kommen.

Diese verlockende Aussicht trieb Abbass zum Wandschränkchen hin. Unter allerlei Plunder zog er die Blechdose mit den Knöcheln hervor und ging damit ans Tageslicht vor die Tür. Er schüttete die Knöchel auf den Boden und sonderte zwei Sätze ab. Einen Satz zu drei Stück, einen Satz zu vier Stück. Jeden Satz wickelte er in einen alten Lappen, steckte sie in seinen Hosenbund und kehrte ans Feuer zurück. Abrou saß vor der Feuerstelle. Mergan schüttete eine Handvoll Kräuter in den Teekessel, und Hadjer setzte sich, als sie mit dem Wegräumen der Steppdecken fertig war, neben die Mutter. Abbass drängte sich dicht an Abrou und hielt die Hände übers Feuer, das im Qualm zu ersticken drohte. Der Qualm des nassen Baumwollholzes trieb ihnen die Tränen in die Augen. Deshalb mußten Mutter und Kinder, obwohl sie sich zum Wärmen nah ans Feuer drängten, das Gesicht abwenden, die tränenden Augen schließen und ständig die Nase hochziehen. Das Zimmer füllte sich mit Qualm. Abrou beugte sich auf den Knien vor, stützte die Handflächen auf den Boden und blies ins Feuer. Er blies und blies, aber sein Blasen hatte nicht die Kraft, das Feuer im feuchten Holz anzufachen. Krankheit und Unterernährung hatten an seinen Kräften gezehrt. Schlapp und schwach war er, hatte sich noch nicht erholt. Seine Mundpartie schien weiter vorzustehen, die Zähne größer, der Mund breiter zu sein. Die trichterförmigen Lippen hatten sich stärker blau verfärbt, die Augen zwinkerten tief in ihren Höhlen. Am Ende ging ihm die Luft aus, er setzte sich zurück. Abbass beugte sich vor und blies, so kräftig er konnte, in den Qualm und auf die feuchten Holzstücke. Der Qualm nahm zu, ein Flämmchen züngelte auf. Die Mutter sagte zu Hadjer, sie solle die Becher bringen. Hadjer stand auf, holte zwei Tonbecher aus dem Wandschränkchen und stellte sie vor die Mutter hin. Mergan sagte, sie solle auch ein paar Mehlbeerfrüchte holen. Hadjer wußte, wo sie waren. Sie ging und brachte einen kleinen Beutel. Die Mutter verteilte die Früchte, gab jedem zwei Stück. Dann füllte sie die Becher mit dem heißen, farbigen Gebräu. Abbass zog einen Becher an sich heran. Daß Abbass als erster Tee trank, daß er als erster einen Bissen nahm, wurde notgedrungen von der Familie hingenommen. Jetzt, wie auch früher schon, nahm er keine Rücksicht auf die anderen und hielt es für sein gutes Recht, als erster bei Tisch zuzulangen.

Während Abbass und Abrou ihren Tee tranken, stand Mergan auf und ging in die Vorratskammer. Als sie zurückkam, blickte Abrou immer noch durch die Tür in den rieselnden Schnee: »Wenn wir heute doch eine Portion Schnee mit Traubensirup essen könnten!«

Mergan brachte die zerbrochene Schneeschaufel und die kleinere von Ssolutsch, stellte sie an die Tür und sagte: »Wenn ihr Mumm habt, dann macht ihr euch daran, den Sirup zu besorgen. Das Brot ist meine Sache. Hier ist die große Schaufel, hier die kleine. Schaufelt den Schnee von ein paar Dächern! Von eurem Lohn kauft dann zehn Ssier Sirup und bringt ihn her.«

Abbass sagte: »Diesen einen Tag, wo wir nicht aufs Feld gehen, müssen wir nun Schnee schaufeln?«

»Das tust du doch für dich selbst! Wenn du nicht willst, geh nicht, leb von Luft.«

»Diesen einen Tag, wo ich nicht nach Brennholz gehen kann, soll ich von Luft leben?!«

Abrou sagte: »Wenn ich mich wieder erkälte – was dann?«

»Du wirst dich nicht erkälten, bist doch kein Küken! Bind dir meinen Tschador um Schultern und Taille!«

Abbass fragte: »Was ist mit dem Schuhzeug? Mit zerrissenen Stoffschuhen kann man ja nicht gut in hüfthohem Schnee rumlaufen! Die Füße erfrieren einem ja!«

»Wieso kann man in den Schnee hinausgehen, um Unfug zu treiben, aber zur Arbeit nicht? . . . Davon abgesehen werd' ich selbst euch die Füße mit Lappen umwickeln. Und bis ihr zurückkehrt, mach' ich ein großes Feuer. Im Haus mach' ich's warm wie in einem Backofen. Was noch?«

Abbass sagte: »Jeder schaufelt selbst sein Dach! Wer wird uns schon sein Dach frei schaufeln lassen?«

»Es gibt solche! Wen hat zum Beispiel Agha Malek zum Schneeschaufeln?«

»Seinen Knecht. Er hat einen Knecht. Den Karbalai Habib.«

»Wie kann Karbalai Habib bei einem solchen Wetter Schnee schaufeln? Wenn du ihm die Nase zuhältst, gibt er den Geist auf, dieser Tattergreis!«

»Angenommen, ich schaufle bei Agha Malek Schnee – bei welchem Esel soll Abrou schaufeln?«

»Bei Bibi, der Mutter von Abdol. Abdol selbst ist nicht da, ist zur Stadt gegangen, eine Motormühle zu kaufen. Abrou kann hingehen, ihr den Schnee vom Dach schippen und sich ein paar Gran verdienen.«

Jetzt gab es keinen Vorwand mehr. Immerhin fragte Abbass: »Und was ist mit unserem eigenen Dach? Sollen wir den Schnee so lange drauflassen, bis es einstürzt?«

Mergan sagte: »Ich bin ja auch noch da. Unser Dach schaufele ich selbst frei.«

»Mit welcher Schaufel?«

»Was geht dich das an? Kümmre dich um deinen eigenen Kram!«

Es blieb nichts andres übrig. Abbass stand auf und nahm die Schneeschaufel an sich. Die kleine blieb für Abrou. Da gab es nichts zu wundern. Das war Abbass' Art. Die handlichsten Werkzeuge nahm er für sich. Trotzdem nörgelte Abrou: »Wer hat schon mal gesehen, daß man mit einer gewöhnlichen Schaufel Schnee schippt?«

Abbass hörte nicht hin. Er hatte die Schneeschippe an sich gebracht und umwickelte nun seine Füße mit Lappen. Abrou blickte immer noch die Mutter an. Die sagte: »In jedem Haus, das ein Dach hat, gibt es auch eine Schneeschaufel. Da ist kein Grund zum Jammern. Steh auf, reiß dich zusammen!«

Abrou war nicht faul geworden. Müde war er. Eine Art eintöniger Müdigkeit hatte sich seiner bemächtigt. Er hatte keine Lust zu arbeiten, hatte eine Abneigung gegen die Arbeit. Kälte und Unterernährung hatten ihn, im Verein mit der Krankheit, aus dem Gleichgewicht gebracht. Warum sollte er sich etwas vormachen: Er hatte einfach keine Lust, bei diesem Schnee den Fuß vor die Tür zu setzen. Etwas wie Angst hielt ihn im Haus fest.

Mergan warf Abrou ihren erbsenfarbenen Tschador hin und sagte: »Nimm den, wickle ihn dir um! Deck deine Nieren gut zu. Und wickle ein paar alte Lappen um die Füße ... Döse nicht so vor dich hin wie ein Opiumsüchtiger! Los doch!«

Wohl oder übel mußte Abrou seine Benommenheit abschütteln und aufstehen, anderes blieb ihm nicht übrig. Er faltete den Tschador zusammen. Mergan sagte zu Hadjer: »Faß das Ende und hilf ihm beim Umbinden, Mädchen! Du stehst da wie eine Säule und glotzt nur.«

Hadjer band dem Bruder den Tschador um die Taille. Abbass zog die Kappen seiner Stoffschuhe hoch, wickelte sich ein Tuch um die Ohren, nahm die Schaufel und ging hinaus. Abrou blieb noch, damit Mutter und Schwester ihn einmummten, bevor sie ihn auf die Gasse in den Schnee schickten. Die Mutter wickelte ihm den zusammengefalteten Tschador um Brust und Schultern. Abrou sagte: »Den Vorratssack, bring mir auch den Vorratssack, Hadjer! Den bind' ich mir auf den Rücken.«

Hadjer blickte die Mutter an. Mergan sagte: »Bring ihn, bring den Vorratssack, daß er sich den auf den Rücken bindet. Ich bin dabei, einen Helden in die Schlacht zu schicken!«

Abrou sagte: »Und was ist mit meinen Füßen? Soll ich barfuß im Schnee rumlaufen?«

»Deine Füße umwickle ich mit Lappen. Mach mir nicht das Herz so schwer mit deiner Nörgelei!«

Der Vorratssack. Abrou legte den Vorratssack um die Schultern und verknotete die Bänder über der Brust. Jetzt band Mergan die Bündchen seiner weiten Hose mit alten Lappen über den Fußgelenken zusammen. Dann kam die

Reihe an die Füße selbst. Abrou setzte sich an die Wand, lehnte sich mit dem Rücken an und streckte die Beine aus. Mergan legte sich das eine Bein aufs Knie, Hadjer das andere, und beide machten sich daran, sie in Lappen zu wickeln. Der letzte Knoten über der Ferse. Mergan warf Abrou seine Stoffschuhe hin und sagte: »Nun los! Raff dich auf! Du bist doch keine schwangere Frau!«

Im Sitzen zog Abrou sich die Schuhe an. Noch schwankte er. Deshalb bewegten sich seine Hände nur träge. Mergan hielt sich nicht länger mit ihm auf. Sie ging zur Feuerstelle, rief die Tochter zu sich, und beide machten sich daran, ihren Tee zu trinken. Abrou stand endlich auf. Es blieb ihm wohl nichts andres übrig. Er nahm die kleine Schaufel und ging hinaus.

Der Schnee ließ allmählich nach. Der Himmel schüttete die letzten Reste aus, schwach und schwächer. Mergan ergriff das Blechtablett und sagte zur Tochter, sie solle das Ofenblech nehmen, die Asche wegschütten und ihr dann helfen kommen. Sie gingen nach draußen. Zuerst mußten die Stufen frei geschaufelt werden. Sie machten sich an die Arbeit. Der Schnee war schwer, aber Mergan hatte in ihrem Leben oft solchen Schnee erlebt. Mit dem Tablett nahm sie Schnee auf und leerte ihn in den Kanister. Hadjer nahm den Kanister, trug ihn in die Gasse und kippte ihn neben der Grube aus. Als die Treppenstufen frei geschaufelt waren, bahnte Mergan sich einen Weg aufs Dach.

Es hatte aufgehört zu schneien. Der Himmel war still, unbewegt und still. Noch bedeckte ihn eine dichte Wolkendecke. Aus den Dächern von Semindj, den gewölbten Dächern, hatte der Schnee eine gleichmäßige weiße Fläche gemacht. Krähen, Krähen. Die Schriftzeichen der Flügel auf der weißen Fläche: krah, krah. Einzelne Menschen auf den Dächern. Bläue, Bläue. Blaue Punkte. Das waren Männer in Filzumhängen und Gamaschen, Schneeschaufeln in den Händen, die Hände in Handschuhen oder mit einem Stück Stoff, dem Taschenfutter eines alten Mantels, umwickelt. Die Köpfe bedeckt mit einem Schal oder einer Mütze, die Taillen gegürtet mit einem Schal oder einem Riemen oder einem alten Strick. Hier und da eine Frau. Dampfender Atem, wie von feuchtem Holz aufsteigender Qualm aus einem dem Wind zugekehrten Herd, auf dem weißen Hintergrund aus Schnee. Das vergnügte Wiehern eines Jungen am anderen Ende von Semindj. Die Stille wird durchlöchert. Stimme um Stimme, von diesem Dach zu jenem Dach. Laute Gespräche auf dem Untergrund dampfenden Atems. Ali Genou auf dem Dach des Badehauses. Was für ein Schnee! Was für ein Segen! Wohl denen, die Samen in die Erde gestreut haben! Die Luft ist immer noch schwer wie ein Teppich. Gejohle der Jungen von diesem Dach zu jenem Dach. Die Gespräche schmecken anders. Die Worte, die gleichen alten Worte, scheinen neu zu sein. Frisch und neu wachsen sie aus dem Schnee hervor. Der Atem ist lebendig. Lebendiger Atem. Die Herzen sind aufgewacht. Es ist, als habe jeder Kopf, der sich von einem Kissen hob, einen Sack mit Goldstücken vor sich gesehen. Die Körper haben ihre Trägheit abgeworfen. Die blauen Gestalten bewegen sich fröhlich auf dem reinen Schnee. Rhythmische Bewegungen von Armen und Schultern. Wie einträchtig sich die Schneeschaufler an die Arbeit gemacht haben! Gebeugte Rücken, uraltes Bild menschlicher Tätigkeit. Eiszapfen an den weißen Wangen der Dächer. Schnee klebt an den Hosenbündchen, an den Gamaschen. Atemstöße steigen in Wolken aus den Mündern und lösen sich in der Kälte auf.

Der Schnee auf den Dächern wird langsam weniger. Die blauen Schatten der Dächer heben langsam ihre Leiber unter dem Schnee hervor, kommen zum Vorschein. Die Dächer atmen auf. Die Männer wischen den Schweiß von der Stirn. Die Frauen fassen die Besenstiele mit beiden Händen. Was die Schaufeln an Schnee übriggelassen haben, wird mit dem Besen fortgefegt. Schneebälle fliegen von Dach zu Dach. Die Jungen fühlen Stolz im Herzen. Eine Schneeballschlacht. Die Flügel der Krähen. Die geöffneten Schnäbel und die ausgebreiteten Flügel der Krähen. Ein kurzer Flug, wie ein Sprung, von dieser Erhebung zu jener Erhebung. In ganz Semindj gibt es nur ein paar Bäume. Eine Kiefer, ein paar Mehlbeerbäume. Schwarzes Schweben über weißen Anhöhen. Widerhall des Krähengekrächzes. Die Krähen scheinen dafür dazusein, im Schnee herumzufliegen. Weshalb sonst tauchen sie so schnell auf, wenn es geschneit hat? Wo sind sie vorher gewesen, wo werden sie nachher sein? Von wo sind sie verjagt worden und warum? Was suchen sie?

Mergan schließt aus dem Krächzen der Krähen, daß eine kalte Nacht heraufzieht.

Mergan hat unter den Armen geschwitzt, die Füße sind ihr eiskalt geworden. Das Dach ist fast frei geschaufelt. Mergan sagt der Tochter, sie solle Feuer machen; sie selbst bietet ihre ganze Kraft auf, um die letzten Schneereste runterzuwerfen. Zu Hadjer sagt sie, sie solle ihr den Besen hinaufwerfen. Hadjer kann den Besen nicht aufs Dach werfen. Sie bringt ihn die Stufen hinauf, gibt ihn der Mutter und geht schnell wieder nach unten, um Feuer zu machen. Den restlichen Schnee fegt Mergan zusammen und blickt dabei hierhin und dahin. Sie scheint besorgt zu sein, besorgt um ihre Söhne. Sie haben sich doch wohl nicht davongemacht? Immer wieder reckt sie den Hals, um vielleicht auf einem der Dächer die Söhne zu entdecken. Abbass! Endlich sieht sie die Silhouette von Abbass. Aber von Abrou ist nichts zu sehen. Sie bückt sich, um das Dach fertigzufegen. Die hinuntergeworfenen Schneemassen haben sich an der Mauer aufgehäuft. Sie denkt daran, daß sie sie noch in die Grube an der Gasse schaufeln muß. Die Arbeit auf dem Dach ist fertig.

Mergan steigt gerade die Stufen hinab, als sich vom Ende der Gasse ein Wehgeschrei von Frauenstimmen erhebt. Der Mutter von Ali Genou ist das Dach über dem Kopf eingestürzt! Die Frauen kreischen. Erst jetzt haben sie sich an die Mutter von Ali Genou erinnert. Mutter Genou war zu Anfang des Winters von Sohn und Schwiegertochter fortgezogen und hatte sich am Ende der Gasse unter einem schadhaften Dach eingenistet. Das Dach war in der vergangenen Nacht eingestürzt. Jetzt hat sich die Gasse mit Menschen gefüllt und wird noch immer voller. Nicht das ganze Dach ist heruntergekommen. Ein paar feuchte Lehmziegel scheinen noch an ihrem Platz zu hängen.

Einige sagen: »Ihr Sohn! Benachrichtigt ihren Sohn!«

»Wo steckt denn bloß dieser Ali Genou?!«

»Auf dem Dach vom Badehaus. Er war dabei, den Schnee runterzuschaufeln!«

Hier und da verfluchen die Frauen Mutter Genous Schwiegertochter. Sie war es, die am Anfang des Winters darauf bestanden hatte, daß Mutter Genou von ihnen getrennt leben müsse.

Mergan findet sich ein. Alle warten darauf, daß Ali Genou seine Mutter unter Erde und Schnee hervorzieht. Mergan tritt nahe an den Trümmerhaufen, streckt den Kopf vor in die Ruine und mustert die noch an Ort und Stelle gebliebenen Deckenkanten. Mutter Genou hatte mit dem Kopf an der Wand gelegen, deshalb ist sie nur bis zum Brustkasten unter dem Schutt begraben. Mergan wagt es, unter das halb eingestürzte Dach zu gehen, und bleibt unter dem freien Himmel stehen. Dann wendet sie sich um und blickt die Leute an. Zwei, drei von den Jüngeren fassen sich ein Herz. Eine Frau aus dem Nachbardorf Kalat kommt auch zu Hilfe. Sie werfen den Schnee zur Seite, heben Ziegel und Erde auf. Der Leib von Mutter Genou ist zur Hälfte zerquetscht. Wie im Mörser gestampftes Fleisch. Ihr bläuliches Gesicht hat die Farbe von Rauch angenommen. Man kann nicht erkennen, ob sie tot oder lebendig ist. Zuerst muß sie unter dem Schutt hervorgeholt werden. Sie wird hervorgeholt. Sie wickeln sie in eine Steppdecke und tragen sie hinaus. Einige Hände machen ein Stückchen Boden vom Schnee frei. Mergan und die Frau aus Kalat legen zusammen mit ein paar anderen Mutter Genou an den Rand der Gasse.

Endlich kommt Ali Genou. Im Laufschritt kommt er heran. Die Schöße seiner Joppe und der Zipfel seines Turbans fliegen im Wind. Auch die Frau von Ali Genou kommt. Ali Genou wirft die Schneeschaufel weg und setzt sich zu seiner Mutter. Tränen kommen ihm nicht. Er schreit. Die Männer zerren ihn beiseite und heben die leblose Mutter Genou auf. Ali Genou nimmt die Hände vom Gesicht. Sein Blick fällt auf seine Frau, die an der Mauer steht und weint. Er stürzt sich auf seine Schaufel, nimmt sie in die Hände, wirft sich auf seine Frau. Verwünschungen regnen ihm von den Lippen; sie ersetzen die Frage: Warum hast du meine Mutter aus dem Haus geworfen, du Quälgeist von einem Weib? Roghiyeh versucht erst gar nicht, etwas zu sagen. Sie ergreift die Flucht. Ali Genou verfolgt sie. In Roghiyehs Beinen ist nicht viel Kraft. Ihre Füße bleiben im Schnee stecken. Der Länge nach schlägt sie bäuchlings hin. Ali Genou holt sie ein. Mit dem Schaufelstiel fällt er über seine Frau her. Roghiyeh ist schwächlich, schon die ersten Schläge machen sie fertig. Der Atem stockt ihr. Ali Genou sieht nur Blut. Es scheint ihm nicht in den Sinn zu kommen, daß diese paar Knochen unter seinen Schlägen zerbrechen können. Wie von Sinnen ist er. Die Männer drängen sich um ihn, reißen ihm die Schaufel aus der Hand und werfen sie fort: »Du Lump! Du bringst die arme Frau ja um!«

Die Frauen richten die in den Schnee gesunkene Roghiyeh auf. Der Schnee ist blutbesudelt. Blut fließt aus Roghiyehs Hinterkopf. Eine Schulter und ein Fußgelenk ist gebrochen. Nicht einmal Kraft zum Stöhnen hat sie. Zwei Frauen, Mergan und die Frau aus Kalat, tragen die halbtote Roghiyeh zu Ali Genous Haus. Ali Genou sitzt auf dem Schnee und sieht mit geröteten Augen zu, wie seine Frau fortgetragen wird. Was ist passiert? Erst jetzt scheint er zu begreifen. Er gibt ein Winseln von sich, schlägt sich mit den Fäusten auf den Kopf und bricht in lautes Schluchzen aus.

Ali Genou ist ein gebrochener Mann.

Abbass tauchte auf. Er war der Spielpartner von Ali Genou. Unter dessen Korssi sitzend, brachten Abbass und zwei, drei andere häufig ein Glücksspiel in Gang. Ali Genou gehörte zu denen, die vernarrt ins Spielen waren. Nach A Ssadegh, dem Krämer, war er es gewesen, der Spielkarten nach Semindj gebracht hatte. Jetzt, wie er so auf dem blutbesudelten Schnee saß, war er wie vernichtet. Sein dunkles, breites Gesicht, die bläulichen, dicken Lippen waren fahlgelblich geworden, seine Augen blutunterlaufen. Wie Gefäße voll Blut. Als er Abbass erblickte, schluchzte er auf: »Ich bin zugrunde gerichtet, Abbass!«

Abbass faßte ihn unter den Achseln und hob ihn aus dem Schnee. Hadjer stand an der Mauer. Abbass warf ihr die Schaufel hin und sagte: »Hast du Feuer gemacht?! . . . Geh, mach Feuer, meine Hände und Füße fallen mir vor Schmerzen ab. Mach schon!«

Hadjer nahm die Schaufel auf die Schulter, und Abbass führte Ali Genou fort. Hadjer hatte schon unter dem Korssi Feuer gemacht, aber das feuchte Baumwollholz brannte nicht so ohne weiteres an. Daher hatte sich das Haus mit Qualm gefüllt. Hadjer lehnte die Schaufel an die Wand, kniete sich vor dem Korssi hin, stützte sich auf die Handflächen, schloß die Augen und fing an zu blasen. Das Holz fing nicht Feuer, außer Qualm zeigte sich nichts. Qualm, Qualm. Aber es half alles nichts, sie mußte blasen. Denn der Qualm macht das Holz mürbe und trocknet es ein wenig. Wenn ein Funke zu glimmen begann, konnte Hadjer das Blechtablett nehmen und so lange damit fächeln, bis alles Holz Feuer fing. Aber noch glimmte nichts, und Hadjer konnte nichts tun als blasen. Der dichte Qualm hatte ihr Tränen in die Augen getrieben. Und auch die Nase fing ihr an zu laufen. Ihre Lungen hatten sich mit Qualm gefüllt, aber sie blies weiter. Sie kannte ihre Brüder. Wenn bei ihrer Rückkehr das Feuer noch nicht brannte, war nicht abzusehen, was sie mit ihr anstellen würden. Hadjer gab ihnen sogar etwas recht. Sie konnte nachfühlen, was es heißt, mit lappenumwickelten Beinen und zerrissenen Stoffschuhen ein, zwei Stunden im Schnee zuzubringen. Zuerst werden einem die Füße kalt, eiskalt, dann werden sie gefühllos, und schließlich tun sie weh. Die Füße, die Zehen fangen wie Menschenkinder zu wimmern an. Eben jetzt wimmerten ihre eigenen Zehen. Aber sie konnte nicht auf ihre Zehen achten. Angst! Das, was in Hadjer jedes andere Gefühl überwog, war Angst. Angst, die sie vor allen Menschen, aber mehr noch als vor allen anderen Menschen vor ihren Brüdern hatte. Nicht, daß sie ihre Mutter unterschätzte, oh nein! Wenn das Feuer nicht brannte, würde auch Mergan sie nicht ungeschoren lassen. Zumindest würde sie ihr mit der flachen Hand ein paar Schläge auf den Kopf versetzen. Deshalb blies Hadjer, blies, bis entweder das Holz Feuer fing oder ihr selbst der Atem ausging.

Abrou stürzte ins Haus. Er zitterte, seine Zähne klapperten. Sein Schäufelchen zur Seite werfend, setzte er sich auf den Boden; die verdreckten Stoffschuhe zog er von den Füßen, wickelte die feucht gewordenen Lappen von den Beinen und rückte an den Korssi heran: »Ist es noch nicht angegangen?«

Hadjer blies immer noch. Abrou steckte seine Füße zwischen die Holzstücke. Aber das nutzte nichts. Er zog die Füße wieder heraus, kniete sich neben der Schwester hin, stützte die Handflächen auf und blies mit. Im Herzen der trocken gewordenen Holzstücke begann allmählich etwas Glut zu züngeln. Schwester und Bruder bliesen gemeinsam auf den glimmenden Punkt. Die Flammenzunge wurde gerade größer, als Abbass und Mergan kamen. Mergan trat sogleich an den Korssi, kniete sich hin und beteiligte sich am Blasen der Kinder. Abbass zog die Stoffschuhe von den Füßen und kam auch an den Korssi. Die Flamme belebte sich. Reden war jetzt nicht am Platze. Abbass kniete sich neben die Mutter, stützte die Handflächen auf und blies ins Feuer. Zu viert bliesen sie ohne Unterlaß. Die Flamme wurde größer. Die Holzstücke waren im Qualm trocken geworden und ergaben sich nun träge den Flammenzungen. Schon konnte man Wärme spüren, die Gesichter von Mutter und Kindern wurden warm. Das Feuer war angegangen. Trotzdem ließen sie vom Blasen nicht ab. Das Feuer mußte richtig brennen. Sie empfanden

Genugtuung, daß sie Herr über den Qualm geworden waren. Die Flamme loderte endlich auf, die Köpfe zogen sich zurück. Sie nahmen die Handflächen vom Boden, wischten das Wasser von Augenrändern und Nasenspitzen und setzten sich im Kreis ums Feuer. Abrou hielt die Füße darüber, so lange, bis seine Hosenbündchen zu schwelen begannen. Mergan stieß seine Füße weg und drückte die Glut mit den Handflächen aus. Abbass hatte ein Stück Holz in die Hand genommen und schürte das Feuer überall da, wo es zu ersticken drohte. Hadjer brachte von der Feuerstelle den Teekessel und stellte ihn neben den Korssi.

Es war nun an der Zeit, zu erfahren, was Abbass und Abrou mit nach Hause gebracht hatten. Abbass sagte zur Mutter, sie solle ein Gefäß holen. Mergan trocknete das Blechtablett mit ihrem Kleidersaum und stellte es vor Abbass hin. Abbass lockerte seinen Gürtel. Seine Taschen, die der Gürtel zusammengehalten hatte, gingen auf wie Mäuler. Er rückte näher an die Mutter heran und sagte: »Mach sie leer!«

Die Mutter steckte ihre schlanken Finger in Abbass' Taschen und holte Händevoll Weizenkörner heraus. Das war nicht schlecht! Wohl ein halbes Man.

Während seine Taschen geleert wurden, kniete Abbass ruhig, gerade aufgerichtet da. Er erinnerte an eine sanfte Kuh, die über dem Melkeimer steht und stolz und mit Behagen Milch gibt. Sein Gesicht war unbewegt, sein Blick auf das Feuer gerichtet. Die geschlossenen Lippen verdeckten die Zähne. Mit gesenktem Kopf beobachtete Abrou ihn verstohlen. Hadjer, außerhalb von Abbass' Blickwinkel, sah ihn voller Respekt an. Mergan verbarg ihre Freude. Aber die hastigen Bewegungen ihrer Hände und ihr Herzklopfen konnte sie nicht unterdrücken. Sorgfältig, wie das von ihr zu erwarten war, kratzte sie mit den Nägeln alle Säume von Abbass' Taschen aus und holte die letzten Weizenkörner mit den Fingerspitzen hervor. Dann kehrte sie das Futter um, schüttelte es über dem Tablett aus und brachte es wieder in Ordnung. Vor lauter Freude wollte sie die Arme des Jungen ergreifen und drücken, aber sie tat es nicht. Nur die Enden seiner Ärmel drückte sie, und zu Hadjer sagte sie: »Gieß ihm einen Becher Tee ein!«

Die Reihe war an Abrou. Er griff sich unter den Arm, holte ein Stück Brot hervor, legte es auf die Weizenkörner und sagte: »Das hat die Frau von Agha Malek gegeben.«

Danach schüttete er einige Münzen aus dem Beutelchen, das er immer um den Hals trug, in die Handfläche und sagte: »Und die hier hat Agha Malek selbst gegeben.«

Im Nu formten sich die Hände von Abbass und Mergan unter Abrous Hand zu Dachrinnen. Abrou schüttete die Münzen Mergan in die Hand. Bei ihrem Anblick hatten Abbass' Augen kurz aufgeblitzt und sich wieder verdunkelt. Seine Hand zurückziehend, fragte er: »Soll ich denn nicht gehen und Traubensirup kaufen?«

Abrou sagte: »Ich geh' selbst und kauf' ihn.«

»Du mit deinen zerrissenen Schuhen? Siehst du denn nicht, daß deine Füße vor Kälte rot wie rote Rüben sind?«

Abbass wartete keine Antwort ab. Er stand auf, nahm die Emailleschüssel vom Rand der Nische, zog die Schuhe an und stellte sich vor die Mutter hin. Mergan konnte nicht nein sagen, sie hielt Abbass' Blick nicht stand. Er hatte sich so herausfordernd hingestellt, als ob er schon die Münzen in seiner Tasche sähe. Verzagt händigte Mergan ihm das Geld aus, das sie gerade in einen Zipfel ihres Kopftuchs knoten wollte: »Versprich bei deiner Ehre, daß du nichts davon für dich behältst!«

Abbass rannte hinaus. Das Klimpern des Geldes verlieh ihm Flügel.

Abrou, der den Davoneilenden mit den Blicken verfolgt hatte und jetzt auf dessen leeren Platz starrte, sagte: »Kann der es denn über sich bringen, nicht zu stehlen? So einer wie Abbass beißt sogar seiner Mutter beim Säugen in die Brust!«

Mergan sagte nichts. Was konnte sie sagen? Sie goß Abrou einen Becher Tee ein und holte ein paar Mehlbeeren. Abrou nahm den Becher, und Mergan schickte die Tochter, sauberen Schnee zu holen: »Nimm welchen von der Mauer!«

Abrou spuckte die Mehlbeerkerne ins Feuer und fragte: »Hast du von *ihm* keine Nachricht?«

Mergan wandte das Gesicht ab: »Nein!«

Abrou wollte wohl etwas über den Vater erfahren, doch Mergan schnitt ihm das Wort ab: »Trink deinen Tee!«

Abrou trank schweigend seinen Tee aus. Offensichtlich wollte Mergan nicht, daß von Ssolutsch gesprochen wurde. Niemals und unter keinem Vorwand ließ sie es zu einem solchen Gespräch kommen. Vergessen! Auch wenn es die größte Mühe kostete, sie wollte ihren Mann vergessen. Ssolutsch war fortgegangen, und Mergan hatte den Schmerz über sein Nicht-mehr-da-Sein aus ihrem Herzen gerissen und hinter sich geworfen. Ihr Herz unterschied sich – vielleicht – von den Herzen ihrer Kinder. Aus welchem Grund auch immer, Mergan hatte keine Lust, sich weiter damit zu befassen. Und den Kindern flößte sie eine Scheu vor dem Namen Ssolutsch ein. In ihrer Gegenwart durften sie nicht vom Vater sprechen. Deshalb auch hielt Abrou jetzt den Mund, sagte kein Wort mehr.

Hadjer brachte den Schnee in einem Tuch. Mergan nahm es ihr ab. Hadjer setzte sich ans Feuer. Die Mutter schüttete den Schnee in einen kleinen Topf und kam zurück an den Korssi.

»Wird Mutter Genou sterben, Mama?«

»Alle sterben eines Tages, mein Kind.«

Mergan fiel ein, daß noch ein Stück Ziegentalg auf dem Grund ihres Lederbeutels war. Sie stand auf und ging in die Vorratskammer, brachte den Beutel, kratzte ihn aus und setzte das Töpfchen aufs Feuer. Dann trug sie das Tablett mit dem Weizen in die Vorratskammer, um ihn dort unterzubringen. Als sie wieder herauskam, war Abbass zurückgekehrt. Sie nahm ihm die Schüssel mit dem Traubensirup ab, goß den Sirup in den Topf und sagte zu Hadjer, sie solle das Tischtuch hinlegen. Hadjer brachte das Tischtuch. Abbass setzte sich an den Korssi: »Im Laden von A Ssadegh wurde die ganze Zeit nur von Mutter Genou gesprochen. Die Leute sagen, sie wird sterben.«

Abrou fragte: »Hast du das ganze Geld für Sirup ausgegeben?«

Ohne den Bruder anzusehen, sagte Abbass: »Wieviel war denn das schon?«

Abrou sagte: »Wenn du auch nur zehn Schahi von meinem Geld geklaut hast, sollen sie übler stinken als Hundescheiße!«

Ungerührt sagte Abbass: »Von mir aus!«

Für Abrou stand fest, daß Abbass nicht für das ganze Geld Sirup gekauft hatte. Er hatte sogar die Vermutung – eine Vermutung, die an Gewißheit grenzte –, daß Abbass den Sirup mit Wasser verpanscht hatte. Aber er hatte nichts in der Hand, worauf er seine Annahme stützen konnte. A Ssadegh, dem Krämer, würde kein Wort zu entlocken sein. Der sah sich als jedermanns verschwiegenen Vertrauten an. Nicht, daß er gestohlenes Gut kaufte, aber er war der Ansicht, daß eine jede Angelegenheit äußerst diskret behandelt werden müsse. Abrou wußte genau, daß kein Sterbenswörtchen über A Ssadeghs Lippen kommen werde. Der sprach ja nicht mal über die alltäglichsten Dinge, ganz zu schweigen davon, daß er wegen ein paar Münzen einen Streit heraufbeschwören würde! Und das um eines Kindes, Abrous, willen. Aber Abrou schwor sich, Abbass' Diebstahl aufzudecken. Aus diesem Grunde beobachtete er sein Gehabe aufmerksamer. Abbass war verwirrt und konnte es nicht verbergen. Das zum einen. Zum anderen tat er unschuldig und wollte Abrou nicht antworten. Von all dem abgesehen, war er mit sich selbst vollauf beschäftigt. Als wälzte er einen Plan in seinem Kopf. Sobald das Essen aufgetragen war, stopfte er sich in Windeseile ein paar Bissen in den Mund, nahm ein Stück Brot, zog die Schuhe an und lief hinaus. Auch die Art, wie er sich davonmachte, war anders als sonst. Als wären ihm Flügel gewachsen. Diese Eile war nicht grundlos. Insgeheim frohlockte er wohl: ›Mal sehen, was wird!‹

Abrou leckte die Schüssel aus, rückte zur Seite an die Wand und sagte: »Die Flammen haben sich gelegt – bring den Tisch her!«

Hadjer stellte den Tisch über den Korssi und legte die Steppdecke drauf. Abrou kroch unter die Decke, zog sie bis zur Nasenspitze und machte es sich bequem. Hätte Abbass ihn nicht in Unruhe versetzt, würde er einen angenehmen Tag unter dem Korssi verbringen können. Aber der Gedanke an Abbass ließ ihm keine Ruhe. Er konnte sich nicht vorstellen, daß Abbass zum Spielen zu Ali Genou gegangen sein könnte. Wie Ali Genou auch sein mochte, Abrou wollte es nicht glauben, daß er unter diesen Umständen – angesichts der gebrochenen Knochen seiner Frau und den letzten Atemzügen seiner Mutter – sich neben diesen beiden halben Leichen zum Kartenspiel hinsetzen werde. Was A Ssadegh betraf, so hegte der für Abbass keine freundlichen Gefühle. Ins Hinterzimmer seines Ladens ließ er ihn gar nicht erst rein. Denn Abbass hatte weder Geld, noch war er ein gleichwertiger Mitspieler für die, die in A Ssadeghs Laden zusammenkamen. Diese Spieler waren ehrbare Leute. Einer war Rechnungsführer bei der Familie von Hadj Ali. Ein anderer der Morad Daschtban. Wieder ein anderer Herr Vasseghi, ein geachteter Kleinbauer von Semindj. Es gab noch zwei, drei andere, die seit kurzem das Hinterzimmer betreten durften: Chodadad und Hamdollah; von letzterem allerdings hieß es, er habe sich hier und dort Diebstähle zuschulden kommen lassen.

Abbass muß also einige passende Leute gesammelt haben und in einem Stall oder einem verfallenen Speicher mit Knöcheln spielen. Am Morgen hatte er ja nicht grundlos seine Knöchel aussortiert. Alles hatte er in die Wege geleitet. Wer weiß, ob er nicht auch die Hälfte des Weizens, den er als Lohn fürs Schneeschaufeln erhalten hatte, vorher in den Laden von A Ssadegh getragen und zu Geld gemacht hatte? Dem ist alles zuzutrauen.

»Was glaubst du, Mama, war der Weizen, den Abbass nach Hause brachte, sein ganzer Lohn?«

Mergan, die sich noch die Finger ableckte, sagte: »Was bist du so schwarzseherisch, Junge! Es ist doch klar, daß das alles war. Denkst du, das Frauenzimmer hat sich in seiner Freigebigkeit selbst übertroffen?«

Abrou sagte nichts mehr. Mergan riet ihm: »Leg dich aufs Ohr und schlaf ein wenig, wo's doch unterm Korssi so schön warm ist!«

Abrou sagte: »Ich glaub's nicht. Wenn der Abbass sagt, Milch ist weiß, glaub' ich's nicht!«

Mergan gab keine Antwort. Sie befaßte sich damit, Hadjers Haare nach Läusen abzusuchen. Abrou rutschte tiefer unter den Korssi und streckte die Beine aus. Die Wärme verdrängte Erschöpfung und Kälte, und wenn auch sein Gemüt sich nicht beruhigt hatte, so überkam ihn doch allmählich ein körperliches Wohlgefühl. Die Lider wurden ihm schwer, und der Schlaf sagte: Ich bin gekommen – nimm mich an! In diesem Augenblick war die Welt nichts als eine ruhespendende Wiege.

Abrous leises Schnarchen beruhigte Mergan. Unwillkürlich betrachtete sie sein Gesicht. Seine Lider waren geschlossen, seine Gesichtszüge entspannt. Rein und sanft wie der Spiegel eines Sees war sein Gesicht. Der vom Fieber herrührende Ausschlag in den Mundwinkeln war im Schwinden begriffen. Die kurzen Haare klebten ihm an der breiten Stirn. Mergan wäre gern aufgestanden und hingegangen, um den Sohn verstohlen auf die Wange zu küssen. Doch irgend etwas hinderte sie daran. Sie schämte sich, ihre Zuneigung zu zeigen. So war sie nun einmal. Ihre Liebe konnte sie nicht so leicht zum Ausdruck bringen, war das nicht gewohnt, vielleicht, weil das Bekunden von Liebe eine passende Gelegenheit verlangt. Zuweilen auch, wenn ihr Herz die Oberhand über sie gewann, versperrte ein harter Klumpen ihr den Weg. So war wohl die Fähigkeit, ihre Liebe zu äußern, ihrem Wesen fremd geworden. Und das, obwohl die Liebe Mergans tiefster Wesenszug war. Statt dessen: Härte und Rauheit. Statt dessen: Krallen, Zähne und Wut. Und dies war zu einer Gewohnheit geworden. Die Gewöhnung an Streit und an heftige Reaktionen auf alles und jedes. Zärtliche Gefühlsregungen waren Mergan geraubt worden, zeigten sich nur dann wieder, wenn ihre Seele zur Ruhe kam. Wenn das Meer zur Ruhe kommt, entstehen Perlen: Gestalt gewordene Liebe.

Mergan war zur Ruhe gekommen. Sie legte sich neben die Tochter unter den Korssi, stützte den Kopf auf die Hand und streichelte mit der anderen Hand Hadjers Haar. Das Mädchen lag still, zufrieden neben der Mutter. So, als sei nichts vorgefallen und als werde auch nichts vorfallen. Sie machte sich keine Gedanken, ob sie einschlafen werde oder nicht. Die Mutter war an ihrer Seite. Was sollte sie sich da Sorgen machen? Mergan flüsterte ihr ins Ohr. Ihre Stimme hatte einen sanften Klang. Weich und sanft. Angenehm für Ohr und Herz: »Das Leben bleibt sich nicht immer gleich. Es gibt Tag und Nacht, Helligkeit und Dunkel. Das Leben hat Tiefen und Höhen, hat Mangel und hat Überfluß. Vom Winter ist nicht viel geblieben. Der geht zu Ende. Der Frühling kommt. Die Luft wird milde. Hand und Herz der Menschen öffnen sich. Es läßt sich Arbeit finden. Die Not bleibt nicht, sie geht. Wir werden in Gottes freie Natur gehen können, wo es dann überall grünt. Es gibt wieder Milch und Joghurt. Wenn wir auch kein Schaf haben, so haben doch die meisten anderen eins. Schließlich werden wir schon ein halbes Man Joghurt auftreiben, um damit unser Brot anzufeuchten. Deine Brüder werden von Tag zu Tag größer, werden tauglicher zur Arbeit. Auch du wächst, streckst dich, bekommst Farbe. Deine Formen runden sich, du wirst voller. Laß dir erst mal den Duft des Frühlings in die Nase steigen! Dann wirst du ein richtiges junges Mädchen. Was fehlt dir denn im Vergleich zu den anderen? Deinem Alter entsprechend bist du sogar sehr gut dran. Gott sei Dank hast du gesunde Gliedmaßen. Taub und stumm bist du auch nicht. Dir fehlt nichts. Wenn dir die Haut jetzt an den Knochen klebt, liegt das am Winter. Im Winter werden die meisten so. Wenn der Frühling kommt, kriegst du wieder Saft und Kraft unter die Haut. Im übrigen hat's keine Eile! Es dauert noch zwei Jahre, dann bist du vierzehn. In diesen zwei Jahren spar' ich mir das Brot vom Mund ab und steck' es dir zu. Ich lass' es dir an nichts fehlen, lass' es nicht zu, daß es dir schlecht ergeht. Ich schränke mich ein, dich aber bring' ich durch. Und am Ende findet sich ein Gottesknecht, der dich an der Hand nimmt, in sein Haus führt und gemeinsam mit dir seine Tage verbringt. Nicht heute – aber morgen. Viele werden dich haben wollen. Ein Bild von einem Mädchen ist meine Tochter. Ihr Vater ist wie viele andere auch auf Reisen gegangen und kehrt wieder. Ein Mann ist wie zum Reisen geschaffen. Alle Männer gehen auf Reisen. Alle Männer sind waghalsig!«

Mergan log, und sie tat das ganz bewußt. Aber warum und wie war es geschehen, daß sie von Ssolutsch sprach?! Das wußte sie nicht. Warum log sie, daß Nachricht vom Vater gekommen sei?! Vielleicht wollte sie, daß die Kinder daran einen wenn auch noch so schwachen Halt fänden. So kam es, daß ihr neue Lügen einfielen, die sie den Kindern aufbinden und hier und da irgendwie unter die Leute bringen könnte: ›Er hat mir Geld geschickt. Aus Teheran.‹ – ›Ich hab' gehört, daß er ein Fuhrwerk gekauft hat. Daß nur der böse Blick ihn nicht treffe!‹ – ›Er hat gesagt, er will kommen, uns abzuholen. Aber wer geht mit ihm? Glaubt er denn, ich will für ihn ein Klotz am Bein sein? He?‹

Nachdem sie Hadjer ihre Lügen erzählt hatte, setzte sie den Topf mit dem Essen – ohne Fleisch – auf, häufte trockene Abfälle drum herum und schickte den Rauch der Feuerstelle bis auf die andere Seite der Gasse: ›Liebe Nachbarin, warum sollte ich meine Kinder darben lassen?! Jetzt, wo ihr Vater mir eine ganze Handvoll Geld geschickt hat, kaufe ich zwei Ssier Fleisch und koche es für sie. Denn es heißt doch, wenn ein Moslem vierzig Tage kein Fleisch ißt, gilt er als Ketzer! Nein, Gott sei Dank, für meine Kinder sorge ich nicht schlecht.‹

Jedoch, wenn auch nicht alle, so wußte jedenfalls Schamssollah, der Schlachter, daß Mergan seit sehr langer Zeit bei ihm kein Fleisch gekauft hatte.

Soll er's wissen! Diese Lüge fügt ihm, fügt keinem Schaden zu. Auf keinen Fall, um keinen Preis wollte Mergan glauben, daß sie ihren Mann für immer verloren habe. Mal abwarten, was später wird!

Hadjer war eingeschlafen. Die Stimmen des Schlafs erfüllten das Haus. Einzig Mergan war wach und hielt die Augen auf die Tür gerichtet. Sie verhielt sich ganz still, und ihr Stillsein wirkte im auf- und abschwellenden tiefen Atem der Kinder noch stiller. Sie blickte nach draußen. Im Hof lag der Schnee am niedrigen Mäuerchen hoch aufgehäuft. Es schien langsam hell zu werden. Offenbar verzogen sich die Wolken. Vielleicht würde die Sonne hervorkommen. Wenn die Sonne hervorkommt, wird der Schnee schön. Bei diesem Gedanken glänzten Mergans Augen auf, die auf den Schnee gerichteten Augen, die die Sonne erwarteten. Sie wäre gern aufgestanden und hinausgegangen, um sich nach Mutter Genous Befinden zu erkundigen. Warum sie es hinauszögerte, wußte sie selbst nicht. Sie war zu träge. Unterm Korssi war es warm, im Hause ruhig, ihren Gedanken nachzuhängen reizvoll. Doch von dem Moment an, wo ihre Gedanken sich dem Haus von Ali Genou und dem Ergehen seiner Mutter zugewandt hatten, hatte sie keine Ruhe mehr. Schließlich hielt sie es nicht mehr aus. Sie kroch unter der Steppdecke hervor, zog die zerrissenen Schuhe an, warf sich den Tschador über und wollte gerade aus der Haustür treten, als die breiten Schultern von Ali Genou den Türrahmen ausfüllten. Wie immer war Ali Genou damit beschäftigt, etwas für den Winter zu stricken: wollene Socken, einen Schal oder eine Mütze. Schweigend blieb er in der Tür stehen und blickte Mergan an.

»Ich wollte gerade zu euch gehen. Wie geht's deiner Mutter?«

Ohne Hast öffnete Ali Genou die wulstigen, bläulichen Lippen und sagte in seinem wohltönenden Baß: »Nicht gut. Ich glaub' nicht, daß sie's überlebt. Ich möchte jemand nach Debid schicken, den Knocheneinrenker zu holen.«

»Ihn für Roghiyeh zu holen?«

»Ja, für Roghiyeh. Meine Mutter ist ja hin. Roghiyeh, dieser Quälgeist von einem Weib, hat mich nun glücklich ins Elend gestürzt! So viel sie konnte, hat sie mir in den Ohren gelegen, bis ich die arme alte Frau in diesen Trümmerhaufen scheuchte und ihr am Ende auch noch das zustieß! Heute morgen wußte ich nicht, was ich tat, hab' sie zum Krüppel geschlagen. Ich glaub', an drei, vier Stellen sind ihr die Knochen gebrochen. Jetzt sagen die Leute, ich soll jemand nach dem Knocheneinrenker schicken. Der Vetter von Roghiyehs Mutter wollte sich schon aufmachen, aber seine Mutter sperrt sich dagegen. Die sagt: ›Ich lass' meinen Sohn an so einem Tag nicht allein aus dem Dorf gehen. Er braucht einen, der mit ihm geht.‹ Da kam mir die Idee, ihm einen deiner Söhne mitzugeben. Ich zahl' ihm auch was dafür.«

Mergan sagte: »Abbass ist nicht zu Hause. Und Abrou schläft. Du selbst . . .«

»Ich geb' ihnen auch meinen Esel. Auf dem Hinweg können sie abwechselnd reiten und auf dem Rückweg den Kerl aus Debid aufsitzen lassen. Auch einen Knüppel geb' ich ihnen mit, daß sie, wenn ihnen ein Tier in die Quere kommt, es vertreiben können.«

Unschlüssig wandte Mergan sich um und sah zu Abrou hin: »Ich weiß nicht recht. Welchen von beiden willst du denn?«

Ali Genou sagte: »Abbass ist erfahrener, aber Abrou flinker als er. Wer von ihnen Lust hat zu gehen – mir ist's gleich. Wenn sie den Kerl herbringen, bekommen sie fünf Toman auf die Hand. Ich selbst muß bei den beiden Frauen bleiben, sonst würd' ich mich aufmachen und allein dahin gehen. Das Wetter klärt sich auf. Hin und zurück sind's nicht mehr als drei, vier Stunden. Wenn sie sich jetzt auf den Weg machen, sind sie am frühen Nachmittag zurück. In diesen Tagen sind fünf Toman nicht wenig Geld. Das weißt du selbst ja auch!«

Mergan hatte nicht das Herz, Abrou zu wecken, Ali Genous fünf Toman wollte sie sich aber auch nicht entgehen lassen. Mit diesem Geld konnte sie einige Tage lang die Kinder satt machen. Wo fand sich in diesen Zeiten eine solche

Arbeit? Ein glücklicher Zufall war's. Selten ereignete sich so was. Deshalb durfte Mergan es nicht zulassen, daß Ali Genou sich an jemand anderen wendete. Aber welchen von den beiden sollte sie schicken? Eine innere Stimme sagte: Abbass. Abbass war stärker, hatte kräftigere Knochen. Abgesehen davon, daß Abrou kindlicher als Abbass war, hatte er sich auch noch nicht ganz von seiner Krankheit erholt. Mergan scheute sich, Abrou an einem solchen Tag in den Schnee hinauszuschicken. Sie hatte Angst, er könne sich, in eine Klemme geraten, nicht helfen. Abbass war nicht da, wäre er's aber, konnte Mergan nicht darauf hoffen, daß er seinen ganzen Lohn nach Hause brächte. So kam es, daß Mergan weiterhin unschlüssig blieb.

»Mehr als fünf Toman gibst du nicht, Ali Chan?«

Das war Abrou, der die Steppdecke von seinem knochigen Oberkörper zurückschlug und Ali Genou anblickte. Der trat ins Zimmer und fragte: »Du bist also wach?«

Abrou kam ganz unter der Steppdecke hervor und sagte: »Deine Stimme hat mich geweckt. Soll ich allein gehen?«

»Nein, Gholi Djahri kommt mit. Ich geb' euch auch meinen Esel, damit ihr reiten könnt.«

Abrou sagte: »Wenn du mir auch deine Stiefel und Gamaschen und deinen Filzumhang leihst, geh' ich.«

»Meine Stiefel sind dir doch zu groß!«

»Was kümmert dich das? Ich wickle mir Lappen um die Füße.«

»Dann steh auf und komm mit zu mir. Brot steck' ich auch für euch in die Satteltasche. Komm mit zu mir, und trink vor dem Aufbrechen einen Becher Tee!«

Damit ging Ali Genou zur Tür hinaus. Abrou stand auf und sagte zur Mutter: »Fünf Gran davon gehören aber mir!«

Mergan sagte nichts. Abrou zog seine Stoffschuhe an. Ali Genous Stimme ließ sich von jenseits der Mauer vernehmen: »Abrou zieht sich gerade Stiefel und Gamaschen an, um loszugehen.«

Abbass fragte: »Wo soll der auf einmal Stiefel und Gamaschen aufgetrieben haben? Kann er denn überhaupt mit seinen zerrissenen Schuhen durch den Schnee gehen?«

Ali Genou sagte: »Wir haben abgemacht, daß er sich meine Stiefel und Gamaschen ausleiht. Ich geb' ihm auch meinen Umhang zum Überziehen.«

Abbass sagte: »Unter solchen Bedingungen würde ich auch gehen!«

»Ich hatte dich gehen lassen wollen, hab' nun aber mit Abrou darüber gesprochen. Bring du das mit ihm in Ordnung und geh dann an seiner Stelle . . . Was hast du mit dieser Versammlung hier vor?«

Die Bemerkung Ali Genous bezog sich auf den zweitältesten Sohn des Dorfvorstehers, den einzigen Sohn von Ssalar Abdollah und ein, zwei andere Semindjer Jugendliche, die um Abbass herumstanden. Abbass sagte: »Die gehen nach Haus. Das Spielen ist nicht so wichtig. Wenn ich gehe, stöbere ich den Sseyed, den Knocheneinrenker, auch wenn er unter der Erde steckt, auf und bring' ihn her. Aber dieser Knirps da – woher will der die Worte nehmen, den opiumsüchtigen Alten bei diesem Schnee unter seinem Korssi hervorzulocken?«

Abrou, der eben in die Gasse gekommen war und neben seiner Mutter stand, sagte: »Das stellt sich raus, wenn ich den Sseyed hergebracht habe. Gehn wir, Ali Chan!«

Abrou setzte sich in Bewegung, aber Ali Genou blieb noch stehen, er witterte ein Spielchen. Die Jungen ansehend, fragte er: »Mit Knöcheln oder mit Karten?«

Mit einem Blick auf die Jungen sagte Abbass: »Woher sollten wir denn wohl Spielkarten haben?! Leihst du uns deine?«

Hinter Abrou hergehend, sagte Ali Genou: »Vielleicht bring' ich euch meine.«

Jetzt stand fest, daß Ali Genou Abrou nach dem Knocheneinrenker schicken werde, denn wenn er Abbass schickte, würde der Spielkreis sich auflösen, und das wollte Genou nicht. So schickte Abbass die Freunde voraus und rief hinter Ali Genou her: »Du kommst also?«

Ali Genou antwortete: »Hm . . . vielleicht!«

Abbass nahm die Jungen mit sich ins Haus. Mergan sagte: »Nein! Nicht ins Haus! Wenn du unbedingt willst, in den Stall.«

Um in den Stall zu gelangen, mußte erst einmal vor der Tür der Schnee weggeräumt werden. Abbass lief ins Zimmer, nahm die kleine Schaufel, kam wieder heraus und fing an, einen Weg durch den Schnee zu bahnen. Der Sohn von Ssalar und der Sohn des Dorfvorstehers standen da, traten von einem Fuß auf den anderen und kauten an den Lippen. Offensichtlich hatten sie Angst, Angst vor den Folgen. Sie wollten hier nicht gesehen werden. Auch wollten sie nicht, daß die Kameraden, Abbass und Ghodrat und der Sohn von Ssanam, gewahr würden, daß sie Angst hatten. Sie hätten das Gesicht verloren, wenn jemand gemerkt hätte, daß sie sich vor ihren Vätern fürchteten. Abbass hatte ihnen gesagt, zu Hause sei niemand. Aber bis zu diesem Augenblick hatten sie schon drei Personen gesehen. Obwohl die keine Fremden waren, war die Tatsache, daß sie nicht zu ihrem Spielkreis gehörten, verdächtig. Der Sohn von Ssanam und Ghodrat dagegen hatten keine Angst. Ghodrat hatte sogar alle Schliche und Kniffe von seinem Vater, Mohammad Gharib, gelernt, der für sein Teil ein ausgekochter Spieler war. Daß Ghodrat spielte, war ihm egal. Aber wenn Ghodrat verlor, stimmte er ein Klagelied an. Wenn Ghodrat mit leeren Taschen heimkam, packte Mohammad Gharib, was ihm in die Hände kam, rannte hinter ihm her und jagte ihn aus Semindj hinaus bis zur Tenne, und dann, während ihm der Schweiß unter der schmierigen Filzmütze hervor über die knochigen Schläfen in die spärlichen Barthaare rann, begann er, nach Luft schnappend, zu fluchen und Ghodrat die übelsten Verwünschungen an den Kopf zu werfen: »Halunke! Stinkendes Scheusal! Wer hat dir gesagt, du sollst mein kostbares Geld nehmen und aus dem Fenster werfen? Verstehst du überhaupt was vom Spielen? Hast du jemals Glück dabei? Du Hurensohn! Durch dein Erscheinen auf der Welt hast du deine

Mutter umgebracht, du Unhold! Mich hast du zum alten Mann gemacht. Deinetwegen ist mein Leben verpfuscht ...! Du ... du Unglücksrabe, glaubst du, wenn du mit Knöcheln spielst, daß was dabei rauskommt?«

In solchen Augenblicken – von denen es nicht wenige gab – spielte es für Mohammad Gharib keine Rolle, ob Ghodrat hinter ihm herkam und sein Gerede hörte oder nicht. Oder ob andere ihn hörten. Für Mohammad Gharib war es in diesen Augenblicken nötig und wichtig, solche Worte einfach von sich zu geben. Er wälzte sich damit eine Last vom Herzen; hätte er nicht gesprochen, wäre ihm das Herz zersprungen. Weil er aber am ganzen Leib zitterte, mußte er drei Opiumkügelchen mehr als gewöhnlich rauchen. All dies führte dazu, daß Ghodrat selten zum Vater von seinen Spielverlusten sprach.

Morad, der Sohn von Ssanam, war nicht so. Er hatte sich fest in der Hand. Seiner Mutter gehörte zusammen mit seinem älteren Bruder eine Opiumhöhle. Doch da Morad nichts damit zu tun hatte, konnte er sich ihnen gegenüber Freiheiten herausnehmen. Seine kräftige Gestalt und sein Auftreten ließen es dem älteren Bruder auch nicht ratsam erscheinen, mit ihm Streit anzufangen. Morad war arbeitsam und verdiente sich selbst sein Brot. Deshalb trug er den Kopf hoch und beteiligte sich, wenn er Lust dazu hatte, ohne Scheu an einem Spiel.

»Gib sie mir, die Schaufel! Es sieht ja aus, als bekämst du nichts zu essen, du Schlappschwanz!«

Morad nahm Abbass die Schaufel weg und sagte, auf ihn zeigend, lachend zu den Freunden: »Seht mal, seht doch mal, was der für Schweiß auf der Stirn hat! Als hätte er einen Berg abgetragen!«

Er beugte sich über die Schaufel und richtete sich nicht eher wieder auf, bis er den Schnee beiseite geschaufelt und an der Mauer aufgehäuft hatte. Danach nahm er die Schaufel in eine Hand und drückte die Stalltür mit der Schulter auf. Der Stall war eng. Platz für zehn, zwölf Schafe und ein, zwei

Kälber. Aber niemand konnte sich erinnern, daß der Ofensetzer Ssolutsch außer jenem Esel, der im vergangenen Jahr gestorben war, ein Tier in diesem Stall gehalten hätte.

Die Freunde drängten sich hinein, eiliger als die anderen der Sohn von Ssalar und der Sohn des Dorfvorstehers. Sie hasteten ins Dunkel des Stalls und hockten sich in einer Ecke auf den Rand der Krippe. Morad, Ghodrat und Abbass knieten sich hin und fegten den Boden rein. Staubkörnchen von Mist wirbelten hoch und drehten sich in dem Lichtstrahl, der durch den Türspalt schien.

Als sie mit dem Fegen fertig, die Hände nicht mehr beschäftigt waren, der Boden geglättet war, zog Djalil, der Sohn von Ssalar, die Stalltür zu, und Abbass holte mit einem Vergnügen, das an Wollust grenzte, die Knöchel aus seinem Hosenbund hervor, schüttete sie in den Kreis und sagte: »Los! Kommt her!«

Djalil, noch auf dem Rand der Krippe sitzend, kniff seine Schielaugen zusammen und sah die auf den Boden geschütteten Knöchel an. Er hatte immer noch Zweifel und war auf der Hut. Aber Hamdollah, der Sohn des Dorfvorstehers, war nicht so. Er, der mit seinem großen Schädel und den hervorquellenden Augen große Ähnlichkeit mit seinem verrückten Onkel Mosslem hatte, hielt es für unter seiner Würde, vor Abbass, Morad und Ghodrat Bedenken zu zeigen. Deshalb trat er vor den anderen heran, setzte sich, griff nach den Knöcheln und warf sie gleichgültig hoch. Sie landeten auf dem weichen Stallboden, und Hamdollah, der vorzuhaben schien, das Spiel in Gang zu bringen, sammelte sie vom Boden wieder auf und sagte: »Nun?!«

Abbass blickte Djalil an und sagte: »Steh auf und komm her! Was überlegst du noch?!«

Djalil sagte: »Werft ihr zuerst, ich schließe mich dann an.«

Morad sagte: »Trödel nicht so rum! Steh auf, komm her! Ein Mann muß Mumm haben.«

Djalil sagte: »Werft ihr zuerst!«

Während Morad die Knöchel ordnete, ging Abbass zu

Djalil hin und sagte: »Setz dich auf meinen Platz, damit ich mal rumhorche. Nun steh schon auf! Schließlich hab' ich ja dieses Treffen für euch eingerichtet. Ich selbst wollte gar nicht spielen.«

Morad sagte: »Los, komm her, Djalil, und mach einen Einsatz! Nun komm schon, hab dich nicht so!«

Djalil trat schwerfällig hinzu, setzte sich auf Abbass' Platz und sagte: »Gebt mir die Knöchel, ich will sie mir erst mal ansehen!«

Morad warf ihm die Knöchel zur Prüfung hin. Djalil sonderte einen ›Wolf‹ ab und sagte: »Da hat jemand Blei reingegossen. Wechsel den aus!«

Bevor Abbass aus der Tür ging, hob er den ›Wolf‹ auf, warf Djalil einen anderen Knöchel hin und sagte: »Derart ziert sich nicht mal 'ne Braut auf dem Weg ins Brautgemach! Willst du vielleicht auch noch 'n Brautgeschenk?«

Djalil hob den Knöchel auf, den Abbass ihm hingeworfen hatte, und sagte: »Ali Genou hat gesagt, er brächte seine Spielkarten. Wo bleibt er denn?«

Abbass, der die Stalltür halb aufgezogen hatte, sagte im Hinausgehen: »Gerade will ich zu ihm gehen und sehen, wo er steckt.«

Ohne auf eine Antwort zu warten, machte er die Tür hinter sich zu und trat in den Hof. Er steckte den Kopf ins Zimmer. Mergan war nicht da. Nur Hadjers tiefes Atmen war zu hören. Er drehte sich um und ging in die Gasse. Kaum war er ein paar Schritte gegangen, sah er sich Hadj Ssalem und seinem Sohn Mosslem gegenüber. Er schrak zusammen, aber im Nu faßte er sich, grüßte und ging weiter. Bis zu Ali Genous Haus war es nicht weit. Am Ende der Sackgasse. Ein Torflügel stand immer offen. Abbass ging hinein. Ali Genou saß in der Sonne neben dem Backofen und strickte an seinem Kamelhaarschal. Als wenn seine Frau und seine Mutter nicht dalägen und vor sich hin wimmerten. Offenbar war er der Meinung, er hätte getan, was er tun konnte: nach dem Knocheneinrenker schicken. Was sonst konnte er tun? Sich in

Stücke reißen? Heulen? Sich auf den Kopf schlagen? Nein, dazu war Ali Genou zu träge. Nicht mal beim Spiel regte er sich auf. Kein einziges Mal hatte man gesehen, daß er, einer der gerissensten Spieler von Semindj, bei einer Auseinandersetzung gegen einen Mitspieler handgreiflich geworden wäre. Ruhig, phlegmatisch war er. Selten verlor er. Und wenn er verlor, furchte lediglich eine tiefe Falte seine Stirn, sein Mund wurde trocken, aber er bewahrte Ruhe.

Abbass' Schatten fiel auf Ali Genous Hände, der im Weiterstricken den Kopf hob und Abbass anblickte: »Ha? Willst du was? Du bist wohl wegen der Spielkarten gekommen, was?«

Abbass sagte: »Nein. Wie geht's denen?«

»Gut.«

Um seine Worte nicht als leeres Geschwätz erscheinen zu lassen, ging Abbass hin und schaute ins Zimmer. Die zwei Frauen – Mutter Genou und Roghiyeh – lagen jede für sich in einer Ecke, Mergan saß zwischen ihnen. Abbass wandte sich ab. Ali Genou war ins Stricken vertieft: »Nun? Was willst du? Sag doch, was du auf dem Herzen hast!«

Abbass sagte: »Djalils Taschen scheinen gestopft voll zu sein! Er redet unentwegt vom Kartenspielen.«

»Dieser dumme Bengel ist vernarrt ins Kartenspiel. Aber ich geb' niemand meine Karten.«

»Ich meinte, du sollst selbst auch kommen. Da ist ein guter Kreis zusammengekommen.«

Ali Genou antwortete: »Wenn ich komme, bring' ich meine Spielkarten mit.«

Abbass wandte sich zum Tor. Nahe dem Tor zögerte er und drehte sich um. Er wollte etwas sagen, traute sich aber nicht. Er kannte Ali Genous Charakter. Mehr durfte er nicht mit ihm darüber reden. Deshalb ging er weiter.

Als er in den Stall trat, machte er große Augen. Er wollte es nicht glauben, daß Hadj Ssalem und sein Sohn Mosslem sich dort befanden. Woher hatten die bloß Wind von der Sache bekommen? Hoffentlich war Hadj Ssalem nicht gekommen, seinem Enkel, dem Sohn des Dorfvorstehers, eine Strafpredigt zu halten. Wenn sich jetzt ein Geschrei erhob, was sollte er, Abbass, tun? Diese Gedanken ließ er sich jedoch nicht anmerken. Er grüßte und drückte sich an die Wand. Hadj Ssalem und Mosslem waren ganz still. Hadj Ssalem saß mit gespreizten Beinen auf dem Rand der Krippe und stützte sich mit der Brust auf seinen Stock. Mosslem hockte neben Hamdollah, seinem Neffen, streckte den Kopf über seine und Morads Schulter vor und beobachtete das Spiel, das nun richtig in Schwung gekommen war. Die Knöchel befanden sich in Hamdollahs Hand, der beim Werfen alle Augenblicke zu seinem Onkel Mosslem sagte, er solle seinen Kopf wegwenden: »Ich sag' dir, nimm deine Schnauze weg!«

Sowie Hamdollah Hand und Kopf bewegte, rückte Mosslem hin und her, und im gleichen Moment streckten sich sein Kopf und Hals über den Kreis.

»Drei Esel!«

Hamdollah gab die Knöchel weiter, und seine Faust wurde um fünfzehn Gran leichter. Er stieß Mosslem mit dem Ellbogen gegen die Brust und sagte: »Hundertmal hab' ich dir schon gesagt, du sollst zur Seite rücken, du Rindvieh! Du hast mich so gestoßen, daß ich drei Esel geworfen habe.«

Mosslem, der hintenübergekippt war, rappelte sich auf und sagte: »Gib mir auch was!«

Hamdollah sammelte sein vor ihm liegendes Kleingeld ein und sagte: »Hau ab! Hau ab, damit Gott dir dein tägliches Brot von woanders zukommen läßt! Du mit deinem Wasserkopf! Ganz schön unverschämt bist du!«

Mosslem hörte diese Worte nicht. Er wandte die Augen nicht von der Faust seines Neffen. Hamdollah fragte Abbass: »Warum schmeißt du ihn nicht raus? Wofür willst du eigentlich deine Provision bekommen?«

Abbass packte Mosslems dicken Arm mit beiden Händen und sagte grob: »Los! Steh auf! Steh auf! Ich bin doch nicht so blöd, meine Provision in deine Tasche wandern zu lassen. Los, steh auf, verdufte von hier!«

Es war unmöglich, Mosslem von seinem Platz loszureißen. Wie ein Felsbrocken saß er da. Weder hörte er, noch rührte er sich vom Fleck. Seine Blicke ruhten weiter unverwandt auf der Faust seines Neffen. Mit größter Mühe gelang es Abbass endlich, Mosslem auf dem Stallboden auf den Rücken zu biegen. Doch die Angelegenheit war damit nicht beendet. Jetzt brach Mosslem in ein Gebrüll aus, tierischer als jedes Tiergebrüll. Wenn die wohlbekannte, mißtönende Stimme des verrückten Mosslem hinausdränge, würde sie alle Einwohner der Gasse zu Ssolutschs Haus locken, und dann würde Abbass' Vorhaben scheitern. Es gab keine andere Möglichkeit: Mosslem mußte irgendwie vertrieben werden. Abbass und Mosslem waren schon handgemein geworden, während Hadj Ssalem, auf dem Rand der Krippe sitzend, zuschaute. Der alte Mann sah aus wie ein gesetzter Schulmeister: langer, zerrissener Filzumhang, Krückstock und Turban, eine Handvoll Bart.

»Ich spiel' nicht mehr mit!«

Das war Hamdollah, der aufgab. Ghodrat wurde wütend: »Was?! Du spielst nicht mehr ? War das dein ganzer Schneid? Jetzt, wo du eine Runde gewonnen hast, ziehst du dich zurück? So einer bist du also!«

Morad sah, daß der Spielkreis auseinanderzufallen drohte, und das, nachdem er fünfundzwanzig bis sechsundzwanzig Gran verloren hatte. So ging das nicht, das Geld durfte nicht aus dem Spiel gezogen werden. Er mußte etwas unternehmen. Er stand auf. Der Störenfried Mosslem mußte verschwinden. Er gab Ghodrat ein Zeichen, ihm zu Hilfe zu kommen. Ghodrat stand ebenfalls auf. Hamdollah öffnete die Stalltür, und gemeinsam trugen Ghodrat und Morad Mosslem wie eine Eselsleiche hinaus, warfen ihn neben den Schneehaufen, rannten in den Stall zurück, schlossen die Tür und stellten sich mit dem Rücken dagegen. Hadj Ssalem war eben vom Rand der Krippe aufgestanden und nahm jetzt seinen Stock fest in die Hand. Mosslem trat von der anderen Seite gegen die Tür und schluchzte: »Papa . . . Papa . . . Papa, komm! Komm, Papa ... ich hab' Angst, komm! Ich will meinen Papa, meinen Papa ...«

Hadj Ssalem zeigte mit dem Stock auf die Tür und sagte: »Vier, fünf Gran sind doch gar nichts! Er hat sich das nun mal in den Kopf gesetzt. Der ist doch kein Mensch! Soviel ich ihm auch zurede: ›Junge, behellige deine Mitmenschen nicht!‹ – begreift er's denn? Jetzt hat er sich's in den Kopf gesetzt, diese paar Gran zu bekommen. Er ist nun mal so störrisch. Was soll ich mit ihm anfangen? Was kann ich mit ihm anfangen? Zu einer wahren Plage ist er für mich geworden. Wenn ihr eure Ruhe haben wollt, müßt ihr ihm schon diese Kleinigkeit zum Fraß vorwerfen. Ein Hund ist er, ein Hund! Einen Knochen will er!«

Mosslems Geschrei erhob sich wieder hinter der Tür: »Papa! Papa! Soll ich die Tür einschlagen? Sag mir, sag, soll ich die Tür einschlagen? Sag's nur! Sag, ich soll sie einschlagen!«

Hadj Ssalem deutete mit seinem Stock in Mosslems Richtung: »Verrückt ist er, verrückt! Was kann man da tun?«

Abbass sagte: »Sag ihm, er soll still sein, Hadj Agha! Gleich kommen die Nachbarn angestürzt.«

Im Gestrüpp von Hadj Ssalems Bart und Schnurrbart leuchtete ein Lächeln auf, seine Augen blitzten, als er bemerkte: »Die Vernunft sagt, daß das Vermeiden eines Tumults fünf Gran wert ist. Oder nicht?«

Hadj Ssalem hatte noch nicht zu Ende gesprochen, als seine Hand sich schon ausstreckte. Abbass legte ihm fünf Gran in die Hand und sagte zu seinen Spielgenossen: »Ihr seht's ja wohl, daß ich für euch einen Tribut von fünf Gran zahle, he? Ich geb's aus der Spielkasse. Streitet das nachher nicht ab!«

Mit den Fingern umschloß Hadj Ssalem die fünf Gran in seiner Handfläche und nickte mit dem Kopf.

Abbass sagte: »Sag dem wenigstens, er soll still sein!«

Hadj Ssalem schlug mit dem Stockende gegen die Tür und sagte: »Still, du Hund, sei still!«

Mosslem verstummte. Die Jungen zogen sich von der Tür

zurück und machten sie für Hadj Ssalem auf, der Alte ging hinaus. Einen Augenblick später hörte man das Knirschen seiner und Mosslems Schritte auf dem Schnee an der Mauer. Abbass spuckte kräftig gegen die Stallwand und sagte: »Diese Schmeißfliegen! Diese Schmeißfliegen!«

Dann drehte er sich Hamdollah zu: »Diesen Tribut hab' ich euretwegen bezahlt, verstanden? Glaubt nur nicht, daß ich mit dem nicht hätte fertig werden können! Ich könnte mit hundert von der Sorte fertig werden. Aber ich wollte nicht, daß ihr zwei in Verruf kommt.«

Morad warf die Knöchel hoch und sagte: »Setzt euch! Setzt euch!«

Ghodrat setzte sich und sagte: »Setzt euch, Kinder! Die Sache ist erledigt. Gebt ihm jeder einen Gran, damit er seinen Mund hält!«

Hamdollah warf einen Gran vor Abbass hin, doch Djalil schwankte noch und blickte mit seinen schielenden Augen von einem zum anderen. Morad schrie ihn an: »Nun los doch! Du willst ja schließlich nicht ein Auge hergeben! Kapierst du denn nicht, daß er euretwegen dem alten Esel das Geld gegeben hat? Wir haben vor niemand Angst. Aber ihr zwei seid euren Väter gegenüber wie Mäuse. Gib her! Gib schon her! Komm, und das ist ein Gran von mir!«

Djalil sagte: »Ich spiel' nicht mehr mit.«

»Du willst nicht mehr spielen?!«

»Nein!«

Die Adern an Morads Nacken schwollen an, in seine Mundwinkel trat Schaum. Plötzlich sprang er von seinem Platz auf und packte Djalil am Kragen: »Glaubst du etwa, jeder kann tun, was er will, und du mit deinen schielenden Augen kannst einfach hier erscheinen, leicht zu Geld kommen und es forttragen? Los, setz dich hin, du störrischer Esel!«

Djalil tat sein Bestes, um sich zu beherrschen. Zum einen wollte er es nicht zum Krach kommen lassen, zum anderen, was wichtiger war, hatte er Angst vor Morad. Es war ihm klar, daß er, wenn es zum Streit kam, nicht nur von Morad und den beiden anderen gehörige Prügel beziehen würde, sondern daß auch seine Taschen im Handumdrehen geleert würden. Deshalb sah er sich gezwungen, klein beizugeben. Die Schwierigkeit für Djalil lag darin, daß er wußte, Morad suchte keine Arbeit in Semindj. Immer verließ Morad Semindj zwei Wochen nach dem Neujahrsfest, und gegen Winteranfang tauchte er wieder auf. Daher waren ihm Ssalar und der Dorfvorsteher gleichgültig. Auf sich selbst gestellt, war er imstande, sich überall durchzuschlagen.

Morads kräftige Handgelenke umklammernd, sagte Djalil besänftigend: »Laß doch meinen Kragen los!«

Morad schüttelte ihn und fragte: »Was willst du nun tun? Gibst du das Geld zurück, das du gewonnen hast, oder machst du weiter mit?«

Djalil war noch unschlüssig. Irgendwie wollte er sich aus der Affäre ziehen.

Wieder schüttelte Morad ihn wie einen Zweig: »Was hast du nun vor, Schiefauge? He? Ich geh' bald von hier fort. Führ dich nicht so auf, daß ich dir einen Denkzettel verpasse! Spielst du mit, oder spuckst du das Geld aus?«

Djalil setzte sich auf den Boden. Auch Morad hockte sich auf seinen Platz und sagte zu Abbass: »Gib die Knöchel her!«

Abbass sagte: »Wer bis jetzt gewonnen hat, muß erst meine Provision zahlen, dann werf' ich die Knöchel in den Kreis.«

Ghodrat wies auf Hamdollah und Djalil: »Diese beiden haben gewonnen. Gebt her! Gebt ihm seine Provision!«

Hamdollah und Djalil sahen einander an. Hamdollah warf Abbass einen Gran hin. Abbass wandte sich an Djalil: »Ein Gran hier, ein Gran da – das macht zwei Gran. Her damit!«

Widerwillig warf Djalil zwei Ein-Gran-Münzen vor Abbass hin. Abbass nahm sie an sich und schüttelte die Knöchel in den Kreis. Morad häufte sie vor sich auf.

»Wie dunkel es hier ist!«

Das war Ali Genou. Er hatte die Tür einen Spaltbreit geöffnet und war schon hereingekommen.

»Mach die Tür zu!«

»Mach die verfluchte Tür zu!«

»Tür zu!«

Ali Genou zwinkerte mit den Augen und machte die Tür hinter sich zu. Das Spiel war in vollem Gang. Ali Genou schlich an die Wand und stellte sich neben die Spieler. Noch hatte Morad die Knöchel, er warf hintereinander und gewann. Djalil war schlechter Laune, das Spielglück hatte ihn im Stich gelassen, seine Faust wurde immer leerer. Seine Stirn war in viele Falten gelegt, und man konnte sehen, wie seine schielenden Augen sich langsam verengten. In einem fort wischte er sich die Nase am Ärmelende ab. Sein Blick hob und senkte sich mit dem Auf und Ab der Knöchel. Die Münzen wanderten im Kreis herum, von dieser Hand in jene Hand. Die Hände schwitzten. Deshalb hatten alle Jungen, sogar Djalil, ihr Geld neben dem Spielkreis aufeinandergeschichtet. Jeder hatte vor sich ein Türmchen aus Zehn-Schahi- bis Zehn-Gran-Münzen aufgebaut. Die Jungen hatte die Spielleidenschaft gepackt, das Spiel war jetzt so richtig in Schwung gekommen. Keiner mehr setzte einen kleinen Betrag. Selbst Djalil setzte nicht weniger als zwei Gran. Die Knöchel stiegen und fielen; acht, neun Gran wechselten jedesmal den Besitzer.

Alle Sinne waren auf das Spiel gerichtet, die Lippen trokken, die Augen starr, die Muskeln angespannt. Die Hände von Ali Genou, diesem gewieften Spieler, hatten mit Strikken aufgehört, seine Augen waren auf das Spiel geheftet. Keiner gab einen Laut von sich.

»Also wo ist dieser unreine Hundesohn?«

Das war die barsche Stimme des Dorfvorstehers Nourus, die durch den Hof dröhnte, und danach hörte man ihn durch den Schneematsch stapfen.

»He? Wo ist er, dein schändlicher Bruder, Mädchen?!«

Das Spiel brach ab. Abbass begriff gleich, daß der Dorfvorsteher es auf ihn abgesehen hatte. Er erstarrte auf seinem

Platz. Alle erstarrten. Nur Ali Genou konnte sich mit dem Stricken seines Schals abgeben. Auch konnte er sich zur Krippe zurückziehen, sich hinsetzen und so tun, als sei er an dieser anstößigen Sache nicht beteiligt gewesen. Trotz alledem wünschte Ali Genou, er wäre nicht hergekommen.

Die Stalltür ging unter den Stößen des Dorfvorstehers auf, und der Dorfvorsteher, im alten wollenen Umhang, mit Turban und mit Schuhen aus Saffianleder, stand im Rahmen und blitzte die Jungen an. Wie ein Huhn unter dem Blick des Geiers blieb Abbass zusammengeduckt, mit dem Rücken zum Dorfvorsteher, sitzen. Die anderen hatten sich erhoben, standen halb aufgerichtet da und ließen die Köpfe hängen. An einigen Stellen lagen noch die aufeinandergeschichteten Geldstücke, im Spielkreis die Knöchel. Alle waren zu Bildsäulen erstarrt. Der Dorfvorsteher entdeckte Abbass im Dämmerlicht. Er ging zu ihm hin und versetzte ihm einen heftigen Tritt in die Seite: »Du von einer Hurenmutter geborener Affe! Das hatte gerade noch gefehlt, daß du meinen Sohn vom rechten Weg abbringst! Organisierst du also Glücksspiele?«

Abbass fiel mit dem Gesicht in den Kreis, und das erste, was ihm in den Sinn kam, war, sich unter den Flüchen und Tritten des Dorfvorstehers eins der Geldhäufchen zu grapschen. Er bedeckte Djalils Münzen mit der Hand und schloß sie, vermischt mit Erde und Dreck, in die Faust. Der Dorfvorsteher packte ihn am Kragen, hob ihn hoch und drehte sein Gesicht zu sich her. Die Angst, der Dorfvorsteher wolle ihm das Geld abnehmen, brachte Abbass außer sich, und ehe noch der Dorfvorsteher ihn ausschimpfen konnte, schüttete er sich die Handvoll Münzen zusammen mit Erde und Dreck und Teilen von altem Mist in den Mund, und seine Backen blähten sich auf wie zwei Walnüsse. Der Dorfvorsteher verabreichte ihm eine Ohrfeige auf die linke Gesichtshälfte. Ein paar Münzen sprangen Abbass zwischen Zähnen und Lippen hervor. Bevor eine zweite Ohrfeige auf seiner rechten Gesichtshälfte landen konnte, schluckte er die Münzen hinunter. Der Dorfvorsteher sah, wie sich Abbass' Augen weiteten, die Adern an seinem Hals anschwollen, sein Gesicht sich violett verfärbte. Er brüllte: »Bringt Wasser für ihn! Der Dummkopf ist am Ersticken!«

Sogleich ließ er von Abbass ab und machte sich auf die Suche nach Hamdollah, seinem Sohn. Er erwischte ihn auf der Krippe, zog ihn herunter und ohrfeigte ihn rechts und links. Ali Genou hielt es für angebracht, sich ins Mittel zu legen. Der Dorfvorsteher drehte sich zu ihm um: »Schämst du dich nicht vor dir selbst, du Narr?! Dein Barthaar ist schon fast weiß, deine Mutter und deine Frau liegen in den letzten Zügen, und da kommst du her, mit ein paar Buben, die noch nicht trocken hinter den Ohren sind, ein Glücksspiel zu machen? Pfui Teufel!«

Inzwischen machte Hamdollah sich davon und lief weinend auf die Gasse. Auch Ghodrat, der sich bisher in der Kohlenkiste versteckt hatte, rannte hinaus. Übrig blieben Morad und Djalil. Mit der Erklärung, Wasser holen zu wollen, lief Morad hinaus, brachte einen Napf und goß Abbass eifrig Wasser in den Schlund. Djalil begriff erst jetzt, daß sich eine Gelegenheit zur Flucht bot: Der Dorfvorsteher und Ali Genou waren noch miteinander beschäftigt. Deshalb drückte er sich durch den Türspalt und verzichtete auf seine paar Gran, die in dem Durcheinander abhanden gekommen waren.

Abbass war noch dabei, mit Hilfe des Wassers, das Morad ihm in die Kehle goß, die Münzen runterzuschlucken. Soviel Morad ihm auch sagte, er solle sie ausspucken, Abbass hörte nicht darauf. Mit hervorquellenden Augen, geschwollenen Halsadern und einer Gesichtsfarbe, die von Violett in Schwarz überging, würgte er die Münzen eine nach der anderen hinunter und trank Wasser nach. Als er die letzte Münze geschluckt hatte, atmete er auf und lehnte sich mit der Schulter an die Wand. Von der Anstrengung und von der Gewalt, die er sich angetan hatte, lief ihm der Schweiß an den Ohren, zwischen den Schulterblättern und unter den Achseln hervor. Vorahnung des Todes! Aber er glaubte, daß der Dorfvorsteher nun nichts mehr mit ihm vorhabe. Doch der kam auf ihn zu, blieb dicht vor ihm stehen und sah ihn starr an. Unter Schmerzen brachte Abbass hervor: »Dorfvorsteher, . . . es tut mir leid!«

Der Dorfvorsteher öffnete den Türflügel und ging hinaus. Ali Genou blieb einen Augenblick neben Abbass stehen, dann ging er mit hängenden Schultern ebenfalls hinaus. Da jetzt der Dorfvorsteher in die Gasse getreten war, ging Hadjer zum Stall, um zu sehen, was mit dem Bruder geschehen war. Ali Genou sah sie mit Werberaugen an und fragte: »Ist deine Mutter noch nicht zurück?«

Hadjer verneinte und ging weiter. Ali Genou, der schon in die Gasse treten wollte, drehte sich um, ging ins Zimmer und setzte sich neben der Türschwelle so hin, daß von draußen das Licht auf seine Arbeit fiel, und vertiefte sich ins Stricken seines Schals. Hadjer kam aus dem Stall und ging die Lampe anzünden. Ali Genou fragte: »Hast du was von meinen Leuten gehört?«

Hadjer sagte: »Nein. Die Sonne stand noch am Himmel, als ich hinging und wieder zurückkam. Meine Mutter war dort.«

Morad brachte Abbass ins Zimmer, setzte ihn an die Wand, setzte sich selbst neben ihn und sagte zu Hadjer: »Willst du nicht Feuer machen?«

Bevor Hadjer Morad antworten konnte, sagte Abbass zu ihr: »Das Schloß! Nimm das Vorhängeschloß aus dem Schränkchen und gib es mir!«

Hadjer brachte das Schloß. Abbass stand mühsam auf und sagte zu Hadjer, als er aus der Tür trat: »Geh und sag Mama, sie soll kommen und mir einen Kräutertee machen! Zum Abführen! Zum Abführen! Ach . . .«

Wimmernd schleppte er sich zur Stalltür und befestigte das Schloß. Zusammengekrümmt kehrte er zurück, wobei er vor sich hin jammerte: »Alles, was ich hatte, ist mit Stalldreck vermischt. Wie soll ich das nun wiederfinden? Ich hab'

Angst . . . hab' Angst . . . vor diesem gemeinen Abrou hab' ich Angst. Alles, was ich hatte . . .«

Ganz von seinen Sorgen und Schmerzen in Anspruch genommen, bemerkte Abbass das Kommen von Abrou nicht. Mit krummem Rücken schlich er in eine Ecke und band den Schlüssel am Hosenbund fest: »Rizinus! Rizinusöl! Öl! Hol Mama, Mädchen!«

Darauf kauerte er sich nahe der Wand an der Feuerstelle hin.

In Ali Genous Stiefeln und langem Filzumhang sah Abrou wie ein Kobold aus. Ein undefinierbares Etwas hatte er sich um den Kopf gewickelt und bis zu den Augenbrauen heruntergezogen. Sein Gesicht war blau angelaufen, die Lippen aufgesprungen. Böse hatte die Kälte seinem kraftlosen Körper mitgespielt. Auf der Türschwelle sank er wie morsches Mauerwerk in die Knie. Ali Genou stand schwerfällig auf, faßte Abrou unter den Armen und zog ihn zur Wand. Hadjer wartete die Rückkehr der Mutter nicht mehr ab. Sie lief zur Tür. Ali Genou legte sein Strickzeug beiseite und nahm Abrous eiskalte Hände in seine großen, blauen Hände, um sie warm zu reiben. Abrous Augen waren offen, aber sprechen konnte er nicht. Ali Genou sagte zu Morad, er solle Feuer machen. Morad ging hinaus, ein Bündel Baumwollholz vom Backofen zu holen. Abrous Herz und Halsadern massierend, sagte Ali Genou: »Was hast du getan? Hast du ihn gebracht? He? Hast du den Sseyed Knocheneinrenker hergebracht?«

Abrou hatte keine Kraft zu reden. Er schüttelte verneinend den Kopf. Ali Genou rieb Abrous Ohren mit den Handflächen und sagte: »Was ist passiert? Was hat dieser Lumpenkerl gesagt?«

Abgehackt sagte Abrou: »Die Kälte! . . . Die Kälte . . . Er ist nicht mitgekommen . . .«

Abbass nörgelte in seiner Ecke: »Hab' ich nicht gesagt, schick mich? Hab' ich nicht gesagt, vertrau die Sache nicht einem Kind an? Wär' ich gegangen, ich hätte ihn gebracht.

Auch wenn er in den Armen seiner Frau gelegen hätte, hätt' ich ihn hervorgezogen und hergebracht! . . . Rizinus . . . Rizinusöl . . . Solch einen Auftrag muß man einem anvertrauen, der ihn ausführen kann . . . Rizinusöl!«

Ali Genou nahm Abrou den Filzumhang ab, bückte sich, löste die Schnürsenkel an den Stiefeln, zog diese dem Jungen von den Füßen und stand auf, um hinauszugehen, als Mergan und hinter ihr Hadjer angelaufen kamen. Morad folgte ihnen mit einem Bündel Baumwollholz. Ali Genou sah Mergan an. Offenbar wagte er es nicht, ihr Fragen zu stellen. Mergans Blick war düster. Aber was half's? Ali Genou öffnete endlich den Mund? »He? Nun?!«

Mergan sagte: »Es ist zu Ende mit ihr. Gott sei ihrer armen Seele gnädig!«

»Mit wem? Mit welcher ist's zu Ende?«

»Mit deiner Mutter, Mutter Genou!«

Ungläubig sagte Ali Genou: »Was soll ich jetzt anfangen? Dunkel ist es auch schon geworden!«

Er sprach undeutlich; so, daß ihn niemand hörte. Er verstummte, nahm seinen Filzumhang unter den Arm, die Stiefel in die Hand und ging mit schweren Schritten hinaus.

Hinter ihm herzeigend, sagte Abrou zur Mutter: »Mein Lohn! Mein Lohn!«

Mergan setzte sich zwischen die Söhne. Abbass sagte: »Öl, Mama! Rizinusöl! Ich sterbe. Meine Därme! Meine Därme reißen! Öl! Hier, in meinen Därmen, ist's voller Geld! Öl, Mama!«

2

Besorgt, bedrückt stand Abrou in der Morgendämmerung auf. Seine Glieder waren einigermaßen warm geworden, er glaubte, wieder gehen zu können. Leise zog er sich an und schlich zur Tür hinaus. Von der anderen Seite der Stalltür drangen Geräusche hervor. Abrou ging hin und legte das Ohr an die Tür. Es waren die abklingenden Geräusche aus

Abbass' Därmen. Bei Einbruch der Nacht hatte Abbass sich im Stall eingeschlossen, und jetzt, im Morgengrauen, fand er allmählich Ruhe. Vollauf in Anspruch genommen von seinen Schmerzen und der Suche nach seinem Geld, hatte er die Tür hinter sich geschlossen und keinem erlaubt hereinzukommen. Das heruntergebrannte Licht der Laterne flackerte im Dunkel des Stalls. Abrou dachte, dem Bruder müsse es wohl bessergehen. Er hatte nichts mit ihm zu tun, und so zog er die Schöße seiner Jacke fest übereinander, knotete einen kurzen Strick um die Taille und ging durch den Mauerspalt hinaus.

In der Gasse war es noch dunkel, aber das Weiß des Schnees milderte das Dunkel. Der Schnee war gefroren. Trocken und hart war er geworden. Kälte herrschte, die Kälte, die auf den Schnee folgt. Wie die alten Leute sagen: ›Fürchte nicht den Schneetag selbst, fürchte den Tag nach dem Schnee!‹ Heute war der Tag nach dem Schnee, und zum Glück hatte Abrou nichts Wichtiges vor. Sein Teil hatte er gestern, am Schneetag, abbekommen. Trotzdem aber brannte in ihm die Kälte auf diesem kurzen Weg, den er vor sich hatte. Seine Augen ertrugen schlecht den scharfen morgendlichen Wind, der schneidend über den Schnee herankam. Abrous spärliche Wimpern, die in seiner Kindheit durch die Blattern gelitten hatten, zuckten in einem fort, die Nase fing ihm an zu laufen. Das schon einmal von der Kälte mißhandelte Gesicht fürchtet sich. Bei einem einzigen Frosthauch läuft es blau an. Abrou merkte, daß ihm Lippen und Stirn blau wurden und daß ihm aus den Augenwinkeln Wasser floß. Zur Hälfte barg er das Gesicht im Kragen seiner Jacke. Er kam an der Moscheetür vorbei. Ein Türflügel stand halb offen. Abrou warf achtlos einen Blick hinein. Im Hof stand ein mit grobem Stoff bedeckter Sarg auf einem Brett über dem Wasserbecken, der Boden war mit einer Eisschicht überzogen, die herrenlose Hündin von Semindj lag schlafend neben dem Sarg. Abrou nahm an, daß im Sarg Mutter Genou liegen müsse, denn einen Toten beerdigt man nicht bei Nacht. Aber er durfte sich nicht aufhalten. Er ging weiter, zur Gasse, die zum Teich führte. Der Teich war eine einzige Eisfläche. Rings um den Teich Schneewehen, Hügel an Hügel, die einander auf die Schultern gestiegen waren. Der Weg zum Heizkeller führte etwas weiter drüben, an der Mauer des Badehauses entlang und am Rinnsal, das aus dem Teich floß. Abrou ging um den Teich herum, stieg dann den schneebedeckten Abhang des Grabens Schritt für Schritt auf dem schmalen Pfad hinab. Der Pfad wand sich wie eine Schlange zur niedrigen, halb zerbrochenen Tür des Heizkellers.

Abrou öffnete die Tür. Ali Genou saß wie ein verräucherter, schwarzgebrannter Holzklotz am Heizkessel auf einem Stein, schürte mit seinem Feuerhaken die Glut und warf von Zeit zu Zeit einen Armvoll Brennholz in den Kessel. Er bemerkte Abrous Kommen, war aber zu träge, auf irgend etwas hin die Augen zu heben oder die Ohren zu spitzen und sich von seinen Gedanken ablenken zu lassen. Als sei niemand gekommen, befaßte er sich weiter mit seiner Arbeit. Abrou schloß die Tür hinter sich, ging zu Ali Genou hin und setzte sich still ans Feuer. Wie angenehm es hier war! Ohne Abrou anzusehen, drückte Ali Genou ihm den Schürhaken in die Hand und holte eine zerdrückte Zigarettenschachtel aus der Westentasche hervor. Er steckte eine Zigarette in die Zigarettenspitze, schob die Spitze zwischen die Zähne, nahm ein brennendes Stück Holz, steckte die Zigarette an, blies einen Rauchfaden durch die Nasenlöcher und murrte: »Wegen dem Gestöhne dieser Hündin hab' ich die ganze Nacht kein Auge zugetan! Kot sammle sich im Schädel ihres Zuhälters von Vater, dessen Leiche von Grab zu Grab wandern möge! Das Scheißweib hat bis zum Morgengrauen vor sich hin gejammert und geflucht. Die mit ihrer großen Gebärfreudigkeit glaubt wohl noch, ich schulde ihr was – dies unfruchtbare Frauenzimmer! Wie ein salzhaltiger Boden ist die! Nicht mal einen Dornbusch bringt die zum Grünen. Wenn sie gestorben wär', hätt' ich jetzt meine Ruhe. Weizenbrot in solchen Zeiten einer Frau zu essen geben, die von keinerlei Nutzen ist! Eine Eselin kommt wenigstens mit einem Eselskind nieder, aber diese Hündin bringt nicht mal einen Dornstrauch hervor, damit man seine Freude an Nachkommen hätte! Verflucht sei dies Schicksal! Auf was soll man denn eigentlich im Leben hoffen? Was lasse ich denn nach meinem Tod zurück? Eine Inschrift auf einem Stein! Wenn ich tot bin, ist's, als wär' ich nie gewesen. Wie der Furz eines Windhunds bin ich gekommen und gegangen. Wozu? Als das Weibsbild zum ersten und einzigen Mal schwanger war, hab' ich sie mal verprügelt, und da hat sie eine Fehlgeburt gehabt. Was ist da zu machen? Mich hatte die Wut gepackt, und da hab' ich sie eben geschlagen, na und? Kurz und gut – gebärunfähig ist sie. Oder etwa nicht? So ist's doch! Unvollständig ist sie. Und jetzt ist alles noch ärger geworden. Ständig wimmert sie herum und verflucht meinen Vater und meine Mutter, daß ich es nicht mehr in meinen eigenen vier Wänden aushalten kann. Und dazu noch das Unheil, das sie mit meiner Mutter angerichtet hat. Bei diesem Feuer hier schwör' ich, das alles hat sie auf dem Gewissen! Warum sonst hätt' ich meine Mutter aus dem Haus geschmissen, daß sie dann wegging, um in einem Trümmerhaufen zu leben, und solch ein Ende finden mußte? Bin ich denn nicht von dieser Mutter gestillt worden? Wie soll mir diese vom Schicksal geschlagene Frau meine Schuld vergeben? Auf welche Weise? Wo sie doch nicht mehr in dieser Welt weilt!«

Abrou war gekommen, um die Rede auf den Lohn für seine gestrige Mühe zu bringen; seine Sorge, sein Bedrücktsein deswegen waren es ja gewesen, die ihn veranlaßt hatten, in aller Frühe aufzustehen und hierherzugehen. Aber Ali Genou war so mit sich selbst beschäftigt, daß Abrou nicht das Herz hatte, ein Wort fallen zu lassen, noch dazu über seinen Lohn.

»Und mein Esel hat sich erkältet! Am ganzen Körper stehen ihm die Haare steif ab, und pausenlos zittert er. Wie ein Spatz ist es geworden, das arme Tier. Was habt ihr bloß mit ihm angestellt?«

Abrou sagte: »Ein Esel, der ständig in Bewegung ist, erkältet sich doch nicht! Wahrscheinlich hast du gestern abend nicht aufgepaßt, so daß er sich erkältet hat!«

Ali Genou erwiderte: »Nein, nein! Ich glaube, er war in Schweiß geraten und ihr habt ihn irgendwo im Wind stehenlassen, und da hat er sich die Erkältung geholt.«

Abrou spießte ein Bündel Brennholz auf den Schürhaken und warf es in den Kessel: »Wir sind schnurstracks hin- und zurückgegangen. Unterwegs haben wir nicht weniger als dein Esel unter der Kälte gelitten.«

Ali Genou warf den Zigarettenstummel ins Feuer: »Ich weiß nicht, was ich mit dem Weibsbild tun soll. Ein Nagel zu meinem Sarg ist die!«

Nach kurzem Zaudern sagte Abrou: »Ali!«

Ali Genou blickte ihn an. Seine Pupillen glänzten im Widerschein des Feuers. Abrou sagte: »Kommen all die Männer, die von zu Hause fortgehen, nie wieder zurück?«

Ali Genou starrte in den Rauch im Kessel und nahm Abrou den Schürhaken weg: »In dieser Welt kann man nichts voraussehen. Vielleicht kommt er zurück. Einige kommen zurück. Dein Vater kommt vielleicht auch zurück.«

»Gehen alle so fort?!«

»Jeder auf seine Art und Weise!«

»Wenn ich doch wüßte, wohin er gegangen ist! Warum hat er nicht gesagt, wo er hingehen wollte?«

»Wußte er selbst denn, wo er hinging, daß er es hätte sagen können? Von einigen, die fortgegangen sind, hat man nie wieder etwas gehört. Von anderen hörte man nach zehn, fünfzehn Jahren. Als Morad Nim-mani fortgegangen war, kam nach achtzehn Jahren die Nachricht, daß er sich in den Dörfern bei Bodjnurd mit Amulettschreiben abgab. Als Mohammad Bala-tschai fortgegangen war, war es, als hätte es ihn nie auf der Welt gegeben. Von noch einem anderen kam vor einiger Zeit die Nachricht, daß er gestorben sei; seine Kinder gingen nach Ssangssar wegen seiner Schafe – der Schafe, die er sich angeschafft hatte –, blieben und leben noch heute da. Noch ein anderer ist der Vater von unserem Ssafdar.

Der hat sich sehr gemein benommen. Drei Kamele hatte er, beförderte Lasten nach Gutschan. In der Gegend da, bei den Kurden, zog er herum. Die Mädchen der Nomadenstämme hatten es ihm angetan. Es heißt, er hätte sich verliebt. Er spielte Trommel und konnte auch gut tanzen. Immer wenn die Kurden eine Hochzeit abhielten, tauchte er auf. Am Ende machte er seine paar Kamele zu Geld und gab es für solche Possen aus. Sein ganzes Hab und Gut verschleuderte er. Eines Tages kam er mit leeren Händen hierher nach Semindj zurück. Ich weiß es noch genau. Ich hatte mich gerade zum erstenmal im Leben rasiert und wollte mit meinen Altersgenossen ein Spiel machen gehen, als ich Gholi Chan herankommen sah. Die Satteltasche seines Kamels trug er auf der Schulter. Damals gab man Kamelhaltern gern seine Tochter zur Frau. Hier hatte er eine Braut, die Mutter unsres Ssafdar, die damals noch ein Mädchen war. Auf der Stelle ging er zu seiner Braut, um mit ihr zu schäkern, und in der Nacht schlief er schon mit ihr. Den Ssafdar hat er in dieser Nacht gezeugt. Tags darauf verkaufte er dem Vater unseres Ssalar Abdollah sein väterliches Erbe, das aus einem großen Tablett und einem kleinen Kupfertopf bestand, kaufte von dem Geld Reis, kochte zum Abendessen Polou, aß den mit der Braut, und am nächsten Morgen hat ihn niemand mehr gesehen. Bis zum heutigen Tag hat er sich in dieser Gegend hier nicht wieder blicken lassen. Man weiß nicht, wo er abgeblieben ist. Manche sagen, er ist wieder dorthin gegangen, nach Darrehgas, zu den Kurden. Es heißt, Ssafdar hat Nachricht von ihm. Aber immer, wenn die Rede auf seinen Vater kommt, zieht er ein schiefes Maul und sagt: ›Dieser Zuhälter!‹ Einmal hab' ich zu ihm im Spaß gesagt: ›Geh deinem Vater nach! Man sagt, er ist in der Nähe von Darrehgas gesehen worden.‹ Da sagte Ssafdar: ›Soll er doch hingehen, wo der Pfeffer wächst!‹ Von meinem Onkel hast du wohl gehört, unter welchen Umständen der sich davonmachte?!«

Abrou sagte: »Wenn ich nur wüßte, wo er hingegangen ist!«

Ali Genou erwiderte: »Einem, der fortgegangen ist, darf man nicht nachgehen. Die Hoffnung, ihn wiederzusehen, schlag dir aus dem Kopf. Nimm an, es hat ihn nicht gegeben. Was weiß man denn? Die Ziege geht nun mal zum Gras!«

»Schön wär's, wenn ich ihn vergessen könnte!«

Ali Genou fuhr fort: »Er hatte keine andere Wahl. Hier sind wir unter uns: Dein Vater hatte überhaupt keine andere Wahl. Ein ehrloser Mensch war er auch nicht. Was wahr ist, muß wahr bleiben: Viel zu arbeitsam war er, ein guter Handwerker und begabt. Das viele Gerede der Leute konnte er nicht länger ertragen, hielt zu sehr auf sich. Diese Demütigung konnte er nicht mehr aushalten. Deshalb ging er fort. Ssolutsch war ein ganz anderer Mensch als der Vater von Ssafdar. Ich bin sicher, wenn Ssolutsch eines Tages auf einen grünen Zweig kommt, wird er euch nicht vergessen. Bestimmt wird er dann herkommen. Ein vortrefflicher Mann war er, der Ssolutsch. Zum Henker mit diesen ausweglosen Zeiten!«

Abrou schürte das Feuer. Er sagte nichts. Zusammengekrümmt saß er auf den Fersen vor dem Ofen. Er preßte die Lippen zusammen und schien nicht mehr auf Ali Genou zu achten. Und Ali Genou gab nun auch nichts mehr von sich. Er war müde, brauchte Schlaf. Er gähnte, trommelte sich mit den Fäusten gegen die Brust, stand auf und sagte: »Ich leg' mich einen Augenblick aufs Ohr, vielleicht kann ich ein wenig schlafen. Paß auf den Ofen auf! In den Kesseln hat's schon zu kochen angefangen. Wirf nicht zu viel Brennholz rein! Nur gib acht, daß das Feuer nicht ausgeht!« Abrou schwieg. Ali Genou schlurfte in eine Ecke des Heizkellers und streckte sich auf einem alten Sack aus: »Und stell den Teekessel dicht ans Feuer, bis er anfängt zu kochen . . . Was ich heute morgen alles zu tun habe! Das Grab für die Selige muß ich graben. Und was ich mit meiner armen Frau tun soll, weiß ich nicht. Wenn ich nicht ein Auge voll Schlaf nehme, bin ich am Morgen kein Mensch.« Abrou hängte den Henkel des Teekessels über den Schürhaken, stellte den Kessel neben das Feuer und zog den Schürhaken zurück.

»Du bist wie ich, hast einen Charakter wie ich, taugst für jede Arbeit. Aber dieser Abbass schlägt dem Kümmerling von Onkel nach. Wie ein Ziegelstein ist er, den man in der Mitte durchgebrochen hat. Statt sich einer einzigen vernünftigen Tätigkeit hinzugeben, läßt er seine Blicke hierhin und dahin schweifen. Ständig schätzt er Hand und Beutel dieses und jenes ab. Seine Augen sind wie Diebe, sind hungrig. Er glaubt, es findet sich jemand, der ihm einen Knochen hinwirft. Dauernd ist er auf der Suche nach was. Einen Charakter hat er wie ein herrenloser Hund. Ich weiß nicht, wie der eines Tages, wenn ihm das Barthaar gewachsen ist, Frau und Kinder satt kriegen will!«

Ssolutsch hatte häufig zu Abrou gesagt: »Nur dann kann ein Mann unter seinen Mitmenschen den Kopf hoch tragen, wenn seine Schulterblätter von der Arbeit schweißnaß sind. Wenn du einem Mann auf die Schulter schlägst, muß Staub aufwirbeln!«

Wenn Abrous Vater sprach – was selten geschah –, waren es solche Worte. Ständig wiederholte er: »Arbeit! Arbeit! Nur das Brot, das durch Arbeit erworben wird, nur das Brot der Mühe schenkt dem Menschen Gehalt, schenkt ihm Tatkraft. Der Mann zählt und seine Arbeit!«

Aber warum hatte er auf einmal alles aufgegeben und war fortgegangen?

Dies konnte Abrou ganz und gar nicht begreifen. Wohin ihn auch seine Gedanken führten, er fand keine Lösung. Höchstens dies: daß ihn die Not gezwungen hatte. Gab es sonst noch was? Schön, also die Not! War denn nur Ssolutsch in Not? Nur er? Wie hatte er es nur über sich bringen können fortzugehen? Alles aufzugeben und hinter sich zu lassen? Seine Frau und die Tochter. Angenommen, Abrou und Abbass wären schon Männer. Aber was ist mit Hadjer? Hatte er denn nicht daran gedacht, daß sie sich im nächsten Frühjahr dem Heiratsalter näherte? Daß sie auf dem Weg war, erwachsen zu werden? Hatte er überhaupt einen Gedanken an so etwas verschwendet? Sicher hatte er daran gedacht! So wie Abrou seinen Vater kannte, war er kein Weichling, war eher hart als weich. Ohne über diese Dinge nachzudenken, konnte er nicht alles aufgegeben haben und fortgegangen sein. Trotz alledem: Wohin, in welche Gegend mochte er gegangen sein? Schließlich ist der Winter nicht die Jahreszeit, in der man Arbeit findet. Auch wenn dir von jeder Fingerspitze eine Kunstfertigkeit tropft – im Winter kannst du keine Arbeit finden. So weit Abrou zurückdenken konnte, erinnerte er sich, daß alle Männer, in welche Himmelsrichtungen sie sich auch zur Arbeit aufmachen, im Winter nach Hause zurückkehren und diese Zeit bei ihren Familien, unter einem Dach mit ihnen, zubringen, bis der Frühling kommt. Den Winter bringen sie irgendwie hinter sich und fügen sich recht und schlecht in alles. Aber nach was für einer Arbeit hätte Ssolutsch sich in dieser Jahreszeit auf die Suche machen können? Die Tätigkeiten, die Abrou kannte, konnte er an den Fingern abzählen, ebenso die Orte, die er kannte. Abrou hatte auch gehört, daß, abgesehen von den Saisonarbeiten auf den Feldern, die Männer und Burschen von Semindj vor Jahren sich beim Bau der ›Verkehrsverbindung‹ verdingt hatten. In den Jahren, als die Landstraße von Maschhad nach Teheran neu gebaut wurde. Das hatte er gehört. Aber eine genaue Vorstellung von einer ›Verkehrsverbindung‹ konnte er sich nicht machen. ›Verkehrsverbindung‹, das war eine bloße Bezeichnung in Abrous Kopf. Auch wußte er, daß in den Sommern magerer Jahre die geübten Schnitter zur Weizenernte nach Gutschan gingen und am Ende der Saison jeder mit zehn, zwanzig Man Weizen nach Semindj zurückkam, die er für die Versorgung der Familie in der Vorratskammer speicherte. Von diesem abgesehen, wußte er nicht, was für Arbeitsmöglichkeiten es in anderen Gegenden gab oder geben könnte. Morad, der Sohn von Ssanam, stand Abrou nicht so nahe, als daß er ihm gesagt hätte, zu welcher Arbeit er von Semindj wegging. Es war schon viel, wenn Morad sagte: »Die Welt ist groß. Einem Mann kann es nie an Brot fehlen.« Und damit basta.

Einmal, als Abrou sehr klein war und wohl noch keine Hosen trug, war ein Autobus nach Semindj gekommen, um die Pilger abzuholen. Die Kinder hatten sich um den Bus versammelt und mit vor Staunen weit aufgerissenen Augen die Fenster, die Reifen, die Sitze in Augenschein genommen, und die Münder waren ihnen offen geblieben. Die Pilger von drei Dörfern hatten den Bus gemeinsam gemietet, damit er sie nach Maschhad und zurück bringe. Der Anblick dieses Gefährts hatte Abrou offenbar gemacht, daß der Mensch auch mit etwas anderem als einem Vierbeiner reisen kann, dazu in weit entfernte Orte. Später hatte Abrou noch viele andere Automobile gesehen, aber die hatten ihn nicht mehr derart tief beeindruckt.

Abrou war überzeugt, daß es nicht Ssolutschs Sache war, mit einem solchen Fahrzeug zu reisen. Das überstieg seine Möglichkeiten. Deshalb mußte er zu Fuß fortgegangen sein. Aber wie weit und wohin hatte er zu Fuß gehen können? Wie lange kann man denn zu Fuß gehen? Und über wie viele Wegstrecken hin läßt sich ein zu Fuß Gehender von einem leeren Magen kommandieren? Und was, wenn Ssolutsch von Schnee und Kälte übermannt worden war? Was, wenn Wölfe ihn umzingelt hatten? Was, wenn ein Schwarm von Geiern über ihm gekreist war? Abrou hatte gehört, daß die Geier einer Leiche zuerst die Augen aushacken. Die Semindjer Hirten wußten von Aasgeiern zu erzählen, die den aus Schwäche hinter der Herde zurückgebliebenen Tieren die Augen ausgehackt und ihnen dann die Bäuche aufgerissen hatten. Ein Geier muß so groß sein wie eine Dachkuppel! Zeltartig schwebt er über dem Kadaver. Seine Flügel werfen Schatten. Was für ein Grauen! Der Mensch stirbt wohl schon vorher vor Entsetzen! Und wenn Ssolutsch nicht gestorben ist, kann man sich vorstellen, daß er mit seinem Stolz jemandem bettelnd die Hand hinstreckt? Ist es denkbar, daß Ssolutsch eine Schüssel, einen Krug aus einem fremden Haus wegnimmt? Stiehlt?! Konnte sich Ssolutschs Hand nach fremdem Gut ausstrecken? War das möglich?! Nein! Das anzunehmen war für Abrou schlimmer als der Tod. Nein, sein Vater gab sich nicht fürs Stehlen her und gab sich nicht mit Betteln ab. So konnte Abrou ihn sich nicht vorstellen. Ssolutsch war ein Mann, der Hände und Arme nutzte, war nicht angewiesen auf Klauen und Zähne wie ein Wolf.

»Erhebt euch zum Gebet . . . Erhebt euch zum Gebet . . .«

Das war die Stimme des Semindjer Molla, die die gläserne Luft der Morgendämmerung zerriß.

Das Wasser in Ali Genous Teekessel hatte zu kochen angefangen. Abrou wußte nicht, wo der Tee war. Ali Genou rollte sich auf seinem Lager halb herum, brummte vor sich hin und zerbrach einen Fluch zwischen den Zähnen. Der Fluch galt dem Molla, der ihn mit seinem Gebetsruf aus dem Schlaf gerissen hatte. Dabei war es klar, daß der Molla den Tod von Alis Mutter öffentlich bekanntgab und die Leute aufforderte, am Gebet für die Verstorbene teilzunehmen. Das war gestern abend so abgemacht worden. Der Molla selbst hatte auch angeordnet, die Leiche über Nacht bis zum Morgen in der Moschee unterzubringen. Es half alles nichts, Ali Genou mußte aufstehen. Noch einmal rollte er sich herum, kratzte sich unter der Achsel und öffnete die schweren, müden Lider.

Abrou fragte: »Wo ist der Beutel mit dem Tee?«

»Am Nagel hängt er. Steh auf, dann siehst du ihn.«

Abrou goß den Tee auf. Ali Genou reckte und streckte sich, schlug sich mit den Fäusten auf die Brust, gähnte nochmals mit weit offenem Mund und taumelte zum Ofen. Abrou goß ihm Tee ein. Ali trank vier Becher hintereinander und sagte dann: »Zuerst muß ich mich um das Begräbnis der Seligen kümmern.«

Er stand auf, warf sich seinen Filzumhang über die Schultern und gab Abrou den langen Schlüssel für die Tür des Badehauses mit den Worten: »Halt deine Augen und Ohren offen! Mit Ausnahme der Bauern, die in Naturalien bezahlen, müssen alle anderen bar zahlen. Kinder dreißig Schahi, Erwachsene drei Gran. Daß du dich nicht übers Ohr hauen läßt! Ich will mal sehen, wie du dich heute anstellst. Und wenn du weggehst, leg an der Tür die Kette vor und schieb auch ein Stückchen Holz ins Schloß. Wenn die Hundesöhne sehen, daß ich nicht da bin, kommen sie her und fangen ein Spiel an. Weil es hier im Heizkeller nun mal warm ist.«

Abrou hörte zwar Ali Genous Worte, war aber nicht bei der Sache. Mehr oder weniger begriff er, was er sagte. Davon abgesehen war er mit seinen Gedanken woanders, an anderen Orten, Orten, von denen er keine klaren Vorstellungen hatte. Nur das wußte er, daß es andere Orte waren. Irgendwelche Orte, die Ssolutsch wie einen weit entfernten, undeutlichen Punkt verschluckten. Abrous Sinne hatten bei diesem undeutlichen Verschwinden gleichsam haltgemacht. Als hätten sie nicht die Kraft zum Weitergehen. Sein Blick war starr auf die Asche im Ofen, seine Gedanken starr auf undeutliche Vorstellungen gerichtet. Für einen Augenblick schien er losgelöst zu sein von der Welt. Leicht, unbeschwert und leer war er.

Ali Genou, mit einem halben Blick die knochigen, schmalen Schultern des Jungen streifend, ging gebückt durch die niedrige Tür des Heizkellers hinaus.

Kälte des Morgens! Ali Genou zog seinen Schal bis übers Kinn hoch und stieg den Abhang hinauf. Der Teich war zugefroren. Immer noch zog sich der Gebetsruf hin. Wie eine Rauchfahne, die die Reinheit der Morgendämmerung besudelte.

›Will der denn nie aufhören?! Genug jetzt mit dem Geschrei! Sie haben's ja kapiert, kommen schon grüppchenweise aus ihren Häusern, zum Teufel noch mal! He! Sieh mal einer an, wie der seinen Gebetsruf in die Länge zieht!‹

»Was torkelst du hier herum? Wer macht denn die Tür des Badehauses auf?«

Das war Karbalai Ssafi, der Vater des Dorfvorstehers. Das Bündel mit seinem Badezeug unter dem Arm, trat er schwerfällig aus dem Haustor. Nachdem er ihn gegrüßt hatte, sagte

Ali Genou: »Der Sohn von Mergan ist da, Karbalai. Er hat den Schlüssel.«

Karbalai Ssafi senkte den Kopf und ging zum Badehaus. Ali Genou bog in die Gasse und ging geradenwegs zu Mergans Haus. Dort hatten sie Feuer gemacht, Rauch quoll aus der Türöffnung. Ali Genou streckte den Kopf in den Rauch vor und fragte: »Wo ist er, dein Abbass?«

Mergan hob den Kopf von der Feuerstelle, blickte mit ihren tränenden Augen Ali Genou an, hielt sich einen Zipfel des Kopftuchs vor die Nase und fragte: »Was willst du von ihm?«

»Ich will ihn mitnehmen, das Grab auszuheben.«

»Seit gestern abend hat er Magenschmerzen. Ich weiß nicht recht. Er ist noch im Stall.«

Ali Genou wandte sich zur Stalltür um. Die Stalltür drehte sich mit einem altersschwachen, trockenen Laut in den Angeln, und Abbass stand im Rahmen. Mit der einen Hand stützte er sich an die Tür, mit der anderen an die Wand, so als müßte er, wenn er seinen Halt losließ, zu Boden sinken. Seine Augen lagen wie zwei Wassermelonenkerne tief in den Höhlen, die Backenknochen traten hervor, seine Gesichtsfarbe war strohgelb geworden. Ali Genou ging zu ihm hin: »Ha! Was ist mit dir? Ich wollte dich mitnehmen, das Grab zu schaufeln.«

Abbass' Stimme gehorchte ihm nicht. Mit Mühe brachte er hervor: »Ich bin krank . . . schlimm . . . krank bin ich.«

»Warum hast du dich dann im Stall eingeschlossen?«

Langsam machte Abbass die Tür zu: »Ich kann mich nicht, kann mich nicht auf den Beinen halten.«

Ali Genou blickte auf die geschlossene Tür; Abbass' Stimme verstummte dahinter, erstarb. Ali Genou konnte sich nicht länger aufhalten. Fragen war auch nicht nötig. Er konnte sich mehr oder weniger zusammenreimen, was los war. Er hatte gesehen, wie Abbass sich die mit Dreck vermischten Münzen auf einen Schlag in den Mund stopfte. Als er in die Gasse trat, hielt ihn Mergans Stimme zurück: »Warte! Ich selbst komm' mit.«

Ali Genou wartete. Mergan kam heraus, mit Ssolutschs kleiner Schaufel in der Hand. Sie gab Ali Genou die Schaufel und verknotete die Enden des Tschadors um den Nacken. Als sie damit fertig war, nahm sie Ali Genou die Schaufel wieder ab und machte sich ihm nach auf den Weg. Ali Genou ging zu seinem Haus. Mergan hielt es für angebracht, sich nach Roghiyehs Befinden zu erkundigen. Ali trat ins Zimmer, ging an Roghiyehs Lager vorbei und verschwand hinter dem Vorhang in die Vorratskammer. Mergan blieb auf der Stufe an der Tür stehen und fragte Roghiyeh, wie es ihr gehe. Roghiyeh stöhnte herzzerreißender denn je: »Mit mir geht's auch zu Ende, Mergan. Ich sterbe, Schwester . . .«

Ali Genou kam mit Schaufel und Hacke aus der Vorratskammer und sagte auf die Worte seiner Frau hin: »Sterben tust du nicht! Hab keine Sorge! Bis du mich nicht gänzlich zugrunde gerichtet hast, stirbst du nicht!«

Er stürzte hinaus, um Roghiyehs Stöhnen und Fluchen nicht mit anhören zu müssen. Auf der Gasse sagte er zu Mergan: »Bis die mir nicht die Schwindsucht an den Hals geärgert hat, stirbt sie nicht!«

Der Semindjer Molla stand noch auf der geborstenen Mauer der Moschee und rief weiter zum Gebet. Mergan und Ali Genou blieben vor ihm stehen. Der Molla schwieg für einen Augenblick. Ali Genou sagte: »Mein lieber Molla, warum schreist du dir die Kehle wund? Wer hat denn schon Lust, bei so einem Wetter den Fuß vor die Tür zu setzen? Und das wegen der Mutter von Ali Genou?! Komm da runter, komm runter! Während ich das Grab aushebe, geh du und trink einen Becher Tee! Sieh doch selbst, was die Kälte mit dir angestellt hat! Gib mir deine Hand, Väterchen!«

Ali Genou nahm den Molla bei der Hand und half ihm von der baufälligen Mauer herunter. Der ganz erfrorene alte Mann hatte keine Kraft mehr zu sprechen. Ali Genou sagte noch mal, er solle nach Hause gehen und sich unter dem Korssi aufwärmen. In diesem Augenblick hörte man, wie jemand laut aus dem Koran rezitierte. Großer Gott, wer mochte das sein?

Ali Genou lehnte Schaufel und Hacke an die Mauer und ging in die Moschee. Der Platz im Hof, wo der Sarg seiner Mutter gestanden hatte, war leer. Wo hat man den Sarg hingebracht? Wer hat ihn weggetragen? Die Stimme kam aus dem Innenraum der Moschee. Ali Genou steckte den Kopf hinein. Seine Blicke bohrten sich in die Finsternis. Dunkle, blaue Flecken zeichneten sich im Hintergrund ab. Er trat ein. Mit jedem seiner Schritte wurde die Stimme lauter. Ali Genou ging weiter. Es war Hadj Ssalem. Er kauerte am Kopfende des Sarges und las laut aus dem Koran, und am Fuß des Sarges hatte sich sein Sohn zusammengerollt und schnarchte.

›Teufel auch!‹

Hadj Ssalem und sein Sohn hatten den Sarg vom Brett des Wasserbeckens aus dem Moscheehof in den Innenraum getragen, damit sie, von der Kälte geschützt, der eine rezitieren, der andere schlafen konnte.

Mergan und der Molla standen im Hof. Ali Genou knurrte: »Eine schöne Beschäftigung haben die sich ausgedacht, diese Idioten! Jetzt muß ich auch noch den Lohn für den Rezitator ausspucken!«

Er lief zur kaputten Moscheetür hinaus, nahm Spaten und Hacke von der Mauer und ging zum Friedhof. Mergan hielt mit ihm Schritt, und der Molla schleppte sich hinter ihnen her: »Und . . . und . . . das Gebet für die Verstorbene . . . das Gebet für die Verstorbene . . .«

Sich umwendend, sagte Ali Genou: »Deine Lippen können sich ja vor Kälte nicht bewegen, Molla! Geh, wärm dich auf! Wenn wir die Tote zum Grab gebracht haben, hole ich dich.«

Der Molla sagte nichts. Auch wenn er gesprochen hätte, würde Ali Genou es nicht gehört haben. Er hatte seine Schritte beschleunigt, um durch die Seitengassen zum Friedhof zu gelangen. Mergan folgte ihm. Am Friedhof blieb Ali Genou stehen. Unter der Schneedecke machten die Gräber einen Buckel und erschienen stiller als sonst. Ali Genou suchte mit den Augen nach dem Grab seines Vaters. Es war nach wie vor Sitte, die Angehörigen einer Familie nahe beieinander beizusetzen. Selbst Ali Genou, einer der dickhäutigsten Männer von Semindj, wollte nach einem Brauch, von dem er nicht wußte, woher er stammte und wie er auf ihn gekommen war, seine Mutter neben dem Vater beerdigen. Vor Mergan hergehend, schritt er zwischen den Gräbern hin. Nur durch Messen ließ sich das Grab finden. Von Grab zu Grab. Bis zum Grabmal des Dorfheiligen ging er, dann vierzig Schritte weiter in Gebetsrichtung, stieß den Spaten in die Erde und sagte zu Mergan: »Hier ist's!«

Mergan trat hinzu, stach mit ihrem Schäufelchen in den Boden und machte sich daran, den Schnee wegzuräumen. Ali Genou nahm seinen Umhang ab, warf ihn über den Stiel der Hacke und packte den kalten Spatenstiel mit beiden Händen. Die beiden machten sich an die Arbeit. Ringsherum war es weiß und kalt. Kalt und still. Außer Mergan und Ali Genou, die sich über die feuchte Erde beugten, den Boden aufgruben und Erde auf den schneebedeckten Rand der Grube warfen, war niemand da.

Morgendämmerung und Schnee. Schnee und das schlafende Semindj. Der Friedhof und das verfallene Grabmal. Auf dieser Seite eine geborstene Mauer, auf jener ein weites Feld. Krähen, Krähen. Die ausgehobene Grube war schon knietief. Ali Genou legte den Spaten hin und griff zur Hacke. Die feuchte Erde war hinausgeworfen, jetzt kam hartgefrorener Boden. Der muß mit der Hacke bearbeitet werden. Ali Genou müht sich ab. Es ist kein Platz für zwei. Mergan stellt sich abseits, damit sie, sobald Ali Genou seine Arbeit beendet hat, in die Grube steigt und die aufgehackte Erde hinauswirft. Ali Genou richtet sich auf und stößt die Hacke in die Grubenwand: »Gib mir den Spaten!«

»Verschnauf dich etwas, ich werf' die Erde raus.«

Ali Genou war erschöpft. Auf Stirn und Wangen stand ihm Schweiß. Er kletterte aus der Grube, setzte sich neben seinen Umhang, steckte eine Zigarette an, warf das abgebrannte Streichholz fort und sagte: »Ich will mir dies Weibsstück vom Hals schaffen!«

Mergan hörte ihm zu und warf dabei die Erde Schaufel für Schaufel hinaus.

Ali Genou fuhr fort: »Meine Jugend hab' ich ihretwegen nutzlos vertan. Mir reicht's! Diese kurze Zeit, die mir noch zu leben bleibt, möchte ich ohne diese ewige Nörgelei verbringen.«

Mergan warf Erde aus der Grube und schwieg immer noch. Ali Genou fragte: »Was hältst du davon, Mergan?«

Im Weiterarbeiten sagte Mergan: »Das ist nicht gottgefällig. Mit ihrem gebrochenen Bein hat sie außer dir keinen Schutz und Schirm. Unter wessen Dach soll sie ihren Kopf legen, wenn du sie aus dem Haus wirfst?«

Ali Genou hob die Hand zu den Lippen: »Es steht mir bis hier, Mergan! Seit Jahren hab' ich keinen schönen Tag gehabt. Was hab' ich denn verbrochen? Mein Name darf doch schließlich nicht mit mir ins Grab sinken! Solange ich zurückdenken kann, hab' ich von dieser Frau nur einen Ton im Ohr: Gejammer, Gejammer, nichts als Gejammer. In meinem ganzen Leben hab' ich keine vergnügliche Nacht gehabt. Und jetzt mischt sie auch noch Verwünschungen in ihr Gejammer. Gestern nacht hat sie dafür gesorgt, daß ich kein Auge zutat. Gewimmer, Gejammer, Verwünschungen! Den Tod der alten Frau hat sie auch verursacht. Sie hat mir so viel vorgenörgelt, daß ich meine alte Mutter in ihren letzten Lebenstagen aus dem Haus warf und die Ärmste dann ein solches Ende finden mußte. Oh, mein Gott!«

Mergan warf die letzte Schaufel Erde hinaus und stieg aus der Grube. Ali Genou rauchte seine Zigarette zu Ende, warf den Stummel weg, ergriff die Hacke und kletterte in die Grube. Jetzt reichte sie ihm bis zur Taille. Sie mußte noch tiefer gegraben werden, bis oberhalb der Brust. Mergan warf sich Ali Genous Umhang über die Schultern und setzte sich etwas abseits hin. Ali Genou beugte sich vor, stieß die Hacke in den Boden und sagte: »Unfruchtbar ist sie, Mergan, unfähig zu gebären! Meine Schuld ist's, ich weiß. Ein Kleines hatte sie im Bauch, als ich ihr mit dem Stiefel vor den trommelförmigen Leib trat und ihr die Gebärmutter aufriß. Wär' mir doch der Fuß gebrochen! Ich war ja kein Mensch, war noch jung. Aber jetzt . . ., was jetzt? Jetzt . . ., was soll ich's vor dir verheimlichen, hab' ich so meine Pläne. Pläne, Mergan! Du bist eine verständige Frau, hast Gutes und Böses erlebt. Du verstehst, was ich meine. Ich bin in einer Klemme, muß an mich selbst denken, an meine Arbeit, mein Leben. Soviel ich auch darüber nachdenke, seh' ich, daß ich eine Frau brauche, die mir bei der Arbeit helfen kann. Meine Frau muß an den Tagen, wo das Badehaus für die Frauen geöffnet ist, im Umkleideraum sitzen und die einzelnen Kundinnen bedienen können und das bißchen Geld von denen kassieren. Dies Weib kann ja das Haus nicht mehr verlassen! Ich glaub', ein ganzes Jahr lang wird die nicht in der Lage sein, aufzustehen und zu gehen.«

Mergan wußte nicht, was sie dazu sagen sollte. Sie schwieg. Die Überlegung, warum und wozu wohl Ali Genou derartige Dinge zu ihr sagte, machte sie ratlos. Warum mußten diese Worte hier gesprochen werden? Warum jetzt? Ihre Gedanken liefen auf tausend Wegen und fanden keine Lösung. Keine Erleuchtung kam ihr. Langsam wurde ihr angst und bange. Inzwischen war es dämmrig geworden. Soweit das Auge reichte, war es ringsum öd und leer. Semindj lag in stillem Schlaf und wartete darauf, daß der Tag die Augen öffnete. Eine plötzliche Angst ergriff Mergan. Furcht! Furcht, gemischt mit einer Art weiblicher Schläue, die in der Natur der Frau einem Mann gegenüber liegt. Ein Körper gegenüber einem anderen Körper. Etwas züngelt, und keiner kann etwas dafür. In einen solchen Zustand war Mergan durch Ali Genous Worte versetzt worden. Doch war dies dreiste, listige Flämmchen vergänglich. Verborgen in den Schichten der Furcht. Angst hatte sich ihrer bemächtigt. Jetzt war Mergan vor Angst versteinert. Sie konnte sich nicht von ihrem Platz rühren. Unter Genous schwarzem Umhang war sie neben der Grube erstarrt. Ihr war, als bliebe ihr das Herz stehen. Sie blickte unverwandt auf Ali Genous grobe, bläuliche Hände. Seine breiten Schultern, sein Ächzen beim Arbeiten erschreckten sie. Sie wünschte sich, unter einem Vorwand aufstehen und den Friedhof verlassen zu können, aber sie konnte es nicht. Weder hatte sie die Kraft dazu noch den Mut. Die Knie waren ihr weich geworden. Als wäre sie verhext. Ein Spatz, vom Blick der Schlange gebannt.

Ali Genou warf die Hacke aus der Grube und sagte: »Gib mir den Spaten!«

Schwerfällig stand Mergan auf, stellte sich an den Rand der Grube und hielt Ali Genou den Spaten hin. Der packte den Spatenstiel zugleich mit Mergans Handgelenk und zog sie zusammen mit einem Ruck hinunter. Noch ehe Mergan einen Ton von sich geben konnte, preßte er sie an die Grubenwand und sagte keuchend und abgehackt, während er ihr in die hervorgetretenen, angsterfüllten Augen starrte: »Deine Tochter! Gib mir deine Tochter! Gib sie mir! Gib mir die Hadjer!«

Mergan war dem Tod nahe. Ali Genou sah aus wie der Todesengel Asrail. So jedenfalls kam es Mergan vor. Die Augen aufgerissen, Schaum vor dem Mund. Mergan zitterte am ganzen Körper. Wie eine Taube schlug sie mit den Flügeln. Mund und Kehle waren ihr ausgetrocknet, und ihr war, als rissen ihre Knochen zwischen Ali Genous Fäusten auseinander. Als Ali Genous Griff um ihr Handgelenk sich lockerte, sank Mergan schwer atmend kraftlos zu Boden, lehnte den Hinterkopf an die Grubenwand und schloß die Augen: »Du Schuft!«

Ali Genou, der wieder zu sich gekommen war, machte sich ans Schaufeln und sagte: »Gib mir deine Tochter! Ich möchte, daß sie mir einen Sohn gebärt. Ich möchte, daß der meinen Namen am Leben erhält.«

»Meine Tochter . . . ist noch nicht heiratsfähig, ist noch nicht reif fürs Eheleben.«

»Doch, das ist sie! Tauglich für die Ehe ist sie, und die Reife wird sich schon einstellen!«

»Hadjer ist noch ein Kind. Ihre Knochen sind noch nicht fest. Ihre Brüste sind noch nicht entwickelt.«

»Ihre Knochen werden sich schon festigen, ihre Brüste wachsen. Was kümmert dich das alles? Für mich ist sie gut genug so.«

»Aber . . . aber . . .«

Wütend die Erde hinausschaufelnd, sagte Ali Genou: »Wenn und Aber gibt's hier nicht! Versprich sie mir gleich hier! Ihr alle braucht einen Beschützer. Für deine Söhne finde ich Arbeit. Dich selbst lasse ich zusammen mit deiner Tochter im Umkleideraum des Bades arbeiten. Solange sich deine Tochter noch nicht in der Arbeit auskennt, zeigst du ihr, wie man's macht. Deinen Abrou nehme ich unter meine Fittiche. Der setzt sich in den Heizkeller und geht auch gelegentlich eine Last Brennholz holen. Und den Abbass stell' ich auch irgendwie in Arbeit. Wenn sich keine findet, lass' ich ihn mit den Kamelen meines Vetters ziehen. Zumindest kann er sich sein eignes Brot verdienen. In dein Leben kommt Farbe und Glanz. Glaubst du denn, daß diese Bürschchen, die eben erst den Weg in die Fremde kennengelernt haben und im Jahr für sechs, sieben Monate in andere Gegenden gehen, sich für ein Stück Brot abschinden und den Rest des Jahres neben der Vorratskammer sitzen und essen, besser sind als ich? Nehmen wir mal diesen Morad, den Sohn von Ssanam! Glaubst du, daß Leute wie der eine Frau ernähren können?! Eine Frau braucht einen Mann über sich, nicht ein eitles Hähnchen! Denk darüber nach und bring Hadjer dazu, daß sie ihre Zustimmung gibt. Zu Frühlingsanfang, vierzig Tage nach dem Tod meiner Mutter, gehen wir zur Stadt und kaufen für Hadjer ein. Du selbst mußt auch neu ausstaffiert werden.«

»Und was wird aus Roghiyeh?«

»Die wird keine richtige Frau mehr für mich. Fürs erste richte ich ihr ein Lager in der Vorratskammer her. Später mach' ich ihr ein Loch an der Stallwand zurecht. Und danach bau' ich bei passender Gelegenheit neben dem Backofen ein Zimmer und lass' die Wände weißen. Ich und Hadjer ziehen in das geweißte Zimmer, und Roghiyeh bleibt in dem tiefliegenden Zimmer.«

Die Arbeit war fertig. Ali Genou glättete die Wände des Grabs mit dem Spatenblatt, warf die letzte Ladung Erde hinaus, stemmte sich aus dem Grab und streckte Mergan die Hand hin. Mergan umwickelte ihre Hand mit einem Ende des Tschadors und reichte sie Ali Genou. Ali Genou half seiner Schwiegermutter kameradschaftlich aus der Grube, klopfte ihr die Erde von den Kleidern, warf sich selbst den Umhang über die Schultern, nahm Spaten und Hacke an sich und war bereit zum Fortgehen.

»Läßt du den Spaten nicht hier? Später müssen wir Erde auf die Tote werfen.«

Ali Genou sagte: »Ich bring' ihn wieder mit mir. Sonst siehst du plötzlich, daß irgendein Gauner gekommen ist, ihn auf die Schulter genommen und fortgetragen hat.«

Sie machten sich auf den Weg.

»Kannst du die Leiche waschen?«

Mergan antwortete: »Wieso denn nicht? Aber anschließend muß ich selbst die rituelle Waschung vornehmen.«

»Das macht nichts. Gegen Abend geb' ich dir den Schlüssel, und du gehst ins Badehaus. Und wenn du auf mich hörst, nimmst du auch die Hadjer mit und badest sie mal richtig.«

Mergan sagte nichts, weder ja noch nein. Schweigend, mit gesenktem Kopf, ging sie neben Ali Genou. Dieser fuhr fort: »Auf dem Stück Boden, am Rand der Wüste, das Ssolutsch bebaut hat, bauen wir Wassermelonen an. Dank diesem Schnee, der jetzt gefallen ist, wird jede Pflanze fünfzehn Man Melonen geben. Die Samen beschaffe ich. Der Boden braucht nicht gepflügt zu werden. Die Arbeit tust du mit deinen Söhnen. Man kann da zwei-, dreitausend erstklassige Pflanzen ziehen. Und noch etwas möchte ich als künftiger Verwandter sagen. Wenn ihr euch dieses Jahr nicht um das Stück Land kümmert, geht's euch verloren. Der Schwiegersohn von Agha Malek, Ssalar Abdollah und ein, zwei andere haben vor, alles Land am Rand der Wüste und im Kalghar-Tal registrieren zu lassen. Ich hab' gehört, sie haben alles schon im stillen in der Stadt abgemacht. Wenn ihr das Land nicht bebaut, gehört es euch nicht mehr.«

Mergan hob den Kopf und fragte: »Die Gotteserde wollen sie registrieren lassen?!«

Halb im Scherz, halb im Ernst sagte Ali Genou: »Wär' es Menschenerde, wäre sie schon längst ordnungsgemäß eingetragen! Einen toten Esel haben die gefunden, dem sie die Hufeisen abnehmen wollen.«

»Und was ist mit der jahrelangen Plackerei, die wir auf die Gotteserde verwendet haben?«

»Den Lohn dafür werdet ihr wohl von Gott selbst verlangen müssen, du Unschuldsengel! Alles hängt davon ab, wer mehr Macht hat. Diese Sandböden haben die landlosen Bauern hier und da oberflächlich umgegraben, haben sie ein Jahr bebaut und dann Gott anheimgegeben und so liegenlassen. Wenige sind's gewesen, die beharrlich den Boden bearbeitet haben. Im Frühling haben sie ein paar Samenkörner auf die Erde geworfen und sind in die Fremde gezogen. Die Frau oder die Mutter erntete, wenn sie in der Lage war, sich darum zu kümmern, zehn Man Melonen von diesem Boden; und wenn niemand da war, hat der Wind die Pflanzen weggetragen. Deshalb auch herrscht keine rechte Ordnung. Kühe, ein Pflug und das Herrichten der Beete – das ist's, was dem Boden seinen Wert gibt. Ein unbearbeiteter Boden hat keinen Wert. Weil er nicht eingegrenzt ist. Die Arbeit darauf führt zu nichts. Da bleibt dann nur, wer Macht besitzt, wessen Zunge glatter ist und wessen Hand gern in die Tasche greift. Es wird davon gesprochen, daß sie vom Rand der Ebene bis zur Abendseite der Sandböden auf einer Fläche von 1 mal 3 Farssach Pistazienbäume pflanzen wollen. Dafür haben die schon Pläne gemacht. Es wird auch von einer Wasserpumpe und vom Einebnen der Böden geredet. Das Landwirtschaftsamt gibt für solche Vorhaben beträchtliche Darlehen. Deshalb sag' ich ja, daß ihr irgendwas mit dem Land anstellen müßt. Sogar, wenn ihr könnt, um euer Stück einen Graben ziehen. Soweit ich gehört habe, haben Ssalar Abdollah, sein Vetter Sabih und ein paar andere schon Schritte unternommen. Auch der Dorfvorsteher Nourus hat seine

Hand im Spiel. Jetzt bleiben noch die paar landlosen Bauern, zu denen ihr gehört. Ich glaube nicht, daß der Rest was tun wird. Zu denen gehören einmal die Söhne von Ssanam. Zum zweiten der Ghodrat, der Sohn von diesem Spitzbuben. Und noch so ein paar Mißgeburten wie die da.«

Mergan sagte: »Am ersten Tag des neuen Jahres nehm' ich meine Schaufel und geh' aufs Feld. Registrieren lassen wollen sie's! Hach! Und was ist mit all dem Gestrüpp und Unkraut, das wir ausgerissen haben, und mit dem Boden, den wir glattgemacht haben wie eine Handfläche? Von diesem einen Stück Sandboden muß ich meine Kinder den ganzen Sommer über mit Obst versorgen.«

Ali Genou sagte: »Das ist's ja, was ich sage. Der erste, der sich über diese herrenlosen Böden Gedanken machte, war Ssolutsch. Ich weiß noch, vor sieben, acht Jahren war das. Danach machten sich auch die anderen Gedanken darüber. Ich zum Beispiel baue da erst seit zwei Jahren an.«

Als sie zur Moschee kamen, sahen sie den Molla auf der geborstenen Mauer sitzen. Ali Genou sagte ihm, daß sie mit dem Grab fertig wären. Der Molla stand auf, und zusammen gingen sie in die Moschee. Hadj Ssalem war verstummt; am Kopfende des Sargs war er in Schlaf gesunken. Mosslem war wach; er hatte die Gebetssteine von allen Ecken und Enden der Moschee zusammengetragen und vor sich aufgehäuft und spielte damit. Hadj Ssalems Kopf ruhte auf dem Sarg. Morad war auch da. Wie ein Schatten stand er schweigend an einer Säule. Der Molla trat vor und fragte, ob sie den Sarg aufheben dürften. Morad kam näher heran. Hadj Ssalem bewegte sich, gab sich einen Ruck, stand auf, legte den zerfledderten Koran in die Nische zurück und murmelte etwas vor sich hin, vielleicht dies: »Alle Macht und alle Stärke liegt bei Allah.«

Der Molla blickte Ali Genou an. Ali Genou ging zum Sarg. Hadj Ssalem stieß mit seinem Stock Mosslem am Nakken an und befahl ihm zu helfen. Er selbst faßte unten am Sarg an. Der Sarg wurde in den Moscheehof getragen, und einen Augenblick später ruhte sein Kopfende auf den Schultern von Mergan und Ali Genou, das Fußende auf den Schultern von Mosslem und Morad. Der Molla und Hadj Ssalem gingen hinter dem Sarg her, um unterwegs Gebete zu sprechen.

Kalt und still passierte der Sarg die leeren, verlassenen Gassen und wurde zum Grab getragen. Immer noch drang die Kälte bis ins Mark. Es gab keine Sonne. Der Schnee knirschte unter den Füßen. Im Freien, außerhalb des Dorfes, war die Kälte noch schneidender. Ein kalter Wind wehte. Die Kaftanschöße von Ghodrats Vater, der, auf seinen Spaten gestützt, auf dem Friedhof stand, flatterten im Wind. Ghodrat war auch da. Er hockte am Grabmal des Dorfheiligen. Als er den Sarg erblickte, stand er auf und setzte sich Schulter an Schulter mit seinem Vater in Bewegung. Ghodrats Vater sah aus wie ein abgebrochener Ast. Er war noch nicht beim Sarg angelangt, als er sagte: »Ich bin gekommen, um beim Schaufeln des Grabs zu helfen, Ali Chan.«

»Vergelt's Gott, aber die Arbeit war nicht der Rede wert.«

Ghodrat bückte sich unter den Sarg und nahm Mergans Platz ein. Sein Vater berührte den Sarg mit den Fingern und sprach: »Es gibt keinen Gott außer Allah.«

Oberhalb des Friedhofs lag die Mündung des Ghanats. In der Morgenkälte stiegen angenehme Dämpfe vom Wasser auf. Warm war das Wasser nicht, immerhin aber wärmer als die Luft. Sie stellten den Sarg neben dem Bach auf die Erde. Die Männer blieben in einiger Entfernung stehen. Mergan krempelte Hosenbeine und Ärmel hoch. Ali Genou sperrte mit ein paar Schaufeln Steine und Erde den Bachlauf, damit das Wasser die Tote nicht auf den Acker schwemmte. Die Männer drehten sich um und setzten sich abseits an das Bachufer. Mergan und Ali Genou hoben die Leiche aus dem Sarg und legten sie sorgsam auf die Steinplatten. Mergan sagte zu Ali Genou, er solle ihr den unten im Bach liegenden halbzerbrochenen Tonkrug holen. Ali brachte ihr das untere Stück des Krugs. Mergan machte sich an den Kleidern der

Toten zu schaffen und sagte zu Genou, sie habe für ihn nichts mehr zu tun. Ali Genou ging zu den anderen Männern, setzte sich mit dem Rücken zur Leiche und zu Mergan neben den Molla und steckte sich eine Zigarette an.

»Der Tod ist eine Wahrheit, mein Sohn!«

Um hinter Hadj Ssalem nicht zurückzustehen, sagte der Molla: »Und das Erbe eine göttliche Vorschrift!«

Ali Genou grinste hämisch: »Wie soll ich das alles nur verjubeln?! Kommt, raucht ihr auch! Jeder kann sich eine nehmen. Du auch, Vater von Ghodrat. Was? Du willst auch eine, Ssalem? Komm, dann nimm du auch eine!«

Der Molla sagte zu Mosslem: »Guck nicht nach da drüben hin, mein Bester!«

Und Hadj Ssalem sagte: »Du Esel! Zieh den Kopf ein!«

Dann wandte er sich zum Molla: »Ich hab' da eine theologische Frage, Molla.«

Mergan brauchte nicht unbedingt erst eine Arbeit beigebracht zu werden, damit sie sie ausführen konnte. Es genügte, wenn sie einmal zugesehen hatte. Deshalb gab es keine Arbeit, die sie nicht tun konnte. Niemals hatte sie sich vor Arbeit gescheut, war ihr nicht aus dem Weg gegangen, riß nicht vor ihr aus. Ihre Unerschrockenheit und ihre Abneigung davor, eine lästige Aufgabe von sich abzuwälzen, gaben ihr Seelenstärke und Mut, jede Arbeit anzupacken. Eine Leiche waschen? Bitte sehr, das ist doch weiter nicht schwierig! Sie konnte auch die Nabelschnur eines Neugeborenen durchschneiden. Die Nabelschnur ihres Abrou hatte sie mit den Zähnen durchgetrennt. Eine vorzeitige Geburt, zur Zeit des ersten Hahnenschreis. Ehe Hilfe eintraf, hatte sie selbst die Nabelschnur durchgetrennt und abgebunden. Arbeit – von der Wiege bis zum Grab.

Sie zog Mutter Genou das Totenhemd an und band ihr das Kinn hoch. Jetzt mußte sie wieder in den Sarg gelegt werden. Ali Genou trat hinzu. Sie legten die Leiche in den Sarg. Der Molla erhob sich. Hadj Ssalem nötigte Mosslem zu helfen.

Der Sarg nahm seinen Platz auf den Schultern ein. Der Friedhof. Mutter Genou ins Grab zu legen war wieder Mergans Aufgabe. Doch zuvor mußte das Sterbegebet gesprochen werden. Zu Hadj Ssalems Verdruß stellten sich die Männer hinter dem Molla zum Gebet auf. Ali Genou konnte das Gebet nicht. Auch Morad konnte es nicht. Die meisten bewegten nur die Lippen, auch Ali Genou. Er war zu müde und träge, um über seine Unkenntnis Bedauern zu empfinden. Noch bevor das Gebet zu Ende war, trat er zur Seite, und als es beendet war, ging er zum Sarg hin. Auch Mergan kam herbei. Mutter Genou war nicht schwer – leicht wie ein Strohhalm. Mit zwei Griffen hoben sie sie aus dem Sarg und legten sie ins Grab. Mergan kletterte aus dem Grab. Ali Genou griff zum Spaten. Ghodrats Vater machte sich auch an die Arbeit. Mergan, Morad und Ghodrat arbeiteten mit den bloßen Händen. Das Grab mußte gefüllt und aufgehäuft werden. Der Molla und Hadj Ssalem gingen auf die Seite. Mosslem stand immer noch am Grab und blickte mit erstaunt aufgerissenen Augen auf den Menschen, der da unter der Erde verschwand. Das Grab war zugeschüttet, noch bevor Schweiß auf die Stirnen trat. Es gab kein Wasser in nächster Nähe. Mergan nahm Ali Genou den Spaten ab, füllte ihn ein paarmal mit Schnee, warf diesen aufs Grab und klopfte ihn mit der Rückseite des Spatens fest. Die Arbeit war getan. Ali Genou atmete auf. Eine schwere Last war ihm von den Schultern genommen. Ein Augenblick der Ruhe. Er füllte seine Lungen mit der reinen Morgenluft, warf sich den Umhang über die Schultern, nahm den Spaten und ging mit den anderen zusammen fort.

»Ein langes Leben wünsch' ich dir, Ali Chan!«

Ali Genou wußte nicht, was er dem Molla antworten sollte. Er sagte: »Möge auch dir Gott ein langes Leben schenken!«

Hadj Ssalem sagte: »Gebe Gott allen Geduld und Kraft!«

Ali Genou nickte und sah verstohlen Mergan an. Mergan kam hinter den Männern her und hielt den Kopf gesenkt. Genou blieb zurück und fragte Mergan leise: »Die wollen wohl was dafür haben?«

Mergan sagte: »Dem Molla und Hadj Ssalem mußt du schon etwas geben. Vielleicht auch dem Vater von Ghodrat . . .«

»Wieviel soll ich jedem geben?«

»Das mußt du nun selbst wissen!«

Ali Genou, die Hand in der Westentasche, holte den Molla ein. Mergan sah, wie er ihm einen Geldschein in die Hand drückte und sich dann Hadj Ssalem näherte. Hadj Ssalem nahm das Geld in Empfang und fing an, Ali Genou für seine und Mosslems Besuche im Badehaus günstig zu stimmen: »Gesegnet sei die Verstorbene! Eine tugendhafte, fromme Dame war sie. Möge Gott Licht auf ihr Grab regnen lassen! In ihrer Großmut hatte sie nicht ihresgleichen. Unzählige Male war ich Zeuge, wie sie ihr Brot mit anderen teilte. Möge sie am Auferstehungstage mit der heiligen Fatima vereint werden – so Allah will!«

»So Allah will, so Allah will!«

»Dem Auge des Allerhöchsten entgeht keine gute Tat, Ali Chan. Dies Tierchen, meinen Mosslem, mal zu baden wär' eine äußerst verdienstvolle Handlung vor Gott, lieber Bruder. Er wird für dich beten. Und ich werd' ihm sagen, er soll auch für deine verewigte Mutter beten. Das Gebet des Unschuldigen findet Erhörung. Und mein Tierchen ist frei von Sünde, lieber Ali.«

Ali Genou sagte: »Schön, Hadj Agha. Einverstanden. Morgen früh. Morgen früh kommt beide ins Badehaus!«

Sie waren jetzt im Dorf. Der Molla sagte zu Ali Genou: »Wenn du eine Trauerfeier abhalten möchtest . . .«

Ali Genou hörte nicht hin. Hadj Ssalem stellte sich auf die Erhöhung am Rand der Gasse und sagte, während er zum Abschied seinen Stock schwenkte: »Bis morgen, lieber Ali! Bleib immer jung! Dein Leben sei lang, dein Glück beständig!«

Den Stock schwingend, entfernte er sich. Mosslem ging hinter ihm her. Der Molla bog in eine andere Richtung ab. Morad verabschiedete sich, und der Vater von Ghodrat blickte Ali Genou an. Der sagte: »Komm zum Frühstück zu mir. Und bring auch den Ghodrat mit!«

»Gott befohlen!«

Sie gingen. Ali Genou machte sich zusammen mit Mergan auf den Weg: »Der glaubt, ich hab' zu viel Geld! Eine Trauerfeier!! Mein täglich Brot soll ich diesem und jenem zustekken – zu welchem Zweck eigentlich? Damit sie für die Verstorbene beten? Von mir aus sollen sie's nicht tun! Was für Sünden hat sie schon begangen, die unglückliche Alte, daß für sie gebetet werden müßte?!« Mergan hatte nichts zu entgegnen. Sie fand, Ali Genous Angelegenheiten gingen sie nichts an. Obwohl Ali Genous Ton familiär geworden war, sah sie ihn – noch – nicht als Verwandten an.

»Dies Weibsbild muß ich auch noch zur Stadt bringen und ins Krankenhaus einliefern. Ihr Gewimmer hat mich ganz fertig gemacht. Am Ende find' ich jemanden, der mir ein Empfehlungsschreiben fürs Krankenhaus gibt. Und mein nichtsnutziger Esel mußte ausgerechnet jetzt krank werden!«

Sie kamen in die Gasse. Mergan wollte nach Hause gehen, aber Ali Genou verlegte ihr den Weg und bestand darauf, sie mit zu sich zu nehmen: »Wenn auch nichts da ist, ein Bissen Brot wird sich schon auftreiben lassen. Mein und dein gibt's nun nicht mehr zwischen uns. Komm, gehen wir, dann kannst du auch Roghiyeh fragen, wie's ihr geht.«

Roghiyeh lag unter der Bettdecke. Ihre Lider waren geschlossen, sie ächzte im Schlaf. Wahrscheinlich war sie früh am Morgen eingeschlafen. Mergan setzte sich an die Tür, Ali Genou brachte etwas Brot und legte es auf den Saum ihres Tschadors: »Iß was. Oder wenn du willst, geh und iß es zusammen mit deinen Kindern. Ich bring' heute auf jeden Fall Roghiyeh zur Stadt, ins Krankenhaus.«

Roghiyeh öffnete die Lider und bewegte die trockenen, verkrusteten Lippen: »Nein . . . nein . . . ich geh' nicht. Ich geh' nicht . . . dahin . . . ich sterbe. Ich sterbe!«

Ali Genou brüllte: »Du Scheusal! Ein Kranker gehört ins Krankenhaus. Was soll das heißen, du stirbst?!«

»Nein! Nein! Hier, laß mich hier unter meinem eigenen Dach sterben!«

Ohne die Worte seiner Frau zu beachten, stopfte Ali Genou die Taschen seiner Weste und seines Umhangs mit trockenem Brot voll, steckte ein paar Brocken in den Mund, trat aus dem Haus und ging geradewegs zu seinem Esel. Der Esel zitterte immer noch, Wasser lief ihm aus der Nase. Genou strich mit der Hand über sein stumpfes, dungverschmiertes Fell, kratzte mit dem Fingernagel den trockenen Mist von den glanzlos gewordenen Haaren an Lenden und Bauch, legte ihm den Packsattel auf den Rücken und schnallte den Sattelgurt fest. Plötzlich fiel ihm ein, daß er den Sarg hätte mitnehmen und in der Ecke des Moscheehofs auf seinen üblichen Platz stellen müssen. Aber jetzt war es zu spät dazu. Er mußte sich auf seine augenblickliche Arbeit konzentrieren. Sein Blick fiel auf die Stalltür. Er hob sie aus den Angeln und legte sie neben die Mauer. Er schluckte seinen Bissen hinunter, steckte sich noch ein Stück Brot in den Mund und ging ins Zimmer. Die alte Matratze seiner Mutter trug er nach draußen, breitete sie über die Stalltür und trat zu seiner Frau: »Wenn du irgendwelche alten Lappen hast, wickle sie dir um!«

Roghiyeh sagte nichts. Mit Mergans Hilfe zog Ali Genou seine Frau an, wickelte ihr die Bettdecke um und sagte zu Mergan, sie solle sie an den Schultern fassen. Roghiyeh war nicht schwer. Wie ein Strohhalm! Sie trugen sie hinaus und legten sie auf die Tür. Ihr Stöhnen beachtete Ali Genou nicht. Er holte einen Strick aus der Vorratskammer, führte den Esel hinaus in die Gasse, warf ihm die Satteltaschen über und ging zurück zu Roghiyeh. Mit dem Strick band er sie auf der Tür fest, trug sie dann zusammen mit Mergan hinaus und lud sie auf den Esel. Jetzt mußte er Roghiyeh und die Tür auf dem Esel festbinden, was er auch tat. Mergan brachte seinen Umhang. Ali Genou lief ins Haus zurück, kam gleich wieder heraus, vertraute Mergan den Hausschlüssel an, steckte seinen Geldbeutel in die Brusttasche, nahm Mergan seinen Umhang ab und sagte zu ihr: »Sag dem Abrou, er soll auf den Heizkessel aufpassen. Und hab du ein Auge auf Abrou! Wenn ich über Nacht in der Stadt bleiben muß, heiz du selbst den Kessel an und sorg dafür, daß Abrou bei ihm sitzen bleibt. Gegen Abend bring dann die Hadjer her, und nehmt zusammen ein Bad. Sag Abrou, wenn morgen der Hadj Ssalem und sein Sohn zum Baden kommen, soll er nicht auf Bezahlung drängen. Weitere Aufträge hab' ich nicht für dich. Wenn ich bis heute abend nicht zurückgekommen bin, komm mit Hadjer her, und schlaft hier im Haus. Hast du dir das Brot eingesteckt?«

»Das hab' ich.«

»Schön, dann Gott befohlen! Ich bring' sie nun fort und bring' sie irgendwie unter.«

Ali Genou trieb den Esel an, Mergan ging nach Hause.

Im Hof saß Abbass am Rand der Grube und wusch in einer Tonschüssel die Münzen. Die Schüssel war voll Wasser, die Münzen lagen unten auf dem Boden, und Abbass rieb sie zwischen den Händen. Mergan ging am Sohn vorbei ins Zimmer. Hadjer lag an der Feuerstelle und schlief. Das Feuer war zu Asche geworden. Mergan setzte sich neben die Feuerstelle und legte die Brotstücke auf den Boden. Gekrümmt, immer noch von Schmerzen geplagt, kam Abbass herein. Er zählte seine Handvoll Münzen. Augenscheinlich zählte er sie zum soundsovielten Mal. Bei der Feuerstelle angelangt, knickten ihm die Knie ein, er sank nieder, nahm ein Stück Brot, biß hinein und sagte: »Ich glaub', zwei Fünf-Gran-Stücke stecken mir noch in den Därmen!«

3. Teil

1

Den Vorratssack des Vaters hatte Abbass genommen, den Tschador der Mutter Hadjer und Abrou einen aus Flicken zusammengesetzten Beutel.

Die beiden Brüder gingen Seite an Seite, die Schwester hinter ihnen. Sie waren unterwegs in die Ebene. Es war die Zeit der grünenden Felder, des Frühlingsanfangs. Die Sonne war nicht mehr kalt, man konnte ihr schon Vertrauen schenken. Der Boden biß nicht mehr in die nackten Sohlen. Die Mienen waren nicht mehr verdrossen, oder zumindest nicht mehr so verdrossen wie zuvor. Der Himmel war grenzenlos, war nicht mehr so eng und niedrig. Die Tage waren offener. Ebene und Wüste schienen ausgedehnter. Und all dies spiegelte sich in den Herzen von Ssolutschs Kindern wider. Die Herzen waren heller. Widerschein des klaren Frühlings. Die Füße traten nicht furchtlos, aber furchtloser auf. Die Köpfe waren sorgenfrei. Frühling und Jugend! Der trunkene Frühlingswind in den jugendlichen Köpfen. Die Augen waren nicht mehr zusammengekniffen und abwartend, waren offener, heller, glänzender.

Ssolutschs Kinder behandelten einander – zumindest für kurze Zeit – nicht mit Zorn und Spott und spitzen Reden. Wenn sie auch nicht freundlich miteinander umgingen, wenn sie das nicht fertigbrachten, so waren sie doch nicht feindselig. Sie gingen nicht ungern zu ihrer Arbeit. Nicht nur Notwendigkeit, auch Freude beflügelte ihre Schritte. Ihre Herzen waren von etwas Neuem mit Freude erfüllt: Die dunkle Jahreszeit lag hinter ihnen. Frohsinn und gute Laune drückten sich in ihrem ganzen Verhalten aus. Der eingestürzte Wall des Winters wurde unter den Schritten zu Staub.

»Wohin gehen wir?«

»Zum Kräutersammeln!« antwortete Abbass auf Hadjers Frage.

Abrou fragte die Schwester: »Kannst du Kräuter kochen?«

»Warum sollte ich das nicht können?«

Hadjers Antwort nicht beachtend, machte Abrou sich an die Verfolgung einer kleinen, schön gezeichneten Eidechse. Im Zickzack hinter ihr herlaufend, hütete er sich davor, sie totzutreten. Er mochte ihr auch nicht die Sichel in den Nakken bohren, wollte sie lebend fangen. Wenn die Kinder der Semindjer Gegend das Nichtstun überhatten, verfolgten sie eine Eidechse, fingen sie und gaben ihr Nass ein, ein Rauschmittel, aus Kalk und Tabak gemischt: Sie faßten mit zwei Fingern ihren Hinterkopf und preßten ihn, ihr Maul öffnete sich, sie legten ihr eine Prise Nass auf die Zunge und ließen sie laufen. Die Eidechse huschte ein paar Schritte davon, erschlaffte und blieb liegen. Sie wurde konfus und drehte sich um sich selbst. Schließlich rollte sie sich auf den Rücken, ihr Bauch blähte auf. In diesem Moment schlug das hartherzigste Kind mit dem spitzesten Stein, den es finden konnte, der Eidechse auf den Bauch. Der Bauch platzte auf, alles, was darin war, floß aus, und damit endete, begleitet von etlichem Auf-den-Boden-Spucken, dieser Zeitvertreib.

Abrou ließ die Eidechse in Frieden.

»Soll die auch ihrem Tagewerk nachgehen! Was hast du mit ihr zu schaffen? Sie hat doch niemand was zuleide getan.«

Abbass' Ton war freundlich, brüderlich: »Wollen wir um die Wette Steine werfen?«

Er hatte sich schon gebückt und von der feuchten Erde einen handlichen Stein aufgehoben. Auch Abrou bückte sich und hob einen Stein auf: »Bis wohin?«

»Bis da, an den Bach. Und von hier aus.«

»Worum geht's?«

Abbass zögerte: »Um . . . zwei Ssier Datteln!«

»Wehe dem, der verliert und nicht zahlt!«

»Wehe dem, der verliert und nicht zahlt!«

»Wer zuerst?«

»Zuerst . . . zuerst du.«

Abrou sagte zu Hadjer, sie solle sich an den Bach stellen und aufpassen, wo die Steine hinfielen. Hadjer rannte los.

»Da, wo die Steine hinfallen, steck einen Zweig in die Erde!«

Hadjer blieb am Bach stehen: »Werft!«

Abrou sagte: »Wenn du willst, wirf du zuerst. Von hier aus.«

»Nein, zuerst du.«

Abrou nahm einen Anlauf und holte aus. Verlagerte sein Gewicht aufs linke Bein, drehte den Stein in der rechten Hand und warf. Hadjer sah den Stein auf der Uferböschung landen; sie steckte daneben einen Zweig in die Erde. Die Reihe war an Abbass. Der handliche Stein flog von seinen Fingerspitzen sirrend über Hadjers Kopf hinweg und fiel auf der anderen Seite des Bachs zu Boden. Abrou blickte den Bruder an. Abbass zeigte lachend seine starken Zähne. Sie gingen zur Schwester hin. Hadjer suchte am Bach nach eßbaren Kräutern. Da war etwas! Sie kniete sich hin und zog die Pflanze aus der feuchten Erde. An der Wurzel klebt Erde. So ist das immer. Und auf den Blättern liegt eine Staubschicht.

Hadjer faßte die Wurzel mit ihren mageren Fingern und schüttelte den Staub von den Blättern, indem sie sie auf die Handfläche schlug. Der Staub war nun abgeschüttelt, die Pflanze sauber. Hadjer wollte das Kraut in den Mund stekken, doch Abrou grapschte es ihr – wie ein Zicklein – aus der Hand, steckte es in den Mund, schloß, ein Lachen in den Augen, seine trichterförmigen Lippen und blies die Backen auf. Abrous Augen und Wangen lachten. Hadjer lief hinter ihm her. Abrou rannte. Lachend rannte er, trat in ein Mauseloch, stolperte und fiel hin. Nicht wuterfüllt, aber etwas gekränkt, gab Hadjer ihm ein paar Klapse auf die Schulter. Laut lachend setzte Abrou sich auf die Fersen und fing an zu husten. Halbgekaute Stückchen Blätter waren ihm wohl am Gaumen klebengeblieben. Husten, Husten. Die blutunterlaufenen Augen füllten sich mit Wasser. Faustschläge auf die Schulterblätter. Hadjer setzte sich und klopfte dem Bruder auf die Schulterblätter. Das hatte sie von Mergan gelernt. Der Husten hörte auf. Auf die Ellbogen gestützt, lehnte Abrou sich zurück. Das Lachen war aus seinen Augen verschwunden. Hadjer brachte es nicht fertig, auf Rache zu verzichten. Sie sagte: »Unrein ist's, unrein! Unreiner noch als Hundefleisch!«

Abbass rief erfreut: »Kinder! Kinder! Wieder was Eßbares. Ein ganzer Haufen!«

Hadjer stellte sich neben Abbass. Abrou rappelte sich vom Boden auf und kam angerannt. Am Bach, in einer kleinen Mulde, hatte Abbass eine gute Stelle entdeckt. Alle drei setzten sich, Abbass mit seiner Sichel, Abrou mit dem Wurzelstecher, Hadjer mit dem abgebrochenen Stiel eines Löffelchens. Sie schnitten das Kraut – jedes Blatt wie die durchlöcherte Leber einer Ziege – ab und warfen die Pflanzen aufeinander. Überflüssig zu sagen, daß bei der Arbeit ihre Münder kauten. Lippen und Zähne färbten sich von dem Kraut. Abbass' Vorratssack füllte sich zur Hälfte. Abbass sagte: »Jetzt müssen wir andere Kräuter suchen. Dies hier ist nichts fürs Abendessen. Laßt uns jeder in eine andere Richtung gehen.«

»Gehn wir!«

Sack, Beutel und Bündel legten sie am Bach hin, und jeder steuerte in eine andere Richtung.

Ein zarter Hauch von Grün lag über der Ebene. Junges Grün hatte hier und da den mit blühenden Sträuchern bestandenen Boden überzogen. Die Farben des Bodens und des Grüns gingen ineinander über. Braun und grün, dattelbraun und grasgrün. Überall der Duft der regengetränkten Erde. Fußstapfen in der weichen Erde. Die Erde wie gärender Teig. Mit scharfem Kennerblick erspähten sie eßbare Kräuter, bargen sie in den Kleiderschößen, mit gelegentlichen verstohlenen Blicken zu den anderen hin. Eifrigeres Suchen. Heimlicher Wettstreit. Der liegt in der Natur der Arbeit und tritt manchmal nackt zutage. Wie oft hat das zu Haß geführt! Diesmal jedoch nicht; ein verhüllter Wettstreit war es. Jedes der Geschwister wollte einen größeren Anteil als das andere haben. Einen Armvoll Kräuter, einen stolz gereckten Hals. Nicht weniger als der andere, jeder von ihnen.

Als sie umkehrten, merkten sie, daß sie sich weit voneinander entfernt hatten.

Neben ihrem Beutel, Bündel und Sack saß ein Mann auf der Uferböschung und spielte mit einer ausgerissenen Pflanze. Näher und näher herankommend, erkannten sie ihn: es war der Vater von Ssalar Abdollah, Karbalai Mohammad Doschanbeh. Ein kleiner, gedrungener, alter Mann. Wie er da am Bach saß, ähnelte er einem großen Erdbrocken. Wenn auch klein von Wuchs, hatte er doch einen festen, starken Knochenbau. Ein rundes Gesicht, eine gewölbte Stirn, ein voller weißer Bart; Augen, in denen die Gelüste der Jugend noch nicht erstorben waren. Winters wie sommers wand er um sein altes Käppchen einen Wollschal, der in den Tagen, als er gestrickt wurde, weiß gewesen war. So weit die Leute von Semindj zurückdenken konnten, hatte Karbalai Doschanbeh immer diesen Schal und dies Käppchen getragen, bei Trauerfeiern und bei Hochzeiten, bei Schnee und bei Sonnenschein. Der Schal war an den Rändern ausgefranst, der Schmutz vieler Jahre war in das Gewebe eingezogen und fest geworden und hatte ihm eine schlammgraue Farbe verliehen. Die Wangen des Alten waren von roten Äderchen durchzogen. Auf der knolligen, glatten Nase, die einer Murmel glich, sproß flaumiges Haar. Die Falten unterhalb der Kehle und um seinen Nacken herum erinnerten an Erde, die in der Sonne rissig geworden ist. Ein Gewirr von Falten und Runzeln auf lederner Haut. Weiße, krause Brusthaare quollen aus dem offenen Hemd, dessen schmieriges Stehbündchen aussah, als wäre es mit einem schmalen schwarzen Riemen eingefaßt. Dennoch waren Karbalai Doschanbehs Hände und Gesicht immer sauber gewaschen, und niemals versäumte er sein Gebet.

Beim Näherkommen von Mergans Kindern hob Karbalai Doschanbeh kleine Erdklumpen auf und zerbröckelte sie mit seinen kurzen, dicken Fingern. Als die Kinder bei ihm anlangten, hielt er den Kopf noch gesenkt. Meistens hielt Karbalai Doschanbeh den Kopf gesenkt. Er pflegte wenig und langsam zu sprechen, prahlte aber gern. Sein Vorratssack und seine Sichel lagen neben ihm; der um den Hals seines Lamms geschlungene Strick war an seinem Handgelenk festgeknotet, das Lamm selber graste nahe beim Bach. Mergans Kinder grüßten eins nach dem anderen und begannen, ihre Kräuter auf den Boden zu legen. Karbalai Doschanbeh blickte sie an und sagte als Antwort auf ihren Gruß: »Ihr sammelt wohl Kräuter, was?«

»Ja, so ist's, Karbalai!«

Abbass und Abrou setzten sich neben Karbalai Doschanbeh auf die Böschung, und Hadjer verzog sich in einen Einschnitt des Bachbettes. Karbalai Doschanbeh fragte nach Mergans Ergehen. Abbass sagte: »Och, es geht so . . .«

Mitleidig sagte Karbalai Doschanbeh: »Eine vom Schicksal geschlagene Frau! Sieh mal einer an, wie verlassen und schutzlos sie zurückgeblieben ist! Was hörst du von deinem schlappschwänzigen Vater?«

Abrou senkte den Kopf und beschäftigte sich damit, in der Erde zu stochern. Abbass sagte, sie hätten noch keine Nachricht. Karbalai Doschanbeh erwiderte: »Den könnt ihr abschreiben! Auch wenn deine Mutter unter den Leuten das Gerücht verbreitet, daß Ssolutsch ihr Geld schickt – wir sind doch nicht auf den Kopf gefallen! Wenn der von sich hören läßt, werden wir das schon erfahren. Nein! Mergan benimmt sich wie ein Rebhuhn, steckt den Kopf in den Schnee und glaubt, die anderen sehen sie nicht. Sie lügt! Das heißt, sie will den Schein wahren. Und euer Onkel? Moula Eman? Was hört ihr von dem?«

»Auch von ihm haben wir seit langem keine Nachricht.«

»Früher, wenn er in diese Gegend kam, schaute er immer bei mir rein. Jetzt läßt er sich kaum mal blicken. Vielleicht, weil wir noch eine alte Rechnung zu begleichen haben, meidet er unsre Gegend, macht sich rar. Der war doch Kameltreiber bei mir. Ihr erinnert euch nicht daran. Im Vertrauen darauf hab' ich ihm Geld geliehen. Damals, als er verliebt war, konnte man sich auf ihn verlassen. Aber jetzt ... Mir scheint, er will den Kopf aus der Schlinge ziehen. Aber eines Tages wird er schließlich doch auftauchen. Bis zum Ende der Zeiten kann er sich ja nicht unsichtbar machen. Auf seinen eigenen Füßen muß er herkommen und das Geld zurückzahlen. Solltest du ihn irgendwann sehen, richte ihm meine Botschaft aus; sag ihm, daß Karbalai Doschanbeh gesagt hat: Ich hab' dir kein gestohlenes Geld gegeben, daß ich es jetzt nicht wagte, es einzufordern. Es ist an der Zeit, daß du kommst und deine Schuld begleichst! – Aber Mergan ... Mergan ist anders als der. Schade um Mergan! Die sitzt in der Patsche, die Arme! Diesem hündischen Ssolutsch ist sie ins Netz gegangen und sitzt nun in der Patsche. Nichts hat sie von ihrer Jugend gehabt. Und am Ende dies! Richte ihr von mir aus: Wenn sie mal Geld oder so braucht, soll sie's mich wissen lassen. Von Mergan nehm' ich kein Pfand. Hohe Zinsen verlang' ich auch nicht. Selbstverständlich ... ich komm' selbst mal bei euch vorbei!«

Karbalai stand vom Boden auf. Das drückende Schweigen von Mergans Kindern ertrug er nicht, mochte nicht länger bleiben. Er konnte sehen, daß Mergans Kindern der Morgen jenes Tages vor Augen stand, als Ssalar Abdollah, sein Sohn, zum Einziehen der Pfänder zu ihnen gekommen war. Ebenso stand ihnen vor Augen, wie Ssalar Abdollah Abbass und Abrou aus dem Baumwollfeld verjagt hatte. Auch die in den Gesichtern der Kinder sich abzeichnende Wirkung seiner Worte über seine Bereitschaft, Mergan zu helfen, hatte ihn unsicher gemacht. Die Erwartung, die er daran knüpfte, die Hoffnung, fand er in ihren Blicken nicht widergespiegelt. Karbalai Doschanbeh klopfte sich den Staub vom Hosenboden, zog sein wohlgenährtes Lamm am Strick heran, warf sich den Sack über die Schulter, ergriff die Sichel und sagte:

»Mit einem Wort, an mir soll's nicht liegen. Ich komm' mal zu euch!«

Schweigend sahen Mergans Kinder Karbalai Doschanbeh nach. Er ging schwerfällig und langsam, mit gespreizten Beinen. Alle Einwohner von Semindj wußten, daß er an Hodenentzündung litt.

Abbass stand auf und steckte die Kräuter in seinen Sack, genug für zwei Mahlzeiten: »Wie wär's, wenn wir zur Gotteserde gingen?«

Abrou sagte: »Sollen wir etwa die ganzen Kräuter bis dahin auf den Schultern schleppen und wieder zurückbringen?«

»Dann sag, was wir damit tun sollen! Hier können wir sie nicht lassen.«

Abrou sah Hadjer an: »Trägst du sie heim?«

»Warum soll sie nicht? Was hat sie auf der Gotteserde zu suchen?«

»Sei ein gutes Mädchen und trag sie nach Hause! Nimm du die Kräuter, und wir gehen zur Gotteserde und messen mal, wie feucht der Boden ist. Wenn er zur Aussaat taugt, säen wir schnellreifende Sorten.«

»Wenn wir säen wollen, nehmen wir dich auch mit, und du kannst Wassermelonensamen in die Furchen streuen. Geh jetzt und bring Mama die Kräuter zum Kochen. Wir kommen bei Sonnenuntergang zurück.«

Sie stopften die Kräuter in Hadjers Bündel. Abrou preßte sie mit dem Knie zusammen und verknotete mit Abbass' Hilfe die Zipfel. Dann luden sie das Bündel Hadjer auf den Kopf. Hadjer schwankte, hielt sich aber auf den Beinen und ging mit gleichmäßigen Schritten fort. Als sie die auf Hadjers Kopf nach Hause wandernde Last los waren, hoben Abbass und Abrou Sack und Beutel auf, warfen sie sich über die Schultern, nahmen Sichel und Wurzelstecher an sich und machten sich auf den Weg zur Gotteserde.

Die Gotteserde, am Rande der Wüste. Ein abschüssiger, sandiger Boden. Glatt und weich wie der Bauch einer Stute, brachliegend, dem Wind ausgesetzt. Herrenlos und verlassen. Vielleicht deshalb nannte man ihn die Gotteserde. Ssolutschs Stück Boden, Seite an Seite mit den Böden von Ssanams Söhnen, dem Vater von Ghodrat und der Mutter von Ali Genou, lag unmittelbar neben dem Weg. Die linke Seite der Gotteserde dehnte sich bis zur Wüste, die rechte wurde vom Bach gesäumt, und ihr oberes Ende stieß ans Kalghar-Tal. Das untere Ende bestand, so weit das Auge reichte, aus Boden, Boden: Boden der Gotteserde. Aber von einem solch endlosen Boden etwas zu ernten war nicht Sache eines trägen Menschen. Das verlangte Ameisenfleiß. Bisher hatte dieser Boden nur Wassermelonen hervorgebracht. Neuerdings ging das Gerede, daß Pistazien angebaut werden sollten. Und das, obwohl die Einwohner von Semindj keine Ahnung vom Pistazienanbau und vom Umgang mit Pistazienbäumen hatten. Aber von Wassermelonen, das ja. Bis die Melonenpflanze auf der Gotteserde Früchte ansetzt, verschwindet sie viele Male unter dem Sand, den der Wind heranträgt, und man muß sie mit Engelsgeduld Blatt für Blatt darunter hervorholen. Und nur wenige Menschen hatten Lust zu einer solchen Arbeit. Die meisten warfen zu Beginn des ersten Frühlingsmonats einfach den Samen in die Furchen und gingen ihres Weges. Die Pflanzen wurden ihrem Schicksal überlassen, überlebten oder gingen ein. Die meisten gingen ein. Der Wind tötete sie. Die Pflanzen wurden unter Sand begraben oder vertrockneten. Mit Ausnahme von einer unter hundert. Glückssache! Wenn zur Erntezeit die Menschen aufs Feld kamen, hatten vielleicht einige Pflanzen sich aus den Krallen des Windes gerettet und trugen Früchte, gerade genug, um sich den trockenen Mund anzufeuchten. Reif oder unreif – sie pflückten die Früchte und gingen wieder. Als wären sie ihnen in den Schoß gefallen. Einer unter denen, die von Pflanze zu Pflanze gingen, fürsorglich, die Schaufel in der Hand, war Ssolutsch. Ssolutsch war regelmäßig und unermüdlich zwischen Semindj und der Gotteserde unterwegs, um die Pflanzen so weit zu bringen, daß sie Früchte hervorbrachten. Nachdem sie gesät und etwas gewachsen waren, pikierte Ssolutsch sie, danach häufelte er Erde hinter ihnen auf zum Schutz gegen den Wind. Die Pflanzen auf der Gotteserde brauchten nichts als dies: einen Erdwall als Windschutz. Außerdem aber mußten Windschirme hergestellt werden; Windschirme aus Erde und Reisig, wie Körbe. Im übrigen brauchten auf diesem Boden weder die Schollen umgebrochen noch die kleinen und großen Erdspalten aufgefüllt zu werden, damit die Sonne die Bodenfeuchtigkeit nicht aufsog. Einfassungen um die Beete und Bewässern waren auch nicht nötig. Aber Beschäftigung gab es genug. Ständig muß man die Pflanzen umsorgen, und wenn es gar nichts anderes zu tun gibt, das Unkraut mit der Spatenspitze ausjäten. Er und Mergan hüteten jede einzelne Pflanze wie ein kleines Kind, zogen sie groß und sorgten dafür, daß sie Früchte ansetzten. Voll Freude sahen sie sich dann den Ertrag jeder Pflanze an.

Bis zur Wüste war es nicht weit. Einige Pfeilschüsse. Dann also Bockspringen. Ein Spiel, das dem Körper Schnelligkeit verleiht. Der eine beugt sich vor, der andere springt über seinen Rücken und beugt sich nach vier, fünf Schritten vor, damit der andere über ihn springt. Freude macht das, und wenn die jungen Beine nicht müde werden, kann man mit Geschick, mit Listen und Kniffen den Mitspieler unter Scherzen und Lachen vorantreiben.

Verstohlen ließ sich Abbass aus der Beuge nach unten sakken, drückte sich mit dem Bauch wie ein Frosch flach auf den Boden, und Abrou, der in großen Sprüngen herankam, konnte seinen Lauf nicht bremsen und fiel hin. Er rollte, krümmte sich zusammen, ein bitteres Lachen unter der Haut, einen gekränkten Blick in den Augen. Abbass bog sich vor Lachen und hielt sich den Bauch. Abrou schüttelte den Staub von sich ab und ging weiter. Abbass holte ihn ein und sagte, jetzt ohne zu lachen: »Bist du mir böse?«

»Nein. Aber du bist ein geborener Schuft.«

Abbass überging das mit einem Lachen und sagte: »Ali Genou hat Arbeit für mich gefunden. Kamelhüten. Bei seinem Vetter.«

»Ali Genou?! Seit einiger Zeit lungert der reichlich viel bei uns herum. Tut so geheimnisvoll! Seit Papa fortgegangen ist . . . Übrigens, glaubst du, daß Papa nicht zurückkommt?«

»Zum Teufel mit ihm! Entweder kommt er zurück, oder er kommt nicht zurück. Welchen Gewinn haben wir von seiner Anwesenheit gehabt, daß seine Abwesenheit uns schaden sollte!«

»Wie dem auch sei – er war schließlich da!«

»Und wenn schon! Solange er da war, gab's trocken Brot und Prügel. Jetzt, wo er nicht da ist, haben wir nur trocken Brot. Was hat er uns denn schon Gutes getan?«

»Er war schließlich der Vater. Allein schon sein Dasein war gut für uns.«

»Viele gibt es, die ohne Vater sind. Wir sind nicht die ersten. Aus dem Gröbsten sind wir heraus. Wie's auch kommt, unser Brot können wir uns selbst verdienen. Verhungern werden wir schon nicht.«

»Es geht ja nicht nur um Brot und Hunger. Daß man wie ein Waisenkind angesehen wird, ist schlimm genug. Hast du nicht gemerkt, wie giftig die Worte dieses elenden Wucherers waren?«

»Auch wenn Papa noch hier wäre, würden die Reden solcher Leute voller Gift sein!«

»Jedenfalls hab' ich manchmal Sehnsucht nach ihm.«

»Ich lass' so was erst gar nicht in mir aufkommen.«

»Immer hat er mich zur Gotteserde mitgenommen.«

»Und mich nahm er zum Brunnenbauen mit.«

»Wenn der Frühling kam, zog er Furchen, und ich streute den Samen rein.«

»Ich stand oben an der Winde, und er stieg hinunter in den Brunnen. Er schaufelte die ausgehobene Erde in den Eimer, und ich zog ihn rauf.«

»In der letzten Zeit machte ich für ihn den Ton für den Backofen zurecht. Oft sagte er zu mir: Deine Hände sind wie geschaffen zum Ofensetzen.«

Ärgerlich sagte Abbass: »Na schön! Das braucht nicht wieder aufgewärmt zu werden. Soll er sich doch über alle Berge machen!«

Die Gotteserde. Hier und da Schatten der Sandhügel auf noch übriggebliebenen Schneeflecken. Abbass sprang über den Bach, die Unterhaltung brach ab. Sie standen jetzt auf ihrem eigenen Grund und Boden. Beutel und Sack legten sie am Bach nieder, und Abrou nahm die Sichel in die Hand. Abbass zeigte auf einen Fleck, zusammen gingen sie hinüber. Beide hockten sie sich hin, den Boden aufzugraben. Genug Feuchtigkeit war in die Erde gesickert. Die obere Schicht bestand aus Lehm, der an der Hand kleben blieb. Die Schicht darunter war gerade feucht genug. Und die noch tiefer liegende Schicht war von Feuchtigkeit dunkel gefärbt. Abbass krempelte das rechte Hosenbein bis zum Oberschenkel hoch und trat mit dem Fuß in das Loch, das sie gegraben hatten. Bis oberhalb des Knies verschwand sein Bein darin. Die Feuchtigkeit reichte aus. In einem solchen Boden hält sie sich lange. Die Wurzeln der Melonenpflanzen breiten sich vorwiegend nach den Seiten aus. Was nun?

Abrou sagte: »Sollen wir noch ein Loch graben?«

»Ach, was bist du doch für ein Kindskopf! Ein solcher Boden hat schließlich nicht verschiedene Lehmsorten. Das ist nicht wie beim Erdwall am Staudamm, wo du sehen kannst, wieviel Fuß Feuchtigkeit es oben gibt und wieviel unten. Das hier ist Sand! Dieser Boden saugt die ganze Feuchtigkeit auf. Wenn du es nicht glaubst, geh und grab am Fuß des Sandhügels. Da ist es abschüssig, das Wasser fließt ab; aber ich wette, daß es da feuchter ist als hier, weil der Boden weicher ist.«

Von hinter dem Sandhügel her näherte sich der Sohn von Ssanam, Morad. Er trug ein Reisigbündel auf dem Rücken. Bei jedem Schritt sanken seine Beine bis zur Wade im nassen Boden ein und hinterließen flache Abdrücke. Als er Mergans Söhne erblickte, bog er von seinem Weg ab und ging auf sie zu. Sie grüßten nach Bauernart: »Gott geb' dir Kraft!«

Morad stützte sich mit dem Reisigbündel an die schräge Uferböschung: »Gott schütze euch, Gott geb' euch Kraft!«

Die Brüder traten zu ihm. Morad lockerte den über der Brust festgehakten Strick, löste seinen Rücken vom Bündel, kroch unter dem Strick hervor und sagte: »Das Reisig ist feucht, das verfluchte, es ist schwer. Ich bin ganz krumm geworden. Und das auch noch in diesen Sandhügeln. Die Beine sinken einem bis zum Knie ein. Seht bloß, wie ich geschwitzt habe!«

Wirklich. Morads ganzer Rücken und die Stellen unter seinen Achseln waren schweißnaß. Er nahm einen Zipfel seines Hemds und wischte sich damit den Schweiß von Stirn und Backen, setzte sich an die Böschung gelehnt hin und versuchte, die verklebten Lider zu heben. Schweiß war ihm in die Augen gelaufen, die Augen waren gerötet und brannten. Morad öffnete ein Auge und fragte: »Ihr wart wohl dabei, die Bodenfeuchtigkeit zu messen?«

»Och . . . so was in der Art. Und du? Hast du nicht vor, in diesem Jahr zu säen?«

»Ich nicht. Aber mein Bruder läßt nicht davon ab. Ich finde, für diese Handbreit Boden lohnt es nicht, daß ich mir den Teufel auf den Hals lade.«

Abbass, der in etwa ahnte, auf was Morad anspielte, fragte: »Was meinst du damit?«

»Die sind dabei, alle diese Böden registrieren zu lassen. Der Schwiegersohn von Agha Malek ist der Anführer dabei. Ssalar Abdollah, der Dorfvorsteher Nourus und Sabih haben ihre Hände mit im Spiel. Die reden auch von einem Traktor und einer Pumpe. Außer der Gotteserde und dem Kalghar-Tal haben sie auch das Flußbett des Staudamms an sich gebracht. Der Ssalar Abdollah war am Donnerstagabend bei uns. Mein Bruder war nicht bereit, wogegen meine Mutter, als sie Geld klimpern hörte, schwach wurde. Aber wie ich meinen Bruder kenne, läßt der sich auch breitschlagen. Mit zwei roten Geldscheinen stopft Ssalar Abdollah ihm den Mund.«

Abbass nagte an der Unterlippe und sagte: »So also, Ssalar Abdollah will wirklich und wahrhaftig seine Hand nach dem

Hab und Gut anderer Leute ausstrecken. Das ist doch Diebstahl! Oder was sonst?«

Morad sagte: »Er will nicht einsehen, daß die Böden anderen Leuten gehören. Der meint, das sagt doch der Name: Gotteserde.«

»Nun ja, Gotteserde! Jetzt ist sie in den Händen von Gottesknechten.«

Morad entgegnete: »Ssalar behauptet, er will die Gotteserde fruchtbar machen.«

»He? Fruchtbar machen! Und was tun wir denn? Zerstören wir sie?«

»Was weiß ich.«

»Was haben die anderen vor? Zum Beispiel der Vater von Ghodrat und die übrigen?«

»Jetzt fangen sie an, jedem einzelnen das Maul mit Versprechungen zu stopfen.«

Abbass' Augen leuchteten auf: »Das heißt, die geben bares Geld?«

»Vielleicht tun sie das. Ich weiß nicht.«

Abbass schwieg. Es war ihm anzumerken, daß er darüber nachdachte, welcher der vorteilhafteste Weg war. Morad lehnte sich müde an sein Bündel. Abrou hob den Kopf und fragte: »Und du, Morad? Was hast du vor?«

»Ich geh' fort. Ich geb' nichts auf Wunschträume. Ich geh' fort, geh' dahin, wo ich weiß, wenn ich von früh bis spät schufte, kann ich mir abends meinen Lohn in die Tasche stecken. Voriges Jahr war ich in Gonbad. Im Jahr davor in Waramin. Wenn's sein muß, geh' ich dieses Jahr sogar bis nach Ahwas. Wo geht's einem gut? Da, wo man zufrieden ist. Was habt ihr vor? Bleibt ihr hier?«

»Das wissen wir noch nicht.«

Morad lud sich das Bündel wieder auf den Rücken, hakte den Strick über der Brust fest und sagte: »Ich hab' gehört, Ali Genou hat dafür gesorgt, daß du an eine Futterkrippe kommst?!« Seine Worte klangen spöttisch.

Abbass sagte: »Kamelhüten meinst du? Das ist noch nicht sicher!«

»Angenommen, es wird was daraus. Dieser Ssardar hat doch keine freigebige Hand! Außerdem ist das auch keine feste Beschäftigung. Nach kurzer Zeit, wenn er Lasten findet, die befördert werden sollen, stellt er eine Karawane zusammen, und dann mit Gott!«

Abbass sagte: »Vielleicht will er sie den Frühling über weiden lassen.«

»Was du dir einbildest! Aber bekanntlich frißt der Teufel in der Not Fliegen, Bruder! Jetzt gibt's ja Gott sei Dank diese Leyland-Lastwagen. Notgedrungen treibt Ssardar seine Kamele auf die Weide, nicht zum Vergnügen. Und du glaubst, du kannst bei einem solch bankrotten Kerl dein Brot verdienen? . . . Na schön, bleibt ihr noch hier?«

»Nein, wir kommen mit.«

Morad richtete sich mit seinem Bündel auf. Mergans Söhne nahmen Vorratssack, Beutel und Sichel an sich und machten sich zusammen mit Morad auf den Weg. Unterwegs sagte Morad: »Viele andere kommen mit, auch Ghodrat. Wir gehen fort, arbeiten sechs Monate und kommen zurück, um es uns den Winter über unterm Korssi bequem zu machen. Dann sind wir auch von dieser ewigen Knauserei erlöst. Wenn wir hierbleiben, kriegen wir niemals zehn Ein-Toman-Scheine in die Hände. Unsere Hände bleiben sauberer als ein Molla-Hintern! Ich wundere mich, daß ihr euch nicht von hier trennen wollt.«

Abbass sagte: »Wir sind hier gebunden, Bruder.«

»Seid nur ihr das?!«

Abrou fragte: »Bist du schon mal mit einem Auto gefahren, Morad?«

»Wie sollte ich nicht? Womit sonst bin ich denn all diese Strecken gefahren? Im übrigen . . . was ist das schon!«

Abrou erwiderte nichts. Abbass sagte: »Wenn du müde geworden bist, nimm das Bündel ab, ich trag's dir.«

»Das schwere Bündel macht mich nicht müde. Ich bin's aber müde, zu sehen, daß hier die Arbeit eines Menschen nicht gewürdigt wird. Dies Reisigbündel ist allerdings was;

wenigstens kann meine Mutter damit einmal einen Backofen voll Brot backen. Aber alle anderen Tätigkeiten sind nur Fronarbeit. Bei allen Heiligen, ich kann am Tag sechzehn Stunden arbeiten, wenn ich sehe, daß mir das was einträgt. Wenn der Mensch sich abmüht, muß schon was dabei rausspringen! Übrigens . . . ich hab' gehört, ihr wollt die Hadjer verheiraten?!«

Abbass und Abrou schwiegen. Sie wußten nicht, was sie Morad antworten sollten. Und Morad wiederholte seine Frage nicht.

Als sie bei den verfallenen Häusern von Semindj anlangten, sagte Morad: »Wenn ihr euch eine Weile geduldet hättet, hätte sich für Hadjer vielleicht auch ein Mann gefunden, der noch keine Frau hat! Gott befohlen!«

»Gott befohlen!«

Morad bog ab und ging am Brachland vorbei nach Hause, während die Brüder oben auf dem Wall ihren Weg fortsetzten. Sie hatten sich noch nicht weit entfernt, als Morad sich mit seinem Bündel halb umdrehte und abgehackt rief: »Jedenfalls . . . solltet ihr auch fortgehen wollen . . . wenn wir zusammen gehen, ist's besser.«

Abbass schwang seine Sichel in der Hand und antwortete: »Schön . . . wir geben dir Bescheid.«

Und sie stiegen den Abhang des Walls hinunter.

Als Mergans Söhne ins Dorf kamen, war es schon dunkel, und die Nacht brachte angenehme Kühle mit sich. Nicht ohne Grund verzichteten manche – diejenigen, die sich gut standen – im ersten Frühlingsmonat noch nicht auf den Korssi. Abrou drückte seinen Beutel fest an den Rücken, hob etwas die Schultern und sagte zum Bruder: »Sag du, was wir am besten tun sollen! Wenn es jetzt langsam wärmer wird, läßt bei Ali Genou im Badehaus das Geschäft nach. Viel Hoffnung hab' ich nicht, daß er mich den Sommer über bei seinem Heizkessel behält. Ich glaube, jetzt ist's ihm peinlich, mich rauszuschmeißen. Der sitzt in der Klemme. Eine seiner Schwierigkeiten ist die Krankheit seiner Frau. Bald, wenn er über den Berg ist, gibt er mir den Laufpaß. Im übrigen zahlt er auch keinen nennenswerten Lohn . . . Wenn du auf mich hörst – ich sag' dir, wir sollten uns mit den anderen aufmachen und dahin gehen, wo die hingehen. Vielleicht haben wir Glück. Wie?«

Abbass sagte: »Jetzt ist noch viel Zeit. Wenn ich sehe, daß wir nicht mit dieser Gruppe gehen können, gehen wir eben mit einer anderen Gruppe. Der Weg wird ja nicht gesperrt!«

Abrou war Feuer und Flamme für die Sache. Er wollte anfangen, mit anderen Worten den Bruder zum Fortgehen zu überreden, als sie Djalil, den Sohn von Ssalar Abdollah, an der Mauer entdeckten; es sah aus, als hätte er dort auf sie gewartet. Er kam auf sie zu und blieb vor Abbass stehen: »Was ist mit meinem Geld?«

»Mit welchem Geld?«

»Mit dem, das du mir in eurem Stall weggegrapscht und verschluckt hast. Was soll das, daß du mir jedesmal, wenn du mich siehst, den Rücken kehrst? Glaubst du, ich bin blind?!«

»Schön, du sagst selbst, ich hab's verschluckt. Hab' ich auch! Geh' hin, wo ich's von mir gegeben hab', und nimm's dir! Wo entleert man sich, wenn man was verschluckt hat?«

Nach diesen Worten setzte Abbass seinen Weg fort. Abrou folgte ihm. Djalil ging hinter den Brüdern her und sagte: »Ich werd' dir schon meine Münzen aus dem Rachen reißen!«

Abbass gab zurück: »Die Qualen, die ich ausgestanden habe, sind mir teuer genug zu stehen gekommen! Und der kommt daher und will das Geld wieder zum Leben erwekken! Äch!«

Djalil sagte: »Ich werd' dir schon helfen, mein Geld wieder zur Welt zu bringen!«

»Wenn du's zur Welt bringst, vergiß nicht, die Nabelschnur durchzuschneiden!«

»Du Hundesohn von einem Bastard!«

Schon nahe bei ihrem Haus sagte Abbass: »Selber bist du ein Bastard, mitsamt deinen Vorfahren, ein Hundesohn von einem Furz!«

Mergan steckte den Kopf aus der Tür und sagte: »Mit wem schimpfst du da wieder? Warum kannst du mir keinen Augenblick Ruhe gönnen?«

Ohne ihr zu antworten, starrte Abbass auf den an der Mauer lehnenden Eselssattel; nach kurzem Zögern fragte er: »Wer ist hier?«

»Dein Onkel.«

»Was?!«

Das Kommen des Onkels – wie dieser auch sein mochte – löste bei Mergans Söhnen große Freude aus. Sie liefen ins Haus. Am Kopfende des Zimmers saß Moula Eman, an die zusammengerollten Steppdecken gelehnt. Wie gewöhnlich saß er da, das eine Bein untergeschlagen, das andere aufgestützt, seine lange, starkknochige Hand aufs Knie gelegt. Sein Unterarm war wie eine Teigrolle; seine Finger, jeder wie der Unterschenkel eines Kranichs, hingen vom Knie herab. Die große, lange Nase mit ihrer schön geformten Spitze und dem sanften Bogen warf einen Schatten über die eine Hälfte des groben, knochigen Gesichts. Als er die Neffen erblickte, lachten seine Raubvogelaugen, er rückte sich zurecht, streckte die Arme wie Kranichflügel den Jungen entgegen und umschlang sie fest. Er küßte sie, ließ sie neben sich an der Wand niedersitzen und erkundigte sich spaßhaft nach ihrem Ergehen: »Ich glaubte, euch wäre inzwischen der Bart gewachsen!«

Jetzt erst sahen Abbass und Abrou, daß auch Ali Genou dort saß, dann, als sie die Mutter ansahen, merkten sie, daß Hadjers Platz leer war. Durch Mienenspiel, mit Lippen und Augen, fragte Abbass nach ihr. Mergan gab ihm zu verstehen, sie sitze hinter dem Vorhang in der Vorratskammer, und Abbass verstand, was los war.

Ali Genou trank seinen Becher Tee aus, faßte die Schöße seines Filzumhangs, stand auf und sagte: »Dann sind wir uns also einig. Am siebten Tag nach dem Neujahrsfest gehen wir zur Stadt.«

Mergan sagte: »So Gott will! Bis dahin bleiben noch fünf,

sechs Häuser, die ich weißen muß. Wenn ich die geweißt habe, hab' ich den Kopf nicht mehr so voll.«

»So Gott will!«

Moula Eman erhob sich und sagte: »Glück und Segen!«

Bevor er aus der Tür trat, drehte Ali Genou sich zu Abbass um und sagte: »Mit Onkel Ssardar hab' ich wegen deiner Arbeit gesprochen. Geh morgen früh und bring die Kamele auf die Weide zum Grasen!«

Moula Eman ging mit Ali Genou hinaus, und als er zurückkam, sagte er, gebückt ins Zimmer tretend: »Das ist ein arbeitsamer Mensch! Seine Frau wird ja nun nicht wieder. Das ist also gut so! Gott gebe seinen Segen!«

Abrou bemerkte erst jetzt, daß Onkel Eman mit seiner Mütze fast an die Zimmerdecke stieß. Der Onkel sagte: »Also gut! Erledigt! Komm hinter dem Vorhang vor, junge Braut! Nun komm schon, Hadjer!«

Moula Eman war nicht besonders erpicht darauf, daß seine Nichte hinter dem Vorhang hervorkam, er hatte es nur so gesagt. Schluß der Vorstellung. Er setzte sich auf seinen Platz, schob der Schwester seinen leeren Becher hin und sagte zu Abbass: »Wenn du bei Kasse bist, bring deine Knöchel her. Und geh und gib ein paar Kameraden Bescheid, sie sollen herkommen. Steh auf! Ein Jahr ist's her, daß ich in Semindj kein Spielchen gemacht habe.«

Mergan goß Tee ein und stellte den Becher vor den Bruder hin. Abbass rührte sich, um aufzustehen und eine Handvoll Knöchel aus seinem Vorrat auszuwählen. Abrou kroch in den Türschatten und lehnte den Kopf an die Mauerecke. Als Abbass am Wandschränkchen stand, sagte er: »Karbalai Doschanbeh, der Vater von Ssalar Abdollah, hat sich nach deinem Befinden erkundigt, Onkel!«

Begleitet vom Geschrei seines Esels, das aus dem Stall ertönte, sagte Moula Eman: »Umsonst hat er das getan. Der glaubt, ich finde das Geld auf der Straße und kann ihn jederzeit aufsuchen, um ihm eine Handvoll Scheine als Zinsen für sein Darlehen hinzulegen. Jetzt werd' ich mir aber einfach, so Gott will, das ganze Geld, den ursprünglichen Betrag samt den Zinsen, auf einen Schlag selbst einverleiben! Gib die Knöchel her!«

Abbass hielt ihm die Schachtel mit den Knöcheln hin, der Onkel machte sich daran, eine Handvoll auszuwählen. Mergan, in Sorge um die Tochter, stand von ihrem Platz auf, ging in die Vorratskammer und setzte sich Knie an Knie neben sie. Hadjer stopfte sich einen Zipfel des Vorhangs in den Mund, um jeden Laut zu ersticken.

Finster war die Kammer, finsterer als die Nacht.

2

Jeder wußte, was er zu tun hatte.

Abrou war bei Tagesanbruch aufgestanden und zum Heizkeller gegangen. Moula Eman legte vor dem Stall seinem kleinen Esel den Packsattel auf. Abbass war damit beschäftigt, die Schnur, die seine Stoffschuhe zusammenhalten sollte, zu verknoten. Mergan hatte Schüssel, Blechkanister und Sackfetzen, die sie zum Tünchen von Wänden und Decken brauchte, in einer Ecke bereitgestellt und wartete darauf, daß die anderen zur Arbeit aufbrachen. Erst mußte sie alle auf den Weg bringen, um sich dann selbst aufmachen zu können. Um das Neujahrsfest florierte Mergans Arbeit: das Tünchen in den Häusern.

Abbass drehte sich noch um sich selbst und wollte ständig etwas von Hadjer haben: Schnur, Sicherheitsnadeln, das Halstuch . . . Einem sanftmütigen Kätzchen gleich steckte Hadjer den Kopf in dieses Loch und jenes Loch, brachte etwas her, trug etwas fort und war ganz in ihr Tun vertieft. Wie immer war sie gehorsam nur der Arbeit hingegeben. Moula Eman trat ins Haus, um den Sack mit seinen Waren zu holen. Hadjer und Abbass halfen ihm, Mergan ergriff den Zügel und zog den Esel zum Tor hin. Der Sack wurde gebracht und aufgeladen. Bevor er losging, steckte Moula Eman die Hand in den Sack, brachte eine Handvoll Zuckerzeug heraus und knotete es Hadjer in einen Zipfel ihres Kopftuchs: »Zur Feier deiner Verlobung!«

Mergan sagte zu ihm: »Gott geb's, daß dich dein Weg wieder mal hier vorbeiführt!«

»Gewiß, gewiß doch komm' ich. Diesmal bring' ich vielleicht, so Allah will, den Ssolutsch mit. Bekannte haben mir gesagt, sie hätten in der Gegend von Schahrud einen gesehen, der wie Ssolutsch aussah. Seit vorigem Jahr wird dort an einer Fabrik gebaut. In den Bergen oberhalb von Schahrud gibt es außerdem ein Steinkohlenbergwerk; nicht eins, mehrere. Vielleicht ist er auf der Suche nach Arbeit auch dorthin gegangen. Aber wo er auch sein mag, er wird euch am Ende nicht ohne Nachricht lassen.«

»Wenn er ans Rückkehren gedacht hätte, wär' er erst gar nicht weggegangen!«

Mergan drehte sich zu Abbass um und sagte: »Du brauchst hier keine weisen Reden zu führen! Mach dich an deine Arbeit! Der Stock deines Vaters liegt drinnen, hol ihn dir und geh! Willst du erst mittags die Kamele auf die Weide bringen?!«

Abbass' Verpflegung für den Tag war Ssardars Sache. Das hatte Ali Genou vorher mit ihm abgemacht. Abbass holte den Stock aus dem Zimmer. Moula Eman rückte noch einmal den Sack auf dem Esel zurecht und schickte sich zum Gehen an. Hadjer und Mergan standen neben ihm. Moula Eman umarmte Schwester und Nichte. Abbass stand neben der Eselslast und preßte den Griff seines Stocks in der Hand. Moula Eman, dieser lange Laban, bückte sich und küßte Abbass auf die Wange: »Spielen tust du ja nicht schlecht! Mal sehn, wie du dich beim Kamelhüten anstellst. Was er sich für eine Tolle hat wachsen lassen! . . . Hühüüüü . . .«

»Wohin so eilig, Moula Eman? In der Abenddämmerung kommst du, und bei Morgengrauen gehst du schon wieder?! Ganz ohne mich zu benachrichtigen? Was ist denn aus unserer alten Freundschaft geworden? Hast du mich ganz und gar vergessen?«

Das war Karbalai Doschanbeh. Der Wind hatte ihm die Nachricht von Moula Emans Kommen zugetragen, und wie ein Djinn war er aufgetaucht. Ohne beim Anblick seines Gläubigers in Verwirrung zu geraten, sagte Moula Eman sanft: »Ich bin beschäftigt, schwer beschäftigt, Karbalai! Auf der Jagd nach einem Stückchen Brot weiß ich nicht, wann Tag und wann Nacht ist. Jetzt bin ich dabei, Waren zum Verkauf in die Bergdörfer zu bringen. Ich hatte vor, wenn ich die Waren zu Geld gemacht habe, zurückzukommen und es dir zu bringen. In deiner Großmut verzeih deinem alten Knecht die Verzögerung!«

Karbalai Doschanbeh reckte seinen kurzen Hals, maß Moula Emans Gestalt mit den Blicken und sagte: »Von Tag zu Tag wirst du länger! Was steigst du so hoch hinauf? Du willst doch hoffentlich nicht Gott an den Hoden packen! Oder liegt's daran, daß ich von Tag zu Tag tiefer in die Erde sinke?«

»Ich hab' abgenommen, Karbalai, davon kommt's. Bin wie ein Schilfrohr geworden.«

»Hmmmm . . . ein Schilfrohr! Wie ist's möglich, daß ein Mensch von solcher Länge nach Semindj kommt, Semindj wieder verläßt und meine blinden Augen ihn nicht sehen können?!«

»Ich bin nur mal kurz vorbeigekommen, Karbalai.«

»Hmmmm . . . So, kurz vorbeigekommen bist du? Na schön, komm für länger, für länger!«

»Wie du befiehlst, Karbalai, wie du befiehlst! Erlaubst du, daß ich nun gehe?«

»Bitte schön . . . bitte schön . . . Der Weg ist frei, die Gasse lang.«

Moula Eman begab sich unter Lachen und Scherzen in die Gasse und trieb seinen Esel an, und Karbalai Doschanbeh ging, mit einem Seitenblick auf Mergan, hinter ihm her: »Hast du nichts von diesem schlappschwänzigen Ssolutsch gehört?«

»Ich hab' von ihm gehört, Karbalai, hab' was gehört.«

Abbass ging vor dem kleinen Esel des Onkels her. Moula

Eman wandte sich nochmals um und blickte zurück. Hadjer und Mergan standen an der Mauer und sahen ihm nach. Im Schein der eben aufgegangenen Sonne füllte Moula Emans Schatten die ganze Gasse aus. Karbalai Doschanbeh sah neben Moula Eman wie eine auf der Erde rollende Nuß aus. Die Unterhaltung der beiden drang nicht mehr an Mergans Ohr. Das war noch mal gut abgelaufen! Mergans Herzklopfen ließ nach.

»Also, lieber Onkel, leb wohl! Gute Reise! Hoffentlich kommst du gelegentlich wieder bei uns vorbei.«

»Mit Allahs Hilfe – ganz bestimmt.«

Ali Genou kam hinzu; er gab Moula Eman die Hand und küßte ihn zum Abschied. Es war, als beschnupperte er schon das Leben von Ssolutschs Familie. Immer noch lächelnd, trieb Moula Eman seinen Esel weiter und ließ Ali Genou stehen. Der warf einen Blick hinüber zu Ssolutschs Haus. Als Hadjer ihn gewahrte, lief sie hinein, aber Mergan blieb noch an der Mauer stehen. Ali Genou ging zu ihr hin. Mergan schritt langsam ins Haus, Ali Genou folgte ihr und erwiderte, mit den Augen suchend, ihren Gruß. Mergan sagte: »Sie ist schüchtern, schämt sich. Schließlich ist sie ja noch ein Kind. Komm rein!«

Hadjer war nicht da. Mergan überprüfte ihr Handwerkszeug und fragte, während sie Ali Genou ansah: »Wo ist denn der Kalk, Mädchen?«

Keine Antwort. Ali Genou fragte: »Wo tünchst du heute?«

»Im Haus von Sabih-ollah, dem Neffen von Karbalai Doschanbeh.«

»Dieses Jahr tünchst du wohl in vielen Häusern?«

»Nicht in allen, aber jeder, der sich's leisten kann, macht einige Toman dafür locker.«

Ali Genou warf einen Blick auf die rauchgeschwärzte Decke und Wände des Zimmers und sagte: »Tu für die auch mal was!«

»Wenn ich mit Gottes Hilfe die anderen Arbeiten erledigt habe, tu' ich das.«

Hadjer brachte aus der Vorratskammer den Beutel mit Kalk und legte ihn vor Mergan hin. Hadjers Art zu gehen, ihr ganzes Benehmen, ihre Blicke drückten Angst aus. Sie versuchte nicht aufzufallen. Mit etwas Aufmerksamkeit hätte man erraten können, in welchem Zustand sie sich befand. Aber Ali Genou merkte nichts; nicht vor lauter Liebe zu Hadjer, sondern aus Begierde, aus Gier, sie zu besitzen. Deshalb sah er sie nicht so, wie sie jetzt war, er sah sie, ohne ihre Gemütsverfassung zu beachten, in seinem Bett. Schon sieht der Geier das Rebhuhn in seinem Schnabel! Mit den Augen verschlang Ali Genou das Mädchen, und Hadjer wußte nicht, wie sie seine Blicke aushalten sollte. Abscheu und Angst einerseits, ihre Unerfahrenheit andererseits machten sie hilflos. Sie war völlig verstört und hatte solche Angst, daß sie sich nicht von der Stelle rühren konnte. Sie blieb stehen und kaute an den Nägeln.

Aber Mergan ließ das alles unberührt. Obwohl sie die Empfindungen der Tochter in allen Einzelheiten bis auf den Grund ihres Wesens nachfühlen konnte, mühte sie sich, keine schlechten Gedanken in sich aufkommen zu lassen. Nach Mergans Meinung war all dies, dies Zittern und Zagen eines Mädchens gegenüber einem Mann, der bald ihr Ehemann sein wird, eine ganz normale Sache, vielleicht kann man sagen: die Regel. Andernfalls müßte man sich über solch ein Mädchen Gedanken machen. Denn ein Mädchen, auch wenn es bereitwillig ins Haus eines Mannes übersiedelt, zeigt ein solches Betragen – oft sogar ausgeprägter. Und wenn es widerstrebend hingeht, vergißt sie das alles, sobald ihr Fuß das Brautgemach betritt. Sie kann nicht anders als es vergessen. So war also Hadjers Verstörtheit, auch wenn sie Mergan bis ins Innerste aufwühlte, nichts Neues. Am Ende würde sich eben das ereignen, was Mergan voraussah: Sobald ihr Fuß das Brautgemach betritt, wird sie alles andere vergessen. Von alldem abgesehen, waren Hadjer und Ali Genou sozusagen miteinander verlobt, und Mergan behagte es – bewußt oder unbewußt –, sich in der Rolle der Schwiegermutter zu sehen.

Und es gefiel ihr auch, diese Rolle, die sie jetzt eben für sich entdeckt hatte, auszuprobieren. Sie ging hinaus.

Hadjer und Ali Genou blieben allein, allein und sich selbst überlassen. Bestürzt blieb Hadjer einen Augenblick an ihrem Platz, neben der Feuerstelle; dann sah sie keinen anderen Ausweg, als sich in Sicherheit zu bringen. Plötzlich verwandelte sich ihre heimliche Furcht in Entsetzen. Sie ging sich in der Vorratskammer verbergen, bekam jedoch Angst und kehrte um. Ali Genou lachte. Der Bissen Brot, den er im Mund hatte, war trocken geworden. Er wußte nicht, was er sagen, was er tun sollte. So wie Hadjer von Entsetzen ergriffen worden war, hatte Ali Genou die Leidenschaft nervös gemacht. Es fehlten ihm die Worte. Ihm war klar, daß es gut wäre, wenn er einige Worte zu sagen wüßte, zumindest nicht ganz stumm bliebe. Aber in diesem Moment war – ihm selbst unbewußt – nur sein Körper zu einer Handlung imstande. Ein Pfeil, zum Abschuß bereit auf die Sehne gelegt. Ein Fingerdruck genügt, ihn abzuschießen.

Die Rettung, nach der Hadjer suchte, lag außerhalb des Hauses, sie mußte auf die Gasse rennen. Sie sprang auf. Ali Genou fing sie in der Luft ab und zog sie in einen Winkel, als wolle er sie dort verstecken. Möglicherweise hatte er nicht vor, sie zu küssen, aber Hadjer zappelte in seinen Armen; sie sagte nichts, zappelte nur. Ihre Lippen waren wie versiegelt. Auch Ali Genou sagte nichts. Als er Hadjer mit seinen klobigen Händen festhielt, war ihm nicht bewußt, daß er sie hochgehoben hatte und gegen die Wand drückte, so, daß ihre kleinen Füße in der Luft strampelten. Plötzlich Mergans Husten! Dann war sie also nicht weit gegangen, hatte sich wohl hinter der Tür an der Mauer versteckt. Vielleicht hatte sie die Tochter und den künftigen Schwiegersohn auf die Probe stellen wollen! Wie dem auch sein mochte – als er Mergans Husten hörte, erschlafften Ali Genou die Hände, und Hadjer glitt mit dem Rücken an der Wand hinab und brach unversehens in lautes Schluchzen aus. Ali Genou merkte, daß er in Schweiß gebadet war. Mit dem Saum seines Kaftans trocknete er sich die Stirn und ging mit gesenktem Kopf an der eben ins Zimmer tretenden Mergan vorbei hinaus.

Mergan entschloß sich, so zu tun, als habe sie nichts bemerkt, als sei nichts vorgefallen. Aber sie fühlte, daß die Tochter nicht verstand, warum sie über die Sache stillschweigend hinwegging. Hadjer hatte noch nicht die Reife erlangt, wo sie eine vertrauliche Aussprache mit der Mutter gesucht hätte. Zwar gibt es zwischen Mutter und erwachsener Tochter immer Dinge, die auch unausgesprochen verstanden und bewältigt werden. Aber wenn auch Mergan eine solche Mutter sein konnte, so war Hadjer noch nicht eine solche Tochter. Sie weinte wie ein Kind und beklagte sich mit Angst in Blick und Stimme bei der Mutter: »Er . . . packte mich . . . packte mich mit einemmal! Fast hätte er mir die Arme gebrochen!«

Liebevoll, teilnehmend setzte Mergan sich zu ihr: »Ali ist doch dein Bräutigam, mein Kleines. Bald wird er dein Mann, wird zur Familie gehören. Du wirst seinen Namen tragen. Du darfst keine Angst vor ihm haben. Ihr müßt euch langsam aneinander gewöhnen!«

»Ich hab' Angst, hab' Angst! Bei Gott, ich hab' schreckliche Angst!«

Ihr liebevoll über das dünne Haar streichelnd, sagte Mergan: »Du brauchst keine Angst zu haben, mein Kind. Wovor denn hast du Angst?! Alle Mädchen nehmen sich einen Mann, alle Männer nehmen sich eine Frau. Was gibt's da zu fürchten?«

Unter Tränen, die nicht versiegen wollten, sagte Hadjer: »Er ist so grob, so furchtbar grob, zu grob für mich. Erdrükken wird er mich.«

»Du gewöhnst dich daran, mein Liebes, gewöhnst dich dran. Grobheit ist beim Mann kein Fehler. Ein Mann muß starkknochig sein, sonst ist er ja einfach kümmerlich!«

»Ich hab' Angst, hab' Angst. Bei Gott, ich hab' Angst!«

»Das ist am Anfang so, später wird's besser werden. Du gewöhnst dich dran.«

»Nein, ich will nicht. Ich hab' Angst, seine Frau zu werden. Ich will nicht seine Frau werden!«

»Nun ist's aber genug, du dummes Ding! Willst du immer an meinen Rockschößen hängenbleiben?! Wie oft klopft denn das Glück an der Tür eines Menschen an? Da gibt's nichts zu weinen! Es liegt nicht bei dir, zu wollen oder nicht zu wollen, ist dir das klar? Hoffentlich träumst du nicht davon, daß ein Prinz von hinter den sieben Bergen deinetwegen angeritten kommt?! Ha, ein Mann mit ... so gesunden Gliedmaßen. Sein täglich Brot ist ihm sicher. Der ist auf keinen Menschen angewiesen. Arbeitslos und – unberufen – träge ist er auch nicht. Was noch? Du hast ja gesehen, daß er auch bei deinem Onkel Anklang gefunden hat.«

Mergan hatte scharfe Worte gebraucht. Hadjer zitterte. Seit Ssolutschs Fortgehen hatte Mergan nicht so mit der Tochter gezankt. Hadjer bettelte: »Gib mich nicht dem Ali Genou, Mutter!«

»Wem soll ich dich dann geben?! Du hast dich doch hoffentlich nicht in diesen ewig hungrigen, betrunkenen Lümmel, den Sohn von Ssanam, verguckt?«

»Nein, bei Gott nicht!«

»Also was willst du denn?«

»Wenigstens ein, zwei Jahre noch ... Können wir nicht ein, zwei Jahre warten?«

»Ein, zwei Jahre?! Woher soll ich dir zu essen geben? Hat dein Vater uns ein großes Erbe hinterlassen? Siehst du nicht, daß ich mir alle Mühe der Welt gebe und euch doch nicht bei einer einzigen Mahlzeit satt kriege?«

»Schon gut ... gut. Ist's meine Schuld? Was soll ich tun? Meine Schuld ...«

»Deine Schuld ist, daß du nicht zuhörst! Bockig und launenhaft bist du! Du bist doch nichts Besonderes! Mit meinen eigenen Augen hab' ich gesehn, wie man ein achtjähriges Mädchen dem Kameltreiber Karbalai Gholam gegeben hat. Acht Jahre war sie! Bis jetzt ist sie sechsmal niedergekommen. Dabei hätte sie dir nicht mal bis zur Schulter gereicht!«

Leise sagte Hadjer: »Du willst mich loswerden, sonst ...«

»Sonst was? Soll ich dich zur Krone machen und mir auf den Kopf setzen?«

»Nein, nein! Aber schließlich bin ich ... bin ich doch noch nicht ... noch nicht ... geworden!«

»Was bist du noch nicht geworden? Ein Mädchen wird mit neun Jahren heiratsfähig. Du bist längst im heiratsfähigen Alter, wirst bald dreizehn. Was willst du eigentlich? So ein feiner Ehemann! Wo willst du einen besseren hernehmen?!«

»Aber – er hat doch schon eine Frau.«

»Eine Frau! Die stirbt bald. Die wird doch nicht wieder! Hast du sie nicht gesehen? Ein Haufen Knochen. Die Arme, ihre Stimme dringt vom Grund des Grabes hervor. Seit dem Tag, als man sie ins Krankenhaus brachte, ist sie nur noch die Hälfte von dem, was sie war. Im übrigen – was war sie denn vorher? Ein Trauerkloß! Und wann hat Roghiyeh je Fleisch auf ihren Knochen gehabt?«

Plötzlich sprang Hadjer auf und kreischte: »Ist's denn überhaupt nötig? Ich will nicht ... will überhaupt nicht heiraten!«

»Du willst nicht?! Du freches Balg, freundliche Worte gehen dir wohl nicht ein? Ich werd's dir geben, du Luder!«

Wie eine Wahnsinnige sprang Mergan auf und warf sich auf die Tochter. Sie wickelte sich ihre weichen Haare um die Hand, ballte die Hand zur Faust und hämmerte unbarmherzig auf Hadjers Kopf, Schulter und Nacken. Außer sich vor Zorn, fand sie nicht die Zeit, über ihr Tun nachzudenken. Sie schlug nur. Das Mädchen bekam schon keine Luft mehr, als Mergan von ihrem Rücken abließ, sich neben sie setzte und sich mit den geballten Fäusten auf den eigenen Kopf schlug und sich verwünschte. Ihr lautes Schluchzen vermischte sich mit Hadjers Weinen. Hadjer lag noch an den Boden gepreßt da und wimmerte leise. Mergan blickte sie an, und das Herz drohte ihr zu brechen. Nichts konnte sie tun als klagen. Hadjers Verfassung machte sie todtraurig. Sie wußte nicht, was sie tun sollte, um ihren Wutausbruch wiedergutzumachen. Etwas, irgend etwas müßte sie tun. Aber sie konnte nichts tun. Nichts blieb ihr übrig, als sich mit den Fäusten auf den Kopf zu schlagen und sich zu verwünschen. Nur die Müdigkeit hielt sie davon ab. Dann also nur Weinen und Verwünschungen. Mergans nicht enden wollendes Weinen lenkte Hadjers Aufmerksamkeit auf sie. Ihr Blick fiel auf Mergans Augen, die von Tränen überströmten. Hadjer schleppte ihren zerschundenen Leib zur Mutter hin. Mergan nahm die schmerzlich schluchzende Tochter in die Arme, drückte ihren Kopf an die Brust und sagte: »Läg' ich doch schon im Grab . . .«

Sie konnte nicht zu Ende sprechen, die Tränen erstickten ihre Stimme. Hadjer flehte sie an: »Weine nicht, weine nicht! Was du auch sagst, tu' ich! Nur weine nicht, Mutter!«

Das Geräusch von Schritten ließ Mutter und Tochter auseinanderfahren. Es war Morad, der Sohn von Ssanam. Er blieb vor der Tür stehen und sagte: »Ich komm' wegen Abbass.«

»Abbass ist mit den Kamelen gegangen.«

Morad sagte: »Wir wollen aufbrechen. Wir haben verabredet, dieses Jahr nach Gonbad zu gehen. Ich dachte, falls Abbass mitkommen will, sollte ich ihm Bescheid geben, daß er morgen abend zu uns kommt, die anderen kommen auch, um . . .«

Mergan sagte nichts, sie hatte einen Kloß im Hals. Morad machte auf dem Absatz kehrt und ging wieder. Mergan blickte die Tochter an. Diese hatte sich in einen Winkel verkrochen. Mergan erhob sich, nahm den Beutel mit Kalk, die Schüssel und den kleinen Topf mit Farbe an sich und sagte zu Hadjer, während sie aus der Tür trat: »Los, gehn wir an die Arbeit! Es ist schon bald Mittag.«

Mergans heutige Arbeit bestand im Tünchen des Empfangszimmers von Sabih-ollah, dem Neffen von Karbalai Doschanbeh. Zuerst mußte sie die alte Schicht Tünche von der Wand abfegen. Sie machte sich an die Arbeit. Sie nahm den Tschador vom Kopf, band sich die Enden des Kopftuchs über den Mund, nahm Hadjer den Besen ab, den diese mitgebracht hatte, und fing neben dem Türrahmen an. Bei jedem Besenschwung löste sich von einem Stück Wand die alte Tünche und setzte sich als Staubschicht unten an der Wand ab. Wie immer verstand sich Mergan auch hier auf ihre Sache. Die Arbeit war wie Wachs in ihren Händen. Nicht nur aus Not, auch ihrer Natur nach konnte sie jegliche Aufgabe in kurzer Zeit meistern. Daher kam es, daß die verschiedensten Verrichtungen in Semindj wie selbstverständlich ihr zufielen:

»Tante Mergan! Komm bei uns Teig ansetzen!«

»Tante Mergan! Wir haben eine Trauerfeier. Meine Mutter sagt, du sollst kommen und Tee anbieten.«

»Tante Mergan! Bei der Hochzeit meines Bruders . . .«

»Tante Mergan! Die Trauerfeier für meinen Großvater . . .«

»Tante Mergan! Komm zu uns, wir wollen unsere Steppdecken neu stopfen.«

»Tante Mergan! Mirsas Mutter ist krank . . . Sie haben dich schon gesucht.«

»Tante Mergan! Einen Krug Wasser für das Beschneidungsfest . . .«

»Tante Mergan!«

»Tante Mergan!«

Mergan war allmählich zum Mädchen für alle und alles geworden. Wenn sie sich an eine Arbeit machte, nahm ihr Gesicht einen solchen Ausdruck an, daß etwas wie Hochachtung und Ehrfurcht in die Herzen derjenigen einzog, die sie damit betraut hatten. Weder erlaubte es sich jemand, Mergan gegenüber herrisch aufzutreten, noch gab sie mit ihrer Arbeit irgend jemand Anlaß dazu. Vielleicht neigten einige Frauen, wie Mosslemeh, die Tochter von Hadj Ssalem, dazu, Mergan als ihre Magd zu betrachten, aber Mergan würde – wenigstens zur Zeit – so etwas nicht zulassen. Ihre Zuvorkommenheit durfte nicht mit Liebedienerei verwechselt werden. Sie war freudig bei der Arbeit, nicht um dem Auftraggeber einen Gefallen zu tun, sondern um die Arbeit zu bezwingen. Sie hatte gelernt, daß, wenn sie sich bedrückt und lustlos der Arbeit näherte, sie selbst bezwungen, die Arbeit sie beherrschen werde. So packte sie jede Arbeit freudig und kühn an.

Es liegt in der Natur der Arbeit, daß sie dich zu Boden strekken, dich vernichten möchte. An dir liegt es, dich nicht unterkriegen zu lassen! Und Mergan wollte sich nicht unterkriegen lassen. Entschlossen nahm sie die Arbeit in Angriff: »Bring den Eimer Wasser und den Sack her, Mädchen!«

Hadjer nahm der Mutter den Besen ab und ging Wasser und Sack holen. Mergan band die über den Mund geknoteten Enden des Kopftuchs auf, streckte den Kopf aus der Tür und spuckte den Staub aus Mund und Kehle aus. Das Zimmer war voll Staub. Auf Wimpern und Augenbrauen, auf den Haarsträhnen, die unter Mergans Kopftuch hervorschauten, lag eine Staubschicht. Zwischen die Zähne, in die Nase hatte sich Staub gesetzt. Sie fühlte ihre gute Laune verfliegen. Sie schrie: »Hadjer . . .! Bist du ans Ende der Welt gegangen, um Wasser zu holen?!«

Mit beiden Händen den Henkel umklammernd, schleppte das Mädchen mühsam den Eimer heran. Mergan trat hinaus, nahm ihr den Eimer ab, trug ihn ins Zimmer, tauchte erst einmal die Hände hinein und warf Hände voll Wasser hoch, so lange, bis der Staub sich setzte. Danach kam das Besprengen von Decke und Wänden an die Reihe. Dies mußte mit einem Napf gemacht werden. Hadjer übernahm das. Aber die Art und Weise, wie sie es tat, war nicht nach Mergans Geschmack. Sie nahm ihr den Napf weg und machte sich selbst daran, die Decke mit Wasser zu bespritzen. Das Wasser saugte den noch an Decke und Wänden sitzenden Staub auf und bereitete gleichzeitig den Untergrund für das Anstreichen vor, damit die Tünche einziehen konnte.

Sahra, die unverheiratete, altjüngferliche Schwester von Sabih, brachte eine Kanne mit Tee, heftete ihre Glotzaugen auf Mergan und sagte: »Wenn du heute morgen keinen Tee getrunken hast, komm her und trink einen Becher!«

Mergan spritzte die letzte Portion Wasser an den noch trockenen Teil der Wand und sagte: »Heute morgen haben wir Tee getrunken, aber stell nur Kanne und Becher da an die Mauer, wir trinken den auch.«

Sahra stellte Kanne und Becher an die Mauer, brummte etwas vor sich hin und entfernte sich, mit ihrem dicken Hintern wackelnd.

Mergan blickte die Tochter an und sagte: »Diese mißgünstige Person! Die wird noch mal vor Geiz platzen! Nicht mal einem Dornstrauch in der Wüste gönnt die was! Die tut, als ob sie ein Ausbund von Schönheit wäre, was?«

Hadjer fragte: »Soll ich den Kalk mit Wasser mischen?«

»Jetzt nicht. Laß uns erst den Tee trinken und die da zu Tode ärgern! Später.«

Sie holten Kanne und Becher ins Zimmer und setzten sich. Becher auf Becher tranken sie. Jeder Schluck wurde von einer sarkastischen Bemerkung begleitet, und zusammen mit jeder Bemerkung erhob sich Mergans lautes Gelächter. Mergan konnte fühlen, wie mit jedem Becher Tee ein Nadelstich ins Herz der sauertöpfischen Sahra fuhr. Schließlich hielt Sahra es nicht länger aus; sie kam zurück, steckte den Kopf ins Zimmer und sagte: »Seid ihr noch nicht fertig mit der Teetrinkerei?«

Mergan sagte: »Komm, nimm die Sachen weg! Auf dem Grund der Kanne ist noch etwas Tee. Gieß ihn dir ein und trink!«

Sahra trug Kanne und Becher hinaus und murrte: »Als ob sie aus einem Dürregebiet kämen!«

Ihren Ton nachäffend, sagte Mergan vor sich hin: »Die Kehle soll er dir verbrennen!«

Selten hatte Hadjer ihre Mutter so vergnügt erlebt. Sie führte diese Fröhlichkeit auf die viele Arbeit zurück und darauf, daß für Mergan jetzt zum Neujahrsfest der Glücksfall eingetreten war, Geld vor Augen und im Ohr das Klingen von Münzen im Beutel zu haben, dem Beutel, der ihr immer um den Hals hing. Hadjer kam nicht auf den Gedanken, daß in Mergans Adern noch junges Blut pulsierte.

Obwohl Mergan äußerlich gebrochen und alt erschien, war sie das in ihrem Innern nicht. Frauen in Mergans Alter, wenn sie deren Drangsale nicht durchgemacht hatten, erlangten jetzt den höchsten Grad fraulicher Reife. Doch manche altern vor der Zeit, und Mergan war eine von diesen. Aber man denke nicht, daß die Jugend in solchen Menschen vorzeitig stirbt. Nein, die Jugend verbirgt sich nur und bleibt. Als verstecke sie verschämt ihr Antlitz in den verschlungenen Gängen der Seele. Sie zeigt sich nicht, ist aber da. Ist unsichtbar da und harrt auf eine Gelegenheit, zum Vorschein zu kommen. Wartet ab, und sobald das Schicksal seinen finsteren Schleier vom Gesicht des Menschen lüftet, flackert sie wieder auf und zerreißt diesen Schleier. Die Jugend räumt Hoffnungslosigkeit und Niedergeschlagenheit keine Rechte ein. Sie lärmt, sie tobt, wirft alles durcheinander. Sie zerbricht das Zerbrechliche, legt alle Mauern nieder, die sich um die Seele aufgebaut haben. Zerstört.

Vielleicht lag es hieran, daß Mergan ab und zu während der Arbeit mit den Fingern schnalzte und manchmal herumhüpfte und wie eine heitere junge Braut mit ihrer Tochter scherzte. Dies war es vielleicht, was Mergan dazu brachte, bei der Arbeit zu singen und keck Verse über die Liebe in ihr Lied einfließen zu lassen. Muß denn Liebe unbedingt zur Schau gestellt werden, um dem Menschen das Recht zu geben, verliebt zu sein? Zuweilen ist die Liebe heimlich, aber doch vorhanden. Was ist sie denn, die Liebe? Das, was sich offen zeigt? Nein, wenn sie vor aller Augen ist, ist sie keine Liebe mehr. Liebe besteht gerade da, wo sie verschwiegen ist. Ist heimlich, wird nur gefühlt. Sie verwirrt, verwandelt. Sie regt zum Tanzen und Springen an. Sie bringt zum Weinen, sie quält. Sie drückt nieder, und sie bringt einen dazu, wie verrückt in die Felder zu laufen.

Zuweilen ist der Mensch, der Mensch selbst, Liebe. Sein Dasein ist Liebe. Sein Gang, seine Blicke sind Liebe. Seine Hand, sein Herz sind Liebe. In dir brennt Liebe, ohne daß du ihr Kommen bemerkst. Ohne daß du weißt, von wo sie in dir auftauchte, wuchs. Vielleicht willst du sie gar nicht. Vielleicht auch willst du sie, weißt es aber nicht, kannst es nicht wissen. Liebe ist manchmal jene blasse Erinnerung an Ssolutsch und deine mit Kalk beschmutzten Hände, die eine Wand tünchen. Die Liebe – das ist Mergan selbst! Sie ist offenbar und nicht offenbar, die Liebe. Manchmal versetzt sie dich in Entzücken, manchmal stößt sie dich schmerzhaft in einen Abgrund. Nun also, wo ist Ssolutsch? Diese Frage ist ein Abgrund, in den du gezogen wirst! Ein Abgrund, in den Mergan gezogen wird. Wo ist Ssolutsch? Es ist der Neujahrsmonat, die Zeit des Neujahrsfestes, wenn alle aus allen Richtungen nach Hause zurückkehren und sich mit allem, was sie haben, an den mit frischem Grün geschmückten Tisch setzen und versuchen, eine kurze Zeit anders zu verbringen als das übrige Jahr. Wo ist Ssolutsch? Wo kann Ssolutsch jetzt sein? In den Hügeln nahe bei Schahrud! Was stellt das Bergwerk mit Ssolutsch an?

Ist Ssolutsch überhaupt im Schahruder Bergwerk?!

Mergan kannte ihren Bruder gut. Moula Eman nahm sich immer hunderterlei Dinge vor, führte aber keines vollständig aus. Wie oft mochte er, um Mergan zu trösten, ein Netz von Lügen gesponnen haben! Moula Eman war so veranlagt, daß er in einer trübsinnigen Atmosphäre nicht atmen konnte. Er gehörte zu der Sorte Menschen, von der man sagt: Am Hungertuch nagt er, aber betrinken kann er sich. Vielleicht hatte er an dem einen Abend, den er bei seiner Schwester verbrachte, den Kummer nicht an sich heranlassen, keine nutzlose Anteilnahme zeigen wollen. Vielleicht hatte er neuen Atem in das schweigende Haus blasen wollen.

›Aber wo ist Ssolutsch jetzt?!‹

»He, Frau Mergan, Gott geb' dir Kraft!«

Das war Karbalai Doschanbeh, der Onkel von Sahra und Sabih-ollah. Klein, breitschultrig stand er im Türrahmen, eine Hand an die Wand gestützt. Sein Lamm hielt er an der Leine, ein zufriedenes Lächeln bildete Fältchen um seine Augenwinkel. Mergan erkannte die Stimme Karbalai Doschanbehs, und ohne sich umzudrehen – das geschah nicht vorsätzlich –, erwiderte sie seinen Gruß. Karbalai Doschanbeh trat ins Zimmer, legte die Hände auf den Rücken, ließ die

Blicke über Wände und Decken schweifen und sagte: »Vortrefflich, wirklich vortrefflich! Das hab' ich noch nie gesehen, eine Frau von dieser Tüchtigkeit hab' ich noch nie gesehen! Bravo! ... Das Genick möge mir brechen, weil ich mein Juwel von einer Frau mit meinen eigenen Händen zerbrochen habe! ... Bravo, Mergan!«

Karbalai Doschanbehs Stimme war weich, melodisch, gedehnt und zeugte von einer gewissen Selbstgefälligkeit und Erfahrung. In seinen Worten schwang, seiner eigenen Meinung nach, etwas mit, was ihnen Gewicht verlieh. Dieses Etwas war die Überzeugung von der Überlegenheit Karbalai Doschanbehs und seiner Sippe über alle anderen. Er besaß eine Art Familienstolz, und seine Verwandten standen ihm darin nicht nach. Auch wenn Hunger ihnen die Kraft zum Atmen benahm, vergaßen sie nicht, in ihre Stimmen einen hochmütigen Klang zu legen, der ganz von selbst die Verachtung anderer mit einschloß. Männer und Frauen dieser Familie waren so: großsprecherisch, prahlerisch. Als trage ein jeder eine Maske aus Stolz, um sein Tun und Lassen dahinter zu verbergen.

Mergan war vertraut mit diesem Charakter der Familie Doschanbeh. Wenn sie auch Karbalai Doschanbehs Lob für bare Münze nahm, spürte sie doch in seinem Gerede das Gift und die versteckten Andeutungen, die ihm ungewollt von der Zunge trieften. Aber sie machte sich nichts daraus. All dies war ihr längst bekannt. Sie merkte, daß sie die Natur eines Igels angenommen hatte, der, wenn er sich einem Angreifer gegenübersieht, den Kopf einzieht und zu einem einzigen Stachel wird, so daß kein Tier ihm etwas anhaben kann. Als wären in Mergan verschiedenartige Menschen gleichzeitig anwesend, von denen einer, sobald es erforderlich wurde, zum Vorschein kam und der Außenwelt gegenübertrat. Aber in diesem Moment wollte keiner der in ihr steckenden Menschen etwas mit Karbalai Doschanbeh zu tun haben: Mergan wurde zu einem Igel: ›Zum Teufel mit ihm! Ich tu' meine Arbeit, ich krieg' Lohn dafür!‹

Doch Karbalai Doschanbeh gab nicht auf: »Ich hab' gehört, daß du nun erfreulicherweise deine Tochter verheiraten willst?!«

»Ach . . . mal sehn, was Gott bestimmt!«

»Gott will nur Gutes. Einer Eheschließung legt er kein Hindernis in den Weg. Sie ist ja auch wirklich schön groß geworden!«

»Du siehst sie mit väterlichen Augen an, Karbalai. Hadjer ist deine untertänige Dienerin.«

Karbalai Doschanbeh trat zurück, beschrieb einen Halbkreis und suchte mit den Augen nach einem Platz zum Sitzen. Einen Platz außer der Türschwelle gab es nicht. Er hob die Schöße seines Kaftans, plazierte seinen Hintern auf den Boden, lehnte die Schulter an die Wand, holte seinen Rosenkranz aus der Tasche, und seine kurzen, dicken Finger begannen mit dessen winzigen Perlen zu spielen. Sein Lamm war dicht an ihn herangekommen und kaute an der zerrissenen Schulter seines Kaftans. Er fragte: »Hat Sahra was zu trinken gebracht?«

»Ja, Karbalai. Tee hat sie gebracht.«

Karbalai Doschanbeh klaubte vom Grund seiner Tasche zwei Rosinen heraus, legte sie sich auf die Zunge und sagte: »Die Kinder haben dir ja wohl meine Botschaft ausgerichtet, Frau Mergan. Ich hatte gesagt, wenn du mal was brauchst, laß es mich wissen. Mir stehen schließlich einige Mittel zur Verfügung. Ich werd' das schon irgendwie mit dir regeln. Mit dir werd' ich nicht wie mit einem Fremden abrechnen. Bürgen und Pfand verlang' ich auch nicht von dir. Du selbst bist mir einen Sack voll Geld wert.«

»Gott erhalte dir deine Güte, Karbalai. Gott sei Dank ist der Winter ja nun vorbei!«

»Kurz und gut, ich bin kein Liebhaber von schönen Redensarten! Von diesem . . . Schlappschwanz, dem Ssolutsch, ist wohl keine Nachricht gekommen, wie?«

»Doch, wir haben Nachricht. In der Gegend von Schahrud hat er Arbeit gefunden. Im Bergwerk.«

»Das ist eine Lüge! Alles ist erlogen! Die halten dich doch zum besten. Wenn du auf mich hörst – Ssolutsch ist längst umgekommen. Der hatte nicht die Kraft und Fähigkeit, die Drangsal der Fremde zu ertragen. Und das mit leeren Händen im Winter! Der hatte den Verstand verloren, dieser Kerl! Würde ein vernünftiger Mensch so was tun?! Mitten im tiefsten Winter! In die Fremde! Ich bin in der Fremde gewesen, hab' in der Fremde im Gefängnis gesessen. Sechs lange Jahre! Alle wissen das. Aber mit heiler Seele heimkehren, das ist nicht jedermanns Sache. Das verlangt einen robusten Mann mit der Kraft eines Stiers, nicht so einen elenden, halbtoten Kerl wie den! Auch wenn Ssolutsch hiergeblieben wäre, hätte er's nicht mehr lange gemacht. Er war ja schon ohne Saft und Kraft. Der Arme konnte sich ja kaum noch vorwärts schleppen. Seine Füße schleiften nur so über den Boden!«

Wenn das Geschwafel hier sein Ende gefunden hätte, Karbalai Doschanbeh von seinem hohen Roß heruntergestiegen und verschwunden wäre, hätte Mergan vielleicht alles runterschlucken können, ohne sich etwas anmerken zu lassen. Aber Karbalai Doschanbehs Mundwerk stand nicht still. Er glaubte, es mit einem gebrochenen Wesen zu tun zu haben. Im Haus seines Neffen am Boden sitzend, redete er zu Mergan, deren Arme, Gesicht, Haare und Schultern mit Kalk bepudert waren, in dicken Tönen, als wolle er ihr auf hinterhältige Weise das Herz schwermachen. Mergan wußte in ihrer Bedrängnis nicht, was sie sagen sollte. Sollte sie überhaupt etwas sagen? Sie sollte – wenn sie es könnte! Doch wie? Sie sagte: »Karbalai! Über einen Abwesenden reden ist nicht schön.«

Mit einer Deutlichkeit, die an Unverschämtheit grenzte, sagte Karbalai Doschanbeh: »Sag: über einen Toten!«

Mergan erwiderte sanft, mit verborgenem Schmerz in der Stimme: »Hat Ssolutsch dir jemals etwas Schlechtes angetan?«

»Nie, nie. Ich hab' nie von ihm Schlechtes erfahren. In allem verhielt er sich korrekt. Wir wußten ja nicht, daß er vorhatte fortzugehen, aber am Tag bevor er fortging, sagte er selbst zu meinem Ssalar Abdollah, er solle wegen seiner Forderung kommen und die Kupfersachen, wenn sie noch da wären, mitnehmen. Nein, ein korrekter Mann war er.«

»Schön, und weshalb machst du ihn dann so schlecht?«

»Willst du, daß ich über einen solchen Mann Gutes rede? ›Mann‹ sag' ich!! Hach! Wessen Obhut hat er seine junge Frau anvertraut, als er fortging? He? Wessen Obhut?! Des Wüstenwinds?! Was für eine Bezeichnung verdient ein solcher Mensch? Sag mir lieber, was für eine Bezeichnung er nicht verdient! Und weißt du, was? Du weißt es nicht! Oder doch?«

»Was?«

»Daß, wenn ein Mann seine Frau auf diese Weise im Stich läßt und fortgeht und im Lauf von ein paar Monaten . . . ich weiß nicht, von wieviel Monaten, keine Nachricht von ihm kommt, die Frau als von ihm geschieden gilt?! Genauso wie ein Moslem, der, wenn er vierzig Tage und Nächte kein Fleisch ißt, als Ungläubiger angesehen wird! Wußtest du das? Wußtest du das, du Moslime? Die Erde verflucht den, der ledig bleibt!«

Karbalai Doschanbeh hatte gesagt, was er sagen wollte. Er stand auf und fügte noch hinzu: »Das ist ein wichtiger Punkt! Ein religiöses Gesetz! Jetzt weißt du, woran du bist!«

Stumm blickte Mergan hinter den schlottrigen Gliedern des Alten her. Sein Lamm am Strick hinter sich herziehend, entfernte sich Karbalai Doschanbeh. Wie vor den Kopf geschlagen, blieb Mergan einen Augenblick unbeweglich stehen, wandte sich dann entschlossen ihrer Arbeit wieder zu und schrie die Tochter an: »Was stehst du da so stur herum? Gieß Wasser in die Schüssel! Siehst du nicht, daß der Mörtel hart geworden ist?«

Hadjer eilte an ihre Arbeit.

Aufs neue schlug die Arbeit Mutter und Tochter in ihren Bann. Doch diesmal hatte sich ein Stachel in Mergans Herz gebohrt. Ein Teil ihres Herzens brannte. Einen Beutel voll Gift hatte Karbalai Doschanbeh in ihr Herz geleert und war dann gegangen.

War Mergan wirklich von ihrem Mann geschieden? Galt sie jetzt als Geschiedene? War Ssolutsch nun für sie ein Fremder? Dann hatte Moula Eman ihr also aufgrund einer solchen Überlegung eine erlogene Nachricht über Ssolutsch gebracht? All diese Gedanken vermischten sich miteinander und versetzten Mergan immer mehr in Unruhe. Schön, diese Seite der Medaille hatte sie sich nicht angesehen. Dann hatte sich Ssolutsch, sie stillschweigend verstoßend, davongemacht? Wie merkwürdig! Aber warum? Sie verlangte doch nichts von ihm. Warum hatte er ihr nicht den vom religiösen Gesetz vorgeschriebenen Scheidebrief ausgehändigt? Nein, vielleicht hatte Karbalai Doschanbeh sich dies alles nur ausgedacht. Nein, so geht das nicht. Sie müßte persönlich zum Molla gehen und ein religiöses Rechtsgutachten von ihm einholen. Aber was würden die Leute sagen? Wenn sie so etwas täte, eine solche Frage stellte, würden sie ihr wer weiß was nachsagen. War es denn möglich, daß die bösen Zungen stillschwiegen? ›Das Weib ist geil geworden! Ein paar Tage ist ihr Mann fort, das tägliche Brot für sie und die Kinder zu beschaffen, und schon hat die Geilheit sie gepackt! Was gibt's doch für Menschen!‹

Wenn sie so was sagten – was sie bestimmt täten –, würden sie es nach Mergans eigener Ansicht zu Recht sagen. Auch Mergan selbst würde hinter dem Rücken einer solchen Frau solche Reden führen: ›Die gibt sich alle Mühe, das religiöse Recht zu ihren Gunsten auslegen zu lassen!‹

Was würde dann von Mergan übrigbleiben? Was würden ihre Söhne sagen? Und ihre Tochter?

Doch sich darüber keine Gedanken machen, das ging auch nicht. Letzten Endes mußte die Angelegenheit geklärt werden. Mergan hatte ein Anrecht darauf, auch an sich zu denken. Der einzige Weg, der ihr in den Sinn kam, war der, an einem dieser Abende, spät am Abend, zum Semindjer Molla zu gehen. Aber wie denn? Sobald die Frau des Molla begriff, mit welchem Problem sich Mergan an ihn wandte, reichte das für eine ganze Stadt! Wenn die Frau des Molla nur ein Wort von sich gab, würde es hundert Tore passieren. Was sollte sie also tun?

»Tu Mörtel in den Napf, Mädchen!«

Mergan nahm den Napf mit Mörtel der Tochter ab, überstrich die Flecken unter der Wandnische und war nun mit der Arbeit fertig. Es war kurz nach Mittag. Jetzt mußte sie das Haus des Schwiegersohns von Agha Malek tünchen. Sie trug ihr Arbeitszeug in den Hof und setzte sich am Rand der Grube unter dem Mehlbeerbaum hin, um sich Hände und Gesicht zu waschen. Hadjer goß ihr Wasser über die Hände, setzte sich danach selbst an den Grubenrand, damit die Mutter ihr Wasser über die Hände goß. Sahra kam aus der Küche, ging schräg auf Mergan zu und sagte: »Ich soll dir von Sabih-ollah bestellen, du sollst zwei Farbschichten auftragen, du weißt ja, daß er . . .«

Mergan hob Schüssel und Eimer auf und sagte: »Sag ihm, ich werd' Abrou schicken, den Arbeitslohn zu holen!«

Auf eine Unterhaltung ließ sie sich nicht ein. Sie ging zum Hoftor hinaus und sagte zu Hadjer, sie solle die übrigen Sachen mitbringen. Zu Hause aßen sie schweigend ihr Brot und tranken Tee dazu. Der vom angefeuchteten Brot aufgeblähte Bauch macht, wenn man dazu noch müde von der Arbeit ist, schläfrig. Aber Mergan konnte den schwer gewordenen Augenlidern nicht ihren Willen tun. Ehe ihr Arme und Beine schlaff werden konnten, stand sie auf, nahm ihr Arbeitszeug und machte sich mit Hadjer auf den Weg zum Haus des Schwiegersohns von Agha Malek.

Sie waren gerade mit dem Essen fertig. Spuren von Blut eines eben geschlachteten Hammels waren auf der Erde zu sehen. Ssalar Abdollah, Sabih-ollah und der Schwiegersohn von Agha Malek saßen neben dem zementierten Wasserbekken auf einem groben Teppich in der Sonne und stocherten in den Zähnen. Ssalar Abdollah, lang aufgeschossen und mit langen Armen, hockte, Rücken und Hinterkopf an die Mauer gelehnt, krumm da. Obwohl er auf einem Knie saß, das andere aufgestellt, und sich auf die linke Hand stützte, wirkte er größer als die anderen. Sabih-ollah, rundlich und gedrungen, seinem Onkel Karbalai Doschanbeh gleichend, saß im Schneidersitz am Rand des Teppichs und kratzte mit den Fingernägeln den eingetrockneten Schmutz von seinen Hosenaufschlägen. Der Schwiegersohn von Agha Malek, ein kleiner Semindjer Grundbesitzer, der sich zur Stadt hingezogen fühlte, stand eben auf, um für alle Tee zu holen.

Der Sitte gemäß grüßte Mergan zuerst und ging geradenwegs auf das hinter der Terrasse gelegene Zimmer zu.

Der Schwiegersohn von Agha Malek hatte vor kurzem in zwei kleine Fenster des Zimmers farbiges Glas einsetzen lassen. Das Zimmer war sauber, die Wände brauchten nicht abgefegt und nur ein wenig mit Wasser bespritzt zu werden. Hadjer, die auf dem besten Weg war, vom Handlanger zum Meister ihres Fachs zu werden, füllte den Eimer am sechseckigen Wasserbecken und brachte ihn her, und Mergan begann die Wände zu bespritzen.

»Unberufen – in diesem Neujahrsmonat hat man dich ja mit Arbeit überhäuft, Tante Mergan!«

Das war Ssalar Abdollahs Stimme. Von seinem Platz aus wollte er sich mit freundlichen Worten bei ihr anbiedern. Mergan sagte nichts. Von dem Augenblick an, als sie gehört hatte, daß Sabih-ollah und Ssalar Abdollah und ein, zwei andere – vielleicht auch der Schwiegersohn von Agha Malek – sich die Gotteserde aneignen wollten, konnte sie keinen von ihnen mehr sehen. Sie sah auch keinem mehr ins Gesicht. Doch Arbeit und Brot ist eine Sache, Zuneigung oder Abneigung eine andere. Zuweilen ist der Mensch genötigt, sein täglich Brot, seinen Arbeitslohn aus den Händen seines Todfeindes in Empfang zu nehmen. Und oft genug geschieht es, daß man dies ein ganzes Leben lang tun muß. Die Hand, die sich ausstreckt, den Lohn in Empfang zu nehmen, ist nicht eine Hand, die Hilfe annimmt. Das Schicksal will es so – was macht das schon! Trotzdem hatte Mergan nicht das Herz, Ssalar Abdollah mit falscher Freundlichkeit zu antworten. Sie sah keine lebenswichtige Notwendigkeit darin.

›Zum Teufel mit ihm!‹

Also vertiefte sie sich in die Arbeit. Von Ssalar Abdollah war sie nicht abhängig!

Mergan hörte Ssalar Abdollah vom Ankauf eines Traktors sprechen. Sie bekam mit, daß die hauptsächlichen Teilhaber am Traktor Sabih-ollah, der Schwiegersohn von Agha Malek und der Dorfvorsteher Nourus seien. Dann kam die Rede auf die Pumpe und das Zusammenlegen der verstreut liegenden Böden. Danach wurde die Unterhaltung verwickelt, und Mergan konnte nicht recht klug daraus werden. Deshalb war sie auf Vermutungen angewiesen. Soviel Ali Genou gesagt und Mergan es mehr oder weniger auch von anderen gehört hatte, hatten die größeren Grundbesitzer sich darauf geeinigt, diese Angelegenheit voranzutreiben. Und der Dorfvorsteher Nourus hatte nach den Worten von Ali Genou zusätzlich zu dem Anteil, den er beanspruchte, noch die Bedingung gestellt, daß diejenigen seiner Trockenbaufelder, die nicht in Reichweite der Pumpe lagen, zwei Jahre lang mit dem gemeinsamen Traktor gepflügt werden sollten. Aber Mergan konnte es noch nicht glauben, daß aus der ganzen Sache etwas würde.

Der Schwiegersohn von Agha Malek ließ sich vernehmen: »Den Plan haben sie gebilligt. Der Anbau von Pistazien ist für diese Gegend hier was Neues. Wenn er gelingt, was hoffentlich der Fall sein wird, wird diese Gegend völlig umgekrempelt. Meiner Berechnung nach wird, theoretisch, der Ertrag nach der Anpflanzung ungeheuer sein.«

Mergan wußte nichts von dem, was sich hinter den Kulissen abspielte. Sie hatte lediglich gehört, daß der Onkel von Ghodrat sein Stück Boden abgetreten hatte und ihm dafür eine Arbeit an der Pumpe versprochen worden war. Und Ghodrats Vater war in der Hand des Dorfvorstehers, denn er kaufte sein Opium von ihm, und hatte sich einverstanden erklärt, sein Stück Land zu verkaufen. Noch aber gab es, außer Mergan, viele andere, mit denen Ssalar Abdollah und seine Partner sich einigen mußten. Darunter die Söhne von Ssanam: Morad und Assghar Ghasi.

Die Söhne von Ssanam waren auf die Benachrichtigung von Ssalar Abdollah und dem Schwiegersohn von Agha Malek hin hergekommen und saßen jetzt auf dem Rand des Wasserbeckens. Assghar Ghasi, mit langem Hals, knochigen Schultern, schmalem Oberkörper und einem Muttermal am Kinn, hielt den Kopf gesenkt und sagte, mit den Kieselsteinen in seinen Händen spielend: »Nein, nein! Ich bin hier verwurzelt, lieber Ssalar. Ich bin nicht der Mann, anderswo zu arbeiten. Ich bleib' in Semindj. Im Sommer kümmere ich mich um meine Melonenpflanzen. Ich pflücke mir ein paar Wassermelonen und stille damit meinen Durst.«

»Statt dessen lass' ich mir vom Dorfvorsteher Nourus erstklassiges Opium für dich geben, Ghasi. Das ist wirklich zu deinem Vorteil. Damit kannst du eine Menge Geld verdienen!«

»Nein, nein, lieber Ssalar! Opium kauf' ich beim Dorfvorsteher gegen Barzahlung. Ich zähl' ihm das Geld bar hin!«

»Und warum ist dann Morad nicht so knauserig?«

Morad blickte den Bruder an. Der sagte: »Mit Morad ist das was anderes, lieber Sabih-ollah, der sieht die Sache anders als ich. Morad bleibt nicht hier, sein Herz hängt nicht an Semindj. Er will weg, braucht Fahrgeld. Aber ich . . . wohin soll ich von hier gehen? Ich und meine Mutter können doch nicht mit ihm gehen! Morad ist Gott sei Dank nicht süchtig. Der ist beweglich, ist jung. Wo der auch landet – dem passiert nichts. Aber wenn mich ein kalter Windstoß trifft, muß ich mich einen Monat ins Bett legen. Und meine Mutter ist noch schlimmer dran als ich. Ich und meine Mutter sind sozusagen lahm. Zu nichts sind wir nütze, lieber Ssalar!«

Einen Becher Tee vor Ghasi hinstellend, sagte Sabih-ollah: »Trink das! Dein Mund ist ja trocken wie Holz geworden! Wieviel Opium rauchst du eigentlich, Mann?! Qualmen tust du ja wie ein Schlot!«

Ssalar Abdollah wandte sich an den Schwiegersohn von Agha Malek: »Nun gut! Das Fahrgeld für Morad mußt du wohl geben, wie?«

Der Schwiegersohn von Agha Malek sagte: »Das geb' ich, Morads Fahrgeld geb' ich!«

Morad sagte zu Ghasi: »Den Mund hab' ich mir fusselig geredet, hab' dir immer wieder gesagt, du solltest mir das Fahrgeld geben! Meinen Bodenanteil kannst du haben, und später geb' ich dir auch dein Geld zurück. Ich geh' arbeiten, geb' dir dein Geld zurück. Auch wenn ich mir nichts zurücklegen kann – so viel werd' ich sparen, daß ich dir meine Schulden zurückzahle. Aber du führst dich auf wie ein Bettler. Zeig doch einmal, daß du mein Bruder bist! He? Na schön! Was soll ich nun tun? Leihst du mir das Fahrgeld, oder soll ich meinen Bodenanteil denen verkaufen?«

Ghasi kippte seinen Tee hinunter und sagte: »Ständig sagst du nur: Gib her! Nicht umzubringen bist du, aber immerzu willst du mich ausnehmen!«

»Ich will dich ausnehmen?! Du blöder Ziegenbock! Wer bist du denn, daß ich dich ausnehmen könnte?! Für meinen Bodenanteil will ich von dir nur mein Fahrgeld bekommen. Dich ausnehmen?!«

»Welcher Boden von dir? Dauernd plärrst du von Boden, Boden! Wie oft hast du in deinem ganzen Leben den Boden umgegraben? Wie oft? Ich hab' mir diesen Boden genommen, hab' drumherum aus Reisig einen Zaun gezogen, hab' Schweiß darauf vergossen, hab' ihn mitten im heißen Sommer gejätet, hab' die Erde um die Melonenpflanzen angehäufelt, bis ich endlich ein paar unreife Wassermelonen unter den Stauden einsammeln konnte. Wo warst du in den Tagen? Jetzt glaubst du wohl, weil du und ich aus einem Bauch gekrochen sind, gehört alles, was ich habe, auch dir?!«

»Alles, was du hast?! Sag das bitte noch mal! Woher stammt's denn?! Im übrigen – was besitzt du eigentlich, daß du immer sagst: alles, was ich habe?«

Noch ein paar andere Leute von der Gotteserde kamen, Assghar Ghasi hielt an sich, er hatte bemerkt, daß die Halsadern des Bruders vor Zorn anzuschwellen begannen. Der Vater von Ghodrat war unter den Leuten von der Gotteserde, auch Ali Genou. Hadj Ssalem und Mosslem tauchten ebenfalls auf. Ssalar Abdollah sagte allen, sie sollten sich an die Mauer setzen. Sie setzten sich. Morad stand auf. Auch Ghasi stand auf. Mirsa, der Schwiegersohn von Agha Malek, holte seine Brieftasche aus der Jackentasche und zog Morad in eine Ecke: »Du willst doch nichts anderes außer dem Reisegeld? Ich geb' dir das ganze Fahrgeld und die Auslagen für unterwegs. Warum machst du so ein Geschrei?«

Morad sagte: »Jetzt nicht, jetzt nicht, Mirsa Chan. Später . . . ich . . . ich . . .«

»Was kümmert's dich, was später ist? Nimm dein Geld und hau ab. Mit Ghasi werd' ich schon irgendwie ins reine kommen. Den haben wir in der Hand!«

Mergan streckte den Kopf aus der Tür und rief: »Ahai . . . Assghar Ghasi! Gib deinem Bruder die Auslagen für die Reise und laß ihn ziehn, wenn du nicht willst, daß die dir deinen Boden wegnehmen!«

Ghasi, der am Torweg stand und gerade fortgehen wollte, drehte sich zu Mergan um und sagte: »Wenn du so großes Mitleid mit ihm hast, gib du es ihm! Genauso wie du ihm deine Tochter geben wolltest!«

»Du dämlicher Kahlkopf! Ich sag' das nur deinetwegen. Sonst verkauft er als Mitinhaber den Boden, und du gehst leer aus, du Ratte!«

»Gib dir keine Mühe, ihn zum Mitinhaber zu machen, das ist er nun mal nicht! Und wenn er Geld von Mirsa Chan annimmt, ist das seine Sache. Das hat nichts mit dem Boden zu tun. He, ihr Leute, ihr alle seid Zeugen! Morad hat keinerlei Anrecht auf meinen Boden!«

Mergan, Kopf und Arme mit Kalk beschmiert, sprang von der Terrasse in den Hof und ging Ghasi nach, der aber schon weg war. Sie ging zu Morad hin und nahm ihn beiseite: »Wenn du Geld für die Reise brauchst, bring' ich das für dich in Ordnung. Verkauf nur deinen Boden nicht!«

»Was für einen Hokuspokus bläst du da dem Jungen ein, Mergan?!«

Ohne Ssalar Abdollah zu antworten, ging Mergan zurück auf die Terrasse und verschwand im Zimmer. Morad folgte seinem Bruder nach, und die Geschäftspartner fingen an, mit den Leuten von der Gotteserde zu feilschen. Der Schwiegersohn von Agha Malek hatte den Text einer Verzichterklärung abgefaßt und unter der Matratze bereitliegen, um ihn von den Gotteserde-Leuten unterschreiben zu lassen. Zuallererst zeigte er Hadj Ssalem das Schriftstück.

»Aber mir gehört doch nichts von der Gotteserde!«

»Den anderen gehört auch nichts, Hadj Agha. Die Verzichterklärung soll von allen Dorfbewohnern unterschrieben werden. Wir lassen euch auch nicht mit leeren Händen abziehen. Jeder kann unterschreiben oder sein Siegel oder einen Fingerabdruck darunter setzen. Mosslem, komm du auch her!«

Mergan war mit ihrer Arbeit beschäftigt, gab aber auf die Stimmen acht. Am jeweiligen Tonfall konnte sie die Gemütsverfassung des Sprechenden erkennen: klagend, unzufrieden, schmeichlerisch, enttäuscht, mißtrauisch, gleichgültig. Die Habenichtse hatten einander benachrichtigt, daß Ssalar Abdollah und seine Partner Fahrgeld verteilten. Alle waren erschienen oder trafen eben ein. Sowohl die, die auf der Gotteserde gesät hatten, als auch die, die es nicht getan hatten. So eine Art Bettelei, eine Art Lügerei und Bettelei. Sie machten einen Fingerabdruck und erhielten etwas dafür. Erklärten ihren Verzicht auf etwas, was ihnen nicht gehörte. Die Verzichterklärung hatte voller Fingerabdrücke zu werden. Und sie wurde es. Denn die Hände jedes dieser Bettler hatte zehn Finger! Nur noch ein paar waren übriggeblieben, mit denen die Partner von Ssalar Abdollah feilschen mußten. Aber auch diese Schwierigkeit wurde aus dem Weg geräumt. Mirsa Chan gab sich leutselig, keinen wollte er kränken. Es sei denn hier und da einen, mit dem er von früher her eine kleine Rechnung zu begleichen hatte. Jedenfalls ließen sich einige beschwatzen, und die meisten gingen zufrieden von dannen.

Die Stimme Mirsa Chans, des Schwiegersohns von Agha

Malek, war kräftig und volltönend: »Diese unsere Arbeit ist etwas anderes, als wenn auf einem riesengroßen Gottesboden zehn, zwölf Todeskandidaten arbeiten, Menschen, die nicht mal eine Schaufel oder eine Sichel ihr eigen nennen, um Unkraut zu mähen, um zu arbeiten. Was sag' ich: arbeiten! – sich nur irgendwie beschäftigen! Ich weiß, ihr selbst wißt auch, was ich damit sagen will. Ein paar ausgemergelte Gestalten haben sich wie Ameisen an jeder Ecke der Gotteserde festgeklammert und krabbeln ein paar Tage im Jahr darauf herum, und am Ende der Saison, wenn man die ganze Ernte aufeinanderhäuft, kommen keine fünf Charwar Wassermelonen zusammen. Und bloß Wassermelonen! Warum bloß Wassermelonen? Kommt es euch auch in hundert Jahren nicht in den Sinn, etwas anderes als Wassermelonen anzubauen? Das gleiche, was ihr von euren Vätern gelernt habt, bringt ihr euren Kindern wieder bei! Seid ihr denn nie auf den Gedanken gekommen, daß es in dieser Welt auch andere Produkte als Wassermelonen gibt, die auf der Gotteserde angebaut werden können? Klar, das seid ihr nicht! Im übrigen . . . auch wenn einer von euch drauf gekommen wäre – wo sind die Mittel dazu? Womit wollt ihr den Boden vorbereiten, damit er etwas trägt? Mit leeren Händen?! Mit leeren Händen geht's nicht! Geld müßt ihr auf die Erde streuen! Ohne Hefe geht der Teig nicht auf. Das sag' ich euch allen. Vor allem sag' ich das denen, die sich jetzt plötzlich einbilden, daß sie auf einem Schatz sitzen. Gut wär's, wenn ihr euch hinter die Ohren schreibt, daß ein Boden ohne Besitztitel demjenigen gehört, der die besten Erträge davon erzielt. Nur noch ein Wort. Umsonst hab' ich mich schon müde geredet. Jene drei, vier Leute, die noch übriggeblieben sind, sollen nicht glauben, daß ihr Gerede zu irgend etwas führen wird. Wir wollen, daß dies Unternehmen zur Zufriedenheit aller zustande kommt. Schließlich müssen wir ja miteinander leben. Es ist besser, wenn das in Frieden und Freundschaft geschieht. Ich möchte nicht, daß Beamte hier in Semindj auftauchen. Aber vielleicht sind einige meiner Partner in dieser Beziehung unnachgiebiger. Davon abgesehen müssen in dieser ganzen Gegend auch die Grundeigentümer mit Besitztiteln wohl oder übel mit ihrer elenden Plackerei aufhören. Wie lange noch wollen sie mit Esel und Kamel ihre Trockenfelder bearbeiten? Es bleibt ihnen nichts übrig, als zu verkaufen oder sich mit uns zusammenzutun, die Böden zusammenzulegen und unsere Partner zu werden. Ohne Umschweife will ich euch sagen, daß mein Projekt für den Pistazienanbau schon genehmigt ist. Das bedeutet, die Behörden wollen, daß dieses Vorhaben ausgeführt wird!«

Ohne daß sie es gewahr wurde, hatten Mergans Hände von der Arbeit abgelassen, regungslos hatte sie der Rede des Schwiegersohns von Agha Malek gelauscht. Nun drang kein deutliches Wort mehr an ihr Ohr, nur ein kurzes, kaum vernehmbares Gemurmel. Sehr leise auch das Geräusch vereinzelter, sich entfernender Schritte. Mirsa Chan sagte: »Bestellt denen, die nicht gekommen sind, unsere Grüße! Mehr als dreimal geb' ich nun nicht mehr Bescheid.«

Mergan verstand, daß Mirsa Chans Ansprache in ihren wesentlichen Punkten an sie und ihresgleichen gerichtet war. Sie machte sich wieder an ihre Arbeit. In ihrer Verstocktheit suchte sie nach keiner Möglichkeit, sich mit diesen Leuten zu einigen, als sei sie zur Widerspenstigkeit verpflichtet. Als werde ihr ganzes Dasein von diesem einen Stück Boden getragen und als sei dies Stück Boden eine Stütze, die sie aufrechterhielt. Ein Trugbild! Sie wollte nicht nachgeben; aber sie wollte es auch nicht wahrhaben, daß ihr Starrsinn vor allem auf ihrem seelischen Zustand beruhte. Sie wußte besser als die anderen, daß die Gotteserde sie und ihre Kinder nicht ernähren konnte. Sie wollte wohl nur ihre Hartnäckigkeit auf die Probe stellen.

»Hast du das gehört, Tante Mergan?«

Mergan drehte sich um. Ali Genou stand an der Tür: »Was sagst du dazu?«

Mergan sagte: »Ich hab' nicht vor, den Lebensquell meiner Kinder zu verkaufen.«

Ali Genou sagte: »Reichen deine Kräfte dafür? Die meisten haben sich abfinden lassen. Dieser Boden bringt doch nun mal nichts hervor!«

»Jeder muß selbst wissen, was er zu tun hat!«

Ali Genou fragte: »Was soll ich tun?«

»Das mußt du selbst entscheiden!«

»Nein, ich will dich nicht . . . Nein, wenn du nicht verkaufst, verkauf' ich auch nicht. Und wenn du willst, geb' ich's Hadjer als Brautgeschenk.«

Hadjer verkroch sich in eine Ecke.

Ali Genou fragte: »Heute hast du wohl keine Zeit, ins Bad zu gehen?«

Mergan sagte: »Wenn ich's schaffe, komm' ich mir den Schlüssel holen.«

Ali Genou drehte sich um und ging die Stufen hinunter. Plötzlich stand Mirsa Chan ihm gegenüber. Er reckte und streckte seine lange Gestalt und schickte sich an, die Stufen hinaufzusteigen: »Was wirst du tun, Maschd Ali?«

Ali Genou antwortete, ohne ihn anzublicken: »Ich muß mir's überlegen, Mirsa Chan.«

»Dann geh und überleg's dir!«

An der Tür grüßte Mirsa Chan Mergan mit den Worten: »Gott geb' dir Kraft!« und fuhr fort: »Deine Hadjer ist ja wirklich groß geworden, Tante Mergan! Zeit für sie, zu heiraten!«

Ohne ihre Arbeit zu unterbrechen, gab Mergan dem Schwiegersohn von Agha Malek murmelnd etwas zur Antwort. Der lehnte sich mit der Schulter an den Türrahmen, beugte Kopf und langen Hals vor und blickte sich im Zimmer um. Mergan war von Kopf bis Fuß mit Kalkfarbe bespritzt. Nochmals sagte Mirsa: »Gott geb' dir Kraft!«

Mergan knotete einen alten Kleiderfetzen um den Besen, tauchte den Besen in den Farbeimer, richtete sich auf und sagte: »Vielen Dank!«

Auf Mirsa Chans freundliche Erkundigung nach ihrem Ergehen gab sie ihm nur eine trockene Antwort.

Mirsa fragte: »Deine Söhne haben wohl nicht vor, von hier, von Semindj, auf Arbeitssuche fortzugehen, Mergan? Oder wollen sie gehen?«

Mergan erwiderte: »Ich weiß nicht.«

Mirsa sagte: »Einem von ihnen geb' ich selbst hier Arbeit. Dein Abrou ist ein geschickter Bursche, aber der andere ist arbeitsscheu.«

»So geht's nun mal zu in der Welt!«

»Ich an deiner Stelle würde den Abbass mit den anderen Semindjer Burschen auf Arbeit schicken. Laß ihn bei Fremden arbeiten und Erfahrungen sammeln!«

»Mal sehen!«

»Wenn du vorhast, ihn wegzuschicken, komm' ich für sein Fahrgeld und die anderen Reisekosten auf.«

Mergan sagte: »Sollte er weggehen, lassen sich Fahrgeld und Auslagen für die Reise schon irgendwie finden!«

»Gott sei's gedankt, daß sich's finden läßt! Aber gib's lieber für was anderes aus. Dies Geld, von dem ich spreche, ist der Betrag, den ich dir schulde.«

»Was für einen Betrag schuldest du mir, Mirsa?«

»Für diese Gotteserde doch! Es wär' schließlich nicht recht, wenn ich sagte: Packt euch und geht. Das wär' nicht gottgefällig.«

»Warum sollen wir gehen, Mirsa? Wohin sollen wir gehen?!«

»Tu nicht so, als verstündest du nicht, worum es geht, Mergan! Wir haben die Gotteserde ins Grundbuch eintragen lassen. Wir haben vor, auch alles andere zu erledigen und dann Pistazienbäume anzupflanzen. Pistazienbäume brauchen solchen Boden. Weißt du, wenn's mit dem Pistazienanbau klappt, wird nicht nur Semindj, sondern diese ganze Gegend hier aufblühen! Die Fachleute haben gesagt, daß die hiesigen Pistazienbäume sogar von besserer Qualität sein werden als die von Rafssandjan. Wir wollen hier Wohlstand schaffen. Man kann doch nicht ewig nur Wassermelonen anbauen!«

»Schön! Und was fällt für mich von diesem Wohlstand ab?«

»Was für dich abfällt?! Wohlstand ist für alle gut. Es muß nicht unbedingt auch für dich etwas abfallen!«

»Und was wird mit meinem Boden, den ich verliere?«

»Dein Boden?! He? Welcher Boden? Wie gut, daß er einen Namen hat: Gotteserde! Das ist Gottes Boden!«

»Wenn es Gottes Boden ist, dann bin ich Gottes Geschöpf. Was ist da für ein Unterschied? Gottes Boden wird bestellt von Gottes Geschöpfen. Oder sollte ich kein Gottesgeschöpf sein?«

»Warum solltest du das nicht sein? Wer ist ein besseres Gottesgeschöpf als du! Letzten Endes aber muß dieser Boden Gottes bebaut werden.«

»Schön, soll er bebaut werden! Sag' ich denn, er soll nicht bebaut werden?! Ich wünsche mir das ja auch. Aber jetzt, wo ich mich davon trennen soll und fortgehen – was wird aus meinem Anspruch und dem meiner Kinder? Nur diese paar Geldscheine, die du meinen Söhnen in die Hand drücken willst?!«

»Dann sag du mir, was ich tun soll! Dir mein ganzes Hab und Gut schenken?!«

»Wann hab' ich das gesagt?!«

»Das ist's doch, was du sagst. Was sonst sagst du denn?«

»Ich sag': Wenn demnächst dein Unternehmen Erträge abwirft, wird dann auch nur ein Ssier davon für mich abfallen? Das ja wohl nicht – oder?«

»Warum sollte davon für dich etwas abfallen? Im übrigen . . . wer weiß, wer von uns dann noch am Leben ist! Pistazienbäume setzen erst nach sieben Jahren Früchte an, nach sieben Jahren erst fangen sie an, Gewinn einzubringen.«

»Und was wird schließlich mein Anteil an diesem Gewinn sein?«

»Dein Anteil? Das ist doch sonnenklar. Einem deiner Kinder beschaffe ich Arbeit. Was willst du mehr?«

»Ist das alles?«

»Was denn sonst?«

»Nichts!«

»Schön, dann also nichts. Überhaupt – warum rede ich eigentlich mit dir, du dummes Frauenzimmer? Das sag' mir mal einer!«

Sabih-ollah trat zu Mirsa und fragte: »Mergan sträubt sich wohl, wie?«

Mirsa sagte: »Laß sie sich sträuben, sie schadet sich nur selbst damit.«

Sabih-ollah, Schulter an Schulter mit Mirsa von der Terrasse in den Hof hinuntergehend, sagte: »Mit ihrem Sohn Abbass kommt man besser klar. Wenn sein Auge auf einen Geldschein fällt, läuft ihm das Wasser im Mund zusammen.«

Mirsa sagte: »Zum Teufel mit dieser störrischen Eselin! Ich bin nicht auf ein Weib wie dieses angewiesen!«

Der Hof hatte sich geleert. Sabih-ollah und Mirsa gingen zum Tor. Der Dorfvorsteher Nourus folgte ihnen nach, und unter dem Torbogen gesellte sich Ssalar Abdollah zu ihnen. Der Dorfvorsteher sagte: »Die Arme hat keinen, der sie beschützt. Stellt sie irgendwie zufrieden! Zwanzig, dreißig Toman hier und da schaden nichts. Das ist, wie wenn man seine Steuern zahlte!«

Mirsa setzte sich auf die Bank im Torweg, holte eine Zigarette aus der Tasche und sagte: »Störrisch und bockig ist sie, diese Hündin! Sonst hätte ich ja nichts einzuwenden. Weil sie unter den Hiesigen als bescheiden und hilfsbedürftig gilt, möchte ich mich mit ihr gütlich einigen. Aber du siehst ja!«

Der Dorfvorsteher ging in den Hof zurück: »Ich will mal sehn, ob ich sie überreden kann.«

Keuchend tauchte Abrou auf. Ssalar Abdollah fragte: »Nun, was hast du erreicht?«

»Der Fahrer läßt sagen, daß der Traktor auch heute abend noch nicht fertig wird. Die Scheinwerfer müssen ausgewechselt werden. Er sagte, morgen früh bringt er ihn her.«

Ssalar sagte: »Sei morgen in aller Frühe an der Landstraße! Mit Ali Genou hast du ja wohl abgerechnet?«

»Da war nicht viel abzurechnen!«

Mit einem Blick auf seine Geschäftspartner bemerkte Ssalar spöttisch: »Einen Heizkeller überwachen – was ist das auch schon?! Im übrigen ... es fängt an warm zu werden. Wer geht schon in den nächsten sechs, sieben Monaten ins Badehaus? Wer's nötig hat, gießt sich am Bach einen Eimer Wasser über!«

Der Dorfvorsteher kam wieder, Mergan und Hadjer folgten ihm; sie schienen mit ihrer Arbeit fertig zu sein. Mergan lud den Sack mit dem Arbeitszeug Hadjer auf die Schulter, und als sie an den Männern vorbeiging, sagte sie zu Sabihollah: »Gib Abrou meinen Lohn fürs Tünchen, Sabih-ollah, er bringt ihn mir dann.«

Mirsa sah den Dorfvorsteher an. Der schüttelte den Kopf: »Nein, die läßt sich nicht umstimmen!«

Von der Bank aufstehend, sagte Mirsa: »Ich stimme sie um! Du, Junge, sag eurem Abbass, er soll am Abend ins Haus von Herrn Sabih-ollah kommen, ich hab' mit ihm zu tun!«

Abrou sagte: »Jawohl.«

Mirsa, Sabih-ollah und Ssalar Abdollah gingen zum Tor hinaus. Abrou blickte ihnen nach. Hadj Ssalem und sein Mosslem traten hinter der Mauer hervor und folgten Mirsa und seinen Partnern. Auch der Dorfvorsteher mußte nun gehen, aber bevor er den Torflügel zuzog, blickte er Abrou an und sagte: »Was hast du nur für eine eigensinnige Mutter, mein Junge!«

3

Abbass trat mit einem ganz neuartigen Gefühl aus Sabihollahs Haustür: Zufriedenheit, gemischt mit Unruhe. Die Müdigkeit des Tages war von ihm gewichen. Oder hatte sich in seinem Körper verloren. In der Faust drückte er die Geldscheine, die er von Agha Maleks Schwiegersohn erhalten hatte, und wußte nicht recht, was er damit anfangen sollte. Er wollte nicht, daß sie gesehen würden. Nie wollte er, daß sein

Geld gesehen würde. Keine seiner Angelegenheiten durfte bekannt werden. Immer hielt er etwas versteckt, immer wollte er etwas verbergen. Auch seinen Verlust im Spiel. Oder seinen Gewinn im Spiel; und wenn nicht den ganzen Gewinn, dann doch wenigstens ein paar Gran. Dieses Gefühl der Unsicherheit und des Mißtrauens anderen gegenüber war so tief in ihm verwurzelt, daß er gelegentlich sogar Handlungen abstritt, die allen bekannt waren. Meistens kamen seine Lügen an den Tag; aber es war ihm gleich, wenn die anderen seine Flunkereien durchschauten, ihn ein Lügenmaul nannten. Wichtig war für ihn, daß sie nicht erfuhren, was er trieb. Und wenn wir die Angelegenheit näher untersuchen, wird sie so einfach wie dies: Abbass wollte nicht, daß jemand herausfände, was er mit seinem eigenen bißchen Geld anfing und wohin er es tat. Dies war nicht allein seine, sondern mehr oder weniger die Einstellung aller seinesgleichen.

Das Problem, vor dem Abbass jetzt stand, war, wie er den Streit mit seiner Mutter beenden sollte. Und wichtiger als das: wie er die Hälfte des Geldes für sich behalten und die andere Hälfte zu Hause abgeben könnte, damit er nicht schief angesehen würde. In diesem Augenblick kam ihm nur der Ausweg in den Sinn, die Hälfte des Geldes zu verstecken. Deshalb schlich er sich hinter eine verfallene Mauer und knüpfte die Kordel an seiner Pluderhose auf. Der Hosenbund war der sicherste Platz. Die Kordel verknotend, trat er wieder in die Gasse. Jetzt waren nur noch zwei Geldscheine in seiner Faust, der Kaufpreis für seinen Anteil an der Gotteserde. Es sollte aussehen, als hätte er nur ein Drittel des Bodens aus Ssolutschs Nachlaß an Mirsa und seine Teilhaber übertragen.

In der Gasse erblickte er die Frau von Ali Genou, die in der Dunkelheit wie ein Schatten herankroch, langsam, sehr langsam. Mit einer Hand stützte sie sich an die Mauer, mit der anderen auf ein Stück Holz. Sie kam näher, zart und mager. Ihr leises Wimmern glich dem Flügelschlag einer Fledermaus. Abbass wurde aus seinen Grübeleien gerissen; Roghiyeh zog seine Gedanken auf sich.

Obwohl Roghiyeh einige Tage in der Stadt im Krankenhaus gelegen hatte, war kein Zeichen von Besserung an ihr zu bemerken. Von Tag zu Tag ging es mit dieser gebrochenen Frau bergab. Sie löste sich auf. Ihre Knochen schrumpften zusammen, die Haut in ihrem Gesicht trocknete immer mehr aus. Sie hatte keinen Atem zu sprechen, ihre Beine konnten diese paar Pfund Knochen nicht mehr sicher hierhin und dahin schleppen. Spindeldürr war sie geworden.

Abbass blieb dicht vor ihr stehen und fragte laut, als wäre Roghiyeh schwerhörig: »Wie geht's dir, Roghiyeh? Gut?«

Roghiyeh lehnte sich an die Mauer und holte Luft. Es sah aus, als werde sie in diesem Augenblick sterben. An die Mauer gelehnt, sank sie in sich zusammen, umklammerte mit beiden Händen das Stück Holz, das ihr als Stock diente, und wimmerte erschöpft. Ihre Stimme bahnte sich nur noch mit Mühe einen Weg, gerade so laut, daß sie an Abbass' Ohr drang. Von weit her kam sie, von so weit her, als dränge sie hinter den Sandhügeln, hinter einer Windhose hervor. Die Stimme einer Frau, nein, eines Lamms, das vom Dorf, von der Herde abgekommen ist und vom roten Wind der Wüste gefangengehalten wird. Die Stimme sprach von der Müdigkeit, vom Durst, von der Erschöpfung eines ganzen Lebens. Das war nicht die Stimme von Roghiyeh, eher das Rascheln trockener Weizenhalme. Stachlige Grannen von Gerstenähren hatten Roghiyehs Kehle verstopft. Die Stimme kam aus der Tiefe des Bodens. War Roghiyeh denn nicht gestorben?!

»Nein! Ich sterbe, ich sterbe. Ich hatte mich aufgemacht . . hatte mich aufgemacht, um . . . zu euch . . . zu euch . . . zu gehen . . .«

»Und? Und?«

»Hatte mich aufgemacht . . . mich aufgemacht . . . um . . . um . . . deiner Mutter, deiner Mutter zu sagen . . . zu sagen, daß . . . Oh Gott! . . . Dieser Atem . . . dieser Atem . . . warum . . . warum bleibt er nicht plötzlich ganz weg?!«

»Nun, um was zu sagen?«

»Zu sagen, daß . . . daß . . . daß . . . du wenigstens . . . wenigstens hättest warten ... hättest warten können ... bis ich ... bis ich tot bin ... erst dann ... erst dann ...«

»Erst dann – was?«

»Erst dann ... erst dann ... erst nach meinem Tod ... deine Tochter ... deine Tochter meinem Mann zur Frau gäbst ... Aber ... aber ... ich kehrte um. Kehrte um ... sagte es nicht ... weil ich sah ... sah ... mir sagte ... was nützt es, das zu sagen? ... Was nützt es? ... Was nützt es?!«

Roghiyeh legte ihren Kopf an den Stock, blieb einen Augenblick so sitzen und versuchte dann mühsam, sich aufzurichten; aber es gelang ihr nicht, sie sank zurück. Abbass faßte sie unter den Armen. Jetzt konnte Roghiyeh sich aufrichten. Sie stand auf und stützte sich mit der Hand an die Mauer, holte Atem und machte sich allmählich auf den Weg. Langsam, schwerfällig machte sie sich auf den Weg. Der Gang einer Schildkröte, sogar noch schwerfälliger. Abbass dachte: ›Für diese paar Schritte wird sie bis Mitternacht brauchen!‹ Er blieb noch etwas stehen und sah ihr nach. Daß sie nur nicht mit dem Kopf voran hinstürzt! Wieder ließ sich Roghiyehs Stimme hören.

Abass spitzte die Ohren. Roghiyeh wimmerte vor sich hin: »Sie wird nicht glücklich! ... Sie wird nicht glücklich ... Glücklich ... soll sie nicht werden! Ach ... Gott! ... ich beschwör' dich ... ich beschwör' dich ... schenk ihr kein angenehmes Leben! Schenk ihr kein ... Schenk ihr kein ...«

Die Stimme von Ali Genous Frau verlor sich hinter der Biegung der Gasse, und Abbass ging, mit langsameren Schritten als vorher, nach Hause.

Zu Hause herrschte heute abend eine ganz andere Atmosphäre. Es ging nicht lauter zu als an anderen Abenden, aber doch lebendiger als sonst. Alle hatten das übliche Einerlei durchbrochen, ihr Verhalten hatte eine neue Färbung angenommen, als ob die Sonne an einem Herbstmorgen auf Zweige und Blätter der Büsche scheine. Die kalte, trockene Hülle, die ständig jeden einzelnen umschlossen hielt, bekam gerade die ersten Risse, und sie gingen daran, sich davon frei zu machen. Sie machten sich frei, und jeder schlug, so gut er konnte, mit den Flügeln. Gingen hierhin und dahin. Manchen gefiel es sogar herumzuhüpfen. Jeder hatte einen Anlaß zur Fröhlichkeit. Ali Genou war, obwohl er es sich nicht anmerken ließ, unter ihnen allen der Fröhlichste. Auch Mergan war in ihrer Art vergnügt. Ihr Leben hatte einen Stoß erhalten. Die Tochter zu verheiraten ist eine Genugtuung für eine Mutter, und Mergan konnte mit den Überlegungen, die sie angestellt hatte, zufrieden sein. Auch Hadjer war im großen und ganzen zufrieden. Denn der Tag rückte näher – wenn auch für sie nicht auf die herkömmliche Weise –, auf den jedes Mädchen, mehr oder weniger, wartet: der Hochzeitstag.

Hadjer hatte sich eingeredet, daß jederlei Heirat zu einem kleinen Teil etwas Wünschenswertes sei und der Rest durch Einbildung wünschenswert werde. So ist nun mal der Mensch! Er kann manchmal über vieles hinwegsehen. Zum Beispiel darüber, daß Hadjer noch nicht vierzehn Jahre alt ist; oder daß das Barthaar von Ali Genou graumeliert ist; und vor allem über die Tatsache, daß die Braut in ein Haus kommt, das nicht nur das Fluidum der ehemaligen Frau ausstrahlt, sondern in dem diese Frau noch ist und immer da sein wird. Wie ein Spuk. Mit einem Krückstock in der Hand geht sie unaufhörlich überall im Haus, im kleinen Haus von Ali Genou, umher: Roghiyeh, die Frau, die in Klage und Verwünschung verwandelt ist. Deren Stimme aus den Steinen der Wand tönt. Die Frau, deren Augen dich auch von der anderen Seite des Vorhangs her sehen. Mit einem Paar trüber Augen von der Farbe des Schlafs blickt sie dich aus der Tiefe ihrer Augenhöhlen an. Immer blicken sie dich an, diese Augen, und stellen dir eine stumme Frage. Diese Augen richten nicht mehr als ein Wort an dich. Das eine Wort, das nicht über die Zunge geht, nicht ausgesprochen wird. Tausende von Wörtern werden ausgesprochen, aber dieses eine bleibt unausgesprochen. Ein unausgesprochenes Wort peinigt dich immerzu. Aber so ist eben der Mensch! Manchmal kann er über vieles hinwegsehen. Hadjer muß ihre Augen vor vielem verschließen.

Ali Genou sagte: »Mit Gottes Hilfe schließen wir dort auch gleich die Ehe. Ich bin da mit einem Molla bekannt.«

Mergan stellte einen Becher Tee vor Ali Genou hin und erwiderte: »Mit Gottes Hilfe!«

Abbass erschien auf der Schwelle. Mergan drehte sich nach ihm um und fragte: »Nun?! Was wollte er von dir?«

Abbass setzte sich gleich neben der Tür auf den großen Mörser und sagte: »Er wollte die Gotteserde, und ich hab' sie ihm gegeben.«

»Gegeben? Was hast du gegeben?«

»Dies eine Stückchen Boden!«

Mergan wußte nicht, ob ihr Herz zu Eis wurde oder ob ihr Kopf in Flammen stand. Sie richtete sich halb auf und fragte: »Dem Mirsa?!«

Abbass sagte: »Ihnen allen!«

»Mit wessen Erlaubnis aber?«

»Mit meiner eigenen!«

»Und wer bist du? Was bist du?«

»Ich bin der älteste Sohn von Ssolutsch. Der Erstgeborene. Die haben mir das gesagt.«

»Ein Hund soll dir auf deinen nicht vorhandenen Bart scheißen! Du vertrittst doch nicht uns alle! Dies Stück Boden gehört uns allen.«

»Meinen Anteil hab' ich verkauft. Glaubst du etwa, das ist wie die Kupfersachen, die du wegbringen und für dich verstecken kannst?! Im übrigen bist du bloß die Ehefrau von Ssolutsch, dir steht kein Anteil am Boden zu! Die haben mir das gesagt. Der Ehefrau steht nur ein Anteil an Haus und Inventar zu. Auch das haben die gesagt.«

Wie jemand, der in Ohnmacht zu fallen fürchtet, lehnte Mergan Schulter und Kopf an die Wand und schimpfte: »Himmel noch mal! . . . Gott strafe dich! Du hast uns zugrunde gerichtet, zugrunde gerichtet! Wie soll ich denn jetzt mein Recht bei diesen diebischen, nichtsnutzigen Kerlen geltend machen?! Daß Gott dich vom Erdboden verschwinden lasse, mein feines Söhnchen!«

Abbass sagte: »Du schneidest dir ins eigene Fleisch! Alle übertragen ihren Boden, nur du allein bist wie ein Weidenbaum geworden, der nicht mehr ausschlägt.«

Mergan hob den Kopf von der Wand: »Und wenn sie alle noch etwas drauflegen – was geht mich das an?! Warum säst du Zwietracht und hast dich den Kerlen da in die Hand gegeben?«

»Weil ich die Sache hinter mich bringen wollte. Warum soll man so dumm sein? Letzten Endes nehmen sie ja doch die Böden an sich, warum soll ich es da zum Streit kommen lassen? Kann ich mich denn gegen die durchsetzen? Wenn man der Kuh den Melkeimer unters Euter stellt, muß sie Milch geben. Mit Händen und Füßen um sich schlagen bringt einen nicht weiter! Dann lieber freundschaftlich. Von jetzt an haben wir mit denen zu tun, wir brauchen sie. Die sitzen am längeren Hebel. Wer ist's denn, der jetzt gerade deinen Sohn auf den Traktor setzen will?!«

Mergan und Ali Genou drehten sich nach Abrou um. Obwohl er den Kopf gesenkt hielt, fühlte Abrou auf seiner Stirn die Schärfe von Genous Blick und die Schwere des Blicks der Mutter. Das Schweigen hielt er nicht aus. Er hob den Kopf und sagte: »Es stimmt, was Abbass sagt. Ich geh' ab morgen nicht mehr in den Heizkeller, ich setz' mich auf den Traktor!«

Ali Genou fragte: »Was? Du arbeitest mit dem Traktor?! Und was wird mit der Arbeit im Heizkeller? Ist der Winter denn vorbei?! He? Ist der Winter vorbei, und bist du flügge geworden? Geht es so in der Welt zu?!«

Ohne Ali Genou anzublicken, sagte Abrou: »Ich hab' mich nicht verpflichtet, bis an mein Lebensende in deinem Heizkeller zuzubringen! Wenn man eine bessere Arbeit findet, geht man eben da hin!«

Zwischen den zusammengepreßten Zähnen stieß Ali Genou hervor: »Schön, wie du willst! Wir werden uns wieder sprechen! Wie du willst!«

Abrou, der sah, daß es besser wäre, den Streit ein für allemal auszutragen, sagte zur Mutter: »Ich hab' auch vor, meinen Anteil dem Ssalar und seinen Partnern zu übertragen und mir das Geld dafür geben zu lassen. Wie lange soll ich wie eine Laus in diesen Lumpen herumkriechen? Ich will in die Stadt gehen und mir eine richtige Hose kaufen. Auf dem Traktor kann man doch nicht in einer zerrissenen Pluderhose arbeiten!«

Abrou sprach seine Worte im Aufstehen zu Ende und schickte sich an fortzugehen. Diese Auseinandersetzung mochte er nicht weiterführen. Mergan wischte sich die Augenwinkel mit einem Zipfel ihres Kopftuchs und sagte mit deutlich zitternder Stimme: »Wie du willst! Verkauf du auch. Bleibt der Anteil von mir und dem Mädchen. Ich verkaufe nicht!«

Abbass langte sich ein Stück Brot und sagte, während er mit Abrou hinausging: »Wieder sagt sie ›mein Anteil‹! Ein vernünftiges Wort kapiert sie nun mal nicht!«

Ali Genou sagte: »Dann muß ich heute abend selbst gehen und den Ofen anheizen!«

Mergan sagte nichts. Ali Genou stand von seinem Platz auf: »Morgen früh bei Sonnenaufgang hol' ich euch ab!«

Mergan nickte nur. Ali Genou ging.

In der Gasse sah er die beiden Brüder, wie sie Schulter an Schulter auf das Haus von Sabih-ollah zugingen.

»Meinen Glückwünsch, Ali Akbar Chan! Meinen Glückwunsch!«

Hadj Ssalem und Mosslem waren vor Ali Genou aufgetaucht. Mosslem ging direkt auf ihn zu. Ali Genou sagte: »Morgen früh. Gut, morgen früh. Jetzt hab' ich nichts in den Taschen. Morgen früh mit Gottes Hilfe.«

Hadj Ssalem stieß mit seinem Stock Mosslem am Nacken: »Morgen früh. Gut, morgen früh, du Viech! Alle Tage sind Gottes Tage. Laß uns jetzt Tante Mergan aufsuchen. Vielleicht tüncht sie uns armen Teufeln anläßlich der Verheiratung der Tochter unsere Höhle, damit ihr Vorhaben Segen bringt!«

Vater und Sohn gingen im Dunkel der Nacht zu Mergans Haus.

Ali Genou blieb einen Augenblick stehen, drehte sich um und folgte Hadj Ssalem und seinem Sohn.

Abbass und Abrou traten aus Sabih-ollahs Tür. Sabih-ollah hatte Abrou auch den Lohn für Mergan mitgegeben. Jetzt mußte Abrou sein eigenes Geld irgendwo hintun, damit es nicht mit dem Arbeitslohn seiner Mutter durcheinandergeriet. Kameradschaftlich, freundschaftlich summte Abbass, mal von dieser, mal von jener Seite, dem Bruder ins Ohr: »Semindj ist zu Geld gekommen! Weißt du, alle sind reich geworden. Aber das weißt du nicht, wieviel Geld heute in die Hände von diesem und jenem gelangt ist! Mirsa und seine Partner sind seit heute früh dabei, Geld auszuteilen.«

Abrou sagte: »Das sind freigebige Menschen mit offenen Händen und Herzen. Die sind nicht wie Ali Genou. Wie der einem den Lohn auszahlt! Die Quelle seiner Großzügigkeit ist noch enger als der After eines Hahns. Wenn er einem zwei Gran Lohn in die Hand legen will, ist das, als übergäbe er seine Seele dem Todesengel! Dieser Geizhals, dieser Hundesohn! Man will sich doch bei einem richtigen Mann verdingen, nicht bei so einem. Schön hab' ich's ihm eben gegeben! Das hat mir gutgetan. Jetzt soll er selbst mitten in der Nacht gehen und das Feuer bis zum Morgen unterhalten, damit er sieht, was eine schlaflose Nacht ist. Der denkt, weil er unser Schwager wird, ist er unser Herr und Meister geworden!«

Abbass sagte. »Eben daß er mit uns versippt und verschwägert wird, macht mir Sorgen. Ich fürchte, die Klagen und Verwünschungen seiner Frau werden auch uns ins Unglück bringen.«

»Genau! Seine Frau geht ja dauernd umher und stößt Verwünschungen aus.«

»Jetzt ist's nun mal geschehen, alle haben davon erfahren.

Was kann man da noch tun? Soll das Mädchen ihn heiraten. Schließlich ist er ein Beschützer für sie. Und wir werden auch freier. Jeder muß sich seinem Schicksal fügen!«

Die Brüder gingen in den gewundenen Gassen von Semindj auf und ab und unterhielten sich. Von allem möglichen sprachen sie, sogar von Ssolutsch. In der Dunkelheit konnten sie einander nicht sehen. Deshalb konnten sie ganz offen reden. In der Dunkelheit schwand ihr Haß, an seiner Stelle setzte sich die brüderliche Natur durch. Allmählich wurde ihnen selbst bewußt, wie einträchtig sie miteinander herumschlenderten. Das veranlaßte Abrou, sich um Abbass' Zukunft zu sorgen: »Was denkst du, was du tun wirst? Gehst du mit den anderen, oder bleibst du hier?«

»Ich bleibe. Im Frühling gibt's für mich Arbeit. Bis zu dem Tag, wo Ssardar seine Kamele zum Lasttragen braucht, hüte ich sie. Vielleicht will er später auch, daß ich mit ihm gehe. Wenn er guten Lohn zahlt, tu' ich's. Als Kameltreiber zu arbeiten gefällt mir.«

»Schlecht ist das nicht. Kamele treiben ist nicht schlecht. Aber was wird am Ende daraus? Gott segne diese Lastwagen! Eine Last, die vierzig Kamele in vierzig Nächten befördern, befördert ein einziger dieser Lastwagen in einer Nacht. Mit der Zeit müssen die Kamele gemästet und geschlachtet werden. Wer außer Ssardar hält denn hier in Semindj noch Kamele? Niemand! Siehst du den Karbalai Doschanbeh? Der hatte vierzig Kamele. Aber als sich ein Käufer fand, verkaufte er sie und steckte das Geld in Zinsgeschäfte. Und jetzt sitzt er wie ein Drachen auf seinem Schatz. Dieser Geizkragen! Er hat es nicht mal übers Herz gebracht, ein paar Gran in einer Sache zu investieren, durch die einige Leute ihr Brot verdienen könnten. Deshalb eben gefällt mir der Mirsa. Der lebt und läßt leben. Der hat den Charakter eines Löwen, Karbalai Doschanbeh den eines Schakals. Wenn der Löwe sich satt gefressen hat, setzt er sich befriedigt zurück; aber der Schakal vergräbt die Reste des Kadavers. Der alte Geizhals – seit er zum erstenmal die Augen öffnete, hat er immer nur sich selbst gesehen!«

Abass sagte: »Nun ja, jeder Mensch hat so seine Eigenheiten. Wie dem auch sei – Mirsa und seine Partner sind zwanzig, dreißig Jahre jünger als Karbalai Doschanbeh. Ein paar von ihnen sind in der Welt herumgekommen. Der Mirsa hat mit allen möglichen Menschen zu tun gehabt; er steht mit einflußreichen Leuten in Verbindung. Das alles ist sehr wichtig.«

»Jedenfalls . . . ich meine, du mußt dir eine Arbeit suchen, die Zukunft hat, nicht das Kamelhüten! Kannst du in ganz Semindj einen finden, der damit sein Brot verdient?«

»Das nicht.«

»Na und? Warum willst dann ausgerechnet du dein Leben damit fristen?«

»Ich hab' keine andere Wahl!«

»Wieso hast du keine Wahl? Geh fort! Mach dich mit den anderen auf und geh fort! Alles, was die tun, tu du auch. Krank bist du ja nicht. Du siehst was von der Welt, das ist schon mal was wert. Wenn ich dazu verurteilt wäre, wieder im Heizkeller Feuer zu machen, würde ich nicht einen Atemzug lang hier bleiben.«

»Ich kann mich nicht von Semindj lösen. Der Gedanke ans Weggehen geht mir durch den Kopf, aber ich komm' nicht los. Jetzt . . . laß mich abwarten, was geschieht. Laß mich sehen!«

Mehr wollte Abbass darüber nicht sagen. Obwohl Abrous Worte nicht die Kraft besaßen, ihn umzustimmen, rührten sie ihm doch ans Herz. Sie erschütterten nicht die Wurzeln, brachten aber Zweige und Blätter in Bewegung, rissen ihn nicht fort, schüttelten ihn ab, stürzten ihn in Zweifel und beunruhigten ihn. Führten ihn nicht auf den richtigen Weg, quälten ihn nur. Deshalb wollte Abbass nichts mehr davon hören. Er brachte die Rede auf anderes: »Wie wär's, wenn wir bei Tante Ssanam reinschauen? Heute abend wird sicher hoch gesetzt. Mirsa hat die Taschen der Habenichtse mit Geld gefüllt.«

Abrou sagte: »Ich riskiere mein Geld nicht im Spiel. Ich will mir was zum Anziehen kaufen.«

»Laß uns hingehen. Vielleicht kriegst du Lust und machst mit.«

»Nein! Geh du allein hin!«

»Komm doch, gehn wir und tun wir uns zusammen!«

»Nein! Ich will mein Geld nicht rauswerfen.«

»Dann setz dich wenigstens zu mir. Bring mir Glück.«

»Nein! Ich will meinen Fuß da nicht reinsetzen. Sonst lad' ich mir den Teufel auf den Hals.«

»Na gut! Dann laß uns nur mal reinschauen, um zu sehen, ob Tante Ssanams Sohn Morad sich morgen nun auf den Weg macht oder nur davon redet!«

Morad hatte vor zu gehen. Als er den kaputten Torflügel öffnete, zog sich sein breites, knochiges Gesicht noch mehr in die Breite, und im Glauben, daß die Brüder gekommen seien, mit ihm zu gehen, sagte er: »Nun, willkommen. Kommt rein.«

Abbass fragte: »Ist jemand da?«

Morad antwortete: »Nein. Heute abend ist im Hinterzimmer nichts los. Ghasi schläft.«

»Heute abend ist also niemand gekommen?«

Morad lachte: »Bist du aber ein ausgekochter Spieler. Kommen denn die Jungs, die in die Fremde ziehen wollen, her, um ihr Fahrgeld zu verspielen?«

»Also kein einziger . . .«

»Zwei von den Aasgeiern sind früh am Abend zum gleichen Zweck aufgetaucht, haben aber nichts erreicht. Die hocken hier noch rum und dösen auf Kredit.«

»Das sind wohl Ghassem der Lahme und Stroh-Habib, was?«

»Ja, bravo, gut kennst du deine Genossen! Ihre Krallen sind noch offen. Ghassem der Lahme spielt gerade für sich allein Karten. Wenn dein Geld in deiner Tasche in Unruhe geraten ist, komm rein! Die warten ungeduldig auf jemanden.«

Abrou faßte den Bruder am Ärmel: »Daß du ja nicht reingehst! Diese geriebenen Burschen ziehen dir sogar die Weste vom Leib.«

Abbass trat von einem Fuß auf den anderen, schlich sich dann an die Mauer und faßte, Morad und Abrou im Blick behaltend, mit der Hand an seinen Hosenbund.

Morad sagte zu Abrou: »Ich weiß, daß Abbass keinen Schneid zum Arbeiten hat, aber du kommst doch mit uns?«

Abrou sagte: »Ich hab' hier Arbeit gefunden. Sogar eine gute Arbeit. Stell dir vor: Man sitzt oben auf dem Traktor und sieht zu, wie die Eisenstücke das Herz des Ackers spalten! Des gleichen Ackers, von dem man bis vor einem Jahr mit zwei Kühen nur mühsam ein kleines Stück bis zum Mittag pflügen konnte. Davon abgesehen – wenn man noch Kühe gehabt hätte! Mit Eseln hat man gepflügt! Das macht Spaß, was? Oder?«

»Spaß macht es, aber nur dann, wenn dir etwas vom Acker und vom Traktor gehört.«

»Nun ja, natürlich, wenn's einem selbst gehört, ist's besser, trotzdem macht's auch so Spaß. Hast du schon mal das Getöse gehört, das er macht? Wunderbar! Das ist, wie wenn ein Heer, ganz und gar in Eisen und Stahl gekleidet, vorrückt. Das macht einen Lärm, daß es eine wahre Freude ist. Hei! Hei! Wenn es reichlich Wasser und guten Boden gäbe und zehn von diesen Traktoren auf den Feldern heulten, dann würde hier in zwei Jahren ein Paradies entstehen!«

Morad sagte: »Hoffentlich bringt er seinen Besitzern Glück! Aber die Leute sagen, jeder Traktor tut die Arbeit von hundert Männern?«

»Was sind schon hundert? Der Traktor von denen hat die Stärke von hundertzwanzig Pferden! Und dabei ist er gar nicht mal sehr groß.«

Morad fragte: »Sag mal, wo werden diese Ungeheuer eigentlich gemacht?«

Abrou blieb die Antwort schuldig. Bisher hatte er darüber nicht nachgedacht.

»Wieviel kostet so was? Wohl ein Heidengeld?!«

Auch hierüber hatte Abrou nicht nachgedacht.

»Dies Geld muß doch irgendwie aus diesen Äckern aufgebracht werden, wie? Sieh mal einer an, in wessen Taschen der Ertrag unserer Plackerei fließt!«

Abbass trat zu ihnen. Ein gekünsteltes Lächeln lag auf seinen Lippen, und er war dabei, etwas zu verstecken. Morad und Abrou saßen neben dem Tor in der Gasse. Der Torflügel von Tante Ssanams Haus stand noch offen. Der Hof lag tief; um nach unten zu gelangen, mußte man drei Stufen hinabsteigen. Das Haus selbst bestand aus nur einem Zimmer und einem Hinterzimmer. Das Zimmer war der Ort für Tante Ssanams Opiumpfeifen, das Hinterzimmer, meistens von Ghasi überwacht, der Ort für die Glücksspiele. Die Zimmertür war halb offen und ließ ein schwaches, blasses Licht durch. Den Fuß auf die Stufen setzend, sagte Abbass: »Ich will zu Tante Ssanam gehen und sehen, wie's ihr geht.«

Morad und Abrou blickten einander an. Sie kannten Abbass: Hindern konnte man ihn nicht. Wenn er heute abend nicht zu einem Spiel kam, würde er die Nacht nicht überstehen. Mit ihm zu reden hatte auch keinen Sinn. Das hieße, tauben Ohren predigen. Er wollte gehen, und so ging er.

Morad sagte: »Einige von uns denken daran, nach Schahrud zu gehen. Ein paar gehen dann von Schahrud nach Gonbad, ein paar auch nach Waramin. Vielleicht machen wir auch mal einen Abstecher in die Hauptstadt, um zu sehen, was da los ist. Wenn wir schon die Welt nicht genießen können, laß sie uns wenigstens ansehen.«

Abrou sagte: »Ich möchte auch zu gerne mal die Hauptstadt sehen, zu gern! Ich schwöre bei deiner und meiner Seele; wenn dieser Traktor nicht aufgetaucht wäre und ich weiter für Ali Genou die Heizung bedienen müßte, würde ich keinen Atemzug länger hier bleiben.«

Als er den Namen Ali Genou hörte, schwieg Morad eine Weile. Dann sagte er, während er den Staub von der Hose schüttelte: »Ich hab' gehört, die gehen morgen einkaufen?!«

Abrou schluckte seine Verlegenheit runter: »Ich weiß nicht ... Morgen früh seh' ich euch alle doch, bevor ihr aufbrecht?«

»Hm . . . vielleicht.«

Morad gähnte und trat ins Tor. Abrou sagte: »Ich fleh' dich an, paß auf Abbass auf! Ich hab' Angst, daß diese beiden Gauner ihn heute abend ausplündern.«

Morad machte das Tor zu: »Was geht mich das an! Ich bin müde, will schlafen.«

Das Tor schloß sich über Morads Gähnen. Danach Stille. Die Stille legte ihren Leib auf die Mauern. Abrou war allein in der Gasse. Er mußte nun gehen. Er war sicher, daß sein Bruder nicht so bald Tante Ssanams Haus verlassen werde. Allein machte er sich an der Mauer entlang auf den Weg. Nochmals faßte er an den Hosenbund und vergewisserte sich seines Geldes. Er wäre gern zu Sabih-ollah gegangen, um Mirsa und Ssalar Abdollah zu sehen; aber er brachte den Mut nicht auf. Er wußte nicht, warum es ihn verlangte, sich an der Tür hinzusetzen und den Worten von Mirsa, dem Schwiegersohn von Agha Malek, zu lauschen. Alle wußten, daß Mirsa redegewandt war; das hatte Abrou auch schon früher gewußt. Aber daß er jetzt das Verlangen hatte, den Reden Mirsas zuzuhören, das war etwas anderes. Wenn Mirsa von den fabelhaften Glücksspielen in der Stadt und von ihren Freudenhäusern erzählte, waren seine Worte angenehm; aber wenn sie vom Pistazienanbau und vom Wasser des Tiefbrunnens und vom Traktor handelten, strahlten sie für Abrou eine andere Wärme aus. Vor lauter Staunen und Begeisterung weiteten sich dann seine Augen, sein Mund stand offen. Was Mirsa mit Worten ausmalte, wurde in Abrous Vorstellung etwas, was dem Paradies ähnelte. Alle seine Wünsche schienen bei diesen Reden über den Boden und seine Produkte, die Mirsa aufzählte, in Erfüllung zu gehen. Doch wie dem auch sei, so ohne weiteres konnte Abrou zu dieser späten Stunde Mirsa nicht aufsuchen. Letzten Endes war Abrou ja noch ein Kindskopf.

Er ging heim. Die Petroleumlampe brannte noch. Es schien, daß Mergan sie angelassen hatte, damit sie Glück und Segen bringe. Abrou schlich leise zur Tür hinein, und im

Glauben, daß die Mutter schlafe, ging er lautlos in den Winkel und streckte sich auf seinem Lager aus. Doch Mergan schlief nicht. Im Halbdunkel hatte sie sich mit dem Rücken an die Wand gelehnt und Hadjers Kopf auf ihr Knie gebettet; leise, bedächtig sprach sie zur Tochter und strich ihr dabei übers Haar. Sanft wie ein Lämmchen ließ Hadjer ihren Kopf auf dem Knie der Mutter ruhen. Die Lider wurden ihr immer schwerer. Trotzdem lauschte sie den Worten der Mutter. Seit Anbruch der Nacht sagte Mergan das, was sie zu sagen hatte. All das, was ein vor der Hochzeit stehendes Mädchen wissen muß, hatte sie Hadjer einzeln aufgezählt. All das, was eine Mutter ihrer Tochter, die im Begriff steht, das Haus des Ehemanns zu betreten, sagen kann, hatte sie gesagt.

In vertraulichem Zusammensein können Mütter ganz schlicht mit ihren Töchtern sprechen und das Unaussprechbare in einer Sprache ausdrücken, die die Schlange aus ihrem Nest hervorlockt. Jedenfalls ist es einer der glücklichsten Augenblicke im Leben einer Mutter, wenn sie mit der Tochter von der Ehe spricht. Solche Augenblicke schließen im Geflüster der Mutter die Überreste ihrer eigenen Sehnsüchte ein. Ihr eigenes Glück und Unglück ist in ihren Worten enthalten. Erwartungen, die sie gehegt, die sich jedoch nie erfüllten – und später auf dem Grund ihrer Seele liegenblieben –, mischen sich in einer Verbindung aus Hoffnung und Unzufriedenheit in ihre Worte und machen ihre Rede anziehend. In solchen Augenblicken flößt die Mutter alles, was sie erfahren und nicht erfahren hat, Tropfen für Tropfen der Tochter ein. Und die Tochter nimmt in solchen Augenblicken die Seele der Mutter Tropfen für Tropfen in sich auf und sammelt einige der kostbarsten Erinnerungen. Die Nacht ist in solchen Nächten wie Balsam.

Beim Kommen Abrous verstummte Mergan, obwohl er, auch wenn sie nicht verstummt wäre, mit anderen Gedanken anderswo war und Mergan keinen Zugang zu seinem Herzen hatte. Für Mergan war Abrou in diesem Moment ein Fremder, und das, was sie der Tochter sagte, durfte dieser nicht hören. Deshalb ließ sie Hadjers Kopf aufs Kissen gleiten und legte sich neben sie hin. Die Lampe brannte noch mit heruntergeschraubtem Docht. Abrou konnte das Spiel des fahlen Lichts auf der von Ruß geschwärzten Decke verfolgen. Selten kam es vor, daß die Lampe in Mergans Haus bis zum Morgen brannte. Nur am Neujahrsabend geschah das. Und auch nur, wenn Ssolutsch da war, und dann nicht immer. Denn allein Ssolutschs Anwesenheit genügte nicht, die Lampe brennen zu lassen. Es mußten auch Lust und Laune vorhanden sein. Das, was im Neujahrsmonat Lust und Laune weckte, waren winterlicher Regen und Schnee. Die Jahreszeiten sind ja nicht alle – und nicht immer – trocken. In manchen Jahren war es vorgekommen, daß am Neujahrsabend die Lampe in Ssolutschs Haus bis zum Morgen brannte. Tief unten in Abrous Gedächtnis blinzelte ein blasses Licht, aus dessen trübem Schimmer ihm eine Erinnerung an Ssolutsch aufstieg: schmächtig, mit hochgezogenen Schultern und fast kahlem Kopf. Er zog die Jacke aus, setzte sich müde an seinen Platz und steckte eine Zigarette an. Sein Mund füllte sich mit Rauch, die Glut der Zigarette leuchtete heller als das Lampenlicht. Er lehnte sich halb auf die Seite, stützte die Ellbogen aufs Kissen, legte den Kopf in die Hand und saß so, bis die Zigarette aufgeraucht war. An solchen Abenden, den Vorabenden der Neujahrsfeiertage, pflegte Ssolutsch mehr als sonst in Gedanken versunken zu sein. Wer weiß, ob er, nachdem er die Zigarette ausgedrückt hatte, nicht noch länger wach geblieben war. Abrou konnte das nicht wissen, er wurde vom Schlaf überwältigt.

Am Vorabend der Neujahrsfeiertage konnte man die Kinder nur mit Mühe von den Gassen einsammeln; vom Spielen konnten sie nicht genug bekommen. Todmüde waren sie dann, und Abrou fiel in seiner Erschöpfung einfach auf sein Lager hin. Ein schwerer Schlaf. Trotzdem stand er am Morgen des Festtags immer in aller Frühe auf, um sich vom Vater sein Geschenk, eine Geldmünze, geben zu lassen. Die alljährliche Münze. Ssolutsch hatte – auf welche Weise auch immer

– die Münzen für die Kinder zusammengescharrt und unten in seinen Geldbeutel eingenäht. Abrou erinnerte sich gut, daß der Vater auch am Neujahrsmorgen eine Zigarette rauchte und daß sein Gesicht finster war: Niemand kam am Neujahrsmorgen, ihm zu gratulieren. Ssolutsch mußte gehen und das tun. Abrou konnte damals den Knoten dieses Problems nicht lösen: warum sein Vater geringer war als die andern. Er hatte aber schon damals bemerkt, daß am Neujahrsmorgen die Respektpersonen zu Hause sitzen und die kleinen Leute zum Gratulieren zu ihnen gehen. Aber Abrou hatte auch gesehen, daß es in Semindj noch Geringere als seinen Vater gab. Warum kamen die nicht zu Ssolutsch, ihm Glück zu wünschen? Jetzt verstand er das langsam. Früh am Morgen gab Ssolutsch den Kindern ihre Geldmünzen, trank einen Becher Tee, steckte sich einen Bissen in den Mund, stand auf, zog den Gürtel fest, zog die Stoffschuhe – wenn er welche hatte – an und ging mit hängenden Schultern zur Tür hinaus. Wohin ging er? Abrou konnte sich gut daran erinnern, wie Ssolutsch fortging. Dann kam die Reihe an die gerösteten Erbsen und die Rosinen, die Mergan austeilte. Für jeden eine Handvoll. Danach die Gasse, die Gassen. Die Gassen und die anderen Kinder. Der Boden war von Frühlingssonne überzogen.

Er schloß die Lider. Er wollte nicht mehr an den Vater denken. Nicht, daß er Ssolutsch vergessen wollte, das nicht! Er merkte nur, daß an ihn zu denken nicht mehr so anziehend war wie früher in Augenblicken der Ratlosigkeit. Mit seinem Dröhnen hatte der Traktor Abrous Erinnerungen und Gedanken durcheinandergebracht. Ein Dämon an Kraft, pflügte er in diesen Tagen Abrous Gemüt um und um. Sein Körper war müde, doch sein Geist kam nicht zur Ruhe. Er wußte, daß er morgen, an seinem ersten Arbeitstag, in guter Verfassung sein mußte. Deshalb müßte er schlafen. Aber er war nicht mehr Meister seiner selbst. Er wälzte sich auf seinem Lager und rieb die Wangen am Kissen. Morgen würde der Traktor kommen. Die altvertraute Stille von Semindj würde morgen zerbrechen. Er, Abrou, würde auf dem Trittbrett stehen und seine Haare im Winde flattern lassen. Er würde die Augen zusammenkneifen und sich daran freuen, daß er, auf vierzig Pferden reitend, dahinjagt. Gehaltszahlung von Monatsanfang zu Monatsanfang. Die Bettelei um seinen Arbeitslohn würde ihm nicht mehr das Leben vergällen: ein halbes Man Gerste, zehn Ssier Weizenmehl und sieben Gran in Geld! Für die Arbeit, die er leistete, würden seine Augen jeden Monatsanfang auf ein paar große Geldscheine fallen. Jede Angelegenheit sollte ihre Ordnung haben! Der Mensch muß doch wissen, was seine Einnahmen und Ausgaben sind. In der Hoffnung auf bessere Zeiten kann man nicht einfach von Luft leben.

Ein Anflug von Stolz hatte sich eben in Abrous Herz zu regen begonnen. Er sah sich selbst mit anderen Augen. Die nichtige, unnütze Kleinarbeit war ihm über geworden. Es verlangte ihn nach anders gearteter Tätigkeit, nach richtiger Arbeit. Nach einer Arbeit, die Anfang und Ende hätte. Und das Glück hatte es gewollt, daß unter den Jugendlichen von Semindj er der einzige war, der eine solche Arbeit fand. Mirsa und Ssalar hatten ihn ausgewählt. Abrou nahm das nicht auf die leichte Schulter. Da waren ja auch andere: Welcher seiner Altersgenossen, die jetzt in die Fremde zogen, wünschte sich nicht eine solche Arbeit? Eine Arbeit, die keine Arbeitslosigkeit kennt! Es ging die Rede, daß sie nach dem Pflügen ihrer eigenen Felder den Traktor vermieten wollten. In Semindj selbst wie auch in den umliegenden Dörfern. Dann würde Abrou erst so richtig glücklich sein. Er würde auf dem Traktor von vierzig Pferdestärken sitzen und überallhin reisen. Die Mädchen in den Dörfern am Rand der Wüste waren besonders fröhliche Geschöpfe!

Es hieß, man sei übereingekommen, daß Mirsa und seine Partner eine beträchtliche Anleihe beim Landwirtschaftsamt aufnehmen sollten. Nach der Eintragung der Gotteserde ins Grundbuch würden sie den Kaufvertrag vorlegen und die Anleihe in Empfang nehmen. Für Abrou gab es keinen Zweifel, daß die Geschäfte von Mirsa und seinen Partnern an

Umfang und Bedeutung zunehmen würden. Vielleicht würden sie noch ein, zwei weitere Traktoren kaufen. Bis es soweit war, würde Abrou ein geübter Fahrer geworden sein. Er würde am Lenkrad eines der Traktoren sitzen und sich die Mütze schief und verwegen aufsetzen. Er würde sich eine Frau nehmen und einen Hausstand gründen können. Wenn er seine Mütze schwenkte, würde jedes Mädchen hinter ihm herlaufen! Bis dahin würde Abrou ein Mann geworden sein.

Er konnte Abbass nicht deutlich sehen. Seine Lider waren schwer geworden. Aber auch mit einem halben Blick konnte er feststellen, was mit Abbass geschehen war. Er war müde und wütend und hatte einen Fluch auf den Lippen. Als er seine Steppdecke auseinanderfaltete, schien es, als wollte er sie mit Händen und Zähnen in Stücke reißen; ein-, zweimal machte er seinem Überdruß durch Ausspucken Luft. Dann kniete er sich neben dem Wasserkrug auf die Erde, preßte den Rand des Krugs an den Mund und trank so viel, wie sein Bauch faßte. Danach warf er sich auf sein Lager, murmelte eine Verwünschung und wälzte sich herum. Abrou schien es, daß der Bruder in sein Kopfkissen biß. Mehr nahm er nicht wahr. Der Schlaf übermannte ihn.

Am nächsten Morgen stand Mergan vor Sonnenaufgang auf und weckte Hadjer. Unausgeschlafen, müde richtete Hadjer sich auf, rieb sich die Augen und blieb auf ihrem Lager sitzen. Sie fühlte eine bleierne Schwere, konnte sich nicht aufrecht halten, sank zurück und legte den zentnerschweren Kopf wieder aufs Kissen. Mergan wusch sich Gesicht und Hände und kam ins Zimmer zurück.

Abrou fuhr auf seinem Lager kerzengerade in die Höhe und blickte erschrocken um sich. Dann machte er plötzlich einen Satz und rannte los. Draußen war es hell. In der Tür drehte er sich zur Mutter um: »Hast du nicht ein Geräusch gehört?«

»Was für ein Geräusch?«

»Vom Traktor!«

»Nein.«

Abrou beruhigte sich etwas. Er ging hinaus, spritzte sich eine Handvoll Wasser ins Gesicht und kam zurück. Er nahm ein halbes Fladenbrot, steckte es in die Tasche und lief hinaus. Mergan trocknete Gesicht und Hände und trat zu Hadjer: »Steh nun auf! Gleich kommt dein Bräutigam. Es ist nicht schön, wenn du so vor seinen Augen wie eine Leiche daliegst! Steh auf, wasch dir das Gesicht, steh auf!«

Hadjer wollte ja aufstehen; doch der Schlaf am Frühlingsmorgen hält Kinder ihres Alters unter seinen schweren Fittichen fest. Mergan faßte die Tochter unter den Armen und zog sie bis vor die Tür, setzte sie an den Rand der Grube und wusch ihr Gesicht und Hände. Jetzt wurde Hadjer etwas munter. Sie setzte sich an die Wand und lehnte sich an. Mergan wischte ihr das Gesicht mit ihrem Kleidersaum ab und ging dann, ihr eigenes Brautkleid zu holen und es Hadjer anzuziehen: ein Kleid aus rotem Kattun mit blauen und weißen Blumen. Dazu ein seidenes Kopftuch mit Fransen, das hier und da von Motten angefressen war. Das Kleid war verknautscht. Mergan zog es der Tochter an. Es war zu weit und zu lang, schleifte über den Boden. Die Schultern fielen auf Hadjers magere Arme, ihre kleinen Hände verschwanden in den Ärmeln. Das Oberteil war nicht ausgefüllt. Denn Hadjer hatte noch keine Brust. Ihre Brüste waren höchstens jede von der Größe einer Nuß.

Meinethalben! Ein zu langes Kleid ist nicht so schlimm. Mergan brachte Nadel und Faden und heftete den zu weiten Kragen mit ein paar Stichen. Jetzt mußte sie sich etwas für die Ärmel ausdenken. Die Lösung war, daß sie den oberen Teil der Ärmel hochraffen und zusammennähen mußte. Das tat sie denn auch. Sonst gab's nichts zu tun. Doch! Eine Sicherheitsnadel an den Kragen. Hadjers knochiger Halsansatz durfte nicht zu sehen sein. Gut! Das ist nicht schlecht geworden. Hach . . . ! Besser wäre es gewesen, wenn sie vorher daran gedacht hätte, die Taille des Kleides geduldig aufzutrennen und wieder zusammenzuheften. Jetzt war es zu spät dazu. Sie nahm das Kopftuch und band es Hadjer um. Wenn man das Kopftuch doppelt nimmt, werden die Mottenlöcher verdeckt. Schön, und dies ist eine Sicherheitsnadel für unters Kinn. Sollen die Fransen des Kopftuchs über die Schultern und Schulterblätter fallen! So sieht es hübscher aus. Zwei Zipfel des Kopftuchs müssen über die Brust fallen. Ein paar Haarsträhnen müssen bis dicht zum Bogen der Augenbrauen aus dem Kopftuch hervorschauen. Jede Strähne muß sanft gerundet sein.

»So ist's gut . . . Gott erhalte sie bis ins Alter gesund und munter!«

Mergan drehte sich um. Ali Genou stand lächelnd im Türrahmen. Hadjer verbarg sich hinter der Mutter. Mergan sagte: »Bleibt ihr beide miteinander gesund und munter mit Allahs Hilfe!«

Ali Genou sagte: »Mit Allahs Hilfe, mit Allahs Hilfe. Schön . . . schön . . . dann geh' ich meinen Esel satteln.«

Er trat zur Seite und ging. Wieder flutete Licht ins Zimmer.

Mergan faßte die Tochter fest am Arm und sagte: »Verkriech dich nicht mehr so! Er wird bald dein Mann sein. Du bist doch kein Kind mehr, bist dabei, eine Frau zu werden. Wie soll ich dir das endlich begreiflich machen?!«

Hadjer sagte nichts, zog nur die Nase hoch. Mergan brachte ihr das Kopftuch wieder in Ordnung. Dann nahm sie sie bei der Hand, führte sie zur Tür und besah ihr Gesicht im Licht der Morgendämmerung. Wie klein! Hadjers Gesicht war sehr klein. Vom Umfang einer Untertasse. Und ihre Augen blinzelten. Hadjer war nicht in ihrer gewohnten Gemütsverfassung. Das konnte niemand besser als die Mutter verstehen. Aber Mergan wollte sich nichts anmerken lassen. Sie durfte es nicht. Mit Worten schon gar nicht.

»Wie ein Mondstrahl siehst du aus! Wie ein Blumenstrauß! Wenn hier ein großer Spiegel wär' und du dich darin sehen könntest, würdest du verstehen, was ich meine. Wie ein Kristallkrug! Daß dich der böse Blick nicht treffe! Mögst du glücklich werden, mein Kind. Alle neidischen Augen sollen erblinden! Zu gerne möchten andere Leute in diesen Zeiten ihre Töchter in deinem Alter verheiraten! Soll nur die Schwester von Sabih-ollah so lange zu Hause rumhocken, bis unter ihren Füßen Gras wächst! Sollen die Neidhammel nur platzen! ... Laß mich jetzt ein Stück Brot in unser Bündel stecken.«

Hadjer blieb an der Tür stehen. Die Mutter stieß im Vorübergehen Abbass mit dem Fuß ans Bein: »Jeden Augenblick muß die Sonne aufgehen! Willst du nicht deinen verfluchten Kopf vom Kissen heben? Kamele treibt man nicht nach Sonnenaufgang auf die Weide! Du müßtest längst draußen sein!«

Abbass wälzte sich auf seinem Lager und brummte. Mergan ging in die Vorratskammer. Hadjer lehnte sich mit der Schulter an die Wand und blickte in den Hof; wie leer war der Hof, wie leer! Als wäre kein Gegenstand, kein Mensch jemals darin gewesen. Leer gefegt!

Mergan kam aus der Vorratskammer, steckte das Brot ins Bündel und schrie Abbass an: »Dich meine ich, dich! Die Sonne ist aufgegangen. Steh auf, raff dich endlich zusammen!«

Abbass hob den Kopf und brüllte mit geschlossenen Augen im müden Gesicht: »Warum kreischst du so, alte Eule? Was geht's dich an? Was gehen dich meine Angelegenheiten an?! Ich will überhaupt nichts mit den Kamelen zu tun haben!«

Von jenseits der Mauer drang die rauhe Stimme von Ssardar, dem Vetter von Ali Genou, ins Haus: »Ahai ... Sohn von Ssolutsch! He ... wann willst du kommen und die Kamele holen?! Mittags? Die Sonne ist eine Mannslänge gestiegen. So fängst du an, die Kamele zu hüten?! Ehe die Sonne aufgeht, müssen sie auf der Weide sein!«

Gleichzeitig mit seiner Stimme kam Ssardar, von plumper, untersetzter Gestalt, mit schweren Schritten auf diese Seite der Mauer und nahm den ganzen Hof ein. Hadjer zog sich von der Zimmertür zurück. Noch halb im Schlaf, ermannte Abbass sich, sprang auf, knüllte die Steppdecke zusammen und zog den Hosenbund zurecht: »Ich komm' schon, Ssardar! Ich komm' schon!«

Ssardars breite Schultern füllten den Türrahmen aus. Abbass rannte in die Vorratskammer, ergriff sein Messer, steckte es in die Wickelgamasche, tat Wasser und Brot in den Vorratssack, hob seinen Stock unten von der Wand auf und stellte sich dicht vor Ssardar hin. Er war bereit. Schwarz glänzten Ssardars Augen unter den dichten, geschwungenen Brauen. Den Priem, der ihm unter der Zunge lag, durch den Spalt zwischen seinem schwarzen Schnurrbart und Bart ausspukkend, sagte er: »Hoffentlich verlierst du meine Kamele nicht im Spiel!«

Er drehte sich um und ging. Abbass ging hinter ihm hinaus. Hadjer trat aus dem Dunkel. Mergan blickte noch einmal prüfend um sich. Dann gab sie Hadjer ein Stück Brot und sagte: »Steck das in den Mund!«

Hadjers Mund war trocken.

»Kau es irgendwie. Bis zur Stadt machst du sonst schlapp.«

Hadjer steckte das Stück Brot in den Mund.

»Seid ihr nun bereit?«

Das war die Stimme von Ali Genou. Mergan antwortete: »Hm . . . wir haben hier nichts mehr zu erledigen.«

Ali Genou hängte den Zügel seines Esels über die Mauer und kam an die Tür. Mergan nahm das Bündel auf, faßte Hadjer unter dem Arm und führte sie zur Tür. Als Hadjer hinaustrat, fühlte sie Ali Genous Atem auf ihrer Wange. Mit seinen groben Händen hob er den Saum ihres Tschadors hoch, damit er nicht über den Boden schleifte. Mergan führte die Tocher in die Gasse. Ali Genou nahm den Zügel von der Mauer und wartete auf die Braut. Er hatte seinen Esel gestriegelt und über den Packsattel den einzigen kleinen Balutsch-Teppich seines Hauswesens ausgebreitet. Mergan und Hadjer stellten sich neben den Esel. Ali Genou bot Hadjer seinen linken Oberschenkel als Stütze zum Aufsteigen. Hadjer war verwirrt. Mergan faßte sie unter den Armen und hob sie blitzschnell hoch. Hadjers Füße kamen auf Ali Genous

Schenkel zu stehen, sie zog sich auf den Sattel hinauf. Wie schön weich der Teppich sich anfühlte! Sobald Hadjer sich auf ihrem Platz zurechtgerückt hatte, warf Ali Genou den Zügel über die Schulter und setzte sich in Bewegung. Mergan folgte ihnen, um auf die Tochter achtzugeben. Hadjer hielt mit beiden Händen den Sattelknauf umklammert und preßte ihre Beine fest an den Bauch des Tiers. Ein Semindjer Mädchen auf diese Art auf einem Esel reiten zu sehen war etwas Neues. Als Ssolutschs Esel noch nicht gestorben war, hatten die Brüder Hadjer nie erlaubt, auf ihm zu reiten.

Als sie am engen Eingang zu Ali Genous Gasse vorbeikamen, sah Mergan unwillkürlich zu Alis Haustür hin. Ein Flügel der Tür war halb offen, und Alis Frau, Roghiyeh, hing wie ein schmutziger Lappen im Türspalt und blickte sie alle mit ihren toten Augen an. Ein Blick, der wie Draht durchs Knochenmark schnitt. Mergan schlug die Augen nieder und verbarg sich hinter Ali Genous Esel. Die Tür schloß sich mit einem trockenen Laut. Vielleicht war die Frau hinter dem Türflügel umgesunken?

Ali Genou war ungeduldig. Er schob die Hand in die Tasche, holte eine Handvoll Rosinen und Walnußkerne hervor und schüttete sie Hadjer in den Schoß. Eine Handvoll gab er auch der Schwiegermutter. Und ein paar Stück steckte er sich selbst in den Mund und zog dabei den Esel am Zügel vorwärts.

Neben dem Teich am Badehaus stand Abbass und wickelte Schnur um seine Gamaschen. Ssardar, Ali Genous Vetter, stand auf der anderen Seite des Teichs und belehrte Abbass: »Ein Spieler ist keinen roten Heller wert! Ich kenne Leute, die beim Spiel eine ganze Kamelkarawane setzten.«

Abbass verknotete die Schnur, steckte sein Messer in die Gamasche und sagte: »Die hatten eine Kamelkarawane zu verspielen, Ssardar! Was hab' denn ich?«

»Du?! . . . Eine Hose hast du ja am Leib! Oder nicht? Einen Spieler hab' ich erlebt, der sogar seinen Hintern verpfändete. Wieviel hast du denn gestern abend verloren?!«

Ali Genou war nicht abgeneigt, sich im Vorbeigehen vor seinem Vetter aufzuspielen. Er zerrte den Esel zu Ssardar hin und sagte: »Guten Tag, Vetter!«

Ssardar warf einen Blick auf Ali Genou, seinen Esel und auf Mutter und Tochter: »So, so! Du gehst also in die Stadt.«

Ali Genou fragte: »Kann ich da was für dich erledigen?«

»Nein. Nein. Glück auf dem Weg! Hoffentlich verläuft alles nach Wunsch!«

»Gott befohlen!«

Ali Genou ging an seinem Vetter und Abbass vorbei. Mergan verbarg sich hinter der Tochter, und Hadjer schloß einen Moment die Augen. Was mochte sie denken?! Abbass würdigte sie keines Blicks.

Als sich Ali Genou und sein Esel, die Braut und ihre Mutter entfernten, machten Ssardar und Abbass sich auch auf den Weg. Ssardar fuhr in seinen Worten fort: »Ach ja! Du hast mir noch nicht gesagt, wieviel du verloren hast!«

Abbass gab keine Antwort.

»Na schön – wieviel hast du gewonnen?«

Wieder gab Abbass keine Antwort. Ssardar sagte: »Glaubst du, ich weiß nicht Bescheid?! He! Schön, mich geht's nichts an. Gib nur gut acht auf den schwarzen Luk! Der ist brünstig. Gehässig ist er auch, paß auf!«

Abseits der Gruppe der anderen Kamele Ssardars, die im geräumigen Hof und in der Toreinfahrt herumlagen oder standen, rieb der schwarze Luk den Hals an der scharfen Mauerkante. Schaum stand ihm vorm Maul, seine Augen wirkten unruhig. Ssardar trieb mit den Schößen seines Filzumhangs, den er sich winters wie sommers über die Schultern warf, die Kamele auf die Toreinfahrt und das Tor zu. Abbass hatte sich neben dem hohen Torbogen aufgestellt und dirigierte, mit seinem Stock fuchtelnd, die Kamele auf den richtigen Weg.

Ssardar kam hinter den Kamelen aus der Einfahrt; sich neben Abbass stellend, betrachtete er sie mit heimlichem Entzücken: »Gott segne euch, meine Tiere, Gott segne euch!«

Abbass brach auf. »Weitere Ermahnungen geb' ich dir nicht, hörst du, Abbass?«

»Sei unbesorgt, Ssardar!« erwiderte der und verschwand hinter der Biegung der Gasse.

Auf seinem Weg herrschte lebhaftes Treiben. Die Burschen, die fortgehen wollten, saßen neben ihren Bündeln und Säcken und warteten auf ihre Weggenossen. Mütter und Schwestern standen noch um sie herum. Keine von ihnen weinte. Doch in ihren Augen und Mienen spiegelten sich Unruhe und Freude, Besorgnis und Zweifel, worauf die Burschen von Semindj mit albernen Witzeleien reagierten. Sie redeten und lachten, schrien und fluchten. Sie tauschten Redensarten aus, die anscheinend für solche Gelegenheiten geprägt worden sind. Einige ärgerten sich, aber ihr Ärger ging in einer Welle von Lachen und Unfug unter.

Ali Genou wollte seinen Esel an der Mauer vorbei auf die Landstraße ziehen. Aber er sah, daß er sich mitten im Gewühl befand und daß Hadj Ssalem und sein Sohn ihn nicht in Frieden lassen wollten. Hadj Ssalem und Mosslem erwarteten eine Spende, eine Spende zur Feier des Hochzeitstages. Doch Ali Genou griff nicht in die Tasche. Die Burschen hatten einen Anlaß gefunden, sich einen Spaß zu machen. Mit Worten stachelten sie Mosslem an, das ihm der Sitte gemäß zustehende Geschenk von Ali Genou zu verlangen. Und Mosslem bestand hartnäckig auf seinem Recht. Morad beteiligte sich an dem Spiel. Abrou stand abseits auf einer Erhöhung, sein Ohr auf ein Geräusch, sein Auge auf die Landstraße gerichtet.

Endlich steckte Ali Genou die Hand in die Tasche und erkaufte sich die Freiheit. Er zog seinen Esel vorwärts, entfernte sich von der Menge und setzte, begleitet von Hadj Ssalems Segenswünschen, seinen Weg fort. Wie es der Brauch von denen verlangt, die eine Reise antreten, war jetzt die Reihe an den jungen Burschen, Hadj Ssalem und seinem Sohn etwas zu geben. Hadj Ssalem trat in ihre Mitte und hob die Hände zum Gebet. Die Burschen verstummten. Ssardars Kamele mischten sich unter sie. Abbass stand abseits. Morad ging zu ihm hin. Gott befohlen! Sie umarmten sich. Ein, zwei andere kamen auch näher. Hadj Ssalem betete mit schallender Stimme. Er betete um eine glückliche Reise. Mütter und Schwestern standen neben Sohn oder Bruder und hatten heimliche Tränen in den Augen. Niemand sprach. Hadj Ssalem betete. Noch hatte niemand in die Tasche gegriffen. Mosslem trat auf Morad zu. Morad nahm die Mütze vom Kopf und ging unter seinen Kameraden herum, um von jedem ein, zwei Gran für Hadj Ssalem zu sammeln: »Nun gebt schon! Jeder ein oder zwei Gran, damit wir ihn loswerden!«

Jetzt kam auch Ghodrat. Sie waren vollzählig: einundzwanzig. Morad begann mit Ghodrat zu schimpfen: »Willst du deiner Frau Tante einen Besuch abstatten?! Die Sonne steht schon hoch. Mit diesen lahmen Gliedern willst du in der Fremde arbeiten? Ha?«

Ghodrat trug einen Sack auf der Schulter, sein Vater kam hinter ihm her und wischte sich die Nase am Ärmel ab.

»Er kommt! Er kommt!« schrie Abrou plötzlich auf und stürzte zur Straße.

»Wer kommt?!«

Der Traktor! In der Ferne war eine Staubwolke zu sehen. Danach zeigte sich ein Gegenstand. Darauf ließ sich ein Geräusch hören, das alle auf sich aufmerksam machte. Aber die Burschen mußten sich auf den Weg machen. Sie nahmen die Säcke und Rucksäcke auf die Schultern. Die Mütter umarmten nochmals die Söhne. Die Schwestern standen abseits. Zitternde Lippen. Abrou hatte seine Mütze abgenommen und schwenkte sie aus dieser Entfernung dem Traktorfahrer entgegen. Der Traktor kam mit Gedonner näher. Die Kamele scheuten. Mit einer Kette von Schimpfworten auf den Lippen – an die Adresse von Traktor und Fahrer gerichtet – ließ Abbass seinen Stock um den Kopf kreisen und ging, die versprengte Herde einzusammeln.

Der Traktor hielt, eine Staubwolke aufwirbelnd, bei der Menschenmenge an. Alle brachten sich in Sicherheit. Die jungen Männer machten sich an der Staubwolke vorbei auf den Weg; die Frauen stellten sich an der Straße in einer Gruppe auf, um den Davonziehenden nachzublicken. Man konnte sehen, wie einige der Burschen den Kopf zurückwandten und über die Schulter weg zur Schwester, zur Mutter hinschauten. Doch die, die gehen mußten, gingen, und Blick löste sich von Blick. Sie entfernten sich. Die jungen Männer entfernten sich. Die Frauen standen noch da. Der Vater von Ghodrat hatte sich auf einen Stein gesetzt. Der Traktorfahrer schaute unter seinem Mützenschirm hervor mit halbem Blick die Mädchen an. Abrou pirschte sich an den Traktor heran und stellte die Füße fest aufs Trittbrett. Der Fahrer erkundigte sich nach Ssalar Abdollah. Abrou sagte, sie müßten zu den Feldern fahren. Ssalar, Mirsa und Sabih-ollah, vielleicht auch noch zwei, drei andere Teilhaber würden dorthin kommen. Der Fahrer setzte den Traktor in Gang. Von der anderen Seite der Straße spuckte Abbass auf die staubigen Radspuren.

Der Lärm legte sich. Die Frauen gingen auseinander. Nur der Vater von Ghodrat saß noch wie vorher auf dem Stein und stützte den Kopf in die Hände. Abbass wandte sich um und ging zu den Kamelen, die schon ihren gewohnten Weg zogen, auf die Salzwüste zu. Abbass steckte noch in der Staubwolke. Er war in Gedanken versunken. Seine Altersgenossen gingen alle fort, waren alle fortgegangen. Semindj leerte sich. Solange sie da waren, hatte Abbass keine große Zuneigung zu ihnen empfunden; sie hatten sogar dauernd miteinander gestritten. Aber jetzt, wo sie fortgingen, jetzt, wo sie fort waren, fühlte er ihre Abwesenheit. Leere Plätze! In Abbass' Vorstellungen gähnte der leere Platz jedes einzelnen wie eine tiefe Grube, wie ein Ameisennest in weichem Boden.

Abbass' Fuß trat in ein Ameisennest. Er fiel hin, blickte vor sich nieder. Gras! Das freie Feld, mit grünen Flecken, unter dem sanften Frühlingslicht der Morgensonne. Das freie Feld, ausgedehnt und weit, Hand in Hand mit der Wüste. Um in die Wüste zu gelangen, zum Salzboden, muß man die Kamele sorgsam an den bebauten Äckern vorbeitreiben. Er trieb die Kamele zusammen: »Hei . . . hei . . . ihr Verfluchten!«

Der Weizen hatte gerade zu keimen begonnen. Ein grüner Teppich. Die Kamele durften ihn nicht beschädigen. Der keimende Weizen, auch wenn er ihnen nicht zwischen die Zähne gerät, wird von ihren platten Hufen zertreten. Dafür wird Entschädigung verlangt. Doch die Kamele hatten von der morgendlichen Fütterung noch etwas im Magen. Deshalb trugen sie kein Verlangen nach dem Weizen, waren nicht gierig darauf. Ruhig, leichtfüßig schritten sie aus. Alle waren nackt, ohne Satteldecke, ohne Sattel. Ungebunden und frei. Das Kamel scheint dies sehr wohl zu spüren. Das kann man dem Rhythmus seines Ganges anmerken. Wenn es nackt und ohne Zaum ist, ist sein Gang frei. Es kann den Fuß leicht aufsetzen oder schwer, schleppend oder beschwingt. Es kann in Trab fallen. Es kann stehenbleiben, den Kopf wenden und um sich schauen. Irgendwohin schauen, nur nicht auf das, was vor ihm liegt. Es kann den Schwanz ringeln, kann ausschlagen. Der Nacken ist frei, das Maul ist frei. Doch in Reih und Glied der Karawane, wenn das Maul den Schwanz vor sich, der Schwanz das Maul hinter sich berührt, fühlt es sich eingezwängt. Es glaubt, daß man ihm für irgendeine Arbeit den Packsattel auf den Rücken gelegt hat. Auch wenn es nicht beladen ist, sagen Zügel und Treiber ihm: Geh im Gleichschritt! Nimm deinen Platz in der Mitte ein! oder: Führ die Karawane an! Der Zügel liegt um seinen Hals, das Zügelende in der Hand des Treibers. Kein Abweichen vom Weg! Der Weg, der Weg! Das Leitkamel kennt den Weg.

Doch jetzt war es nicht so. Ssardars Kamele waren vor Abbass' Stock sicher. Frei und ohne Zügel, ohne Satteldecke und ohne Sattel. Ohne Glocke und ohne Glockengeläut. Ungebunden. Frühling war es, und der Frühling bringt den Gleichmut des Kamels ins Wanken. Das sonst so träge Kamel gerät in Bewegung, und wenn es Lust dazu verspürt, rennt es los. Im Galopp durchs weite freie Feld jagend, ringelt es den Schwanz und brüllt. Schaum tritt ihm vors Maul, in seinem

Blick spiegelt sich seine wilde Natur. Die Brunstzeit im Frühling ist ein Rausch des Daseins.

Abbass hatte in diesen Tagen an Ssardars Kamelen die Frühlingsbrunst beobachten können.

Der schwarze Luk ging an der Spitze. Zur Salzwüste war es nur noch eine kurze Strecke. Bis die Sonne drei Speerlängen gestiegen wäre, würden die Kamele in der Salzwüste sein. Die Sonne stieg, und bei jedem ihrer Schritte verflüchtigten sich die Überreste der morgendlichen Kälte. Die Luft wurde weich und weicher. Abbass fühlte seine Schulterblätter unter dem Vorratssack naß von Schweiß werden. Sonne und roter Staub. Widerschein der Farbe auf dem Haar der Kamelhöcker. Abbass ließ seinen Stock in der Luft kreisen und schrie: »Hei . . . hei . . . ihr Gauner!«

Der schwarze Luk hatte sich wieder einmal mit Aruneh angelegt. Abbass lief nach vorn und schlug ihm mit dem Stock auf die Schläfe. Luk hatte sich in den Nacken der Stute verbissen. Abbass versetzte ihm einen zweiten Hieb. Noch einen. Luk ließ von Arunehs Nacken ab und stierte Abbass an. Schaum troff ihm von beiden Seiten des Mauls. Mit Geschrei trieb Abbass den Hengst vorwärts und zerbrach so seinen stieren Blick. Der schwarze Luk, in der Herde untergetaucht, setzte seinen Weg fort. Abbass trieb die Herde mit Zurufen weiter.

Schon seit ein paar Tagen waren die Augen des schwarzen Luk verändert, schienen unruhig zu sein. Etwas von Haß und Bosheit lag in ihnen. Abbass fühlte das. Luk ließ die anderen Kamele nicht in Ruhe, fing Streit mit ihnen an, überrumpelte sie und biß zu. Vom Schenkel bis zum Ohr. Biß regelrecht zu. In diesen wenigen Tagen hatte Abbass schon Qualen ausgestanden. Dauernd mußte er Luk mit Stockschlägen und Geschrei von einem anderen Kamel fortzerren. Manchmal war es nötig, mehrere Male auf Luks Schultern, Beine und Schläfen einzuschlagen, damit er sein Opfer losließ. Abbass war nicht so zartfühlend, daß er bei den Schlägen, die er Luk auf den Kopf versetzte, Mitleid empfunden hätte. Mit sich selbst hatte er Mitleid. Denn eine leichte Arbeit war dies nicht. Zwei Kamele voneinander zu trennen, von denen das eine brünstig, rasend war, ermüdete ihn, rieb ihn auf. Schweiß brach ihm aus allen Poren; allein in der Wüste, stockte ihm der Atem. Um sich für die ausgestandene Mühsal zu entschädigen, mußte er einen halben Krug Wasser trinken und ein halbes Brot zuviel essen. Daher kam es, daß er abends doppelt müde heimkehrte und wie tot auf sein Lager fiel.

Als die Sonne zu wärmen anfing, kam die Herde in der Wüste an. Die Salzpflanzen ließen sich schon mit den Zähnen fassen. Grün und saftig. Fast an allen Stellen war die Wüste bedeckt mit Salzsträuchern. Salzsträucher: die frischen Sträucher können nur Kamele fressen, die getrockneten aber schüttet man im Winter auch den anderen Tieren in den Trog. Die Männer bündeln im Frühling und Sommer ganze Lasten von Salzsträuchern zusammen, laden sie Eseln und Kameln auf, bringen sie nach Semindj und stapeln sie an den Hausmauern fest übereinander. Die Sträucher trocknen, verlieren von ihrem Salzgeschmack, saugen Regennässe auf und werden tauglich für die Zähne von Ziegen und Schafen. Manche dreschen auch die Sträucher, nachdem sie getrocknet sind, und benutzen die Körner zum Wäschewaschen. Doch solange der Salzstrauch im Boden steckt, können nur Zunge und Zähne des Kamels ihn mit der Wurzel ausreißen und trotz seines bitteren Geschmacks fressen. Dem Kamel ermöglichen offenbar seine Wasserreserven, seinen großen Magen mit diesen salzigen Pflanzen zu füllen.

Abbass ließ die Kamele frei laufen, nahm den Vorratssack vom Rücken und setzte sich an der Einfassung eines alten Brunnens nieder.

Dieser Brunnen, der jetzt ausgetrocknet war, hatte – daran erinnerte sich Abbass – zu der Kette von Schächten des Salzwasser-Ghanats gehört, der ehemals die alte Mühle angetrieben hatte. Salzwasser taugt nur zu einer solchen Arbeit. Salziges Wasser in salzigem Boden vermag nur den Mühlstein zu drehen. Aber als der Salzwasser-Ghanat versiegte, stand auch die alte Mühle still. Und bevor die alte Mühle stillstand, war im Dorf Debid oberhalb von Semindj eine Motormühle aufgetaucht, und die Leute brachten ihr Getreide zu dieser Mühle. Daher kam es, daß die alte Salzwassermühle den Betrieb einstellte und Schahmir, der Müller, nach Debid übersiedelte. Schahmir war alt. Er konnte nichts Neues mehr anfangen. Wurde auch blind. Zusammen mit seinem Onkel Moula Eman, dem Kleinhändler, hatte Abbass ihn manchmal in den Gassen von Debid gesehen, wie er am Stock an der Mauer entlangtappte und alte Erzählungen in Versen vortrug. Und er hatte gesehen, daß die Frauen von Debid, wenn sie Lust dazu hatten, Schahmir mit sich nach Hause nahmen, damit er ihnen die alten Geschichten in Versen vortrug.

Die alte Mühle Schahmirs also lag weit dort hinten, am Ende der Kette von Schächten des ausgetrockneten Salzwasser-Ghanats. Zu nichts nütze, verfallen, zur Hälfte in Staub und Sand versackt. Ein Unterschlupf für Schlangen und anderes Getier.

Abbass zog den Stöpsel aus dem Wasserkrug, führte den Krug an die Lippen und feuchtete mit einem Schluck den trockenen Mund, die trockene Kehle an. Dann steckte er den Krug wieder in den Vorratssack, legte den Kopf auf den Sack und streckte sich aus. Das Gesicht der Sonne zugewandt, schloß er die Augen. Das eben ist das Gute am Kamelhüten. Du läßt die Herde frei in der Wüste umherziehen und bist dir selbst überlassen. Ob dich der Schlaf überkommt oder nicht, bleibt sich gleich. Bis zum Anbruch des Abends brauchst du nur ein paarmal aufzustehen und die überallhin verstreuten Kamele zusammenzutreiben. Das Kamel ist mit sich beschäftigt, der Treiber mit sich. Einer, der arbeitsam ist, sammelt beim Hüten ein Bündel Salzsträucher oder Dornbüsche und nimmt es am Abend mit heim; aber einer wie Abbass verbringt seinen Tag einfach so bis zum Abend. Solange es noch hell ist, treibt er dann die Kamele von überall her zusammen und bringt sie nach Semindj auf den Weg. Am Abend wird Abbass von der Gruppe Halbwüchsiger im Mondschein an einer Mauer oder in der Hinterstube von Tante Ssanam erwartet: ›Hei . . . hei!‹

Aber wo sind sie? Die Halbwüchsigen, die Jugendlichen, die Altersgenossen von Abass – wohin sind sie gegangen?

Durch die spaltbreit geöffneten Lider sah Abbass seine Altersgenossen fortgehen. Sie sind fort! Wie bald! Abbass schloß die Lider. Er muß sie vergessen. Vergessen! Abbass war nicht der Mensch, sich einem sinnlosen Kummer zu überlassen. Das Wolfskind kann sich nicht der Trübsal hingeben. Es ist ständig bemüht, seinen Hunger zu stillen, und liegt auf der Lauer, um in Stücke zu reißen: Soll die Trübsal sich über alle Berge machen!

Das so nebenbei. Aber eines versetzte Abbass in Unruhe: dies viele Kommen und Gehen. Er spürte, daß etwas zusammengebrochen war, daß vieles sich verändert hatte. Aber was? Er konnte es nicht erkennen. Gleichzeitig konnte er nicht mit geschlossenen Augen an der erblindeten Salzwassermühle vorbeigehen. Konnte nicht die Augen verschließen vor Müller Schahmirs Schicksal. Diese Mühle, jetzt in eine Stätte des Grauens verwandelt, war in nicht sehr fernen Tagen ein freundlicher Ort gewesen. Leute, die Gerste und Weizen zur Mühle brachten, bildeten im Winter um den in den Boden eingelassenen Backofen einen Kreis und unterhielten sich über Gott und die Welt, bis ihr Getreide zu Mehl vermahlen war. Sogar Geschichten erzählten sie sich. Zusammen mit seinem Vater, Ssolutsch, hatte Abbass viele Male Getreide zur Mühle gebracht. Auf dem Esel sitzend, der inzwischen gestorben war, legte Abbass den Sack Gerste vor seine Knie hin und steckte den Pflock in die Satteldecke; und Ssolutsch trottete zu Fuß hinterher. Ssolutsch brachte das Getreide immer am frühen Morgen zur Mühle. Wenn er an den am Ghanat entlangführenden Weg dachte, erinnerte Abbass sich vor allem daran, wie er unterwegs einnickte und später neben dem Backofen beim schweren Stöhnen des Mühlsteins fest schlief.

Aber jetzt . . . Die Debider Motormühle schluckt alles Getreide der Umgebung, mahlt es im Handumdrehen zu Mehl und schüttet es dir hin. Und der alte Schahmir, dessen Augen nichts mehr sehen, hat alle seine Gedanken auf die alten Erzählungen gerichtet. Er stößt den Stock auf den Boden und bietet seine ganze Kraft auf, sich alles, was er gehört und gesehen hat, ins Gedächtnis zurückzurufen und den anderen zu erzählen.

Ist es möglich, daß die Semindjer Jugendlichen, die Altersgenossen von Abbass, niemals nach Semindj zurückkehren?!

Abbass gab es jäh einen Ruck. Wenn sie nicht zurückkämen? Vielleicht werden ein paar niemals zurückkommen. Denn es geht die Rede, daß, wenn die Teilhaber den Motor der Pumpe anstellen, das Wasser des Ghanats noch knapper wird. Es heißt, daß der Motor die benachbarten Wasseradern aufsaugt. All dies waren in Abbass' Vorstellung gewichtige Dinge. Es tut sich etwas. Das Reden über den Anbau von Pistazien! Pistazien, nun ja, dieser Name ist natürlich nicht sehr vertraut. Abbass hatte nie Pistazien gegessen. Aber er hatte gehört, daß eine Pistazie ein Ding ähnlich einem Aprikosenkern ist. Aprikosen hatte Abbass in den Dörfern am Fuß der Berge gesehen, als er mit seinem Onkel zum Handeltreiben ausgezogen war. Denn in Semindj baute man nur Gerste und Weizen, Baumwolle und Kümmel an. Und an Früchten Netz- und Wassermelonen und hier und da und von Zeit zu Zeit Tomaten. Abbass hatte gehört, daß die Pumpe bis zum Nabel der Erde vordringe und das Wasser heraufsauge. Mirsa und Ssalar hatten schon ein paar Leute hingestellt, einen Brunnen zu graben. Wenn Abbass sich einmal seines Vaters erinnerte, so geschah es jetzt: ein Brunnenbauer! Er dachte, wenn der Vater hier wäre, würde er leitender Meister beim Brunnenbau für die Pumpe werden. Aus Debid holten sie keinen Brunnenbauer mehr. Es hieß, daß vor kurzem einige Kleinbauern auch Mut bekommen hätten, sich an der Pumpe zu beteiligen. Jeder für ein, zwei Stunden Wasser. Aber die Mehrzahl war nicht nur nicht Teilhaber geworden, sondern hatte sogar ihre Unzufriedenheit vom Gemurmel zur Lautstärke gesteigert: Die Pumpe werde den Ghanat austrocknen. Wenn der Ghanat austrockne, würden ihre Äcker keinen Heller mehr wert sein: »Das bedeutet – wenn die Pumpe kommt, müssen wir unser Bündel schüren und von hier fortziehen!«

Doch ohne Rücksicht auf all dies Gerede und Gemurre würden Ssalar Abdollah und seine Partner in diesen Tagen die Pumpe aus der Stadt nach Semindj bringen. Mirsa selbst hatte unter den Einwohnern das Gerücht verbreitet, daß er in der Hauptstadt gewesen sei, seine Angelegenheiten in Ordnung gebracht habe und nun alle Hindernisse aus dem Weg geräumt seien. Der Traktor war ja heute schon zum Planieren auf die von Mirsa und Agha Malek ererbten Felder gefahren. Die Felder, die bis zum heutigen Tag im Trockenanbau bestellt werden und auf denen für das Regenwasser Rinnen gezogen sind, müssen wohl von jetzt an anderswie bewässert werden.

›Aber dieser schlaue Abrou hat sich schön an den Traktor geklebt, ha! In ein paar Tagen hat er vielleicht schon den Namen seines Bruders, meinen Namen, vergessen!‹

Abbass hegte keine guten Gefühle für Abrou. Gefühle eines zurückgebliebenen Weggefährten! Als hätte Abrou ihn stehenlassen und wäre fortgegangen. Daher wühlte ein stummer, nebelhafter Haß in Abbass' Herz, etwas, was ihn dazu brachte, mit den Zähnen zu knirschen: ›Dieser Hundesohn! Wie ein Windhund, der unterm Steigbügel seines Herrn herumschnüffelt, hat er sich aufgedrängt! Mal sehen, was wird. Mal sehen!‹

Die schlaflos verbrachte Nacht machte Abbass zu schaffen. Sein Körper wurde in der Sonne schlaff, die Augen fielen ihm zu. Die Stille der Wüste legte ihre Flügel auf seine schwer gewordenen Lider, der Schlaf übermannte ihn. Aber in diesem Augenblick hob er, gebadet in klebrigem Schweiß, den Kopf von seinem Vorratssack und öffnete die Augen, denn die alte Aruneh brüllte, daß es durch die Wüste schallte.

Der brünstige Luk hatte sich wieder mit ihr angelegt, hatte sie in die Knie gezwungen und direkt unter dem Kehlkopf mit den Zähnen gepackt. Das Brüllen der alten Stute erscholl nun in verschiedenen Tonlagen, dumpf, als ob sie ein Klagelied anstimme. Wie eine alte Frau klagte sie. Den Kopf drehte sie auf diese Seite, jene Seite, rieb ihn am Boden, schlug ihn auf. Sie stöhnte und schrie, aber der brünstige Luk löste seine Zähne nicht von ihrer Kehle. Offenbar hatte er vor, Aruneh den Garaus zu machen. Der Kameltreiber – wer es auch sei – muß in einem solchen Fall etwas unternehmen. Wenn Ssardars Stute getötet wurde, mußte Abbass Schadenersatz leisten. Natürlich besaß er nichts, um den Schaden zu ersetzen; aber diese Sache würde ihm wie ein Brandmal anhaften, so daß ihm niemand wieder eine Aufgabe anvertrauen wird: Schließlich hat man den Kamelen einen zuverlässigen Menschen beigegeben! Dich hat man für zuverlässig gehalten, Mensch!

Abbass ergriff seinen Stock und stürzte zu den Kamelen hin. Ihre Hälse bildeten ein Knäuel. Der alten Aruneh versagten schon die Kräfte. Abbass schlug auf den schwarzen Luk ein. Er holte mit dem Stock aus und ließ ihn niedersausen. Schläge mit beiden Händen. Es war ihm gleich, welche Stellen an Luks Kopf der Stock traf. Vor allem hieb er ihn auf Kopf und Maul, Stirn und Hals. Er schlug und schlug, und mit jedem Schlag wuchs seine Wut. Er schlug und stieß Verwünschungen aus. Beschimpfte Luk und seinen Herrn. Stieß Flüche aus gegen sich selbst und gegen alle Welt.

Im hartherzigsten Menschen schlummert auch dann noch ein Funke Barmherzigkeit, wenn er in äußerster Wut die stumme Kreatur prügelt. Doch ein momentaner Zwang hindert ihn, von seinem grausamen Tun abzulassen. Oft geschieht es aber, daß Bauern, Kamel- oder Maultiertreiber, nachdem sie die Wut ihres Herzens mit Ketten, Stöcken und manchmal Schaufeln und Mistgabeln an einem Tier ausgelassen haben, zu ihm zu sprechen anfangen. Sie beschimpfen es und reden zu ihm. Sie bringen Gründe zu ihrer Rechtfertigung vor und bemühen sich, dem Esel, Kamel oder Ochsen begreiflich zu machen, daß dieser ihn in Wut und Raserei gebracht hat: »Was ist denn eigentlich los mit dir, verdammtes Tier!«

Doch jetzt hatte der ungleiche Kampf des brünstigen Luk mit der alten Aruneh Abbass den Weg zum Mitleid versperrt. Er fand, Luk müsse zur Vernunft gebracht werden. Deshalb regneten seine Stockschläge hemmungslos auf dessen Schläfen und Stirn. Wie Hagel auf schwarzen Stein. Schließlich begann der schwarze Stein zu tönen: Der schwarze Luk ließ Arunehs Kehle los, brüllte wütend auf und stierte Abbass an. Die alte Stute schleppte sich auf den Knien zur Seite und legte den Hals auf den Boden. Jetzt müßte Abbass den brünstigen Luk von Aruneh wegtreiben. Doch der irre Blick Luks hielt Abbass an seinem Platz fest. Wie angewurzelt. Luk stand Schaum vor dem Maul, seine Augen – zwei Spieße – bohrten sich in Abbass' Augen. Angst! Abbass bekam es mit der Angst, aber er durfte nicht klein beigeben. Dem Tier darf man nicht das Feld überlassen, darf sich von ihm nicht behexen lassen. Es überwältigt dich sonst, wirft sich auf dich, zerdrückt dich. Sei auf der Hut!

Abbass fuchtelte mit seinem Stock. Noch einmal. Der schwarze Luk mußte sich nun mit gesenktem Kopf trollen. Das jedenfalls erwartete Abbass. Doch Luk trollte sich nicht. Er kam auf Abbass zu. Nicht gelassen – wutentbrannt kam er heran. Abbass trat einige Schritte zurück. Noch weiter zurück. Das einzige, was er tun konnte. Er hatte gehört, daß man einem brünstigen Kamel nicht den Rücken kehren darf. Aber dieser Rat kann in der Wüste nicht befolgt werden. Die Erinnerung an den verstorbenen Yar Gholi schoß ihm durch den Kopf und warum er eine Hand verloren hatte. Auf dem Weg von Damghan nach Rey war ein brünstiges Kamel über ihn in Wut geraten und hatte ihm die Hand vom Gelenk abgebissen. Es fehlte nicht viel, und er wäre unter der Brust des Kamels zermalmt worden; aber bevor seine Knochen wie trockenes Brot zerbröckelten, waren die Treiber herzugestürzt und hatten ihn unter den Beinen des Kamels hervorgezogen. Doch jetzt? Wo waren hier Treiber? Der Tod schickte sich an, die leeren Plätze der Treiber einzunehmen. Es war der Tod, der da in Gestalt von Ssardars schwarzem Luk mit großen Schritten auf Abbass zukam. Nun war es nicht mehr möglich, das Gesicht dem Kamel zugewandt, rückwärts zu gehen. Aber es war auch nicht möglich, ihm den Rücken zu kehren. Das ging einfach nicht. Etwas mußte getan werden. Also Kampf. Abbass trat vor und machte sich zum Kampf bereit. Auge in Auge. Den Stock schwingend. Der brünstige Luk reckte den Hals, drehte und wendete den Kopf und brüllte. Abbass setzte zum Sprung an. Kampf oder Flucht? Luk streckte den Kopf vor. Der Haß eines Kamels! Abbass hatte von alten Leuten über den Haß des Kamels einiges erzählen hören. Das Kamel haßt nicht leicht, doch wehe, wenn es haßt! Das Löschen dieses Feuermeers ist keine Kleinigkeit. Es verlöscht nicht, bevor es nicht alles in Brand gesetzt hat. Ein Aufruhr an Wut. Haß, wie ein Donner, der ununterbrochen Dolche aus sich gebiert. Nur zur Wüste paßt ein solcher Donner. Ein einzelner kann kaum auf Rettung hoffen. Flucht, nur die Flucht kann Rettung bringen. Die aber verlangt einen straffen Körper und flinke Beine. Erinnere dich der Gazellen, Abbass! Lauf, lauf! So geschwind, daß du den schnellsten Sturm hinter dir läßt. Schneller als die Windhose mußt du rennen. Behende und leicht. Denn der Galopp des Kamels ist geschwind wie der schnelle Sturm. Sonst gibt es nur den Tod, der sich in deine Schulter krallt. Du rennst im Schatten des Todes. Ach, hättest du vier Beine! Abbass setzte seine Hoffnung auf die verfallene Mühle, die Mühle des alten Schahmir, des Salzwassers.

Luks Maul war dicht an Abbass' Schulter, sein grauenhafter Schatten lief vor seinen Füßen über die glatte Brust der Wüste. Dieser Durst! Luks dampfender Atem traf Abbass' Nacken wie der Gifthauch einer Viper, heißer als die Glut der Winde aller Wüsten. Abbass' Schultern wurden feucht von den Schaumflocken, die aus Luks Maul troffen. Aber sein eigener Schweiß ließ ihn den feuchten Schaum auf Schultern und Nacken nicht spüren. Jetzt blieb nur ein Augenblick bis zum Nichtsein, ein Augenblick bis zum Tod. Aber wenn der Tod sich dir nähert, mit seinem Leib den deinen berührt, fühlst du ihn nicht. Und in dem Moment geschieht es, daß du gleichgültig wirst. Das ist die Trennlinie, die zwischen zwei Kräften verläuft. Apathie, die auf übermäßige Anstrengung folgt. Die Schwelle zum Tod ist es, die furchtbar erscheint, nicht sein Zentrum. Abbass befand sich im Zentrum des Todes. Das Übermaß an Grauen hatte ihn zu äußerster Anstrengung veranlaßt. Danach hatte es ihn gelähmt. Doch dann war die Furcht, die den Menschen gewöhnlich dazu bringt, sich zu unterwerfen, aus Abbass' Seele gewichen. Zeit zum Überlegen, das an der Schwelle des Todes zur Unterwerfung einlädt, war Mergans Sohn nicht geblieben. Deshalb auch ging ihm nicht einmal der Gedanke an Unterwerfung durch den Kopf, als brauche sogar ein Gedanke Zeit und Gelegenheit. Er mußte nur rennen, rennen. Eben das tun, was Leib und Seele einmütig akzeptiert haben, und deshalb ihre Reserven an Kraft in Sehnen und Knochen der Beine fließen lassen. Die Beine trugen ihn dahin: wie der Wind! Die einsame, menschenleere Wüste; die Wüste voll Sonne. Grauen. Trockenes Gestrüpp. Aufgescheuchte, sich windende Schatten. Der Tod in den Fängen des Kamels. Welch ungleicher Kampf! Das brünstige Kamel schlägt zuerst die Zähne in einen Körperteil seines Opfers und versetzt ihm Tritte. Der Unglückliche fällt hin. Halsstarrig versucht er vielleicht, wieder auf die Beine zu kommen – ein Versuch, sich ein ganz klein wenig Hoffnung zu machen. Doch Flucht ist unmöglich, Hoffnung vergeblich. Das Kamel wirft sich auf sein Opfer und wälzt es sich unter die Brust unter den vorspringenden Teil der Brustschwiele. Dann wälzt es sich auf ihm herum. Wälzt sich, bis der Mensch unter dem Geräusch seiner splitternden Knochen, unter seinen eigenen Schreien, dem Schmerz seiner zerquetschten Glieder, unter dem Brüllen des brünstigen Kamels stirbt.

Das war genau das, was Abbass bevorstand. Genau das, was mit ihm im Augenblick geschehen wird. Mit ihm geschieht. Die Zähne des Kamels packten Abbass' Schulter. Er beugte in Abwehr den Körper vor. Sein Hemd und seine Weste blieben zwischen Luks Zähnen; eine Fahne des Todes! Abbass lenkte den Rest seiner Kräfte in seine Knie. Aber es war schon zu spät. Der brünstige Luk war über ihm. Diesmal packte er mit den Zähnen Abbass am Kopf. Der wilde Schrei eines Menschen ertönte in der Wüste. Das Kamel wollte ihn hochreißen und zu Boden schleudern, als – oh Glück! – Abbass' Kopf aus dem Schraubstock von Luks Zähnen glitt und der Junge auf die Knie fiel. Jetzt Luks Tritte auf Abbass' Körper. Wie eine Schlange rollte Abbass sich über den Boden fort. Das Kamel warf sich auf die Knie, um ihn, wenn möglich, unter seiner Brust zu zerquetschen. Das darf nicht geschehen! Abbass richtete sich auf den Knien auf und zog blitzschnell sein Messer aus der Gamasche. Eine andere Möglichkeit gab es nicht. Vielleicht beendete das die Auseinandersetzung.

Aber es ist nicht jedermanns Sache, ein brünstiges Kamel zu töten. Ist nicht Sache eines einzelnen Mannes, wer er auch sei. Selbst die alten, gemästeten Kamele fesselt man, wenn sie geschlachtet werden sollen; wenigstens sechs erfahrene Männer halten es an sechs Stricken, die sie sich um Arme und Taille binden, und der siebte stößt dem Tier das Messer in die Brust, in die Hauptschlagader. Und das ist noch nicht das Ende. Was weiß man denn, was das Kamel in seiner blinden Wut anstellen kann? Wie oft geschieht es, daß das Tier, nachdem ihm das Messer in die Brust gestoßen wurde, rasend vor Schmerz die Fesseln zerreißt und einige Männer tötet! Wie könnte man dann erwarten, daß Abbass ganz allein, ohne Hilfe und ohne Fesseln, ein brünstiges Kamel mit dem Messer angriffe?! Und das so, daß es auf der Stelle zu Boden gestreckt wird. Würde der schwarze Luk nicht in Raserei verfallen? Wo er doch schon jetzt unbändig rast!

Abbass wußte, daß das Messer genau in die Kehle, oberhalb des Schlüsselbeins, treffen mußte. Ohne zu zögern, bis zum Heft. Aber das konnte er nur tun, wenn er Macht über das Kamel hatte, nicht das Kamel Macht über ihn. Dies war ein Zweikampf, nicht das Schlachten eines gemästeten Tiers. Alle Regeln waren außer Kraft gesetzt, an ihre Stelle Aufruhr und Chaos getreten.

Abbass, dem der Schweiß in die Augen lief, dem die Sonne im Kopf dröhnte, stach, bar jeder Hoffnung, blindlings mit dem Messer zu. In Auge, Maul, Nacken, Brust. Blitzen der Messerklinge in der roten Sonne. Ärmel, Gesicht, Schulter voll Blut. Maul, Stirn, Lider voll Blut. Blutspritzer im Dunst der Sonne. Fetzen der Wüste, Fetzen einer Fata Morgana, rote Splitter eines Spiegels. Sonne und Staub und Salzfeld, purpurn, violett, gelb. Die Farben miteinander vermischt, auseinanderfließend, auseinandergerissen. Diese Erde, dieser Himmel, sind sie denn nicht vorher rot gewesen? Ein glühender Wind weht. Komme, was kommen will! Ganze Arbeit, ganzer Kampf. Komme, was kommen will! Die Kehle des Kamels. Die Hauptschlagader. Ein gezielter Stoß, ein genauer Stoß. Mitten in die Brust des Kamels. Er zog das Messer heraus. Blut. Ein Blutstrahl. Aber das machte die Sache noch schlimmer. Das steigerte Luks Wut ins Maßlose. Leben um Leben. Verteidigung des Lebens mit Leben. Nun, da der Tod herangetreten ist – warum soll man mit gebundenen Händen vor ihm stehen, mit gebundenen Händen vor ihm den Kopf beugen?

Vielleicht schwächt der Blutstrahl den brünstigen Luk, erledigt ihn. Vielleicht! Doch ist das ein müßiger Gedanke. Luk schleuderte Abbass mit einem Tritt zur Seite, drehte sich, besinnungslos vor Wut, um sich selbst und stürzte sich auf ihn, Schaum und Blut vor dem Maul. Auch diesmal hielt sich Abbass bereit. Aber er hatte keine Kraft mehr in den Knien. Die letzte Möglichkeit: der Brunnen. Der letzte Ausweg: der Brunnen. Der ausgetrocknete Brunnen. Der ausgetrocknete Brunnen des Salzwasser-Ghanat. Er schleppte sich zum Brunnen, richtete sich auf. Erschöpfung und Schmerzen,

Hoffnungslosigkeit und Schwäche gaben ihm das Gefühl, daß sich jetzt gleich seine Seele vom Körper trennen werde. Luk krümmte sich wie eine Natter zusammen. Dies war der letzte Todesschluck, der in die Kehle von Mergans Sohn gegossen werden sollte. Endgültige Vernichtung. Der brünstige Luk stürmte auf ihn zu. Der Brunnen! Lieber sich dem Brunnen anvertrauen als unter Luks Gewicht zerquetscht werden. Er stürzte sich hinab.

Einige Brunnentauben flatterten auf. Abbass hatte das Gefühl, daß aus seinem Kopf etwas aufschwirre und sich davonmache. Ah . . .

Wann kam Abbass wieder zu sich? Als er wieder zu sich kam – wann war das? Nachts! Zu welcher Zeit der Nacht?

Abbass wußte es nicht. Über seinem Kopf konnte er ein winziges Stück Himmel sehen. Einen winzigen, runden Ausschnitt mit den weißen Sternen der Wüste. Einen Teil des Großen Bären. Wie hell, wie immer heller sie glänzten! Sie hechelten, als wären sie durstig. Abbass war die Zunge trokken geworden. Mund, Gaumen und Kehle waren ausgetrocknet. Mit der trockenen Zunge, die wie ein Klumpen war, leckte er sich die Lippen. Doch da war keine Feuchtigkeit. Auch seine Lippen waren ausgetrocknet. Wie die Sterne hechelten! So durstig!

Abbass bewegte sich. Sein ganzer Körper wimmerte, von oben bis unten. Der Schmerz war nicht auf eine Stelle begrenzt, lastete schwer in seinem ganzen Körper. Instinktiv hielt seine Hand noch fest den Griff des Messers umklammert. Langsam hob er die Hand von der modrigen Erde des Schachts. Im Grabesdunkel war nichts zu sehen. Aber er fühlte, daß an seinen Händen etwas geronnen, getrocknet war. Er führte die Hand an die Nase und roch. Geruch von Blut. Geruch von Kamelblut, Geruch seines eigenen Bluts. Wo mochte er verletzt sein? Ein Stück seiner Schulter mußte weggerissen sein. Er tastete seinen Unterschenkel ab. Ein Stück der Wade war weggerissen. Noch eine Stelle? Noch andere Stellen? Nein, an anderes erinnerte er sich nicht. Schmerzen, nur Schmerzen! Prellungen vom Hinschlagen auf trockenes Gras und Erde. Prellungen von Luks Tritten an Nacken, Rücken, Schultern und Hüften, Beinen und Kopf. Schmerzen, Schmerzen im ganzen Körper. Zu Boden geworfen werden. Rollen auf dem Boden unter Beinen und Hals des Kamels. Die unerbittliche Anspannung von Seele und Leib. Die Schläge. Die Muskeln waren zerschlagen, seine hervorstehenden Rippen fast auseinandergerissen worden. Er merkte, daß er sich nicht rühren konnte. Der Brunnen! Es war, als fühlte er ihn erst jetzt. Was für eine Enge! Dreieinhalb bis vier Mannshöhen maß der enge Schacht, und seine Erde war verfault. Selbst wenn Abbass heile Arme und Beine hätte, könnten seine Füße auf den in diese Erde gegrabenen Stufen keinen Halt finden, sich hinaufzuziehen. Wie er so dasaß, fühlte er hinter seinen Ohren, am Nacken die modrige Erde leise an der Brunnenwand herabrieseln. Auch da, wo er saß, war der Boden weich: herabgerieselte Erde von den verfaulten Brunnenwänden. Dazu ein schwacher Geruch von Schimmel.

Ein Geräusch – Aufstampfen des Kamels, Schnauben des Kamels, Brüllen des Kamels. Erschöpft, verwundet umkreiste Ssardars brünstiger Luk den Brunnen und stöhnte wütend. Er brüllte und stampfte mit den Füßen. Staub und Erdklumpen, die sich unter seinem Stampfen lösten, rieselten Abbass vom schrägen Brunnenrand auf Kopf und Schultern. Das Tier wollte Blut. Noch hatte es seinen Vorsatz nicht erreicht. Deshalb blieb es an Ort und Stelle. Neun Tage und neun Nächte konnte es ohne Wasser und Futter ausharren und Abbass auf dem Grund des Brunnens festhalten, bis Durst und Hunger ihn zugrunde richteten. Neun Tage und Nächte konnte es ohne Wasser und Futter verbringen – aber Abbass? Er hatte bis zur Grenze, die ihn vom Tod trennte, keine Frist von so vielen Tagen. In diesem Augenblick verlangte es Abbass nach einem Schluck Wasser. Nur so viel, daß er die Lippen anfeuchten könnte. Bei den überstandenen

Strapazen hatte die Sonne alle Flüssigkeit aus seinem Körper gesogen, hatte ihn ausgetrocknet. Das war keine Zunge, was er da im Mund hatte. Ein Ziegelstein war es im glühenden Brennofen. Gäbe es doch einen Schluck Wasser!

Abbass blickte nach oben. Der Hals des schwarzen Luk bildete eine Schranke zwischen seinem Blick und den Sternen. Den Sarg der vier Brüder* teilte er in zwei Hälften. Tropfen, Blutstropfen, tropften noch aus dem Hals des Kamels. Tropfen, Blutstropfen auf die dreckverschmierten Lokken von Mergans Sohn. Nein, es will Blut, dieses Tier. Es hat keine Ruhe, es wird keine Ruhe geben, bis es sich an Abbass gerächt hat. Nur eine trügerische Hoffnung blieb, daß Ssardars Kamelherde, gewöhnt an ihr Futter aus Stroh und Baumwollsamen, nach Semindj zieht und Ssardar auf der Suche nach dem schwarzen Luk, und mit ihm Mergan und Abrou auf der Suche nach Abbass, eine Laterne in der Hand, von Semindj kommen! Wenn die Kamele nach Semindj zögen, würde die Wunde an Arunehs Kehle Kunde geben von dem, was sich heute zugetragen hat. Denn Ssardar wußte und hatte es ja auch gesagt, daß der schwarze Luk frühjahrsbrünstig war. Daran, daß weder Luk nach Semindj zurückgekehrt war noch Mergans Sohn, würde Ssardar merken, daß etwas vorgefallen war.

Doch wer sagt, daß die Herde nach Semindj gezogen ist?

Angenommen, sie hat es nicht getan. Das wäre sogar besser. Das veranlaßt Ssardar, früher die Kappen seiner Stoffschuhe hochzuziehen, Stock und Laterne zu nehmen und sich mit einigen Begleitern in die Wüste aufzumachen. Das war der einzige Trost, und danach die Brunnenöffnung, ein Fensterchen, durch das der Himmel zu sehen und die Luft zu atmen war, die nur spärlich bis zum Grund des Brunnens drang. Aber diese Sterne – wie sie hecheln!

* In einem Märchen heißt es, daß der Große und der Kleine Bär jeder für sich das Symbol des Todes eines Bruders ist, der, im Sarg liegend, von den anderen, am Himmel umherirrenden Brüdern getragen wird (Anmerkung des Verfassers).

Ein Tropfen warmen Bluts fiel Abbass ins Gesicht. Er sah die Sterne nicht mehr, Luk kniete sich schließlich, böse, wütend, neben dem Brunnen hin; den Kopf und den halben Hals streckte er in den Brunnen vor und brüllte. Noch ein Tropfen fiel Abbass auf die Lippen. Er feuchtete Lippen und Zunge mit dem Kamelblut an. Nein, das Messer hatte seine Arbeit nicht getan. Wenn das Messer richtig getroffen hätte, müßte Luk längst seinen letzten Seufzer getan haben. Aber so war es nicht. Luk schob sich auf den Knien näher, so daß seine Brust und sein halber Bauch die Brunnenöffnung verdeckten, und verhielt sich ruhig. Das war noch schreckenerregender. Nur noch einen einzigen Stern konnte Abbass neben dem Kamelhals am Himmel sehen. Nein, Abbass war sicher, daß Luk nicht mehr aufstehen werde. Keine Hoffnung mehr! Gewiß wird das Kamel so lange über dem Brunnen liegenbleiben, bis Abbass stirbt. Gäbe es doch einen Schluck Wasser! Einen Schluck Wasser!

Ein schwaches Rascheln veranlaßte Abbass, eine Weile die Gedanken vom Auge des Todes, vom schwarzen Luk abzuwenden.

Rascheln! Ein Ton, leichter als ein Schnarchen. Ähnlich einem Schnarchen: korrrr, korrrr. Nacht und Brunnen. Schwärze über Schwärze. Wenn es ein Tier ist – was zutrifft –, wie kann man es sehen? Dazu braucht es einen Adlerblick. Nein, das Auge einer Fledermaus.

»Korrrr . . . korrrr . . .«

Von welchem Tier nur kann dies Geräusch kommen? Abbass strengte seine Augen an. Seine ganze Seele legte er in seine Blicke. Ein Vogel flog auf, schlug mit den Flügeln gegen die Brunnenwand, ein Stück verfaulter Erde bröckelte ab, und wieder Stille. Und wieder das Geräusch:

»Korrrr . . . korrrr . . .«

Ein Kleid aus Angst, gewebt aus dem Grauen ringsum. Angst, geboren aus Ungewißheit. Ungewißheit, geboren aus Nichtwissen. Wenn der Mensch weiß, was es ist, das ihm das Leben rauben will, dann macht er sich zu einer Art Abwehr bereit. Vielleicht ergibt er sich. Vielleicht auch behilft er sich damit, sich ruhiger zu verhalten. Vielleicht verliert er das Bewußtsein und stirbt vor dem Sterben. Dann wird sein Herz nicht angefüllt sein mit angsterregenden Vorstellungen. Dann werden nicht mehr tausenderlei Spielarten der Ratlosigkeit ihren Stachel in ihn senken! Wenn er das Werkzeug seines Todes kennt, ist das zwar beunruhigend für ihn. Aber diese seine Unruhe ist etwas Nebensächliches. Was ihn tötet, ist nicht die Unruhe, sondern der Tod selbst. Verteidigung und Angriff, Flucht und Zustoßen mit dem Messer waren untrennbare Bestandteile vom Erscheinungsbild des Todes, dem Abbass durch die Attacke des brünstigen Luk gegenüberstand. Er wußte, daß er sterben würde, und er kämpfte. Die Unruhe kam nur von einer Seite. Die Unruhe lag im Gewebe der Augenblicke. Sogar hatte – vielleicht kann man das sagen – dem Tod Auge in Auge gegenüberzustehen die Unruhe vertrieben. Da war nichts Unbestimmtes im Spiel, um die Qual zu verhundertfachen. Der Angriff des brünstigen Luk war das glühende Auge der Qual. Jetzt aber war diese Unruhe das dunkle Gewebe der Qual.

Der Mensch vergißt den Schmerz, niemals jedoch die Drohung vor dem Hereinbrechen des Schmerzes. Die Seele schlägt mit den Flügeln: eine im zugedeckten Brunnen gefangene Taube. Sie ist unruhig, schlägt mit den Flügeln gegen die Wände. Angst, Welle auf Welle von Angst. Etwas breitet sich aus in den sichtbaren und unsichtbaren Teilchen deines Seins, breitet sich aus. Mehr, immer mehr. Es hält keinen Augenblick inne. Es läßt dich keinen Augenblick los. Das giftige Züngeln der Angst. Deine Seele löst sich nach und nach auf. Du kannst sogar deine Umwandlung in eine leere Hülle fühlen. Du wirst von innen heraus ausgehöhlt. Die verfaulten Wände deines Seins stürzen in diesem Augenblick ein. Oh unmöglicher Wunsch! Oh plötzlicher Tod! Für welchen Augenblick denn bist du von Nutzen? Warum stürzt dieser Brunnen nicht ein?!

Das Rascheln, das Rascheln!

Winzige helle Pünktchen, wie von Glühwürmchen. Auf der untersten Schicht der Brunnenwand. In einem Loch. Nein, in der Höhlung der Wand. Sieh gut hin! Das Schnarchen geht aus von diesem Punkt. Winzige helle Pünktchen. Verschwinden, tauchen wieder auf. Verschwinden, tauchen auf. Schließen sich und erscheinen wieder. Der Schnarchton bricht ab, beginnt erneut. Etwas scheint sich zu bewegen. Einiges scheint sich zu bewegen. Das ist ein jahrtausendealter Blick, der sich in Abbass' Augen gesammelt hat. Niemals kann ein Mensch unter gewöhnlichen Umständen in einer solch ungewöhnlichen Dunkelheit etwas sehen. Aber im Brunnen von Abbass' Seele, wenn du darin stecktest, würdest du fühlen, daß der Extrakt aus den Blicken aller Menschen aus allen Epochen der Erde sich in dir angesammelt hat, damit du sehen kannst, was vor deinen Augen vorgeht. Oh Gott . . .! Eine Schlange! Schlangen! Ah . . . sie haben einen Fremden erblickt, einen Fremden in ihrem Haus!

Zuweilen geschieht es, daß ein Mensch im Verlauf seines kurzen Lebens tausendmal stirbt und wieder ins Leben zurückkehrt. Mit Abbass geschah dies eben jetzt. Schlangen! Giftige Schlangen der Wüste! Alte Schlangen! Es genügt, daß sie das Feuer ihres Atems in dich hineinblasen. Schon bist du zu Asche geworden!

›Wieso atme ich dann noch?‹

Daß er im Brunnen sterben werde, hielt er für gewiß. Doch wie und wann die Schlangen sich an ihn heranmachen würden, war etwas, was er sich nicht vorstellen konnte. Nur einiges, Erzählungen aus dem Munde von Schlangenfängern, Kameltreibern, Hirten, selten von alten Bauern, die sich mit Schlangen auskannten, waren an Abbass' Ohr gedrungen:

›Einem Unschuldigen tut die Schlange nichts an.‹

›Wenn du gegen die Schlange nichts im Schilde führst, führt sie gegen dich nichts im Schilde.‹

›Die Schlange durchschaut die Absicht des Menschen.‹

Und ebenso Ratschläge wie:

›Tritt der Schlange nicht auf den Schwanz.‹

›Wenn du siehst, daß die Schlange sich davonmacht, mach auch du dich auf den Weg und geh fort.‹

›Eine Schlange im Haus ist ein Segen für die Vorratskammer. Unternimm nichts gegen sie.‹

Doch diese Worte nutzten Abbass hier und jetzt nichts. Im Angesicht der Gefahr war er nicht fähig, zu entscheiden, was er tun sollte. Absolute Niederlage! Nicht einmal etwas wollen konnte er. Sein Verstand hatte ausgesetzt. Erstickende Angst hatte ihn so überwältigt, daß er keinen Augenblick Zeit zum Überlegen fand. Was für ein Wollen? Wollen zu welcher Handlung? Über seinem Kopf: die fühllose Nacht. Unterhalb der Nacht: der Brunnen. Zwischen Nacht und Brunnen: ein brünstiges, blutrünstiges Kamel. Angenommen, Abbass hätte keinen zerschlagenen, verwundeten Leib: Wo ist ein Feld zur Flucht? Wo eine Wüste, darin um Hilfe zu rufen?

Daß du dich unterwerfen mußt, daß du keinen Ausweg hast und dich dem Tod hingeben mußt, ist etwas, das dir nicht ständig in den Sinn kommt. Und meistens kommt dir so etwas in den Sinn und ein solches Wort auf die Zunge, wenn keine Todesgefahr besteht. Wenn du am gähnenden Abgrund des Todes stehst, hast du keine Zeit, über eine Unterwerfung nachzudenken. Keine Muße ist dir gegönnt. Nicht zur Unterwerfung, nicht zur Verteidigung. In diesem Moment bist du eine Ansammlung von Molekülen, die sich unaufhaltsam und schnell verflüchtigen. Vielleicht kann man sagen: wie eine Flamme. Von Kopf bis Fuß bist du eine Flamme. Du brennst in Eile, um auszubrennen. Auch wenn du dem Anschein nach ausgetrocknet, gestorben bist. Auch wenn du, mit dem Rücken an die verfaulte Brunnenwand gepreßt, um tausend Jahre gealtert bist. So daß die Angst dich an die Wand genagelt hat. Damit du dich nicht rühren und nicht einmal deine eigenen Atemzüge hören kannst.

Mit Mergans Sohn ging es unaufhaltsam und schnell zu Ende. Auch wenn es so schien, als sei er seit Hunderten von Jahren tot und als sei jetzt ihm gegenüber die Brunnenwand sein Geist, ein stummer, leerer Schemen, projiziert und als ob etwas Erhabeneres als die Stille ihn sich untertan gemacht hätte. Ach ... wenn es doch möglich wäre, die eigenen Atemzüge zu spüren – das wäre schon etwas!

Schweigen und Stille. Abbass sah nicht, daß die Nacht verging. Abbass sah nichts mehr, fühlte nichts mehr. Ist es glaubhaft, daß die Zeit einen Atemzug lang stillsteht? Nein. Der Widerschein eines Gedankens ruft zuweilen im Menschen ein solches Trugbild hervor. Und das geschieht dann, wenn deine Bindung an die Welt an einem Haar hängt. Bis zur Loslösung bleibt ein Augenblick. Deshalb hast du auf dem Höhepunkt der Auflösung ein Gefühl der Ruhe. Vollkommener Ruhe. Aber die Zeit ist nicht stillgestanden. Im Brunnen wird es heller: Durch den offenen Spalt neben dem Kamelhals dringt ein Lichtschimmer. Wenn Abbass die Kraft hätte, sich zu bewegen, wenn er nach oben schauen könnte, würde er durch diese winzige Öffnung sehen, daß der Himmel leer geworden ist. Der Stern, jener einzelne Stern, hat seinen Glanz verloren. Die Morgendämmerung ist angebrochen. Stunden sind vergangen, Augenblicke gestorben. Den Hals des Kamels könnte er jetzt deutlicher in der Brunnenöffnung sehen. Aber das wäre nur möglich, wenn er den Kopf auf den Schultern bewegen könnte. Wenn er nicht völlig steif geworden wäre. Nicht behext worden wäre und seine Augen nicht unbeweglich vor sich hin starrten. Starrheit des Blickes, Starren, Verwunderung. Auf deinen Blick hat sich Staub gesenkt. Alles siehst du trübe. Dein Blick ist über Grenzen hinweggegangen. Hat sich ausgebreitet. Hat sich entfernt. Die Dinge sind in deinen Augen nicht mehr das, was sie sind, haben sich gewandelt. Der Staub ist kein Staub. Die Wand ist keine Wand. Der Tag ist kein Tag. Du bist ausgelöscht. Du hast dich in deiner eigenen Verwirrung verloren.

Die Schlangen, die Schlangen! Zwei blaue Schlangen, zwei alte Schlangen, vielleicht zwei Vipern, sind jetzt besser zu erkennen. Vielleicht ist der Morgen angebrochen. Die

Schlangen halten die Augen auf Abbass gerichtet. Abbass existiert nicht mehr, ist längst ausgebrannt. Eine der Schlangen bewegt sich, fängt ihr sanftes Gleiten an. Der Kreis, zu dem sie sich zusammengeringelt hat, öffnet sich weich und langsam. Sie wird länger und länger. Sie kriecht auf Abbass zu. Wenn man dem Herzen doch sagen könnte: ›Laß sie kommen und mir Ruhe bringen!‹ Wenn man das doch dem Herzen sagen könnte! Aber das ist unmöglich. Die Seele ist erfroren. Die Schlange nähert sich. Ist da. Sie legte den Kopf auf Abbass' Knie und kroch. Kroch langsam, legte sich bequem hin. Ringelte sich zusammen. Einen Kreis. Wie lange? Nicht sehr lange. Bis Abbass' Leben zu Ende geht. Dann machte sie sich wieder auf. Über den nackten Bauch kroch sie hinauf, glitt über die Brust auf die Schulter; eine Drehung um den Hals, ein Weg durchs Lockenhaar; und dann streckte sie den Kopf zur Wand hin und löste langsam, langsam den Leib von Abbass' Leib und schmiegte sich an die Wand, und Abbass fühlte nichts mehr: blind und taub und stumm, mit gelähmten Gliedern, eine Leiche, getaucht in kalten Schweiß.

»Hey . . . hey . . . Abbass . . . hai!«
»Hui . . . hui . . . Abbass . . . hai!«
»Hai . . . hai . . . Abbass . . . hai!«

Das Brüllen des brünstigen Luk in den fernen und nahen Stimmen der Wüste. Die fernen und nahen Stimmen der Wüste im Brüllen des brünstigen Luk. Stimmen, nicht die bekannten Stimmen, eher wirre, angsterregende Laute. Wie man sich das Lärmen böser Geister in den verlassenen Gängen einer alten Festung vorstellt. Ein Schwall von Stimmen: Wimmern, Klagen, Weinen, Beten und Schluchzen. Lange Schatten von Habichten, von Geiern. Wie oft ist die Sonne inzwischen aufgegangen? Die Stimmen kommen aus einer anderen Welt. Aus jener Welt, von der man sich nur erzählt. Der Auferstehungstag. Der Tag, der fünfzigtausend Jahre währt. Ein glühendheißer, versengender Tag, von dem es heißt, daß dann Mütter ihre Kinder suchen und nicht finden,

Brüder ihre Brüder, Kinder ihre Väter und Mütter. Eine auf den Kopf gestellte Welt. Der Tag, der fünfzigtausend Jahre währt! Keiner achtet auf den anderen. Die Hand kennt die Hand nicht, das Auge nicht das Auge. Abbass ist gestorben und schleppt seinen geschundenen Leib in den heißen Wüsten, wo die Toten auferstehen, durch den Staub. Abbass ist gestorben und hört im Grab das Wehklagen von Mutter und Bruder, Schwester und Vater. Mergans Jammer reißt eine Bresche in sein Grab. Das Jammern und Schreien von Mergan am Tag, der fünfzigtausend Jahre währt. Ziellos in den heißen Wüsten Herumirrende, mit Säcken voll Sünden auf den Schultern, unter dem Feuer der Sonne. Die Höllensonne glüht. Die Köpfe aus den Gräbern erhebend, bleiben die Toten stumm. Tag der Abrechnung. Hände, die nach allen Seiten tasten. Kraftlose nackte Hände und Schultern. Nackte Leiber wälzen sich klebrig umeinander. Zungen, Münder, Durst! Hecheln vor Durst. Feuer regnet vom Himmel. Stimmlose, stumme Schreie! Angst und Verderben. Leichen, Leichen.

Abbass wird aus dem Grab gezogen. Er ist nackt. Sonne! Sonne! Die Wüste hechelt. Menschen umringen ihn. Der brünstige Luk ist verendet. Verendet und aufgedunsen. Das Schlangengift hat ihn wie einen Weinschlauch aufgebläht. Ssardar schlägt sich mit den geballten Fäusten an den Kopf. Der brünstige Luk ist neben dem Brunnen auf eine Seite gefallen, seine Beine stehen steif ab. Hadjer versteckt sich hinter Ali Genou. Abrou wagt den Bruder nicht anzusehen. Ali Genous Augen sind vor Verwunderung weit aufgerissen. Mergan glaubt es nicht. Nein! Nein! Das ist nicht ihr Abbass! Sie tritt näher heran. Abbass steht am Brunnen. Er rührt sich nicht, ist erstarrt, verdorrt. Wie ein trockenes Schilfrohr. Die Sonne läuft, glüht.

Abbass' Haare und Augenbrauen sind vollkommen weiß geworden! Der Vorratssack des Jungen fällt Mergan aus der Hand. Sie tritt noch näher. Nein, warum soll sie das glauben? Ein alter Mann steht vor ihr! Noch näher. Noch einmal.

Mergans Augen: zwei trockene Brunnen. Auf dem Grund der Augen haben sich zwei alte Vipern zusammengeringelt. Die Vipern sind verstört. Die Höllensonne brennt auf die Wüste herab, in Mergans Augen brennt die Wüste. Eine ganze Wüste von verwirrten Blicken. Mergan legt ihre Hand auf Abbass' Hand. Abbass' Hand liegt in der Hand der Mutter. Mergan macht sich auf den Weg. Alle machen sich auf den Weg. Ssardar bleibt bei seinem Luk. Die Schritte sind langsam. Langsam, schwerfällig. Die Hand eines alten Mannes liegt in Mergans Hand. Sie schweigen. Stille. Sonne. Die Höllensonne regnet auf die Wüste herab.

Wo gibt es Wasser?!

4

Karbalai Doschanbeh hatte die Angewohnheit, sich mit dem Rücken an die Wand zu setzen, die gespreizten Beine von sich zu strecken, die Hinterbacken fest an den Boden zu drücken, die Ellbogen auf die spitzen Knie zu stützen und seinen Rosenkranz aus Tonperlen langsam zwischen den Fingern zu drehen.

Der Tee im Becher zu Karbalai Doschanbehs Füßen war kalt geworden, er selbst starrte schweigend auf einen Punkt. Starr und schweigend. Mit einem Schweigen so schwer wie ein Mühlstein. Ein untätiger Mühlstein, den man an die Wand gelehnt hat. Alt und unbrauchbar, schwer und stumm. Um sich bei Mergan häuslich niederzulassen, standen ihm genug Anlässe zur Verfügung: das frühzeitige Altern von Abbass, die Verlobung von Hadjer mit Ali Genou und, einleuchtender als alle anderen, das Verweilen von Moula Eman, seinem alten Kameltreiber und Weggenossen, in Semindj. Der andere Aspekt dieses Sich-häuslich-Niederlassens war die ausstehende Geldforderung Karbalai Doschanbehs an Moula Eman. Bei seinem diesmaligen Aufenthalt müßte Moula Eman ihm die Zinsen seiner Schulden bezahlen. Jetzt hing alles davon ab, welchen dieser Aspekte Mergan in Betracht ziehen wollte. Die gute Seite von Karbalai Doschanbehs Erscheinen war, daß er gekommen war, seinen alten Weggenossen Moula Eman zu besuchen und aus Anlaß der Verlobung seiner Nichte mit ihm Tee zu trinken. Die schlechte Seite war die Forderung, die er an Moula Eman, diesen Betrüger und Lügenbold, hatte; und der war in der Lage, noch heute abend ein solches Geschrei zu erheben, daß die Verlobung in die Brüche ging. Trotz alledem wußte Mergan, daß beides nur Vorwände waren. Vorwände, die es Karbalai Doschanbeh ermöglichten, in diesen ein, zwei Tagen morgens zur Frühstückszeit in der Nachbarschaft aufzutauchen, ins Haus zu schlüpfen, sich in einen Winkel zu setzen und zu schweigen, Tee und – falls vorhanden – Brot und noch etwas zu sich zu nehmen und gelegentlich ein paar Worte von sich zu geben; Worte, die gewöhnlich mit Spott und mit Galle gemischt waren, was im Lauf seines Lebens zu seiner zweiten Natur geworden war, an die sich die Einwohner von Semindj gewöhnt hatten.

Da Moula Eman knapp bei Kasse war und seine Schulden nicht bezahlen wollte und konnte, beugte er vor Karbalai Doschanbeh den Nacken und hielt seine Zunge im Zaum. Vieles an Karbalai Doschanbehs Grobheiten überhörte er einfach und bemühte sich, irgendwie mit ihm ins reine zu kommen. Tatsächlich war es so, daß er wohl oder übel alles auf sich nahm, bis diese ein, zwei Tage vorüber wären. Moula Eman hatte nichts Besonderes in Semindj zu erledigen. Er war nur geblieben, um Hadjers Hand in Ali Genous Hand zu legen und sich dann den Zügel seines Esels über die Schultern zu werfen und seinen eigenen Geschäften nachzugehen. Mit Abbass war ja jetzt nichts mehr anzufangen.

Abbass saß reglos und stumm in einer dunklen Ecke, gehüllt in einen Nebel von Verständnislosigkeit. Weder wollte er etwas von jemandem, noch wollte jemand etwas von ihm. Still und stumm. Die Lippen geschlossen, die Augen offen. Die Augen hatten sich noch nicht zum Schlafen geschlossen. Keine Arznei, kein Gebet, kein Zauberspruch konnte hier helfen.

»Die Zeit muß darüber hinweggehen. Ein paar Tage müssen darüber vergehen!«

Das hatte Karbalai Doschanbeh gesagt, und Ali Genou hatte mit dem Kopf genickt. Was sollte Moula Eman sagen? Er hatte gesagt: »Das ist nun mal passiert. Man muß ihn einfach sich selbst überlassen. Ach . . . die Welt hat schon vieles dieser Art gesehen!«

Hadjer war verschwunden, ließ sich nicht blicken. Was dem Bruder zugestoßen war, hielt sie offenbar für ein schlechtes Vorzeichen. Von allen hatte Ali Genou Abbass' frühzeitiges Altern am leichtesten genommen: »Ich hab' selbst am Tor der Karawanserei von Schasdeh von einem Derwisch gehört, daß im Schahdjahan-Gebirge einem jungen Burschen genau so was passiert ist und er nach kurzer Zeit wieder ganz wie früher wurde. Diese Ängste verlieren sich, gehen vorbei. Achtet nicht drauf! Wie, Onkel, was meinst du?«

Moula Eman hatte Karbalai Doschanbeh angeblickt: »Karbalai hat mehr von der Welt gesehen!«

Karbalai Doschanbeh hatte gesagt: »Die Zeit muß darüber hinweggehen. Ein paar Tage müssen darüber vergehen!«

Moula Eman hatte das bestätigt und bestätigte es immer noch: »Ja doch . . . was kann man da machen?! So geht's nun mal zu in der Welt!«

Aber Mergan hatte wie auf Feuer gesessen. Aus ihren Augen, ihren Blicken stieg Rauch auf.

»Tante . . . Tante . . .«

Ali Genou nannte Mergan jetzt Tante. Mergan ging hinaus. Ali Genou zog sich an die Mauer zurück und sagte: »Alles hab' ich erledigt. Das Haus hab' ich in Ordnung gebracht. Alles ist bereit.«

Mergan sagte: »Schön, dann komm heute abend, nimm deine Frau an die Hand und bring sie in dein Haus. Was kann ich sonst sagen?«

Ali Genou fragte: »Passen ihr die Kleider und Schuhe?«

»Sie werden schon passen.«

»Schön, schön, dann geh' ich kurz mal fort und . . . hör mal! Für heute abend hab' ich Essen vorbereitet. Bring Onkel Moula auch mit. Für Abbass und Abrou geb' ich dir zwei Schüsseln Fleisch mit. In Ordnung?«

»Gut, in Ordnung.«

Ali Genou ging, Mergan kehrte ins Haus zurück. Karbalai Doschanbeh und Moula Eman saßen noch an der Wand. Von Karbalai Doschanbeh mit den Blicken verfolgt, ging Mergan an der Feuerstelle vorbei zur Vorratskammer: »Ich muß noch mal mit Hadjer sprechen, muß es ihr schmackhaft machen!«

Karbalai Doschanbeh löste den Blick von Mergans Rökken und sah Moula Eman an. Moula Eman hielt den Kopf gesenkt. Hämisch grinsend sagte Karbalai Doschanbeh: »Verheirate sie! Willst du nicht?«

Moula Eman hob den Kopf und wollte schon den Mund öffnen, als Karbalai Doschanbeh sagte: »Das Genick soll mir brechen! Mein Juwel von einer Frau hab' ich zerschlagen. Das Genick soll mir brechen! Wegen dem Gerede der Leute! Ach, hätten die sich doch lieber die Zunge abgebissen!«

Moula Eman sagte: »Rühr es nicht wieder auf, Karbalai! Das ist nun vorbei.«

Karbalai Doschanbeh sagte: »Der Schmerz ist immer da, Moula! Ein Juwel war sie, diese Frau. Aber das Gerede der Leute! Meine Frau brachte ein Siebenmonatskind zur Welt, und die anderen fingen an zu reden. Diese Schamlosen! Sagten: ›Die Gutschanerin war schon schwanger, als sie in Mohammads Haus kam!‹ Ein unberührtes Mädchen war sie! Weiß ich das besser oder ihr Leute?! Mein Juwel hab' ich mit meinen eigenen Händen zerbrochen. Ach, das Genick soll mir brechen! Seitdem bin ich meines Lebens nicht mehr froh geworden. Wie ein Tier hab' ich das arme Ding geschlagen und aus dem Haus gejagt. Und sie nahm das Kindchen auf den Arm und ging in die Winterkälte hinaus. Ich weiß nicht, wohin sie gegangen ist. Wie kann ihr sieben Tage altes Kindchen in einem solch kalten Winter am Leben geblieben sein?

Das arme Wurm! An allem war die Mutter von Ssalar Abdollah schuld. Jetzt weiß ich, daß sie es war, die diese Klatschereien aufgebracht hat. Dies niederträchtige Weib! Sie konnte den Anblick der Gutschanerin in dieser Gotteswelt nicht ertragen. Und wenn ich sie bei mir behalten hätte, hätte sie sie womöglich vergiftet! Wie dem auch sei – mein Leben hat sie zerstört. Aber ich hab' der Mutter von Ssalar Abdollah auch das Leben zur Hölle gemacht. Von Stund an brach ich unsre ehelichen Beziehungen ab. Völlig! Jetzt sind's schon zwanzig Jahre her. Nun, wie du mir, so ich dir! Aber . . . aber die Alte wächst mir langsam über den Kopf. Die hat mich aus meinem eigenen Haus geworfen und in den Heuschober verbannt! Nun gut, ihr Sohn hat's inzwischen zu was gebracht, der Ssalar Abdollah. Der ernährt sie. Wozu braucht sie mich noch? Meine Wäsche wäscht sie nicht. Nicht ein Schüsselchen warmes Wasser stellt sie hin, mein Brot hineinzutunken. Wenn ich vor Schmerzen umkomme, macht sie mir die Türe nicht mal einen Spaltbreit auf. Als wären wir nicht Mann und Frau, wären nicht Mann und Frau gewesen. Na schön, die rächt sich eben. Aber . . . aber, das Genick soll mir brechen! Mein Juwel von einer Frau hab' ich fortgejagt. Mein Juwel hab' ich zerbrochen!«

Moula Eman wiederholte: »Rühr es nicht wieder auf, Karbalai, rühr es nicht wieder auf!«

»Der Schmerz ist immer da, Moula Eman, ist immer da. Der Schmerz wird nie alt werden. Es sei denn . . . es sei denn, ihren Platz nimmt eine andere ein . . . Verheirate sie, Moula Eman! Verheirate die Mergan! Ihr Mann ist tot. Ssolutsch hatte nicht den Mumm, sich aus den Krallen von Hitze und Kälte in der Fremde zu retten. Ich weiß, was Fremde heißt. Der ist tot, Ssolutsch ist tot. Ich geb' dir mein Wort drauf, hab's mit meinen eigenen Ohren gehört. Nach religiösem Recht ist's auch zulässig. Drei rechtschaffene Zeugen, drei Personen, die bezeugen können, daß Ssolutsch tot ist – und Mergan kann wieder heiraten. Es gibt noch eine andere Möglichkeit, auch nach dem religiösen Gesetz. Wenn ein Mann von zu Hause weggeht und – ich weiß nicht, innerhalb von wie vielen Monaten – nicht zurückkommt oder nichts von sich hören läßt, steht es seiner Frau frei, wieder zu heiraten. Verstehst du? Es wär' doch nicht schlecht, wenn wir beide jetzt gegen Ende unsres Lebens noch Verwandte würden. Du und ich, wir sind zusammen auf Wanderschaft gewesen, waren Weggefährten. Die Angelegenheit mit dem Geld werden wir schon irgendwie in Ordnung bringen. Rede mit deiner Schwester! Wie lange noch will sie ohne Beschützer auskommen? Wenn sie mal was Ordentliches zwischen die Rippen kriegt, wird sich zeigen, daß sie noch jung ist; der geht nichts ab. Sie ist von Pech verfolgt, die Arme, von Unglück umstellt. Tu was, daß wir sie bei der Hand nehmen und retten! Das wird dir als gute Tat angerechnet, der Prophet selbst hat so gesagt.«

Karbalai Doschanbeh stand auf, klopfte sich den Staub vom Hosenboden und sagte noch: »Diese Kinder brauchen jemand, der ein Auge auf sie hat. Du kannst dich ja nicht um sie kümmern. Heute abend komm' ich zum Essen zu Ali Genou. Gott befohlen!«

»Gott befohlen, Karbalai!«

Moula Eman begleitete Karbalai Doschanbeh bis zur Gasse und kehrte zurück. Mergan stand an der Zimmertür, Abscheu im Blick: »Was hat der wieder geredet?!«

»Nichts . . . komm, laß uns reingehen.«

Sie gingen zusammen ins Zimmer.

Hadjer saß mit einer Schachtel da und war damit beschäftigt, ihre Sachen einzuräumen. Abbass saß immer noch schweigend in seinem Winkel, die großen weißlichen Augen weit aufgerissen, Backenknochen und Unterkiefer vorspringend, die Zähne stark, die Wangen eingefallen, die Haare weiß, schneeweiß.

Mergan setzte sich wütend auf den Boden, schlug die Hände vors Gesicht und sagte ärgerlich: »Was will dieser Kerl in meinem Haus?!«

Moula Eman sagte: »Was soll ich sagen? Wir sind nun mal Bekannte!«

»Was ist das für eine Bekanntschaft? Zum Teufel mit der Bekanntschaft! Was hat Karbalai Doschanbeh für eine Bekanntschaft mit mir? Sowie du für zwei Tage kommst, nach uns zu sehen, taucht der auch auf!«

»Willst du damit sagen, daß er meinetwegen kommt?«

»Nicht deinetwegen, dich nimmt er nur zum Vorwand. Und du kriegst in seiner Gegenwart den Mund nicht auf. Weil du ihm Geld schuldest!«

»Schön! Aber was soll das nun heißen? Soll ich nicht mehr herkommen?«

»Warum redest du so! Du bist mir immer willkommen. Du bist mein Bruder, mein Wohltäter. Aber diesem geilen Bock lieferst du einen Vorwand. Ich werd' noch ins Gerede kommen. Seit Ssolutsch verschwunden ist, schnüffelt der hier an Tür und Wänden herum. Dauernd macht er sich hier zu schaffen. Und wie der sich immer hat! Der Schlange mißfällt Minze, deshalb wächst sie gerade vor ihrer Nase!«

Abbass schrak zusammen, ein Schauder überlief ihn, dann beruhigte er sich wieder.

Moula Eman sagte: »Und er hat sich selbst auf der Stelle zum Abendessen eingeladen!«

»Zum Abendessen?! Wo? Hier?!«

»Nein, beim Bräutigam.«

Jetzt legte sich Mergan keinen Zwang mehr auf: »So ein Scheißkerl – lädt sich selbst ein! Ha! So ein Lump! Wo der hinkommt, bleibt er kleben. Möge seine Seele ewige Pein leiden!«

Moula Eman sagte: »Er sagt, er hat Leute, die bezeugen können, daß Ssolutsch tot ist.«

»Schön, wenn er tot ist, ist er eben tot. Gott sei seiner Seele gnädig! Aber was geht den das an?«

»Wahrscheinlich verfolgt er eine bestimmte Absicht damit.«

»Soll er seine Absicht mit ins Grab nehmen! Ich hab' den Kopf so voll, daß ich keine Zeit habe, mich um solche Kindereien zu kümmern. Das ist für mich aus und vorbei. Soll der gehen und sich ein anderes unglückliches Opfer suchen. Ich will mit so einem gemeinen Hund nichts zu schaffen haben.«

»Wenn nun Ssolutsch wirklich tot sein sollte . . .«

»Angenommen, daß . . . Ich hab' zwei junge Söhne. Was soll ich mit denen machen?! Und einer davon noch in diesem Zustand! Siehst du ihn nicht?«

Moula Eman wandte den Blick wieder von Abbass ab und sagte: »Der will ja nicht deine Söhne heiraten! Dich nimmt er zu sich.«

»Warum machte er sich dann eben Sorgen um meine Kinder? Hat er etwa nicht gesagt, daß meine Kinder einen Beschützer brauchen?«

»Er dachte dabei an sich selbst. Deine Tochter zieht nun ins Haus des Bräutigams, deine Söhne sind dabei, flügge zu werden. Und du selbst gehst in sein Haus.«

»Sein Haus! Ha! Bist du aber gutgläubig! Der fristet sein Leben im Heuschober. Welches Haus? Ich weiß vom Hörensagen, daß er unter seiner Schwiegertochter, der Frau von Ssalar Abdollah, ganz schön zu leiden hat. Der wird seines Lebens nicht mehr froh. Und sie hat unter diesem alten geizigen Schmerbauch auch zu leiden. Was du dir so einbildest! Übermorgen nimmt der sein Bettzeug, kommt her und richtet sich hier häuslich ein. Hach!«

Moula Eman sagte: »Wie dem auch sei – ihr beiden müßt's besser wissen. Das war's, was er gesagt hat. Alles andere liegt bei euch.«

Mergan stand auf und sagte: »Ich will keinen Mann, ob Ssolutsch nun tot ist oder lebt. Und jetzt hab' ich zu tun!«

Es war später Nachmittag. Da Mergan erst jetzt mit ihrer Arbeit anfing, würde sie sich bis zum abendlichen Gebetsruf hinziehen. Sie hatte Hadjer zum Baden gebracht und mußte nun die anderen Dinge erledigen. Etwas Schminke hatte sie besorgt. Aber zuerst mußte sie von Hadjers Gesicht die Haare durch Band-andachtan entfernen. Aus der Wandnische nahm sie den gesprungenen Spiegel, der in einem alten Holzrahmen steckte, und lehnte ihn nahe der Tür an die Wand. Dann brachte sie eine Schachtel, stellte sie neben den Spiegel, faßte die Tochter am Handgelenk, führte sie zum Spiegel und ließ sie sich hinsetzen.

»Hab keine Angst! Alle Bräute machen das.«

Die nötigen Fäden hatte sie schon vorher bereitgelegt. Sie wickelte sie sich um die Fingerspitzen und ließ sie wie eine Schere über das kleine Gesicht gleiten. Als die Fäden erbarmungslos ihre Wangen schabten und brannten, zuckte Hadjer mit dem Kopf zur Seite. Aber Mergan schrie sie an, sie solle sich einen Augenblick zusammennehmen. Hadjer zwang sich stillzuhalten, doch die Schmerzen und das Brennen der Haut waren schließlich kein Spaß. Keinen Laut von sich gebend, hielt sie aus, konnte aber die Tränen nicht zurückhalten. Ihre Augen füllten sich immer mehr mit Wasser. Doch Mergan achtete nicht darauf; sie zog die beiden Fäden scherenartig über Hadjers trockene Haut und brachte sie noch mehr zum Brennen, und Hadjers Haut wurde rot und röter. Wie die Spur einer Ohrfeige, falls sie nicht ins Bläuliche spielt.

›Um so besser! Soll sie etwas Farbe bekommen. So ist das ja nichts – wie eine Leiche!‹

Mergan machte sich darum keine Sorgen. Ihr ging es einzig darum, den zarten Flaum von Hadjers Gesicht und Oberlippe auszurupfen. Wenn's weh tut, soll es eben weh tun! ›Beim ersten Mal tut's sehr weh. Allen frischverlobten Mädchen brennt die Gesichtshaut!‹

»Es brennt, Mama, es brennt!«

›So ist's gut!‹

Mergan drehte Hadjers Gesicht zum Licht und besah es genau. Nichts war mehr da. Das Gesicht der Tochter war rot wie eine Rübe und begann sich bläulich zu verfärben. Jetzt war es an der Zeit, daß Hadjer sich eine Handvoll Wasser ins Gesicht spritzt: »Gut! Steh nun auf, wasch dir Hände und Gesicht und komm gleich zurück!«

Hadjer stand auf und lief hinaus. Der Eimer war halb voll. Sie steckte ihr Gesicht ganz hinein.

Moula Eman erhob sich, um hinauszugehen. An der Tür blieb er neben der Schwester stehen und sagte: »Wenn du die Wahrheit wissen willst – ich selbst hab' auch gehört, daß Ssolutsch – Gott hab' ihn selig! – gestorben ist.«

Er wartete eine Antwort der Schwester nicht ab, trat aus der Tür und ging davon. Und Mergan wußte auch nichts, was sie hätte sagen können. Einen Augenblick war sie wie betäubt. Aber schnell kam sie wieder zu sich und schrie Hadjer an: »Nimmst du ein ganzes Bad?! Komm her, es ist schon Abend!«

Noch einmal tauchte Hadjer das Gesicht ins Wasser, stand auf und ging zur Mutter.

Mergan hatte die Schminke angerührt. Ihre Augen blickten jetzt sanft, als hätte sie sich daran erinnert, daß sie mit der Tochter nicht so jähzornig umspringen dürfe. Letzten Endes fand heute abend Hadjers Hochzeit statt. Warum hatte sie ihre Wut auf Karbalai Doschanbeh an Hadjer, diesem schuldlosen Kind, auslassen müssen? Obwohl Mergan selbst sich auch keiner Schuld bewußt war. Warum ließ man ihr keinen Augenblick Ruhe? Nur deshalb geschah es doch, daß sie, wenn sie wieder zur Besinnung kam, sah, daß sie den einen oder anderen gekränkt und mehr als alle anderen ihre Kinder mit ihrer scharfen Zunge verletzt hatte. Das beunruhigte sie dann, und so wurde sie noch erregter, als sie es ohnehin schon gewesen war.

Die empfindlichste Wunde in Mergans Seele hatte Abbass geschlagen. Sein vorzeitiges Altwerden, seine Verletzungen und sein Schweigen hatten sie zutiefst erschüttert. Die Hände zitterten ihr, ihre Augen zwinkerten nervös. Kaum gab sie zwei Worte von sich, schon schnürte sich ihr die Kehle zu, und ihre Augen füllten sich mit Tränen. Sie hatte sich nicht mehr in der Gewalt; wegen nichts und wieder nichts wurde sie wütend. Schlaflosigkeit und Grübelei. Das Grübeln hatte sie zermürbt, hatte sie entkräftet, ließ sie weiter von Kräften kommen. Und dann: Hadjers Heirat! Mergan wußte besser als jeder andere, daß diese Heirat unpassend und verfrüht war. Dazu der Verlust des Stücks Boden, die Gleichgültigkeit der Söhne ihr gegenüber und der elende Zustand von Abbass, die beleidigende Werbung von Karbalai Doschanbeh, Mirsas hartnäckiges Bestehen auf dem Ankauf des noch verbliebenen Stücks Boden. Und nun noch der Tod von Ssolutsch!

War denn Ssolutsch wirklich gestorben?

»Nun! Vortrefflich, vortrefflich!«

Das war Ali Genou. Das Zimmer verdunkelnd, stand er lächelnd in der Tür. Hadjer wandte das Gesicht ab und zog die Enden des Kopftuchs über die Augen. Ali Genou preßte die dicken Lippen zusammen und sah Mergan an. Sie gab ihm ein Zeichen zu gehen. Sie wollte nicht, daß Hadjer noch mehr von Angst vor ihm ergriffen würde. Wohl oder übel machte Ali Genou kehrt und ging. Mergan schminkte Hadjers Wangen fertig, stand auf, füllte einen Napf mit Wasser, stellte ihn vor sich hin, nahm Hadjer das Kopftuch ab, feuchtete den Kamm mit Wasser an und kämmte Hadjers Haare, die frisch gewaschen und, wenn auch dünn und weich, doch schwarz waren und glänzten.

Voll Kummer kämmte Mergan die Haare der Tocher, und die Tochter, kummervoller noch als die Mutter, lehnte den Kopf an deren Arm und richtete den Blick auf den Boden: Verheiratet hatte man sie. Und so sieht also eine Hochzeit aus!

Hadjer konnte nicht umhin, über das nachzudenken, was man ihr – mit solcher Leichtigkeit – zumutete. Die Gewichtigkeit dieser Zumutung empfand sie noch deutlicher als die Mutter.

Sie hatten ihr in der Stadt ein Paar rote Schuhe, zwei seidene Kopftücher, ein Kleid aus Kattun und einen einfachen, geblümten Tschador gekauft. Danach führten sie sie aus dem Basar auf die Gasse, aus der Gasse zur Karanwanserei. Dort kaufte Ali Genou Brot und Halwa, und an der Mauer der Karawanserei, gegenüber der Teestube, setzten sie sich hin und aßen. Darauf ging Ali Genou zur Teestube und brachte drei große Gläser Tee. Als sie den Tee getrunken hatten, ging

Ali Genou in den Stall der Karawanserei, schüttete seinem Esel etwas Heu hin und kam zurück. Es war Zeit zu gehen. Sie verließen die Karawanserei. Die Gasse hinter der Karawanserei führte zur Freitagsmoschee. Sie traten durch das rückwärtige Tor ein, durchquerten den Moscheehof und gingen zum vorderen Tor hinaus. Ali Genou führte sie über die Straße. Wieder eine Gasse. Sie kamen am Wasserspeicher vorbei. Jetzt waren sie an einer engen Gasse angelangt. Die Gasse machte eine Biegung. Nach der Biegung wurde sie enger, eng und enger. Biegung auf Biegung. So viele, daß Hadjer schwindlig wurde. Jetzt konnte sie sich nur noch daran erinnern, daß die Gasse mit Steinen gepflastert war. Und das war ihr nur deshalb in Erinnerung geblieben, weil die Lederschuhe sie drückten. Am Ende der Gasse blieben sie vor einer niedrigen Tür stehen. Die Türschwelle lag tief, sehr tief. Drei Stufen führten hinunter. Der Hof war klein. Neben dem sechseckigen Wasserbecken stand ein Granatapfelbaum. Ali Genou führte die Frauen die Stufen der gegenüberliegenden Terrasse hinauf. Hadjer mußte sich gleich dort neben die Tür setzen. Mergan und Ali Genou gingen ins Zimmer. Hadjer sah den Molla nicht, hörte nur seine Stimme. Husten begleitete seine Worte. Er schien alt zu sein. Sie redeten miteinander. Dann kamen Ali Genou und Mergan heraus. Sie forderten Hadjer auf, ›ja‹ zu sagen. Hadjer sagte es, und damit war die Angelegenheit erledigt. Jetzt durfte Ali Genou Hadjers Hand in die seine nehmen. Er tat es und führte sie die Stufen der Terrasse hinunter. Auf dem gleichen Weg, den sie gekommen waren, kehrten sie zurück: Gasse, Straße, Moschee, die Gasse hinter der Karawanserei.

Ali Genou holte seinen Esel, warf ihm die Satteltasche über, nahm den Zügel in die Hand, zahlte dem Verwalter der Karanwanserei die Stallmiete und ging hinaus. Hadjer und Mergan machten sich hinter dem Esel ebenfalls auf den Weg. Außerhalb des Stadttors hielt Ali Genou den Esel an und bot Hadjer sein Knie als Stütze zum Aufsteigen. Mergan faßte Hadjer unter den Armen, und diese stieg auf. Der Zügel war noch in Ali Genous Hand. Einen Augenblick später warf er ihn dem Esel über den Nacken, steckte den Pflock in die Satteldecke und brach, dicht neben Hadjers Knie, auf.

Mergan folgte ihnen in Gedanken versunken. Einmal setzte sie sich, Müdigkeit vorschützend, am Wegrand hin, um die Galoschen auszuziehen. Die neuen Galoschen hatte ihr Ali Genou gekauft. Ihre Füße waren noch nicht an sie gewöhnt, sie schwitzten darin. Kurz vor Semindj ging Mergan den beiden an die hundert Schritt voraus, so weit voraus, daß Ali Genou Hadjer zweimal in den Schenkel kneifen konnte! Hadjer ertrug den Schmerz, ohne eine Miene zu verziehen. Sie hatte Angst, sich mit Ali Genou in ein Gespräch einzulassen. Unterwegs mußte Ali Genou auch einiges gesagt haben, aber Hadjer erinnerte sich nicht mehr daran. Besser erinnerte sie sich an den Hinweg, den Weg, den sie von Semindj zur Stadt gegangen waren. Der Schatten von Ssanams Sohn, Morad, war ihnen überall gefolgt. Als sie ans Stadttor gelangten, überholte er sie, den Vorratssack auf der Schulter, ohne Hadjer anzublicken. Nicht, daß Hadjer eine heimliche Neigung zu ihm gehabt hätte, das nicht! Aber jetzt, wo alles so gekommen war, dachte sie häufiger an ihn. So als ob sie in ihren Gedanken nach irgendeiner Zuflucht suchte, irgendeinem Schutz. Sonst war Hadjer verständig genug, ihr Herz nicht an einen jungen Burschen zu hängen. Sie wußte selbst nicht, wieso sie den schmierigen Nacken, den zerrissenen Kragen, die verschwitzten Schulterblätter von Morad im Gedächtnis behalten hatte.

Wirklich! Hatte sich der Sohn von Tante Ssanam in ein Auto gesetzt und war weggefahren? War er weggefahren?!

Mergan band Hadjer das seidene Kopftuch um die frischgekämmten Haare, strich die Strähnen, die ihr in zwei Fransen in die Stirn fielen, hübsch zurecht und führte sie vom Spiegel fort zur Truhe. Sie nahm das von Ali Genou gekaufte Kattunkleid heraus und zog es Hadjer an. Danach holte sie die schwarze Satinhose hervor. Das Mädchen nahm die Hose, ging in die Vorratskammer und kam nach einem Augenblick wieder. Mergan kniete sich hin, glättete den Hosenbund um Hadjers Taille und zog ihn höher. Aber die Beine waren noch zu lang. Mergan krempelte sie etwas hoch. Gut, das wäre erledigt! Jetzt holte sie die Schuhe hervor. Hadjers Füße fürchteten sich vor den Schuhen. Aber es half nichts. Mergan steckte die Füße in die Schuhe und sagte zur Tochter, sie solle nun gehen. Mit verzerrtem Gesicht tat Hadjer ein paar Schritte. Nein, das Gehen war schwierig. Die Schuhe saßen wie Hufe an ihren Füßen, die Füße schienen aus Holz geschnitzt zu sein. Hadjer gab sich alle Mühe. Steif, ruckweise ging sie wieder ein paar kleine, unsichere Schritte, und bei jedem Schritt knickten ihr die Knie ein. Aber sie mußte gehen, mußte gehen. Mergan nahm sie am Arm und führte sie: »Keine Angst, keine Angst. Noch ein Schritt, noch einer und noch einer. Halt dich auf den Beinen! Du bist doch kein Krüppel, Kind!«

Hadjer machte eine Runde durchs Zimmer, noch eine Runde. Aber plötzlich setzte sie sich auf den Boden. Richtiger: warf sich auf den Boden und schrie: »Meine Füße! Meine Füße! Zum Teufel mit diesen Schuhen! Ich will nicht, will nicht . . .«

Ehe sie sich um die Tochter kümmerte, lief Mergan und schloß die Tür. Hadjers Gejammer durfte nicht nach draußen dringen. Dann kam sie, setzte sich neben Hadjer, legte sich ihren Kopf an die Brust und brachte sie zum Schweigen. Hadjer beruhigte sich nach und nach. Sie wußte, was die Mutter wollte und warum. Mergan hob Hadjers Kopf und wischte ihr die Tränen, bevor sie ihr in die Schminke auf den Wangen fließen konnten, mit den Fingerspitzen ab. Aber sie konnte Hadjers Gesicht nicht deutlich sehen. Im Haus war es dunkel. Das einzige, was in der Dunkelheit zu sehen war, war Abbass' weißer Kopf auf den spitzen Schultern: schweigend und reglos.

Plötzlich sprang Mergan auf, lief zur Tür und öffnete sie. Moula Eman stand hinter der Tür, hoch aufgerichtet und ruhig: »Warum hast du die Tür zugemacht?«

»Ich war dabei, Hadjer anzukleiden.«

»Es ist schon Abend; seid ihr noch nicht fertig?«

»Gleich sind wir fertig.«

Mergan lief zu Hadjer, nahm sie an der Hand, zog sie zur Tür ans Licht und besah noch mal ihr Gesicht. Nein, die Tränen hatten die Schminke nicht abgewaschen. Trotzdem tupfte Mergan mit den Enden ihres Kopftuchs sorgsam und sanft Hadjers Augenränder ab, denn die Tränen hatten die Wimperntusche etwas verwischt.

Moula Eman sagte: »Warum machst du bei diesem Trubel nicht die Lampe an?«

»Das hab' ich wahrhaftigen Gottes vergessen.«

Mergan zündete die Lampe an. Ein trüber Schein verbreitete sich im Zimmer. Jetzt konnte man besser sehen. Moula Eman lehnte sich mit der Schulter an die gegenüberliegende Wand, und als die Lampe richtig brannte, fiel ihm Abbass ins Auge: still und reglos. Moula Eman wollte zu ihm gehen und mit ihm sprechen, aber er traute sich nicht recht. Was sollte er sagen! Er stieß sich mit der Schulter von der Wand ab und ging seinem Esel Futter in die Krippe schütten.

Mergan hatte nun nichts mehr zu tun. Eigentlich müßte sie sich etwas hinsetzen. Aber es hielt sie nirgends. In einem fort drehte sie sich im Kreis. Sinnlos lief sie hin und her: in die Vorratskammer, in den Hof, auf die Gasse und wieder ins Haus. Endlich kam ihr in den Sinn, gegen den bösen Blick einige aromatische Espand-Körner aufs Feuer zu streuen. Der duftende Rauch kräuselte sich bis zur Zimmerdecke. Strohhalme von seinen Ärmeln schüttelnd, trat Moula Eman, einen Segensspruch auf den Lippen, wieder ins Zimmer. Hadjer saß noch an der Wand. Moula Eman setzte sich etwas abseits hin und steckte eine Zigarette an.

›Warum sind die noch nicht gekommen?‹

Diese Frage war ihm vom Gesicht abzulesen. Er rauchte die Zigarette zu Ende, drückte sie mit dem Fuß aus, stand auf und ging hinaus. Der Abend war schon vorgerückt. Moula Eman blieb einen Augenblick auf der Gasse und kam wieder zurück. Es war ihm anzumerken, daß er unruhig war. An der Tür blieb er stehen: »Wie wär's, wenn ich mal eben beim Bräutigam reinschaue und sehe, was los ist?«

Mergan sagte: »Das gehört sich aber nicht. Was soll ich sagen! Die müssen kommen, die Braut an der Hand nehmen und heimführen.«

»Ich sag', wenn bloß nicht das Weibsbild. . . . wenn die nicht was Böses im Schilde führt!«

»Nein! . . . Laß mich mal horchen. Aha . . . ich hör' was . . .«

Moula Eman lief hinaus auf die Gasse. Der Schein einer Laterne brachte mehrere Schatten mit sich. Moula Eman trat einen Schritt vor, blieb plötzlich wieder stehen. Die Frau von Ali Genou hinkte langsam, auf ihre Krücke gestützt, heran. In der linken Hand schien sie etwas zu tragen. Ein Tablett. Auf dem Tablett stand ein kupferner Napf, aus dem ein schwaches Licht drang. Glut schimmernder Asche. An der Seite von Ali Genous Frau ging der Bräutigam: Ali Genou. Er hielt die Laterne in der Hand und kam neben seiner Frau gemessenen Schritts näher. Hinter ihnen befand sich Karbalai Doschanbeh, an dessen Seite Hadj Ssalem. Und Mosslem folgte seinem Vater auf dem Fuß. Als sie noch näher herangekommen waren, holte Karbalai Doschanbeh die Frau von Ali Genou ein, nahm ein paar Körner Espand vom Rand des Tabletts und warf sie ins Feuer. Hadj Ssalem sprach eine Segensformel. Moula Eman ging ihnen zur Begrüßung entgegen. Er war sichtlich froh. Wenn dieser Abend glücklich und zufriedenstellend verlief, konnte er morgen früh beruhigt seine Waren aufladen und seinen Geschäften nachgehen.

Sie traten in den engen Hof. Mergan brachte die Lampe. Die Frau von Ali Genou blieb, auf ihre Krücke gestützt, stehen. Auch Mergan warf ein paar Körner Espand ins Feuer. Moula Eman ging ins Zimmer, nahm Hadjer beim Handgelenk und brachte sie nach draußen. Hadjer konnte immer noch nicht richtig gehen. Nicht einmal richtig stehen konnte sie. Mergan faßte sie unter dem Arm. Die ganze Gesellschaft ging mit der einen Laterne und der einen Lampe hinaus. Die Gasse war holprig, die Schuhe der Braut unbequem. Deshalb legten sie den Weg langsam zurück. Die Frau von Ali Genou schleppte sich mühsam vorwärts. Gut, daß die Braut nicht schnell gehen konnte. Für dieses kleine Stück Weg brauchten sie viel Zeit. In Ali Genous Haus führte Mergan Hadjer ins Hinterzimmer. Das war das Brautgemach. Ali Genou selbst hatte das Bettzeug fertig hingelegt. Hadjer zog die Schuhe aus. Mergan ging hinaus. Die Gäste setzten sich ins Zimmer. Die Frau von Ali Genou war nicht bei den Gästen. Auf ihre Krücke gestützt, war sie neben der Feuerstelle am Backofen geblieben. Mergan machte sich dort daran, letzte Hand ans Abendessen zu legen. Die Frau von Ali Genou sagte kein Wort. Aber das bedeutete nicht, daß Mergan Gutes erwartete. Eine Frau kennt eine Frau besser: ›Gott stehe uns bei und lasse keinen solchen Tag heraufziehen!‹ Mergan sah also schon den Tag kommen, an dem diese kranke, schwache Frau ihrer Tochter etwas ins Essen mischen würde!

Das Fleisch war gar. Mergan nahm den Topf und trug ihn ins Zimmer. Ali Genou hatte das Tischtuch auf den Boden gebreitet und Brot und Joghurt darauf gestellt. Für Mosslem und seinen Vater einen Teller. Für Ali Genou und Karbalai Doschanbeh einen Teller. Und auch für Moula Eman und seine Schwester Mergan einen Teller. Roghiyeh, die Frau von Ali Genou, war draußen geblieben.

Das Abendessen zog sich nicht sehr in die Länge. Ali Genou trug bald ab. Alle wußten, daß ein Hochzeitsessen anders zu verlaufen pflegt, aber jeder, so gut er's kann.

»Vergelt's Gott! Gott vermehre deine Wohltaten!«

»Amen! Amen!«

Hadj Ssalem war es, der das Gebet sprach, und Karbalai Doschanbeh, der Amen sagte.

Moula Eman veranlaßte die Gesellschaft aufzubrechen. Er half Karbalai Doschanbeh beim Aufstehen, um ihn dann hinauszubringen, und Ali Genou drückte Mosslem eine Münze in die Hand und hieß ihn aufstehen. Die Männer gingen hinaus, Ali Genou gab ihnen bis zum Tor das Geleit und kam zurück. Mergan mußte der Sitte gemäß bleiben, aber Ali Genou schickte sie fort: »Roghiyeh ist da, wenn etwas sein sollte . . .«

Weshalb sollte die Mutter der Braut hinter der Tür stehen? Um zu bestätigen, daß ihre Tochter unberührt ist? Nun, das versteht sich von selbst. Was willst du sonst?

»Den Rest der Fleischsuppe nimm für die Kinder mit! Laß sie nicht so lange allein.«

Mergans Söhne saßen im Dunkeln. Stumm und blind. Mergan zündete die Lampe, die ihr auf der Gasse ausgegangen war, wieder an. Abrou lehnte an der Wand. Er schien eben von der Arbeit gekommen zu sein. In diesen Tagen waren seine Kleider von oben bis unten mit Öl beschmiert. Wortkarg war er geworden. Es war, als habe er mit einemmal an Jahren zugenommen. Er war solide geworden, sah älter aus. Als sei er um etwas bereichert worden, von dem Mergan nicht wußte, was es war. Sie spürte nur so viel, daß sie sich einem Mann gegenüber befand, einem Mann, der auf dem Wege war, in mancher Hinsicht für sie ein Fremder zu werden. Einige Teile seines Wesens gehörten ihr nicht mehr an, gehörten jemand anderem, schienen woandersher zu stammen. Ein Fremder für Mergan, aber nach ihrem Herzen. Was kann für eine Mutter erfreulicher sein, als wenn ihr Sohn zum Mann reift? Auch wenn dieser Sohn, dieser Mann, seiner Mutter einen Dolch in den Rücken stößt: seinen Bodenanteil selbständig verkauft!

Mergan stellte die Schüssel mit der Fleischsuppe vor Abbass hin und sagte zu Abrou, er solle näher rücken. Abrou rückte näher. Die Mutter brachte Brot. Die Brüder brockten das trockene Brot in die Brühe. Abrou fragte nach dem Onkel. Mergan sagte: »Ich glaube, Karbalai Doschanbeh hat ihn mit zu sich genommen.«

Abrou sagte: »Mirsa läßt dich grüßen und dir sagen, du könntest jederzeit kommen und das Geld für deinen Boden abholen.«

Mergan entgegnete: »Sag ihm, er soll sein Geld nicht ausgeben. Ich verkaufe nicht.«

Abrou sagte nichts mehr, denn Abbass nahm sich zu große Bissen.

Moula Eman erschien: »Dieser Kerl läßt mich nicht in Frieden. Ein aufdringlicher Mensch ist das!«

Mergan gab keine Antwort, hob auch nicht den Kopf. Es behagte ihr nicht, daß vor den Söhnen über Karbalai Doschanbeh gesprochen wurde. Sie überließ sich ihren Gedanken.

Moula Eman setzte sich neben die Schüssel und beteiligte sich am Essen: »Bin ich denn dazu gekommen, beim Abendessen ein paar Bissen zu mir zu nehmen? Das war ja, als wären alle vor einer Hungersnot geflüchtet. Eine Seite meines Bauchs ist noch leer . . . Na gut! Gott gebe den Recken Kraft! Sag mal, was für eine Art Tier ist dieser Traktor eigentlich?«

Hinter den um die Schüssel sitzenden Nebenbuhlern nicht zurückbleibend, sagte Abrou: »Der wühlt eben im Fahren den Boden auf!«

»Na schön, schön. Die Zeiten haben sich geändert. Wer hätte das gedacht!«

Abrou sagte: »Wenn du in die Bergdörfer gehst, hör dich mal um; wenn jemand einen Boden gepflügt haben will, tun wir das gegen Bezahlung. In der Ebene haben wir heute nachmittag den Boden vom Dorfvorsteher fertiggepflügt.«

Moula Eman sagte: »Nicht schlecht. Mal sehen, was ich tun kann. Krieg' ich eine Maklergebühr?!«

»Für diese Frage von zwei Worten?«

»Nun ja. Heutzutage gibt auch das Mütterchen dem Väterchen nichts umsonst. Hach! Soll ich für den Mirsa Hassan die Sache gratis einfädeln? Wieso?! Hab' ich denn an dem einen Narren gefressen?«

»Nicht für Mirsa Hassan! Eher für mich. Dieser Traktor darf auch nicht eine Stunde arbeitslos herumstehen. Weißt du, was? Solange das Gedröhn des Traktors zu hören ist, bin ich noch hier. Wenn es keine Arbeit gibt, das heißt, wenn der

Lärm des Traktors zum Schweigen kommt, muß ich wie die anderen mein Bündel auf die Schulter nehmen und in die Fremde ziehen. Siehst du diese Hose, die ich anhabe? Die hab' ich für achtundzwanzig Toman gekauft. Der Mensch braucht nun mal Geld zum Leben!«

Moula Eman fragte: »Laß mal sehen: wieviel Taschen hat sie?«

Abrou stand auf, drehte sich, noch die Finger ableckend, im Kreis und sagte: »Vier Stück. Und noch eine kleine Tasche hat sie hier am Gürtel.«

»Schön, dann kannst du ja all das Geld, das du verdienst, in deinen Taschen unterbringen! Mirsa Chan zahlt dir wohl einen guten Lohn?«

»Das tut er. Warum sollte er nicht? Mach du ihn schwanger, gebären tut er selbst!«

»Das ist denn ja gut. Hast du etwa auch Forderungen an ihn?«

»Och . . . nicht sehr viel. Gewissermaßen meine Ausgaben für Essen und Kleidung gibt er mir schon . . .«

»Den Rest hebt er für dich auf, wie? Oder behält den als Pfand zurück?«

»Wofür als Pfand?«

»Nichts, ich hab' Spaß gemacht. Hast du jetzt bares Geld, damit wir ein Knöchelspiel machen?«

»Hab' ich nicht. Hab' auch keine Lust dazu. Ich muß auch früher schlafen gehen. Morgens kann ich vor Müdigkeit kaum aufstehen. Mama, räum ab!«

Abbass leckte die Schüssel aus. Mergan nahm die leere Schüssel und die Brotreste fort. Abrou stand auf und machte sich daran, sein Lager herzurichten. Mergan breitete das Bettzeug für Abbass und Eman aus und schraubte den Docht der Lampe herunter. Nach und nach legten sich alle zur Ruhe. Mergan setzte sich auf ihren Platz. Ihr Bruder hatte den Hinterkopf an die Wand gestützt und rauchte. Kurz darauf würde er sich hinlegen. Er würde die Zigarette ausmachen und einschlafen. Und so geschah es. Abrou begann laut zu schnarchen.

Und Abbass? Abbass' Schlafen und Wachen war eins. Schweigend kauerte er an seinem Platz. Angenommen, er schläft, angenommen, er schläft nicht! Wie jede Nacht blickte er schweigend zur Zimmerdecke auf. Nachts schlief er fast gar nicht. Erst im Morgengrauen fiel er in Schlaf und erhob sich nicht bis zum Frühstück. Wenn ihm die Sonne auf die Glieder schien, stand er auf und humpelte schief aus dem Zimmer, wusch sich Gesicht und Hände, setzte sich still wieder auf seinen Platz und verharrte wie vorher schweigend in seinem Winkel. Hadjer oder Mergan brachten ihm ein Stück Brot und einen Becher Tee. Er aß sein Brot, trank seinen Tee und blieb weiter so sitzen. Gelegentlich kam es vor, daß er aus dem Zimmer ging und sich an der einen Seite des Hofs unter das Schutzdach des Backofens setzte – auf den Platz, auf dem letzthin gewöhnlich Ssolutsch gesessen hatte. Er setzte sich, die Arme um die Knie geschlungen. Selten sprach er, sehr selten. Und wenn er ein, zwei Worte sagte, geschah es mit tonloser Stimme. Seine Stimme hatte irgendein Nebengeräusch. Wie die Stimme eines Hundes, der eine Nadel verschluckt hat. Als hätten sich seine Stimmbänder gelöst. Und Abbass' Gesicht war zusammengeschrumpft und wie das Gesicht eines Zwitters geworden. Es war nicht anzunehmen, daß ihm wieder ein Bart wachsen werde. Es sah so aus, als seien die Wurzeln seiner weichen Gesichtshaare verbrannt. Mit einem Wort: Abbass war völlig verwandelt.

Mergan saß noch an ihrem Platz, die Augen trocken, das Gesicht eingefallen. Der Kopf dröhnte ihr, sie war unruhig, verwirrt. Ihre Glieder, ihr ganzer Körper kamen nicht zur Ruhe, und ohne daß sie es merkte, blickte sie zur Tür hin. Ihre Lippen bewegten sich. Vielleicht betete sie. Vielleicht sprach sie mit sich selbst. Was es auch war, auf Schlaf hoffte sie nicht, konnte den Kopf nicht aufs Kissen legen: ›Wie kannst du ruhigen Gemüts schlafen, wo du eben erst deine Tochter ins Brautgemach geschickt hast?‹

Ein Schrei und ein Schrei und noch ein Schrei! Lanzenstöße

ins Herz der Nacht. Hadjers verzweifeltes Rufen in den Gassen von Semindj: »Mama, ach ... Mama, ach ... Mama, huuuuu ... hilf mir, Mama!«

Mergan lief auf die Gasse. Hadjer, ihre Hose in der Hand, kam durch die Gasse geflogen. Ein Spätzchen, das aus den Fängen des Falken flüchtet. Ali Genou verfolgte sie. Im Laufen zog er die Kordel seiner Hose fest. Hadjer flüchtete sich in die Arme der Mutter, verlor sich darin. So, daß man glauben konnte, Mergan habe den Wind in die Arme geschlossen. Weinen, Weinen, stoßweises Weinen, mit abgrundtiefer Angst gemischt. Grauen in der dünnen Mädchenstimme. Mit zerrissenem Kragen, barhäuptig und barfüßig, langte Ali Genou ein. Mergan zog die Tochter an die Hausmauer. Ali Genou stürmte ins Haus. Das Schluchzen, der Tumult hatten Moula Eman und Abrou von ihren Lagern aufgescheucht. Moula Eman rannte ohne Schuhe und Mütze hinaus. Abrou blieb entgeistert im Türrahmen stehen. Hadjer riß sich von der Mutter los, stürzte ins Zimmer und lief geradewegs in die Vorratskammer. Alle Zungen waren wie gelähmt. Keiner konnte etwas sagen. Ali Genou schäumte. Moula Eman ging zu ihm hin. Mergan verschwand im Zimmer.

Abrou fragte: »Was ist passiert?«

Mergan wußte, was passiert war. Abbass saß auf seinem Platz. Mergan ging in die Vorratskammer. Hadjer kreischte: »Ich hab' Angst, Mutter! Hab' Angst, hab' Angst, hab' schreckliche Angst. Ich sterbe, Mutter! An wen hast du mich da verheiratet! Was ist das für ein Mensch? Warum hast du mich dem gegeben? Was ist das für einer? Mutter ..., ich hab' so schreckliche Angst!«

Die Mutter drückte den Kopf der Tochter an die Brust. Sie müßte etwas sagen, müßte sie trösten. Aber was sollte sie sagen? Woher sollte sie die Worte nehmen? Vielleicht sollte sie sagen: ›Deine Mutter stirbt vor Mitleid mit dir, mein Schätzchen!‹ Doch Mergan konnte keine solchen Worte finden. Manchmal friert das Gehirn ein.

Moula Eman schob den Vorhang am Eingang zur Vorratskammer beiseite: »Komm raus, Mädchen! Komm und geh zu deinem Mann!«

Ali Genou besann sich nicht lange. An Moula Emans vorgeneigter Schulter vorbei trat er in die Kammer, packte Hadjer am Handgelenk und wollte sie hinauszerren. Hadjer hatte sich fest an die Mutter geklammert und ließ nicht los. Mit ihr zusammen ging Mergan hinaus. Hadjer stampfte mit dem Fuß auf und schrie: »Ich will nicht! Wahrhaftigen Gotts, ich will nicht, will nicht! Ich will keine Hochzeit ... oh Gott!«

Jetzt ging ihr die Luft aus. Vom Schreien war ihr Gesicht blau angelaufen. Ali Genou durfte es nicht zum Skandal ausarten lassen. Er zerrte Hadjer vorwärts, mit ihr auch Mergan. An der Tür hielt Abrou Ali Genou am Unterarm fest: »Was fällt dir ein, Onkel? Führst du eine Gefangene ab?«

Moula Eman riß den Neffen von Ali Genou los und stieß ihn zurück: »Was geht dich das an, daß du dich hier einmischst, du Esel! Der will seine Frau nach Haus bringen. Äh!«

Abrou stellte sich vor ihn hin: »Was sagst du da? Sie ist meine Schwester!«

Als Entgegnung auf Abrous Worte gab Moula Eman Hadjer einen Faustschlag auf den Nacken: »Los, mach dich auf in dein Zuhause, nichtswürdiges Ding! Los!«

Gleich darauf riß er Hadjer von Mergan los, faßte sie unter den Armen und warf sie hinaus. Hadjer rannte zum Backofen und krallte sich an die Mauer. Sie wollte sich gerade aufs Dach hinaufziehen, als Ali Genou anlangte und sie von hinten umfaßte. Hadjer kreischte und trat wie wild um sich. Mit seiner breiten, klobigen Hand hielt Ali Genou ihr den Mund zu und zog sie in die Gasse: »Wie weit willst du diese Schande noch treiben! Willst du mich ganz und gar bloßstellen?! Hör endlich auf mit dem Geschrei, du Böckchen!«

Hadjers Geschrei erstickte unter Ali Genous Hand, aber sie schlug weiter um sich. Moula Eman streckte den Kopf über die Mauer: Ein Ding ähnlich dem ausgerissenen Flügel eines Falken wurde neben Ali Genou durch den Staub gezogen.

Hadjer. Zu hören war nichts mehr. Roghiyeh, Ali Genous Frau, war an ihrer Krücke in die Gasse gekommen und stand ratlos da. Moula Eman kehrte ins Haus zurück. Die Hose der Tochter zusammengerollt unter dem Arm, lief Mergan in die Gasse, holte den Schwiegersohn ein und legte eine Hand auf seine Schulter: »Ali, lieber Ali! Laß mich sie hinbringen! Ich selbst bring' sie hin, lieber Ali. Nein, laß sie doch zu Atem kommen. Daß du sie mir nicht erwürgst, lieber Ali!«

Ali Genou beachtete sie nicht. Er schleppte Hadjer weiter, wie ein Lämmchen, das von seiner Mutter getrennt wird. Mergan müßte nun umkehren. Aber wie konnte sie umkehren? Sie konnte nicht anders, als hinter Ali Genou herlaufen und ihn anflehen: »Ali, lieber Ali . . . ich bitte dich. Lieber Ali . . . hab Mitleid mit meiner Kleinen . . . hab Mitleid, lieber Ali . . . lieber Ali!«

Ali Genou reagierte nicht auf Mergans Gejammer. Er ging ins Haus und machte das Tor hinter sich zu. Mergan blieb vor dem Tor. Die Hose war noch in ihren Händen. Sie setzte sich. Ali Genous Frau trat zu ihr, blieb stehen, setzte sich dann auch. Setzte sich Mergan gegenüber, lehnte den Rücken an die Mauer und streckte ihr gebrochenes Bein von sich. Mergan stützte den Kopf in beide Hände, ihr Körper wiegte sich hin und her, eine sanfte, schaukelnde Bewegung, von dieser Seite auf jene Seite: ›Was für ein Leben! Was für ein Leben!‹

Plötzlich ein Schrei. Nein, kein Schrei – ein Funke von einem Schrei. Ein Aufschrei, der gleich verstummte. Hadjer muß ohnmächtig geworden sein! Mergan sprang auf und erstarrte wie vom Donner gerührt. Wie lange? Sie wußte es nicht. Abrupt, sich selbst unbewußt, ballte sie die Hände zu Fäusten, schlug sich mit den Fäusten auf den Kopf, schlug mit dem Kopf gegen das Tor, schlug und schlug: »Umgebracht hast du sie, umgebracht, du Henker! Du Henker, hast du mein Kind umgebracht?!«

Stimmen, Gemurmel der Nachbarn. Die Stimme einer Frau, vielleicht von Mosslemeh: »Möge Gott dich noch tiefer erniedrigen, Mergan!«

Stimmen, Gemurmel der Nachbarn. Die Stimme eines Mädchens, vielleicht der Schwester von Sabih: »Wunderst du dich noch, Mergan?«

Die Stimmen und das Gemurmel erstarben. Die Stimme einer Frau, vielleicht von Mergans Mutter aus dem Grab: Keinen frohen Tag wirst du mehr erleben, Mergan!

Die klagende Stimme einer Frau, die Stimme Mergans, die am Tor sitzt, die Hände auf dem Kopf. In ihrer Brust zerreißt etwas. Die Stille der Gasse verschluckt Mergans Weinen. Mergans Stimme, jetzt kein Weinen mehr, eher ein krankhaftes Wimmern, schwingt bis zum Morgengrauen in den Gassen. Roghiyeh, die Frau von Ali Genou, ist eingeschlafen. Beim Morgengrauen kommt Ali Genou heraus. Das Bündel mit den Badesachen trägt er unterm Arm. Er sagt kein Wort. Geht vorbei. Den Kopf gesenkt, geht er vorbei. Mergan schreibt es seinem Schamgefühl zu. Mergan möchte, daß dies so sei. Aber sie ist nicht sicher, daß es so ist. Vielleicht ist es auch ein Zeichen von Gleichgültigkeit ihr gegenüber. Hat denn nicht der Bräutigam seinen Triumph errungen? Mergan steht vor dem Schwiegersohn auf: »Wie geht's ihr, lieber Ali? Lieber Ali!«

»Gut geht's ihr.«

Ali Genou ist weg. Mergan eilt ins Haus. Die Frau von Ali Genou setzt sich zur Gebetswaschung ans Wasserbecken: »Sie schläft, sie schläft.«

Mergan hebt den Vorhang. Hadjer liegt wie ein kleiner Fisch kraftlos auf der mit eingetrocknetem Blut besudelten Matratze. Schwach, sehr schwach. Ein Etwas, das wie eine Leiche aussieht. War sie nicht gestorben? Ist sie nicht gestorben? Ein kleiner Fisch auf dem Trockenen. Nein, noch schlägt Hadjers Herz. Ihre Lider sind geschlossen. Die Lider haben sich schattendunkel gefärbt. Die Wimpern sind verklebt. In dieser einen Nacht sind die Backenknochen stärker hervorgetreten. Die mageren, dünnen Arme, zwei harmlose Schlangen, sind schlaff zur Seite gefallen. Ihr Kleid ist voll Blut, geronnenem Blut, das Haar zerzaust. Ihre Beine sind noch mit einem Stück Schal zusammengebunden. Das kann man verstehen. Aber Mergan kann nicht so einfach darüber hinwegsehen. Scheu wie eine fremde Katze stiehlt sie sich in die Kammer. Sie möchte ihr Kind nicht wecken. An Hadjers Hals und Nacken sind die Spuren von Schlägen zu sehen, Schrammen, Kratzer. Das müssen die Spuren von Püffen sein oder von Faustschlägen. Nein, das doch wohl nicht! Auch die Handgelenke sehen so aus, rot und blau. Blut ist aus Kratzwunden geflossen oder unter Hautfetzen geronnen. Wie Schürfwunden vom Joch auf dem Nacken eines Kälbchens. Jetzt weiß Mergan mit Bestimmtheit, daß ihre Tochter gefesselt gewesen ist: ›Mein Kind . . . ach! Mein Kind hat sich nicht mehr bewegen können. Wie eine Schildkröte, die auf den Rücken gelegt wurde, auf ihren Panzer. Sie hat gestrampelt. Gestrampelt und mit dem Kopf so aufs Kissen geschlagen, daß ihre Wangen ganz blau geworden sind, daß ihr der Schal die Haut am Hals aufgescheuert hat. Und ein, zwei Fingernägel sind ihr abgebrochen. Sie hat sich an der Matratze, im Boden festgekrallt!‹

»Deine Mutter stirbt vor Mitleid mit dir, Hadjer.«

Mergan stand auf. Sie mußte gehen und Salbe zubereiten. Wie wär's mit der Salbe, die sie für Abbass' Schulter und Wade gemacht hatte?

Die Frau von Ali Genou saß betend an der Mauer. An ihr vorbei ging Mergan hinaus. Als ob es keine Gasse gebe, nahm Mergan sie nicht wahr, die Gasse. Zu Hause angelangt, sah sie, daß Moula Eman gerade seinem Esel den Packsattel auflegte. Er war aufbruchsbereit. Abrou war schon fort. Mitten in der Nacht war er schlaftrunken aus dem Haus gegangen. Abbass saß wie vorher auf seinem Lager und starrte vor sich hin. Mergan wagte keinen anzusehen. Die Zunge war ihr im Mund ausgetrocknet: ein Klumpen. Sie fand keine Ruhe. Nirgends hielt es sie. Sie flatterte wie eine Brunnentaube im verschlossenen Brunnen. In seiner Jugend war Moula Eman oft um Mitternacht zum Brunnen gegangen, hatte ihn mit einem Tschador zugedeckt und sich dort bis zum Morgen schlafen gelegt. Am Morgen schlüpfte er dann unter dem Tschador hindurch in den Brunnen und machte sich daran, die Tauben zu fangen. Wenn er keimkehrte, erzählte er Mergan immer, wie die Tauben herumgeflattert waren. Mergan wußte nicht, warum ihr die Tauben einfielen, denen Moula Eman in seiner Jugend auf diese Weise nachgestellt hatte. Ohne zu ahnen, was Mergan durch den Sinn ging, machte Moula Eman sich zum Gehen fertig. Aber Mergan? Sie wußte nicht, was sie tun sollte. Sie setzte sich und stand wieder auf und ging herum. Sie grub die Nägel in die Handflächen. Ihren Speichel konnte sie nur mit Mühe hinunterschlucken. Ihre Kehle schien sich verengt, zusammengezogen zu haben. Als ob eine Handvoll Stroh ihr die Kehle verstopft hätte. In ihren Mundwinkeln klebten weiße, eingetrocknete Schaumbläschen. Ratlosigkeit! Weswegen war sie eigentlich nach Hause gegangen? Und warum wurde es eigentlich nicht hell?

»Also, Schwesterherz, ich geh' nun. Behüte dich Gott!«

»Schön, daß du hier warst, lieber Bruder!«

Mergan ging hinaus. Moula Eman hielt den Zügel seines Esels in der Hand. Er zog den Zügel an, setzte den Esel in Marsch. Bis zur Gasse begleitete Mergan den Bruder. Moula Eman hatte sich noch nicht weit entfernt, als er zurückkam und in ruhigem Ton die Schwester tröstete: »Ich habe vor, diesmal in die Gegend von Schahrud zu gehen und, wenn möglich, Butterschmalz einzukaufen. Ich schau' auch mal beim Bergwerk vorbei und bring' dir auf alle Fälle Nachricht über Ssolutsch. Mach dir nicht so viel Sorgen! Du wirst noch krank vor Kummer, und das verschlimmert alles. Bestell Ali Grüße von mir.«

Moula Eman schwang sich auf seinen Esel und trieb ihn an. Seine langen Beine reichten fast bis zur Erde. Es sah aus, als zögen die Hacken seiner Stoffschuhe Furchen in den Boden. Nochmals sagte er: »Behüt dich Gott!«

»Gott befohlen!«

Moula Eman verlor sich in der Gasse, auch die hohe Spitze seiner Mütze entschwand allmählich den Blicken.

Mergan kehrte ins Haus zurück.

Abbass richtete sich auf den Knien auf und sagte: »Gott vergebe dem Ssardar seine Sünden, amen!«

Abbass' Stimme war wie die Stimme eines Hundes, der eine Nadel verschluckt hat. Mergan blieb stehen und spitzte die Ohren in der Hoffnung, daß Abbass etwas, noch etwas sagte. Doch Abbass sagte weiter nichts. Er lehnte den Hinterkopf an die Wand und schloß die Lider. Mergan starrte den Jungen eine Weile an. Erstaunt, verwundert. Was ging mit Abbass vor? Woran dachte er? Wo ließ er seine Gedanken herumschwärmen, der alte Sohn von Mergan?!

›Ach hätte deine Mutter doch dein Schutz und Schild sein können gegen all das, was dir widerfahren ist, Abbass!‹

Was für eine Mauer hatte sich zwischen Mutter und Sohn aufgerichtet? Was für eine Mauer zwischen zwei Herzen? Jetzt konnte sie nicht mehr zu ihm finden. Nichts konnte sie zu ihm sagen. Nichts konnte sie von ihm zur Antwort erhalten. Hinter einen alten Wall hatte er sich zurückgezogen. Was war mit Abbass geschehen?

›Oh Gott! Jung ist mein Junge von zu Hause weggegangen und alt nach Hause zurückgekehrt. Was weiß ich denn, was geschehen ist? Was weiß ich denn! Warum sagt er's mir nicht?‹

Er sagte es nicht. Abbass sagte nichts. Ein verschlossenes Schloß. Selten sagte er etwas. Und wenn er einmal etwas sagte, waren Stimme und Sinn derart unklar, daß sie Mergans Verwirrung noch steigerten. In den ersten ein, zwei Tagen kamen einige, sahen sich Abbass an und gingen wieder. Die Alten sagten: »Er hat sich erschreckt.« und gingen wieder. Alle gingen wieder. Abbass blieb zu Hause, eine stumme Eule, und blieb der Fürsorge der Mutter überlassen. Der alte, stumme Abbass, in einem Winkel des Hauses. Nennt man das nicht: ans Haus gefesselt sein? Gewiß! Abbass war ans Haus gefesselt. Er ging nicht aus. Nennt man das nicht: zu Boden gedrückt sein? Gewiß doch!

Der Frühling vergeht. Sommer ist jetzt. Jäten und Ernten.

Und Mergan muß mit einem Bein im Haus, mit einem Bein draußen sein. Sie kann Abbass nicht allein lassen. Sie kann auch nicht untätig sein. Die Zeit der Ernte und des Dreschens naht. Mergan müßte aufs Feld gehen, müßte Ähren sammeln. So ging es doch nicht! Es ging doch nicht, daß sie die Arbeit ungetan ließ. Keine Hoffnung darauf, daß Abbass von seinem Lager aufsteht! Mergan, du wolltest doch für deine Tochter eine Salbe machen! Warum bist du so zerstreut?!

»Gott vergebe dir deine Sünden, Ssardar! Amen!«

Abbass stand im dunklen Haus auf, nahm nicht den Hirtenstab, sondern den Krückstock in die Hand und ging hinaus. Langsam, langsam trat er in die Gasse und stützte sich mit der Schulter an die Mauer. Die Sonne hatte ihren Leib auf Gasse, Mauern und Dächer gelegt. Kein Geräusch. Kein einziges Lebewesen war zu sehen. Mit krummem Rücken, mit wankenden Knien machte sich Abbass auf den Weg. Sich mit der Hand an der Mauer haltend, machte er sich auf den Weg. Träge wie eine Schildkröte. Einem Gespenst ähnlich. Sein Haar war lang geworden. Langes, krauses Haar. Verfilztes Haar. Einmal hatte die Mutter versucht, es ihm zu schneiden, hatte sich aber vor Abbass' Augen, vor Abbass' Blick gefürchtet. Deshalb war Abbass' Haar lang geblieben und noch länger geworden, und das lange Haar ließ seinen Kopf größer erscheinen. Sein Kopf war größer geworden, sein Gesicht kleiner, immer kleiner. Wie bei einer Ratte. Und seine Augen in den trockenen Höhlen lagen tiefer, waren größer und furchtsamer geworden. Der krumme Rücken, der vorspringende Mund, der angstvolle Blick machten ihn einer Ratte noch ähnlicher.

In den leeren Gassen von Semindj ging Abbass barfuß, in zerrissenem, aschfarbenem Hemd, mit zerfurchtem Gesicht, mit vollem, weißem Haar, wie ein seltsames Tier, schwerfällig, ohne Eile zu Ssardars Haus. Als hätte er eine Kamelglocke läuten hören. Er ging auf Ssardars Haus zu, das an der Ringmauer lag. Die Mauer hinter dem Haus bildete die Grenze zwischen dem Ödland und Semindj. Der Weg bis zu Ssardar war nicht weit, aber für Abbass war es ein ewig langer Weg. Nach einer Ewigkeit langte Abbass an. Doch der Mittag war immer noch Mittag. Die Sonne war unmerklich nur ein wenig auf die Seite gerollt.

Das Tor am Durchgang für die Kamele stand offen. Die Kamele waren sich selbst überlassen. Abbass trat in den Torweg und ging schnurgeradeaus. Die Tür von Ssardars Zimmer war offen. Ssardar lebte allein mit seinen Kamelen. Eine halbgeleerte Schüssel Joghurt und Reste von trockenem Brot lagen an der Wand. Schüssel und Brotreste wimmelten von Fliegen. Ssardar hatte sich seine Stoffschuhe unter den Kopf geschoben und schlief. Den Unterarm hatte er über die Stirn und die buschigen Augenbrauen gelegt. Sein runder, schwarzer Bart bedeckte das ganze Gesicht bis zu den Augen. Abbass trat in die Tür, ging leise weiter und kniete sich neben den schlafenden Ssardar. Kniete sich hin und wartete. Wie ein Stück geborstene Mauer, schweigend, lautlos. Er atmete nur. Ein Atemzug, noch ein Atemzug.

Wie lange saß Abbass da? Das hat man nicht erfahren. Aber es scheint, daß Ssardar das fremde Atmen gespürt hat. Er hob den Arm von den Augen, hob die schwarzen, langen Wimpern und sah Ssolutschs Sohn neben sich sitzen. In keiner Lebenslage war Ssardar der Mann, sich vor einem Knaben zu fürchten. Doch der Zeitpunkt und die Art und Weise von Abbass' Erscheinen und wie er so dasaß, all das warf einen Schatten von Angst in Ssardars Herz. Dieser erfahrene, gewitzte Mensch zog unwillkürlich Arme und Beine an, rutschte ein Stück zurück und blieb so, an die Wand gelehnt, eine Weile Auge in Auge mit Abbass hocken. Abbass tat nichts anderes, als Ssardar anzublicken. Endlich schüttelte Ssardar das furchterregende Halbdunkel zwischen Schlaf und Wachen ab, fand seine Gelassenheit, sein inneres Gleichgewicht wieder, bohrte seine schwarzen Augen in Abbass' Augen und fragte mit einem Hüsteln, das seinen seelischen Zustand verriet: »Ha?! Wozu bist du in deinem elenden Zustand in dieser Höllenglut hergekommen?! Was willst du?«

Mit gebrochener, schwacher Stimme brachte Abbass hervor: »Meinen Lohn! Meinen Arbeitslohn!«

Ssardar, der nun wußte, was Abbass von ihm wollte, stand beruhigt auf und sagte: »Deinen Lohn, wie?! Schön. Schön, dann geh und schick deine Mutter zur Abrechnung her!«

Ruhig stand Abbass auf, schlich gebeugt zur Tür hinaus und schleppte sich an der Mauer entlang zum Torweg. Ein Krug Wasser in einer Ecke des Torwegs. Abbass hockte sich neben den Krug, hob ihn mit Müh und Not hoch, stellte sich ihn auf die Knie, führte ihn zum Mund und trank soviel, wie Herz und Zunge danach verlangten. Dann stellte er den Krug – den vertrauten Krug, den er früher mit zwei Fingern hochhob – an seinen Platz zurück und erhob sich. Die alte Aruneh hatte ihren Hals nach ihm ausgestreckt. Der bekannte sanfte Blick. Abbass merkte, daß ihm Schulter und Wade zu schmerzen begannen. Arunehs Blick und die Erinnerung an die Sonne. Die Sonne und Luk, die Wüste und der Brunnen. Die Schlangen, die Schlangen! Ein Schauder durchlief Abbass' geschwächten Leib. Schmerz der Erinnerungen. Wenn Abbass auch vermocht hatte, so weit seiner schrecklichen Erinnerungen Herr zu werden, daß er zu Ssardar gegangen war, war er doch noch nicht so weit, daß Arunehs Blick nicht die Schmerzen in Bein und Schulter neu belebt hätte.

Sich mit der Hand an der Mauer festhaltend, blieb er stehen. Die Erinnerungen und die Sonne und der ewig lange Weg hatten ihn ermüdet. Es war Mittag. Der menschenleere Mittag von Semindj. Der Boden verbrannte ihm die Fußsohlen, und Schweiß – nicht nur von der Hitze, auch von Erschöpfung – rann ihm von den Wangen. Sein großer Kopf saß nicht fest auf dem dünnen Hals, wackelte; es wurde ihm schwarz vor Augen. Er taumelte, ihm war schwindlig. Die Augen trübe im Dunst der Sonne. Schwäche, Schwäche. Er mußte es irgendwie schaffen, nach Hause zu gelangen. Wenn auch die Sonne noch nicht sehr heiß brannte, war ihm doch, als sauge sie ihm das Blut aus. Er machte sich auf den Weg. Mühselig machte er sich auf den Weg. Gekrümmt, hinkend, schleppte er sich vorwärts. Die Beine kraftlos, das Herz geschwächt, die Augen trübe. Nein, es ging nicht mehr. Er konnte nicht mehr. Die Kräfte verließen ihn. Mit dem Rükken lehnte er sich in der Gasse an eine Mauer, knickte in den Knien ein, beugte sich vor, hockte nieder, seine Glieder lokkerten sich, er lag flach auf dem Boden. Verlassen lag er in der Sonne. Heiße Sonne, heiße Erde. Erde und Sonne waren früher zu dieser Jahreszeit doch nicht so heiß gewesen! Oder waren sie doch so heiß gewesen? Vielleicht. Wie dem auch sei – Abbass hatte in diesem Augenblick keine Kraft, keine Gefühle, eine Reaktion zu zeigen. Er löste sich nach und nach auf, zerstob zu Funken, zerfiel zu Stäubchen.

Mergan, du Unglückselige! Dein Sohn ist in der Gasse dahinten ohnmächtig geworden, ist hingefallen, und du zerstößt immer noch im Mörser Kräuter für die Salbe?!

Eine taube Nuß! Abbass' Körper war wie eine taube Nuß. Leicht, leichter, als man sich's vorstellen kann. Seine Knochen waren morsch geworden. Das Hasten durch die von Sonne durchfluteten Gassen hatte Mergan ermattet, aber sie verzagte nicht, als sie sich Abbass auf die Schultern lud: Sie richtete ihn auf und lehnte ihn an die Mauer. Dann, mit dem Rücken zu Abbass, legte sie sich seine Arme über die Schultern. Sie beugte sich vor, stemmte die Knie auf den Boden und nahm, wie einer, der ein Bündel Dorngestrüpp hochhebt, Abbass auf den Rücken. Ihre langen, knochigen Hände verschränkte sie unter seinen dürren Schenkeln und richtete sich auf. Mit der Last auf den Schultern konnte sie nicht laufen. Wie sie so vorwärts stolperte, hörte sie in Abbass' Magen das Wasser schwappen.

Abbass' selbst nahm nichts deutlich wahr, nicht einmal das Knacken seiner Gelenke. Auch wenn er etwas fühlte, so waren doch seine Gefühle abgestumpft, getrübt, etwas Verschleiertes, Flüchtiges. Ein Gefühl, als würde er auf Engelsflügeln getragen, ein gleichmäßiges, angenehmes Schaukeln. Seine Arme baumelten leblos auf Mergans Brust, sein Kopf, der Kopf eines toten Huhns, war auf die Schulter der Mutter gefallen, seine Lider, zwei trockene Weidenblätter, standen halb offen.

Mergan legte ihren Jungen auf den Boden, zog sein Hemd hoch und lief Wasser holen. Abbass lag mit ausgebreiteten Armen, der Kopf zur Seite gesunken, auf dem Lehmboden des Zimmers wie eine Leiche. Speichel floß aus seinen Mundwinkeln, sein Herz schlug unregelmäßig unter den hohlen Rippen. Mergan brachte eine Schüssel Wasser, band das Kopftuch ab, machte es naß und befeuchtete Abbass' Stirn, Gesicht und Lippen. Dann wischte sie ihm Hals, Brust und Bauch ab. Das blieb nicht ohne Wirkung. An der Wand lag Abbass' Bettzeug ausgebreitet. Mergan zog ihn dorthin. Abbass legte den Kopf aufs Kissen und hob mühsam ein wenig die Lider. Doch ehe die Augen etwas wahrnehmen konnten, schlossen sich die Lider wieder. Nein, Abbass war nicht mehr der alte, würde auch nicht wieder der alte werden. An der Wand lag ein alter, verbrauchter Körper hingestreckt.

Mergan setzte sich etwas abseits hin und starrte, an die Wand gelehnt, auf diese Elendsgestalt. Was sollte sie mit ihm tun? Was konnte sie mit ihm tun? Abbass war zum verkörperten Unglück geworden, einem geliebten Unglück. Zu einer Qual, die man zu lieben nicht umhinkann. Die man nicht übersehen kann. Wenn das Herz verwundet ist, kannst du die Wunde nicht aus deinem Herzen reißen, noch kannst du dein Herz fortwerfen. Die Wunde ist ein Teil deines Herzens. Wenn die Wunde nicht existiert, existiert auch dein Herz nicht. Wenn du die Wunde nicht willst, mußt du dein Herz fortwerfen können. Wie wirfst du dein Herz fort? Wunde und Herz sind eins. Abbass und das Leid sind eins. Waren eins. Waren eins geworden. Konnte man sie denn voneinander trennen? War das möglich? Abbass war das Leid, und das Leid war Abbass. Und diese Zweiheit, die zu trennen schwierig geworden war, war eine Wunde in Mergans Herzen, ein Schmerz in Mergans Seele. Und Mergan konnte nicht umhin, den Schmerz zu lieben. Sie lief zu Abbass hin. Jetzt gleich mußte sie ihn in die Arme schließen, mußte ihn auf die Augen küssen. Sie kniete sich neben den Sohn. Doch nein, sie konnte es nicht tun. Abbass war kein Kind mehr. War auch kein Knabe. Ein Jüngling war er, ein Mann, ein alter Mann, genaugenommen! Woher und weshalb hatte Abbass' Haut all diese Runzeln bekommen?

Mergan konnte ihr Kind nicht küssen. Etwas hinderte die von Liebe und Schmerz überfließende Mergan, den Sohn in die Arme zu nehmen. Eine Mauer zwischen zweien, die einander zugetan sind. Eine Wand zwischen zwei Herzen. Mergan konnte ihre Liebe, dieses ihr innerlichstes Gut, dem Sohn nicht zeigen.

Oh Mergan, deine Liebe kann nur in ihrer ältesten Form zutage treten: in Tränen. Es bleibt dir nichts, als bis zum Auferstehungstag zu weinen. Weinen und Weinen. Deine mütterlichen Tränen sind in dir ein stummer See. Grabe ihm einen Weg und laß ihn abfließen! Bring ihn in dir zum Fließen. Laß ihn auslaufen. Laß dich selbst verströmen. Mit den Augen aller Mütter kannst du weinen. Schlage Wellen! Ein Sturm aus Lied und Klage und Tränen, oh schlafendes Meer.

Doch nein! Mergan ist hart geworden. Mergan hatte sich verhärtet. Nicht nur waren die Tränen der Mütter in ihr ein stummer See geworden, auch die mütterliche Widerstandskraft war in ihr zu einem Wall geworden: Soll dieser See verfaulen! Soll er austrocknen! Herbst! Vertrocknet, geschwächt und schweigend. Hart, ausgebrannt und geduldig. Herbst. Herbst der gelben Blätter. Leblose Wüste mit ziellos herumstreifenden Winden. Die Platane steht aufrecht da. Mergan hat zahlreiche Herbste erlebt. Nein, aus der alten Platane steigt keine Wehklage auf, zum Weinen neigt sie nie. Alles Weinen soll verschwinden! Wo ist der Zorn? Ein Damm aus Zorn vor dem Flußbett der ältesten Augen. Peitschenschläge auf den alten See. Ein Streich auf die Wange des Regens. Geschrei! Ohne ein Gebet. Pfui dem Himmel! Gewalt der Gewalt! Gebrüll dem Schmerz! Nicht Wehklage – Aufbrausen. Kralle in die Augen voll Tränen. Ein unwürdiger Sohn, Mergan! Ein Sohn, unwürdig des Schluchzens, des

Weinens, des Nachgebens. Erlöst. Befreit. Verschwindet, all ihr seelenfressenden kleinen Schmerzen! Zorn und Dolch und Blut, regnet ungesäumt herab! Mergans Herz – Grund für die Scham der Wüste Lut.

Ein Schatten! Was ist dieser Schatten? Wer ist es?

»Ha! Was willst du?!«

»Laß uns das zum Abschluß bringen mit dem Stück Boden!«

»Ha? Mirsa Hassan! Nein, ich geb' dir keinen Boden.«

»Ich nehm' ihn mir, Mergan!«

»Ich geb' dir keinen Boden. Diese Erde soll meine Grabstätte werden.«

»Ich hab' mir vom Grundbuchamt die Urkunde dafür geben lassen. Die Gesellschaft hat mir darauf ein Darlehen gewährt. Ich bin dabei, die Landwirtschaft dieser Gegend zu mechanisieren. Du weißt nicht, was dies Wort bedeutet! Mechanisieren! Alle sind auf meiner Seite, stehen hinter mir. Ich sag' dir das im guten. Ich möchte nicht, daß die Leute sagen, ich wär' mit einer Witwe aneinandergeraten. Das würde meinem Ansehen schaden. Komm, einigen wir uns irgendwie. Ich hab' in dieser Gegend wichtige Dinge vor. Baumwollanbau. Pistazienanbau. Weißt du, was das heißt? Diese Gegend hier bring' ich zu Wohlstand. Von all dem abgesehen, möchte ich mich mit dir einigen. Du als Frau hast keinen Anspruch auf einen Anteil am Boden deines Mannes. Nichts von dem Boden, auch wenn eine Urkunde vom Grundbuchamt vorhanden wäre, würde an dich gehen. Aber ich möchte, daß du zufriedengestellt wirst.«

Mergan hatte Dolche im Blick: »Geh! Geh!«

»Ich geh'. Aber eins mußt du noch wissen. Den Anteil deiner Tochter hab' ich gekauft. Dein Schwiegersohn hat mir die Einverständniserklärung höflichst überbracht.«

»Geh! Ich sag' dir, geh!«

»Ich geh', ich geh' ja.«

Der Schatten verschwand. Mirsa Hassan war nicht mehr da.

Mit großen Schritten durchmaß Mergan das Zimmer, kehrte um, ging und kehrte wieder um. Eine Löwin im Käfig. Die Lippen zusammengepreßt, die Kiefer fest aufeinander. Mit bloßem Kopf, mit bloßen Händen. Sie konnte sich nicht erinnern, ob sie in Gegenwart von Mirsa Hassan das Kopftuch getragen hatte über dem schwarzen, glanzlosen, dünnen Haar. Die Augen groß, der Blick scharf, das Gesicht erstarrt. Die Hände flink. Die Schritte fest. Die Sehnen gespannt. Ein Pfeil auf der Bogensehne, diese Mergan.

Abbass phantasierte, redete wirr: »Gott vergebe mir meine Sünden!«

Mergan spuckte aus und rannte hinaus. Sie nahm Ssolutschs kleine Schaufel vom Trog und trat in die Gasse. Schnell ging sie, wie ein schneidender Wind. Gasse auf Gasse. Sie ließ Semindj hinter sich. Das freie Feld. Wann gelangte sie zur Gotteserde? Ihrer Ansicht nach in einem Augenblick. Der Boden lag einfach so da. Wie der Leib eines Menschen. Müde. Wie ein Tischtuch. So, wie Mergan jetzt den Boden sah, hatte sie ihn nie gesehen. Er schien ihr beseelt zu sein, lebendig. Der Grenzrain um den Boden war eingeebnet, aber noch erkennbar. Wenn der Boden in sechs Anteile geteilt wurde, gehörte einer davon Mergan. Denn Abbass und Abrou hatten ihre vier Anteile – jeder zwei – verkauft. Auch Hadjer hatte ihren Anteil verkauft. Blieb also Mergans Anteil. Ein Anteil. Mergan schätzte den Boden mit den Blicken ab. Mit der Spatenspitze eine Linie ziehend, trennte sie ihren Anteil, ein Sechstel, ab. An allen vier Ecken schichtete sie ein Häufchen aus Erde und Gestrüpp auf und bedeckte sie mit Steinen. Dann nahm sie wieder den Spaten in die Hand und richtete sich auf. Die Arbeit war erledigt. Sie wischte sich den Schweiß von der Stirn. Es wurde Abend. Die Schatten der Sträucher waren schon länger geworden. Mergan ging etwas weiter, drehte sich um und sah sich die Melonenpflanzen an. Die Pflanzen waren unter Staub begraben, Blätter und Stengel der meisten unter dem Staub vertrocknet. Nein, dieses Jahr würde es nichts zu ernten geben. Welche Ernte? Welche

Arbeit? Mergan, nur sie, war zusätzlich zu ihren anderen Obliegenheiten an vier, fünf Tagen hergekommen, hatte Samen in die Furchen gestreut und war wieder gegangen. Sonst nichts. Mehr Zeit hatte sie nicht gefunden, sich um die Pflanzen zu kümmern. Sie hätte hingehen müssen, mit Kummer im Herzen hätte sie hingehen müssen! Sie ging. Sie drehte sich um und ging.

Semindj versank im blauen Saum der Abenddämmerung. Schatten breiteten sich aus. Einige Frauen mit Wasserkrügen auf den Schultern. Einige Männer, Seite an Seite, sich unterhaltend. Ein ungesattelter Esel, lahmend umherirrend. Ein Hund an der Mauer. Eine Eule auf einem Trümmerhaufen. Mergan ging an der Mauer entlang, verlor sich in den dunklen Gassen. Dämmerdunkel. Auf zehn Schritte erkannte der Freund den Freund nicht. Mergan ging mit gesenktem Kopf. Ihr Haus lag nicht in dieser Gasse, durch die sie ging. Diese Gasse führte zu Ssardars Haus. Eine Seitengasse. Mergan sorgte sich um Abbass. Aber sie redete sich ein, sie müsse seinen Arbeitslohn von Ssardar verlangen. Sie hatte das Gefühl, wenn sie von Ssardar Abbass' Lohn für das Kamelhüten bekäme, werde sich dies auf Abbass' Zustand günstig auswirken.

Ssardars Kamele waren hier und da verstreut, schlafend, sich wälzend, stehend. Im Schein einer Laterne, die am Nagel an der Mauer hing, war Ssardar damit beschäftigt, Satteldekke, Seil und Satteltasche bereitzumachen. Es sah aus, als hätte er vor, beim Morgengrauen eine Karawane zusammenzustellen. Ruhig, geräuschlos trat Mergan in den Torweg und ging zu Ssardar hin. Ssardar verknotete das Seil im Haken und hob den Kopf. Mergan war ihm gegenüber stehengeblieben. Ssardar wischte mit seiner rauhen Handfläche die Strohhalme ab, die ihm an Bart und Augenbrauen hingen, und richtete die großen schwarzen Augen auf Mergans Gesicht: »Ha! Bist du es?! Nun, was möchtest du?«

»Den Lohn für Abbass.«

»Den Lohn für Abbass? Welchen Lohn?«

»Den für seine Arbeit. Für das Hüten deiner Kamele! All unsere Arbeit müssen wir stehen- und liegenlassen. Auch nicht einen Tag hat Abbass mir zur Hand gehen können. Ich bin zu unserem Boden gegangen und sehe . . .«

»Aha! Ah . . . der Lohn. Ha! Schön, und was ist mit meinem Luk? Wer ersetzt mir den Schaden?«

»Was weiß ich! Was weiß ich denn!«

»Weißt du, wieviel hundert Toman dieser Luk wert war?«

»Nein. Wie soll ich das wissen!«

»Der schwarze Luk war mein bestes Kamel. Und dein Sohn hat ihn umgebracht!«

»Wieso mein Sohn?«

»Wer denn sonst?«

»Die Schlange! Die Schlange hat ihn gebissen!«

»Die Schlange, schön. Ja. Aber dein Sohn war sein Hüter! Wozu gibt man denn jemand den Kamelen mit auf den Weg?«

»Dein Kamel war brünstig. Du hättest ihm einen Zaum anlegen müssen!«

»Wie sollte ich das wissen? Kann ich hellsehen?«

»Du wußtest es, wußtest es. Was für ein Kamelhalter bist du, wenn du nicht weißt, was mit deinem Kamel los ist? Du kennst dich doch mit Kamelen aus!«

»Schön, ich kenne mich aus, ja. Aber Kamele werden nun mal im Frühling brünstig. Was kann ich da tun?«

»Du brauchst nichts zu tun. Ich muß wissen, was ich tun soll! Mein Sohn ist alt geworden. Bei der Arbeit für dich ist er arbeitsunfähig geworden. Was soll ich mit ihm anfangen? Wie soll ich ihn satt kriegen? Mein Junge geht zugrunde! Ha, was soll ich tun?«

»Was weiß ich! Vertrau auf Gott!«

»Ich bin nicht zum Betteln hergekommen, Ssardar, daß du mich an Gott verweist! Ich will den Arbeitslohn für meinen Sohn.«

»Dein Sohn hat mein Kamel getötet, und da verlangst du von mir Lohn?! Vierzig Messerstiche hatte es in Hals und Brust! Hast du das nicht gesehen? Sein Fell hab' ich nur zum halben Preis verkaufen können. Weil es zerfetzt war. Warst du blind, daß du nicht gesehen hast, wie die ganze Wüste voll Blut war?! Was glaubst du denn, wie ich deinen Sohn aufgespürt habe? Durch das Blut! Das Blut, das auf die Erde geflossen war. Das Blut meines Kamels!«

Ssardar ging auf den Kamelstall zu. Mergan zögerte einen Moment, sagte dann hinter ihm her: »Ssardar! Du wirst keinen guten Tag mehr haben. Mein Sohn hat dich verflucht!«

Den Kopf in den Stall vorstreckend, sagte Ssardar: »Geh, Tantchen! Auf dessen Flüche gibt niemand was!«

Er verschwand im Dunkel des Stalls.

Hoffend, daß er wieder herauskomme, blieb Mergan bei der Kamellast stehen. Doch Ssardar schien nicht zu beabsichtigen herauszukommen. Mergan ging zum Stall. Sie müßte sanfter mit ihm reden.

Vor der Stalltür hielt sie an. Ssardar hatte das Talglicht angezündet und sich neben den Sattel gesetzt, um die Risse in der Satteldecke zu flicken.

Mergan lehnte sich mit der Schulter an die Tür und starrte ihn an. Ein Ungeheuer war der. Den Nacken auf den Sattel gestützt, war er mit seiner Arbeit beschäftigt: »Ha?! Willst du noch was?«

Niedergeschlagen sagte Mergan: »Wir sind doch Verwandte, Ssardar. Meine Tochter ist mit deinem Vetter verheiratet. So geht das doch nicht! Brauch und Sitte . . .«

»Also gut! Jetzt geh erst mal und hol mir Wasser zu trinken! Danach will ich mal sehen, was ich tun kann.«

Mit den Häusern der Einwohner von Semindj war Mergan vertraut. Sie nahm einen Becher aus dem Schrank, füllte ihn mit Wasser und brachte ihn zu Ssardar.

Der Schein des Talglichts fiel nur auf Ssardars Gesicht und auf seine Knie, über die die Satteldecke gebreitet lag. Überall sonst im Stall war es dunkel. Ein ausgedehnter, großer Raum mit hoher, gewölbter Decke. Bei Hundekälte das Winterquartier der Kamele. Ein Dunst von Wolle, Kameldung, Stroh und Baumwollsamen, der Modergeruch der Mauern stieg einem in die Nase. Vorsichtig den Becher haltend, blieb Mergan vor Ssardar stehen. Ssardar hob seinen großen Kopf, und bevor er Mergan den Becher abnahm, heftete er seine Augen auf sie. Etwas Fremdes flackerte in seinen Pupillen, etwas Schreckliches, Wildes, Grausames. Mergan schloß die Lider. Wieder dieser Blick! Frech und durchdringend. Mergan zitterten die Hände. Der Becher schwappte über. Ein wenig Wasser floß auf Ssardars Handrücken. Der Becher in ihren Händen zitterte merklich. Ein flüchtiges Lächeln teilte Ssardars Bart und Schnurrbart. Mergans Herz klopfte schneller. Ein Vogel unter dem lähmenden Blick der Schlange. Sie war wie behext. Etwas erwachte in ihr, etwas erstarrte in ihr. Eine neue, schreckenerregende Welt. Erinnerungen. Die Gedanken – wie schnell sie dahinstürmen!

Bis zu diesem Augenblick war es Mergan nicht in den Sinn gekommen, einen Gedanken an Ssardars Frau zu verschwenden. Die Frau war ihm weggelaufen. Nicht in diesen Tagen – vor zwanzig Jahren. Und Ssardar hatte sich keine andere genommen. Er lebte allein für sich. Zur Blütezeit seines Gewerbes hatte er seine Frau, die damals noch ein kleines Mädchen war, aus Yasd mitgebracht. Kein Jahr war vergangen, da lief sie weg. Ihre Brüder und ein Onkel, die in Kaschmer lebten, waren gekommen, um Weizen einzukaufen, und da Ssardar abwesend war, hatten sie das Mädchen mitgenommen. In Wirklichkeit war sie also mit ihren Angehörigen fortgegangen. Und Ssardar, als er von seiner Reise zurückkehrte, hatte sich nichts anmerken lassen. Danach hatte er sich um keine Frau bemüht: Eine Frau ist eben eine Frau!

Wasser floß aus dem Becher über. Mergan zitterte, alles krampfte sich in ihr zusammen, und sie zitterte. Sie wußte nicht, wie sie sich aus dieser Lage befreien sollte. Oh Gott! Der Becher fiel ihr aus der Hand. Mergan gelang es, im Nu die Füße vom Boden zu lösen; sie wollte losrennen. Ein Kamel kam gerade durch die Tür in den Stall. Ehe Mergan sich richtig in Bewegung setzen konnte, war ihr Unterschenkel schon in Ssardars rauher, großer Hand, die sie ins Dunkel, in den Hintergrund des Stalls zog: »Was sträubst du dich so, Hühnchen!«

»Nein! Das nicht! . . . Nicht auch das noch . . . nein!«

Zum Schreien blieb ihr keine Zeit. Die Satteldecke wand sich ihr um Kopf und Hals, der Kamelsattel wurde zum Kopfkissen; seit langem liegt diese Erde brach!

Erst Abwehr, dann Hingabe. Und damit basta!

Als Mergan die Decke von sich warf, war Ssardar nicht mehr da. Zuerst holte sie tief Luft. Die würgende Vorstellung überkam sie, etwas verloren zu haben. Danach: Erstaunen, Erschütterung. Sie saß eine Weile in der Leere des Erstaunens, nicht begreifend, ein kopfloses Huhn. Dann sprang sie auf. Das Kamel blickte sie immer noch an. Sie hob die Hose auf und ging in den Hof. Sie war jetzt ruhiger, verwundert. Die Kamele waren mit sich selbst beschäftigt. Eine Hand legte am Tor die Kette vor. Ssardar machte das Tor zu. Mergan warf sich die Hose über den Kopf. Ssardar tauchte im Torweg auf. Seine Lippen und Augenbrauen zuckten noch. Es war, als sähe Mergan ihn erst jetzt. Erst jetzt kam sie zu sich. Entsetzen erfüllte sie. Sie legte die Hand auf den Mund, um einen Schrei zu unterdrücken. Der Schrei ballte sich in ihrer Kehle zusammen. Ssardar war wie eine Wand, rührte sich nicht von der Stelle. Aber Mergan fühlte ihn kommen. Wozu denn noch kam er auf sie zu? Sie ging rückwärts bis zur Mauer. Hinter ihr war die Treppe. Eine Hand auf dem Mund, mit der anderen Hand tastend, ging sie die Treppe hinauf aufs Dach, die Hose über dem Kopf. Ssardar, die Augen von Ssardar, sahen sie immer noch an. Mergan schleppte sich auf die andere Seite des gewölbten Dachs. Das freie Feld! Sie stürzte sich hinab ins Feld. Nacht! Mergan stürzte sich in die Nacht hinein. Sie bezwang sich und nahm die Hand vom Mund. Das freie Feld – ein einziger Schrei. Die Nacht – eine einzige Trauerklage. Winseln der Schakale. Winseln der Schakale.

›Tante Mergan! Morgen abend ist in Sabih-ollahs Haus eine Trauerfeier. Er hat gesagt, du sollst kommen und ihnen zur Hand gehen.‹

5

»Das hier schickt Ssardar. Er hat gesagt: als Lohn für Abbass.«

Müde, verschwitzt, warf Abrou den Spaten hin, nahm den Sack Mehl von der Schulter und stellte ihn an die Wand. Dann schlug er die Handflächen aneinander und schüttelte den Mehlstaub von den Ärmeln. Starr vor Verwunderung blickte Mergan lange auf den Spaten, den sie in Ssardars Haus hatte stehen lassen. Abrou setzte sich auf den Boden und sagte: »Der hat gesagt: Vor mehr als einem Monat hab' ich das Mehl bereitgestellt, aber deine Mutter läßt sich nicht blicken. Warum bist du nicht längst hingegangen, es zu holen?«

Mergan sagte: »Ich hatte zu tun. Davon abgesehen, wollte ich bis Anfang des Winters damit warten. Dann können wir's besser brauchen.«

Karbalai Doschanbeh sagte: »Wie löblich von Ssardar! Bravo! Der ist ja auf einmal korrekt und anständig geworden. Früher, wenn ihm ein Zahn gezogen wurde, tat ihm das weniger weh, als wenn er einem seiner Kameltreiber seinen Lohn zahlen mußte. Wie löblich! Der ist endlich ein Mensch geworden!«

Abrou wurde sich jetzt der Gegenwart von Karbalai Doschanbeh deutlicher bewußt. Vorhin, als er den Sack Mehl von der Schulter nahm, hatte er Karbalai Doschanbeh zwar wahrgenommen, aber es nicht gezeigt. Jetzt konnte er nicht umhin, ihn anzusehen. Er saß da, saß wie immer an der Wand an seinem üblichen Platz und hielt den Kopf gesenkt. Solange er schweigend dasaß, konnte man ihn ignorieren. Was aber nicht bedeutete, daß er nicht da war. Er war da, stumm, in sich zusammengesunken, schwer, wuchtig. An die Wand gelehnt saß er da, die Ellbogen auf den Knien, seine Finger drehten die Perlen des Rosenkranzes. Die Anwesenheit eines solchen Mannes, eines solch alten Mannes, ließ sich nicht einfach übersehen. Er war da, aber so still, als gäbe es ihn nicht. Es schien, als könne er jahrelang in dieser Weise an der Wand sitzen und den Rosenkranz drehen, ein wortkarger

Mann, ein boshafter Mann. Und jetzt begann er über Ssardar herzuziehen. Daß der Mergan einen Sack Mehl geschickt hatte, spielte für Karbalai Doschanbeh keine Rolle. Was immer Ssardar tat, das empfand Karbalai Doschanbeh als eine Kränkung, und deshalb verhöhnte er ihn. Überhaupt verhöhnte er jeden. Nicht einen bestimmten – alle verhöhnte er. Den Charakter eines Skorpions hatte er, den Gang einer Tarantel. Krumme, kurze Beine. Lange, schiefe Arme. Zerrissene Stoffschuhe. Einen großen, schmierigen Turban. Zu kurze Hosenbeine. Beim Gehen verdrehte er die Hüften. Und wenn er lachte, bei den Gelegenheiten, wo er jemanden zur Zielscheibe seines Spotts machte, röteten sich seine Bakken, und seine Augen tränten. Ein verknöcherter Mann, der Freud und Leid des Lebens gekostet hatte. Sein ganzer Stolz war es, daß er in der Fremde gewesen und dort ins Gefängnis geworfen worden war.

Aber die andern – solche, die Karbalai Doschanbeh näher kannten – hielten seinen Gefängnisaufenthalt in der Fremde für eine Schande. Denn Karbalai Doschanbeh war in Eschghabad anstelle eines anderen verurteilt worden. Auch als er freigelassen werden sollte, hatte ein anderer an seiner Stelle das Gefängnis verlassen. Dies hatte sich folgendermaßen abgespielt: Die Beamten hatten Karbalai Doschanbeh anstelle eines der Spießgesellen von Cheybar Chan, dem Schmuggler, verhaftet und ins Gefängnis gebracht. Ein Jahr verging, bis aufgeklärt wurde, daß Karbalai Doschanbeh nicht der war, der er sein sollte. Sein Name wurde aufgerufen, aber ehe er begriff und sich in Bewegung setzte, hatte ein Schlauberger sich für ihn ausgegeben und sich davongemacht, und Karbalai Doschanbeh blieb weiter im Gefängnis von Eschghabad sitzen, bis sie eines Tages zur Entlassung den Namen eines anderen aufrufen. Der Träger dieses Namens ist aber nicht da. Die Beamten finden zufällig Karbalai Doschanbeh ganz hinten im Gefängnissaal, wo er dasitzt und sie schweigend ansieht. Jetzt endlich stellt sich heraus, was sich zugetragen hat. Sie helfen Karbalai Doschanbeh auf und nehmen ihn mit sich. Einer der Eschgh-abader Beamten gibt Karbalai Doschanbeh einen Klaps auf den Kopf und wirft ihn hinaus.

So oder in ähnlicher Version wurde die Geschichte von Karbalai Doschanbehs Weggefährten wiedergegeben, Männern, die mit ihm in der gleichen Karawane gereist waren, Leuten wie Moula Eman und Ssardar. Aber es kam selten vor, daß Karbalai Doschanbeh selbst die Sache haargenau erzählte. Meistens drückte er sich davor, und wenn er davon sprach, machte er nicht viele Worte. Nur sehr wenige gab es, die das, was Karbalai Doschanbeh zugestoßen war, haargenau aus seinem Mund gehört hatten.

Abrou war an Karbalai Doschanbehs Besuche gewöhnt. Neuerdings tauchte er ungewöhnlich häufig in ihrem Haus auf. Er setzte sich, trank Tee, steckte Kautabak in den Mund, sagte ab und zu zwei Worte, nahm an ihrem Frühstück und Mittagessen teil, falls es welches gab, erhob sich schwerfällig und ging. Er hielt sich nicht für einen Eindringling, sondern betrachtete sich als zur Familie gehörend. Hin und wieder machte er einen Scherz, gab einen Witz zum besten, etwas zum Lachen. Auch wenn das, was er sagte, so war, daß nur er selbst darüber lachte. Jedenfalls sah Abrou deutlich, daß es dem Alten gelang, von Tag zu Tag fester bei ihnen Fuß zu fassen. Das war für Abrou schwer erträglich, aber er biß die Zähne zusammen und sagte nichts. Er konnte nichts tun als die Zähne zusammenbeißen. Hauptsächlich deswegen, weil Karbalai Doschanbeh der Onkel von Sabih-ollah war, der seinerseits ein Geschäftspartner von Mirsa Hassan war, und Abrou hing von Mirsa ab, sein Leben lag in dessen Hand. Es genügte, Abrou vom Traktor zu trennen, und es wäre um ihn geschehen. Deshalb war Abrou genötigt, all das hinunterzuschlucken und den Mund zu halten. Und Abrous Stillschweigen, Abbass' Stummheit und Mergans Unrast ermutigten Karbalai Doschanbeh, sich fester bei ihnen einzunisten. Es fehlte nicht viel, und er hätte sein Bettzeug auf die Schulter genommen, es hergebracht und für dauernd in Mergans Haus deponiert.

›Nun, das wollen wir doch mal sehen!‹ Das war's, was Abrou in Gedanken zu sich sagte.

Aber was war mit Mergan? Was dachte sie, was sagte sie?

Mergan schien alles gleichgültig zu sein. Soll die Welt zugrunde gehen! Wenn du vom Sturm herumgewirbelt wirst, was macht es da schon, ob du den Knopf an deinem Kragen geschlossen hast oder nicht. Was macht es da schon, ob sich Staub in deine Augen setzt oder nicht. Was macht das schon?! Du wirst vom Sturm herumgewirbelt und willst, daß dir die Kehle nicht austrocknet? Du bist innerlich bloßgestellt und hast etwas dagegen, daß Karbalai Doschanbeh sich in deinem Haus einrichtet? Jetzt aber, wo es so ist, sei's drum! Was macht das schon? Sollen die Leute sagen, was sie wollen. Was werden sie schon sagen? Nichts, nichts können sie sagen. Es ist Mergan selbst, die etwas zu sich sagt oder nicht sagt. Vor den anderen flüchten ist leicht, vor sich selbst flüchten ist schwer, wenn nicht gar unmöglich. Das ist's, was Mergan keine Antwort finden läßt, nicht die Vermutung, daß die anderen vielleicht etwas sagen werden. Nicht das machte ihr Kummer, daß ausposaunt würde, Karbalai Doschanbeh habe sich bei ihr häuslich niedergelassen, nein! Das Unglück bestand darin, daß Mergan in ihrer Verstörtheit keine Möglichkeit fand, über das, was die anderen sagen würden, nachzudenken. Ihr Kummer und die Ansicht der Leute über sie lagen so weit auseinander, daß Mergan sich zwischen diesen beiden Polen verloren sah. Ratlos und verloren. In Gedanken schlug sie um sich und wünschte sich, die irrigen Ansichten von diesem und jenem mit einem Schrei zerstören zu können: ›Eh . . . euer Verdacht ist haltlos. Stimmen tut das, was ich sage; das ist richtig. Täuscht euch nicht! Hier ist mein Herz. Zielt genau! Warum wollt ihr den Pfeil ins Blaue schießen?‹

Aber ist es leicht, einen solchen Schrei auszustoßen? Nein, Mergan hatte nicht den nötigen Mut dazu. Wie kann man sich selbst den Dolch der Feindschaft in die Brust stoßen? Was nutzt das? Damit die anderen nicht mehr deinetwegen im Irrtum sind? Wenn das geschieht – wird deine Seele dann

Ruhe finden? Nein, ganz bestimmt nicht. Sie wird einen anderen Vorwand suchen. Wird ihn suchen. Wird weiter nach einem Vorwand suchen, diese Seele.

›Und wenn ich stillschweige?‹

Auch das wird dich quälen, gibt dir keinen Frieden. Nur die Hoffnung auf Vergessen bleibt dir. Aber was kann man vergessen? Alles? Nein, der Sack Mehl blickt dich an! Nein, nicht alles kann man vergessen. Sogar die Armut kann man vergessen, nicht aber den Zusammenprall zweier Triebe: den harten Zusammenprall zweier im Sturm zersplitternder Platanen. Nein, dieses Problem kann man nicht lösen, kann man nicht verdauen. Das ist kein Knoten, den man öffnen kann, weder mit den Händen noch mit den Zähnen. Je mehr du dich damit abgibst, um so fester wird er, um so unlösbarer, umso mehr verwickelst du dich darin. Und wenn du dich nicht damit abgeben und darüber nachdenken willst, macht dich das unruhig, macht dich unruhiger, dringt wie ein Nagel in deine Fußsohle. Reizt dich, lockt dich an, verwirrt dich, bringt dich zum Keuchen, macht deine Augen, deinen Blick, deine Miene unruhig. Du siehst und siehst nicht. Du lachst – falls dir ein Lachen geblieben ist – und weißt nicht, warum. Gleichzeitig hättest du auch weinen können. Du bist verwandelt. Und wenn du darüber nachdenkst, gibt es keinen besseren Zustand für dich. Das Schlimme ist, daß du angesichts dessen, was dir widerfahren ist, noch keinen festen Standpunkt hast einnehmen können, dir keine bestimmte Meinung gebildet hast: ob du es verabscheust oder damit zufrieden bist, ob du es gänzlich aus dir vertreiben oder es akzeptieren sollst, für annehmbar halten sollst. Du bist gleichsam ans Kreuz geschlagen, kannst nicht wissen, welche Richtung du einschlagen sollst; du gehst einfach, schlimmer noch, du weißt es nicht einmal! Du bist in eine unvorhergesehene Bedrängnis geraten. Rohe Begierde hat sich deiner bemächtigt. Primitive Roheit hat eine schmerzhafte Wonne in dich geträufelt, sie dir verliehen. Und du bist dazwischen gefangen. Einerseits bist du eine Frau, besitzt andrerseits

Würde. Fessel und Befreiung in einem miteinander vermischt. Beruhigt und gequält, erlöst und gebunden bist du. Wenn auch nebelhafte Vorstellungen, eben das, was fortwährend aus dem Labyrinth deines Verstandes aufsteigt, der Befriedigung der natürlichen Triebe keine Gelegenheit einräumt und sie zurückzudrängen sucht, so regen sich doch in dir Bedürfnisse und Wünsche, winden sich in dir. Auf dem Grund deines Verstandes, in der Tiefe deiner Erinnerung, in den heimlichsten, verstecktesten, seltensten Augenblicken deiner Seele, regt sich ein Bedürfnis und stößt mit seinen Hörnern gegen die Wände von Sitten und Bräuchen. Eine Kuh, angefüllt mit Wollust, hat dein Inneres aufgewühlt.

Du bist eine Frau ... bist ... Begehren und Abweisen. Zwist. Peitschenschläge. Peitschenschläge pfeifen in deiner Seele. Du bist gepflügt worden und hast Furchen davongetragen, oh trockener Boden, oh brachliegendes Feld! Du bist mit Gewalt gepflügt worden, oh Boden, aber du bist ein Feld und auch der Hüter des Feldes, der Wächter des Feldes. Und Feldhüter und Feld sind zwei Dinge. Das reife Feld ist gepflügt worden, und das ist genau das, was in der Natur erforderlich ist. Doch der Hüter, Mergan, ist mit Gewalt genommen worden. Raub. Ist ausgeplündert! Wo war denn sie, Mergan, im nächtlichen Raub Mergans gewesen? Was ist das für eine Bewachung? Schande! Gefühl der Würdelosigkeit. Das Anvertraute ist geraubt worden!

Dies war der Kampf, der Mergan zermürbte, dieser innere Zwiespalt. Das feste Gewebe ihrer Seele hatte sich gelockert, das Gewebe, dessen Fäden zuvor aus nichts als Mühe und Arbeit bestanden hatten. Jedoch eine neue Farbe! Jetzt hatte sich etwas Neues auf das Gewebe von Mergans Seele gelegt und auf ihr Tun und Lassen, auf ihr Antlitz einen Schatten geworfen. Eine stumme Fassade, aber neu. Etwas, was Abrou nicht verstand, was jedoch da war. ›Die Mutter ist irgendwie verändert!‹

Ja, sie hatte sich verändert, war aufgeregt und manchmal in Erstaunen versunken, nie ausgeglichen. Etwas muß vorgefallen sein. Aber was? Alles kann man vermuten, nur nicht das, wovon allein Mergan weiß.

»Sieh mal, was er da macht!«

Das bezog sich auf Abbass. Er war aufgestanden und schob wie ein großes Insekt den Mehlsack zu seinem Platz hin, als wolle er die Nacht unbesorgt neben ihm verbringen. Verfolgt von den Augen der Mutter und des Bruders, schob er den Sack mit großer Mühe an die Wand, kniete sich neben ihn hin, die Stirn mit Schweiß bedeckt, vor Erschöpfung keuchend. Er stützte die Ellbogen auf den Sack und legte die Stirn in die Handflächen. Es sah aus, als schwindelte ihm, als sei ihm vor den Augen schwarz geworden. Seine Handgelenke zitterten und schienen nur mit Mühe den Kopf zu halten. Trotzdem hatten sich seine dürren Finger in die dichten weißen Haare verkrallt und lagen wie Krebsscheren auf seinem Kopf.

Abrou saß dem Bruder gegenüber an der anderen Wand. Seit jener Nacht hatten die beiden Brüder nicht miteinander gesprochen. Abbass war sowieso verstummt, und Abrou wußte nicht, was er zu ihm sagen könnte. Er dachte darüber nach, was er wohl sagen könnte. Nein, er konnte nichts sagen. Ein Wall hatte sich zwischen ihnen aufgerichtet und wurde mit jedem Tag stärker und höher, derart, daß sie vielleicht bald einander nicht einmal mehr sehen könnten. Dies veranlaßte Abrou, seinen eigenen Weg entschiedener zu verfolgen. Er befand sich in der Lage eines Menschen, der etwas verloren hat und dies Verlorene durch etwas anderes ersetzen möchte. Deshalb strengte er sich noch mehr bei seiner Arbeit an. Von Tag zu Tag wurde er mehr eins mit dem Traktor von Mirsa Hassan und dessen Teilhabern, gehörte wie die Schrauben und Muttern dazu. Auf dem Traktor sitzend, ließ er allmählich den ganzen Landkreis an seinen Augen vorüberziehen. Er und der Fahrer aus Gonbad pflügten gemeinsam Stück für Stück die Böden und händigten Mirsa Hassan die Miete für den Traktor zu treuen Händen aus. Obwohl die Äcker des Semindjer Kreises nicht zusammenlagen und sozusagen kleinbäuerlicher Besitz waren, begann Mirsa Hassans Traktor den Arbeitsmarkt der Kühe lahmzulegen. Jeder, der ein landwirtschaftliches Darlehen hatte aufnehmen können, sei es auch nur in Höhe der Traktormiete, hatte Joch und Pflug in die Ecke gestellt. Deshalb sah man seltener als früher Kühe, Esel oder Kamele einen Pflug hinter sich herziehen und einen alten Mann, den Pflugsterz in der Hand, ihnen folgen. Die scharfen Pflugscharen des Traktors warfen Herz und Gedärm des Bodens heraus und pflügten das Unkraut unter. Eine solche Arbeit brachten auch die kräftigsten Ssistaner Kühe nicht zustande. Schließlich hat auch die Kraft einer Kuh ihre Grenzen. Aber die Kraft von Mirsa Hassans Traktor hatte in Abrous Augen keine Grenzen.

Mit der Zeit setzte sich Abrou sogar ans Steuerrad des Traktors. Eine Stunde, eine halbe Stunde, wann immer sich eine Gelegenheit bot: während der Gonbader Fahrer eine Zigarette rauchte oder einen Schluck Wasser trank, oder auf dem Hin- und Rückweg. Mirsa Hassan hatte Abrou in Aussicht gestellt, daß er ihm bald den Traktor anvertrauen werde. Sobald die Pumpe gebracht werde und Abrou genug Erfahrung gesammelt habe. Mirsa Hassan wollte den Gonbader Fahrer nicht verlieren, er wollte ihn für die Pumpe als Mechaniker einstellen. Aber der Gonbader Fahrer wollte nicht in Semindj bleiben. Sein Herz hing an der heimatlichen Gegend und seiner Familie. Gewohnt an die Gorganer Ebene, konnte er die Wüste nicht ertragen. Nicht heute würde er gehen, aber bald. Abrou war für Mirsa Hassan nützlicher. Die gleiche Arbeit würde er, ohne zu murren, für geringeren Lohn leisten, sogar vor Freude seine Mütze in die Luft werfen. Aber er müßte noch besser mit dem Traktor umgehen lernen. Der war schließlich kein bloßes Stück Eisen, das man Abrou einfach so anvertrauen konnte. Er müßte noch besser damit umgehen können. So erwartete Abrou also ungeduldig die Ankunft der Pumpe.

»Wann wollen die denn ihr Pümpchen herbringen, diese neureichen Großbauern, Herr Chauffeur?!«

Abrou würdigte Karbalai Doschanbeh keiner Antwort. Er konnte ihn nun mal nicht ausstehen, auch wollte er sich nicht seinen spitzen Bemerkungen aussetzen. Zu Karbalai Doschanbehs Charakterzügen gehörten Hohn und Spott. Und die waren giftiger und verletzender, wenn sie auf alles, was eine Neuheit war, losgelassen wurden. Von einer Sache, die nicht nach seinem Geschmack war, hielt Karbalai Doschanbeh ganz und gar nichts. Diese neuen Unternehmungen und Geräte waren seiner Ansicht nach nur Spielereien. Aus diesem Grund hielt sich Karbalai Doschanbeh, obwohl sein Sohn Ssalar Abdollah der hauptsächliche Teilhaber an Pumpe und Traktor war, abseits, machte den Zuschauer und wartete auf den Tag, an dem sich die Geschäftspartner bei ihm einfinden würden, auf den Tag, an dem sie nicht mehr die Dreistigkeit haben würden, die Hand nach einer staatlichen Anleihe auszustrecken. Wenn er ihnen dieses Geld, das Mirsa Hassan und seine Teilhaber kürzlich erhalten hatten, gegeben hätte – was ergäbe das an Zinsen in einem einzigen Jahr! Zwar besaß er gar nicht einen solch riesigen Betrag, und wenn er ihn besäße, würden ihm die Geschäftspartner keine entsprechende Sicherheit geben können. Früher, bevor – mit Karbalai Doschanbehs Worten – diese neureichen Großbauern aufgetaucht waren, hatten sich die gewöhnlichen Bauern gegen Zinsen von ihm Beträge ausgeliehen. Aber der heutigen Generation hatten sich bequemere Wege geöffnet, die Arbeitsmethoden hatten sich geändert, Neuerungen waren eingeführt worden. Die Emporkömmlinge liehen sich das Geld direkt vom Staat und verkauften ihre Ernte direkt an den Staat. Wenn sie ihre Anleihe nicht zurückzahlen konnten, mußten sie natürlich ihre Ernte dem Staat verkaufen. Der Preis der Produkte und die Höhe der Zinsen waren im voraus festgesetzt. Lieber nahmen sie das auf sich, als mit dem Getue von Karbalai Doschanbeh Zeit zu verlieren. Der war nicht auf die Idee gekommen, besaß vielleicht auch nicht den nötigen Schneid dazu, die anderen zu zwingen, ihm ihre Produkte zu einem von ihm festgesetzten Preis zu verkaufen.

Jedenfalls stand es schlecht um Karbalai Doschanbehs Geschäfte, denn die Augen der Kleinbauern waren auf die freigebige Hand der Behörden gerichtet, und Karbalai Doschanbeh verblieben nur diejenigen, die arm wie Kirchenmäuse waren, Leute ohne Land, Habenichtse, Menschen wie Moula Eman und einige andere arme Schlucker, die nichts besaßen, was Karbalai Doschanbeh als Pfand hätte nehmen können. Die Beträge, die sie sich von ihm ausliehen, waren nicht so hoch, daß sie ihm einen nennenswerten Profit eingebracht hätten. Deshalb war Karbalai Doschanbeh mehr denn je mit Gift angefüllt. Er verschanzte sich hinter einem Wall aus Überdruß und unsinnigem Hochmut und schoß seine Pfeile ab, wobei es ihm nicht darauf ankam, wohin sie trafen, in wessen Brust sie drangen, der eines Nahestehenden oder eines Fremden.

Notgedrungen hatte Karbalai Doschanbeh seinem Sohn so weit freie Hand gelassen, daß er einer der Hauptteilhaber in Mirsa Hassans Gesellschaft werden konnte und einen beträchtlichen Anteil an Pumpe und Traktor und dem gemeinschaftlichen Boden besaß. Seiner Natur nach jedoch stimmte er mit Ssalar Abdollah und dessen Eigenheiten nicht überein, ließ ihn das aber nicht merken. Laut pflegte er zu sagen: »Das mußt du selbst wissen«, aber in seinem Inneren mißbilligte er die Aktivitäten des Sohns. Freilich verdiente Karbalais Engstirnigkeit so wenig Beachtung, daß sie auf das, was sich jetzt anbahnte, keinen Einfluß haben konnte.

Der Skorpion sticht aufs Geratewohl zu: Karbalai Doschanbeh konnte nicht erst überlegen und dann zuschlagen. Seine Verstandeskräfte hatten nachgelassen. Schon lange ließ er keinerlei Neuheit mehr an sich herankommen; es war, als sehe und höre er sie nicht. Viele Leute hatten sich den Mund fusselig geredet, so oft hatten sie zu ihm gesagt: »Wasche dich nach Verrichten deiner Notdurft nicht im Bach!« Aber Karbalai Doschanbeh tat es trotzdem immer noch. Jedesmal stieg er in den Bach, setzte sich nieder und wusch sich in dem Wasser, das hundert Schritte weiter unten für den Hausgebrauch in die Krüge floß. Und seine Waschung zog sich mindestens eine halbe Stunde in die Länge. Denn er litt unter der merkwürdigen Zwangsvorstellung, religiös unrein zu sein, und konnte deshalb vom Wasser nicht genug kriegen.

Jetzt jedoch, in Mergans Haus, glaubte Karbalai Doschanbeh, beleidigt worden zu sein. In seinem ledernen Herzen fühlte er ein Brennen. Der Sack Mehl! Der Sack Mehl, den Ssardar, der Kamelhalter, unverhohlen Mergan hatte überbringen lassen, war für ihn eine Beleidigung, war ihm ein Dorn im Auge. Das hinderte ihn aber nicht daran, seiner Wut auf die Teilhaber an Traktor und Pumpe Luft zu machen. Das war ihm wichtiger, lenkte gleichzeitig auch seine Gedanken von dem Sack Mehl ab: »He, du hast mir noch keine Antwort gegeben, Herr Chauffeur! Wann trifft die Pumpe dieser Neureichen ein? Schon seit zwei, drei Tagen denkt mein Abdollah daran, ein Schaf zu opfern. Ich glaube, es ist bald an der Zeit, wie?«

Unwirsch sagte Abrou: »Ja, ich denke, sie wird in diesen Tagen hier ankommen. Mirsa Hassan ist gegangen, sie zu holen.«

Jemand muß nicht unbedingt deinen Vater umgebracht haben, damit du ihn haßt. Es gibt Menschen, die durch ihren Gang, ihre Sprache, ihre Blicke, sogar durch ihr Lächeln deinen Haß erregen. Karbalai Doschanbeh gehörte zu dieser Sorte Menschen, wenigstens für Abrou. Er hatte ja auch oft genug Ssolutschs Familie mit seinem Gift bespritzt. Jene verpfändeten Kupfersachen, die Ssalar Abdollah mit Gewalt aus dem Haus getragen hatte, die mit dem Gürtel verabreichten Prügel, unter denen sich Abrou im Baumwollfeld wie eine Schlange gewunden hatte – all das trug Karbalai Doschanbehs Stempel. Und dazu war nun noch sein drückender, erstickender Schatten in ihrem Haus hinzugekommen. Nicht einen Tag, nicht zwei Tage – Monate waren es, die Karbalai Doschanbeh unter den verschiedensten Vorwänden auftauchte. Manchmal kam er auch ohne irgendeinen Vorwand, zog über jemanden her, setzte sich und versank wie der Türhüter der Hölle in Schweigen. Nur wer in einer solchen Lage gewesen ist, könnte verstehen, was Ssolutschs jüngerer Sohn durchmachte. Unter der ruhigen, unbewegten Oberfläche von Karbalai Doschanbehs Gesicht verbarg sich eine dreiste, unausrottbare Hartnäckigkeit, die wie eine schwarze sterile Wolke auf Mergans Leben lastete. Vielleicht war auch Karbalai Doschanbeh zu sehr von sich selbst und seiner Macht über Mergan und die Ihren überzeugt. Was es auch sein mochte – seine Anwesenheit war für Abrou eine ungeheure Kränkung. Der Anblick des Alten war ihm unerträglich. Wie oft schon war er ihm in Gedanken an den faltigen Hals gesprungen! Seine Anwesenheit war für Abrou erstickend, erdrückend. Noch kein einziges Mal hatte er in Gegenwart des Alten den Kopf heben, ja nicht einmal die Mutter anblicken können. Er litt wahre Folterqualen, unaufhörliche, unerträgliche Folterqualen, die nicht einfach auftraten und wieder verschwanden, auch kein körperlicher Schmerz waren, sondern ein Geschwür auf Abrous Seele, immer gegenwärtig, das sich auch nicht einen Augenblick vergessen ließ, damit er einmal ruhig Atem schöpfen könnte. Die anzüglichen, sarkastischen Bemerkungen der Leute machten für Abrou alles noch schlimmer:

»He! Ich hab' gehört, daß du dem neuen Mann deiner Mutter um den Bart gehst?«

»Und ich hab' gehört, daß du vor dem Widerling größte Hochachtung hast!«

»Wann seh' ich dich wohl Karbalai Doschanbehs Badebündel hinter ihm her ins Bad tragen, Herr Abrou?«

»Nicht übel – endlich hat er einen Beschützer gefunden!«

»So ist das nun auch nicht, wie du dir das denkst! Karbalai Doschanbeh ist nicht so einer, von dem man sich was Gutes erwarten kann.«

»Dann hat Mergan wohl Gelüste bekommen.«

»Von Anfang an hatte Tante Mergan nicht wenig Gelüste! He!«

Und danach Gelächter. Gelächter aus hämischen Mündern. Spitze Zungen. Weit aufgerissene Augen, gnadenlos. Was wußten die, was Abrou durchmachte? Gerade hatte er angefangen, sich aus dem Staub hochzuarbeiten, und die bedachten ihn mit solchen Sticheleien, eher schon Gehässigkeiten. Was konnte er tun? Einmal hatte er Ssalar Abdollah angehalten und zu ihm gesagt: »Ssalar! Sag dem Karbalai, er soll nicht mehr zu uns kommen. Das gehört sich nicht.«

Ssalar hatte erwidert: »Karbalai Doschanbeh ist doch mein Vater, nicht mein Sohn! Woran kann ich ihn hindern? Er muß wissen, was er tut« und war weitergegangen.

Was sonst konnte Abrou tun? Ihr Haus hatte ja auch kein ordentliches Tor, daß es sich vor Fremden verschließen ließe. Hüstelnd, den Kopf gesenkt, kam Karbalai Doschanbeh herein und setzte sich abseits in einen Winkel. Ob Tag oder Nacht war, ob sie gerade zu Abend aßen oder frühstückten, das war ihm gleich. Er nahm von ihrem Tee und Brot zu sich. Mit seinen kurzen, dicken Fingern schabte er die Reste aus den Schüsseln und lehnte sich zurück: »Gott sei Lob und Dank!«

Neuerdings brachte er Rosinen mit. Wenn Mergan Tee in die Becher goß, steckte Karbalai Doschanbeh die Hand in die Tasche, zog ein paar große Rosinen hervor und wollte jedem zwei davon geben. Weil keiner sie ihm abnahm, streute er sie vor sie hin. Aber keiner hob sie auf, solange Karbalai Doschanbeh bei ihnen saß. Doch sowie er aus der Tür ging, nahm sich jeder seinen Anteil und steckte ihn in den Mund, auch Abrou.

Die ganze Zeit über, die Karbalai Doschanbeh dort saß, beobachtete Abrou die Mutter, um vielleicht irgendeinen Hinweis entdecken zu können. Aber das war nutzlos, er fand nichts Genaues. Keine Veränderung war an Mergan zu bemerken. Notgedrungen machte sie sich geduldig an eine Arbeit, ans Flicken, Waschen, Fegen. Wenn sie Risse in den Kleidungsstücken ausbesserte, saß sie an der Feuerstelle. Oder sie ging hin und her beim Erledigen der Hausarbeit. Karbalai

Doschanbeh schenkte sie keine Beachtung. Sie duldete ihn wie einen Ziegel in der Wand. Auch heute abend konnte man merken, daß ihre Unruhe mit Karbalai Doschanbehs Anwesenheit nichts zu tun hatte. Schon vorher war sie erregt gewesen. Bei der Trauerfeier in Sabih-ollahs Haus hatte sie zwei Teegläser zerbrochen. So was kam bei ihr selten vor. Eine Frau wie sie hält es für eine Schande, wenn sie sich bei der Arbeit aus der Fassung bringen läßt:

Ssardar, der sich bei Hochzeiten und Trauerfeiern selten unters Volk mischte, saß in Sabih-ollahs Hof neben der Küchentür an der Mauer. Mergan war damit beschäftigt, Tee, Zucker und Tabak herumzureichen, und tat so, als nehme sie Ssardar, der wie ein Felsbrocken an der Mauer lehnte, nicht wahr. Vor allem Ssardars Augen, zwei lauernde Habichte, versetzten Mergan in Angst. Sie versuchte, ihnen auszuweichen. Doch plötzlich hatte sich Ssardars dröhnende Stimme vernehmen lassen: »Gib mir wenigstens etwas Wasser zu trinken, Weib!«, so daß Mergan zusammengefahren war. Ihre nackten Zehen verfingen sich in den Aufschlägen ihrer Hose, sie stolperte, zwei Teegläser fielen auf den Stein neben der Grube und zersprangen in tausend Stücke. Mergan verging fast vor Scham; diese Kopflosigkeit wird sie sich nie verzeihen! Danach war es ihr schwergefallen, die Gäste weiterzubedienen, und als sie nach getaner Arbeit heimkehrte, sah sie ganz blaß aus.

Nein, Abrou konnte nicht glauben, daß zwischen seiner Mutter und Karbalai Doschanbeh etwas vorgefallen war. Sollen die Klatschmäuler sagen, was sie wollen! Abrou konnte es sich einfach nicht vorstellen. Eine solche Vorstellung durfte er nicht einmal an sich herankommen lassen. Seine Mutter war nicht die Frau, jedem streunenden Hund zu erlauben, seine Schnauze an ihren Hosenbeinen zu reiben. Nein, zwischen ihnen hatte sich nichts zugetragen. Aber warum fühlte sie sich heute abend so offensichtlich unwohl in ihrer Haut? Warum war sie so erregt und hielt es an keiner Stelle aus? Warum beschäftigte sie sich mit unwichtigen Arbeiten? Warum fing sie die verschiedensten Dinge an? Abrou wurde aus alldem nicht klug.

Genau wie eine Gewitterwolke, die ab und zu ein Grollen ertönen läßt, ergriff Karbalai Doschanbeh jetzt das Wort: »Wenn Ssolutsch – Gott hab' ihn selig! – noch lebte, könnte er sicher beim Ausheben des Schachts für die Pumpe dieser lieben Großbauern mithelfen! Sicher würde er Vorarbeiter werden!«

In sich zusammengesunken, schwieg Abrou noch immer. Er wartete auf eine Antwort der Mutter. Doch Mergan hielt es für besser, aufzustehen und hinauszugehen und so dem von Karbalai Doschanbeh abgeschossenen Pfeil auszuweichen. Der Alte begnügte sich mit einem »Humm . . .«, dem sich ein boshaftes Lächeln, ein bitterer Seufzer beimischten.

Abrou fühlte, wie er am ganzen Leib zitterte. Sein Herz klopfte bis zum Hals, seine Lippen waren ziegeltrocken. Streitereien unter Kindern hatte er häufig erlebt. Bei den Streitereien hatte er häufig grobe Worte gehört. Auf die Spöttereien dieses und jenes hatte er eine passende Antwort gegeben oder auch nicht. Er hatte Prügel ausgeteilt oder empfangen. Aber mit Karbalai Doschanbeh war das etwas anderes. Da gab es schließlich Grenzen. Und Abrou war den Kniffen dieses Gegners, dieses ausgekochten Gegners, nicht gewachsen. Aber was ist da zu tun? Kann man durch Wasser gehen, ohne sich die Füße naß zu machen? Jeder Mensch, der einem vor Augen kommt, ist einmal gestolpert, zumindest einmal in seinem Leben. Man muß etwas riskieren. Abrou tat's. Mit vor Angst und jugendlicher Empörung merklich zitternder Stimme schimpfte er los: »Welcher Zuhälter hat behauptet, daß mein Vater tot ist?!«

Karbalai Doschanbeh bohrte seine eidechsenflinken Blicke in Abrous Augen: »Hu! Hu! Du bist ja ganz schön frech geworden, du!«

Damit ließ er's gut sein. Er drehte sein Gesicht weg, starrte vor sich hin und spielte wieder mit seinem Rosenkranz.

Wutentbrannt sprang Abrou von seinem Platze auf und

stürmte aus dem Zimmer. Mergan stand neben dem Backofen, die dünnen, knochigen Finger auf die Lippen gepreßt. Dicht vor der Mutter blieb Abrou stehen und stampfte mit dem Fuß auf: »Warum wirfst du diesen Kerl nicht raus?!«

Was konnte Mergan sagen?

Abrou brüllte seine ganze Wut heraus: »Ha?!«

Mergan nahm ihn am Arm und führte ihn zum Stall. Der Stall war die einzige Stelle, wo sie unter vier Augen sprechen konnten. Vor der Stalltür hielt sie das Geräusch schwerer Schritte an: Ein Mann kam auf die Mauer zu. Mutter und Sohn wandten sich um. Ein Riese stand ihnen gegenüber: Ssardar. Weiß blitzten seine Zähne aus dem schwarzen Bartgestrüpp. Abrou fühlte ein Zittern durch den Körper der Mutter und in ihren Fingern auf seinem Arm laufen. Das Zittern eines Vogels vor dem Blick der Schlange. Mergan war blaß geworden. Mit lachendem Mund, äußerst vergnügt, kam Ssardar näher. Er hatte einen Stoffbeutel bei sich. Den Beutel schob er Mergan zwischen Hände und Brust, ging dann ins Zimmer: »Wie geht's meinem Freund?«

Abbass bestand nur aus großen Augen und Schweigen. Er blickte Ssardar genauso an, wie er Karbalai Doschanbeh anblickte. Ohne ein Wort auf Ssardars Frage nach seinem Ergehen zu erwidern. Ssardar hatte auch nichts anderes erwartet.

»Vergiß deinen Kummer! Reden wir nicht mehr davon, daß mein Luk krepiert ist. In dieser großen, weiten Welt gibt's noch viele Tiere. Ist's nicht so, Mergan?«

Wie Fremde im eigenen Haus standen Mergan und Abrou an der Tür. Ssardars schwarzer Blick war auf Mergans Augen gerichtet. Schweigend senkte sie den Kopf. Ssardar zog seine Pfeife aus der Schärpe, setzte sich auf den großen Mörser, holte den Tabakbeutel aus der Tasche und sagte, als bemerke er Karbalai Doschanbeh erst jetzt: »Ah! Karbalai ist ja auch hier!«

Karbalai Doschanbeh hatte sich nicht von der Stelle gerührt. Auch wenn, einmal abgesehen von Ssardar, Gott selbst eingetreten wäre, hätte er sich nicht gerührt. Nicht einmal den Kopf hob er. Nicht nur hier verhielt er sich so, sondern in jeder Gesellschaft, sei es bei einer Trauerfeier, einer Hochzeit oder irgendeiner anderen Zusammenkunft. Immer und überall war er der gleiche Mühlstein.

Als Ssardars Pfeife zu qualmen begann, sagte Karbalai Doschanbeh, ihn verstohlen musternd: »Du sagst also, du bist hergekommen, dich nach dem Ergehen deines Freundes zu erkundigen, wie?!«

Eine Welt von Mißtrauen lag in Karbalai Doschanbehs Worten, was Ssardar nicht verborgen bleiben konnte. Wer schlägt, weiß, womit er schlägt, und wer geschlagen wird, weiß, womit das geschieht! Der Gegner versteht die Sprache des Gegners. Ssardar und Karbalai Doschanbeh kannten sich ja nicht erst seit heute oder gestern, sondern seit wohl mehr als dreißig Jahren. Als Ssardar noch ein Junge war, war Karbalai Doschanbeh bereits ein Mann. Gemeinsam zogen ihre Kamele Zügel an Zügel in der gleichen Karawane mit. Selten waren sie getrennt auf Wanderschaft gegangen. Ssardar führte die Karawane, Karbalai Doschanbeh war ihr Oberhaupt. Ich will damit nicht sagen, daß sie aufgrund dieser alten Bekanntschaft auf freundschaftlichem Fuß miteinander gestanden hätten; das nicht, denn Karbalai Doschanbeh konnte sich schwerlich mit jemandem anfreunden. Die Gegenwart anderer hatte für ihn soviel Wert, wie diese anderen ihm nützen konnten, etwa beim Passieren der verschneiten Pässe in den Wintern von Badjgiran oder bei den Märschen in der Sonnenglut der Wüstensommer. Das Vorhandensein von Weggefährten hieß für Karbalai Doschanbeh soviel wie nicht allein sein. Eine helfende Hand bei Gefahren: im Winter der Wolf, im Sommer die Gluthitze. Die anderen wußten das. Aber wenn jemand einen solchen Charakter hat, braucht man ihn deshalb nicht gleich aufzuhängen! Jeder hat seine Eigenheiten: die Ziege hat Haare, das Schaf Wolle.

»Du rauchst doch Pfeife, Karbalai?«

»Wie? . . . Ja, tu' ich.«

Ssardar reichte ihm seine Pfeife und sagte: »Wenn's umsonst ist, nimmst du auch Not und Elend dankend an! Hehe! Seit hundert Jahren rauchst du Pfeife, aber nie steckst du deinen Tabakbeutel ein.«

Rauch ausstoßend, sagte Karbalai Doschanbeh: »Hundert Jahre? Nein, sag lieber hundertzwanzig Jahre! Bring mir doch gleich mein Totenhemd! Na, und du, bist du etwa nicht in vorgerücktem Alter? Daß dein Bart noch schwarz wie Tinte ist, besagt gar nichts. Wie alt bist du deiner Ansicht nach?«

»Was glaubst du, wie alt ich bin?«

»Sag's selbst!«

»Fünfzig. Auf den Tag genau fünfzig.«

»Nein! Sag zwanzig! Du bist noch unschuldig, hast noch nie über die Stränge geschlagen!«

»Willst du damit sagen, daß ich älter als fünfzig bin?«

»Ich hab' doch gesagt, du bist zwanzig!«

»Wenn ich über fünfzig bin, warum hab' ich dann nicht ein einziges weißes Haar?«

»Wer hat behauptet, daß das Alter mit der Haarfarbe zu tun hat? Auch Ziegen haben schwarzes Haar! Ist das eine Art zu reden? Frühes Grauwerden ist erblich.«

»Soll das heißen, daß du schon in deiner Jugend einen weißen Bart bekommen hast?«

»Ahemm . . .«

Karbalai Doschanbeh schob das Pfeifenrohr zwischen die Lippen, und Ssardar wandte sich mit einem breiten Lächeln Mergan zu: »Willst du uns nicht Tee mit Datteln geben?«

Mergan hielt Ssardars Beutel mit den Datteln noch in den Händen. Sie wußte nicht, was sie damit tun sollte.

»Leg ihn irgendwohin. In die Wandnische. Leg ihn in die Nische. Es sind Datteln aus Tabbass. Die schmecken gut.«

Mergan legte den Beutel vorne in die Nische. Dann sah sie Abrou an. Der wich ihrem Blick aus. Mergan ging den Teekessel aufsetzen.

»He . . . Abrou! Abrou, . . . wo bist du, Junge?«

Das war Ssalar Abdollahs Stimme von der Gasse her.

Abrou rannte hinaus. Die Aussicht, daß auch noch Ssalar Abdollah hereinkäme und mit seiner Länge und Breite das Zimmer füllte, war ihm unerträglich. An der Mauer trat er ihm entgegen: »Ha? Ja, Ssalar?«

»Mach schnell, beeil dich, laß uns den Widder nehmen und zur Landstraße gehen! Mirsa Chan kommt heute abend und bringt die Pumpe. Alle Welt hat sich schon zur Opferzeremonie an der Landstraße versammelt. Los doch!«

Auf der Schwelle stehend, hatte Mergan Ssalar Abdollah zugehört, horchte nun auf seine und Abrous Schritte, bis sie verhallten, und kehrte dann ins Zimmer zurück.

»So haben sie sie also gebracht.« Karbalai Doschanbeh redete mit sich selbst.

Mergan setzte sich an die Feuerstelle.

Ssardar fragte: »Was wollen diese Emporkömmlinge eigentlich mit ihrer Pumpe anfangen, Karbalai?«

Wie immer zögerte Karbalai Doschanbeh einen Augenblick mit der Antwort und sagte dann vieldeutig: »Sie wollen damit ja wohl Wasser aus dem Boden raufholen. Hehe!«

»Aus dem trockenen Boden?!«

»Was weiß ich!«

»Schön, aber wenn dieser Boden Wasser hätte, wäre er doch nicht trocken! Wenn er Wasser hätte, würde der Ghanat nicht mit jedem Tag mehr austrocknen.«

Karbalai Doschanbeh, der Ssardar zumindest in dieser Angelegenheit auf seiner Seite wußte, sagte: »Die sagen, das Ghanat-Wasser ist am Versiegen, weil der Ghanat nicht instand gehalten wird.«

»Nun, dann sollen sie ihn instand halten!«

Karbalai Doschanbeh lachte lautlos in sich hinein: »Was?! Instand halten sollen sie ihn?! Unter wessen Leitung? Uhuuu! Das denkst du dir so! Ohne einen gestrengen Herrn über sich können diese Menschen ja nicht mal Wasser trinken. Unbedingt muß ein Knüppel über ihnen geschwungen werden. Solange es hier in Semindj ein, zwei Großgrundbesitzer gab, zahlten die Kleinbauern im voraus für die Instandhaltung.

Der Ssolutsch, Gott hab' ihn selig!, verdiente einen Monat im Jahr sein Brot durch die Instandhaltung des Ghanats. Aber als die Großgrundbesitzer in die Stadt zogen, um sich der breiten Masse zuzugesellen, kehrten sie auch dem Ghanat den Rükken, und unser Dorf fiel den Kleinbauern in die Hände. Die steckten das Geld, das sie für Wasser und Felder hätten ausgeben sollen, in Handelsgeschäfte, und der Ghanat blieb dieser Gesellschaft von Emporkömmlingen überlassen. Und von denen will jeder die erste Geige spielen, weil keiner dem anderen traut. Jeder sieht das Wort des anderen als bloßes Geschwätz an. Alle haben sie gesagt: ›Was geht's mich an? Mir gehört doch nur ein Fuß Wasser. Was geht's mich an? Warum gehen die anderen nicht mit gutem Beispiel voran? Was geht's mich an? Was geht's dich an?‹ Hinzu kommt, daß die Getreidepreise gefallen sind. Das ist wichtiger als alles andere. Weizen muß man pro Man für unter drei Toman verkaufen. Für den Kleinbauern lohnt es sich nicht, über seinen eigenen Jahresbedarf hinaus anzubauen. Jeder, der Boden und etwas Wasser hat, baut nur für den Eigenbedarf an. Wieviel von seinem Ertrag kann er denn zur Erntezeit dem Schnitter als Lohn bezahlen? Und einer, der keinen Boden hat, muß zum Händler gehen und bei ihm Weizen kaufen. Den Weizen, den der Staat von anderen Staaten kauft und an die Händler weiterverkauft. Um Weizen kaufen zu können, braucht man schließlich Geld, und das Geld muß man irgendwo auftreiben. Bei wem kann sich der landlose Bauer von Semindj Geld beschaffen? Beim Kleinbauern? Dem Kleinbauern sind Hände und Füße gebunden, sind Schranken gesetzt. Deshalb auch ist Semindj dabei zu veröden. Die jungen Burschen verkaufen ihre Arbeitskraft anderswo. Vielleicht kehren manche von ihnen gar nicht mehr zurück. Deshalb ist der Ghanat aufgegeben worden. Den ganzen Ghanat haben sie aufgegeben. Der ist wie ein Mensch, ist wie ein Kamel, wie ein Schaf; was ist da der Unterschied? Wenn du für ein Tier nicht sorgst, wenn du ihm nicht zur rechten Zeit Wasser und Futter gibst, wenn du es bei Krankheiten nicht kurierst, bricht es zusammen, wird krank. Was ist da der Unterschied? Der Ghanat wurde also krank. Von Tag zu Tag kränkelte er mehr; seine Mündung verstopfte sich, sein Wasser wurde weniger, floß spärlicher. Es wird auch noch spärlicher fließen! Dies ist ja erst der Anfang! Und dann tauchte auch noch dieser Mirsa Hassan Chan auf und beschwatzte ein paar Einfaltspinsel, sie sollten eine Pumpe aufstellen! Mal sehen, was am Ende daraus wird! Ich für mein Teil erwarte nicht viel davon. Auch wenn mein Sohn Anteile hat – soll er nur!«

Ssardar fragte: »Das heißt also, diese Pumpe tut die Arbeit des Ghanats? Ist es so, daß man genug Wasser für Haus und Stall bekommt, oder muß ich für das Wasser, das meine Kamele saufen, bezahlen?!«

Karbalai Doschanbeh sagte: »Für mich ist das ja auch was Neues. Ich weiß nicht.«

»Und diese Pumpe gehört, wie du sagst, mehreren Teilhabern, nicht wahr?«

»Nun ja. Genau wie der Ghanat. Es gibt zwei, drei Hauptteilhaber. Die übrigen erhalten pro Woche eine Stunde oder zwei Stunden Wasser.«

»In Wirklichkeit ist es dieser Mirsa Hassan, der Hauptteilhaber ist, nicht wahr?«

»Eh . . ., es scheint so.«

»Der vorhat, den Platz des Großgrundbesitzers einzunehmen, wie?«

»Kann sein, kann wohl sein! Aber da ist er schief gewickelt! Mit welchem Grund und Boden will er das tun? Mit dem Ödland? He! Der glaubt, das geht so einfach. Auch wenn er dabei an die Böden meines Sohns und meines Neffen Sabihollah denkt, ist seine Rechnung trotzdem falsch. Die Böden liegen doch weit auseinander, hier ein Stück, da ein Stück. Weißt du, wieviel es kosten wird, dies Wasser – wenn es überhaupt zutage gefördert wird – auf all diese verstreuten Felder zu leiten? Eine Pumpe! Alles Geld von Semindj ist in die Hände dieser vier, fünf Leute geflossen, damit sie es für dies Eisenzeug rausschmeißen. Von dem Geld, das sie vom Staat ausgeliehen haben, ganz zu schweigen! Ich seh' schon den Tag vor mir, wo sie ohne Hosen dastehen!«

Karbalai vermischte seine Wünsche, berechtigt oder unberechtigt, mit Voraussagen. Voraussagen, die deutliche Spuren von Mißgunst enthielten. Er wünschte sich die Erniedrigung der anderen. Die anderen mußten erniedrigt werden, damit er seine Überlegenheit fühlte. Manche Menschen sind so: Sie finden ihre Größe in der Erniedrigung anderer. Mit tausend Zungen schreien sie: ›Geh du nicht weiter, damit ich dich überholen kann!‹ Sie können, weil sie an einem Punkt erstarrt und steckengeblieben sind, den Anblick eines regsamen Geistes und eines neuen Weges nicht ertragen. Aus Bosheit. Eine Schlange auf dem Weg der anderen sind sie. Obwohl der Weg manchmal gerade zu dem Punkt führt, den sie vorausgesagt haben, kann man auf das, was sie sagen, nicht bauen. Mißgunst ist die Triebfeder ihrer Worte, auch wenn diese einige Wahrheiten enthalten mögen, und in jedem Fall ist es Haß, der sich in ihnen regt aus Angst, ihre gesellschaftliche Stellung einzubüßen.

Karbalai Doschanbeh wußte ganz genau, daß er auf dem besten Weg war, seine Stellung zu verlieren; er würde sie nur so lange behalten, wie die Leute ihn brauchten. Doch sobald die Leute einen anderen Gönner fänden, würde seine Stellung ins Wanken geraten, und er würde zu spüren bekommen, daß für ihn kein Platz mehr war. Jetzt eben versetzte ihn dies Gefühl der Unsicherheit in Angst. Die staatlichen Darlehen waren für ihn zu einer Bedrohung geworden. Er hatte auch nicht die Begabung und das Format, sein Geld auf andere Weise arbeiten zu lassen; das wagte er einfach nicht. Auch vorher schon hatte es ihm seine Engstirnigkeit nicht erlaubt, sein Geld irgendwie anzulegen, zu dem er, als der Karawanenhandel noch blühte, durch den Verkauf seiner Kamele gekommen war. Nicht einen Tropfen Ghanat-Wasser hatte er gekauft, nicht ein Stückchen Land. Sein Sohn Ssalar Abdollah trieb Ackerbau mit dem bißchen Wasseranteil und Boden, die er von seiner Mutter geerbt hatte, zusammen mit einem halben Tag Wasser pro Woche, das ihm vom Großgrundbesitzer zugefallen war. Karbalai Doschanbeh hockte nur wie eine alte Schlange auf dem ausgedienten Tonkrug, in dem er sein Geld aufbewahrte, und sein Blick fiel auf nichts, es sei denn dann und wann auf Leute, die im Leben in Schwierigkeiten gerieten und sich notgedrungen an ihn wandten, auf daß er zu einem ihm beliebigen Prozentsatz ihre Rücken noch tiefer beuge.

Aber in diesen Tagen war dies anders geworden, es begann sich zu ändern. Die größeren Grundbesitzer hatten wohl oder übel Wasser und Landbesitz verkauft und waren in die Stadt gezogen. Auch die landlosen Bauern hatten begriffen, daß sie in die Stadt ziehen könnten, was ihnen zumindest den Glauben gab, auf Karbalai Doschanbeh nicht mehr angewiesen zu sein. Blieben die Kleinbauern und solche, die ihr bescheidenes Auskommen hatten, diejenigen, die ihre Hoffnung auf die Landwirtschaft gesetzt hatten, die dableiben und es hier zu etwas bringen wollten. Die einen neuen Weg bahnen und vorwärtskommen wollten. Die, die zwischen den beiden anderen Gruppen standen, eben die, die ungeachtet der niedrigen Preise für landwirtschaftliche Produkte und hoher Tagelöhne keine Wahl hatten, als Traktor, Dreschmaschine und Pumpe bei sich einzubürgern. Die waren an den Boden gebunden, weil sie weder so wohlhabend waren, daß sie sich etwas Besseres suchen, noch so arm, daß sie sich einfach auf und davon machen konnten: notgedrungen Bleibende. Irgendwie mußten sie mit ihrem Leben zurechtkommen. Aber mit Karbalai Doschanbeh hatten sie nichts mehr zu tun. Sie hatten einen neuen Gönner gefunden, ein neuer Gönner hatte sich eingestellt, auf den sie ihre Hoffnung setzten: der Staat. In dieser Hinsicht hatte Mirsa Hassan ihnen den Weg gewiesen. Seine Tage und Nächte verbrachte er damit, hierhin und dorthin zu rennen. Von diesem Amt zu jenem Amt, von diesem Büro zu jener Bank. Von Stadt zu Stadt, von einer Provinz in eine andere. Die Hauptstadt. Gonbad. Gorgan.

Maschhad. Sein Geburtsort und Semindj und die Wüste. Allerorts und bei jedem sprach er vor.

»Weißt du noch, Ssardar, was dieser Emporkömmling, der Mirsa Hassan, in dem Jahr, als der Zucker rationiert wurde, an Zuckermarken zusammengestohlen hat?«

»Natürlich weiß ich das noch!«

»Mein Sohn Ssalar Abdollah ist zwar sein Teilhaber, aber dem Mirsa Hassan flicke ich nicht zu Unrecht am Zeug. Nein, ich erwarte nichts von der Sache. Was sind das für Menschen, in die er dabei sein Vertrauen setzt?!«

»Warum hilfst du ihnen nicht? Fang doch was an mit deinem vielen Geld! Warum beteiligst du dich nicht an der Sache? Schließlich willst du ja nicht dein Geld mit ins Grab nehmen!«

»Welches viele Geld, he?! Geld! Fängst du jetzt auch mit diesen Witzen an? Als ob mir noch Geld geblieben wäre!«

Tee. Mergan stellte die Becher aufs Tablett und brachte von der Nische den Beutel mit den Datteln.

Ssardar sagte: »Gieß auch einen Becher für Abbass ein!«

Karbalai Doschanbeh kippte den Tee hinunter, zermahlte mit seinen stumpfen Zähnen eine Dattel zu Brei, holte den Kern zwischen den Lippen hervor, besah ihn genau und sagte: »Gute Datteln sind das. Vorzüglich sind sie, Ssardar. Kannst du dir immer noch solche Datteln leisten?«

»Im Monat einen ganzen Korb!« protzte Ssardar. »Hadji Maschi legt mit seinen eigenen Händen jeden Monat welche für mich zurück. Wenn ich keine esse, kann ich nicht mit den Kamelen ziehen. Es sei denn, ich treibe statt dessen erstklassige Weintrauben auf oder von den besten Sultaninen.«

Karbalai Doschanbeh sagte: »Gut sind sie, sehr gut! . . . Was für schöne Zeiten waren das doch damals!«

Ssardar fragte: »Was ißt du denn, Karbalai? Eingeweichtes Brot? Oder nagst du wie eine Maus an deinen Goldmünzen?«

Ssardar hatte keine Sorge, daß seine Worte Karbalai Doschanbeh kränken könnten. Seine spitzen Bemerkungen sollten ganz offensichtlich so kränkend sein, daß sie den Alten aus

Mergans Haus vertrieben. Deshalb fuhr er fort: »Selbst in deiner besten Zeit, als du so viele Kamele hattest, warst du ein Geizhals. Am Tisch der anderen stopftest du dir den Bauch voll. Deinen Tee trankst du mit Zucker und Rosinen der Kaufleute, die in deiner Karawane reisten. Und auch mit deren Butter bestrichst du dein Brot. Das ist ja nun aus und vorbei. Was ißt du jetzt? Die bankrotten Großgrundbesitzer sind nicht mehr da, daß du auf Rechnung deiner noch ausstehenden Zinsen an deren Tischen schnorren könntest. Was machst du also? Du riechst wohl an deinem Geld und wirst davon satt, wie? Ich hab' auch noch nicht einmal gehört, daß du dir was Ordentliches geleistet hättest. Wie lange willst du eigentlich trockenes Brot essen, Mann? Wird dir dein Zahnfleisch nicht wund?«

Karbalai Doschanbeh erwiderte: »Du rülpst deine Reden von einem sehr hohen Roß herab! He! Ich meinerseits hab' noch nicht gehört, daß der Habenichts Ssardar außer mit Wasser verdünntem Joghurt etwas anderes zu seinem Brot gegessen hätte! Aber Freund wie Feind wissen, daß Karbalai Doschanbeh immer noch einmal täglich erstklassiges Butterschmalz ißt!«

Ssardar hatte gleich eine Entgegnung bereit: »Sicher am Tisch von diesem oder jenem!«

»Wieso am Tisch von diesem oder jenem? Die Tische von diesem oder jenem sind doch heutzutage blanker als ein Molla-Hintern! Bei meinem Sohn esse ich, bei meinem Sohn!«

»Bei deinem Sohn! He! Man müßte ja taub sein, um nicht gehört zu haben, daß deine Schwiegertochter dich aus dem Haus geworfen hat und du jetzt in einer Scheune schläfst!«

»Meine Schwiegertochter?! Meine Schwiegertochter soll mich aus meinem eigenen Haus geworfen haben? Den Teufel wird sie tun, meine Schwiegertochter! Und wenn sie platzt! Die muß mir drei Mahlzeiten zubereiten und auftragen! Auch jetzt noch esse ich in der Woche siebenmal Eier und Sirup und Schafsfett.«

»Wo läßt du das bloß alles?«

»Sollen wir einen Wettkampf im Fingerhakeln machen?«

Das war eine große Unvorsichtigkeit! Karbalai Doschanbeh sagte das ganz unvermittelt, aus Wut. Eine geheimnisvolle Kraft hatte den Alten dazu gebracht, diese Worte auszusprechen, besser gesagt: herausfahren zu lassen. Großtuerei! Wenn Mergan nicht dagewesen wäre, hätte Karbalai wohl nie im Leben eine solche Unüberlegtheit begangen. Doch der Gedanke an Mergans Augen, ihre Blicke und daran, daß sie ihrem Gespräch zuhörte, hatte den Alten so in Fahrt gebracht, daß er sich mit diesem Ungeheuer von Ssardar in eine Sache einließ, die wohl kein gutes Ende nehmen würde.

Die Ärmel hochkrempelnd, machte Ssardar sich kampfbereit: »Um was soll es gehen?«

»Das bestimme du!«

Ihnen beiden war klar, warum sie sich so wichtig taten und sich dieser Kraftprobe unterziehen wollten. Und auch das war ihnen bewußt, daß Mergan ihre Absicht durchschaute. Daher sagte Ssardar unverblümt: »Darum geht's: Wer unterliegt, darf sich nicht mehr in diesem Haus blicken lassen!«

Keine Zeit blieb zum Antworten und Verhandeln. Ssardar hatte die Bedingung festgelegt und ging daran, sie zu erfüllen. Vor Abbass' weit aufgerissenen Augen und Mergans verwirrten Blicken erhob sich Karbalai Doschanbeh, dieser alte Recke, entschlossen, aber ruhig von seinem Platz an der Wand, ging zur Korssi-Mulde und stellte sich vor Ssardar auf. Klein und gedrungen, schweigend und entschlossen. Das linke Knie stützte er auf den Boden, die Ferse des rechten Fußes in den leeren Aschenbehälter der Korssi-Mulde. Ihm gegenüber tat Ssardar es ihm gleich. Zwei gediegene Männer nahmen Auge in Auge ihre Plätze ein. Jetzt kam der Augenblick, die Finger ineinanderzuhaken, um den anderen unterzukriegen. Diese Form von männlicher Kraftprobe hatten Kameltreiber aus der Provinz Kerman nach Chorassan mitgebracht. Die Finger ineinandergekrallt: Karbalai Doschanbehs Finger dick und kurz, die von Ssardar jeder einzelne wie eine Gurke. Die Finger verhakt, die Ellbogen auf die Knie gestützt: eine Kraftprobe!

In ihrer Angst wußte Mergan nicht, was sie tun sollte. Ungewolllt sah sie sich in das Spiel hineingezogen. Sie stand auf und stellte sich an die Wand, den Kampf zu beobachten. Zwei Ungeheuer waren in ihrem Haus erschienen, hatten sich ihr und ihrem Leben aufgedrängt, und Mergan fand keinen Ausweg aus dieser Lage.

»Nun also, stell mal deine Kraft auf die Probe!«

»Drück du! Zuerst du!«

»Dann also gemeinsam!«

»Gemeinsam! Huu . . .«

Beide hatten all ihre Kräfte in Arm, Handgelenk und Hand gesammelt. Stärke gegen Stärke. Kraft gegen Kraft. Nach und nach traten an Karbalai Doschanbehs Hals die dicken Adern hervor. Nach und nach weiteten sich Ssardars Augen. Die alten Kämpen taten ruhig, ohne Eile, ihr Bestes. Der Druck pflanzte sich in Wellen durch Adern und Nerven fort und kam den Händen zu Hilfe. Auf den Handrücken schwollen die Adern an. Zwei Hände waren zu einer Hand geworden, zwei Männer zu einem Körper, einem kochenden Körper. Das Blut in die Schläfen gestiegen, die Wangen rot und blau, blau und gelb, gelb und rot. Die untere Augenpartie geschwollen, hervorgetreten. Die Augäpfel herausgequollen: wie zwischen zwei Fingern gehaltene Kiesel. Die Zähne auf die Unterlippen gepreßt. Geschmack von Blut auf der Zunge. Die Nacken aufrecht und fest. Die Bärte zuckend. Die Nasenflügel gebläht. Die Leiber in heimlichen Fieberschauern.

Zweifellos könnte Ssardar mit einem plötzlichen Ruck Karbalai Doschanbehs Finger zurückbiegen. Aber das tut er absichtlich nicht. Er will mit dem Alten spielen, ihn müde machen, kraftlos machen. Dann ihn zu Boden drücken. Ohne Erbarmen machte er sich daran, den alten Mann zu strafen. Aber Karbalai Doschanbeh hielt stand. All die vielen Tage seines Lebens schienen ihm zu Hilfe zu kommen. Regelrecht lebendig wurde er. Seine Seele verteidigte sich mit Zähnen und Klauen. Von der Unterlippe floß ihm Blut in den Bart. Die feinen Äderchen in den Augäpfeln hatten sich gerötet. Die Stirnadern waren nahe daran zu platzen. Aber er wollte nicht aufgeben. Diese Schande hätte er nicht ertragen. Er suchte nach einer passenden Gelegenheit, seinen letzten Kniff anzuwenden. In blindem Vertrauen auf seine Hand, seinen Arm, ließ Ssardar ihn gewähren. Um dem Alten eine Freude zu machen und auch um sein Spiel mit ihm in die Länge zu ziehen, ließ er vorsätzlich ein Zittern durch sein Handgelenk laufen. Karbalai Doschanbeh hielt das für echt und faßte Mut. Er konzentrierte all seine Kräfte auf einen Punkt, drückte zu und preßte plötzlich Ssardars Unterarm, der jetzt im Ernst zu zittern anfing, mitleidlos zurück, so daß sich dessen Hand stark nach hinten bog und er sie auch nicht mit der größten Anstrengung in ihre alte aufrechte Haltung zurückbringen konnte. Karbalai Doschanbeh nutzte die Bedrängnis, in der sich der Gegner befand, voll aus und drückte ein letztes Mal zu: Krach! Vier von Ssardars Fingern waren gebrochen. Die schweißnaß aneinandergeklebten Handflächen lösten sich voneinander, die beiden Kämpfer, verschwitzt und erschöpft, lehnten sich zurück.

Die Schmerzen waren grenzenlos, aber die Demütigung brannte noch heftiger. Jedoch – ein Mann, ein Wort! Ssardar erhob sich von seinem Platz, steckte die Hand mit den gebrochenen Fingern in die Achselhöhle und ging, ohne jemanden anzusehen, unter Karbalai Doschanbehs hochmütig abgewandtem Blick zur Tür hinaus. Trauer im Blick, sah Mergan ihm nach, wie er sich mit hängenden Schultern in der Dunkelheit verlor: ein erniedrigter Mann.

Karbalai Doschanbeh zog sich an die Wand zurück, lehnte sich wie gewöhnlich an und befaßte sich eingehend damit, seine Finger zu massieren. Er sah nicht auf, sprach auch nicht. Er spürte Mergans stumme Verwunderung, hielt es aber für unter seiner Würde, ihr seine Überlegenheit deutlich zu zeigen.

Mit aufgekrempelten Ärmeln und blutbeschmierten Händen kam Abrou herein, den Kopf des Widders, den er der Wasserpumpe zu Ehren als Opfergabe geschlachtet hatte, an den Hörnern haltend. Als er mit einem Blick das gerötete Gesicht Karbalai Doschanbehs und die Blässe der Mutter wahrnahm, warf er den Widderkopf mit einer herrischen Bewegung in eine Ecke, zog das Messer aus dem Gürtel und stieß es, den Rücken Karbalai Doschanbeh zugekehrt, jäh in die gegenüberliegende Wand. Dann drehte er sich um und lehnte sich, Karbalai Doschanbeh in die Augen sehend, an die Wand, in der das blutige Messer direkt neben seiner Schulter stak.

Zum erstenmal hatte Abrou ein lebendes Wesen getötet. Vielleicht kam es daher, daß seine Augen einen neuen Ausdruck, eine andere Schattierung angenommen hatten. Das Schweigen brechend, sagte er: »Steh auf, verschwinde von hier, Karbalai!«

Die Worte hatten ein solches Gewicht, daß Karbalai Doschanbehs Starrsinn gleich in sich zusammenbrach. Die Hand aufs Knie stützend, richtete er sich halb auf und sagte: »Zufällig . . . wollte ich . . . gerade gehen.«

Er stand vollends auf, schleppte sich zur Tür und fragte nach einem Zögern: »Nun, haben sie die Pumpe glücklich gebracht?«

Abrou gab keine Antwort. Er machte die Tür hinter dem Alten zu, legte den Riegel vor, zog das Messer aus der Wand und trat zu Mergan.

Wer möchte das für möglich halten? Abbass' große Augen öffneten sich weit. Ist es jemals vorgekommen, daß ein Sohn seine Mutter umgebracht hätte?! Nein, Mergans Augen konnten das nicht glauben.

Unter Abbass' entsetzten Blicken stellte Abrou sich dicht vor die Mutter hin, sah ihr starr in die Augen und sagte: »Sag mir die Wahrheit, Mutter! Was machen diese Halunken in unserem Haus? Kommen sie her, den Platz meines Vaters einzunehmen?! He! . . . Bist du stumm geworden?«

Genau das war's: Mergan war stumm geworden.

›Tante Mergan! Tante Mergan! Mosslemeh hat gesagt, du sollst morgen zu ihnen kommen. Sie backen morgen Brot. Tante Mergan! Bist du nicht da?!‹

4. Teil

I

Zusammen mit dem Herbst kam die Pumpe, mit der Pumpe kamen die Semindjer Burschen. Nur Ghodrat war nicht gekommen.

»Warum bloß nicht? Warum nur er nicht?«

»Er hat gesagt: Wozu soll ich kommen? Hat gesagt: Muß ich denn nicht wieder zurückgehen?! Bin ich denn blöd?! Man muß sich da ansässig machen, wo man einen Platz für sich findet.«

»Keinen Brief hat er für mich mitgegeben, oder sonstwas?«

»Nein, mir hat er nichts mitgegeben.«

»Ein bißchen Geld oder so hat er mir auch nicht geschickt?«

»Nein, mir hat er nichts davon gesagt.«

»Aber wo ist er denn abgeblieben, der Ghodrat?«

»Als es auf den Feldern, wo er als Tagelöhner arbeitete, nichts mehr zu tun gab, ging er in die Hauptstadt und ließ bestellen, daß er in einer Bäckerei Arbeit gefunden habe. Aber das bedeute nicht, daß das Schicksal ihn zum Bäcker bestimmt habe. Es sei möglich, daß er eine bessere Arbeit finde.«

»Schön! Aber was wird aus mir, seinem Vater?!«

Morad sagte lachend: »Er hat gesagt: Zum Teufel mit meinem Vater! Ich hab' ihn ja schließlich nicht in die Welt gesetzt, daß ich ihm jetzt was schuldig wäre! Er hat mich in die Welt gesetzt. Zum Teufel noch mal!«

Ghodrats Vater kehrte sich von Morad und Abrou ab, blieb an der zerfallenen Mauer stehen und jammerte vor sich hin: »Ghodrat, mein Söhnchen, ins Elend hast du mich gestürzt. Mein Söhnchen! Keinen frohen Tag mögest du mehr haben, mein Söhnchen! Geb's Gott, daß bei dir, wo du auch bist, Schmalhans Küchenmeister ist, mein Söhnchen! Schmalhans Küchenmeister ist, mein Söhnchen! Mein Söhnchen . . .«

Gejammer und Verwünschungen von Ghodrats Vater waren nicht länger zu hören. Morad und Abrou hatten vor dem unglücklichen, elenden Alten das Weite gesucht. Mit seiner Hosentasche voll Geld ging Morad wie auf Wolken. Für Mitleid hatte er keine Zeit. Gern wäre er durch alle Gassen von Semindj zugleich gerannt, um sich allen Einwohnern zu zeigen und ihnen seinen neuen Anzug vorzuführen, der übrigens für seinen plumpen Körper zu eng war. Seine linke Hand klimperte fortwährend mit dem Kleingeld in der Hosentasche. Bei jeder passenden Gelegenheit musterte Abrou Morads Anzug von neuem und mühte sich beharrlich, einen weiteren Fehler daran festzustellen. Abrous Ansicht nach paßte er Morad überhaupt nicht. Die Hose war zu kurz, der Hosenboden zu eng. Die Jackenärmel endeten weit oberhalb der Handgelenke, die Rückennaht der Jacke drohte jeden Augenblick unter dem Druck von Morads breiten Schultern zu platzen. Doch bevor er seinen neuen Anzug nicht jedem einzelnen Bewohner von Semindj vorgeführt hatte, mochte Morad ihn nicht wieder ausziehen. Er war verliebt in die auffälligen braunen Streifen auf dem grauen Grund. Obwohl Abrou gleich zu erkennen gegeben hatte, daß er den Anzug kaufen wollte, dachte Morad nicht daran, ihn zu verkaufen, solange er seinen Glanz der Neuheit nicht verloren hatte. Soll Abrou nur darauf bestehen, soviel er will!

»Was ist dein letztes Angebot?«

»Ich verkauf' ihn nicht, mein Lieber!«

»Aber er weint doch auf deinem Körper!«

»Soll er nur! Sieh nicht hin!«

»Na schön!«

»Dann also schön!«

Wortlos gingen sie Schulter an Schulter weiter. Morad wollte Abbass nach seinem Befinden fragen, aber der war nicht zu Hause. Auch Mergan nicht.

»Wo sind die eigentlich so früh am Morgen hingegangen?«

»Was weiß ich! Keiner von uns weiß mehr, was der andere tut.«

»Bist du auch mit deiner Mutter böse?«

»Wir sprechen nicht miteinander. Was sollen wir uns auch sagen?«

»Und deine Schwester, die Hadjer?«

»Die kommt selten. Der Mann läßt sie nicht aus dem Haus. Und wenn sie mal Wasser holen geht, paßt er auf wie ein Luchs.«

Morad sagte nachdenklich: »So ist das nun mal.«

Abrou lenkte von diesem Thema ab: »Mirsa Hassan hat die Pumpe aufgestellt. Geh zu ihm, vielleicht gibt er dir Arbeit.«

Morad erwiderte: »Zu dem soll ich gehen? Hehe! Der müßte mich erst bitten. Bin ich denn mittellos oder sonstwie dazu gezwungen? Ich hab' so viel Geld mitgebracht, damit ich bis zum Neujahrsmonat essen kann und niemandem zur Last falle. Zu Beginn des neuen Jahres, sobald ich seh', daß meine Taschen leer geworden sind und die Läuse drin miteinander spielen, schnür' ich wieder mein Bündel. Vielleicht mach' ich's diesmal auch wie Ghodrat, gehe fort und blicke mich nicht mal mehr um! Schon jetzt hab' ich falsch daran getan herzukommen. Wozu? Damit ich hier wie ein Hund lebe? . . . Und wie steht's mit dir? Dir geht's wohl mit deiner Arbeit nicht übel?«

»Mir? . . . Eh . . . nein. Meine Arbeit ist nicht übel.«

Morad fuhr fort: »Wenn du wüßtest, wie viele Traktoren sich in die Gegend da ergossen haben! Wie Ameisen! Kein Mensch pflügt dort mehr mit Kühen. Und den Weizen mähen sie mit dem Traktor. Uns haben sie nicht mehr zum Mähen genommen. Wohl oder übel mußten wir zum Anbau von Melonen, Gurken und ähnlichem überwechseln. Das wird ganz mit der Hand gemacht, ein Traktor kann da nichts ausrichten. Der Anbau von Melonen und Gurken steht in der Gegend in hoher Blüte. Das ist ja in der Nähe der Hauptstadt, in zwei Stunden kommt die Ernte auf den Markt, verdirbt nicht. Und was für Melonen, mein Lieber! Jede wiegt vier Man, fünf Man. Süß wie Honig! Wenn du eine Scheibe davon ißt, bist du satt bis zum Abend. Einfach sagenhaft!«

»Wie ist die Arbeit? Sehr schwer?«

»Wie Arbeit eben so ist. Gibt's das denn, daß Arbeit nicht schwer ist? Man muß die Zähne zusammenbeißen und sich dranmachen. Hitze und Sonne und salziges Wasser und Mükken gibt's auch. Alles übrige kannst du dir denken. Und die Arbeit fängt mit Sonnenaufgang an und geht bis zum Sonnenuntergang. Der Bauer, der Bruder vom Bauern oder der Sohn vom Bauern beaufsichtigt dich. Und wenn die nicht da sind, gibt's den Vorarbeiter. Wenn man schwächlich ist, geht man zugrunde! Der Ghodrat hat sich hauptsächlich deswegen in die Hauptstadt abgesetzt, weil er merkte, daß er diese Arbeit nicht aushielt. Deshalb suchte er einen Ausweg. Ich hab' seinem Vater nichts davon gesagt, hab' aber gehört, daß Ghodrat zwei-, dreimal bei der Arbeit umgekippt ist. Mein Arbeitsplatz lag etwa einen Farssach von da entfernt, wo Ghodrat arbeitete. Es heißt, sie hätten ihn vom Feld und unter ein Schutzdach geschleppt und eimerweise Wasser über ihn gegossen. Das Schlechte an so was ist, daß solche Leute dann in Mißkredit geraten. Sie werden als Schlappschwänze verschrien, und keiner will sie mehr nehmen. Deshalb hat Ghodrat sich darüber Gedanken gemacht, was er im nächsten Jahr anfangen soll, und ist in die Stadt gegangen, um dort Arbeit zu suchen. Wenn man da gut arbeitet, macht man sich einen Namen, und wenn man schlecht arbeitet, macht man sich auch einen Namen. Wenn man gut arbeitet, schmeicheln einem die Arbeitgeber, aber wenn man schlecht arbeitet, würdigen sie einen keines Blicks.«

»Und du, wie steht's mit dir? Du mit deinen Schultern und Armen bist doch wohl mit einem sehr guten Namen nach hier zurückgekehrt!«

Morad sagte: »Wie eine Ssistaner Kuh hab' ich für diese Zuhälter gearbeitet!«

Sie hatten jetzt Semindj hinter sich gelassen.

Mirsa Hassans Traktor stand an der Mauer. Abrou ging halb um den Traktor herum, trat mit dem Fuß an die Reifen, prüfte den Ölstand, sprang gewandt auf und setzte sich auf den Fahrersitz: »Spring auf!«

»Wie? Du selbst fährst ihn?!«

»Warum sollte ich nicht? Bin ich denn ein Krüppel?«

»Während wir weg waren, bist du also Chauffeur geworden?«

»Das hast du wohl nicht erwartet?«

»Nein . . . nein doch! Aber . . .«

»Da gibt es kein Wenn und kein Aber. Während du weg warst, hab' ich die Hälfte der Felder in den umliegenden Dörfern mit diesem Traktor umgepflügt!«

Der Traktor begann zu dröhnen und fuhr langsam an. Abrou, schmächtig, aber zäh, klebte auf dem eisernen Sitz, während Morad in seinen engen Kleidern sich nur mit Mühe neben Abrou halten konnte. Abrou schien auf Falkenflügeln zu sitzen. Seine geschickten Hände hatten das Lenkrad unter Kontrolle, drehten sich geschmeidig hin und her und zogen bei jeder ihrer Bewegungen Morads Blicke auf sich. »Das hier heißt Kupplung. Siehst du? Jetzt ist sie eingerastet.«

Ssolutschs Sohn hielt mit der linken Hand das Lenkrad und bewegte mit der anderen Hand Dinge, von denen Morad nicht wußte, was sie waren.

»Wenn du hierauf drückst, senkt sich die Schaufel. Und das hier ist für die Pflugscharen.«

Morad begriff nichts, er war völlig verwirrt. Das spornte Abrou noch mehr an, sich wichtig zu machen und aufzublähen. Den Blick in die Ferne gerichtet, die Hände am Lenkrad, versuchte er, weniger zu reden. Nur bisweilen sagte er etwas. Morads Fragen beantwortete er, ohne ihn dabei anzusehen, kurz und knapp. Schön und gut! Doch Morad kam es so vor, als nehme Abrou seine Arbeit mehr als nötig wichtig. Vielleicht schien es ihm nur so. Aber daß Abrou eine solche Arbeit, eine solche Stelle nicht mit Leichtigkeit ergattert hatte und ihren Wert zu schätzen wußte, das fühlte Morad nicht.

»Ein Traktor ist dies, kein Rübenblatt! Was glaubst du, wieviel Tausende von Toman reingesteckt worden sind? He! Eine gewöhnliche Schaufel oder eine Zange zum Ausreißen der Baumwollstauden ist es schließlich nicht, was sie meinen Händen anvertraut haben! Der hat die Stärke von vierzig Pferden! Wieviel Arbeit leistet er wohl an einem Tag? Das alles wird genau berechnet.«

Das sah Morad mehr oder weniger ein: »Nun ja doch. Ein solches Geschöpf in Gang zu setzen und arbeiten zu lassen ist keine Kleinigkeit. Deshalb hat ja auch der Mirsa Hassan deinen Verstand nötig! Sag mal, wenn eines Tages am Traktor was kaputtgeht, kannst du da was machen?«

»Wie der Blitz kann ich ihn in zehn Teile zerlegen und wieder zusammensetzen. Allerdings braucht man Werkzeug dazu. Daher kommt's auch, daß das Ungetüm einen die meiste Zeit irgendwo im Feld festhält. Das kann einen dann zur Verzweiflung treiben. Du weißt nicht, was du tun sollst. Du müßtest ihn zur Reparaturwerkstatt abschleppen. Aber wo ist eine? Du müßtest ihn in die Stadt bringen. Aber wie? Und wie viele Farssach sind das? Eine Strafe Gottes ist das! Es bleibt dir nichts übrig, als das Ding an Ort und Stelle zu lassen und zu einem Mechaniker zu gehen. Nun, und der Herr ist anderweitig beschäftigt. Du mußt ihm Honig ums Maul schmieren, damit er dir überhaupt zuhört. Am Ende, falls dein Chef bei denen was gilt, gibt dir der Werkstattmeister einen seiner Lehrlinge mit ein paar Schrauben und Muttern und einem Schraubenschlüssel mit auf den Weg. Na schön! Das ist wie Wasser in ein Sieb schöpfen. Ehe du dich's versiehst, sind zehn Tage um. Und danach trifft bei Mirsa Hassan die Rechnung der Werkstatt ein, und der nimmt kein Blatt vor den Mund und flucht auf alles, was im Himmel und auf Erden ist. Natürlich fallen ein, zwei Flüche für einen selbst mit ab. Aber was kann man machen? Den Fluch trägt der Wind mit sich fort!«

»Dann ist er also nicht von so großem Nutzen!«

»Nutzen? Doch, von Nutzen ist er schon. Jetzt sind es sechs

Monate, daß dieser Traktor im Einsatz ist. In diesen sechs Monaten hat er mindestens zehn- bis zwanzigtausend Toman eingebracht, aber Mirsa Hassan sagt, er hätte ebensoviel Ausgaben gehabt, nämlich die Aufwendungen für Fahrer und Kraftstoff und Reparaturen und Öl und so. Aber der lügt. So viele Ausgaben hat er nicht gehabt. Zweimal war eine gründliche Überholung nötig, drei-, viermal kleinere Arbeiten.«

»Er nutzt sich doch auch ab, oder?«

»Wie denn nicht? Oder glaubst du, daß er mit jedem Tag besser wird?«

»Nun ja, dann verliert er wohl auch an Wert. Wieviel hat Mirsa Hassan dafür ausgespuckt?«

»Der Gonbader Fahrer sagt, zweiundzwanzigtausend Toman. Ist ja schließlich ein gebrauchter.«

»Zweiundzwanzigtausend Toman hat er also bezahlt. Nehmen wir an, im Jahr bringt er zwanzigtausend Toman ein. Siebzehn-, achtzehntausend Toman im Jahr Ausgaben hat er. Bleiben zwei-, dreitausend Toman Gewinn. Diese zwei-, dreitausend Toman gehen Jahr für Jahr durch Verschleiß verloren. Das heißt, je mehr er benutzt wird, desto mehr nutzt er sich ab. Wenn er erst mal abgenutzt ist, erhöhen sich die Ausgaben. Und dann leistet er auch weniger. Denn je älter er wird, desto weniger Nutzen hat man doch von ihm! Also zieht man von Tag zu Tag weniger Gewinn aus ihm, und die Ausgaben steigen. Der Wert des Traktors sinkt auch von Tag zu Tag, je älter er wird. Bleibt was? Bleibt der Ertrag, der durch den Einsatz des Traktors auf den Feldern erzielt wird. Schön, und was für ein Ertrag?«

Der Traktor fuhr schneller, und der Herbstwind trug sein Dröhnen mit sich fort. Abrou sagte: »Mirsa Hassan und seine Teilhaber kennen sich besser als ich und du in solchen Sachen aus. Du brauchst dir deswegen keine Sorgen zu machen!«

»Wo fahren wir jetzt hin?«

»Ha?!«

»Ich sagte, wo fahren wir hin?«

»Zur Gotteserde!«

»Zur Gotteserde?«

»Ha! Hast richtig gehört!«

»Wozu?«

»Um Tante Ssanam zu verloben! Was für 'ne blöde Frage! Wozu fährt man wohl mit dem Traktor aufs Feld? Ist doch klar, ich fahr' zum Pflügen hin. Aber zuerst muß der Grenzrain um die Gotteserde eingeebnet werden.«

»Was hat denn der Mirsa Hassan bis jetzt gemacht?«

»Der hat sich mit Tante Ssanam vergnügt! Was der gemacht hat? Bis jetzt hat er sich die Beine abgerannt wegen der Pumpe, und um die Gotteserde ins Grundbuch eintragen zu lassen.«

»Die ganze Zeit?«

»Was denn sonst? Glaubst du, das ist ein Kinderspiel? Im übrigen ist es nur dem Geschick von Mirsa Hassan zu danken, daß diese Angelegenheiten so schnell in Ordnung gekommen sind.«

»Es heißt, diese Pumpe fördert gar nicht soviel Wasser.«

»Dies ist erst der Anfang. In ein paar Tagen wirst du ja sehen. So Gott will, wird Semindj aufblühen.«

»Die alten Männer sagen, die Pumpe saugt das Wasser vom Ghanat ab!«

»Sollen sie's sagen! Außerdem, nehmen wir mal an, daß sie das tut. Wenn ein Ghanat dabei ist auszutrocknen, ist es besser, daß die Pumpe das Wasser absaugt! Was macht das schon? Die Teilhaber am Ghanat haben auch einen Anteil an der Pumpe. Oder wenn sie keinen haben, können sie ja einen kaufen. Und wir beide, du und ich, wollen doch nur unser Trinkwasser haben. Oder nicht?«

Morad antwortete nicht, sondern fragte: »Wer sind denn die da?«

»Mal sehen!«

Auf der Gotteserde stand eine Menge Leute, überragt von Mirsa Hassan. Neben Mirsa stand Sabih-ollah, klein und gedrungen. Hinter Sabih-ollah standen der Dorfvorsteher und Ssalar Abdollah und unterhielten sich. Auch der Vater des Dorfvorstehers und Karbalai Doschanbeh waren anwesend. Die beiden Alten saßen auf einem Erdhaufen und plauderten miteinander. Ali Genou war auch da; nahe bei Mirsa Hassan stehend, rauchte er eine Zigarette. Mirsa rauchte ebenfalls. Bei Mirsa stand ein Fremder, der wie ein Beamter vom Grundbuchamt aussah. Er hatte einen Gendarmen bei sich. Die Vertreter des Gesetzes!

Der Traktor hielt nahe bei der Menge an. Morad kehrte dem rüttelnden Eisen den Rücken, Abrou flog mit einem Satz hinunter, ging zu Mirsa und blieb vor ihm stehen. Er wußte nicht recht, was los war. Mirsa Hassan sagte: »Dies Weib, dieser Störenfried, sorgt wieder für Ärger! Da drüben hat sie sich niedergelassen und rührt sich nicht. Und den alt gewordenen siechen Jungen hat sie mit hierhergeschleppt. Du verstehst es besser, mit deiner Mutter zu reden. Geh und sag was zu ihr! Laß nicht zu, daß ein Unglück geschieht! Was ist eigentlich mit diesem Weib? Alles, was ihr Schwiegersohn zu ihr sagte, hat nicht geholfen. Reib ihr unter die Nase, daß ihr von diesem Boden nichts gehört.«

Ohne ein Wort ging Abrou zu der Stelle hinüber, wo Mergan saß. Von Mergan war nur ihr Kopftuch zu sehen, von Abbass nur sein weißer Haarschopf. Sie beide, Mutter und Sohn, saßen in einer Grube. Die Erde um die Grube war frisch. Es war klar, daß Mergan sie ausgeworfen hatte. Abrou blieb an der Grube stehen. Mergan hatte die Arme um die Knie geschlungen, Abbass kauerte neben ihr. Beide schwiegen.

Unversehens schrie Abrou den Bruder an: »Wozu bist du hergekommen, Wollkopf?«

Diesen Namen hatten ihm vor kurzem seine Altersgenossen gegeben.

Abbass antwortete nicht, sah den Bruder nur an.

Abrou brüllte weiter: »Du hast deinen Anteil an diesem Furz von einem Boden verkauft, oder etwa nicht?! Weißt du es nicht mehr? Hast du nicht das Geld dafür von Mirsa bekommen und in der gleichen Nacht im Spiel riskiert? Ha?

Warst du das nicht? Warst du's nicht, der sein Geld im Haus von Ssanam verspielt hat? Hier, der kann's bezeugen!«

Morad, Ssanams Sohn, stand neben Abrou. Abbass sah ihn an. Abrou schrie: »Los, steh sofort auf und komm da raus! Komm raus, du Bastard!«

Wie ein eingeschüchterter Hund, der aus Furcht den Schwanz einzieht, rappelte Abbass sich auf und wollte schon aus der Grube kriechen. Doch Mergan packte ihn am Knöchel und zog ihn zurück: »Setz dich hin, du Unglückswurm! Setz dich hin!«

Die Mutter anstarrend, sagte Abrou: »Was ist mit dir los, Weib? Kapierst du denn nicht? Wer hört denn auf dich? Warum willst du hier Unruhe stiften? Das ist nun mal nicht dein Boden, auf den du dich da gesetzt hast. Tust du das aus Bockigkeit?«

Mergan gab keine Antwort. Sie war nun mal bockig.

Abrou trat in die Grube, faßte das dünne Handgelenk des Bruders und zog: »Hau ab von hier, du räudiger Hund! Du kommst sonst um, und ich bin schuld dran. Los!«

Abbass wollte sich fügen und es zulassen, daß Abrou ihn mitnähme, wohin er wollte. Aber Mergan verhinderte es. Sie faßte Abbass um die Mitte und hielt ihn fest.

Abrou sagte: »Sei nicht so störrisch, Weib! Hier an Ort und Stelle bring' ich dich unter die Erde, verstanden?«

Mergan wandte den Blick von ihm ab, als wolle sie nicht einmal mehr sein Gesicht sehen. Schweigend legte sie den Kopf auf die Knie.

Ali Genou trat hinzu: »Warum nur machst du dich zum Narren, törichtes Weib? Was fällt dir ein? Weshalb hörst du auf kein vernünftiges Wort? Dies hier war Ödland, das hast du ja nicht von deiner Mama geerbt! Der Mann da hat es ins Grundbuch eintragen lassen, hat eine Amtsperson hergebracht. Warum bringst du Schande . . .«

»Komm näher ran! Komm!«

Ali Genou ging näher und trat in die Grube. Wollte Mergan ihm vielleicht etwas vertraulich mitteilen? Nein! Mergan spuckte ihm auf den Bart und sagte: »Jetzt geh!«

Ali Genou sprang aus der Grube, steckte die Hand in die Tasche und zog eine Kette heraus. Aber Morad ließ ihm keine Zeit, er umklammerte von hinten mit beiden Armen seinen Bauch und hielt ihn fest. Unter Flüchen wollte Ali Genou sich losreißen. Doch Morad hielt ihn zurück. Schließlich entwand sich Ali Genou Morads Umklammerung und drehte sich zu ihm um: »Was fällt dir ein?! Willst du dich mit mir anlegen, du Hungerleider? Dich juckt wohl das Fell?«

Morad riß sich die Jacke vom Leib, warf sie hin und sagte: »Ach du dreckiger Zuhälter, was bildest du dir ein! Werd nur nicht unverschämt! Ich scheiß' auf den Kopf deines Vaters! Schlag doch zu!« Ehe Ali Genou sich kampfbereit machen und die Kette um den Kopf wirbeln konnte, fiel Morad ihm in den Arm, bohrte seine Schulter in Ali Genous Brust, hob ihn sich auf Schulter und Nacken und schleuderte ihn mit aller Kraft auf den Boden; die Kette nahm er ihm weg, und so, wie man einem Pferd den Zaum anlegt, preßte er sie Ali Genou zwischen die Zähne, wobei er sagte: »Führst du hier noch lange Reden, du Scheißkerl?«

Ali Genou konnte nicht mal fluchen. Er strampelte mit den Beinen und schäumte vor Wut. Die Männer, unter ihnen die Beamten, eilten herbei und rissen Morad von Ali Genou fort. Mit blutverschmiertem Mund erhob sich Ali Genou, nahm seine Mütze vom Boden und machte sich wieder kampfbereit. Mirsa Hassan ergriff ihn am Handgelenk und zog ihn zur Seite. Es durfte nicht zu einem Tumult kommen. Er vertraute Ali Genou der Obhut der alten Männer an und ging zu Mergan: »Siehst du, was für ein Durcheinander du angerichtet hast, Mergan?«

Mergan sagte nichts.

Abrou legte seinen Arm um Morads Nacken und sagte: »Hol du den Abbass da raus! Ich will nicht der Sohn meines Vaters sein, wenn ich heute die Person nicht lebendig begrabe. Hol du nur das unschuldige Geschöpf da raus!«

Gleich darauf lief er zum Traktor, schwang sich auf den Sitz und ließ den Motor an.

Mirsa Hassan eilte zu ihm und brüllte: »Daß du mir keinen Unsinn machst, Junge! Wir wollen nicht, daß Blut vergossen wird. Wenn du willst, jag ihr nur einen Schrecken ein!«

Ohne Mirsa Hassan etwas zu entgegnen, legte Abrou die Hand um den Hebel der Schaufel und drückte mit dem Fuß aufs Gaspedal. Der Traktor bewegte sich drohend auf Mergan zu. Die Beamten stellten sich neben Mirsa Hassan. Die Menge trat einige Schritte näher. Morad zog Abbass aus der Grube. Mergan hatte Abbass losgelassen und blieb in der Grube sitzen. Abrou fuhr den Traktor näher heran. Eisen versteht keine Sprache! Der Traktor brüllte und bewegte sich vorwärts. Das Maul der Schaufel am Rand der Grube. Die Mutter saß immer noch da: das Gesicht ledern, die Augen wie Kohlen, die Lippen aus Stein.

Abrou rief von oben: »Steh auf! Steh auf! Mir kocht das Blut in den Adern, Mutter! Treib es nicht so weit, daß ich dich umbringe! Diese Eisenzähne zerhacken dich in Stücke!«

Die Mutter schwieg. Sie hatte keine Worte mehr.

Abrou sprang vom Traktor, legte sich am Rand der Grube auf den Bauch und bat eindringlich: »Steh auf! Mutter, steh auf! Treib mich nicht zum Äußersten. Ich bring' dich um, Mutter, ich bring' dich noch um!«

Die Mutter sagte kein Wort. Abrou spritzte ihr Staub in die Augen und brüllte wie ein Tier: »Hörst du nicht, du? Warum hast du mich überhaupt geboren?!«

Mergan schloß die Lider.

Abrou sprang aufs Trittbrett, nahm auf dem Sitz Platz und ließ den Traktor aufheulen. Nein! Er fuhr rückwärts, hielt an, drückte mit dem Fuß aufs Pedal. Eisen versteht keine Sprache! Er fuhr vorwärts. Nicht eine Schaufel, die Zähne eines Ungeheuers verbissen sich in den Grubenrand. Aus der Menge erhoben sich Stimmen: Flüche und Verwünschungen. Das Geschrei ging unter im Brüllen des Motors. Gestikulierende Hände, herumfuchtelnde Arme alter Männer. Aber wo ist ein Ausweg?! Mutter und Sohn waren aus dem gleichen Holz. Mergan war die Mutter eines solchen Sohns, Abrou der Sohn einer solchen Mutter. Mirsa, der sich auf den Traktor geschwungen hatte, stellte den Motor ab.

Niedergeschmettert, mit verwundeter Seele, schnellte sich Abrou vom Traktor, sprang in die Grube und warf sich auf die Mutter.

War Mergan denn zu Stein geworden?! Nicht einmal zu einem Fluch öffnete sie den Mund. Abrou zog die wie leblose Mutter aus der Grube und band sie mit einem Strick auf den Traktor. Der Unhold setzte sich auf seinen Platz, brachte den Haufen Eisen in Gang und drückte auf den Hebel der Pflugscharen.

Das Problem war gelöst. Die Menschenmenge stellte sich auf, beim Einebnen der Gotteserde zuzuschauen: Was tut der Traktor! Was tut Abrou! Bravo, Abrou! Mirsa Hassan steckte sich eine Zigarette an und band Mergan vom Traktor los.

Mergan war ganz krumm geworden. Abbass war sowieso krumm. Mergan nahm Abbass bei der Hand und machte sich mit ihm auf den Weg. Morad machte sich hinter Mergan und Abbass auf den Weg. Mutter und Sohn gingen jetzt einträchtig miteinander. Mergan war gealtert, sie konnte nicht mehr schnell ausschreiten. Ebenso langsam wie Abbass setzte sie ihre Schritte. Wie Ameisen gingen sie. Morad ging im gleichen Takt, ruhig, schweigend. Die Erde war wie leer, und nur diese drei gingen auf ihrem müden Rücken. Die Erde leer, der Himmel leer, das Dasein leer: jegliche Last war Mergan aufgebürdet.

»Gräm dich nicht, gräm dich nicht, mein Sohn, du wirst noch lange leben!«

In der Abenddämmerung langten Mergan und Abbass zu Hause an. Morad blieb draußen vor der Tür. Er setzte sich an der Mauer nieder und stützte den Kopf in die Hände. Wie viele Lebensjahre hatte er am heutigen Tag durchlebt? Diese Schwere! Er hatte das Gefühl, schwer geworden zu sein. Wie ein Berg! Mit niemandem mochte er auch nur ein Wort sprechen. Er kannte sich nicht mehr aus, kannte sich in nichts mehr aus, war ratlos und verwirrt. Er mochte nicht weggehen, mochte nicht aufstehen, mochte nicht sitzen bleiben. Diese Sinnlosigkeit! Wie sinnlos waren diese Kleider an seinem Leib! Das einzige, was er tun konnte, wozu er eine Neigung verspürte, das einzige, was ihm in den Sinn kam, war, diese Kleider auszuziehen. Warum jetzt?! Viele Fragen sind unbeantwortet geblieben! Er erhob sich, ging in den Stall, kam nur mit Hemd und Hose bekleidet wieder heraus, trat ins Haus, warf die Kleidungsstücke auf die übereinandergeschichteten Steppdecken und setzte sich in einen Winkel.

Drei Menschen, drei Lehmklumpen. Schweigend, müde, erschöpft.

Der Abend senkte sich aufs Haus. Es wurde dunkel. Mit lichtem Herzen kannst du die Dunkelheit sehen. Wenn es aber in deinem Herzen finsterer ist als die Nacht, welche Farbe kann dann die Nacht haben? Laß es dunkel werden, laß die Nacht kommen! Das Auge sieht nichts mehr; keiner sieht mehr den anderen. Die Nacht hat sich ausgebreitet.

»Warum machst du die Lampe nicht an, Mama?«

Das war Hadjer, die Stimme von Hadjer. Blind tappend trat sie herein und blieb stehen. Von nirgendwo erklang eine Stimme. Hadjer machte die Lampe an. Im Halbdunkel des Lampenlichts hob Morad den Kopf von den Knien und sah Hadjer an. Hadjer stutzte einen Augenblick, lief dann hinaus. Als hätte sie eine Erscheinung gesehen. Sie kam noch einmal an die Tür und warf einen Blick ins Zimmer. Die gleichen Augen sahen sie an. Hadjer entfernte sich. Morad legte wieder die Stirn auf die Knie. Es war, als sollte diese Stille nicht gebrochen werden. Als ob ein Laut wie eine Gewalttat gegen die Menschenwürde wäre.

›Mein Gott . . . mein Gott . . . warum hast du mich vergessen?‹

War das Mergans Stimme? Nein, sie sprach ja nicht mehr. Wessen Stimme war es dann? Aber es muß Mergans Stimme sein. Vielleicht ist es ihre Seele, die da spricht?!

Nochmals kam Hadjer an die Tür: »Was ist passiert, Mutter? Ha? Sag du's mir, Morad! Was ist geschehen?!«

Es war wirklich Hadjer, die da zu Morad sprach! Der Junge hob die Stirn von den Knien und blickte sie stumm an. Er durfte ihr nicht antworten. Kaum hörbar sagte er vor sich hin: »Ich hab' dir ein Armband mitgebracht. Ein Armband, Hadjer!«

Ali Genous Stimme dröhnte in der Gasse: »Wo steckst du, Mädchen? Immer wenn man dich sucht, bist du bei deiner Mutter!«

Hadjer war schon ans Tor gelaufen. Morad legte wieder die Stirn auf die Knie.

2

Roghiyeh, Ali Genous Frau, hatte Abbass ihre aus einem krummen Ebereschenast gefertigte, mit Lumpen umwickelte Krücke überlassen. Roghiyeh konnte jetzt ohne Krücke gehen, indem sie sich an den Mauern festhielt. Sie hustete, jammerte, fluchte und kroch wie ein Wurm durch den Staub. Keiner kümmerte sich um sie, und sie selbst konnte sich um keinen kümmern. Roghiyeh fluchte jetzt nicht mehr auf eine bestimmte Person. Sie fluchte einfach so, unerfindlich, auf wen und auf was. Vielleicht auf alle und alles. Immerhin aber hatte sie Abbass ihre Krücke gegeben. Abbass war offenbar vor Roghiyehs Verwünschungen sicher. Der Schmerz kennt seinen Leidensgefährten!

Abbass hatte sich Roghiyehs Krücke ausgeliehen und bewegte sich mit ihrer Hilfe fort. Nicht daß er hinkte und deshalb eine Krücke brauchte. Nein, das war es nicht. Weil sein Körper, seine Beine nicht genug Kraft hatten, kam ihm die Krücke zustatten. Und wenn er sie in die Achselhöhle schob, war sie noch mehr von Nutzen. Roghiyehs Krücke hatte also ihren Platz gewechselt, und Abbass hatte mehr Bewegungsfreiheit. Er machte sich auf und strich wie ein wunderliches Tier in den leeren Gassen herum. Die kleinen Kinder fürchteten sich immer noch vor ihm, rannten, sobald das Tappen von ›Wollkopfs‹ Stock sich hören ließ, in die Häuser und machten die Türen zu.

»Wollkopf! Der Wollkopf!«

Niemand rief ihn mehr bei seinem richtigen Namen. Groß und klein nannte ihn ›Wollkopf‹, und Abbass selbst wurde sein alter Name allmählich fremd, er gewöhnte sich an den neuen. Der hatte sich nicht plötzlich eingebürgert. Es dauerte eine Weile, bis man die Bezeichnung ›Wollkopf‹ geprägt und in den Sprachgebrauch übernommen hatte. Zuerst sagte man ›Abbass, die Wolle‹, dann ›der wollige Abbass‹, danach ›der Wollene‹ und schließlich ›Wollkopf‹. Als man dort angelangt war, genügte ein einziges Wort. ›Wollkopf‹ schien auszureichen, ›Abbass‹ fiel von selber fort.

Abbass war immer noch wortkarg und apathisch. Die Tage des Wohlbefindens würden nie wiederkehren. Daran war nicht zu denken. Abbass selbst dachte nicht einmal daran. Vielleicht konnte er überhaupt nicht denken. Wie soll man wissen, ob er noch an die Zeit dachte, als er die Kamele hütete? Aus seinem Betragen ließ sich schließen, daß er sich selbst so annahm, wie er jetzt war, und dieses neue ›Selbst‹ ebenso wie den Namen, den man ihm gegeben, akzeptiert hatte. Als sei er so und mit diesem Namen geboren worden. Solange sich seine Zunge nicht gelöst hatte, ließ sich das nicht ohne weiteres klären. Und seit dem Tag, als sich seine Zunge löste, sagte er nichts, was den anderen zur Aufklärung dienen konnte. Unverständige Jungen machten ihn zur Zielscheibe ihres Spotts. Abbass ließ das über sich ergehen oder ging fort. Aber häufiger kam es vor, daß ein Erwachsener sich einmischte, um Abbass' Partei zu ergreifen und ihn fortzuschaffen. Bei solchen Gelegenheiten senkte Abbass den Kopf und entfernte sich, mit dem Stock aufstoßend. Er begab sich dann zu einer Spielrunde. Das einzige, was ihm sichtbar aus der Vergangenheit geblieben war, war seine Spielleidenschaft. Die meiste Zeit brachte er dort zu, wo Glücksspiele gespielt wurden. Und weil er zu einem festen Mitglied der Spielrunden geworden war – ohne sich übrigens am Spiel zu beteiligen –, hatte jeder Spieler eine eigene Einstellung zu ihm gewonnen. Als brächte seine Gegenwart einigen Glück, anderen Pech.

»Geh von mir weg, weißäugiger Wollkopf!«

»Komm zu mir, Wollköpfchen!«

Wollkopf blieb da, wechselte nur seinen Platz. Wurde mit Tritten fortgejagt, blieb aber da. Wenn sie seinen Stock beiseite warfen, hob er ihn auf – auf allen vieren kroch er hin und hob ihn auf –, blieb aber da. Kränkungen, Witze und Scherze, Beleidigungen und Verwünschungen, alles ertrug er, und blieb. Zehn Schahi, einen Gran nahm er von diesem und jenem oder auch nicht, und blieb. Wie es auch kam, er blieb. Daran konnte man nichts ändern. Wollkopf war gekommen, um dabeizusein.

Mosslem, der Sohn von Hadj Ssalem, war ebenfalls da. Die beiden waren wie Hund und Katze. Aber keiner konnte sich von der Spielrunde losreißen. Diejenigen, die den Anblick von Abbass' krummer Gestalt nicht ertragen konnten, hetzten Mosslem gegen ihn auf. Mosslem stürzte sich dann auf Abbass und brachte ihn fast um. Trotzdem blieb Abbass.

»Hau ab, Abbass, der Mosslem kommt!«

Beim Anblick von Mosslem sträubten sich Abbass die Haare, aber er konnte sich nicht losreißen, denn das Spiel brauchte er wie die Luft zum Atmen.

»Komm her, Wollkopf! Hier sind zwei Gran für dich. Steck sie in deinen Hosenbund!«

Zu Hause hatte niemand etwas mit ihm im Sinn, und auch er kümmerte sich um niemand. Sein Lager hatte er an den Backofen verlegt. Da fühlte er sich freier. Aus Steinen und Erdklumpen hatte er sich ein Obdach gebaut. Die Ritzen zwischen den Steinen und Erdklumpen hatte er mit Blechstücken, Stoffetzen, Stroh und Dung verstopft. Eine Art kleine Hütte. Nachts saß er dort und betrachtete die Sterne, betrachtete den Mond, betrachtete den Himmel. Ohne müde zu werden. So, als könne er hundert Jahre lang all das da oben betrachten. Nur bevor er den Kopf aufs Kissen legte, zählte er noch einmal das Kleingeld, das er in der Spielrunde von diesem und jenem bekommen hatte.

›Gut! Heute zweiundzwanzig Gran. Fehlen noch achtzehn Gran an zwanzig Toman!‹

Einen Gesprächspartner hatte er nicht. Abrou war seit einiger Zeit nicht mehr nach Hause gekommen. Mergan war mit sich selbst beschäftigt. Abbass sah immer nur ihren Schatten. Gelegentlich deponierte eine Hand – wohl Mergans Hand – ein Stück Brot, einen Becher Tee neben dem Backofen und verschwand wieder. Manchmal kam auch Hadjer und ging wieder. Einige Male kam sie heimlich, nämlich dann, wenn sie eine Schüssel unter dem Tschador trug. Offenbar brachte sie, versteckt vor Ali Genous Augen, der Mutter einen Bissen. An solchen Abenden geschah es, daß Abbass eine Hand – wohl Mergans Hand – bemerkte, die ein Schüsselchen neben den Backofen stellte und wieder verschwand. Nur Roghiyeh, Ali Genous Frau, kam zuweilen und setzte sich am Backofen hin. Sie sagte etwas oder sagte nichts, hörte etwas oder hörte nichts. Am Ende ließ sie sich von Abbass ein, zwei Gran geben, um sich Kautabak zu kaufen.

Frauen wie Roghiyeh wurden, wenn sie genug zum Leben hatten, zu Opiumraucherinnen oder gewöhnten sich daran, Wasserpfeife zu rauchen. Aber Roghiyeh war nicht imstande, für so etwas Geld auszugeben. Und ihre Angst vor Ali Genou war zu groß, als daß sie sich getraut hätte, sich an seinem Eigentum zu vergreifen. Deshalb bat sie Abbass um Geld für Kautabak. Kautabak für zwei Gran reichten ihr eine Woche lang. Einen Priem hielt sie einen halben Tag unter der Zunge. Der Tabaksaft reizte schnell ihr Zahnfleisch und machte es wund. Doch der Kautabak bildete nun mal Roghiyehs einzige Freude, denn er machte sie etwas benommen. Deshalb legte sie sich auch abends vor dem Schlafengehen einen Priem unter die Zunge.

Unterdessen hatte sich Abbass zu einem besonderen Wesen entwickelt. Sein Kommen und Gehen, Sitzen und Stehen, seine Tätigkeit und Untätigkeit, seine Wohnhöhle, sein Krückstock, seine Haare, die Lumpen, die er trug, sein Sprechen und Schweigen, sein Gesicht, seine Augen, der Ausdruck seiner Blicke, sein Knochenbau, seine krumme Gestalt

– all dies, all diese Dinge hatten aus ihm einen Menschen gemacht namens Wollkopf. Abbass hatte sich zu etwas entwickelt, das immer noch seltsam anmutete. Ein seltsames Geschöpf. So seltsam, daß er im Mund der Leute zu einem Fabelwesen geworden war.

Ganz von selbst war Abbass ›anders‹ geworden. Daß er sich von der Mutter absonderte, daß er sich am Backofen häuslich einrichtete, das betonte noch sein Anderssein. Niemand wußte, warum Abbass auf einmal seinen Platz verlegt hatte. Warum er ein von Mergan getrenntes Leben führte. Auch Mergan begriff das nicht. Nur der Gedanke blitzte auf, daß Abbass mit seinem Krückstock auf eigenen Füßen gehen wollte, daß sein Dasein eine ihm gemäße Färbung haben sollte. Vielleicht war nach dem tödlichen Einschnitt in seinem Leben noch etwas in ihm übriggeblieben: sein ›Selbst‹. Und möglicherweise mühte sich Abbass instinktiv, die Scherben, die übriggebliebenen Teilchen zu finden, zusammenzufügen, ein Ganzes daraus zu machen und es zu bewahren. Zu diesem Zweck mußte er sehen können, daß er ein eigenes Leben lebte, mußte sein wahres Ich, ohne sich auf andere zu stützen, finden, fühlen und ertasten. Deshalb mußte er sich von Schutz und Fürsorge der Mutter und des Bruders lösen. Ehe er sich nicht losgelöst hatte, würde er, wenn auch nicht gerade überflüssig, so doch abhängig sein – wie ein am Zügel geführtes Reservepferd. Besonders er mit seinen Gebrechen! Dir mag von jeder Fingerspitze eine Kunstfertigkeit tropfen, aber wenn du kränkelst, betrachten dich die Menschen als ein aufgepfropftes Reis. Sie sehen dich als etwas an, dessen Dasein von anderen abhängt. Sie sagen: Deine Mutter sorgt für dich, dein Bruder kommt für deinen Lebensunterhalt auf, deine Schwester wäscht dir die Wäsche. Sie denken an dich nur im Zusammenhang mit einer anderen Person. Umsonst sprichst du von deinem ›Selbst‹! Denn in den Augen dieser Menschen existiert kein solches aufrechtes ›Selbst‹.

Es kann nicht mit Sicherheit gesagt werden, ob solche Überlegungen Abbass dazu brachten, sich abzusondern, vielleicht aber war es so. Welch andere verborgene Kraft hätte ihn sonst überzeugen können: Verlaß das Haus, und bau dir eine Höhle am Backofen?

Vielleicht stimmt es nicht, daß sich alles, was in einem Menschen steckt, zerstören läßt!

Abbass saß am Backofen auf seinem Lager und betrachtete seiner Gewohnheit nach den nächtlichen Himmel. Diese Gewohnheit war eine Folge seines Gebrechens. Der Himmel, vom Grund des Brunnens gesehen. Seit der Zeit betrachtete er den nächtlichen Himmel so, als suche er dort eine Fährte, eine verlorengegangene Fährte.

Abbass' Alleinsein zerbrach unter dem Geräusch von Schritten, dem Geräusch von fremden Schritten in der Gasse. Nur die leisen Schritte Roghiyehs und ihr stoßweises Wimmern waren seinen Ohren vertraut. Es gab nicht wenige Geräusche, doch Abbass' Ohren vernahmen immer nur die von Roghiyehs Schritten. Und dies Geräusch jetzt rührte nicht von Roghiyeh her. Die Schritte hielten an: »Abbass! ... Abbass, ... bist du wach?«

Er blickte in die Richtung der Stimme. Ein Schatten stand an der Mauer. Abbass hustete zum Zeichen, daß er wach sei. Der Schatten rührte sich, setzte sich in Bewegung, kam näher. Es war Abrou. Dicht vor Abbass blieb er stehen, stand schweigend da. Abbass blickte auf die Zigarette, die er zwischen den Fingern hielt. Abrou drückte sich mit den Knien an die Backofenwand. Abbass hatte keine Ahnung, was er wollte. Deshalb wartete er ab, was Abrou sagen werde. Noch schwieg er. Kurz darauf zog er sich auf den Backofen hinauf und setzte sich. Zwischen den beiden Brüdern lag das offene Maul des Backofens.

»Hier! Ich hab' gehört, du hast dir's Rauchen angewöhnt. Hab' dir eine Schachtel Zigaretten mitgebracht.«

Er legte die Schachtel nahe bei Abbass in eine Ritze zwischen den Steinen. Abbass folgte den Bewegungen seiner Hände mit den Augen und schwieg. Er wußte nicht, was er sagen sollte.

Abrou sagte: »Ich hätte viel früher kommen sollen. Wie lange ist's schon her! Seit dem Tag damals brachte ich's nicht fertig zu kommen. Und jetzt . . . bin ich in der Nacht gekommen. Im Dunkeln ist's besser. Am hellen Tag traute ich mich nicht zu kommen. Damals hab' ich mich unglaublich grausam aufgeführt. Was war das für ein schrecklicher Tag! Als wär' nicht ich selbst es gewesen, der das getan hat. Die Mutter hab' ich seitdem auch nicht gesehen, brachte es nicht fertig, sie zu sehen. Einmal hab' ich ihr Geld zukommen lassen, aber sie hat's zurückgeschickt. Was macht sie so?«

Abbass warf den Zigarettenstummel in den Backofen und sagte mit seiner jetzt immer heiseren Stimme: »Ich weiß nicht. Ich seh' sie nie. Sie ist wohl im Haus.«

»Wovon lebt sie?«

»Ich weiß nicht. Meinen Sack Mehl hab' ich mit ihr geteilt. Mehr weiß ich nicht.«

Abrou sagte: »An dem Tag hab' ich mich schlecht benommen, sehr schlecht. Und wie! Welcher Sohn hat je seine Mutter so behandelt?! Was soll ich jetzt tun, he? Die ganze Zeit über hab' ich neben dem Traktor geschlafen. Aber jetzt ist es zu kalt dazu – bei dieser trockenen Kälte. Und heute abend hat der Gonbader Fahrer den Traktor stillgelegt, hat den kaputtgegangenen Motor ausgebaut und mitgenommen. Ich glaub' nicht, daß der zurückkommt. Vielleicht verschachert er den Motor im Basar als Ersatz für seinen ausstehenden Lohn. Der Boden der Gotteserde ist eingeebnet, die Pistazienbäumchen sind gepflanzt. Jetzt müssen wir sieben Jahre lang unter den Pistazienbäumen sitzen, bis sie Früchte ansetzen. Die Hauptarbeit des Traktors ist getan. Bleibt das Vermieten. Und das bringt nichts ein. Die Ausgaben für den Traktor sind gestiegen, steigen mit jedem Tag. Vielleicht sieht sich Mirsa Hassan sogar gezwungen, den Traktor zu verkaufen. Es wird gemunkelt, daß er nichts einbringt. Schließlich gibt es ja für den Traktor nicht das ganze Jahr über was zu tun . . . Übrigens, Abbass, weißt du, wie Pistazien wachsen?«

Nein, Abbass wußte das nicht. Und selbst wenn er es gewußt hätte, hatte er keine Lust, Abrou zu antworten. Abrou verstand das, mußte aber weiterreden. Viele Worte hatten sich in ihm angesammelt, und der einzige Mensch, den er gefunden hatte, sie anzuhören, war sein Bruder Abbass. Wie er darauf reagieren würde, das war für Abrou nicht wichtig. Die paar Tage des Alleinseins hatten ihn in eine gedrückte Stimmung versetzt. Er fühlte, wie er sich allen entfremdet, sich von Haus und Familie entfernt hatte. Und das erschreckte ihn zutiefst. Das war auch der Grund dafür, daß er mitten in der Nacht gekommen war und auf den stummen Bruder einredete: »Ich hatte angenommen, der Mirsa Hassan würde außer Pistazien und Baumwolle auch Weizen anbauen. Aber er hat nicht ein einziges Weizenkorn gesät. Ein-, zweimal, wenn die Rede darauf kam, hat er gesagt: ›Hab' ich denn Eselshirn gegessen, daß ich Weizen anbauen sollte? Wozu sollte ich Weizen anbauen? Wieviel müßte ich dann den Schnittern Lohn zahlen? Im übrigen: Wer bleibt denn hier, um zu mähen? Alle sind dabei wegzugehen. Davon abgesehen – wenn ich Weizen ernte, zu wieviel soll ich ihn pro Man verkaufen? Zu wieviel nimmt ihn mir pro Man die Gesellschaft ab? Das Man zu weniger als drei Toman! Wenn ich das alles in Rechnung ziehe, kommt nicht mal die Hälfte der Ausgaben wieder rein. Welcher vernünftige Mensch gibt sich mit einer solchen Sache ab?‹ Wenn ich jetzt darüber nachdenke, sehe ich, daß seine Worte gar nicht so abwegig sind. Der Anbau von Gerste und Weizen ist heutzutage nicht gerade einträglich. Mirsa sagt: ›Tonnenweise führt die Regierung sie aus dem Ausland ein.‹ Deshalb hab' ich auch Angst, daß der Traktor nicht mehr zum Einsatz kommt. Die Äcker hier bestehen alle nur aus kleinen Stücken. Dieser verwünschte Traktor verlangt aber nach einer ausgedehnten Ackerfläche, um sie umzupflügen und weiterzufahren. Die allergrößte zusammenhängende Ackerfläche hier könnte in vierundzwanzig Stunden gepflügt werden. Danach mußt du drei Farssach fahren, um den Traktor auf einem anderen Acker einzusetzen. Diese Strecken, die du zurücklegen mußt, bedeuten Zeitverschwendung. Allmählich kommt man drauf, solche Berechnungen anzustellen. Häufig ist es vorgekommen, daß wir nicht länger als eine Stunde auf einem Acker zu tun hatten. Was glaubst du, wie hoch der Arbeitslohn für eine Stunde ist? Dazu rechne die Hin- und Rückfahrt. Das ist's, warum ich Angt hab', daß dieser Traktor woanders hingeht, sich in eine andere Gegend aufmacht, zum Beispiel in die Ebene von Gorgan. Dahin, wo er vorher war. Oder vielleicht in die Ebene von Nischabur. Aber das nur, wenn der Gonbader Fahrer den Motor repariert und zurückbringt! Verstehst du? Die Pumpe hat er in Gang gebracht und sich dann ans Lenkrad des Traktors gesetzt. Und der Traktor ist nun so geworden, kaputtgegangen. Und Mirsa Hassan ist verschwunden. Die vom Landwirtschaftsamt sind hinter ihm her. Ich weiß nicht, ich weiß nicht mehr, was ich tun soll. Ich hab' keine Lust mehr zu unergiebigen Gelegenheitsarbeiten. Von einem Traktor, auf dem ich arbeiten könnte, ist nicht mehr die Rede . . . Ich weiß nicht! Was für blödsinnige Hoffnungen hatte ich mir bloß gemacht!«

Abbass sagte: »Wieviel kostet ein gutes Kartenspiel? Weißt du das?«

»Bist du noch wach, Abbass?«

Das war Morads Stimme. Abbass drehte sich nach ihm um. Morad streckte den Kopf über die Mauer: »Du bist auch hier?!«

In seiner Stimme klang Verlegenheit mit. Er trat in den Hof und kam näher.

»Komm hier rauf . . . setz dich! Es ist noch Platz da.«

»Hier ist's schon gut.«

»Komm . . . komm doch!«

Jeder an Morads Stelle hätte gemerkt, daß es Abrou nach einem Gesprächspartner verlangte. Morad setzte sich neben den Backofen und fragte: »Nun, was ist los? Ich hab' gehört, der Gonbader Fahrer hat alles stehen- und liegenlassen und ist fort? Den Traktor hab' ich beim Friedhof rumstehen sehen, wie er Staub ansetzt. Es heißt, der Gonbader Fahrer hat den

Motor des Traktors unter dem Vorwand, ihn reparieren zu lassen, ausgebaut und ist fort?! Ha! Du verstehst doch was von solchen Dingen: Mußte denn überhaupt der Motor rausgenommen werden und in Reparatur gehen?«

Abrou sagte: »Weiß ich nicht, weiß ich nicht. Wie dem aber auch sei – der Traktor ist futsch!«

»Glaubst du nicht, der Gonbader Chauffeur hat den Motor als Entschädigung für seinen Lohn ausgebaut und ist damit losgezogen?«

»Was weiß ich. Möglich ist's.«

»Bestimmt! Schließlich läßt sich so ein Mechaniker nicht mit Versprechungen abspeisen. Leute wie der sind nicht so einfältig, daß unser Mirsa Hassan sie übers Ohr hauen könnte. Diese Burschen aus der Gorgan-Ebene haben seit zehn, zwanzig Jahren mit solchen Geräten zu tun. Wo steckt übrigens der Mirsa Chan?«

»Das weiß man nicht. Eben hab' ich das Abbass erzählt. Seit über einem Monat hört man nichts von ihm. Und seine Teilhaber sind ja alle komplette Esel! Ein klarer Fall!«

Morad höhnte: »He . . . bist du aber naiv, Vetter! Der Mirsa Hassan hat einen Kopf und tausend Pläne. Was hattest du dir eigentlich gedacht? Daß ein solcher Mensch herkommt und sich mit Ackerbau aufhält?! Einen seiner Brüder hat er in die Bergdörfer geschickt, Bauarbeiter zusammenzutrommeln und in die Stadt zu bringen. Die wollen die verfallene Karawanserei abreißen und an ihrer Stelle eine Ladenpassage bauen: Mietobjekte! Seine Pumpe hat sich als Niete erwiesen. Jetzt haben die Emporkömmlinge sie am Hals, die ihre Rachen schon für die Einnahmen aus dem Verkauf von Wasser aufgesperrt hatten. Das bißchen Geld, das sie zusammengekratzt hatten, haben sie für die Pumpe ausgegeben. Und Mirsa Hassan hat ihr Geld genommen, sie angeschmiert und ist abgehauen. Durch die Pumpe hat sich das Ghanat-Wasser um die Hälfte verringert, und die Pumpe selbst fördert auch nicht mehr als den Rest des Ghanat-Wassers zutage. Letzten Endes – woher soll dieser Wüstenboden Wasser herhaben?!

Dieses Jahr müssen wir früher als in anderen Jahren unsere Bündel schnüren und uns auf den Weg machen. Der größte Witz ist, daß Karbalai Doschanbeh Pumpenwärter werden will!«

Wie zu sich selbst sagte Abrou: »Wozu war denn dann das ganze Geschrei?!«

»Nun, ein Darlehen gibt das Landwirtschaftsamt nicht einfach so her. Man muß da vorher einige Anstalten treffen!«

Wie jemand, dem zu spät aufgeht, daß er sich beim Spiel der unterliegenden Partei angeschlossen hat, brauste Abrou auf: »Warum habt ihr, die ihr all dies wußtet, eure Böden so bereitwillig abgetreten?!«

»Unsere Böden! Hahaha! Böden! Du sprichst so von ›euren Böden‹, als hätte jeder von uns ein wertvolles Grundstück abgetreten! Welche Böden denn? Diese ganze Gotteserde ernährt, selbst wenn sie bewässert würde, keine fünf Familien. Wozu will man überhaupt einen Boden haben – um damit zu spielen oder um davon zu leben? Auch wenn der Mirsa Hassan nicht aufgetaucht wäre und uns das Fahrgeld gegeben hätte, müßten wir die Böden aufgeben und fortgehen. Jedes Stückchen Land kann man schließlich nicht als Ackerboden bezeichnen. Im übrigen hat Mirsa Hassan uns nicht die Böden abgekauft, um sie zu bestellen. Der brauchte ein großes Gelände, um es den Beamten vom Landwirtschaftsamt vorzuweisen. Abgesehen davon, hat von unsereinem niemand vom Landbau gelebt, nicht unsere Väter noch unsere Mütter. In wessen Hand sich auch ein Acker befindet, unsereins zieht keinen Gewinn draus. Früher war es unser Los, als Tagelöhner zu arbeiten, und unser Los ist es, das auch in Zukunft zu tun. Früher haben wir für Lohn gejätet und gemäht, jetzt tun wir andere Arbeiten und bekommen dafür Lohn. Ich hab' vor, bevor ich ganz wegziehe, in die Stadt zu gehen und bei Mirsa Hassan auf dem Bau zu arbeiten. Mirsas Bruder hat zwar niemandem in Semindj Bescheid gesagt, aber mich wird er einstellen. Ich geh' tagelöhnern, damit wenigstens abends mein Auge auf zwei Geldscheine fällt. Und gleich da, in einer

Ecke der Karawanserei werd' ich schlafen . . . Und du? Was machst du?«

»Ich . . . ich hab' im Moment gar keine Lust zu arbeiten!«

»Abbass, und du, Brüderchen? Hast du dir Gedanken über deine Zukunft gemacht?«

Abbass erwiderte ruhig: »Gedanken! Gedanken? Ich . . . Gedanken?«

»Denkst du ans Fortgehen?«

»Fortgehen? Ist vom Fortgehen die Rede?«

»Wohl oder übel.«

»Fortgehen?! Fortgehen nach . . .«

»Was weiß ich! Irgendwohin, irgendwohin!«

»Nein, nein, lieber Vetter. Ich . . . nein . . . geh' nicht fort . . . Ich . . . bin nicht in der Lage dazu . . . nein . . . nein . . .«

Morad wandte sich wieder an Abrou: »Und du? Hast du dich noch nicht entschieden? Oder erwartest du, daß Mirsa Hassan zurückkommt?«

»Nein, nein! Ich weiß nicht. Ich weiß noch nicht.«

Wirklich wußte Abrou nicht aus noch ein, war völlig ratlos und verwirrt. Dinge hatten sich ereignet, Ereignisse hatten stattgefunden, doch Abrou konnte sie nicht richtig einschätzen. Er stand im Zentrum des Geschehens, wußte aber nicht, was vorging. Vielleicht durchschauten andere das besser, die wie Morad alles von außen verfolgten. Aber Abrou konnte das nicht. Er fühlte, daß er, um das, was er miterlebt hatte, zu begreifen, erst einmal zur Ruhe kommen müsse, sich fernhalten und zur Ruhe kommen müsse. Noch war er von all dem Geschwafel verwirrt. Noch sah er sich im Zentrum des Sturms, den Mirsa Hassan entfesselt hatte, sah sich nicht abgesondert, war mittendrin. Mitten in dem Wirbelsturm, dessen Tosen noch in den Ohren, dessen Staub noch auf den Gesichtern lag.

Auch wenn du dem Kampfplatz den Rücken kehrst, stehst du weiter im Kampf! Der Kampf geht in dir weiter. Das Gezänk und Geschrei klangen noch in Abrou nach. Der Tumult hatte sich nicht von ihm, er sich nicht vom Tumult losgemacht. Er glaubte, wollte noch daran glauben, daß Mirsa Hassan zurückkehren und das, womit er seine, Abrous, Phantasie beflügelt hatte, verwirklichen werde. Er glaubte nicht, wollte es noch nicht glauben, daß das, was sich ereignet hatte, durch und durch ein falsches Spiel gewesen war. Nein, das konnte nicht einfach ein Spiel sein, es mußte etwas Wahres daran sein, etwas, dem Abrou sich mit Leib und Seele verschrieben, woran er geglaubt hatte. So leicht konnte er seine Begeisterung für diese aufregenden Vorgänge, für diese in Angriff genommenen neuartigen Unternehmungen nicht dämpfen, konnte und wollte nicht so unvermittelt zugeben, daß er sich hatte täuschen lassen. In der Hoffnung darauf, daß die bebaubaren Felder von Semindj bebaut würden, hatte er seine eigenen Belange sträflich mißachtet. Hatte Tag und Nacht gearbeitet, hatte Schlaf und Essen vernachlässigt. Um Schrauben und Muttern und ein paar Liter Schmieröl zu holen, hatte er in Hitze und Kälte viele Farssach zu Fuß zurückgelegt. Hatte sich Verwünschungen anhören müssen. Hatte seinen Bodenanteil übertragen. Hatte gearbeitet und gearbeitet. War auf das Niveau eines Scharfrichters gesunken. War zu einem Unmenschen geworden. Mit der eigenen Mutter war er wie ein räudiger Hund umgesprungen; schlimmer noch, hundertmal schlimmer! Die Scham darüber ließ ihn fast vergehen. Und was war ihm nach alldem geblieben? Was hatte er in der Hand? Mirsa Hassan hatte sich unversehens davongemacht. Die Gelder, die er für die Äcker hätte verwenden sollen, hatte er an sich genommen und war verschwunden. Traktor und Pumpe mit den gesamten Schulden hatten die Teilhaber auf dem Hals. Der Traktor war nicht mehr zu gebrauchen, die Pumpe förderte mit Müh und Not einen dünnen Wasserstrahl aus dem Brunnenschacht zutage. Der Ghanat war dabei auszutrocknen. Die Kleinbauern waren übereinander hergefallen. Diejenigen, die keine Aktie für die Pumpe gekauft hatten und deren tägliches Brot noch von dem spärlichen Ghanat-Wasser abhing, hatten sich bei der

Provinzverwaltung beschwert, daß die Pumpe von Mirsa Hassan den Ghanat austrockne. Diejenigen, die lediglich an der Pumpe einen Anteil hatten, waren in zwei Gruppen gespalten: Einige hatten versucht, die Beschwerde zu vereiteln, andere hatten alles Interesse an der Pumpe verloren und wollten ihren Anteil abstoßen. Wieder andere bezahlten von Stund an nicht ihren Teil des Lohns, der Mirsa Hassans älterem Bruder, dem Pumpenwärter, gezahlt werden mußte. Gaben kein Geld her für Schmieröl und Dieselöl. Und die Gruppe, die an beiden, Ghanat und Pumpe, Anteile hatte, stand mitten dazwischen und wußte nicht, wessen Partei sie ergreifen sollte. Denn noch war es nicht zur Errechnung von Gewinn und Verlust gekommen. Inzwischen aber machte das Landwirtschaftsamt jeden Monat seine Forderungen geltend.

Alles in allem: Was da zu sehen war, das war der Zusammenbruch von allem. Was verschwunden war, das hatte verschwinden müssen, doch das, was an seine Stelle getreten war, war nicht so, wie man es erwartet hatte. Verwirrung. Ratlosigkeit.

Obwohl er nichts gewonnen und nichts verloren hatte, war es Abrou, als habe er sich in einem Sturm, in einer Wüste verirrt. Er wußte nicht, woran er war. Seiner Umgebung gegenüber war sein Verhalten verwandelt. Sein Charakter hatte sich verändert. Seine Anschauungen waren nicht die gleichen wie früher. Boden und Haus, Bruder und Mutter nahmen für ihn eine andere Bedeutung an. Irgend etwas Gewichtiges war auseinandergebrochen, auseinandergerissen, und die Bruchstücke schwebten in Rauch und Staub und ließen sich nicht erkennen. Sie waren Teile jenes gewichtigen Dings, waren aber nichts Gewichtiges mehr. Waren verstreut und ohne Identität. Wahrscheinlich hatte ein jedes eine neue Identität angenommen, aber Abrou konnte sie nicht verstehen. Da war Abbass, da war er selbst, da war Hadjer; Mergan war da und vielleicht auch Ssolutsch. Das waren Teile von Ssolutschs Familie, aber keiner von ihnen stellte Ssolutschs Familie dar. Jeder war etwas für sich. Die Einwohner von

Semindj waren, jeder für sich genommen, die gleichen geblieben, aber als Gesamtheit waren sie nicht die gleichen. Sie waren in Unruhe geraten. Die landlosen Bauern hatten den Weg in die Städte gefunden, die Kleinbauern gingen mit frischem Mut daran, sich am Spiel um Gewinn und Verlust zu versuchen. Wie dem auch sei – Semindj fiel auseinander. Die frühere verstaubte Ruhe war dahin, Streit war ausgebrochen und drohte zu neuem Streit zu führen.

Aber keiner konnte sich eine Vorstellung davon machen, in welcher Stadt, in welcher Gegend Mirsa Hassan wohl wieder zum Vorschein kommen und welcher Tätigkeit er dort nachgehen werde.

»Ich war eigentlich gekommen, mal nach Tante Mergan zu sehen.«

Abrou kam zu sich. Morad glitt vom Rand des Backofens und ging auf die Zimmertür zu. Ungestüm, mit klopfendem Herzen sprang Abrou ebenfalls hinunter, holte Morad ein und hielt ihn am Jackenschoß fest: »Nimm mich mit, Morad! Um Gottes willen, nimm mich mit! Tust du das?«

Morad riß sich los: »Komm doch selbst! Wer hindert dich?«

Ohne sich weiter aufzuhalten, trat er in die Tür. Drinnen war es grabesdunkel. An die Tür gelehnt, stand Morad da und versuchte, mit den Blicken das Dunkel zu durchdringen. Man konnte die Hand nicht vor den Augen sehen. Morad holte Streichhölzer aus der Tasche und fragte: »Schläfst du schon, Tante Mergan? Ha? Tante Mergan!«

»Nein.«

Die Stimme war kraftlos. Morad zündete ein Streichholz an, trat einen Schritt vor und konnte, bevor das Flämmchen erlosch, im zitternden Halbschatten den Umriß von Tante Mergans Gestalt erkennen. Mergan saß am Boden. Das war alles. Die Flamme erlosch. Morad ging zur Nische und zündete mit einem neuen Streichholz die Lampe an. Staub unzähliger Jahre lag auf dem Zylinder. Es sah aus, als hätte Mergan die Lampe niemals angemacht. Morad wischte den Staub ab und schraubte den Docht etwas höher. Langsam erhellte sich das Zimmer. Morad wandte sich um. Jetzt konnte er Mergan gut sehen. Sie hockte an der Wand, über die bis ans Kinn gezogenen Knie vorgebeugt, so daß ihr Kinn zwischen den Knien steckte. Regungslos, erstarrt und schweigend. Als säße sie so seit tausend Jahren an dieser Stelle. Morad trat mit der Lampe näher, stellte sie neben sich, setzte sich Tante Mergan gegenüber hin und sah sie an. Mergans Augen lagen tief in ihren Höhlen und blickten ungläubig drein. Ungläubig und furchtsam. Das verschlug ihm die Rede, eine Weile lang blieb er stumm. Stumm und unsicher: Weshalb war er hergekommen? Kein Bedauern, aber Qual – das ja. Was er sagen solle, wie er sein Kommen zu so unpassender Zeit, sein Hiersein in diesem Augenblick erklären solle, das stand wie ein Berg vor ihm. Jetzt blieb ihm nur, herauszufinden, wie er diesen Berg forträumen, wie einebnen könne. Etwas blitzte in seinem Gedächtnis auf: »Abrou, Tante Mergan! Ich hab' Abrou hergebracht. Der ist ganz zerknirscht, Tante! Soll ich ihn reinholen?«

Mergan schwieg immer noch, lastend und tief. Mit einem Wort – dazu so unsicher vorgebracht – ließ sich dies Schweigen nicht brechen. Man konnte glauben, Mergan sei in ein vierzig Tage währendes Schweigen versunken. Vierzig Tage und Nächte Askese, wo die Seele sich auf unbekannten Wegen bewegt, geläutert wird. Vierzig Tage und Nächte werden zu vierzigtausend Jahren. Vierzigtausend Jahre alt war Mergan, und vierzig Tage alt war Morad.

Wie kann ein Kind mit der ältesten Mutter der Erde sprechen? Sie sind keine ebenbürtigen Partner. Wie kann ein Kind sich vor den ungläubigen Blicken Mergans retten? Morad spürte, wie ihm der Atem stockte. Unter allen Umständen mußte er sich retten. Schweiß stand ihm auf der Stirn, und er hatte ein Gefühl, als seien seine Schultern gefesselt und die Beine gelähmt – Todesahnung! Was war das nur für eine Frau? Zu was für einer Frau war sie geworden? War sie ein Stein? Abgestorbene Erde? War sie der Tod?

»Ha . . . Tante Mergan! Soll ich ihn holen? Er ist gekommen, dir die Hände zu küssen.«

Morad erwartete keine Antwort. Von Mergan konnte man keine Antwort erwarten. Er hatte diese Worte zu seiner eigenen Befreiung gesagt. Das Schweigen war zu Eis erstarrt. Ein Anstoß war nötig. Und ein Anstoß ohne Worte war nicht möglich. Deshalb sprach Morad nicht, um eine Antwort zu hören. Er sagte nur: »Laß mich den armen Kerl aus dem Dunkel erlösen!«

Er lief zur Tür hinaus, ergriff Abrou am Arm und zog ihn mit sich: »Komm, nun komm schon, brauchst dich nicht zu schämen! Du hast dich nun mal abscheulich aufgeführt, hattest dich vergessen. Laß es nun gut sein!«

In der Tür machte Abrou sich von Morad los, blieb an der Wand stehen und steckte, genauso wie früher, als er noch ein Kind war, die Hände in die Taschen und ließ den Kopf hängen. In seinem Gesicht hatten sich unter der Haut all seine verworrenen Empfindungen verknäuelt und in etwas verwandelt, von dem man nicht wissen konnte, was es war. Vielleicht Widerwille und Liebe, Reue und erstickte Kühnheit. Und das war nicht die ganze Bürde, die auf Abrous Seele lastete. Dichter Rauch hatte seine Seele eingehüllt. Ein Rauch, der den Atem benimmt, der die Ruhe raubt, der würgt, so daß du die Hand in den Kragen stecken und dein Hemd bis zum Nabel aufreißen möchtest.

Jede Faser seines Leibes angespannt, steht Abrou schweigend da. Seine Sinne sind hellwach. Stachel von tausend Skorpionen. Stich auf Stich. Gift. Abrou ist von oben bis unten mit Gift angefüllt, und mit jedem Augenblick wird dies Gift mehr, vervielfacht sich. Es sprüht aus Augen und Nase und den harten Atemstößen, die kommen und gehen und eine Welt von Qual in sich tragen. Es sprüht, dieses Gift, aus allen Poren des Gesichts, der Stirn, der Schläfen: Ausscheidungen der vergifteten Seele! Sind das seine Adern, die so ungestüm am Hals klopfen? Sind das seine Adern oder das Flattern einer Taube in den Händen des Schlächters? Warum platzen dann diese Adern nicht?

»Also, Tante Mergan . . . ich hab' ihn gebracht. Dies . . . schließlich, dies . . . schließlich . . . na gut.«

Mergan fühlte, daß der Sohn da war. Sie sah ihn nicht, fühlte ihn aber.

Abrou war stehengeblieben, war an der Wand stehengeblieben. Wie groß er geworden war! Seine Stimme wird wohl auch tiefer geworden sein. Sie wußte es nicht, Mergan wußte es nicht. Sicher sind ihm auch Bart und Schnurrbart gewachsen. An jenem Tag – vor wieviel Monaten war das? –, als er Mergan aus der Grube gezogen hatte, hatten seine Arme die Kraft von Männerarmen gehabt. Gott segne dich, mein Junge! Mit einem Griff hatte er die Mutter aus der Grube gezogen. Ein Mann muß er geworden sein, der Abrou! Nun gut, Gott sei Dank! Endlich ist eins der Kinder flügge geworden. Aber die beiden anderen!

Ach, wenn sie die beiden anderen auch so weit hätte bringen können, was für Kummer bliebe ihr dann noch? Aber diese beiden waren auf halbem Wege steckengeblieben. Jedes hatte auf eine andere Weise versagt. Mergans Kummer bestand nicht darin, daß Abrou sich so entwickelt hatte. Ihr Kummer bestand darin, daß diese beiden – Abbass und Hadjer – nicht so geworden waren.

›Eure Mutter möchte ja euer Schutz und Schild sein!‹

Aber Abrou ist flügge geworden, ist jetzt ein Mann, kann fliegen. Er kann arbeiten, kann, ohne der Arbeit überdrüssig zu werden, arbeiten. Kann sie, Mergan, anfauchen!

›Komm her, mein Junge, komm!‹

Doch nein! Mergan konnte das nicht sagen. Nicht, daß sie sich nicht dazu überwinden könnte. Das konnte sie mit Leichtigkeit. Schon lange hatte sie sich überwunden. Sie hatte kein eigenes Ich und hatte doch ein eigenes Ich. Die beiden waren eins geworden, zu einer Einheit geworden. Mergans Wesen konnte man vom Wesen ihrer Kinder nicht getrennt sehen. Mergan lebte für die Kinder. Daß sie den Mund nicht auftun konnte, lag nicht daran, daß sie sich nicht dazu überwinden konnte. Das konnte sie. Aber sie wollte den Mund nicht öffnen und somit das Haus mit Klagen erfüllen. Wenn sie den Mund auftat, würde ein Feuer entfacht. Rauch und

Feuer und Schmerz, Wehklagen und Weinen. Wenn du nicht anders kannst als laut weinen, tust du es am besten im verborgenen. Mergan wollte nicht ihren unendlichen Jammer aus dem Herzen lassen. Gelegenheiten zum Weinen gibt es viele. Aber nicht hier. Abrou ist nicht zum Wehklagen hergekommen. Er ist zur Aussöhnung gekommen. Seine männlichen Schultern dürfen nicht beben. Er darf nicht weinen, darf nicht in Klagen versinken. Weinen ist nichts für Männer. Abrou ist ein Mann.

›Mein Sohn, werde noch härter!‹

»Sag etwas, Tante Mergan!«

Tante Mergan sagte nichts.

»Komm näher her, Abrou! Komm, und sag du was!«

Abrou blickte die Mutter an. Wäre es möglich, daß auch sie ihn anblickte? Nein, Mergan war mit sich beschäftigt – und war mit Abrou beschäftigt. Stein war sie und Glas. Abrou trat näher und blieb bei Morad stehen. Mergan saß wie vorher da. Abrou müßte etwas sagen. Aber was sollte er sagen? Er rührte sich nicht von der Stelle.

Wieder sprach Morad: »Gebt euch einen Kuß! Alles in der Welt geht vorbei. Gebt euch doch einen Kuß!«

Er faßte Abrou am Handgelenk und zwang ihn auf die Knie: »Bald ist doch auch Neujahr. Vertragt euch wieder! Los doch, Abrou!«

Abrou schlang die Arme um Mergans Hals, legte die Wange an ihre knochige Wange und verharrte so einen Augenblick. Beiden pochten die Schläfen, vielleicht auch die Herzen. Abrou wandte sich ab und setzte sich auf den Boden.

Morad sagte: »Also, Tante Mergan . . . also . . . schluck deinen Ärger runter. Und du, Abrou, nimm endlich Vernunft an! Was war denn das auch, was du getan hast?! Aber vergessen wir das jetzt! Nun, laßt mich den Teekessel aufsetzen. Zur Versöhnung müssen wir ja Tee trinken. Wo ist er? Wo ist dieser . . .«

Morad gab sich eifrig daran, Feuer zu machen. Das Klopfen in Abrous Schläfen ließ etwas nach. Er zog sich an die

Wand zurück. Mergan holte tief Luft. Die Atmosphäre entspannte sich. Jeder versuchte, mit einer Bewegung von Kopf oder Hand oder mit einem Blick das schwarze Eis des Schweigens zu durchbrechen. Das Schweigen geriet ins Wanken, vor allem natürlich dank Morad. Da er nun einmal angefangen hatte zu sprechen, hielt er nicht mehr inne. Während er damit beschäftigt war, den Tee zu machen, redete er. Redete sogar Unsinn. Wie unter einem Zwang stand er, der Gefangene seines eigenen Redeflusses. Er redete und redete und redete. Und wenn er merkte, daß er Unsinn gesagt hatte, mühte er sich, das mit weiterem Reden wettzumachen. Das brachte ihn dann noch mehr durcheinander und zog den Unsinn weiter in die Länge. Doch Morad ging es nicht darum, schöne Worte zu sagen oder daß seine Worte eine bestimmte Wirkung ausübten. Daran dachte er überhaupt nicht. Er redete so viel einzig deshalb, weil er das stille Haus mit seiner Stimme füllen wollte. Um die Hemmungen zu beseitigen und um alles in seinen früheren Zustand zurückzuversetzen. So scheute er sich nicht davor, seine Reden mit Witzen zu würzen und sogar, völlig unangebracht, Begebenheiten – wahre oder erfundene – von seiner Arbeit in der Fremde zu erzählen:

». . . jetzt wird's Abend. Wir sind dabei, uns zu waschen, um dann ans Abendessen zu denken. Wir haben Wasser aus dem Brunnen heraufgezogen, stehen alle im Kreis um den Brunnen. Acht, neun Männer. Welche aus Kaschan, welche aus Nahawand und die aus unsrer eigenen Gegend. Von der Sonne ist nicht mehr als ein Stückchen, so lang wie die Zinken einer Heugabel, geblieben. Todmüde, wie ich bin, drehe ich meinen Kopf und sehe von weitem jemand kommen. Erschöpft scheint er zu sein. Hinkend kommt er heran, einen Spaten in der Hand. Zu den andren sag' ich: ›Seht mal den da!‹ Sie drehen sich um. Wir alle sehen zu ihm hin. Als er uns erblickt, verlangsamt er seine Schritte. Es ist ihm anzumerken, daß er völlig erledigt ist. Er kommt näher. Ich seh', den kenn' ich nicht, das ist ein Fremder. Keiner von uns hat ihn um die Felder herum gesehen, auf denen wir arbeiten. Er kommt heran. Wir sehen, die Kleider auf seinem Leib sind ganz zerfetzt. Keinen heilen Flecken gibt's dran. Einer seiner Ärmel ist ausgerissen, der andere hängt nur noch an einem Faden. Seine Arme sind bis zu den Schultern nackt. Und was für Arme, einfach toll! Sein Hemd von oben bis zum Bauch zerrissen. Die Arme bis fast zum Ellbogen blutig. Wunden an Stirn und Backen. Eingetrocknetes Blut auf Backen und Kinn. Mit zwinkernden Augen sieht er uns an. Seine trokkenen Lippen sind verkrustet. Auf der Brust eine Wunde. Eins seiner Hosenbeine ist zerrissen, an dem Bein, auf dem er hinkt. Ich denke, ein Stück Holz, eine Schaufel muß ihn am Bein getroffen haben. Er sagt kein Wort. Wir sagen auch nichts. Einer von denen aus Kaschan, Rasagh – gern denk' ich an ihn zurück, ein guter Freund war er – trägt den Wassereimer zu ihm hin. Der Mann kniet am Eimer nieder. Wie ein durstiges Kamel. Ich schätze, es sind zehn Tage, daß er kein Wasser getrunken hat. Er taucht den ganzen Mund ein, und nach etwa einer Stunde hebt er den Kopf wieder aus dem Eimer. Die Sonne ist untergegangen, als er vom Eimer aufsteht. Wir denken uns, wenn er sich erst mal gewaschen hat, bleibt er die Nacht über bei uns und erzählt, was ihm passiert ist. Aber er hebt seine Schaufel auf und macht sich, ohne uns anzusehen, auf den Weg und entschwindet unseren Blicken. Wir bleiben verwirrt zurück. . . . Ich geh' jetzt den Teekessel vom Feuer nehmen.«

»Der Tee ist fertig, soll ich ihn bringen?«

Abrou hatte sich an die Arbeit gemacht. Er hatte die Becher gebracht und ging, den Teekessel vom Feuer zu nehmen. Mergan schob die Lampe an die Wand. Sie setzten sich im Kreis hin. Abrou brachte den Teekessel und stellte ihn der Mutter hin. Sie nahm ihn und goß ein. Drei Becher Tee. Jetzt konnte jeder in Ruhe trinken. Mergan nahm ihren Becher und ein Stück Zucker, stand auf und ging aus dem Zimmer. Am Backofen stellte sie den Becher mit dem Stück Zucker neben Abbass, kam zurück und setzte sich auf ihren Platz.

Abrou schob seinen Becher der Mutter hin: »Wir trinken der Reihe nach!«

Morad nahm seinen Tee, pustete darauf und sagte: »Sei nicht traurig, Tante Mergan! Dies Brachland war doch nichts Besonderes. Man schindete sich drauf ab und hatte doch nicht sein Auskommen. Laß es zum Teufel gehen! Jetzt wollen wir doch mal sehen, was die, die so erpicht drauf waren, davon ernten! Der Mirsa hat ein paar Pistazienbäumchen gepflanzt, hat das übrige Geld genommen und ist dahin gegangen, wo auch der Wind nichts von ihm weiß. Keiner weiß, wie und wo er das Geld angelegt hat. Eben noch hab' ich gesagt, daß solche Böden nur eine Zeitverschwendung sind. Was soll man damit anfangen? Besser ist's, wenn einer weiß, daß er nichts hat, als daß er in der Meinung, etwas zu haben, sich umsonst abmüht. Sich zum Gefangenen einer Sache machen, die nichts einbringt – was soll das?! Abgeben muß man sich mit etwas, was Nutzen bringt. Ich hab' gelernt, wie ich arbeiten und leben muß. Mein Herz hängt hier an nichts. Ich besitze nichts als zwei Hände – sowohl hier als überall sonst. Ich geh' nach Teheran, Maschhad, Gutschan, an jeden Ort, wo ich arbeiten und meinen Lebensunterhalt verdienen kann. Dem Abrou sag' ich, er soll mit mir kommen. In den Gegenden da gibt es Traktoren und ähnliche Dinger, soviel das Herz begehrt. Haufenweise. Und jeden Tag werden's mehr. Abrou ist ja jetzt in dieser Kunst geübt, seine Hände taugen zu solchen Sachen. Was für Sorgen soll man sich da also machen? Wir gehen fort und arbeiten, arbeiten. Gesund sind wir. Unsere Hände und Arme sind in Ordnung. Unser Heimatland ist Gott sei Dank groß. Auch wir werden am Ende in einem seiner Winkel ein Plätzchen für uns finden. Oder etwa nicht?«

Mergan begriff nicht in allen Einzelheiten, wovon Morad sprach. Aber die Hauptsache verstand sie. Trotzdem konnte sie keine Antwort geben. Morads Einstellung zum Leben konnte sie nicht teilen. Hadjer und Abbass hingen ihr wie Klötze am Bein. Wie konnte sie sich so einfach von ihren

Kindern trennen? Die Kinder waren ein Teil von ihr. Deshalb schwieg sie. Unentschlossen und stumm. Vieles gab es, was sie von ihrem Platz zu lösen vermochte, aber es gab noch manches, was sie festhielt. In diesem Zwiespalt befand sich Mergan. Nicht seit Morad davon zu sprechen begonnen hatte, sondern seit dem Augenblick, wo Ssolutsch verschwunden war, hatte eine Hälfte von Mergans Wesen ans Fortgehen gedacht. Aber warum sollte sie von etwas sprechen, wovon sie nicht überzeugt war? Sich selbst kann man doch nicht belügen! Oder doch? Wünschte Mergan sich nicht manchmal, sie könne Ssardar seinen Krug mit Wasser füllen und ihm hintragen? Gewiß doch! Das wünschte sie sich. Gibt es denn wenig Dinge, die in einem Menschen verborgen sind und die er mit sich ins Grab nimmt? Mergan war das klar. Es war ihr klar, daß sie diese sie quälende Begierde mit sich unter die Erde nehmen wird. Den quälenden, verführerischen Wunsch, der nur in der Erde zu Staub zerfallen wird. Kann man trotzdem sein Vorhandensein abstreiten? Nein, es gibt ihn, gibt ihn. Kannst du die Erinnerung an den Rausch, in den du einmal in deinem ganzen Leben versetzt wurdest – sei es auch mit Gewalt geschehen –, aus deiner Seele reißen? Etwas existiert in dir, ob du es willst oder nicht, ist in dich eingepflanzt, du hast es in dir. Du schleppst es überallhin mit dir. Seine gute Seite, seine schlechte Seite schleppst du in dir und mit dir herum. Wohin du auch gehen magst. Du mühst dich, es zu vergessen, falls du nicht aus der Erinnerung daran Kraft schöpfst. Denn du allein bist es nicht, die sich diesem Etwas aufdrängt, auch das Etwas drängt sich dir auf. Manchmal kitzelt es dich. Manchmal sticht es dich. Manchmal flößt es dir Scham ein. Und manchmal wallt es in dir auf, wenn all diese Stimmungen zusammenfließen. Du bist nun einmal eine Frau, auch wenn du Mergan heißt!

»Wir haben nichts zu verlieren. Wir haben nie etwas zu verlieren gehabt, Mutter. Was haben wir denn gehabt? Seit Monaten denke ich darüber nach. Nackt sind wir zur Welt gekommen und sind immer noch nackt. Wir haben kein

Hemd auf dem Leib gehabt, daß es uns jemand ausziehen könnte. Ich hab' ein Handwerk erlernt. Daraus ziehe ich Nutzen. Mirsa Hassans Traktor ist draufgegangen – soll er! Die Welt ist ja nicht draufgegangen. Ich hab' gesunde Gliedmaßen. Das genügt mir. Diesmal geh' ich mit den anderen fort.«

Beim Sprechen gab sich Abrou Mühe, das Zittern seiner trichterförmigen Lippen zu unterdrücken.

Mergan blickte den Sohn an, sah ihn offen und furchtlos an. Als wolle sie ihn von Grund auf kennenlernen, Abrou, ihren eigenen Sohn, kennenlernen und ihm Glauben schenken. Doch war dies wirklich Abrou? War dies ihr Sohn, der da so ernsthaft sprach, so scharf? War dies der, den Mergan geboren hatte? Den sie aufgezogen hatte?

›Mein Junge, mein Junge!‹

Das Stampfen von Abbass' Stock! Die Blicke wurden zur Tür gezogen. Abbass stand an der Tür. Den leeren Becher stellte er an die Wand und kehrte auf dem Weg, den er gekommen war, zurück. Das Aufstampfen seines Stocks wurde schwächer, wurde weniger, wurde leiser, verstummte.

Morad stand auf, nahm den Becher und brachte ihn Mergan: »Gräm dich nicht um Abbass, Tante Mergan! Der wird sich zu helfen wissen.«

Mergan war ganz Auge und Ohr und Nachdenklichkeit:

Gewiß, der wird sich zu helfen wissen! Das sagt sich leicht. Aber viele wie Abbass hatte sie gesehen, deren Kräfte abgenommen hatten, die ermattet waren, verfault, gestorben waren. Die Zeitspanne zwischen diesen Stufen, vom Abnehmen der Kräfte zur Ermattung, von da bis zum Verfaulen und Sterben ist nicht lang. Abbass wird sich zu helfen wissen. Gewiß. Aber wie? Wie bringt er das fertig? Auf welche Weise? Was für eine Arbeit können seine Hände tun? Zu welcher Arbeit können ihn seine Beine tragen? Arbeit! Arbeit! Das ist die Zauberformel, die Mergans Kinder zu allen Zeiten aufrechterhalten hatte. Wenn auch Arbeit mit Gewalt und Zwang. Aber jedenfalls haben sich die Hände geregt, damit die Münder zu beißen hatten. Gewiß! Abbass wird sich zu helfen wissen. Doch wie? Vielleicht weiß Abbass das.

Hadjer kam ins Zimmer gestürzt. Sie war durch die Gassen gerannt und zitterte. Vor Aufregung versagte ihr die Stimme. Morad nahm sie nicht wahr. Stotternd sagte sie: »Mutter! Onkel Eman ist gekommen . . . ich hab' ihn gesehen.«

Soll er kommen! Was geht das Mergan an?

»Mutter! Karbalai Doschanbeh hat Onkels Esel mit nach Haus genommen. In sein Haus.«

Soll er ihn mitnehmen! Was geht das Mergan an?

»Als Pfand für seine Forderungen, Mutter! Jemand muß für den Onkel bürgen. Soviel er auch geklagt und gejammert hat, Karbalai Doschanbeh hat nicht darauf geachtet. Mutter!!«

Mergan blickte die Tochter an, ein höhnisches Lächeln huschte über ihre Lippen.

Abrou bewegte sich, Morad hustete. Als Hadjer Morad bemerkte, lief sie verwirrt hinaus. In diesem Augenblick schloß Morad aus Hadjers Bewegungen, daß sie schwanger war; er murmelte etwas vor sich hin.

Aus der Gasse wurden Moula Emans Verwünschungen und Schritte laut: »Zum Teufel mit ihm, zum Teufel! Soll der doch mein Hab und Gut schlucken! Schlechter als unreines Hundefleisch wird's ihm bekommen! Der bildet sich wohl ein, er lebt noch hundert Jahre! Wieviel schulde ich ihm denn überhaupt alles in allem?! Wieviel? Erpressung ist das, Erpressung! Wenn das keine Erpressung ist, was ist dann Erpressung?«

Sich mit den Füßen im Saum seines Kaftans verheddernd, mit zerrissenem Kragen, stolperte Moula Eman aufgebracht ins Haus. Drinnen ließ er seine Stimme noch lauter ertönen. Unflätige Flüche. Ohne jemanden anzusehen, schritt er ein paarmal auf und ab, setzte sich dann wütend an die Wand, kramte eine Zigarette aus der Westentasche, zündete mit zitternden Händen ein Streichholz an und blies kurz darauf einen Rauchfaden aus der Nase: »Dieser unverschämte Zuhälter! Der hat nun glücklich sein Gift verspritzt, dieser Zuhälter! Ach, ach! Meinen Esel und die Satteltasche hat er mir weggenommen als Pfänder. Hat mir die Flügel gestutzt, die Hände gebunden. Hätte der größte Verbrecher so was getan? Nein, nein!«

Niemand hörte hin. Oder wenn einer es tat, sagte er nichts. Moula Eman spuckte aus und sagte, an die Adresse des nicht anwesenden Karbalai Doschanbeh gerichtet: »Auf so leichte Art willst du zu einer Frau kommen?! Komm du nur her! Ach, du elender Halunke!«

Mergan stand auf, ging zur Feuerstelle und setzte sich dort hin.

Moula Eman fuhr fort: »Dein Arsch möge dir brennen, du mit deinem ungewaschenen Hintern! Dem hab' ich's endlich gesteckt. Ssolutsch! Hab' ihm gesagt, daß Ssolutsch am Leben ist. Ich hab' Ssolutsch aufgespürt. Ssolutsch ist nicht gestorben. Mein Schwager lebt!«

Mergan blickte dem Bruder ins Gesicht. Sie wußte, daß Lügen für ihn so einfach war wie Wassertrinken. Aber weshalb sollte Moula Eman eine solche Lüge auftischen? Und wenn Ssolutsch nicht gestorben ist, wo ist er dann?! Wo?!

»In der Nähe von Schahrud. Im Bergwerk.«

›Wie? . . . im Bergwerk? Im Bergwerk?‹

3

Wo bist du, Mann?

Wo bist du gewesen, Mann?

Wo bist du, Ssolutsch, daß der Klang deines Namens wie die Glocke der Karawane in der Weite der brennenden Salzwüste tönt?

In welch dunkler Wolke hast du dich verborgen, an welcher Zufluchtsstätte? Womit hast du dein Antlitz verhüllt; welcher Staub hat dich verschluckt? Auf welche Weise hast du dich aufgelöst und bist im Boden versickert; wie bist du zu einem Lufthauch im Wind geworden?

Deine Heimstatt verlassend – wie bist du den Weg in die Fremde gegangen, oh Hausvater?
Dein Name! Dein Name tönt nur noch gedämpft. Dein Name beginnt zu zerfließen, ein Hauch zu werden. Dein Name, Ssolutsch: eine mißtönende Glocke der Karawane fern in der brennenden Wüste!
Du gingst weit fort. Verlorst dich. Warst nicht mehr.
Jetzt ist deine Wiederkehr, oh Ssolutsch, ein matter Schimmer in der weiten Ebene einer alten Nacht. Lang hat's gebraucht, bis du wieder erschienst!
Noch ist der Klang deines Namens, oh Hausvater, nicht klar zu vernehmen. Die dein Geschick kündende Stimme ist dumpf, dumpf und tonlos. Dringt tonlos aus Rauch und Sonne und Staub hervor.
Wo bist du, Mann?
Wo bist du gewesen, Mann?
Meine Hand, mein Antlitz sind dir zugewandt, mein Fuß ist an die gekettet, die du zurückließest.
Ein alter Schmerz regt sich in meinem Körper.
Hörst du, Ssolutsch, nicht die schmerzliche Klage, die aus mir aufsteigt?

Mergan richtete sich auf. So oder so – es war eine Nachricht. Eine Nachricht, wenn auch eine ungewisse, von Ssolutsch. Sie gab neue Kraft, brachte Bewegung in die Adern. Blut pulsiert in den Adern. Das Herz kann nicht umhin zu klopfen. Der gewohnte Rhythmus des Atems kommt aus dem Takt. Unruhe steigt in Wellen aus dem Herzen. Fetzen von Erinnerungen werden wach. Neues Leben. Frühling ist's.

Mergan richtete sich auf, erhob sich. Noch einmal mußte sie sich auf den Weg machen. Die Last der Vergangenheit wog schwer, auch der Ausblick auf die Zukunft, aber der hatte doch etwas Lockendes. Kann man denn an einem Punkt verweilen? Kann man das? Bis wann, wie lange kannst du wie ein geprügelter Hund in deinem Loch kauern? In dieser weiten Welt gibt es schließlich auch für dich einen Platz.

Auch für dich gibt es schließlich einen Weg. Die Tür zum Leben ist doch nicht zugemauert!

Doch was sie tun sollte, das wußte Mergan noch nicht. Die unerwartete Nachricht hatte sie verwirrt. Aber sie mußte sich zusammennehmen. Sie band den Tschador um die Taille und trat aus dem Haus. Abbass war nicht an seinem gewohnten Platz. Abrou war früh am Morgen aufgestanden und fortgegangen. Auch Moula Eman, den Semindj nicht losließ, war nicht im Haus; er bemühte sich wieder, mit Karbalai Doschanbeh zu einer Einigung zu kommen. In der Gasse saß Ali Genous Frau an der Mauer in der Sonne und flickte Ali Genous Westentasche. Als sie Mergan sah, senkte sie den Kopf tiefer. Mergan blieb vor ihr stehen. Roghiyeh war in ihre Arbeit vertieft; sie schien mit Hadjers Mutter nicht sprechen zu wollen. Aber Mergan konnte nicht einfach an ihr vorbeigehen. Sie setzte sich Roghiyeh gegenüber hin und fragte sie nach ihrem Ergehen.

»Gut geht's mir!«

Es gab nichts zu reden. Mergan stand auf. Es war ihr klar, daß Roghiyeh ihr bis zum Ende der Zeiten gram sein werde. Doch Mergan wollte nicht durch Teilnahmslosigkeit Roghiyehs Ärger steigern. Wenn sie etwas für sie tun könnte, würde sie es von ganzem Herzen gern tun. Doch wann und wo hätte Mergan in den Wall, den Roghiyeh um sich errichtet hatte, eine Bresche schlagen können? Die einzige Verbindung Roghiyehs zu Mergans Familie bildete Abbass. Zur Aufrechterhaltung dieser Verbindung hielt Roghiyeh es nicht für nötig, Mergan freundlich zu stimmen. Wenn sie das Bedürfnis dazu hatte, kam Roghiyeh, setzte sich an den Backofen und schüttete Abbass ihr Herz aus, bekam von ihm ein, zwei Gran und entfernte sich hinkend, um ihren Angelegenheiten nachzugehen. Um Mergans Tun und Treiben kümmerte sie sich nicht. Als sei sie nicht Abbass' Mutter. Und Mergan kümmerte sich auch nicht um sie, sprach nicht einmal mit ihr. Und jetzt hatte sie sich vergeblich bemüht, Roghiyehs erstorbenes Herz zu gewinnen. So ging sie ohne ein weiteres Wort ihres Weges.

Ohne Zweck und Ziel ging Mergan durch die Gassen von Semindj. Wen sie traf, den grüßte sie und fragte nach seinem Befinden. An einige Haustüren klopfte sie, trat ein, setzte sich ein Weilchen und unterhielt sich, lachte und scherzte, half, wenn nötig, beim Waschen und beim Spülen, fegte den Fußboden und ging wieder. Es war, als wolle sie in Semindj ihre unerledigten Obliegenheiten erledigen. Und auch, als wolle sie noch einmal alle Einwohner von Semindj aufsuchen. Vielleicht kann man es eine Art Abschiednehmen, ein Sichlosreißen nennen, ein Schwanken, einen Zustand zwischen Hoffnungslosigkeit und Hoffen.

Es heißt, daß manche Menschen vor ihrem Tod freundlich werden. Fühlte Mergan ihren Tod nahen? Nein, das nicht. Schließlich war sie früher nicht unfreundlich gewesen. Oder doch? Wie dem auch sei, an diesem Tag ging sie daran, in den Häusern der Leute den Staub zusammenzufegen. Als sei ihr eine Pflicht auferlegt, die sie erfüllen wolle. Ob ihr jemand dafür etwas in die Hand drückte oder nicht, war nicht wichtig. Armut ist zuweilen großzügig. Eine leere Hand hat zuweilen ein offenes Herz.

»Was machst du da, Hadj Ssalem?«

»Ich flick' meinen Hosenboden, Schwesterchen. Will zur Pumpe gehen. Die Leute sagen, da ist heut was im Gang! Aber diese Nadel zittert in meiner Hand. Und meine Augen sehen nicht mehr gut. Ich nähere mich dem Rand des Grabes, Tante Mergan!«

»Gib's her, ich flick's für dich.«

Sie setzte sich an der Mauer in die Sonne und nahm Hadj Ssalem Hose, Nadel und Faden ab. Hadj Ssalem hatte sich in seinen zerrissenen Kaftan gehüllt, an manchen Stellen war sein nacktes Fleisch zu sehen. Soll's! Was kümmert Mergan das? Im Nu flickte sie die Risse in der Hose, reichte sie Hadj Ssalem und stand auf. Auf der anderen Seite der verfallenen Mauer baute Mosslem aus trockenem Kuhmist ein Puppenhäuschen. Hadj Ssalem steckte sorgfältig die Nähnadel unter den Kragen des Kaftans; dann stand er auf und zog sich, mit dem Rücken zu Mergan, seine Hose an. Als er die Kordel zuband, sah er Mergan fortgehen: »Möge Gott dich uns erhalten, Mergan! Das Zimmer, das du mir im vorigen Jahr getüncht hast, glänzt immer noch wie Eierschalen.«

Mergan trat aus den Trümmern.

»Wo gehst du hin, Tante Mergan?«

»Ich hab' kein bestimmtes Ziel, Brüderchen.«

»Dies Jahr, seit mir die Frau gestorben ist – Gott hab' sie selig –, haben wir die Steppdecken noch nicht ausgeschüttelt. Voller Läuse sind sie. Du tätest eine gute Tat, wenn du unsrer Soubeydeh beim Entlausen hilfst. Ich selbst bin gerade dabei, zur Pumpe zu gehen. Die Beamten scheinen heute aus der Stadt zu kommen. Wie?«

»Warum nicht? Ich geh' ihr helfen.«

Mergan rieb ihre vom Blut der Läuse dunkelrot gefärbten Fingernägel mit Staub ab, wusch sich die Hände und ging aus dem Haus.

»Hier läßt sich auch ein Bissen Brot finden, Tante Mergan!«

»Laß es dir selbst schmecken, liebe Soubeydeh! Es ist noch lange nicht Mittag. Ich hab' zu tun.«

Mergan war jetzt in der Gasse.

Halimehs Mutter rannte fluchend hinter der kleinen Tochter her. Mit beiden Händen ihren Kopf schützend, nahm Halimeh kreischend Reißaus.

»Fang sie, Mergan! Fang die Schlampe!«

Mergan hielt sie schon in den Armen: »Weine nicht, mein Kind, weine nicht!«

Die Mutter zog Halimeh von Mergan fort: »Ungezogen ist sie, dieser Schmutzfink! Du siehst ja! Bald wird sie elf Jahre alt, aber ihr kahler Kopf sieht aus wie eine Salzwüste. In Kürze wird sie heiratsfähig, aber vom Abend bis zum Morgen kratzt sie sich den Kopf. Und ihr Vater, dieser Halunke – als ob er vergessen hätte, daß er mir so was aufgebürdet hat. Als ob er sie nicht gezeugt hätte! Ganz versessen ist er auf diese

Pumpe. Heute ganz früh hat er wieder seinen Spaten genommen und ist hingegangen.«

»Was willst du jetzt mit Halimeh anfangen, Schwester?«

»Ich will ihr den Kopf mit Teer einschmieren. Bis es mir gelang, ihr die Haare abzuschneiden, hat sie mich krank gemacht. Komm, halt sie an Armen und Beinen fest, los doch! Los, ich hab' Angst, daß sie mir sonst unter meinen Fäusten stirbt.«

Mergan hatte noch Halimehs Schluchzen in den Ohren.

»Ahai . . . Mergan, meine Liebe! Was gehst du so mit gesenktem Kopf alleine herum? Komm her, hilf mir ein paar Brote backen! Mein Kleiner kriegt vor lauter Weinen den Keuchhusten.«

Mergan war schon am Backofen. Bis unter die Augen verhüllte sie ihr Gesicht mit dem Kopftuch und machte sich ans Brotbacken.

Bis die Mutter ihren kleinen Buben in die Wiege gelegt hatte und zurückkam, war die Arbeit getan.

»Komm, nimm dies Brot mit und gib's zu Mittag deinen Kindern!«

»Schön, ich nehm's mit. Vergelt's Gott!«

Mergan stand mit dem Brot in der Gasse.

Zwei Krüge an der Hand, ging Ssardar Wasser holen.

»Gehst du selbst Wasser holen?!«

»Wer sonst kann's tun, außer ich selbst?«

»Gib mir die Krüge!«

»Dann bring sie mir ins Haus!«

»Ich bring' sie dir. Deine Krüge nehm' ich schon nicht mit zu mir nach Haus!«

Vor Ssardars Torweg hob Mergan sich die vollen Krüge von den Schultern.

Unterm Torbogen saß Ssardar auf der Bank. Mergan lehnte die Krüge an die Mauer und ließ sich von Ssardar ihr Brot zurückgeben: »Hach! Sieh mich nicht so an, sonst kratz' ich dir die Augen aus!«

»Warte! Bleib einen Augenblick stehen! Ich hab' mit dir zu tun.«

»Ich hab' aber nichts mit dir zu tun.«

Mergan war auf dem Friedhof, neben dem Traktor, dicht bei Abrou. Sie legte ihm das Brot auf die Knie: »Sitzt du immer noch hier?! Worauf wartest du?«

»Ich sag' mir, vielleicht bringt der Gonbader Chauffeur den Motor zurück.«

»Wenn er ihn zurückbringen wollte, hätte er's längst getan.«

»Was weiß ich, was weiß ich! Nichts weiß ich. Scharenweise gehen die Leute zur Pumpe. Vor einer halben Stunde ist auch ein Jeep aus der Stadt gekommen und da raufgefahren. Ich glaub', der ist zur Pumpe gefahren. Die Sache ist geplatzt. Denjenigen, die nicht an der Pumpe beteiligt sind, hat ihre Beschwerde was genützt, nehm' ich an. Es wär' gut, wenn es nicht zum Prozeß käme.«

»Ist Mirsa Hassan auch dort?«

»I wo! Der hat sich aufgelöst und ist im Boden versickert!«

»So ist das also!«

»Auch Morad, der bis gestern in der Stadt war und beim Abriß der Karawanserei geholfen hat, hat Mirsa Hassan nicht gesehen. Nur seine Brüder waren da. Nichts weiß man, gar nichts. Mirsas Teilhaber sind auf die Nase gefallen, sitzen in der Patsche. Und der Gonbader Chauffeur, der was von der Sache verstand – du weißt ja! Mirsas älterer Bruder hat, weil man ihm seinen Lohn nicht bezahlte, die Pumpe Pumpe sein lassen und ist hierher zurückgekommen. Jetzt ist Karbalai Doschanbeh bei der Pumpe und weiß nichts damit anzufangen. Ssalar Abdollah rennt wie ein Hund, der sich die Pfoten verbrannt hat, hierhin und dahin. Vor den Türen der Ämter steht er sich die Beine in den Bauch. Ich glaub', er war es auch, der eben hinten im Jeep saß. Er hat die Beamten hergeholt. Wenn da heute keine Köpfe eingeschlagen werden, wär' das schon viel!«

»Wie lange hast du vor, bei diesem Eisenhaufen zu sitzen?«

»Wo ich jetzt mal hier sitze, laß mich sehn, was wird!«

Mergan brach das Brot in zwei Teile. Eine Hälfte für sich, eine Hälfte für Abrou.

»Ist das nicht Onkel Eman?«

»Doch. Warum geht er so eilig? Jemand ist hinter ihm her!«

Die großen Schritte, die schwarzen Schöße seines Kaftans, die sich bei jedem Schritt blähten, gaben Moula Eman das Aussehen eines Habichts. Ohne bei der Schwester stehenzubleiben, sprang er über das ausgetrocknete Bachbett, hüpfte von Grab zu Grab und keuchte: »Ssardars Kamel! Die alte Aruneh von Ssardar ist in den Schacht gefallen . . . ist in den Hauptschacht des Ghanats gefallen, hat den Ghanat verstopft! Sachen gibt's! . . . Ich geh's ihm sagen . . . Womöglich hat man sie sogar mit Absicht reingestoßen!«

Abrou schluckte seinen halbgekauten Bissen runter und sagte: »Das hat Sabih-ollah getan! Der will Ssardars Kamel die Schuld zuschieben, daß das Ghanatwasser am Versiegen ist. Verflucht soll er sein!«

Moula Eman und Ssardar kamen vom Dorf her: »Das hat Sabih-ollah getan. Das ist doch sonnenklar, Ssardar! Und den Plan hat Karbalai Doschanbeh, dieser alte Hund, ausgeheckt. Laß dich nicht täuschen von seinem treuherzigen Getue! Der ist ein ganz gerissener Fuchs!«

Ssardar schlug mit dem Stock auf einen Grabstein und beschleunigte seine Schritte, um Moula Eman einzuholen. Aber Moula Eman behielt einen Vorsprung; den Kopf zu Ssardar gewandt, redete er: »Seit über einem Monat hält dieser alte Klepper mich hin, spannt mich so richtig auf die Folter. Ich geh' und setz' mich vor die Scheune und red' vom Morgen bis zum Mittag, vom Mittag bis zum Abend auf ihn ein. Aber sagt der auch nur ein Sterbenswörtchen?! Bewegt der auch nur die Lippen?! Nur den Kopf schüttelt er und sieht mich an wie ein Esel den Hufschmied. Und mein armer Esel ist drüben, an der Stallecke, an der leeren Krippe angebunden und läßt vor lauter Hunger die Ohren hängen! Er kennt seinen Herrn, mein armer Esel. Deshalb sieht er mich an. Ich seh' ihn auch an und stöhne. Was soll ich tun?! Dieser Halunke wirft meinem Esel nicht mal 'nen Strohhalm in die Krippe. Geschweige denn eine Handvoll Gerste! Dem Esel, der Tag für Tag einen halben Man Gerste erhielt, schrumpfen jetzt die Därme ein! Und meine Satteltasche benutzt er als Sitzgelegenheit!«

Sie ließen den Friedhof hinter sich, gingen am Traktor vorbei. Abrou sah sie an und nickte ihnen zu. Mergan machte sich hinter ihnen auf den Weg. Abrou rief ihr nach: »Wo gehst du hin?«

»Ich will mal sehn, was los ist.«

»Was geht's mich und dich an, was los ist? Einen Dreck geht's uns an!«

Mergan ging hinter Ssardar und Moula Eman her.

Moula Eman sagte gerade: ». . . in den letzten Tagen hat er mich nicht mehr ins Haus gelassen. Seine Schwiegertochter, Ssalar Abdollahs Frau, hat mir nicht aufgemacht. Gestern abend zog es mich dann hinaus ins Freie. Ich sagte mir: Ich geh' ins Freie und schrei' es mir von der Seele, brülle, heule. Wo ich niemand habe, dem ich mein Leid klagen kann, will ich wenigstens meinen Kopf in den Brunnen stecken und all das laut von mir geben, was ich bisher nicht aussprechen durfte. Mit diesen Gedanken war ich beschäftigt, als ich auf einmal merkte, daß ich an der Kette der Ghanat-Schächte angelangt war. Was glaubst du, was ich da sah, he? Den Karbalai Doschanbeh sah ich am Hauptschacht des Ghanat sitzen und mit Hilfe seines Rosenkranzes das Orakel befragen. Ich sagte: ›Friede mit dir, Alter!‹ Er zuckte zusammen, stand auf, zog sich vom Schacht zurück. Er warf mir einen Blick zu, sah dann zu deinen Kamelen hinüber. Dein Kamelhüter, der Sohn von Ssadegh Djoll, war weiter weg, auf dem Hügel, eingeschlafen. Der Alte ließ mich nicht zu Wort kommen. Plötzlich stieß er hervor: ›Seit die fürs Saubermachen des unterirdischen Kanals den Schachtdeckel abgenommen haben, kann alles mögliche passieren. Du siehst ja, Ssardars Kamele laufen hier überall frei rum!‹

Ich sagte nichts drauf, wollte abwarten, was er letztlich noch sagen würde. Da sagte er: ›Die alte Aruneh von Ssardar ist ja auf einem Auge blind geworden. Auf einmal wirst du sehen, daß sie in den Schacht gefallen ist!‹ Auch da sagte ich nichts. Er aber sagte: ›Dem Ssardar ist der Verstand in die Ferse gerutscht! Zehn, zwölf Kamele hat er einem zehn-, zwölfjährigen Kind anvertraut, dem Sohn von Ssadegh Djoll!‹ Als er dann merkte, daß ich ihn mißtrauisch anblickte, machte er sich den Abhang hinunter auf den Weg. Ich ging mit. Ich sah, daß er vor mir Angst hatte. Er hielt sich in einigem Abstand von mir. Und ich, als ich merkte, daß die Angst ihn gepackt hatte, blieb weiter stumm. Inzwischen fing es an, dämmrig zu werden. Vor lauter Angst fing er an freundlich zu werden und versprach, mir meinen Esel und den Packsattel zurückzugeben. In dem Augenblick sah ich Sabih-ollah, seinen Neffen, seitlich den Hügel auf uns zu heraufkommen. Karbalai Doschanbeh bog in seine Richtung ab. Ich blieb zurück und sah sie miteinander flüstern und dann Sabih-ollah schnell nach oben gehen. Aber wie sollte ich ihre Absichten durchschauen können? In Gedanken war ich mit meinem Streit mit Karbalai Doschanbeh beschäftigt. Ich glaubte, der Alte sei dabei, weich zu werden, und merkte nicht, daß er mir nur Sand in die Augen streute. Kurz, wir kamen im Dorf an. Gleich am Abend noch ging ich zu dir, dich zu benachrichtigen, sah aber, daß du nicht zu Hause warst. Ich wartete, wartete lange. Schließlich brachte Ssadegh Djolls Sohn die Kamele. Aber eins fehlte. Die alte Aruneh. Das arme Kind wußte noch von nichts. Es glaubte, Aruneh sei in die Wüste ausgerissen, und hatte so geweint, daß seine Augen ganz rot geworden waren. Die Nacht über blieb es hier bei deinem Haus. Ich fragte nach dir. Es sagte, du seist zur Stadt gegangen. Früh am Morgen kam ich wieder und half, die Kamele rauszutreiben. Ich ging dann wieder zurück und wartete vor dem Haus auf dich. Die Sonne stieg höher, aber von dir keine Spur. Ich war unruhig, ging hinaus, um zu sehen, was nun los sei, ging und sah, daß sich eine Menge Leute um den Hauptschacht gesammelt hatte. Da blieb ich nicht, kehrte um und kam her. Wärst du nicht dagewesen, wär' ich zur Stadt gekommen. Schnurstracks wär' ich zur Stadt gelaufen, dir Bescheid zu geben. Seit gestern abend ist das Ghanatwasser völlig versiegt. Komm, komm und sieh dir das an! Die Leute haben dann gleich verstanden, daß die Aruneh in den Hauptschacht gefallen sein muß. Da hast du's! Das Ghanatwasser ist restlos alle geworden! Der Ghanat ist versiegt!«

Moula Eman zog Ssardar an den Bachrand. Ssardar sah sich das kaum feuchte Bachbett an. Nur ein schmales Rinnsal vom Umfang eines Kamelgepinkels schleppte sich auf seinem Grund hin. Ssardar stieß seinen Stock in das träge Wasser. Die Stockspitze bohrte ein kleines Loch in den Grund. Ehe Mergan sie einholen konnte, waren die beiden Männer wieder aufgebrochen und gingen Schulter an Schulter weiter.

An der Mündung des Ghanat saß und stand eine kleine Gruppe Männer. Ähnlich wie bei einer Trauerfeier. Die meisten waren Kleinbauern mit einem geringen Anteil am Ghanatwasser. Hassan Yawar, derjenige, der sich am meisten für ein gerichtliches Verfahren stark gemacht und die Klageschrift der Teilhaber an der Pumpe dem Gericht zugestellt hatte, war nicht unter ihnen. Er mußte wohl mit den Beamten bei der Pumpe sein.

Als Ssardar bei ihnen anlangte, standen die Männer auf und drängten sich um ihn. Ghanbar Schadyach, der Vater von Hamileh, stieß seinen Spaten vor Ssardars Füße in den Boden und sagte: »Vor Gott und seinen Heiligen wirst du dich verantworten müssen, wenn du nicht bezeugst, daß das Ghanatwasser nicht knapp geworden war, bevor dein Kamel in den Schacht gefallen ist.«

Hamdollah Kanan, ein kleiner, jähzorniger Mann, krallte

seine Hand in Ssardars Schulter und sagte: »Hurensöhne sind das, Ssardar! Heute, wo wir mit tausend Mühen die Beamten hergebracht haben, ausgerechnet heute bringen sie das Ghanatwasser zum Versiegen! Die stumme Kreatur werfen sie in den Hauptschacht, um das Ghanatwasser zu blockieren und dann den Beamten einzureden, daß es nicht die Pumpe war, die das Wasser verknappt hat!«

Von da, wo er stand, sagte der Molla von Semindj: »Das Ende der Zeiten, das Ende der Zeiten ist nah!«

Ohne jemanden anzusehen oder sich an jemand Bestimmten zu wenden, sagte Ali Yawar: »Die Felder trocknen aus vor Durst. Vertrocknen! Wenn das Getreide in den nächsten Tagen kein Wasser kriegt, verbrennt es, verbrennt!«

Moula Eman und Ssardar schlugen den zum Hauptschacht führenden Pfad ein. Mitten unter den Kleinbauern, die den beiden folgten, ging Ghanbar Schadyach, seinen Spaten geschultert, und wiederholte immer wieder: »Bei Gott und seinen Heiligen wirst du dich verantworten müssen, Ssardar, wenn du nicht bezeugst, daß vorher das Ghanatwasser nicht knapp geworden war!«

Hamdollah schimpfte weiter: »Hurensöhne sind das, Hurensöhne! Bastarde sind's!«

Morad kam auf Ssardar und Moula Eman zu: »Sie sind gekommen, Ssardar! Sabih-ollah hat die Beamten zum Hauptschacht gebracht. Er sagt ihnen gerade, warum das Ghanatwasser blockiert ist. Und der Dorfvorsteher hat eine Bittschrift aufgesetzt und ist dabei, Unterschriften zu sammeln. Der Dorfvorsteher ist also auch da. Ich glaube, der ergreift deren Partei.«

Moula Eman sagte: »Dabei hat dieser Zuhälter ja einen Anteil am Ghanat!«

Morad fügte hinzu: »Und der arme Kleine, Ssadegh Djolls Sohn, sitzt am Schacht und weint.«

Um den Hauptschacht auf dem Hügel stand eine Gruppe Menschen. Die Räder des Jeeps hatten Furchen in den Boden gegraben. Der Fahrer des Jeeps, ein kräftiger junger Mann mit krausem schwarzem Haar, war der einzige, der sich, an den Kotflügel des Wagens gelehnt, abseits hielt. Zwei Gendarmen schritten am Rand der Menge auf und ab. Drei Fremde, Beamte des Grundbuchamts und des Landwirtschaftsamts, standen in einiger Entfernung von den anderen und unterhielten sich. Ssalar Abdollah stand mit gespitzten Ohren in ihrer Nähe. Der Sohn von Ssadegh Djoll saß auf einem Stein, das Gesicht in beide Hände vergraben. Sabihollah ging mit ängstlichen und fragenden Blicken unruhig hin und her. Hinter den Beamten stand der Dorfvorsteher Nourus mit einem Blatt Papier in der Hand. Hadj Ssalem und Mosslem streiften in der Menge herum. Ali Genou saß, eine Zigarette rauchend, abseits. Die Leute, die einen geringfügigen Anteil an der Pumpe besaßen, standen unschlüssig beieinander; es hatte den Anschein, daß ihre Sorgen nicht kleiner waren als die der Hauptaktionäre.

Morad ging geradenwegs zum ranghöchsten Gendarmen und zeigte auf Ssardar.

Ssardar schob die Leute beiseite, ging zum Schacht und beugte den Kopf über die schwarze Öffnung. Er konnte das Röcheln seiner Aruneh hören. Er kniete sich an den Rand, stützte die Hände auf, senkte den Kopf tiefer in den Schacht und klagte mit erstickter Stimme: »Mein Tier! Mein Tierchen! Mein Tierchen!«

Als er den Kopf wieder heraushob, standen seine großen Augen voll Tränen. Er schaute sich um und erblickte Sabihollah, der mit zwinkernden Augen dastand. Ssardar erhob sich, trat ein paar Schritte zurück, ging um die Leute herum und bewegte sich auf Sabih zu. Ehe der sich in der Menge verlieren konnte, war Ssardar dicht bei ihm. Mergan schrie auf. Ssardars Stock hob sich. Sabih-ollah wich aus und rannte davon. So war es klüger. Die offene Brust des Feldes. Ssardar setzte ihm nach. Sabih-ollah, ohne eine Waffe in der Hand, flüchtete. Er war jünger, hatte Kraft in den Beinen. Ssardar war müde von seinem Weg. Aber die Beine des Kameltreibers sind an weite Wege gewöhnt. Bevor die Leute ihn hindern konnten, holte er mit zwei Sprüngen den Gegner ein. Als Notbehelf wollte sich Sabih einen großen Stein pakken, aber es war schon zu spät. Beim ersten Stockschlag auf seinen Unterschenkel setzte er sich auf die Erde und umklammerte ihn mit beiden Händen. Seine Stirn zog sich zusammen, seine Augen nahmen nichts mehr wahr. Am schmerzhaftesten ist der erste Hieb, der einen trifft. Ssardars weitere Hiebe, bis die Leute ihn von Sabih fortreißen konnten, verschärften nicht den Schmerz, der gleich anfangs Sabihs Körper durchbohrt hatte.

Die Gendarmen führten Ssardar von der Menge fort, und Mergan setzte sich zu Sabih-ollah. Beim Jeep angelangt, warf Ssardar von sich aus den Stock fort und stieg ein. Ein Gendarm blieb bei ihm, der andere ging Sabih-ollah holen. Einige Männer hoben Sabih-ollah auf und legten ihn in den Jeep. Einer der Gendarmen setzte sich zwischen die beiden. Feuer lag in Ssardars Augen, Kalk auf Sabihs Gesicht.

»Warum hast du mich geschlagen, Mensch?!«

»Warum hast du mein Kamel in den Schacht gestoßen?!«

»Ich?! Ich?! Nein, nein, ich war's nicht. Ich war gekommen, den Schacht zuzudecken. Bei . . . ach . . . ach . . . ich sterbe! Bringt mich doch irgendwohin!«

Ssardar schickte sich an, aus dem Wagen zu springen, aber schon lag das Gewehr des Gendarmen quer über seiner Brust.

»Bleib sitzen, Halunke!«

Die Beamten des Grundbuchamts stiegen ebenfalls ein, der Wagen setzte sich in Bewegung.

Halbtot fragte Sabih: »Was ist nun, meine Herren? Was ist nun?«

Einer der Beamten sagte: »Der Standort der Pumpe muß verlegt werden.«

»Was?!«

Ssardars Kamele hatten sich in alle Richtungen zerstreut, nah und fern konnte er jedes einzelne aus den kleinen Wagenfenstern sehen. Beim Teich an der Pumpe stand sein zweihöckriges Kamel, neben ihm Karbalai Doschanbeh, der ihm beim Saufen zuschaute. Beim Maschinenhaus angelangt, hielt der Jeep, einer der Beamten stieg mit einem Gendarmen aus, ging hinein und stellte den Motor ab. Gleich darauf kehrten sie unter Karbalai Doschanbehs verblüfften Blicken zurück und stiegen wieder ein: »Den hab' ich plombiert!«

Karbalai Doschanbeh tat einige Schritte hinter dem Jeep her und verschwand dann in der Staubwolke, die die Räder aufwirbelten.

Ssardars zweihöckriges Kamel hatte aufgehört zu saufen und sah Karbalai Doschanbeh an. Der ging zu ihm und setzte sich an den Rand des Teiches: »Nun sieh dir das an – und ich hatte geglaubt, ich wär' Motorenwärter geworden! Schade! Schade um dies klare Wasser! Schade! Es war wie geschaffen für die rituellen Waschungen! Warum bloß haben sie's abgestellt? Gerade sah es aus, als würde ich von der Zisterne, diesem stinkenden Loch, erlöst. Pfui! Pfui, ihr Schamlosen, ihr Unverschämten!«

»Steh auf, Vater! Steh auf! Unser Geld ist in die Binsen gegangen.«

Das war Ssalar Abdollah, der an der Spitze der Menge, der Leute, die einen Anteil an der Pumpe hatten, am Teich angelangt war: »Steh auf, Vater! Unser Hab und Gut hat sich in Rauch aufgelöst!«

Karbalai Doschanbeh blickte den Sohn an. Gäbe es ein tränenloses Weinen, dann weinte Ssalar Abdollah jetzt: »Sieh dir die an! Die gehen jetzt Stricke holen, um das Kamel aus dem Schacht zu ziehen. Und zwei von denen sind gegangen, einen Brunnenbauer herzubringen. Die haben gesiegt, Vater! Siehst du sie?!«

Karbalai Doschanbeh stand auf, legte die Hand schützend vor die Augen und sah hin: Eine Gruppe Männer ging die Kette der Ghanatschächte entlang nach Semindj. Ihre Spaten geschultert, schritten sie dahin. Eine andere Gruppe kam in lockerer Ordnung heran. Die Teilhaber an der Pumpe standen einzeln, wie Ssardars Kamele, in dem Zwischenraum zwischen Pumpe und Hauptschacht herum. Karbalai Doschanbeh nahm die Hand von den Augen und sagte: »Nein, die haben nicht gesiegt. Nie können sie das Kamel aus diesem unseligen Schacht raufziehen. Nie! Und den Sabih-ollah haben sie in die Stadt gebracht?!«

»Seine kaputten Knochen haben sie in die Stadt gebracht. Nimm deine zerrissene Steppdecke und laß uns gehen!«

»Nein, nein, ich bleib' hier! Nein, ich bleib'!« sagte Karbalai Doschanbeh, und ehe die anderen beim Teich ankamen, war er schon im Maschinenhaus und machte die Tür hinter sich zu: »Ich bleibe, ich bleib' hier! In Semindj hab' ich nichts zu suchen.«

Die Leute kamen einzeln heran und setzten sich an den Teich, als ob sie sich zu einer Trauerfeier versammelten. Die reglose Wasserfläche blendete ihre Augen. Moula Eman, Morad, Mergan, Hadj Ssalem und Mosslem standen aufrecht da. Mosslem zog sich hinter das Maschinenhaus zurück, warf die Kleider ab, kam splitternackt zum Teich und stürzte sich ins Wasser.

Hadj Ssalem wandte sich an die Leute: »Seht ihr dies Viech?!«

Mergan, die das Gesicht weggedreht hatte, machte sich nach Semindj auf den Weg. Hinter ihr her folgten Morad und Moula Eman, die Lippen stumm, die Augen blind.

Abrou war neben dem Traktor eingeschlafen. Mergan mochte den Sohn nicht wecken. Morad blieb da und setzte sich in den Schatten des Traktors. Moula Eman und Mergan gingen zwischen den Gräbern hindurch. Mergan blickte den Bruder an. Der sah schnell weg und senkte den Kopf. Mergan fragte ihn: »War das nicht dein Werk?«

»Was? Was war mein Werk?!«

»Gestern abend bist du nicht vor Mitternacht nach Haus gekommen. War das nicht dein Werk?!«

»Was war mein Werk? Was?!«

»Das Kamel! Hast du nicht das Kamel in den Schacht gestoßen?!«

»Du bist ja verrückt, Schwester, verrückt!«

Moula Eman blieb nicht länger bei ihr. Er bog in Richtung von Karbalai Doschanbehs Haus ab: »Ich will wenigstens ein halbes Man Stroh auftreiben und meinem Esel in die Krippe schütten. Einen Eimer Wasser.«

Mergan blickte ihm nicht nach. Sie ging weiter.

Ali Genous Frau war nicht mehr in der Gasse. Mergan steckte den Kopf in Ali Genous Zimmer. Hadjer saß mit ihrem vorgewölbten Bauch am Mörser und war damit beschäftigt, etwas im Mörser zu zerstoßen. Mergan trat ein und setzte sich neben den Mörser, der Tochter gegenüber: »Was zerstößt du da?«

»Kandis. Den hat Ali mir aus der Stadt mitgebracht. Auch noch einigen anderen Kram hat er mitgebracht; Borretsch und Baldrian. Wie zuversichtlich der ist! Noch hat sich nichts getan, und schon hat er ein Stück Gabardine gekauft, damit ich für seinen Sohn eine Weste nähe! Seinen Sohn! Ha!«

»Nun ja! . . . Aber, Hadjer!«

Hadjer ließ den Stößel los und sah der Mutter auf den Mund: »Ha?!«

Mergan nahm den Stößel in die Hand und machte sich daran, den Kandisstaub auf dem Boden des Mörsers zu zerreiben. Sie wollte gerade etwas sagen, hatte aber noch nicht den Mund aufgemacht, als Ali Genou ins Zimmer stürzte: »Wo sind die Stricke, wo? Ich hatte sie in die Rumpelkammer getan.«

Hadjer fragte: »Wofür brauchst du sie?«

»Alles, was es in Semindj an Stricken gibt, müssen wir sammeln und zusammenflechten. Schließlich ist's ja kein Zicklein, das in den Schacht gefallen ist!«

Er fand die Stricke und kam aus der Kammer wieder heraus. Mit Mergan sprach er nicht. Die zusammengerollten Stricke warf er sich über die Schulter und sagte im Fortgehen: »Das Badehaus braucht Wasser. Die Tiere brauchen Wasser. Das Getreide braucht Wasser. Der Mensch kann nun mal nicht ohne Wasser leben!«

Ali Genou ging in die Gasse und ließ Stille zurück.

In der Stille ließ Mergan den Stößel auf dem Boden des Mörsers im Kandisstaub kreisen.

Hadjer fragte die Mutter, was passiert sei.

Statt darauf zu antworten, sagte Mergan: »Wir gehen fort.«

»Wohin?!«

»In die Gegend, wo man deinen Vater gesehen hat.«

»Ihr alle?!«

»Wir alle! Ich weiß nicht.«

»Kommt ihr nicht mehr zurück?«

»Ich weiß nicht, weiß es nicht.«

»Und was wird aus mir?!«

»Du . . . du . . . hast dein eigenes Leben, hast einen Mann. Und jetzt, wo du ihm bald ein Kind schenkst, wird er dich auch mehr schätzen. Was fehlt dir denn noch?«

Hadjer schwieg einen Augenblick. Dann sagte sie: »Wenn ihr weggeht, wen hab' ich denn dann? Wer steht mir bei, wenn meine Zeit kommt?! Wer schneidet meinem Kind die Nabelschnur durch?«

Mergan durfte sich nicht von Rührung überwältigen lassen. Sie sagte: »Du bleibst nicht dir selbst überlassen. Nein, es wird sich jemand finden. Ich hab' all diesen Leuten nichts Böses getan, daß sie meine Tochter sich selbst überlassen würden!«

Hadjer fingen die Lippen zu zittern an. Mergan gab ihr keine Gelegenheit, in Tränen auszubrechen. Sie stand auf und sagte: »Du hast Flecken im Gesicht bekommen!«

Mit brüchiger Stimme sagte Hadjer: »Deshalb hab' ich ja Angst. Ein paar Nachbarinnen sagen, daß diese Flecken ein Mädchen bedeuten.«

Mergan hatte schon den gleichen Gedanken gehabt, wollte das aber nicht zeigen. Mit abgewandtem Kopf sagte sie: »Das sagen die nur so! Haben die das direkt von Gott gehört?!«

Es hielt sie nicht länger. Hadjer sich und ihrem Mörser überlassend, ging sie hinaus.

In der Gasse erblickte sie Ali Genou, der sich die zusammengerollten Stricke – Stricke, die er in diesem und jenem Haus aufgetrieben hatte – über die Schulter geworfen hatte und schnell vorbeiging. Mit gesenktem Kopf ging sie ihres Weges.

In ihrem Haus saß Ali Genous Frau am Backofen und nähte an einem Kinderhemdchen. Ein Kleidungsstück für den Säugling der Nebenfrau! Abbass hockte neben ihr am Backofen auf den Knien, die Krücke neben sich, zählte stückweise seine Zehn-Schahi- und Ein-Gran-Münzen und tat sie in den Beutel, den er um den Hals hängen hatte. Mergan knüpfte ihr Kopftuch auf, in das sie das halbe Fladenbrot gewickelt hatte, legte das Brot auf den Backofen und ging ins Zimmer. Selten blieb sie bei Roghiyeh und Abbass stehen. Sie wußte, daß ihnen ihre Anwesenheit nicht lieb war. Wegen Ali Genou machte sie sich keine Sorgen. Denn das wußten alle in Semindj: daß Abbass verdorrt war, kein Mann war. Hinter dem Rücken von Abbass und auch offen sprachen sie es aus. Ein Bart war ihm nicht gewachsen. Seine Stimme war jetzt dünn und belegt. In seinem Verhalten war er gleichgültig und teilnahmslos. Über Mädchen oder Frauen sprach er nicht, folgte keiner mit den Blicken. Beteiligte sich nicht an Witzeleien über sie. War nicht scharf auf Eselinnen. Kurz, es gab bei ihm keine Anzeichen, die von jugendlichen Begierden und Gelüsten gezeugt hätten. All dies hatte folglich die Semindjer davon überzeugt, daß Abbass verdorrt war. Und von allen war Mergan selbst am tiefsten davon überzeugt.

Roghiyeh war nicht besser dran als Abbass. Eine Handvoll morscher Knochen, eine Stimme, die nur mühsam nach außen drang, und immer ein Priem unter der Zunge. Ein Wesen, aus dem nichts als Verwünschungen und Gejammer aufstiegen. Die jammernde Roghiyeh! Der Name, den einige ihr aus Spott gegeben hatten: die Jammernde! Man brauchte also nichts zu befürchten. Zwei Impotente! Sollen sie sich Gesellschaft leisten!

»Schön, rechne noch mal nach! Zweimal zwei Gran sind vier Gran. Haben wir hier also vier Gran.«

Roghiyeh spreizte vier Finger – vier Fäden – auseinander und sagte: »Das sind vier Gran.«

»Drei Fünf-Gran-Münzen haben wir, das sind fünfzehn Gran.«

Roghiyeh sagte: »Das sind fünfzehn Gran.«

»Fünfzehn Gran und vier Gran – wieviel macht das? Neunzehn Gran!«

Roghiyeh sagte: »Zwanzig weniger ein Gran.«

»Und hier haben wir dreiundzwanzig Zehn-Schahi-Münzen – wieviel macht das? Laß mich die paarweise nebeneinanderlegen. Aha! Eins, zwei, drei. Das sind zwölf Gran und zehn Schahi. Richtig? Zwölf Gran und zehn Schahi hier, neunzehn Gran da – wieviel macht das? Laß mal sehn! Zehn Gran tun wir zu den neunzehn Gran, das macht neunundzwanzig Gran. Neunundzwanzig Gran sind das.«

Roghiyeh sagte: »Das sind dreißig weniger ein Gran.«

»Gut! Auf dieser Seite haben wir zweieinhalb Gran. Jetzt nehmen wir davon einen Gran und tun ihn zu den neunundzwanzig Gran, damit das dreißig Gran werden. Jetzt haben wir einmal dreißig Gran und wieviel?«

Roghiyeh sagte: »Dreißig Gran und anderthalb Gran.«

»Hier! Diese dreißig Schahi davon sind für dich.«

Roghiyeh hob die drei Zehn-Schahi-Münzen vom Boden auf und sagte: »Schön. Wieviel hast du selbst jetzt?«

»Dreißig Gran.«

»Schön, dreißig Gran.«

Abbass sagte: »Nimm jetzt das Brot von da oben und laß uns essen . . . Ich hab' mich wirklich geschunden, dies auseinanderzurechnen. Früher zählte ich tausend Gran im Handumdrehen!«

Roghiyeh nahm das halbe Brot, das Mergan auf den Backofen gelegt hatte, und hielt es Abbass hin: »Soll ich gehn und für diese dreißig Schahi Joghurt oder Sirup kaufen, um es mit unserem Brot zu essen?«

Abbass stopfte sich einen Bissen in den Mund und sagte: »Nein, nein. Diese dreißig Schahi sind für dich. Kauf dir

Kautabak! Das Brot essen wir so, wie es von Gott geschaffen ist. Iß! Wir müssen sparen, um uns ein kleines Kapital zu schaffen. Die wollen weggehen!«

»Meinst du Mergan?«

»Mergan und ihr Sohn. Das macht aber nichts. Dies Haus bleibt mir. Ich weiß schon, wie ich daraus meinen Vorteil ziehen kann. Geschäfte! Im Winter mach' ich so gute Geschäfte, daß wir das ganze Jahr davon leben können.«

Roghiyeh fragte: »Was für Geschäfte denn?«

Abbass antwortete: »Zuerst organisiere ich Glücksspiele. Dann ... ich denke, ich lass den Stall saubermachen und eröffne einen Kramladen. Wenn du mitmachst, bringen wir das zusammen in Schwung. Wenn Mirsa Chans Traktor nicht kaputtgegangen wäre, könnten wir zwei Sack Mehl aufladen, aus der Stadt herbringen und hier das Mehl den Leuten pfundweise verkaufen. So wie's jetzt steht, vermietet uns Ali Genou vielleicht seinen Esel. Jedenfalls müssen wir ein kleines Kapital zusammenbringen ... Schade, daß keiner von uns beiden gesunde Gliedmaßen hat! Sonst würden wir auch eine Bäckerei aufmachen. Aber so sind wir gezwungen, allen möglichen Kram aus der Stadt zu bringen und feilzubieten.«

Roghiyeh sagte: »Na mal sehn! Wenn dieser Kerl sich meiner erbarmt und sich von mir scheiden läßt, verzichte ich auf mein Scheidungsgeld und werde endlich frei.«

Abbass sagte: »Du mußt fest mit ihm abmachen, daß du auf dein Scheidungsgeld verzichtest unter der Bedingung, daß er nicht am Tag danach herkommt und Hadjers Anteil an dieser Ruine hier einfordert! Verstehst du? Du mußt das hieb- und stichfest abmachen! Dieser Ali Genou ist ein schlauer Fuchs.«

Roghiyeh sagte: »Das weiß ich selbst. Aber ich glaub' nicht, daß er sich gegen die Scheidung sträuben wird. Der wartet nur darauf, daß ich davon anfange ... Aber da ist noch was!«

»Was?«

»Ich möchte, daß wir auch einen Raum zum Opiumrauchen einrichten. Weißt du, wieviel man da einnehmen kann?!

Sieh dir die Tante Ssanam an! Die ist auf niemanden angewiesen.«

Abbass zog die Schnur am Beutel zu, steckte ihn sorgfältig unter sein Hemd und sagte nach einem Moment: »Das ist kein schlechter Einfall. Darauf war ich noch gar nicht gekommen.«

Roghiyeh schüttete sich die Brotkrumen in den Mund, stand auf und sagte: »Ich geh' jetzt. Es wird schon Abend. Vielleicht kann ich deiner Schwester behilflich sein. Die Kleine wird bald niederkommen. . . . Wie mir meine Knochen weh tun!«

Auch Abbass stand auf, zog sich am Rand des Backofens hoch und steckte sich eine Zigarette an. Die Sonne war dabei, sich vom Dach zurückzuziehen.

Mergan kam heraus, brachte zwei Becher Tee und sagte: »Ich bring' gerade Tee für Roghiyeh.«

Abbass blies ein wenig Zigarettenrauch aus den Nasenlöchern und sagte: »Die ist weg!«

Mergan stellte den Tee von Abbass hin und rührte sich nicht vom Fleck. Ihnen beiden, Mutter und Sohn, waren die Lippen versiegelt. Abbass rauchte seine Zigarette, Mergan blickte zum Dach hinauf. Beide wußten, daß sie miteinander sprechen mußten, kannten auch den Gegenstand des Gesprächs, aber keiner konnte den Anfang machen.

Abbass warf das Zigarettenende in den Backofen, griff sich einen Becher Tee und trank bedächtig. Mergan setzte sich am Backofen hin und lehnte sich mit dem Rücken an. Jetzt blickten sich Mutter und Sohn nicht ins Gesicht. So konnten sie sprechen, ohne einander in die Augen zu sehen. Abbass in einer Ecke unter dem schadhaften Schutzdach, Mergan an dessen Fuß. Im Schatten der Abenddämmerung saß Mergan da, das Kinn in die Hände gestützt. Abbass, mit seinem mageren Gesicht und den zerzausten weißen Haaren, drückte sich an die Mauer, die Augen starr nirgendhin gerichtet.

»Was wirst du nun machen, Abbass?«

»Womit soll ich was machen?«

»Kommst du mit oder bleibst du?«

»Ich bleibe.«

Mergan hielt es nicht aus; sie stand auf, stellte sich dem Sohn gegenüber und sagte: »Ich weiß auch nicht, was ich dir raten soll. Wenn ich dir sage, komm mit uns, weiß ich nicht, was geschieht. Wenn ich sage, bleib hier, weiß ich nicht, was aus dir wird. Hitze, Kälte, Dürre und Nässe. All das beunruhigt mich. Einerseits seh' ich, daß dein Bruder, der gewissermaßen unser Ernährer war, hier zu arbeiten keine Lust mehr hat. Der hat sich an eine Tätigkeit gewöhnt, die hier herum nicht häufig zu finden ist. Also einerseits – wessen Obhut soll ich euch anvertrauen, wenn ich weggehe? Andererseits ist Nachricht über deinen Vater gekommen. Oh mein Gott! Hier dieser Sohn und diese Tochter, da der andere Sohn, mein Mann, ich selbst. Oh mein Gott! Weshalb werden wir auseinandergerissen?! Das begreif' ich nicht, begreif's nicht. Ich seh's, versteh's aber nicht.«

Abbass sagte: »Recht hast du. Du sehnst dich nach deinem Mann!«

»Nein, laß das Spotten, das ist gemein von dir. Darum allein geht's nicht. Ich bin innerlich ganz zerrissen. Ihr beiden! Ich fühle mich wie gekreuzigt, jedes Glied wird woandershin gezogen!«

Abbass sagte: »Hinter einem Mann willst du herlaufen, der uns feige im Stich gelassen hat und verschwunden ist, dieser ehrlose Kerl!«

»Ehrlos nennst du ihn?! Oh nein! Wenn unter all denen, die fortgegangen sind, einer war, der es aus Ehrgefühl tat, dann war das dein Vater, Ssolutsch! Viele sind gegangen, von denen man nie wieder gehört hat. Aber dein Vater ist nicht so.«

»Na schön! Ob er so ist oder nicht, ändert nichts an meiner Lage. Ich hab' ja niemanden gehindert. Weder hab' ich ihn gehindert, noch kann ich euch hindern. Geht! Geht mit Gott!«

Gequält sagte Mergan: »Das gefällt mir nicht, daß du so zu mir sagst, geh mit Gott! Ich will ja nicht auf Pilgerfahrt gehen. Dort, wo ich hingehe, ist kein Paradies. Ich weiß nicht mal, wo das ist. Es heißt: ein Bergwerk. Aber ich weiß nicht, wohin ich gehe. Ich seh' nur, daß ich fortgehe. Es liegt nicht in meiner Hand; in Wirklichkeit werd' ich getrieben. Aber mir bricht das Herz, wenn du . . . wenn du glaubst, ich geh' in eine paradiesische Gegend, daß du so spöttisch zu mir sprichst. Glaubst du, es geschieht frohen Herzens, daß ich dich in dieser Hölle zurücklasse und selbst fortgehe?! . . . Oh mein Gott, mein Gott! Warum nur reißt du mich in Stücke!«

Zu noch einer halben Zigarette greifend, sagte Abbass: »Es ist nicht nötig, daß du dich vor mir so zerfleischst. Geh doch! Es hat dir ja niemand was gesagt. Oder hab' ich was gesagt?! So geh doch endlich!«

»Soll ich gehen? Dann tu' ich's. Aber ich will nicht, daß mir deine Klagen und Flüche nachfolgen, will nicht, daß deine Seufzer mich noch mehr quälen.«

Abbass sagte: »Wenn du nicht willst, daß ich dir meine Seufzer nachschicke, dann denk eben auch an mich!«

»Gewiß denk' ich an dich. Wie kann ich denn nicht an meinen Sohn denken?!«

»Nicht nur so, daß du dich hinsetzt und über die Trennung von mir Tränen vergießt!«

»Was kann ich denn sonst noch tun?«

»Mir Geld schicken! Schick Geld! Ich bin hier auch ein Mensch! Ich atme. Meine Zähne müssen was zu kauen haben. Meine Arme und Hände taugen nicht mehr zum Arbeiten. Ich muß mir eine Möglichkeit für meinen Lebensunterhalt schaffen. Ich denk' dran, einen Laden aufzumachen. Eine Mehlhandlung. Ich hab' vor, mir einen Korb Datteln, ein paar Päckchen Tee und zehn Man Mehl aus der Stadt bringen zu lassen und so mein Brot zu verdienen. Mit leeren Händen geht das schließlich nicht! Aus leeren Händen fliegt nicht einmal Staub auf!«

»Gut, sehr gut. Vollkommen richtig. Ganz wie du willst. Ich schick' dir Geld. Ich bin ja kein Faulpelz, werde arbeiten, dir etwas zukommen lassen. Was noch?«

»Nichts. Nichts. Später dann, wenn du den Vater triffst und wenn ihr mich glücklich machen wollt, sag ihm, er soll es mir schriftlich geben, daß dies Loch hier mir zusteht. Ich hab' nicht die Kraft, eines schönen Tages mit dem Ali Genou in die Haare zu geraten. Es liegt auf der Hand, ist mir sonnenklar, daß Ali Genou bald herkommt und Hadjers Anteil an diesem Haus, diesem Loch, verlangt. Und der nimmt sich den auch! Wie kann ich Handvoll Knochen mich zur Wehr setzen? Hier in der Mitte zieht er eine Trennmauer, nimmt sich das Zimmer und gibt mir den Stall. Was kann ich dagegen tun?!«

»Du hast recht. Von diesem schamlosen, undankbaren Kerl kann man alles, was du da sagst, erwarten. Gut, diese schriftliche Erklärung besorg' ich irgendwie und schick' sie dir. Was noch?«

»Nichts, sonst nichts. Nur ein Stück von den Kupfersachen, die du versteckt hast, will ich haben. Ich bin schließlich auch ein Mensch! Einen einzigen Napf möcht' ich, um Wasser draus zu trinken!«

»Schön. Diese große Kupferschüssel, die wir jetzt immer gebrauchen, lass' ich dir. Was noch?«

»Nichts, nichts. Sonst nichts.«

»Gut. Aber warum stehst du nicht auf und kommst ins Haus? Warum bleibst du hier am Backofen?«

»Schön, ich komme. Sowie ihr fort seid, bring' ich meine Sachen her und zieh' ins Haus.«

Mergan nahm den leeren Becher und fragte: »Soll ich dir noch mal Tee bringen?«

»Wenn's noch welchen gibt, wär's nicht schlecht. Meine Kehle ist ganz ausgetrocknet.«

Bis Mergan den zweiten Tee brachte, lehnte Abbass, von erfreulichen Überlegungen berauscht, den Hinterkopf an die Mauer, steckte die Zigarette zwischen die Lippen und schloß die Lider.

Wie schön der Abend war!

Aus der Gasse ertönte eine Stimme: »Zum Teufel mit denen! Wir gehen ja fort. Sollen sie ruhig alles, was es in Semindj an Stricken gibt, einsammeln und zusammenflechten. Mal sehn, ob sie es fertigbringen, Ssardars Aruneh unten aus dem Hauptschacht heraufzuziehen! Heh! Weißt du, wie tief dieser Schacht ist?«

»So tief, wie neunundachtzig Männer lang sind!«

»Ich weiß noch, daß Abrous Vater oft sagte: über neunundachtzig Manneslängen. Der Hauptschacht ist's. Das ist keine Kleinigkeit.«

Moula Eman, Abrou und Morad befanden sich jetzt auf dieser Seite der Mauer. Abbass sah sie mit großen Augen an. Die Männer unterhielten sich erregt. Moula Eman und Morad ließen einander nicht zu Wort kommen. Einer fiel dem andern in die Rede; jeder wollte das, was er gesehen hatte, auf seine Weise erzählen. Und Abrou stand verwirrt dabei; seine Blicke wanderten von einem Mund zum andern. Unterwegs vom Friedhof bis hierher hatte er verstanden, daß es am Ghanat Streit gegeben hatte. Er hatte auch die vielen Leute gesehen, die aufgeregt in Grüppchen nach Semindj zurückkehrten. Hatte gehört, daß Sabih-ollah und Ssardar in die Stadt gebracht worden waren. Er hätte gern Genaueres erfahren, was aber dem hastigen Gerede seines Onkels und Morads kaum zu entnehmen war.

Moula Eman, der von seiner Schwester einen Becher Tee bekommen hatte und diesen stehend in einem Zug austrank, sagte: »Es ist aus, mit allem ist es aus, aus und vorbei. Das Ende aller Dinge . . . Und mein Esel ist vor lauter Hunger und Durst dabei, am Futtertrog zugrunde zu gehen. Zum Teufel mit allem!«

Morad sagte: »Ich sag' euch: Viele von denen, die vom Ghanatwasser nur ein Zickleingepinkel bekamen, werden von hier wegziehen müssen!«

Moula Eman gab Mergan den Becher zurück und sagte: »Wenn sie jetzt nicht wegziehen, tun sie's aber bald. Zum Henker mit ihnen! Ob's ihnen dann besser geht oder schlechter, das ist ihre Sache.«

Abbass streckte oben vom Backofen den Kopf vor, Abrou setzte sich an die Mauer, und Morad ging zum Wassereimer.

Abrou sagte: »Wenn sie die Pumpe anderswo aufstellen, kommt die Angelegenheit vielleicht in Ordnung?«

Lachend meinte Moula Eman: »Vielleicht!!«

Morad sagte: »Also alles wieder von vorn anfangen! Und wo findet man einen Mirsa Hassan, der wieder die Ärmel hochkrempelt und die Sache in die Wege leitet?! Weißt du, was das kostet, die Pumpe anderswo aufzustellen? Hach! Das ist doch keine Winde, die du von dieser Stelle wegnimmst, dem Esel aufläds und zu jener Stelle bringst. Das sind tausend Man Eisen! Sogar mehr als tausend Man! Und wo findet man die Fachleute dafür? Die verlangen einen horrenden Lohn. Schließlich kann nicht jeder solche Arbeit ausführen. Man müßte dann nach Gorgan oder in die Hauptstadt selbst gehen und mit einem Sack Geldscheinen zwei Fachleute anheuern und herbringen. Glaubst du etwa, daß die damals wenig Geld verlangt haben, um die Pumpe zum Tuckern zu bringen? Und wie schnell haben die das Tuckern wieder zum Verstummen gebracht! Aber der Sabih-ollah . . .!«

Mit dem bei ihm üblichen Quantum Spott sagte Moula Eman: »Der hat mehr als alle andern sein Fett abgekriegt! Bei Gott! Wie mich das gefreut hat!«

»Dieser Ssardar kann aber erstaunlich hart zuschlagen!«

»Ich glaub' nicht, daß Sabih überhaupt wieder auf die Beine kommt.«

»So bald jedenfalls nicht, denk' ich.«

»Soll alle der Teufel holen!«

Von der Gasse her ließ sich Ali Genous Stimme vernehmen: »Ahai! . . . Wollt ihr nicht helfen, das Kamel aus dem Schacht zu ziehen?«

Sein Kopf und Hals tauchten über der Mauer auf.

Moula Eman sagte: »Wozu denn helfen? Krieg' ich mein Brot geschenkt, daß ich mich für andere abplagen soll? Dieser Zuhälter, der sich im Motorenhäuschen versteckt hält, läßt meinen Esel, dieses stumme Geschöpf, verhungern und verdursten! Ins Unglück hat er mich gestürzt. Und dann soll ich hingehen und den verstopften Ghanat seines Sohns öffnen? Wer Boden besitzt, der braucht auch Wasser. Wer Wasser braucht, soll sich gefälligst selbst dafür abschinden. Warum soll ich in die Hände spucken und das Kamel aus dem Schacht ziehen? Wer bezahlt für mich das Krankenhaus, wenn ich mir einen Bruch hebe?«

»Wie steht's mit dir, Morad?«

»Ich hab' andres zu tun, muß meine Sachen für die Reise packen. Wir wollen aufbrechen.«

»Und du, Abrou? Die Stricke sind fertig zusammengeflochten. Alle gehen hin.«

Abrou sagte: »Hab' ich mich wenig für die abgeplagt? Mehr tu' ich nicht. Sollen sie sich zum Teufel scheren!«

Ali Genou zog Kopf und Hals von der Mauer zurück. Mergan ging hinter ihm her in die Gasse: »Warte, warte! Laß mich mit dir gehen. Einer mehr ist immerhin einer mehr!«

Morad blickte Moula Eman an. Abrou senkte den Kopf. Moula Eman sagte: »Die kann nichts dafür. Die kann einfach nicht anders. Eine dumme Gans ist sie!«

4

Es ging nicht. Es war unmöglich, das Kamel heil aus dem Schacht zu ziehen. Sie strengten sich an, gaben sich alle Mühe, aber es ging nicht. Alle Semindjer Stricke waren zu einem einzigen Strick geworden, und die erfahrenen Brunnenbauer von Debid stiegen damit in den Schacht. Sie zwängten den Strick dem toten Kamel unter den Bauch hindurch, umschnürten ihm Hals und Beine, umwickelten sich selbst und schlängelten sich wieder nach oben, schüttelten die verfaulte Erde von den Kleidern und sagten:

»Zieht! Jetzt zieht!«

Der Strick hatte acht Schwänze. Der Semindjer Strick hatte acht Schwänze bekommen. Achtmal achtzehn Männer packten einen Strang. Die Kraft so vieler Männer!

»Ho, hau ruck!«

Der Kamelkadaver löste sich vom schlammigen Grund.

»Hau ruck!«

Die Kraft so vieler Männer! Mühsam zogen sie das Kamel an den verfaulten Rand des Schachts, Schritt für Schritt.

»Wickelt euch den Strick um die Taillen! Hoi ... hau ruck! Es kommt schon hoch!«

»Es hat sich festgehakt, hat sich festgehakt! Wartet! Haltet euch fest! Hoi ... stemmt euch mit den Füßen in irgendwelche Löcher ... hoi ...!«

Die Stränge des Stricks um sich gewickelt, die Füße in Löcher gestemmt, die sie mit den Spaten ausgeworfen hatten, hielten die Männer ihre Stellung. Die Körper nach hinten geneigt, die Beine nach vorn gestemmt. Wie eine vom Wind gebeugte Baumgruppe. Die zwei erfahrenen Brunnenbauer standen am Hauptschacht und blickten hinunter.

»Sein Hals hat sich an der Abstützung verklemmt.«

»Was sollen wir nun tun? Was sollen wir tun? Uns brechen Kreuz und Arme!«

»Es hilft nichts. Zieht! Ihr müßt ziehen. Der Hals bricht ihm dann, und es kommt hoch. Zieht!«

»Ziehen wir! Hau ruck! Huuuu!«

Sie zogen. Kräftig, mit aller Kraft, die sie aufbieten konnten, zogen sie. Doch das Hindernis blieb.

»Zieht!«

»Zieht nicht! Nein!«

Zwei Stränge des Stricks rissen. Zwei Reihen Männer fielen nach einer Seite um und purzelten durcheinander. Der Kadaver rutschte ab, und sechs Reihen Männer wurden am Strick mit nach vorn gerissen.

Schreie der Brunnenbauer: »Gebt den Stricken langsam nach! Langsam, langsam!«

»Lockert die Stricke! Langsam, langsam!«

Der Kadaver fiel hinunter, die morsche Wand des Schachts bröckelte, und sechs Seilstränge, sechs Drachenschwänze, sausten in den Rachen des Schachts.

»Noch schlimmer, noch schlimmer! Diese runterrieselnde Erde wird die Quelle verstopfen!«

Eine Staubwolke kräuselte sich aus der Schachtöffnung.

»Noch schlimmer! Noch schlimmer!«

Die verdreckten, verschwitzten Männer hielten inne.

»Was sollen wir jetzt tun?«

Die Brunnenbauer setzten sich hin: »Anderes Material brauchen wir. Einen Strick, der nicht morsch ist.«

»Ahai . . .! Ich hab' eine Idee!«

»Was denn? Nun sag schon!«

»Zerhacken müssen wir's und Stück für Stück nach oben ziehen!«

»Großartig gesagt, Chodadad, großartig! Ein kluger Kopf bist du, alter Hirte!«

»Dann laßt uns an die Arbeit gehen. Wer traut sich das zu?«

Der Hirte und ein Brunnenbauer.

»Bringt die Winde her! Wetz du deinen Dolch, Chodadad!«

»Wer übernimmt die Verantwortung gegenüber Ssardar?!«

»Ich tu' das!«

»Wir tun das!«

»Mehr als den Wert des Fells wird er ja wohl nicht verlangen!«

Die Winde wurde gebracht und über der Schachtöffnung aufgestellt. Chodadad, der Hirte, und Mohammad Kasem, der Brunnenbauer, krempelten die Hosenbeine hoch. Chodadad steckte seinen Dolch in den Gürtel und ging zu Ssalar Abdollah und dem Dorfvorsteher: »Ich setze mein Leben aufs Spiel, wenn ich jetzt runter in den Schacht steige! Diese Arbeit kostet was – hundert Toman!«

Alle hier Versammelten brauchten nun nicht länger zu bleiben. Nur die Hauptpersonen, diejenigen, die irgendeinen Anteil am Ghanat besaßen, blieben. Die übrigen gingen zurück nach Semindj.

Nein, es war unmöglich, das Kamel heil aus dem Schacht zu ziehen. Ali Genou ging, die Kamele seines Neffen Ssardar im Feld einzutreiben und heimzuführen. Das beruhigte Mergan, die schon befürchtet hatte, daß Ssardars Kamele auf Nimmerwiedersehen verschwinden könnten: »Schade wär's um die Kamele, schade! Sie dürfen doch nicht einfach verlorengehen!«

Der Mond war aufgegangen, als Mergan zu Hause anlangte.

Nur Abbass war wach. Immer noch saß er da und blickte in die Nacht. Die anderen, Moula Eman und Abrou, hatten jeder einen Bissen zu sich genommen und schliefen jetzt.

Mergan, todmüde, wie sie war, müßte natürlich auch schlafen. Doch wie sollte Schlaf ihre besorgten Augen schließen? Ohne sich erst hinzusetzen, machte sie sich daran, ihre Bündel für die Reise zu packen. Was heißt hier Bündel? Nur ein paar Kleider und Hosen und ein Totenhemd.

Menschen, die noch in der Vergangenheit verwurzelt sind, glauben fest daran, daß sie sich bei der ersten Gelegenheit, sobald sie sich etwas vom Mund absparen können, um ihr Totenhemd kümmern müssen. Zwei Bahnen Leinwand. Die kann man für wenig Geld kaufen. Mergan hatte in ihrem Leben einmal eine solche Möglichkeit gehabt. Ein Totenhemd – das einzige Gewand, das der Mensch nicht zweimal anzieht. Sie packte es getrennt für sich in ein Bündel und stellte es beiseite. Auch etwas Brot, Zucker und Tee packte sie gesondert ein. Einigen Kleinkram, den sie für Abbass zurücklassen mußte, stellte sie in eine Ecke und legte das Bündel mit dem Totenhemd darauf. Danach ging sie zu dem Sack Mehl. Weniger als ein Man Mehl war noch darin. Auch den Sack stellte sie zu den für Abbass bestimmten Sachen. Jetzt hatte sie nichts mehr zu erledigen, mit Ausnahme einer einzigen Angelegenheit. Nur eine Sache war da noch. Mergan blickte zu Abrou und ihrem Bruder hin. Beide schliefen. Auf Zehenspitzen ging sie zur Tür hinaus. Abbass war immer noch wach. Seine Zigarette glimmte auf dem Grund der Dunkelheit. Ohne ihn zu beachten, trat sie in die Gasse.

In den mitternächtlichen Gassen von Semindj flogen nicht

einmal die Fledermäuse umher. Absolute Stille und Dunkelheit. Der holprige Boden war Mergans nackten Füßen vertraut. Gasse auf Gasse, Trümmer auf Trümmer hinter sich lassend, ging Mergan aus Semindj hinaus. Das freie Feld und die Nacht standen ihr unmittelbar gegenüber, dicht und zusammengedrängt. Sie zögerte; nicht nur aus Furcht, auch weil sie unsicher wurde. Sie kehrte um, ging ins Dorf zurück geradenwegs zum Haus von Tante Ssanam. Das Haustor war geschlossen, alle schliefen. Sie klopfte. Morad kam ans Tor und blieb verblüfft vor Mergan stehen: »Ha! Was ist passiert, Tante Mergan?«

»Nimm Schaufel und Sack und komm mit mir, ich werd' dir alles erklären!«

Morad ergriff Schaufel und Sack, die an der Mauer lagen, kam heraus und machte leise den Torflügel hinter sich zu. Jetzt waren sie beide in der Gasse. Mergan ging schweigend voraus. Morad mochte keine Fragen stellen. Geräuschlos ging er hinter Mergan her, die die gewundenen Gassen durchschritt, bis sie an der Dorfmauer anlangte. Hier blickte sie sich um. Morad blieb neben ihr stehen. Mergan begann: »Du kommst doch mit uns?«

»Das hab' ich dir doch gesagt! Ich komm' mit. Warum sollte ich nicht? Bleiben werd' ich hier nicht. Einen Monat früher, was macht das schon? Ich wollte nach Westen gehen, jetzt geh' ich eben nach Osten! Was ist da der Unterschied?!«

»Na schön! Dann hör jetzt zu! Ich hab' hier etwas im Boden vergraben, was wir rausholen müssen. Komm hinter mir her!«

Im Weitergehen sagte sie: »Ich hätte auch zu Abrou Vertrauen, aber ich hatte Angst, jemand könnte Verdacht schöpfen. Was dich betrifft, da bin ich unbesorgt. Für mich bist du wie mein eigener Sohn. Komm! Komm!«

Ihr querfeldein nachfolgend, fragte Morad: »Wie willst du denn bei dieser Dunkelheit die Stelle finden?«

»Die find' ich schon! Komm nur! Mein Hab und Gut hab' ich vor diesen Dieben versteckt. Ich find's schon wieder! Komm nur, komm!«

Plötzlich drehte Mergan sich um: »Hat uns auch niemand gesehen?«

»Zu dieser nachtschlafenden Zeit hat jeder schon viele Träume geträumt. Wer hat denn schon Lust, in der Nacht herumzuwandern?«

Mergan blieb wie angewurzelt stehen und sagte: »Hier ist's! Hier muß es sein! Mach dich ans Schaufeln! Hier ist's, hier!«

Morad nahm die Schaufel von der Schulter und machte sich daran, den Boden aufzugraben, und Mergan legte sich auf die Erde und wühlte mit den Händen im Boden. Doch vergeblich. Mergan hatte den Platz verwechselt.

Morad fragte: »Bist du sicher, daß hier nicht gepflügt worden ist?«

»Ich bin ganz sicher. Ich hab' alles schon richtig geplant.«

»Jetzt setz dich hin und denk nach, was für ein Merkzeichen du angebracht hattest!«

»Einen Stein, einen großen Stein. Ich weiß es, erinnere mich genau. Ein großer Stein war's.«

»Hier ist aber kein Stein, du Unglücksmensch!«

»Ich weiß nicht, weiß nicht. Ich bin wie vor den Kopf geschlagen.«

Mergan hockte da und hielt die Knie umschlungen. Wie eine Wölfin beim Gebären in der nächtlichen Einöde.

Was, wenn sie ihren Schatz nicht wiederfände?!

Sie stand auf, ergriff Morads Hände und jammerte: »Find ihn, find ihn, lieber Morad! Find ihn mir! Mir bricht das Herz, Morad! Find ihn!«

»Schön, ja schön! Beruhige dich! Setz dich hierhin, setz dich! Sag mal, welchem Haus gegenüber war es?«

»Gegenüber von Ssardars Haus. Nach tausendundneun Schritten, die ich von der Mauer von Ssardars Haus gegangen bin, kam ich zu dem Stein. Neben dem Stein grub ich den Boden auf und wälzte dann den Stein über die Grube, die ich wieder mit Erde aufgefüllt hatte.«

»Gut. Setz dich hierhin und rühr dich nicht von der Stelle!

Ich geh' zu Ssardars Haus und messe die Strecke noch mal ab. Du hast doch keine Angst, oder?«

»Nein, nein. Geh, nur finde die Stelle! Das Geld für unsre Reise hängt von diesen paar Stück verbeulten Kupfersachen ab. Geh, ich fleh' dich an, geh!«

Morad machte sich auf den Weg, und Mergan folgte ihm mit den Blicken, bis er mit der Dunkelheit verschmolz. Dann war sie allein. Sie blieb und die Nacht. Da waren die Nacht und Mergan.

Wer konnte den Boden aufgewühlt und Mergans Hab und Gut fortgetragen haben? Wer außer Hadjer wußte etwas von Mergans Tun? Niemand. Aber wie hätte sie, dies unschuldige Mädchen, herkommen und Mergans Sachen aus ihrem Versteck stehlen können? Sollte Ali Genou sie dazu angestiftet haben? Das hätte gerade noch gefehlt! Aber Mergan wollte das nicht glauben. Nein, Hadjer konnte nicht so sein.

Warum konnte sie nicht so sein?

Aber wie hätte sie das übers Herz gebracht? Wie? Nein, nein, das war unvorstellbar!

»Ich hab's gefunden! Tante Mergan, ich hab's gefunden! Komm her, ich hab's gefunden, Tante Mergan!«

»Wo bist du, mein Junge? Wo bist du?«

»Hier bin ich, hier! Hörst du mich nicht?«

»Ich hör' dich, seh' dich aber nicht.«

»Geh meiner Stimme nach, geh meiner Stimme nach! Komm von dieser Seite!«

»Oh Gott, ich bin ganz durcheinander! Oh Gott, hilf mir!«

»Komm von dieser Seite! Warum gehst du in die falsche Richtung?«

»Von welcher Seite denn?«

»Bleib stehn, bleib stehn! Man merkt, daß du ganz kopflos bist. Bleib da stehen, wo du bist! Ich hol' die Sachen raus und komm' zu dir.«

»Hier soll ich stehenbleiben? Hier?«

»Ja, da, genau da!«

In einiger Entfernung voneinander standen Mergan und

der Junge in der Nacht der Einöde, Mergan aufrecht wie ein Tamariskenstrauch. Sie zitterte, erregt vor Freude und vor Angst. Kurz darauf verstummte das Geräusch von Erde und Schaufel, und Feld und Nacht hüllten sich in Schweigen. Mergan stockte der Atem.

Morad wird doch wohl nicht den Schatz an sich genommen haben und fortgegangen sein?!

Gott verdamm' mich, wie kann ich so was denken?

Mergan biß sich auf die Lippen. Morad tauchte auf. Er stieß die Schaufel in die Erde und nahm den Sack von der Schulter. Mergan bückte sich über den Sack und betastete im Dunkel der Nacht ihre Kupfersachen. Sie waren's, sie waren's! Ihre Kupfersachen. Sie hatte sich beruhigt, stand auf und segnete Morad: »Möge es dir im Leben immer gutgehen, mein Junge! Was von meinem Leben genommen wird, möge dem deinen zugefügt werden! . . . Aber gehen wir! Soll ich den Sack auf die Schulter nehmen?«

»Nein, nimm du die Schaufel!«

Als sie in Semindj anlangten, fragte Morad: »Tragen wir sie zu dir?«

»Nein, nein, bewahr sie bei dir auf! Wenn wir morgen früh in der Stadt sind, verkaufen wir sie.«

»Soll ich dich morgen abholen?«

»Nein, warte draußen vor dem Dorf am Bach, an der Landstraße zur Stadt! Da treffen wir uns. Vor dem Ruf zum Morgengebet.«

Die beiden trennten sich. Morad ging zu seinem Haus, Mergan zu dem ihren. Mergan trat leise in den Hof und ging zum Zimmer. Sie hoffte, daß alle schliefen, doch Abbass' verdrossene Stimme hielt sie an: »Gott gebe dir Kraft!«

Mergan drehte sich nach ihm um und fragte, um ihre Verlegenheit zu überspielen: »Du bist noch wach?«

Abbass fragte: »Wo ist denn dein Sack?«

»Welcher Sack?«

»Der mit den Kupfersachen!«

»Wovon redest du? Welche Kupfersachen?«

Abbass sagte: »Auch ich bin dein Kind. Schön wär's, wenn du mir eine von den Schüsseln mitgebracht hättest, damit ich im Sommer Joghurt mit Wasser daraus trinken könnte!«

Mergan blieb nicht länger stehen. Sie trat ins Zimmer und sagte: »Deine Habgier kennt keine Grenzen, mein liebes Kind!«

Und Abbass beharrte – man weiß nicht, warum – nicht länger auf seinem Ansinnen. Er streckte sich auf seinem Platz aus, legte den Kopf zurück und heftete die Augen auf die Sterne. Die Nacht war wie jede Nacht.

In dieser Nacht – was von ihr geblieben war – schlief Mergan nicht. Erschöpft, zerschlagen sank sie auf ihr Lager, fand aber keinen Schlaf. Traumbilder umdrängten sie in Schwärmen. Undeutliche Fetzen jagten ihr durch den Kopf, verbanden sich, trennten sich, lösten sich auf, verschwanden. Dann wieder ein ebensolcher Ansturm. Körperliche Erschöpfung und seelische Unruhe lagen miteinander im Kampf, und aus diesem Kampf wurde nichts geboren als Angstträume. Zusammenhängende, zusammenhanglose, zusammenfließende und sich wieder lösende Trugbilder. Gestalten, die keine gemeinsame Sprache hatten und kein gemeinsames Geschick. Einige waren Mergan fremd: Gestalten, die sie früher nicht gekannt, nicht gesehen hatte. Trügerische Phantasien. Erscheinungen mit fremden Gesichtern. Was waren das für seltsame Geschöpfe? Welche Verbindung, welchen Zusammenhang hatten sie miteinander? Woher kamen, wohin gingen sie? Eine grenzenlose Einöde, diese Phantasien Mergans. Nein, ein Himmel ohne Ende, ohne Abschluß, ohne Anfang, mit unbekannten Meteoren, mit fliehenden Flammen, mit dahineilenden Fledermäusen. Was waren all diese Erscheinungen, die da an Mergan vorbeizogen? War ihr der Verstand abhanden gekommen? Warum nahmen diese Phantasien keine Ordnung an? Warum war ihr Anfang und Ende nicht zu sehen? Wessen Antlitz war das, das in einem dunklen Brunnen um und um gedreht wurde und sich ständig veränderte? Wessen Gesicht war das? Warum wurde es immer größer, füllte die ganze Schwärze des Brunnens aus, wurde von Tausenden anderen Bildern überdeckt, die dann wieder verschwanden? Tausende von Bildern brachen. Wie ein Auge. Tausendfach ein Auge. Sie wurden klein, wurden kleiner. Punkte. Ein Punkt. Der Punkt glich einem Stern.

Wer war dieser Mann, der da auf der Türschwelle stand?

Wer war diese Frau, die an ihren Haaren aufgehängt war?

Wer war dieser Mann, der auf der Schwelle stand, redete und redete und redete und dessen Stimme nicht vernehmbar war?

Wer war diese Frau, die an ihren Haaren aufgehängt war, schrie und schrie und schrie und deren Stimme nicht vernehmbar war?

Wie welk waren die Brüste dieser Frau! Und die Augen dieser Frau! Wer waren die Kinder auf dem Grund ihrer Augen, deren Köpfe Menschenköpfe, deren Leiber die Leiber von Lämmern waren?

Warum ist die Stimme dieses Mannes nicht vernehmbar?

Wie sich die Augen dieser Frau geweitet haben!

Warum wird das Herz dieses Himmels durchbohrt? Warum rücken die Wände immer näher zusammen? Wehklagen! Der Klang von Tamburin und Trommel! Ist denn eine Hochzeit mit einer Trauerfeier verbunden worden? Ist der Kanal des Ghanat wieder geöffnet? Vielleicht ist er geöffnet. Pferdegewieher! Nein, ein Kamel ist's, das in der Wüste galoppiert. Eine schwarze Schlange hat den Schwanz in die Erde gebohrt und steht unter den Strahlen der Sonne aufrecht da. Eine ausgetrocknete Zunge hängt aus einem offenen Mund. Sieh die Sonne an, wie sie ihre Brust im Staub wälzt!

»Mein Gott, mein Gott, warum komm' ich nicht zur Ruhe?! Ich hab' doch wohl nicht Fieber bekommen? Was habe ich verloren? . . . Steht auf! Steht auf! Es ist bald Morgen! Steht auf!«

Mergan selbst war schon aufgestanden. Wann? Ihr Bruder richtete sich auf seinem Lager auf. Gleichzeitig mit Moula

Eman setzte sich auch Abrou auf. Mergan nahm das Bündel aus der Ecke und brachte es nach draußen. Moula Eman und Abrou zogen sich an und gingen ebenfalls hinaus. Abbass richtete sich auf seinem Lager halb in die Höhe. Mergan ging zum Backofen. Müde, verschlafen blickte Abbass die Mutter an. Mergan sagte zu ihm: »Bitte, hier hast du das Haus! Nimm jetzt deinen Kram und trag ihn rein!«

Abbass schwieg. Abrou umwickelte mit einem Strick die Steppdecke, die er mitnehmen wollte. Moula Eman goß sich Wasser übers Gesicht. Abbass sprang vom Backofen herunter. Mergan trat zu ihm, drückte seinen Kopf an ihre Brust und murmelte ihm ins Ohr: »Mach dir keine Sorgen, du verhungerst nicht, mein lieber Junge, verhungerst nicht! Ich schick' dir Geld. Bis du von mir hörst, werden die Leute für dich sorgen. Ich hab' ihnen nichts Böses angetan. Zu allen bin ich wie eine Mutter gewesen. Die lassen mein Kind nicht im Stich. Ich vertrau' ihnen wie meinen eigenen Augen. Laß es dir gutgehen, mein Kind, leb wohl!«

Wie wahnsinnig preßte sie Kopf und dürre Schultern des gealterten Abbass an ihre Brust und stieß ihn dann plötzlich von sich, als wollte sie ihrem Gefühlsausbruch nicht weiter nachgeben. Das durfte sie nicht tun. Sie gab den Sohn frei.

Abrou hatte sich die Enden des Stricks um die Schultern gebunden, die Steppdecke auf den Rücken genommen und war zum Aufbruch bereit. Mergan blickte die Söhne an. Die Brüder zog es zueinander. Abrou, sein Bündel auf dem Rükken, ging ruhig und – aus unerfindlichen Gründen verlegen – auf Abbass zu. Und Abbass, mit seinem vollen weißen Haar – eine Schramme auf der Brust der Nacht –, ging auf den Bruder zu. Als sie sich gegenüberstanden, zögerten sie einen Augenblick. Abrou streckte Abbass die Hand hin. Unversehens warf Abbass sich ihm in die Arme; ein Zittern durchlief seine gebeugten Schultern. Seine heisere Stimme, die wie das stoßweise Hecheln eines gequälten Hundes war, blieb ihm im Hals stecken. Mühsam brachte er stockend hervor: »Ich fürchte . . . ich leb' nicht so lange, . . . daß ich dich . . . daß ich dich . . . wiedersehe, Bruder! Du wirst . . . du wirst mich doch nicht vergessen?!«

Abrou schob Abbass von sich weg und schüttelte ihn: »Beruhige dich, beruhige dich! Es ist nicht gut, beim Abschied zu weinen. Du hast doch sonst nicht so leicht geweint!«

Abbass lehnte sich mit der Schulter an die Mauer und wischte sich die Nase am Ärmel ab: »Nein, nein! Weinen . . . nur . . . nur . . . Nichts! . . . Geh . . . nun geht schon! . . . Gute Reise! . . . Ich . . . ich sag' nichts mehr.«

Moula Eman, der schon in der Gasse war, brüllte über die Mauer hinweg: »Los doch! Schickt ihr etwa einen Helden in die Schlacht?! Los!« Mergan und nach ihr Abrou traten durch den Mauerspalt in die Gasse und machten sich hinter Moula Eman auf den Weg.

Abbass kam am Stock bis zur Gasse und goß hinter den Fortgehenden eine Schüssel Wasser aus. Abrou drehte sich noch einmal nach ihm um und schwenkte seine Mütze.

Um Moula Eman und Abrou vorgehen zu lassen, verlangsamte Mergan ihren Schritt vor Ali Genous Haustor, blieb stehen. Moula Eman und Abrou gingen an ihr vorbei. Mergan öffnete den Türflügel und trat ein, blieb aber gleich dort, auf der Schwelle, stehen. Sie mochte die Tochter nicht wekken. Nein, besser ist's, daß sie nicht weiß, nicht sieht, daß sie gehen, wo sie nun schon gehen müssen. Außerdem wollte sie nicht, daß ihr Auge beim Fortgehen auf Ali Genou fiel. Aus diesen Gründen war es, daß sie unschlüssig eine Weile stehenblieb.

Binnen kurzem kam Roghiyeh herausgekrochen, wie eine Ameise aus dem Loch. Schweigend, langsam. Es konnte nicht sein, daß das Öffnen der Tür sie geweckt hatte. Mergan vermutete, daß auch Roghiyeh diese Nacht nicht geschlafen hatte. Schleppend, kraftlos kam sie auf Mergan zu, ging an ihr vorbei, als stünde nicht Hadjers Mutter ihr gegenüber, und trat in die Gasse. Mergan drehte sich um und folgte ihr: »Liebe Roghiyeh! . . . Liebe Roghiyeh, . . . meine Tochter, meine Hadjer, vertrau' ich deiner Obhut an, und dich vertrau' ich Gottes Obhut an! Liebe Roghiyeh, verurteile sie nicht! Ein Kind ist sie noch. Wenn sie Schlechtes getan hat, wenn ich Schlechtes getan habe, handle du nicht schlecht an ihr, liebe Roghiyeh!«

Roghiyeh wandte sich nicht um, gab keine Antwort, sondern schlug unter Mergans abwartenden Blicken hinkend den Weg zu Mergans Haus, zu Abbass' Haus ein.

Mergan sah ihr nach, bis sie schleppend, ameisengleich an Abbass' Haus angelangt war. Dann kam sie zu sich. Sohn und Bruder waren schon weit weg. Mit noch einem Blick auf Roghiyeh ging sie schnellen Schrittes fort und holte Moula Eman und Abrou am Dorfausgang ein.

Am Friedhof stand der Traktor herum: ein aus dem Grab gestiegener Kadaver, gehüllt in ein Leichentuch aus rotem Wüstenstaub. Beim Traktor, am Bach, saß Morad, die Hände ins spärliche Wasser haltend.

Wasser?! »Nein, Blut! Siehst du das Blut?!«

Auch die anderen setzten sich. Setzten sich an den Rand des Bachs aus Blut. Moula Eman zündete ein Streichholz an: eine trübe, blutige Brühe! Ssardars alte Aruneh muß zerhackt worden sein.

Sie standen auf. Aber nicht Mergan. Mergan blieb am Bachrand sitzen, mit den Augen dem Wasserlauf folgend. Jemand kam heran. Ein Mann kam heran. Eine Leiche kam heran. Ein Mensch, gehüllt in eine blutige Decke. Eine Schaufel in der Hand – Ssolutsch! Aus der Mündung des Ghanat war er gestiegen. Er muß es gewesen sein, der dem Wasser den Weg geöffnet hat. Sein Gesicht war nicht zu sehen. Aus seiner Decke, der Satteldecke seines Esels, die er immer um die Schultern trug, tropfte Blut. Hinter seinen Füßen zog sich eine Blutspur her.

›Was für ein Ort ist das Bergwerk? Was für ein Ort?!‹

»Gibt es da auch für Frauen Arbeit?«

Die Nacht brach auseinander.

Über der blutigen Spur brach die Nacht auseinander.

Worterklärungen

Seite

21 *Korssi:* Ein niedriger, mit einer Steppdecke bedeckter Tisch, unter den ein Becken mit glühender Holzkohle gestellt wird. Im Winter strecken die Hausbewohner, am Boden sitzend, die Beine bis zur Hüfte zum Wärmen unter die Decke, nachts schlafen sie darunter.

23 *Ghanat:* Unterirdisches Kanalsystem, das von einem Berghang in tiefer gelegenes Gelände führt. Ein am Berghang senkrecht bis zu einer wasserführenden Erdschicht gegrabener Hauptschacht zapft die Wasserader an. Der vom Boden des Hauptschachts zum tiefer liegenden Anbaugebiet verlaufende Kanal führt das Wasser, dem natürlichen Gefälle folgend, über kilometerlange Strekken an die Oberfläche. Vom Hauptschacht bis zur Mündung befinden sich in regelmäßigen Abständen weitere Schächte für Instandhaltungsarbeiten und Ventilation.

Das Ghanat-Wasser wird nach Zeiteinheiten an die Bauern verpachtet.

33 *Man:* Altes Gewicht, knapp sechs Kilogramm.

42 *Kibla:* Gebetsrichtung nach Mekka, die die Moslems einnehmen müssen.

64 *»Verhüllt eure Köpfe!«:* Warnrufe wie dieser zeigen den weiblichen Hausbewohnern an, daß sich ein nicht zur Familie gehörender Mann nähert und sie sich deshalb zu verschleiern haben.

66 *Ssier:* Altes Gewicht, rund 75 Gramm.

79 *Schahi:* Alte persische Scheidemünze, wie auch Gran. Die gegenwärtig im Umlauf befindlichen Geldscheine und Münzen werden Toman genannt, offiziell: Rial. Ein Toman gleich 10 Rial.

87 *Schahnameh:* Das große iranische Nationalepos, im 10. Jahrhundert von Ferdoussi verfaßt.

88 *»Eine Nacht, schwarz wie Onyx . . . «:* Verszeile aus dem Schahnameh.

97 *Polou:* Reisgericht mit Hammelfleisch oder Geflügel (türkisch: Pilaw).

104 *»Ein Knoten im Grashalm.«:* Mädchen machen einen Knoten in einen Grashalm, wenn sie sich etwas wünschen. Bevor der Knoten sich löst, soll der Wunsch in Erfüllung gehen.

106 *Moula:* Titel für Dichter.

130 *Sseyed:* Ehrentitel angeblicher Nachkommen des Propheten Mohammed.

134 *Wolf:* Beim Knöchelspiel haben die Knöchel je nach ihrer Form einen Namen: Wolf, Pferd, Esel u.a.

136 *. . . deine Provision:* Hier für die Bereitstellung des Stalles.

166 *»Mergan umwickelte ihre Hand mit einem Ende des Tschadors . . . «:* Damit der Mann sie nicht direkt berührt; das Berühren der Haut einer nicht zur Familie gehörenden Person macht religiös unrein.

167 *Farssach:* Auch Farssang, ca. 6240 Meter.

168 *Gebetssteine:* Bei gewissen Gebetsstellungen muß die Stirn die Erde berühren. Weil aber gewöhnlich die Gebete auf einem Teppich oder einer Matte verrichtet werden, dient der aus Lehm angefertigte Gebetsstein als Ersatz für Erde.

169 *»Es gibt keinen Gott außer Allah.«:* Anfangsworte des islamischen Glaubensbekenntnisses.

172 *Fatima:* Tochter des Propheten Mohammed und Ehefrau des Prophetenvetters Ali.

197 *Djinn:* Geist im islamischen Volksglauben, aus Feuer erschaffen, guter oder böser Dämon oder Fee, wird in unterschiedlicher Gestalt sichtbar.

222 *Charwar:* Altes persisches Gewicht, ungefähr 300 kg.

284 *»Die Mutter von . . . «:* Männer aus dem Volk nennen ihre Frau nicht gern bei ihrem eigenen Namen, sondern benutzen diese Formel zusammen mit dem Namen des ältesten Sohnes.

287 *Band-andachtan:* Eine Methode, die Gesichtshaare zu beseitigen: Die Kosmetikerin spannt einen Faden über Kreuz zwischen zwei Finger jeder Hand, so daß ein doppelter Faden entsteht, zwischen dem mit schnellen Bewegungen die Haare erfaßt und ausgerissen werden.

304 *»Das Bündel mit den Badesachen . . . «:* Nach religiöser Vorschrift muß der Moslem nach dem Geschlechtsverkehr ein Bad nehmen.

322 *Eschgh-abad:* Auch Aschchabad, Hauptstadt der turkmenischen Unionsrepublik der UdSSR.

330 *» . . . nach Verrichten deiner Notdurft . . . «:* Die Moslems müssen sich danach an den entsprechenden Stellen mit reinem Wasser waschen.

337 *Badjgiran:* Kleinstadt an der iranisch-sowjetischen Grenze südlich von Eschgh-abad.

340 *Fuß:* Eine der Einheiten, mit denen Wasser gemessen wird.

410 *Scheidungsgeld:* Bei der Eheschließung wird für die Ehefrau ein Geldbetrag festgesetzt, der ihr bei eventueller Scheidung vom Ehemann auszuzahlen ist.

428 *» . . . und goß hinter den Fortgehenden eine Schüssel Wasser aus.«:* Der Sinn dieses Brauches ist, daß man wünscht, der Reisende möge zurückkehren, bevor das Wasser trocknet.

Die wichtigsten Personen

Ssolutsch, Bauer und Ofensetzer im Dorf Semindj
Mergan, seine Frau
Abbass, *Abrou* – seine Söhne
Hadjer, seine Tochter
Moula Eman, (auch Moulana, Moula genannt), Bruder von Mergan, Hausierer
Ali Genou (auch Ali Akbar Chan, Maschd Ali, Ali Chan genannt), Bauer und Besitzer des Badehauses von Semindj
Roghiyeh, Frau von Ali Genou
Ssardar, Vetter von Ali Genou, Kamelhalter
Nourus, Dorfvorsteher von Semindj
Hadj Ssalem (auch Hadji Agha genannt [Hadj(i) – dt. oft Hadschi geschrieben – Ehrentitel für einen Mekkapilger], zum Bettler herabgesunkener Halbgebildeter, der sich einbildet, über gute theologische Kenntnisse zu verfügen), Schwiegervater des Dorfvorstehers
Mosslemeh, Tochter von Hadj Ssalem, Frau des Dorfvorstehers
Mosslem, Sohn von Hadj Ssalem
Karbala'i, Mohammad Doschanbeh (Karbala'i ist der Ehrentitel eines Mannes, der nach Karbala im heutigen Irak gepilgert ist, dem Begräbnisort des Iman Hosseyn), Bauer
Ssalar Abdollah (auch kurz Ssalar genannt), Sohn von Karbala'i Doschanbeh, Bauer
Morad (oft als ›Sohn von Ssanam‹ oder ›Sohn von Tante Ssanam‹ bezeichnet), Feldarbeiter

Sabih-ollah (auch respektvoll Sabih-ollah Chan genannt), Neffe von Karbala'i Doschanbeh, Vetter von Ssalar Abdollah, wohlhabender Bauer

Sahra, Schwester von Sabih-ollah

Mirsa Hassan, (auch respekvoll Mirsa Chan genannt, meistens als ›Schwiegersohn von Agha Malek‹ bezeichnet), wohlhabender Bauer

Zur Aussprache persischer Wörter

ch	immer wie in ›Bach‹, ›acht‹; nie wie in ›Sicht‹, ›chef‹, ›Chlor‹
dj	etwa wie in engl. ›job‹, ›jeans‹
gh	Kehllaut, etwa wie norddt. und frz. Zäpfchen-r
h	wird stets ausgesprochen, auch am Wortende
j	wie in frz. ›journal‹, ›jardin‹, stimmhaft
r	Zungenspitzen-r
s	stimmhaftes ›s‹ wie hochdt. ›Saal‹, ›Hase‹
ss	stimmloses ›s‹, auch am Wortanfang, wie in ›Faß‹, ›Gasse‹
y	statt dt. ›j‹
ey	etwa wie engl. ›ay‹ in ›say‹, ›May‹, ›day‹
ou	wie engl. ›o‹ in ›no‹, ›so‹, ›go‹

Die Betonung liegt bei persischen Wörtern im allgemeinen auf der letzten Silbe.